全唐詩

第 四 册

卷二一六 —— 卷二七一

中 華 書 局

全唐诗第四册目次

卷二一六

杜　甫

卷二一七

杜　甫

卷二二〇

杜　甫

卷二二二

杜　甫

卷二二三

杜　甫

卷二二四

杜　甫

卷二二五

杜　甫

卷二二六

杜　甫

卷二二七

杜 甫

卷二二八

杜　甫

卷二二九

杜　甫

卷二三〇

杜 甫

卷二三二

杜　甫

卷二三三

杜　甫

卷二三四

杜　甫

卷二三五

贾　　至

卷二三六

钱　起

卷二三八

钱　起

卷二四〇

元　结

卷二四一

元　结

卷二四二

张　继

卷二四三

韩 翃

卷二四四

韩 翃

卷二四七

独孤及

卷二四八

郎士元

卷二四九

皇甫冉

卷二五○

皇甫冉

卷二五一

刘方平

卷二五七

息夫牧

宋　华

邹象先

韦　建

殷　寅

柳中庸

卷二五八

卷二五九

沈千运

卷二六一

卷二六二

卷二六三

严　维

卷二六四

顾　况

卷二六五

　顾　　况

卷二六六

顾　况

卷二六七

顾　况

卷二六八

耿　沣

卷二六九

耿　沨

卷二七〇

戎　昱

卷二七一

窦叔向

窦　牟

全唐诗卷二一六

杜　甫

　　杜甫,字子美,其先襄阳人,曾祖依艺为巩令,因居巩。甫天宝初应进士,不第。后献《三大礼赋》,明皇奇之,召试文章,授京兆府兵曹参军。安禄山陷京师,肃宗即位灵武,甫自贼中遁赴行在,拜左拾遗。以论救房琯,出为华州司功参军。关辅饥乱,寓居同州同谷县,身自负薪采梠,铺糒不给。久之,召补京兆府功曹,道阻不赴。严武镇成都,奏为参谋、检校工部员外郎,赐绯。武与甫世旧,待遇甚厚。乃于成都浣花里种竹植树,枕江结庐,纵酒啸歌其中。武卒,甫无所依,乃之东蜀就高适。既至而适卒。是岁,蜀帅相攻杀,蜀大扰。甫携家避乱荆楚,扁舟下峡,未维舟而江陵亦乱。乃溯沿湘流,游衡山,寓居耒阳。卒年五十九。元和中,归葬偃师首阳山,元稹志其墓。天宝间,甫与李白齐名,时称李杜。然元稹之言曰:"李白壮浪纵恣,摆去拘束,诚亦差肩子美矣。至若铺陈终始,排比声韵,大或千言,次犹数百,词气豪迈,而风调清深,属对律切,而脱弃凡近,则李尚不能历其藩翰,况堂奥乎。"白居易亦云:"杜诗贯穿古今,尽工尽善,殆过于李。"元、白之论如此。盖其出处劳佚,喜乐悲愤,好贤恶恶,一见之于诗。而又以忠君忧国、伤时念乱为本旨。读其诗,可以知其世,故当时谓之"诗史"。旧集诗文共六十卷,今编诗十九卷。

奉赠韦左丞丈二十二韵

韦济,天宝七载为河南尹,迁尚书左丞。

纨袴不饿死,儒冠多误身。丈人试静听,贱子请具陈。甫昔少一作妙年日,早充观国宾。读书破万卷,下笔如有神。赋料扬雄敌,诗看子建亲。李邕求识面,王翰愿卜一作为邻。自谓颇挺出,一作生,一作特。立登要路津。致君尧舜上,再使风俗淳。此意竟萧条,行歌非隐沦。骑驴三十载,旅食一作客京华春。朝扣富儿门,暮随肥马尘。残杯与冷炙,到处潜悲辛。主上顷见征,欻然欲求伸。青冥却垂翅,蹭蹬无纵鳞。天宝中,诏征天下士,有一艺者皆得诣京师就选。李林甫抑之,奏令考试,遂无一人得第者。甚愧丈人厚,甚知丈人真。每于百僚上,猥诵佳句新。窃效贡公喜,难甘原宪贫。焉能心怏怏,只是走踆踆。今欲东入海,即将西去秦。尚怜终南山,回首清渭滨。常拟报一饭,况怀辞大臣。白鸥没一作波浩荡,万里谁能驯。

送高三十五书记

高适,渤海人。解褐为封丘尉,不就。客游河西,哥舒翰奇之,表为书记。

崆峒小麦熟,且一作吾愿休王师。请公问主将,焉用穷荒为。积石军每岁麦熟,吐蕃获之,边人呼为吐蕃麦庄。天宝六年,哥舒翰掩击,大破之,后不敢复至。八载,又克其石堡城。然自此用兵河西不已,故追言戒之,欲适告翰也。饥鹰未饱肉,侧翅随人飞。高生跨鞍马,有似幽并一作并州儿。脱身簿尉中,始与捶楚唐簿尉有罪,辄受鞭挞。辞。借问今何官,触热向武威。答云一作言一书记,所愧国士知。人实不易知,更一作尤须慎其仪一作宜。十年出幕府,自可持旌麾一作旗。此行既特达,足以慰所思一作亦足慰远思。男儿功名遂,亦在老大时。常恨结欢浅,各在天一涯。又如参与商,惨惨中肠一作中肠安不悲。惊风吹一作飘鸿鹄,不得相追随。黄尘翳沙漠,念子何当一作时归。边城有馀力,早寄从军诗。

赠　李　白

二年客东都,所历厌机巧。野人对膻腥,蔬食常不饱。岂无青精一作粘,一作铡饭,使我颜色好。苦乏大一作买药资,山林迹如扫。李侯金闺彦一作深,脱身事幽讨。亦一作未有梁宋游,方期拾瑶草。

游龙门奉先寺　龙门即伊阙,一名阙口,在河南府北四十里。

已从招提游,更宿招提境。阴壑生虚一作灵籁,月林散清影。天阙一作阖,一作阁,一作窥,一作开象纬逼,云卧衣裳冷。欲觉闻晨钟,令人发深省。

望　岳

岱宗夫如何,齐鲁青未了。造化钟神秀,阴阳割昏晓。荡胸生曾云,决眦入归鸟。会当凌绝顶,一览众山小。

陪李北海宴历下亭

天宝初,李邕为北海太守。历下亭在齐州,以历山得名。

东藩驻皂盖,北渚凌青荷一作清河,一作清菏。海内一作右此亭古,济南名士多。原注:时邑人蹇处士在座。云山已发兴,玉佩仍当歌。修竹不受暑,交流空涌波。蕴真惬所遇,落日将如何。贵贱俱物役,从公难重过。

同李太守登历下古城员外新亭亭对鹊湖 原注:时李之芳自尚书郎出齐州,置此亭。

新亭结构罢,隐见清湖阴。迹籍台观旧,气溟一作冥海岳深。圆荷想自昔,遗堞感至今。芳宴此时具一作俱,哀丝一作弦千古心。主称寿尊客,筵秩宴北一作密林。不阻蓬筚兴,得兼一作兼得梁甫吟。

玄都坛歌寄元逸人

故人昔隐东蒙峰,已佩含景公孙端《剑铭》:含景吐商。苍精龙。剑之在左,苍龙象也。故人今居子午谷,独在一作并阴崖结一作白茅屋。屋前太古玄都坛,青石漠漠常一作松风寒。子规夜啼山竹裂,王母昼下云旗翻一作蟠。知君此计成一作诚长往,芝草琅玕日应长。铁锁终南大秦岭,有采蜜人山行,寻钟声而入。至一寺,旁有大竹林一二顷,截竹盛蜜。归以告戍卒,卒复往取竹,见崖垂铁锁长三丈。掣锁欲上,二虎踞崖大呼,惊怖而返。高垂不可攀,致身福地何萧爽。

今夕行 原注:自齐赵西归至咸阳作。

今夕何夕岁云徂,更长烛明不可孤。咸阳客舍一事无,相与博塞一作赌博为欢娱。冯陵大叫呼五白,《招魂》:成枭而牟,呼五白些。五白、枭、卢、雉,皆博齿也。袒跣不肯成枭卢一作牟英雄有时亦如此,邂逅岂即非良图。君莫笑刘毅从来布衣愿,家无儋石输百万。

贫 交 行

翻手作云覆手雨,纷纷轻薄何须数。君不见管鲍贫时交,此道今人弃如土。

兵车行

车辚辚，马萧萧，行人弓箭各在腰。耶娘妻子走相送，尘埃不见咸阳桥。牵衣顿足阑_{一作拦}道哭，哭声直上干云霄。道傍过者问行人，行人但云点行频。或从十五北防河，_{开元十五年，以吐蕃为边害。诏陇右、河西兵集临洮，朔方兵集会州，防秋。至冬初无寇而罢。}便至四十西营田。去时里正唐制：_{百户为一里，里置正一人。}与裹头，归来头白还_{一作犹}戍边。边亭_{一作庭}流血成海水，武_{一作我}皇_{唐人称太宗为文皇，明皇为武皇。}开边意未已。君不闻汉家山东_{太行之东。唐都长安，凡河北诸道，皆为山东。}二百州，千村万落生荆杞。纵有健妇把锄犁，禾生陇亩无东西。况复秦兵耐苦战，被驱不异犬与鸡。长者虽有问，役夫敢申恨。且如今年冬，未休关_{一作陇}西卒。_{一作役夫心益愤。如今纵得休，还为陇西卒。《通鉴》：天宝九载十二月，关西游奕使王难得击吐蕃，克五桥，拔树敦城。}县官急索租_{一作县官云急索，}租税从何出。信知生男恶，反是生女好。生女犹是_{一作得}嫁比邻，生男_{一作儿}埋没随百草。君不见青海头，古来白骨无人收。新鬼烦冤旧鬼哭，天阴雨湿声_{一作悲}啾啾。_{钱谦益曰：天宝十载，鲜于仲通讨南诏蛮，士卒死者六万。制大募两京及河南北兵以击南诏，人莫肯应。杨国忠遣御史分道捕人，枷送军所。此诗序南征之苦，设为役夫问答之词，"君不闻"以下，言征戍之苦。海内骚骚，不独南征一役为然也。}

高都护骢马行 _{高仙芝，开元末为安西副都护。}

安西都护胡青骢，声价欻然来向东。此马临阵久无敌，与人一心成大功。功成惠养_{《赭白马赋》：愿终惠养。}随所致，飘飘_{一作飖}远自流沙至。雄姿未受伏枥恩，猛气犹思战场利。腕_{一作踠}促蹄高如踣铁，交河几蹴曾冰裂。五花_{翦鬃为辫，或三花，或五花，或云印以三花飞凤之字。}散作云满身，万里方看汗流血。长安壮儿不敢骑，走过掣电倾城知。青丝络头为君老，何由却出横门道。_{长安城北出西头第一门曰横门，}

其外有横桥。

天育骠骑一本有图字歌　天育，厩名。未详所出。

吾闻天子之马走千里，今之画图无乃是。是何意态雄且杰，骏一作
骁尾萧梢朔风起。毛为绿缥一作骠两耳黄，眼有紫焰双瞳方。矫矫
一作然龙性一作娇龙性逸合东坡书作含变化，卓立天骨森开张。伊昔太
仆张景顺，监牧攻驹一作考牧攻驹，一作考牧神驹。阅清峻。遂令大奴汉
昌邑王使大奴以衣车载女子。注：奴之尤长大者，此言景顺之牧马奴耳。守一作字天
育，别养骥子怜神俊一作骏。当时四十万匹马，张公叹其材尽下。
故独写真传世人，见之座右久更新。年多物化空形影，呜呼健步无
由骋。如今岂无骐衰与骅骝，时无王良伯乐死即休。

白　丝　行

缲丝须长不须白，越罗蜀锦金粟尺。象一作牙床玉手乱殷红，万草
千花动凝碧。已悲素质随时染一作改，裂下鸣机色相射。美人细意
熨帖平，裁缝灭尽针线迹。春天衣著为君舞，蛱蝶飞来黄鹂语。落
絮游丝亦有情，随风照日宜一作疑轻举。香汗轻一作清尘污颜色 一作
似微污，一作污不著，一作似颜色，开新合故置何一作相许。君不见才一作志
士汲引难，恐惧弃捐忍羁旅。

秋雨叹三首

雨中百草秋烂死，阶下决明颜色鲜。著叶满枝翠羽盖，开花无数黄
金钱。凉风萧萧吹汝急，恐汝后时难独立。堂上书生空白头，临风
三嗅馨香泣。
阑一作兰风长去声。一作伏，一作仗。雨一作东风细雨秋纷纷，四海一作万里
八荒同一云。去马来牛不复辨，浊泾清渭何当分。禾一作木头生耳
黍穗黑，农夫田妇一作父无消息。城中斗米换一作抱衾裯，相许宁论

两相直。

长安布衣谁比数,反锁衡门守环堵。老夫不出长蓬蒿,稚子无忧走音_{一作省}见风雨。雨声飕飕催早寒,胡雁翅湿高飞难。秋来未曾_{一作省}见白日,泥污后_{一作厚}土何时干。

叹庭前甘菊花

檐_{一作阶,一作庭}前甘菊移时晚,青蕊重阳不堪摘。明日萧条醉尽_{一作尽醉醒},残花烂熳开何益。篱边野外多众芳,采撷细琐升中堂。念兹空长大枝叶,结根失所缠_{一作埋}风霜。

醉时歌 _{原注:赠广文馆博士郑虔。}

诸公衮衮登台_{一作华省},广文先生官独冷。甲第纷纷厌粱肉,广文先生饭不足。先生有道出羲皇,先生有才_{一作文,一作所谈,一作所该,一作所抱}过屈宋。德尊一代常轗轲_{一作壈},名垂万古知何用。杜陵野客人更_{一作见}嗤,被褐短窄_{一作穴}鬓如丝。日籴太_{一作泰}仓五升米,时赴郑老同襟_{一作衾}期。得钱即相觅,沽酒不复疑。忘形到尔汝,痛饮真_{一作直}吾师。清夜沈沈动春酌,灯_{一作檐}前细雨檐_{一作灯}花落。但觉高歌有_{一作感}鬼神,焉知饿死填沟壑。相如逸才亲涤器,子云识字终投阁。先生早赋归去来,石田茅屋荒苍苔。儒术于我何有哉,孔丘盗跖俱尘埃。不须闻此意惨怆,生前相遇且衔杯。

醉歌行 _{原注:别从侄勤落第归。勤一作劝。}

陆机二十作文赋,汝更小年能缀文。总角草书又神速,世上儿子徒纷纷。骅骝作驹已汗血,鸷鸟举翮连青云。词源_{一作赋}倒流_{一作倾}三峡水,笔阵独扫千人军。只今年_{一作生}才十六七,射策君门期第一。旧穿杨叶真自知,暂蹶霜蹄未为失。偶然擢秀非难取,会是排

风有毛质。汝身已一作即见唾成珠，汝伯何由发如漆。春光澹一作
潭沲秦东亭，渚蒲牙白水荇青。风吹客衣日杲杲，树搅离思花冥
冥。酒尽沙头双玉瓶，众宾皆一作已醉我独醒。乃知贫贱别更苦，
吞声踯躅涕泪零。

赠卫八处士

人生不相见，动如参与商。今夕一作此复何夕，共此灯烛一作宿此灯
光。少壮能几时，鬓发各已苍。访旧一作问半为鬼，惊一作呜呼热中
肠。焉知二十载，重上君子堂。昔别君未婚，儿女忽成行。怡然敬
父执，问我来何方。问答乃未已一作未及已，儿女一作驱儿罗酒浆。夜
雨剪春韭，新一作晨炊间一作闻黄粱。主称会面难，一举累一作蒙十
觞。十一作百觞亦不醉一作辞，感子故意长。明日隔山岳，世事两茫
茫。

苦雨奉寄陇西公兼呈王征士

原注：陇西公即汉中王瑀，征士琅邪王澈。

今秋乃淫雨，仲月来寒风。群木水光下，万象一作家云气中。所思
碍行潦，九里信不通。悄悄素浐路，迢迢天汉东。愿腾六尺马一作
驹，背若孤征鸿。划见公一作君子面，超然欢笑同。奋飞既胡越，局
促伤樊笼。一饭四五起，凭轩心力穷。嘉蔬没混浊，时菊碎榛丛。
鹰隼亦屈猛，乌鸢何所蒙。式瞻北邻居，取适南巷翁。挂席钓川
涨，焉知清兴终。

同诸公登慈恩寺塔

原注：时高适、薛据先有此作。按寺乃高宗在东宫时为文德皇后
立，故名慈恩。

高标跨苍天一作穹, 烈风无时休。自非旷一作壮士怀, 登兹翻百忧。
方知象教力, 足一作立可追冥搜。仰穿龙蛇窟, 始出一作惊枝撑幽。
七星在北户一作户北, 河汉声西流。羲和鞭白日, 少昊行清秋。秦一
作泰山忽破碎, 泾渭不可求。俯视但一气, 焉能辨皇州。回首叫虞
舜, 苍梧云正愁。惜哉瑶池饮一作燕, 日晏昆仑丘。黄鹄去不息, 哀
鸣何所投。君看随阳雁, 各有稻粱谋。

示从孙济 济字应物, 官给事中、京兆尹。

平明跨驴出, 未知一作委适谁门。权门多噂沓, 且复寻诸孙。诸孙
贫无事, 宅舍如荒村。堂前自生竹, 堂后自生萱。萱草秋已死, 竹
枝霜不蕃一作翻, 一作繁。淘米少汲水, 汲多井水浑。刈葵莫放手, 放
手伤葵根。阿翁懒惰久, 觉儿行步奔。所来一作求为宗族, 亦不为
盘飧。小人利口实一作实利口, 薄俗难可一作具论。勿受外嫌猜, 同
姓古所敦。

九日寄岑参 参, 南阳人。

出门复入门, 两一作雨脚但如一作仍旧。所向泥活活一作浩浩, 思君令
人瘦。沉吟坐西一作秋轩一作吟卧轩窗下, 饮一作饭食错昏昼。寸步曲
江头, 难为一相就。吁嗟呼一作乎苍生, 稼穑不可救。安得诛云师,
畴能补天漏。大明韬日月, 旷野号禽兽。君子强逶迤, 小人困驰
骤。维南有崇山, 恐一作潈与川浸溜。是节一作时东篱菊, 纷披为谁
秀。岑生多新诗一作语, 性亦嗜醇酎。采采黄金花, 何由满一作洒衣
袖。

送孔巢父谢病归游江东兼呈李白

巢父字弱翁, 冀州人, 与李白等隐徂徕, 号竹溪六逸。

巢父掉头不肯住，东将入海随烟雾。诗卷长留天地间，钓竿欲拂珊瑚一作三珠树。深山大泽龙蛇远，春寒野阴风景暮一作花繁草青春日暮。蓬莱织一作仙人玉女回云车，指点虚无是征一作引归路。自是君身有仙骨，世人那得知其故。惜君只欲苦死留，富贵何如草头露。一作我欲苦留君富贵，何如草头易晞露。蔡侯静者意有馀，清夜置酒临前除。罢琴惆怅月照一作点席，几岁寄我空中书。南寻禹穴见李白，道甫问信今何如。　一本云：巢父掉头不肯住，东将入海随烟雾。书卷长携天地间，钓竿欲拂珊瑚树。我拟把袂苦留君，富贵何如草头露。深山大泽龙蛇远，花繁草青风景暮。仙人玉女回云车，指点虚无引归路。若逢李白骑鲸鱼，道甫问信今何如。

饮中八仙歌

知章贺知章，会稽人，自称秘书外监。骑马似乘船，眼花落井水底眠。汝阳让皇帝长子琎，封汝阳王。三斗始朝天，道逢一作见麹车口流涎，恨不移封向酒泉。左相李適之，天宝元年为左丞相。日兴费万钱，饮如长鲸吸百川，衔杯乐圣称世一作避贤。宗之崔宗之，日用之子，袭封齐国公。潇洒美少年，举觞白眼望青天，皎如玉树临风前。苏晋晋，珦之子，官至左庶子。长斋绣佛前，醉中往往爱逃禅。李白一斗诗百篇，长安市上酒家眠。天子呼来不上船，自称臣是酒中仙。张旭旭善草书三杯草圣传，脱帽露顶王公前，挥毫落纸如云烟。焦遂《甘泽谣》：布衣焦遂，为陶岘客。五斗方卓然，高谈雄辨惊四筵。

曲江三章章五句

曲江在杜陵西北五里。开元中，开凿为胜境。南有紫云楼、芙蓉苑，西有杏园、慈恩。都人游赏，盛于中和、上巳。

曲江萧条秋气高，菱荷枯折随风涛，游子空嗟垂二毛。白石素沙亦相荡，哀鸿独叫求其曹。

即事非今亦非古，长歌激越梢林莽，比屋豪华固难数。吾人甘作心似灰，弟侄何伤泪如雨。

自断此生休问天，杜曲幸有桑麻田，故将移住南山边。短衣匹马随李广，看射猛虎终残年。

丽 人 行

三月三日天气新，长安水边多丽人。态浓意远淑且真，肌理细腻骨肉匀。绣一作画罗衣裳照暮春，蹙金孔雀银麒麟。头上何所有，翠微一作为匐鸟合反叶一作匐匐垂鬓唇。背一作身后何所见，珠压腰衱一作襻，一作胘。稳称身。就中云幕椒房亲，赐名大国虢与秦。紫驼之峰一作珍出翠釜，水精之盘行素鳞。犀箸厌饫久未下，鸾刀缕切空一作坐纷纶。黄门飞鞚不动尘，御厨络绎一作丝络送八珍。箫鼓一作管哀吟感鬼神，宾从杂一作合遝实要津。后来鞍马何逡巡，当轩一作道下马入锦茵。杨花雪落覆音副白蘋，青鸟飞去衔红巾。炙手可热势一作世绝伦，慎莫近一作向前丞相嗔。明皇每年十月幸华清宫，杨国忠姊妹五家扈从，每家为一队，著一色衣。五家合队，照映如百花之焕发，灿烂芳馥于路。而国忠私于虢国，不避雄狐之刺。每入朝，或联镳方驾，不施帏幔，同入禁中。

乐 游 园 歌

原注：晦日，贺兰杨长史筵醉中作。《英华》作晦日贺兰杨长史筵醉歌。汉神爵中起乐游苑，在万年县南，亦名乐游原。唐长安中，太平公主置亭原上，每正月晦日、三月三日、九月九日，士女毕集。

乐游古园崒一作萃森爽，烟绵碧草萋萋长。公子华筵势最高，秦川水出秦岭下，一名樊川。对酒平如掌。长生木瓢示一作乐真率，更调鞍马狂一作雄欢赏。青春波浪芙蓉园，白日雷霆夹一作甲城仗。阊阖晴开昳音迭。一作䀤，一作映。荡荡，曲江翠幕排银榜。拂水低徊舞袖翻，缘云清切歌声上。却忆年年人醉时，只今未醉已先悲。数茎白发那抛得，百罚一作刻深杯亦一作辞不辞。圣朝亦一作已知贱士丑，一物自一作但荷皇天慈一作私。此身饮罢一作罢饮无归处，独立苍茫自咏诗。

渼陂行　陂在鄠县西五里，周一十四里。

岑参兄弟皆好奇，携我远来游渼陂。天地黭惨忽异色，波涛万顷堆琉璃。琉璃汗漫泛舟入，事殊兴极忧思集。鼍作鲸吞不复知，恶风白浪何嗟及。主人锦帆相为开，舟子喜甚无氛埃。凫鹥散乱棹讴发，丝管啁啾空翠来。沈竿续蔓一作缦深莫测，菱一作芡叶荷花静一作净如拭。宛在中流渤澥清，下归无极一作临无地终南黑。半陂已南纯浸山，动影袅窕冲融间。船舷暝戛云际寺，云际山有大安寺。水面月出蓝田关。即秦岭关，在蓝田县南六十里。此时骊龙亦吐珠，冯夷击鼓群龙趋。湘妃汉女出歌舞，金支《房中歌》：金支秀华，乐上众饰也。翠旗光有无。咫尺但愁雷雨至，苍茫不晓神灵意。少壮几时奈老何，向来哀乐何其多。

渼陂西南台

高台面苍陂，六月风日冷。蒹葭离披去，天水相与永。怀新目似击，接要心已领。仿像识鲛人，空蒙辨鱼艇。错磨终南翠，颠倒白阁紫阁、黄阁、白阁，三峰相去不甚远。影。嶭一作嶞峉《西京赋》：岩峻嶭峉。增光辉一作阴，乘陵《风赋》：乘陵高城。惜俄顷。劳生愧严遵郑朴，外物慕张良邴曼容。世复轻骅骝，吾甘杂蛙黾。知归俗可忽，取适一作足事莫并。身退岂待官，老来苦便平声静。况资菱芡足，庶结茅茨迥。从此具扁舟，弥年逐清景。

戏简郑广文虔兼呈苏司业源

明苏源明，武功人，为东平太守，召为国子司业。

广文到官舍，系一作置马堂阶下。醉则一作即骑马归，颇遭官长骂。才名四一作三十年，坐客寒无毡。赖一作近有苏司业，时时与一作乞酒钱。

夏日李公一作李家令见访

黄鹤云：按宗室世系，当是李炎，时为太子家令。

远林暑气薄，公子过我游。贫居类村坞，僻近城南楼。旁舍颇淳朴，所愿一作须亦易求。隔屋唤西家，借问有酒不。墙头过浊醪，展席俯长流。清风左右至，客意已惊秋。巢多众鸟斗一作喧，叶密鸣蝉稠。苦道一作遭此物聒，孰谓一作语吾庐幽。水花晚色静一作净，庶足充淹留。预恐尊中尽，更起为君谋。

奉同郭给事汤东灵湫作骊山温汤之东有龙湫

东山即骊山气鸿濛一作濛鸿，宫殿居上头。君来必十月，树羽临九州。阴火煮玉泉，喷薄涨岩幽。有时浴赤日，光抱空中楼。阊风入辙迹，旷一作广原一作野延冥搜。沸一作拂天万乘动，观水百丈湫。幽灵一作灵湫斯一作新可佳一作怪，王命官属休。初闻龙用壮，擘石摧林丘。中夜窟宅改，移因风雨秋。倒悬瑶池影，屈注苍一作沧江流。味如甘露浆，挥弄滑且柔。翠旗澹偃蹇，云车纷少留。箫鼓荡四溟，异香泱漭浮。鲛一作蛟人献微一作微绡，曾祝穆天子朝于燕然，奉璧南面，曾祝佐之。曾，重也。沈豪牛。百祥奔盛明，古先莫能俦。坡陀金虾蟆喻安禄山，出见盖有由。至尊顾之笑，王母唐人多以王母比贵妃不肯一作遣收。复归虚无底，化作长黄虬一作龙与虬。飘飘一作飘青琐郎，文彩珊瑚钩。浩歌渌水曲,清绝听者愁。

夜听许十损_{一作许十一,一作}

_{许十,无损字}诵诗爱而有作

许生五台山_{在代州五台县}宾,业白_{《宝积经》有纯白业、五戒、十善、四禅、四定,皆}
_{属善名。}出石壁。余亦师粲可,_{达摩传慧可,慧可传粲。}身犹缚禅寂。何
阶子方便,谬引为匹敌。离索晚相逢,包蒙欣有击。_{《易》:九二:包蒙。}
_{上九:击蒙。}诵诗浑_{一作混}游衍,四座皆_{一作俱}辟易。应手看捶钩,清心
听鸣镝。精微穿溟涬_{音幸},飞动摧霹雳。陶谢不枝梧,风骚共推
激。紫燕_{一作鸢}自超诣,翠驳_{中曲之山,有兽如马,爪牙如虎,一角,能食豹,名}
_{曰驳。}谁剪剔。君意人莫知,人间夜寥闃。

桥陵诗三十韵因呈县内诸

官_{睿宗葬桥陵,改蒲城为奉先,官如赤县。}

先帝昔晏驾,兹山朝百灵。崇冈拥象设,沃野开天庭。即事壮重
险,论功超五丁。坡陀因_{一作用}厚地_{一作力},却略罗峻屏。云阙虚冉
冉,风松肃泠泠。石门霜露_{一作雾}白,玉殿莓苔青。宫女晚_{一作晓}知
曙,祠官_{一作臣}朝见星。空梁簇画戟,阴井敲铜瓶。中使日夜_{一作相}
继_{一作日继夜},惟王心不宁。岂徒恤备享,尚谓求无形。孝理敦国
政,神凝推道经。瑞芝产庙柱,好鸟鸣_{一作巢,一作宿}岩扃。高岳前嵂
崒,洪河左滢滢。_{钱谦益注,谓滢《玉篇》同荥。胡埛、乌迥二切,无营音。滢字,}
_{《玉篇》、《韵略》俱无。毛氏据此诗增,恐非。当作潆。按《类篇》:滢,玄扃切,瀴滢,小}
_{水貌。}金城蓄峻址,沙苑交回汀。永与奥区固,川原纷眇冥。居然
赤县立,台榭争岩亭。官属果称是,声华真_{一作宜}可听。王刘美竹
润,裴李春兰馨。郑氏才振古,啖侯笔不停。遣辞必中律,利物常
发硎。绮绣相展转,琳琅愈_{一作逾}青荧。侧闻鲁恭化,秉德崔瑗铭。

太史候凫影，王乔随鹤翎。朝仪限霄汉，容思回林垌。轗轲辞下杜，飘飖陵—作凌浊泾。诸生旧短褐，旅泛一浮萍。荒岁儿女瘦，暮途涕泗零。主人念老马，廨署—作宇容—作客秋萤。流寓理岂惬，穷愁醉未醒。何当摆俗累，浩荡乘沧溟。

沙苑行

　　沙苑在冯翊县南，东西八十里，南北三十里，其地宜畜牧。唐置沙苑监，掌牛马诸牧。

君不见左辅白沙如白水—作白如水，缭以周墙百馀里。龙媒昔是渥洼生，汗血今称献于此。苑中骐牝三千匹，丰草青青寒不死。食音字之豪健西域无—作腾西域，每岁攻—作收，—作牧。驹冠边鄙。王有虎臣司苑门，入门天厩皆云屯。骕骦一骨独当御，春秋二时归—作朝至尊。至尊内外马盈亿—作内外马数将盈亿，伏枥在垌空大存。逸群绝足信殊杰，倜傥权奇难具论。累累塠阜藏奔突，往往坡陀纵超越。角壮翻同—作腾麋鹿游，浮深簸荡鼋鼍窟。泉—作海出巨鱼长比人，丹砂作尾黄金鳞。岂知异物同精气，虽未成龙亦有神。

骢马行　原注：太常梁卿救赐马也。李邓公爱而有之，命甫制诗。

邓公马癖人共知，初得花骢大宛种。凤昔传闻思一见，牵来左右神皆竦。雄姿逸态何崷崪，顾影骄嘶自矜宠。隔目青荧夹镜悬，肉骏—作骏碨礧连钱动。朝来久—作少试华轩下，未觉千金满高价。赤汗微生白雪毛，银鞍却覆香罗帕。卿家旧赐公取—作有之—作能取，天厩真龙此其亚。昼洗须腾泾渭深，朝—作夕，—作晨趋可刷幽并夜。吾闻良骥老始成，此马数年人更惊。岂有四蹄疾于鸟，不与八骏俱先鸣。时俗造次那得致，云雾晦冥方降精。近闻下诏喧都邑，肯使—作知有骐骦地上行。

去矣行

鲍钦止曰:天宝十四载,甫在率府,数上赋颂,不蒙采录。欲辞职去,作《去矣行》。

君不见韝上鹰,一饱则飞掣。焉能作堂上燕,衔泥附炎热。野人旷荡无颟颜,岂可久在王侯间。未试囊中餐玉法,明朝且入蓝田山。后魏李预椎玉七十枚为屑,日服食之。蓝田山出美玉。

自京赴奉先县咏怀五百字

原注:天宝十四载十〔一〕(二)月初作。

杜陵有布衣,老大意转拙。许身一何愚一作过,窃比稷与契。居然成濩落,白首甘一作苦契一作挈阔。盖棺事则已,此志常觊豁。穷年忧黎元,叹息肠一作腹内热。取笑同学翁,浩歌弥激烈。非无江海志,萧洒送一作送日月。生逢尧舜一作为君,不忍便永诀。当今廊庙具,构厦岂云缺。葵藿倾太阳,物性固莫一作难夺。顾惟蝼蚁辈,但自求其穴。胡为慕大鲸,辄拟偃溟渤。以兹悟一作误生理,独耻事干谒。兀兀遂至今,忍为尘埃没。终愧巢与由,未能易其节。沉饮聊自适一作遣,放歌颇愁绝。岁暮百草零,疾风高冈裂。天衢阴峥嵘,客子中夜发。霜严衣带断,指直不得一作能结。凌晨过骊山,御榻在嵽嵲。蚩尤塞寒空,蹴蹋崖谷滑。瑶池气郁律,羽林相摩戛。君臣一作圣君留欢娱,乐动殷樛嶙一作胶葛,一作螑螑,一作福碣嶙,一作汤嶙。赐浴皆长缨,华清宫内供奉两汤,外更有汤十六所,安禄山及将士、杨国忠兄弟姊妹,并赐浴、赐食、赐钱。与宴一作谋非短褐。彤庭所分帛,本自寒女出。鞭挞一作箠其夫家,聚敛贡城阙。圣人筐篚恩,实欲一作愿邦国活。臣如忽至理,君岂弃此物。多士盈朝廷,仁者宜战栗。况闻内金盘,尽在卫霍室。中堂舞一作有神仙,烟雾散一作蒙玉质。暖客貂鼠裘,悲管逐清瑟。劝客驼蹄羹,霜橙压香橘。朱门酒肉臭,路有冻死骨。荣枯咫尺异,惆怅难再述。北辕就泾渭,官渡又改辙。群冰一作水从西下,极目高崒兀。疑是崆峒来,恐触天柱折。河梁幸未坼,枝撑声窸窣。行旅相攀援,川广不一作且可越。老妻寄一作既异县,十口隔风雪。谁能久不顾,庶往共饥渴。入门闻号咷,幼子饥一作饿已卒。吾宁舍一哀,里巷亦一作犹呜咽。所愧为人父,无食致夭折。岂知秋未一作禾登,贫窭有仓卒。生常一作当免租税,名不隶征伐。抚迹犹一作独酸辛,平人固骚屑。默思失业徒,因念远戍卒。忧端齐一作际终南,澒洞不可掇。

奉先刘少府新画山水障歌

《英华》题作新画山水障歌奉先尉刘单宅作。

堂上不合生枫树,怪底江山一作山川起烟雾。闻君扫却赤县图,乘兴遣画沧洲趣。画师亦无数,好手不可遇。对此融心神,知君重毫素。岂但祁岳《画录》有名无迹者二十五人,祁岳在李国恒之上。一云乃祁乐之误。岑参有送祁乐诗。与郑虔,笔迹远过杨契丹。隋参军杨契丹,山东人,六法兼修。得非悬圃裂一作坼,无乃潇湘翻。悄然坐我天姥下,耳边已似闻清猿。反思前夜风雨急,乃一作恐是蒲一作满城鬼神入。元气淋漓障犹湿,真宰上诉天应泣。野亭春还杂花远,渔翁暝蹋孤舟立。沧浪水深青溟阔一作沧浪之水深且阔。欹岸一作峰侧岛一作岸秋毫末。不见湘妃鼓瑟时,至今斑竹临江活。刘侯天机精,爱画入骨髓。自有两儿郎,挥洒亦莫比。大儿聪明到,能添老树巅崖里。小儿心孔开,貌音邈得山僧及童子。若耶溪,云门寺俱在会稽,吾独胡为在泥滓,青鞋布袜从此始。

白水_{即奉先}县崔少府十九翁
高斋三十韵 _{原注：天宝十五载五月作。}

客从南县来，浩荡无与适。旅食白日长，况当朱炎赫。高斋坐林
杪，信宿游衍阒。清晨陪跻攀，傲睨俯峭壁。崇冈相枕带，旷野怀
_{一作回，一作迴。}咫尺。始知贤主人，赠此遣愁寂。危阶根青冥，曾冰
生淅沥。上有无心云，下有欲落石。泉声闻复急_{一作息}，动静随所
击_{一作激}。鸟呼藏其身，有似惧弹射。吏隐道_{一作适，一作通，一作识。}
性情，兹焉其窟宅。白水见舅氏，诸翁乃仙伯。杖藜长松阴，作尉
穷谷僻。为我炊雕胡，逍遥展良觌。坐久风颇愁_{一作怒}，晚来山更
碧。相对十丈蛟，欻翻盘涡坼。何得空里雷，殷殷寻地脉。烟氛_一
_{作气}蔼嶙_{一作嶒崒}，魍魉森惨戚。昆仑崆峒颠，回首如_{一作知}不隔。
前轩颓_{一作摧}反照，巉绝华岳赤。兵气涨林峦，川光杂锋镝。知是
相公军，_{天宝十四载，禄山反。拜哥舒翰为兵马副元帅以讨禄山，明年正月，加同平}
_{章事。}铁马云_{一作烟雾}积。玉觞淡无味，胡羯岂强敌。长歌激屋梁，
泪下流衽席。人生半哀乐，天地有顺逆。慨彼万国夫，休明备征狄
_{一作敌}。猛将纷填委，庙谋蓄长策。东郊何时开，带甲且来_{一作未}
释。欲告清宴罢_{一作疲}，难拒幽明迫。三叹酒食旁，何由似平昔。

三川观水涨二十韵

_{原注：天宝十五载七月中避寇时作。按三川属鄜，以华池、黑水、洛}
_{水同会得名。}

我经华原来，不复见平陆。北上唯土山，连山走穷_{一作穹}谷。火云
无时出_{一作出无时}，飞电常在目。自多穷岫雨，行潦相豗_{一作灰蹙}。
蓊_{音乌旬音阆，又音溢。}川气黄，群流会空曲。清晨望高浪，忽谓阴崖
踣_{音蔀}。恐泥窜蛟龙，登危聚麋鹿。枯查卷拔树，礧硊共充塞。声
吹鬼神下，势阅人代速。不有万穴归，何以尊四渎。及观泉源涨，

反惧江海覆。漂沙坼岸去一作去岸，漱壑松柏秃。乘陵一作凌破山门，回斡裂一作倒地轴。交洛赴洪河，及关岂信宿。应沉数州没，如听万室哭。秽浊殊未清，风涛怒犹蓄一作畜。何时通舟车，阴气不一作亦黪黩。浮生有荡汩，吾道正羁束。人寰难容身，石壁滑侧足。云雷此一作屯不已，艰险路更蹜。普天无川梁，欲济愿水缩。因悲中林士，未脱众鱼腹。举头向苍天，安得骑鸿鹄。

悲陈陶

陈涛斜，在咸阳县，一名陈陶泽，至德元年十月，房琯与安守忠战，败绩于此。

孟冬十郡良家子，血作陈陶泽中水。野旷一作广天清一作晴无战声，四万义军同日死。群胡归来血一作雪洗箭，仍唱一作捻箭胡歌饮都市。都人回面向北啼，日夜更望官军至一作前后官军苦如此。

悲青坂

我军青坂在东门，天寒饮马太白窟。黄头奚儿日向西，数骑弯弓敢驰突。山雪河冰野一作晚，一作已。萧飔一作飕，一作飒，青是烽一作人烟白人骨。焉得附书与我军，忍待明年莫仓卒。　苏轼曰："琯既败，犹欲持重有所伺。而中人邢延恩等促战，仓皇失据，遂及于败，故后篇云。"

哀江头

少陵汉宣帝葬杜陵。许后葬南园，谓之小陵，后人呼为少陵，杜甫家焉。野老吞声哭，春日潜行曲江曲。江头宫殿锁千门，细柳新蒲为谁绿。忆昔霓旌下南苑，苑中万物生颜色。昭阳殿里第一人，同辇随君侍君侧。辇前才一作词人带弓箭，白马嚼一作嚼啮黄金勒。翻身向天一作空仰射云，一箭一作笑，一作发。正坠双飞翼。明眸皓齿今何在，血污游魂归不得。清渭东流剑阁深，去住彼此无消息。人生有情泪沾臆，江水一作草江花岂终极。黄昏胡骑尘满城，欲往城南忘南一作望城北。

哀　王　孙

《旧书》：天宝十五载六月九日，潼关不守。十二日，明皇自延秋出幸蜀，亲王妃主俱不及从。

长安城头头一作多，一作颈。白乌，夜飞延秋门上呼。又向一作来人家啄大屋，屋底达官走避胡。金鞭断折九马死，骨肉不待一作得同驰驱。腰下宝玦青珊瑚，可怜王孙泣路隅。问之不肯道姓名，但道困苦乞为奴。已经百日窜荆棘，身上无有完肌肤。高帝子孙尽隆一作高准音拙，龙种自与常人殊。豺狼在邑龙在野，王孙善保千金躯。不敢长语临交衢，且为王孙立斯须。昨夜东一作春风吹血腥，东来橐一作骆驼满旧都。朔方健儿好身手，昔何勇锐今何愚。窃闻天一作太子已传位，圣德北服南单于。花门劙面请雪耻，慎勿出口他人狙。哀哉王孙慎勿疏，五陵佳气无时无。

大云寺赞公房四首

武后幸光明寺，沙门宣政进《大云经》，中有女主之符，因改为大云经寺。

心在水精域，衣沾春雨时。洞门尽徐步，深院果幽期。到一作倒扉一作屝，一作履。开复闭，撞钟斋及兹。醍醐长发性，饮一作饭食过扶衰。把臂有多日，开怀无愧辞。黄鹂一作鸳度结构，紫鸽下罘罳一作芳菲。愚一作芳意会所适，花边行自迟。汤休起我病，微笑索题诗。

细软青丝履，光明白氎巾。深藏供老宿，取用及吾身。自顾转无趣，交情何尚新。道林才不世，惠远德过人。雨泻暮檐竹，风吹青一作春井芹。天阴对图画，最觉润龙鳞。

灯影照无睡，心清闻妙香。夜深殿突兀，风动金银铛。天黑闭春院,地清栖暗芳。玉绳回断绝,铁凤森翱翔。梵放时出寺,钟残仍殷床。明朝在沃野,苦见尘沙黄。

童儿汲井华,惯捷<small>一作健</small>瓶上<small>一作在手</small>。沾洒不濡地,扫除似无帚。明<small>一作晨</small>霞烂复阁,霁雾塞高牖。侧塞被径花,飘飖委墀<small>一作阶</small>柳。艰难世事迫,隐遁佳期后。晤语契深心,那能总箝口。奉辞还杖策,暂别终回首。泱泱<small>一作浹浹</small>泥污人,听听与狺同国多狗。既未免羁绊<small>一作寓</small>,时来憩奔走。近公如白雪,执热烦何有。

全唐诗卷二一七

杜　甫

苏端薛复筵简薛华醉歌

文章有神交有道,端复得之名誉早。爱客满堂尽豪翰—作杰,开筵
上日—作月思芳草。安得健步移远梅,乱插繁花向晴昊。千里犹残
旧冰雪,百壶且试开怀抱。垂老恶闻战鼓悲,急—作羽觞为缓忧心
捣。少年努力纵谈笑,看我形容已枯槁。坐中薛华善—作能醉歌,
歌辞自作风格老。近来海内为—作无长句,汝与山东李白好。何逊
刘孝绰沈约谢朓力未工,才兼鲍照愁绝倒。诸生颇尽新知乐,万事
终伤不自保。气酣日落西风来,愿吹野水添—作注金杯。如渑之酒
常快意,亦—作不知穷愁—作未知穷达安在哉。忽忆雨时秋井塌,古人
白骨生青苔,如何不饮令心哀。

晦日寻崔戢李封

朝光入瓮牖,尸—作方,一作宴。寝惊敝裘。起行视天宇,春气渐和
柔。兴来—作得兴,一作乘兴。不暇懒,今晨梳我头。出门无所待,徒
步觉自由。杖藜复恣意,免值公与侯。晚定崔李交,会心真罕俦。
每过得酒倾—作吃,二宅可淹留。喜结仁里欢,况因令节求。李生
园欲荒,旧—作有竹颇修修。引客看扫除,随时成献酬。崔侯初筵

色,已畏空尊愁。未知天下士,至_{一作志}性有此不。草牙既青出,蜂声亦暖游。思见农器陈,何当甲兵休。上古葛天民_{一作氏},不贻黄屋_{一作绮}忧。至今阮籍等,熟醉为身谋。威凤高其_{一作自}高翔,长鲸吞九洲。地轴为之翻,百川皆乱流。当歌欲一放,泪下恐莫收。浊醪有妙理,庶用_{一作与}慰沉浮。

雨过苏端 原注:端置酒。

鸡鸣风雨_{一作云}交,久旱云_{一作雨}亦好。杖藜入春泥,无食起我早。诸家忆所历,一饭_{一作饱}迹便_{一作更}扫。苏侯得数过,欢喜每倾倒。也复_{一作复也}可怜人,呼儿具梨枣。浊醪必在眼,尽醉摅怀抱。红稠屋角花,碧委_{一作秀}墙隅草。亲宾纵_{一作绝}谈谑,喧闹畏_{一作慰}衰老。况蒙霈泽垂,粮粒或自保。妻孥隔军垒,拨弃不拟道。

喜　晴 一作喜雨

皇天久不雨,既雨晴亦佳。出郭眺西郊,肃肃_{一作萧萧}春增华。青荧陵陂麦,窈窕桃李_{一作杏}花。春夏各有实,我饥岂无涯。干戈虽横放,惨澹斗龙蛇。甘泽不犹愈,且耕今未赊。丈夫则带甲,妇女终在家。力难及黍稷,得种菜与麻。千载商山芝,往者东门瓜。其人骨已朽_{一作灭},此道谁疵瑕。英贤遇轗轲,远引蟠泥沙。顾惭昧所适,回首白日斜。汉阴有鹿门,沧海有灵_{一作云}查。焉能学众口,咄咄空_{一作同}咨嗟。

送率府程录事还乡 原注:程携酒馔相就取别。

鄙夫行衰谢,抱病昏妄_{一作忘}集。常时往还人,记一不识十。程侯晚相遇,与语才杰立。熏然耳目开,颇觉聪明入。千载得鲍叔,末契有所及。意钟_{一作中}老柏青,义动修蛇蛰。若人可数见,慰我垂白泣。告一作生别无淹晷，百忧复相袭。内愧突不黔，庶羞以一作明似赒给。素丝挈长鱼，碧酒随玉粒。途穷见交态，世梗悲路涩。东风吹春冰，泱莽一作漭后土湿。念君惜羽翮，既饱更思戢。莫作翻云鹘，闻呼向禽急。

述怀一首 此已下自贼中窜归凤翔作

去年潼关破，妻子隔绝久。今夏草木长，脱身得西走。麻鞋见天子，衣袖露两肘。朝廷愍生还，亲故伤老丑。涕泪授拾遗，流离主恩厚。柴门虽得去，未忍即开口。寄书问三川，不知家在否。比闻同罹祸，杀戮到鸡狗。山中漏茅屋，谁复依户牖。摧颓苍松根，地冷骨未朽。几人全性命，尽室岂相偶。嵚岑一作崟猛虎场，郁结回我首。自寄一封书，今已十月后。反畏消息来，寸心亦何有。汉运初中兴，生平老耽酒。沉思欢会处，恐作穷独一作途叟。

送长孙九侍御赴武威判官

骢马新凿蹄，银鞍被来好。绣衣黄白北齐乐曲：怀黄绾白。疑指金银印。郎，骑向交河道。问君适万里，取别何草草。天子忧凉州，严程到须早。去秋群胡反，不得无电扫。此行收一作牧遗甿，风俗方再造。族父领元戎时杜鸿渐为河西节度使，名声国一作阁中老。夺我同官良，飘摇按城堡。使我不能餐，令我恶怀抱。若人才思阔，溟涨浸一作漫绝岛。尊前失诗流，塞上得一作多国宝。皇天悲送远，云雨白浩浩。东郊尚烽火，朝野色枯槁。西极柱亦倾，如何正穹昊。

送樊二十三侍御赴汉中判官

威弧不能弦，弧矢星拟射狼，弧不直狼，则盗贼起。自尔无宁岁。川谷血横流，豺狼沸相噬。天子从北来灵武在凤翔北，长驱振凋敝。顿兵岐梁下,却跨沙漠裔。二京陷未收,四极我得制。萧索一作瑟汉水清,缅通淮湖税。使者纷星散,王纲尚旒缀。南伯从事贤,君行立谈际。生一作坐知七曜历,手画三军势。冰雪净聪明,雷霆走精锐。幕府辍谏官,朝廷无此一作比例。至尊方旰食,仗尔布嘉惠。补阙暮征入,柱史晨征憩。一作补阙入柱史,晨征固多憩。正当艰难时,实藉长久计。回风吹独树,白日照执袂。恸哭苍烟根,山门万重一作里闭。居人莽牢落,游子方迢递。裴回悲生离,局促老一世。陶唐歌遗民,后汉更列一作别帝。恨无匡复姿一作资,聊欲从此逝。

送从弟亚赴安西一作河西判官

杜亚字次公,京兆人。肃宗在灵武,上书论时政,授校书郎。时杜鸿渐节度河西,辟为从事。

南风作秋声,杀气薄炎炽。盛夏鹰隼击,时危异人至。令弟草中来,苍然一作茫请论事。诏书引上殿,奋舌动天意。兵法五十家,尔腹为箧笥。应对如转丸一作圆,疏通略文字。经纶皆新语,足以正神器。宗庙尚为灰,君臣俱一作皆下泪。崆峒地无轴,青一作清海天轩轾一作辕,见潘岳赋。西极最疮痍,连山暗烽燧。帝曰大布衣,藉卿佐元帅。坐看清流沙,所以子奉使。归当再前席,适远非历一作虚试。须存武威郡,为画长久利。孤峰石戴驿,快马金缠辔。黄羊饫不膻,芦一作鲁酒多还醉。踊跃常人情,惨澹苦士志。安边敌何有,反正计始遂。吾闻驾鼓车,不合用骐骥。龙吟回其头,夹辅待所致。

送韦十六评事充同谷郡防御判官

昔没贼中时,潜与子同游。今归行在所,王事有去留。逼侧兵马间,主忧急良筹。子虽躯干小,老一作志气横九州。挺身艰难际,张目视寇雠。朝廷壮其节，奉诏令参谋。銮舆驻凤翔，同谷为咽喉。西扼弱水道，南镇枹罕一作氐羌阪。此邦承平日，剽劫吏所羞。况乃胡未灭，控带莽悠悠。府中韦使君，道足示怀柔。令侄才俊茂，二美又何求。受词太白脚，走马仇池头。古色一作邑沙土裂，积阴雪云一作霜雪稠一作积雪阴云稠。羌父豪猪靴一作帽，羌儿青兕裘一作汉兵黑貂裘。吹角向月窟，苍山旌旆愁。鸟惊出死树，龙怒拔老湫。古来无人境，今代横戈矛。伤哉文儒士，愤激驰林丘。中原正格斗，后会何缘由。百年赋命定，岂料沉与浮。且复恋良友，握手步道周。论兵远壑净一作静，亦可纵冥搜。题诗得秀句，札翰时相投。

塞芦子　芦子关，属夏州，北去塞门镇一十八里。

五城《方镇表》：朔方节度领定远、安丰二军及三受降城，为五城。何迢迢，迢迢隔河水。边兵尽东征，城内空荆杞。思明割怀卫，秀岩西未已。回一作迥略大荒来一作东，崤函盖虚尔。延州塞门镇本属延州，开元二年，移就芦子关。秦北户，关防犹可倚。焉得一万人，疾驱塞芦子。岐一作顷有薛大夫，薛景仙为扶风太守，贼残至，击却之。旁制山贼起。近闻昆戎徒，为退三百里。芦关扼两寇，深意实在此。谁能一作敢叫帝阍一作门，胡行速如鬼。

彭衙行　邰阳县西北有彭衙城

忆昔避贼初，北走经险艰。夜深彭衙道一作门，月照白水山。尽室久徒步，逢人多厚颜。参差谷鸟吟一作鸣，不见游子还。痴女饥咬我，啼畏虎狼一作猛虎闻。怀中掩其口，反侧声愈嗔。小儿强解事，故索苦李餐。一旬半雷雨，泥泞相牵攀。既无御雨一作湿备，径滑衣又寒。有时经一作最契阔，竟日数里间。野果充糇粮，卑枝成屋椽。早行石上水，暮宿天边烟。少留周一作固，一作同。家洼，欲出芦子关。故人有孙宰,高义薄曾云。延客已曛黑,张灯启重门。暖汤濯我足,翦纸招我魂。从此出妻孥,相视涕阑干。众雏烂熳睡,唤起沾盘餐。誓将与夫子,永结为弟昆。遂空所坐堂,安居奉我欢。谁肯艰难际,豁达露心肝。别来岁月周,胡羯仍构患。何当有翅翎,飞去堕尔前。

北　征

原注:归至凤翔,墨制放往鄜州作。按鄜在凤翔东北,故曰北征。

皇帝二载秋,闰八月初吉。杜子将北征,苍茫问家室。维时遭艰虞一作危,朝野少暇日。顾惭恩私被,诏许归蓬荜。拜一作奉辞诣阙下一作阁门,怵惕久未出。虽乏谏诤姿,恐君有遗失。君诚中兴主,经纬固密勿。东胡反未已,臣甫愤所切。挥涕恋行在,道途一作路犹恍惚。乾坤含一作合疮痍,忧虞何时毕。靡靡逾阡陌,人烟眇萧瑟一作索。所遇多被伤,呻吟更流血。回首凤翔县,旌旗晚明灭。前登寒山重,屡得饮马窟。邠郊入地底,泾水中荡潏。猛虎立我前,苍崖吼时裂。菊垂今秋花,石戴一作带,一作载古车辙。青云动高兴,幽事亦可悦。山果多琐细,罗生杂橡栗。或红如丹砂,或黑如点漆。雨露之所濡,甘苦一作酸齐结实。缅一作缥思桃源内,益叹身世拙。坡陀望鄜畤,岩谷一作谷岩互出没。我行已水滨,我仆犹木末。鸱鸟一作枭鸣黄桑,野鼠拱乱穴。夜深一作中经战场,寒月照白骨。潼关百万师,往者散一作败何卒。遂令半秦民,残害为异物。况我堕一作随胡尘,及归尽华发。经年至茅屋,妻子衣百结。恸哭松声回一作迥,悲泉共幽一作呜咽。平生所娇儿,颜色白胜雪。见耶背面啼,垢腻脚不袜。床前两小女,补绽才一作缝过膝。海图坼波涛,旧绣移曲折。天吴及紫凤,颠倒在裋一作短褐。老夫情怀恶,呕泄一作咽卧数日一作数日卧呕泄。那无囊中帛,救汝寒凛栗。粉黛亦解苞一作包,衾裯稍罗列。瘦妻面复光,痴女头自栉。学母无不为,晓妆随手抹。移时施朱铅,狼藉画眉阔。生还对童稚,似欲忘饥渴。问事竞挽须,谁能即嗔喝。翻思在贼愁,甘受杂乱聒。新归且慰意,生理焉能说一作脱。至尊尚蒙尘,几日休练卒。仰观一作看天色改,坐一作旁觉妖气一作氛豁。阴风西北来,惨澹随回鹘一作纥,其王愿助顺,其俗善一作喜驰突。送兵五千人,驱马一万匹。此辈少为贵,四方服勇决。所用皆鹰腾,破敌过一作如箭疾。圣心颇虚伫,时议气欲夺。伊洛指掌收,西京不足拔。官军请深入,蓄锐何一作可,一作伺俱发。此举开青徐,旋瞻略恒碣。昊天积霜露,正气有肃杀。祸转亡胡岁,势成擒胡月。胡命其能久,皇纲未宜绝。忆昨一作昔狼狈初,事与古先别。奸臣竟菹醢,同恶随荡析。不闻夏殷当作殷周衰,中自诛褒妲。周汉获再兴,宣光果明哲。桓桓陈将军,仗钺奋忠烈。微尔人尽非,于今国犹活。凄凉大同殿,寂寞白兽闼。都人望翠华,佳气向金阙。园陵固有神,扫洒数不缺。煌煌太宗业,树立甚宏达。

得舍弟消息

风吹紫荆树,色与春庭暮。花落辞故枝,风回返一作反无处。骨肉恩书重,漂泊难相遇。犹有泪成河,经天复东注。

徒步归行 原注:赠李特进,自凤翔赴鄜州途经邠州作。

明公壮年值时危,经济实藉英雄姿。国之社稷今若是,武定祸乱非公谁。凤翔千官且饱饭,衣马不复能轻肥。青袍朝士最困者,白头拾遗徒步归。人生交契无老少,论交一作心何必先同调。妻子山中哭向天,须公枥上追风骠。

玉　华　宫

贞观二十一年,作玉华宫,后改为寺,在宜君县北凤皇谷。

溪回一作迴松风长,苍鼠窜古瓦。不知何王殿,遗构绝壁下。阴房鬼火青,坏道哀湍泻。万籁真笙竽一作竽瑟,秋色一作气,一作光。正一作极萧洒。美人为黄土,况乃粉黛假。当时侍金舆,故物独石马。忧来藉草坐,浩歌泪盈把。冉冉征途间,谁是长年者。

九　成　宫

本隋仁寿宫,贞观修以避暑,更名九成,在麟游县西五里。

苍山入百里,崖断如杵臼。曾宫凭风回一作迴,欻吸土囊口。立神扶栋梁一作宇,凿翠开户牖。其阳产灵芝,其阴宿牛斗。纷披一作扶长松倒一作侧,揭嶥怪石走。哀猿啼一声,客泪迸林薮。荒哉隋家帝,制此今颓朽。向使国不亡,焉为巨唐有。虽无新增修,尚置一作署官居守。九成宫置总监一人,副监一人,丞、簿、录事各一人。巡非瑶水远,迹是雕墙后。我行一作来属时危,仰望嗟叹久。天王守音狩太白,驻马更搔一作回首。

羌　村

峥嵘赤云西,日脚下平地。柴门鸟雀噪,归客一作客子千里至。妻孥怪我在,惊定一作走还拭泪。世乱遭飘荡,生还偶然遂。邻人满墙头,感叹亦歔欷。夜阑更秉烛,相对如梦寐。

晚岁迫偷生,还家少欢趣。娇儿不离膝,畏我复却去。忆昔好追凉,故绕池边树。萧萧北风劲,抚事煎百虑。赖知禾黍一作黍秋,一作黍穄收,已觉糟床注。如今足斟酌,且用慰迟暮。

群鸡正一作忽乱叫,客至鸡斗争一作正生。驱鸡上树木,始闻叩柴荆。

父老四五人，问我久远行。手中各有携，倾榼浊复清。苦一作莫辞
酒味薄，黍地无人耕。兵革既未息，儿童一作郎尽东征。请为父老
歌，艰难愧深一作徐情。歌罢仰天叹，四座泪纵横。

逼仄一作侧行赠毕曜

一作偈偈行，篇中字亦作偈偈。一作赠毕四曜。

逼仄何逼仄，我居巷南子巷北。可恨邻里间，十日不一见颜色。自
从官马送还官，行路难行涩如棘。我贫无乘非无足，昔者相过今不
得。实不是一作未敢爱微躯一作慵相访，又非关足无力。一本二句起处无
实、又二字。徒步翻愁官长怒，此心炯炯君应识。晓来急雨春风颠，
睡美不闻钟鼓传。东家蹇驴许借我，泥滑不敢骑朝天。已令请急
会通籍一作已令把牒还请假，男儿信一作性命绝可怜。焉能终日心拳
拳，忆君诵诗神凛然。辛夷始花亦一作又已落，况我与子非壮年。
街头酒价常苦贵，方外酒徒稀醉眠。速宜一作径须相就饮一斗，恰
有三百青铜钱。建中三年，置肆酿酒，斛收直三千。

送李校书二十六韵

李舟，陇西人，后封陇西县男。父岑，水部郎中、眉州刺史。

代北有豪鹰，生子毛尽赤。渥洼骐骥儿一作种，尤异是龙一作虎脊。
李舟名父子，清峻流一作时辈伯。人间好一作妙少年，不必须白皙。
十五富文史，十八足宾客。十九授校书，二十声辉一作煇，一作烜，一作
烨。赫。众中每一见，使我潜动魄。自恐二男儿，辛勤养无益。乾
元元一作二年春，万姓始安宅。舟也衣彩衣，告我欲远适。倚门固
有望，敛衽就行役。南登吟白华，已见楚山碧。蔼蔼咸阳都，冠盖
日云一作已如积。何时太夫人，堂上会亲戚。汝翁草明光，天子正
前席。归期岂烂漫一作爁，别意终感激。顾我蓬屋姿，谬通金闺一作

门籍。小来习性懒,晚节一作岁慵转剧。每愁悔吝作,如觉天地窄。
羡君齿发新,行己能夕惕。临岐意颇切,对酒不能吃。回身视绿
野,惨澹如荒泽。老雁春忍一作忍春饥,哀号待枯麦。时哉高飞燕,
绚练新羽翮。长云湿褒斜,汉水饶巨石。无令轩车迟,衰疾悲夙
昔。

洗兵马 原注:收京后作。

中兴诸将收山东,捷书日一作夜,一作夕。报清昼同。河广传闻一苇
过,胡危一作儿命在破竹中。祗残邺城不日得,独任朔方无限功。郭
子仪领朔方军,屡破贼,拔卫州,进围邺城。京师皆骑汗血马,回纥回纥以骁骑
三千助讨安庆绪喂肉葡萄宫。已喜皇威清海岱,常思仙仗过崆峒。山
在平凉县西。三年笛里关山月,万国兵前草木风。成王广平王傲功大
心转小,郭相中书令郭子仪谋深一作猷古来少。司徒李光弼加检校司徒清
鉴悬明镜,尚书王思礼迁兵部尚书气与秋天杳。二三豪俊为时出,整
顿乾坤济时了。东走无复忆鲈鱼,南飞觉有安巢一作枝鸟。青春复
随冠冕入,紫禁一作驾正耐烟花绕。鹤禁通霄凤辇备,鸡鸣问寝龙
楼一作蛇晓。攀龙附凤势一作世莫当,天下尽化为侯王。加封蜀郡、灵武
元从功臣,肃宗独厚郭湜、李辅国辈。汝等岂知蒙一作象帝力,时来不得夸
身强。关中既留萧丞相,谓杜鸿渐。肃宗至平凉,鸿渐悉录军资储庸上之。上
喜曰:灵武,吾之关中,卿乃萧何也。幕下复用张子房。时张镐代房琯为相,故下
专言之。张公一生江海客,身长九尺须眉苍。征起适遇风云会,扶
颠始知筹策良。青袍白马更何有,后汉今周喜再昌。寸地尺天皆
入贡,奇祥异瑞争来送。不知何国致白环,复道诸山得银瓮。隐士
谓李泌,时求归衡山。休歌紫芝曲,词人解一作争撰河清一作清河颂。时杨
炎辈争献灵武受命、凤翔出师颂之类。田家望望惜雨干,布谷处处催春种。
淇上健儿归莫懒,城南思妇愁多梦。安得壮士挽天河,净洗甲兵长
不用。

留 花 门

甘州东北千馀里，有居延海。又北三百里，有花门山堡。又东北千里，至回纥牙帐。肃宗还西京，叶护辞归，奏曰：回纥战兵留在沙苑，今归灵夏取马，更为陛下收范阳馀孽。

北门_{一作北方，一作花门。}天骄子，饱肉气勇决。高秋马肥健，挟矢射汉月。自古以为患，诗人厌薄伐。修德使其来，羁縻固不绝。胡为倾国至，出入暗金阙。中原有驱除，隐忍用此物。公主_{宁国公主妻回}歌黄鹄_{纥可汗}，君王指白日。连云屯左辅，百里见积雪。长戟鸟休飞，哀笳曙_{一作晓}幽咽。田家最恐惧，麦倒桑枝折。沙苑临清渭，泉香草丰洁。渡河不用船，千骑常撇烈_{一作灭没，一作摵}。胡尘逾太行，杂种抵京室。花门既须留，原野转萧瑟。

病后遇_{一作过}王倚饮赠歌

麟角_{一作鳞鱼}凤觜世莫识_{一作辨}，煎胶续弦奇自见。尚看王生抱此怀，在于甫也何由羡。且遇王生慰畴昔，素知贱子甘贫贱。酷见冻_{一作陈}馁不足耻，多病沈年苦无健。王生怪我颜色恶，答云伏枕艰难遍。疟疠三秋孰可忍，寒热百日相交战。头白眼暗坐有胝，肉黄皮皱命如线。惟生哀我未平复，为我力致美肴膳。遣人向市赊香粳，唤妇出房亲自馔。长安冬菹酸且绿，金城土酥静如练。兼求富_{一作畜豪一作畜豕}且割鲜，密沽斗酒谐终宴。故人情义_{一作味}晚谁似，令我手脚轻欲漩_{一作旋}。老马为驹信_{一作总}不虚，当时得意况深眷。但使残年饱吃饭，只愿无事常相见。

湖城东遇孟云卿复归刘
颢宅宿宴饮散因为醉歌

蔡本题上有冬末以事之东都七字。孟云卿，河南人，与元结、杜甫辈相友善。

疾风吹尘暗河县,行子隔手不相见。湖城城南一作东,一作北。一开眼,驻马偶识云卿面。向一作况非刘颢为地主,懒回鞭笞成高一作城南宴。刘侯叹一作欢我携客来,置酒张灯促华馔。且将款曲终今夕一作经今夕,休语一作话艰难尚酣战。照室红炉促曙光一作簇曙光,紫窗素月垂文一作秋练。天开地裂长安陌一作春,寒尽春生一作紫陌春寒洛阳殿。岂知驱车复同轨,可惜刻漏随更箭。人生会合不可常,庭树鸡鸣泪如线一作霰。

阌乡姜七少府设脍戏赠长歌

姜侯设脍当严冬,昨日今日皆天风。河冻未渔一作取鱼,一作黄河美鱼,一作黄河冰鱼,一作黄河味鱼。不易得,凿冰恐侵河伯宫。饔人受鱼鲛人手,洗鱼磨刀鱼眼红。无声细下飞碎一作素雪,有骨已剁觜平声,喙也。春葱。偏劝腹腴愧年少,软炊香饭一作粳缘老翁。落砧何曾白纸湿,放箸未觉金盘空。新欢便饱姜侯德,清觞异味情屡极。东归贪一作贫路自觉难,欲别上马身无力。可怜为人好心事,于我见子真颜色。不恨我衰子贵时,怅望且为今相忆。

戏赠阌乡秦少公一作翁,
一作府,唐人称尉为少公短歌

去年行宫当一作守太白,朝回君是同舍客。同心不减骨肉亲,每语见许文章伯。今日时清两京道,相逢苦觉人情好。昨夜邀欢乐更无,多才依旧能潦一作倾倒。

李鄠县丈人胡马行

丈人骏马名胡骝,前年避胡一作贼过金牛。回鞭却走见天子,朝饮汉水暮灵州。自矜胡骝奇绝代，乘出千人万人爱。一闻说尽急难材，转益愁向驽骀辈。头上锐耳批秋竹，脚下高蹄削寒玉。始知神龙别有种，不比俗一作凡马空多肉。洛阳大道时再清，累日喜得俱东行。凤臆龙一作麟鬐一作麟，一作麟鬐。未易识，侧身注目长风生。

义　鹘 宋刻诸本皆有行字

阴崖有苍一作二鹰，养子黑柏颠。白蛇登其巢，吞噬一作之恣一作资朝餐。雄飞远求食，雌者鸣辛酸。力强不可制，黄口无一作宁半存。其父从西归一作来，翻身入长烟。斯须领健鹘，痛一作冤愤一作愤懑寄所宣。斗上捩孤影，噭哮一作无声来九天。修鳞脱远枝，巨颡坼老拳。高空得蹭蹬，短一作茂草辞蜿蜒。折尾能一掉一作摆，饱一作饥肠皆一作今已一作以，一作已皆。穿。生虽灭众雏，死亦垂千年。物情有报复，快意贵目前。兹实鸷鸟最，急难心炯一作皎然。功成失所往一作在，用舍何其贤。近经滴水湄，此事樵夫一作人传。飘萧觉素发，凛欲一作烈，一作若。冲儒冠。人生许与一作计有分，只在一作亦存顾盼间。聊为义鹘行，用一作永激壮士肝。

画鹘行 一作画雕

高堂见生一作老鹘，飒爽动秋骨。初惊无拘挛一作卷，何得立突兀。乃知画师妙，功一作巧刮造化窟。写作一作此神骏姿，充君眼中物。乌鹊满樛枝，轩然恐其出。侧脑看青霄，宁为众禽没。长翮如刀剑，人寰可超越。乾坤空峥嵘，粉墨且萧瑟。缅思一作想云沙际，自有烟雾质。吾今意何伤，顾步独纡郁。

瘦马行 一作老马

东郊瘦一作老马使我伤，骨骼一作骸碑兀如堵墙。绊之欲动转欹侧，此岂有意仍腾骧。细看六一作火印带官字，监牧马，右膊皆印官字。众道三一作官军遗路旁。皮干剥落杂一作尽泥滓，毛暗萧条连雪霜。去岁奔波逐馀寇，骅骝不惯不得将。士卒多骑内厩马，惆怅恐是病乘黄。当时历块误一蹶，委弃非汝能一作难周防。见人惨澹若哀诉，失主错莫无晶一作精光。天寒远放雁为伴一作侣，日暮不一作未收一作衣乌啄疮。谁家且养愿终惠，更试明年春草长。

新 安 吏

　　原注：收京后作。虽收两京，贼犹充斥。钱谦益曰：以下诸诗，皆乾元二年自华州之东都道途所感而作。

客行新安道，喧呼闻点兵。借问新安吏，县小更无丁。府帖一作符昨夜一作日下，次选中男天宝三载制：百姓年十八为中男。行。中男绝短小，何以守王城。肥男有母送，瘦男独伶俜。白水暮东流，青山犹一作闻哭声。莫自使眼枯，收汝泪纵横。眼枯即一作却见骨，天地终无情。我军取一作至，一作收。相州，日夕望其平。岂意贼难料，归军星散营。九节度围邺日久，军无统帅，且乏食，史思明自魏来救，战于安阳，官军溃。郭子仪断河阳桥，保东京。就粮出故垒，练卒依旧京。掘壕不到水，牧马役亦轻。此下俱言子仪留守事。况乃王师顺，抚养甚分明。送行勿泣血一作垂泣，仆射如父兄。子仪因滏水之败，从司徒降右仆射。

潼 关 吏

　　安禄山兵北。哥舒翰请坚守潼关，明皇听杨国忠言，力趣出兵。翰抚膺恸哭而出，兵至灵宝，溃，关遂失守。

士卒何草草，筑城潼关道。大城铁不如，小城万丈馀。借问潼关吏，修关一作筑城还备胡。要我下马行，为我指山隅。连云列战格，飞鸟不能逾。胡来但自守，岂复忧西都。丈一作大人视要处，窄一作穿狭容单车。艰难奋长戟，万一作千古用一夫。哀哉桃林战，百万化为鱼。请嘱防关将,慎勿—作莫学哥舒。

石壕吏 <small>陕县有石壕镇</small>

暮投石壕村,有吏夜捉人<small>如延切,见《烈女颂》</small>。老翁逾墙走,老妇出门看<small>一作看门,一作首</small>。吏呼一何怒,妇啼一何苦。听妇前致词,三男邺城戍。一男附书至<small>一作到</small>,二男新战死。存<small>一作在</small>者且<small>一作是</small>偷生,死者长已矣。室中更无人,惟<small>一作所</small>有乳下孙。有孙<small>一作孙有</small>母未去,出入<small>一作更</small>无完裙。<small>一作孙母未便出,见吏无完裙</small>。老妪力虽衰,请从吏夜归。急应河阳役<small>李光弼与郭子仪相继守河阳城</small>,犹得备晨炊。夜久语声绝,如闻泣幽咽。天明登前途,独与老翁别。

新 婚 别

兔丝附蓬麻,引蔓故<small>一作固</small>不长。嫁女与征夫,不如弃路旁。结发为妻子<small>一作子妻,一作君妻</small>,席不暖君床。暮婚晨告别,无乃太匆忙。君行虽<small>一作既</small>不远,守边赴<small>一作戍</small>河阳。妾身未分明,何以拜姑嫜。父母养我时,日<small>一作月</small>夜令我藏。生女有所归,鸡狗<small>一作犬</small>亦得<small>一作相</small>将。君今<small>一作生</small>往死<small>一作死生</small>地,沈痛迫中肠。誓欲随君去<small>一作往</small>,形势反苍黄。勿为<small>一作改</small>新婚念,努力事戎行。妇人在军中,兵气恐不扬。自嗟贫家女,久致<small>一作致</small>此罗襦裳。罗襦不复施,对君洗红妆。仰视百鸟飞,大小必双翔。人事<small>一作生</small>多错迕,与君永相望。

垂 老 别

四郊未宁静,垂老<small>一作死</small>不得安。子孙阵亡尽,焉用身独完。投杖出门去,同行为辛酸。幸有牙齿存<small>一作好</small>,所悲骨髓<small>一作肉</small>干。男儿既介胄,长揖别上官。老妻卧路啼,岁暮衣裳单。孰知是死别,且复伤其寒。此去必不归,还闻劝加餐。土门<small>井陉口名土门,八陉之一</small>。

壁甚坚,杏园汲县有杏园镇。土门、杏园,皆在河北。度亦难。势异邺城下,纵死时犹一作独宽。人生有离合,岂择衰老一作盛端。忆昔少壮日,迟回竟长叹。万国尽征戍一作东征,烽火被冈峦。积尸草木腥,流血川原丹。何乡为乐土,安敢尚盘桓。弃绝蓬室居,塌然摧肺肝。

无 家 别

寂寞天宝后,园庐但蒿藜。我里百一作万馀家,世乱各东西。存者无消息,死者为一作委尘泥。贱子因阵败,归来寻旧一作故蹊。人一作久行见空巷一作室,日瘦气惨凄。但对狐与狸,竖毛怒我啼。四邻何所有,一二老寡妻。宿鸟恋本枝,安辞且穷栖。方春独荷锄,日暮还灌畦。县吏知我至,召令习鼓鞞。虽从本州役,内顾无所携。近行止一身,远去终转迷。家乡既荡尽,远近理亦齐。永痛长病母,五年委沟溪。生我不得力,终身两酸嘶。人生无家别,何以为烝黎。

夏 日 叹

夏日出东北,陵天经一作经天陵中街。即中道,黄道所经也。朱光彻厚地,郁蒸何由开。上苍久无雷,无乃号令乖。雨降不濡物,良田起黄埃。飞鸟苦热死,池鱼涸其泥。万人尚流冗,举目唯蒿莱。至今大河北,化一作尽作虎与豺。浩荡想幽蓟,王师安在哉。对食不能餐,我心殊未谐。眇然贞观初,难与数子偕。谓长孙、房、魏之流。

夏 夜 叹

永日不可暮,炎蒸毒我一作中肠。安得万里风,飘飖吹我裳。昊天出华月,茂林延疏光。仲夏苦夜短,开轩纳微凉。虚明见纤毫,羽虫亦飞扬。物情无巨细,自适固其常。念彼荷戈士,穷年守边疆。

何由一洗濯，执热互相望。竟夕击刁斗，喧声连万方。青紫虽被体，不如早还乡。北城悲笳发，鹳鹤号且翔。况复一作怀烦促倦，激烈思时康。

立 秋 后 题

日月不相饶，节序昨夜隔。玄蝉无停号，秋燕已如客。平生独往愿，惆怅年半百。罢官亦由人，何事拘形役。

全唐诗卷二一八

杜　甫

贻阮隐居 昉

陈留风俗衰,人物世不数。塞上得阮生,迥继先父祖。谓阮籍、咸、孚辈。贫知静者性,自一作白益毛发古。车马入邻家。蓬蒿翳环堵。清诗近道要,识子一作字用心苦。寻我草径微,褰裳蹋寒雨。更议居远村,避喧甘猛虎。足明箕颍客,荣贵如粪土。

遣　兴　三　首

下马古战场,四顾但茫然。风悲浮云去,黄叶坠一作堕我前。朽骨穴蝼蚁,又为蔓草缠。故老行叹息,今人尚开边。汉虏互胜负一作失约,封疆不常全。安得廉耻一作颇将,三军同晏眠。

高秋登塞一作寒山,南望马邑州。降虏东击胡,壮健尽不留。穹庐莽牢落,上有行云愁。老弱哭道路,愿闻甲兵休。邺中事反覆一作何萧条,死人积如丘。诸将已茅土,载驱谁与谋。

丰年孰一作既,一作亦。云迟,甘泽不在早。耕田秋雨足,禾黍已映道。春苗九月交,颜色同日老。劝汝衡门士,忽悲尚枯槁。时来展材力,先后无丑好。但讶鹿皮翁,忘机对芳一作荒,一作芝。草。

昔　游

昔谒华盖君,深求洞宫脚一作绿袍昆玉脚。玉一作人棺已上天,白日亦寂一作冥寞。暮升艮岑一作峰顶,巾几犹未却。弟子四五人,入来泪俱落。余时游名山,发轫在远堥。良觌违夙愿,含凄向寥廓。林昏罢幽磬,竟夜伏石阁。王乔下天坛,微月映皓鹤。晨溪向一作响虚驭一作驶,归径行已昨。岂辞青鞋胝,怅望一作惆怅金匕药。东蒙赴旧隐,尚忆同志乐。休一作伏事董先生《忆昔行》所谓衡阳董炼师也。于今独萧索。胡为客关塞,道意久衰薄。妻子亦何人,丹砂负前诺。虽悲鬓一作须发变,未忧筋力弱。扶一作杖藜望清秋,有兴入庐霍。

幽　人

孤云亦群游,神物有一作识所归。麟一作灵凤在赤霄,何当一作尝一来仪。往与惠荀一作询。钱谦益曰,旧注:惠昭、荀珏、惠远、许询、俱谬。甫逸诗中有送惠二过东溪诗云:空谷滞斯人。与此诗沧洲意相合。询或其名也。辈,中年沧洲期。天高无消息,弃我忽若遗。内惧非道流,幽人见一作在瑕疵。洪涛隐语笑一作笑语,鼓枻蓬莱池。崔嵬扶桑日,照耀珊瑚枝。风帆倚翠盖一作巘,暮把东皇衣。咽漱元和津,所思烟霞一作雾微。知名未足称,局促商山芝。五湖复浩荡,岁暮有馀悲。末怀李泌。时泌隐衡山。

佳　人

绝代有佳人,幽居在空一作山谷。自云良家子,零落依草木。关中昔丧败一作乱,兄弟遭杀戮。官高何足论,不得收骨肉。世情恶衰歇,万事随转烛。夫婿轻薄儿,新人已一作美如玉。合昏尚知时,鸳鸯不独宿。但见新人笑,那闻旧人哭。在山泉水清,出山泉水浊。

侍婢卖珠回,牵萝补茅屋。摘花不插发一作髻,一作鬓,采柏动盈掬一作握。天寒翠袖薄,日暮倚修竹。

赤谷西崦人家

赤谷在秦州西南七十里。曹刘战此,谷水尽赤,故名。

跻险不自喧一作宣,一作安,出郊已清目。溪回日气暖,径转山田熟。鸟雀依茅茨,藩篱带松菊。如行武陵暮,欲问桃花一作源宿。

西枝村寻置草堂地夜宿赞公土室二首

出郭眄细岑,披榛得微路。溪行一流水,曲折方屡渡。赞公汤休徒,好静心迹素。昨枉霞上作,盛论岩中趣。怡然共携手,恣意同远步。扪萝涩先登,陟巘眩反顾。要求阳冈暖,苦陟一作步,一作涉。阴岭沍。惆怅老大藤,沉吟屈蟠树。卜居意未展,杖策回且暮。层巅一作天馀落日,早蔓已多露。

天寒鸟已归,月出人一作山更一作已,一作以。静。土室延白光,松门耿疏影。跻攀倦日短,语乐寄夜永。明燃林中薪,暗汲石底一作泉井。大师京国旧,德业天机秉。从来支许游,兴趣江湖迥。数奇谪关塞,道广存箕颍。何知戎马间,复接尘事屏。幽寻岂一路,远色有诸岭。晨光稍曚昽,更越西南顶。

寄赞上人

昨陪锡杖,卜邻南山幽。年侵腰脚衰,未便阴崖秋。重冈北面起,竟日阳光留。茅屋买一作置兼土,斯焉心所求。近闻西枝西,有谷杉黍一作漆,即黍稠。亭午颇和暖,石一作沙田又足收。当期塞一作寒雨干,宿昔齿疾瘳。裴回虎穴上,面势龙泓头。柴荆具茶茗,径一作遥路通林丘。与子成二老,来往亦风流。

太平寺泉眼

招提凭高冈, 疏散连草莽。出泉枯柳根, 汲引岁月古。石间一作门见海眼, 天畔萦水府。广深丈尺间, 宴息敢轻侮。青白二小蛇, 幽姿可时睹。如丝气或上, 烂熳为云雨。山头到山下, 凿井不尽土。取供十方僧, 香美胜牛乳。北风起寒文, 弱藻舒一作胜翠缕。明涵客衣净, 细荡林影趣。何当宅下流, 馀润通药圃。三春湿黄精, 一食生毛羽。

梦李白二首

李白卧庐山, 永王璘反, 迫致之。璘败, 坐系寻阳狱, 长流夜郎。久之, 得释。

死别已吞声, 生别常恻恻。江南瘴疠地, 逐一作远客无消息。故人入我梦, 明我长相忆。恐非平生魂, 路远一作迷不可测。魂来枫叶一作林青, 魂一作梦返关塞黑。君今在罗网, 何以一作似有羽翼。落月满屋梁, 犹疑照一作见颜色。水深波浪阔, 无使蛟龙得。

浮云终日行, 游子久不至。三夜频梦君, 情亲见君意。告归常局促, 苦道来不易。江湖多风波一作秋多风, 舟楫恐失坠。出门搔白首, 若一作苦负平生志。冠盖满京华, 斯人独憔悴。孰云网恢恢, 将老身一作才反累。千秋万岁名, 寂寞身后事。

有怀台州郑十八司户 虔

天台隔三江一作江海, 风浪无晨暮。郑公纵得归, 老病不识路。昔如水一作江, 一作天。上鸥, 今如一作为罝中兔。性命由他人, 悲辛但狂顾。山鬼独一脚, 蝮蛇长如树。呼号傍孤城, 岁月谁与度。从来御魑魅, 多为一作被才名误。夫子嵇阮流, 更被一作遭时俗恶。海隅微小吏,眼暗发垂素。黄帽映一作鸠杖近青袍,非供折腰具。平生一杯酒,见我故人遇。相望无所成,乾坤莽回互。

遣　兴　五　首

黄鹤本以陶潜、贺公、孟浩然三首入庞德公一首后。

蛰龙三冬卧,老鹤万里心。昔时贤俊人,未遇犹视今。嵇康不得死一作且不死,孔明有知音。又如垅底一作陇坻松,用舍在所寻。大哉霜雪干,岁久为枯林。

昔者一作在昔庞德公,未曾入州府。襄阳耆旧间,处士节独一作犹苦。岂无济时策一作术,终竟一作岁畏罗一作罪罟。林茂鸟有归,水深鱼知聚。举家依一作隐鹿门,刘表焉得取。

我今日夜忧,诸弟各异方。不知死与生,何况道路长。避寇一分散,饥寒永相望。岂无柴门归一作扫,欲出畏虎狼。仰看云中雁,禽鸟亦有行。

蓬生非无根,漂荡随高风。天寒落万里,不复归本丛。客子念故宅,三年门巷空。怅望但烽火,戎车满关东。生涯能几何,常在羁旅中。

昔在洛阳时,亲友相追攀。送客东郊道,遨游宿南山。烟尘阻长河,树羽成皋间。回首载酒地,岂无一日还。丈夫贵壮健,惨戚非朱颜。

遣　兴　五　首

朔风飘胡雁,惨澹带砂砾。长林何萧萧,秋草萋更碧。北里富熏天,高楼夜吹笛。焉知南邻客,九月犹𫄷绤。

长陵锐头儿,出猎待明发。驿一作鞯弓金爪镝,白马蹴微雪。未知所驰逐,但见暮光灭。归来悬两狼,门户有旌节。

漆有用而割,膏以明自煎。兰摧白露下,桂折秋风前。府中罗旧尹,沙道尚依然。赫赫萧京兆,今为时所怜。京兆尹萧炅与鲜于仲通辈皆为宰相私人,故云。

猛虎凭其威,往往遭急缚。雷吼徒咆哮,枝撑已在脚。忽看皮寝处,无复睛闪烁。人有甚于斯,足以劝一作戒元恶。

朝逢一作逆富家葬,前后皆一作见辉光。共指亲戚大,缌麻百夫行。送者各有死,不须羡其强。君看束练一作缚去,亦得归山冈。

遣兴五首

黄鹤本以我今日夜忧、蓬生非无根、昔在洛阳时三首入地用莫如马后。

天用莫如龙,有时系扶桑。顿辔海徒涌,神人身更长。性命苟不存,英雄徒自强。吞声勿复道,真宰意茫茫。

地用莫如马,无良复谁记。此日千里鸣,追风可君意。君看渥洼种,态与驽骀异。不杂一作在蹄啮间,逍遥有能事。

陶潜避俗翁,未必能达道。观其著诗集,颇亦恨枯槁。达生岂是足,默识盖不早。有子贤与愚,何其挂怀抱。

贺公雅吴语,在位常清狂。上疏乞骸骨,黄冠归故乡。爽气不可致,斯人今则亡。山阴一茅宇,江一作淮海日凄凉。

吾怜孟浩然,裋褐即长夜。赋诗何必多,往往凌鲍谢。清江空旧鱼一作旧鱼美,春雨馀甘蔗。每望东南云,令人几悲吒。

前出塞九首

草堂本,《前出塞》编入天宝未乱以前在京师作。诸本皆与《后出塞》同编。《前出塞》为征秦陇之兵赴交河而作,《后出塞》为征东都之兵赴蓟门而作也。

戚戚去故里,悠悠赴交河。公家有程期,亡命婴祸罗。君已富土境,开边一何多。弃绝父母恩,吞声行负戈。

出门日已远,不受徒旅欺。骨肉恩岂断,男儿死无时。走马脱辔头,手中挑青丝。捷下万仞一作丈冈,俯身试搴旗。

磨刀呜咽水,水赤刃伤手。欲轻肠断声,心绪乱已久。丈夫誓许国,愤惋复何有。功名图骐骦,战骨当速朽。送徒既有长,远戍亦有身。生死向前去,不劳吏怒嗔。路逢相识人,附书与六亲。哀哉两决绝,不复同一作问苦辛。

迢迢万馀里,领我赴三军。军中异苦乐,主将宁尽闻。隔河见胡骑,倏忽数百群。我始为奴仆卫青奋于奴仆,几时树功勋。

挽弓当挽强,用箭当用长。射人先射马,擒贼一作寇先擒王。杀人亦有限,列一作立国自有疆。苟能制侵陵,岂在多杀伤。

驱马天雨雪,军行入高山。径危抱寒石,指落曾冰间。已去汉月远,何时筑城还。浮云暮南征,可望不可攀。

单于寇我垒,百里风尘昏。雄剑四五动,彼军为我奔。虏其名王归,系颈授辕门。潜身备行列,一胜何足论。

从军十年馀,能无分寸功。众人贵苟得,欲语羞雷同。中原有斗争,况在狄与戎。丈夫四方志,安可辞固一作困穷。

后出塞五首

男儿生世间,及壮当封侯。战伐有功业,焉能守旧丘。召募赴蓟门,军动不可留。千金买马鞭一作鞍,百金装刀头。闾里送我行,亲戚拥道周。斑白居上列,酒酣进庶羞。少年别有赠,含笑看吴钩。

朝进东门营一作营门,暮上河阳桥。落日照大旗,马鸣风萧萧。平沙列万幕,部伍各见招。中天悬明月,令严夜寂寥。悲笳数声动,壮士惨不骄。借问大将谁,天宝二年,禄山入朝,进骠骑大将军。恐是霍嫖姚。

古人重守边，今人<small>一作日</small>重高勋。岂知英雄主，出师亘<small>一作直</small>长云。
六合已一家，四夷且孤军。遂使貔<small>一作螭</small>虎<small>一作武</small>士，奋身勇所闻。
拔剑击大荒，日收胡马群。誓开玄冥北，持以奉吾君。
献凯日继踵，两蕃静无虞。渔阳豪侠地，击鼓吹笙竽。云帆转辽
海，粳稻来东吴。越罗与楚练，照耀舆台躯。主将位益崇，气骄凌
上都。边人不敢议，议者死路衢。<small>初，禄山逆节渐露，有言其反者，明皇辄缚
送之，遂无敢言者。</small>
我本良家子，出师亦多门。将骄益愁思，身贵不足论。跃马二十
年，恐辜明主恩。坐见幽州骑，长驱河洛昏。中夜间道归，故里但
空村。恶名幸脱免，穷老无儿孙。

别　赞　上　人

百川日东流，客去亦不息。我生苦<small>一作若</small>漂荡，何时有终极。赞公
释门老，放逐来上国。还为世尘婴，颇带憔悴色。杨枝晨在手，豆
子雨<small>一作两</small>已熟。是身如浮云，安可限南北。异县逢旧友<small>一作交</small>，初
忻写胸臆。天长关塞寒<small>一作远</small>，岁暮饥冻<small>一作寒</small>逼。野风吹征衣，欲
别向曛<small>一作昏</small>黑。马嘶<small>一作鸣</small>思故枥，归鸟尽敛翼。古来聚散地，宿
昔长荆棘。相看俱衰年，出处各努力。

万　丈　潭

<small>　　原注:同谷县作。潭在县东南七里。一本此诗编入《七歌》后、《发
同谷县》前。</small>
青溪合<small>一作含</small>冥莫，神物有显晦。龙依积水蟠，窟压万丈内。蹢步
凌垠堮<small>一作鄂</small>，侧身下烟霭。前临洪涛宽，却立苍石大。山色<small>一作危</small>
一径尽，崖<small>一作岸</small>绝两壁对。削成根虚无，倒影垂澹瀩<small>一作对，一作濑</small>。

黑如—作为，—作知。湾澴底，清见光炯碎。孤云—作峰倒来深，飞鸟不在外。高萝成帷—作帐幄，寒木累—作垒，—作叠。旌旆。远川曲通流，嵌窦潜泄濑。造幽无人境，发兴自我辈。告归遗恨多，将老斯游最。闭藏修鳞蛰，出入巨石—作爪碍。何事—作当暑—作炎天过，快意风雨—作云会。

两当县吴十侍御江上宅

两当水出大散岭，西南流入故道川。县以水名。吴侍御名郁，以言事被谪，家居两当。

寒城朝烟澹，山谷落叶赤。阴风千里来，吹汝江上宅。鹍鸡号枉渚，日色傍阡陌。借问持斧翁，几年长沙客。哀哀失木狖，矫矫避弓翮。亦知故乡乐，未敢思凤昔。昔在凤翔都，共通金闺—作门籍。天子犹蒙尘，东郊暗长戟。兵家忌间谍，此辈常接迹。台中领举劾，君必慎剖析。不忍杀无辜，所以分白黑。上官权许与，失意见迁斥。仲尼甘旅人，向子识损益。朝廷非不知，闭口休叹息。—本仲尼—联在朝廷—联下。余时忝净臣，丹陛实咫尺。相看受狼狈，至死难塞责。行迈心多违，出门无与适。于公负明义，惆怅头更白。

发秦州 原注：乾元二年，自秦州赴同谷县纪行。

我衰更懒拙，生事不自谋。无食问乐土，无衣思南州。汉源十月交，天气凉如—作如凉秋。草木未黄落，况闻山水—作东幽。栗亭同谷有栗亭镇名更佳，下有良田畴。充肠多薯蓣，崖蜜亦易求。密竹复冬笋，清池可方舟。虽伤—作云旅寓远，庶遂平生游。此邦俯要冲，实恐人事稠。应接非本性，登临未销忧。谿谷无异石—作名，塞田始微收。岂复慰老夫—作大，惆—作炯然难久留。日色隐孤戍，乌啼满城头。中宵驱车去，饮马寒塘流。磊落星月高，苍茫云雾浮。大哉乾坤内,吾道长悠悠。

赤 谷

天寒霜雪繁,游子有所之。岂但岁月暮,重来未有一作亦未期。晨
发赤谷亭,险艰一作难方自兹。乱石无改辙,我车已载脂。山深苦
多风,落日童稚饥。悄然村墟迥,烟火何由追。贫病转零落一作飘
零,故乡不可思。常恐死道路,永为高人嗤。

铁堂峡 铁堂山在天水县东五里,峡有铁堂庄。

山风吹游子,缥缈乘险绝。峡形藏堂隍,壁色立积一作精铁。径摩
穹苍蟠,石与厚地裂。修纤无垠一作限竹,嵌空一作孔太始雪。威迟
哀壑底,徒旅惨不悦一作徒怀松柏悦。水寒长冰横,我马骨正折。生
涯抵弧矢,盗贼殊未灭。飘蓬逾三年,回首肝肺热。

盐 井 盐井在成州长道县,有盐官故城。

卤盐池也中草木白,青一作直者官一作青盐烟。官作既有程,煮盐烟在
川。汲井岁榾榾一作搰搰,出车日连连。自公斗三百,转致斛六千。
君子慎止足,小人苦喧阗。我何良叹嗟,物理固自一作亦固然。

寒 硖

行迈日悄悄,山谷势多端。云门转绝岸,积阻霾天寒。寒硖不可
度,我实一作贫衣裳单。况当仲冬交,溯沿增波澜。野人寻烟语,行
子傍水餐。此生免荷殳,未敢辞路难。

法 镜 寺

身危适他州,勉强终劳苦。神伤山行深,愁破崖寺古。婵娟碧鲜一

作藓净,萧摵寒箨聚。回回一作洄洄山一作石根水,冉冉松上雨。泄云蒙清晨,初日翳复吐。朱甍半光炯,户牖粲可数。挂一作枉策忘前期,出萝已亭午。冥冥子规叫,微径不复一作敢取。

青 阳 峡

塞外苦厌山,南行道一作登路弥恶。冈峦相经亘,云水气参错。林迥硖角来,天窄一作穿壁面削。碛西五里石,奋怒向我落。仰看日车侧,俯恐坤轴弱。魑魅啸有一作有任风,霜霰浩漠漠。昨忆一作忆昨逾陇坂,高秋视吴岳。肃宗在凤翔,改汧阳县吴山为西岳。东笑莲华卑,北知崆峒薄。超然侔壮观,已谓殷一作隐寥廓。突兀犹趁人,及兹叹一作谷冥莫一作漠。

龙门镇 龙门镇在成县东,后改府城镇。

细泉兼轻冰,沮洳栈道湿。不辞辛苦行,迫一作迨此短景急。石门雪云一作云雷隘一作溢,古镇峰峦集。旌竿暮惨澹,风水白刃涩。胡马屯成皋,防虞此何及。言安史兵屯成皋,而置戍于此,道里遥远不相及。嗟尔远戍人,山寒夜中泣。

石 龛

熊罴哮我东,虎豹号我西。我后鬼长啸,我前狨又啼。天寒昏无日,山远道路迷。驱车石龛下,仲冬见虹霓。伐竹一作木者谁子,悲歌上一作抱云梯。为官采美箭,五岁供梁齐。苦云直簳一作笴尽,无以充一作应提携。奈何渔阳骑,飒飒惊蒸黎。

积草岭 原注:同谷县界。

连峰积长阴,白日递隐见。飕飕林响交,惨惨石状变。山分一作外积草岭，路异明一作鸣水县。旅泊吾道穷一作东，衰年岁时倦。卜居尚百里，休驾投诸彦。邑有佳主人，情如已会面。来书语绝妙，远客惊深眷。食蕨不愿一作厌馀，茅茨眼中见。

泥功一作公山　贞元五年，于同谷西境泥公山权置行成州。

朝行青泥上，暮在青泥中青泥岭在兴州。泥泞一作胼非一时，版筑劳人功。不畏道途一作路永，乃一作反将一作及此汩没同。白马为铁骊，小儿成老翁。哀猿一作猱透却坠，死鹿力所穷。寄语北来人，后来莫匆匆。

凤 凰 台

> 原注：山峻不至高顶。《方舆胜览》：凤皇台在同谷县东南十里。二石如阙，汉有凤皇来栖，故名。

亭亭凤凰台，北对西康州武德初置。西伯今寂寞，凤声亦悠悠。山峻路绝踪，石林气高浮。安得万丈梯，为君上一作居上头。恐有无母雏，饥寒日啾一作啁啾。我能剖心出一作血，饮啄慰孤愁。心以当竹实，炯然无一作忘外求。血以当醴泉，岂徒比清流。所贵一作重王者瑞，敢辞微命休。坐看彩翮长一作举，举一作纵意八极周。自天衔瑞图一作图谶，飞下十二楼。图以奉一作献至尊，凤以垂鸿猷。再光中兴业，一洗苍生忧。深衷正一作止为此，群盗何淹留。

乾元中寓居同谷县作歌七首

有客有客字子美，白头乱一作短发垂过一作两耳。岁拾橡栗随狙公，天寒日暮山谷里。中原无书一作主归不得，手脚冻皴皮肉死。呜呼一歌兮歌已一作独哀，悲风为我从天一作东来。

长镵长镵白木柄，我生托子以为命。黄精一作独无苗山雪盛，短衣数挽不掩胫。此时与子空一作同归来，男呻女吟四壁静。呜呼二歌兮歌始放，邻一作闾里为我色惆怅。

有弟有弟在远一作各一方，三人各瘦何人强。生别展转不相见，胡尘暗天道路长。东飞鸳鹅后鹙鸧，安得送我置汝旁。呜呼三歌兮歌三发，汝归何处收一作取兄骨。

有妹有妹在钟离，良人早殁诸孤痴。长淮浪高蛟龙怒，十年不见来何时一作迟。扁舟欲往箭满眼，杳杳南国多旌旗。呜呼四歌兮歌四奏，林猿一作竹林猿为我啼清昼。

四山多风溪水急，寒雨一作风飒飒枯树一作树枝湿。黄蒿古城云不开，白一作玄狐跳梁黄狐立。我生何为在穷谷，中夜起坐万感集。呜呼五歌兮歌正长，魂招不来归故乡。

南有龙兮在山湫，古木巃嵸枝相樛。木叶黄落龙正蛰，蝮蛇东来水上游。我行怪此安一作寒敢出，拔剑欲斩且复休。呜呼六歌兮歌思一作怨迟迟，溪壑为我回春姿。

男儿生不成名身已老，三一作十年饥走荒山道。长安卿相多少年，富贵应须致身早。山中儒生旧相识，但话宿昔伤怀抱。呜呼七歌兮悄终曲，仰视皇天白日速。

发同谷县 原注：乾元二年十二月一日自陇右赴剑南纪行。

贤有不黔突，圣有不暖席。况我饥愚人一作夫，焉能尚安宅。始来兹山中，休驾喜一作嘉地僻。奈何迫物累，一岁四行役。夏发华州，冬离秦州，十一月至成州，十二月发同谷。怵怵去绝境，杳杳更远适。停骖龙潭云，回首白一作虎崖石。临岐别数子，握手泪再滴。交情无旧深一作虽无旧深知，一作虽旧情深知，穷老多惨戚。平生懒拙意，偶值栖遁迹。去住与愿违，仰惭林间翮。

木皮岭

岭在同谷、河池二县间。黄巢乱，王铎置关于此，以扼秦陇，路极险阻。

首去声路栗亭西，尚想凤皇村。季冬携童一作幼稚，辛苦赴蜀门。南登木皮岭，艰险不易论。汗流被我体，祁寒为之暄。远岫一作峘争辅佐，千岩自崩奔。始知五岳外，别一作更有一作见他山尊。仰干一作看塞大明，俯入裂厚坤。再闻虎豹斗，屡跼风水昏。高有废阁道，摧折如短一作断辕。下有冬青林，石上走长根。西崖特秀发，焕若灵芝繁。润聚金碧气，清无沙土痕。忆观昆仑图一作墟，目击悬圃存。对此欲何适，默伤垂老魂。

白沙渡 属剑州

畏途随长江即嘉陵江，渡口下绝岸。差池上舟楫，杳窕入云汉。天寒荒野外，日暮中流半。我马向北嘶，山猿饮相唤。水清石礧礧，沙白滩漫漫。迥一作倏然洗愁辛，多病一疏散。高壁抵嶔崟一作岑，洪涛越凌乱。临风独回首，揽辔复三叹。

水会一作回渡

山行有常程，中夜尚未安。微月没已久，崖倾路何难。大江动一作当我前，汹若溟渤宽。篙师暗理楫，歌笑轻波澜。霜浓木石滑，风急一作烈，一作冽。手足寒。入舟已千忧，陟巘仍万盘。迥一作回眺一作出积水一作石外，始知众星乾。远游令人瘦，衰疾惭加餐。

飞仙阁

飞仙岭在略阳东南，徐佐卿化鹤于此，故名。上有阁道百间，总名连云栈。

土一作出门山行窄,微径缘一作径微上秋毫。栈云阑干峻,梯石结构牢。万壑欹疏林一作竹,积阴带奔涛。寒日外澹泊,长风中怒号。歇鞍在地底,始觉所历高。往来杂坐卧,人马同疲劳。浮生有定分,饥饱岂可逃。叹息谓妻子,我何随汝一作尔曹。

五　盘　七盘岭在广元县北,一名五盘,栈道盘曲有五重。

五盘虽云险,山色佳有馀。仰凌栈道一作阁细,俯映江木疏。地僻无网罟,水清反多鱼。好鸟不妄飞,野人半巢居。喜见淳朴俗,坦然心神舒。东郊尚格斗,巨一作臣猾何时除。故乡有弟妹,流落随丘墟。成都万事好一作在,岂若归吾庐。

龙门阁

龙门山在利州绵谷县东北八十里,一名葱岭。有石穴,高数十丈,故号龙门。他阁虽险,尚附山腰,微径可缘,此独石壁斗立,虚凿石孔,架木为道,尤险绝。

清江下龙门,绝壁无尺土。长风驾高一作白浪,浩浩自太古。危途中萦盘一作萦盘道,仰望垂线缕。滑石欹谁凿,浮梁袅相拄。目眩陨杂花,头风吹过一作过飞雨。百年不敢料,一坠那得取。饱闻一作知经瞿塘,足见度大庾。终身历艰险,恐惧从此数。

石柜阁

石阑桥在绵谷县北一里,自城北至大安军界,营阑桥阁,共一万五千三百一十六间,最著者石柜、龙门。

季冬一作冬季日已长,山晚半天赤。蜀道多早一作草花,江间饶奇石。石柜曾波上,临虚荡高壁。清晖回群鸥,暝色带远客。羁栖负幽意,感叹向绝迹。信甘屦儒婴,不独冻馁迫。优游谢康乐,放浪陶彭泽。吾衰未自安一作由,谢尔性所一所有适。

桔柏渡 在昭化县

青冥寒江渡,驾竹为长桥。竿湿烟一作竹竿湿漠漠,江永一作水风萧萧。连筏动袅娜,征衣飒飘飖。急流鸨鹢散,绝岸鼋鼍骄。西辕自兹异,东逝不可要。高通荆门路,阔会沧海潮。孤光隐顾眄,游子怅寂寥。无以洗心胸,前登但山椒。

剑　门

> 大剑、小剑二山,在剑州北二十五里,全蜀外户。两崖陡辟如门,有阁道三十里。

惟天有设险,剑门一作阁天下壮。连山抱西南,石角皆北向。两崖崇墉倚,刻画城郭状。一夫怒临关一作门,百万未可傍一作仰。珠玉一作玉帛走中原,岷峨气凄怆。三皇五帝前,鸡犬各一作莫相一作自放。后王尚柔远,职贡道已丧。至今英雄人,高视见霸王。并吞与割据,极力不相让。吾将罪真宰,意欲铲叠嶂。恐此复偶然,临风默一作黯惆怅。

鹿头山 山上有关,在德阳县治北。

鹿头何亭亭,是日慰饥渴。连山西南断,俯见千里豁。游子出京华一作咸京,剑门不可越。及兹险阻尽,始喜原野阔。殊方昔三分,霸气曾间发。天下今一家,云端失双阙。悠然想扬马,继起名硉兀。有文一作才令人伤,何处埋尔骨。纤馀脂膏地,惨澹豪侠窟。仗钺非老臣,宣风岂专达。冀公裴冕封冀国公,拜成都尹。柱石姿,论道邦国活。斯人亦何幸,公镇逾岁月。

成 都 府

翳翳桑榆日，照我征衣裳。我行山川异，忽在天一方。但逢新人民，未卜见故乡。大江东流去一作从东来，游子去日一作日月长。曾城填华屋，季冬树木苍。喧然名都会，吹箫间一作奏笙簧。信美无与适，侧身望川梁。鸟〔雀〕(鹊)夜各归，中原杳茫茫。初月出不高，众星尚争光。自古有羁旅，我何苦哀伤。

全唐诗卷二一九

杜　甫

石　笋　行

石笋在成都西门外,二株双蹲,一南一北。陆游曰:其状不类笋,乃累石为之。

君不见益州城西门,陌一作街上石笋双高蹲。古来一作老,一作远。相传是海眼,苔藓蚀一作食尽波涛痕。雨多一作来往往得瑟瑟,石笋街乃真珠楼基。昔胡人立大秦寺,其门十间,悉以珠玉贯之为帘。后摧毁,故多瑟瑟,乃碧珠也。此事恍惚难明论。恐是昔时卿相墓一作冢,立石为表今仍存。惜哉俗态好蒙蔽,亦如小臣媚至尊。政化错迕失大体,坐看倾危受厚恩。嗟尔石笋擅虚名,后来未识犹骏奔。安得壮士掷天外,使人不疑见本根。

石　犀　行

李冰作石犀五头以压水精,穿石犀溪于江南,名犀牛里。

君不见秦时蜀太守,刻石立作三当作五犀牛。自古虽有厌胜法,天生江水向一作须东流。蜀人矜夸一千载,泛溢不近张仪楼即宣明门楼。今年灌口一作注损户口,此事或恐为神羞。终藉一作修筑堤防出众力,高拥木石当清秋。先王作法皆正道,鬼怪何得参人谋。嗟尔

三当作五犀不经济,缺讹只与长川逝。但见元气常一作相调和,自免
洪涛恣凋瘵。安得壮士一作作者提天纲,再平水土犀奔一作苍茫。

杜 鹃 行

君不见昔日蜀天子,化作杜鹃似老乌。寄巢生子不自啄,群鸟至今
与一作为哺雏。虽同君臣有旧礼,骨肉满眼身羁孤。业工窜伏深树
里一作头,四月五月偏号呼。其声哀痛口流血,所诉何事常区区。
尔岂一作惟摧残始一作如发愤,羞带羽翮伤形愚。苍天变化谁料得,
万事反覆何所无。万事反覆何所无,岂忆当殿群臣趋。上元元年七
月,明皇迁居西内,高力士流巫州,置如仙媛于归州。玉真公主出居玉真观,明皇不怿,
因不茹荤,辟谷,浸以成疾。诗云:骨肉满眼身羁孤,盖谓此也。

赠蜀僧闾丘师兄 原注:太常博士均之孙,成都人。

大师铜梁秀,籍籍名家孙。呜呼先博士,炳灵精气奔。惟一作往昔
武皇后,临轩御乾坤。多士尽儒冠,墨客蔼云屯。当时上紫殿,不
独卿相尊。世传闾丘笔,六朝以有韵者为文,无韵者为笔。所谓闾丘笔也,或改
笔为字,谓杜审言以诗、闾丘均以字同侍武后者,误。峻极逾一作侔昆仑。凤藏
丹霄暮一作穴,龙去一作出白水浑。青荧雪岭东,碑碣旧制存。斯文
散都邑,高价越玙璠。晚看作者意,妙绝与谁论。吾祖诗冠古,同
年蒙主恩。豫章夹日月,岁久空深根。小子思疏阔,岂能达词门。
穷愁一作秋一挥泪,相遇即诸昆。我住锦官城,兄居祇树园。地近
慰旅愁,往来当丘樊。天涯歇滞雨,粳稻卧不翻。漂然薄游倦,始
一作如与道侣一作旅敦。景晏步修廊,而无车马喧。夜阑接软语一作
夜言词柔软,落月如金盆。漠漠世界黑一作空,一作穴,驱车争夺繁。惟
有摩尼珠,可照浊水源。

泛　溪

落景下高堂，进舟泛回溪。谁谓筑居小，未尽乔木西。远郊信荒
僻，秋色有馀凄。练练峰上雪，纤纤云表霓。童戏左右岸一云童儿戏
左右，罟弋毕提携。翻倒荷芰乱，指挥径路迷。得鱼已割一作剧鳞，
采藕不洗泥。人情逐鲜美，物贱事已一作迹睽。吾村霭暝姿，异舍
鸡亦栖。萧条欲何适，出处无可齐。衣上见新月，霜中登故畦。浊
醪自初熟，东城多鼓鼙。

题壁画马歌

　　　　一作题壁上韦偃画歌。偃，京兆人，善画马。《名画记》作鸥。
韦侯别我有所适，知我怜君一作渠画无敌。戏一作试拈秃笔扫骅骝，
欻见骐骥出东壁。一匹龁草一匹嘶，坐看千里当霜蹄。时危安得
真致此，与人同生亦同死。

戏题画山水图歌

　　　　一本题下有王宰二字。宰，蜀人，善画玲珑嵌空山水。
十日画一水，五日画一石。能事不受相促迫，王宰始肯留真迹。壮
哉昆仑方壶一作丈图，挂君高堂之素壁。巴陵洞庭日本东，赤一作南
岸水与银河通，中有云气随飞龙。舟人渔子入浦溆，山木尽亚一作
带洪涛风。尤工远势古莫比，咫尺应须论一作千，一作行。万里。焉
得并州快剪刀，翦取吴松半江水。

题李尊师松树障子歌

老夫清晨梳白头，玄都道士来相访。握发一作手呼儿延入户，手提
新画青松障。障子松林静杳冥，凭轩忽若无丹青。阴崖却承一作成

霜雪一作露，一作雾。干，偃盖反走虬龙形。老夫平生好奇古，对此兴
与精灵聚。已知仙客意相亲，更觉良工心独苦。松下丈人巾屦同，
偶坐似一作自是商一作南山翁。怅望一作惆怅聊歌紫芝曲，时危惨澹
来悲风。

戏为双松图歌 韦偃画

天下几人画古松一作树，毕宏宏，天宝中御史，善画松。已老韦偃少。绝
笔长风起纤末，满堂动色嗟神妙。两株惨裂苔藓皮，屈铁交错回高
枝。白摧朽骨龙虎死，黑入太阴雷雨垂一作随。松根胡僧憩寂寞，
庞眉皓首无住著。偏袒右肩露双脚，叶里松子僧前落。韦侯韦侯
数相见，我有一匹好东一作素，一作束。绢，重之不减锦绣段。已令拂
拭光凌乱，请公放笔为直干。

投简成华两县诸子

> 旧注为成都、华原，两县附郭为次赤。一云咸阳、华原，成乃咸之
> 误。

赤县官曹拥材杰，软裘快马当冰雪。长安一作夜苦寒谁独悲，杜陵
野老骨欲折。南山豆苗早荒秽，青门瓜地新冻裂。乡里儿童项领
成，朝廷故旧礼数绝。自然弃掷与时异，况乃疏顽临事拙。饥卧动
即向一旬，敝裘一作衣何啻联百结。君不见空墙日色晚，此老无声
泪垂血。

徐卿二子歌

君不见徐卿二子生绝奇，感应吉梦相追随。孔子释氏亲抱送，并是
天上麒麟儿。大儿九龄色清澈，秋水为神玉为骨。小儿五岁气食
牛，满堂宾客皆回头。吾知徐公百不忧，积善衮衮生公侯。丈夫生

儿有如此二雏者,名位岂肯卑微休—作异时名位岂肯卑微休。

病　柏

有柏生崇冈,童童状车—作青盖。偃蹙—作蹇龙虎姿,主当风云会。神明依正直,故老多再拜。岂知千年根,中路颜色坏。出非不得地,蟠据亦高大。岁寒忽无凭—作用,日夜柯叶改—作碎。丹凤领九雏,哀鸣翔其外。鸱鸮志意满,养子穿穴—作窟内。客从何乡来,伫立久吁怪。静求元精—云无根理,浩荡难倚赖。

病　橘

群—作伊橘少生意,虽多亦奚为。惜哉结实小—作少,酸涩如棠梨。剖—作割之尽蠹虫—作蚀,采掇爽其—作所宜。纷然不适口,岂只存其皮。萧萧半死叶,未忍—作匆匆别故枝。玄冬霜雪积,况乃回风吹。尝闻蓬莱殿,罗列潇湘姿。此物岁不稔,玉食失—作少光辉。寇盗尚凭陵,当君减膳时。汝病是天意,吾谂—作愁,—作敢。罪有司。忆昔南—作闻海使,奔腾献荔支。百马死山谷,到今耆旧悲。

枯　棕

蜀门多棕—作栟榈,高者十八九。其皮割剥甚,虽众亦易朽。徒布—作有如云叶,青黄岁寒后。交横集斧斤,凋丧先蒲柳。伤时苦军乏,一物官尽取。嗟尔江汉人,生成复何有。有同枯棕木,使我沈叹久。死者即已休,生者何—作能自守。啾啾黄雀啅—作啄,侧见寒蓬走。念尔形影干—作枯形影,摧残没藜莠。

枯　楠

梗楠枯峥嵘,乡党皆莫记。不知几百岁,惨惨无生意。上枝摩皇—

作苍天,下根蟠厚地。巨围雷霆坼一作折,万孔虫蚁萃。冻雨落流胶,冲风夺佳气。白鹄遂不来,天鸡为愁思。犹含栋梁具,无复霄汉一作云霄志。良工古昔少,识者出涕泪。种榆水中央,成长何容易。截承金露盘,裛裛不自畏。

丽　春

百草竞春华,丽春应最胜。少须一作顷好颜色一作颜色好,多漫枝条剩。纷纷桃李枝,处处总能移。如何贵此重一作稀如可贵重,却怕有人知。

丈人山

山在青城县北,黄帝封青城山为五岳丈人。

自为青城客,不唾古诗:千里不唾井。青城地。为爱丈人山,丹梯近幽意。丈人祠西佳气浓,缘云拟住最高峰。扫除白发黄精在,君看他时冰雪容。

百忧集行　王筠诗:百忧俱集断人肠。

忆年一作昔十五心尚孩,健如黄犊走复来。庭前八月梨枣熟,一日上树能千回。即今倏忽已五一作年才五六十,坐卧只多少行立。强将笑语供主人,悲见生涯百忧集。入门依旧四壁空,老妻睹我颜色同。痴儿未知父子礼,叫怒索饭啼门东庖厨之门在东。

戏作花卿歌

上元二年,梓州刺史段子璋反,袭东川节度使李奂于绵州,自称梁王,改元。成都尹崔光远率将花惊定攻拔之,斩子璋,奂得复位。

成都猛将有花卿,学语小儿知姓名。用如快鹘风火生,见贼唯多身始轻。绵州副使著柘一作赭黄，我卿扫除即日平。子章一作璋髑髅血模糊，手提掷还崔大夫。李侯重有此节度，人道我卿绝世一作代无。既称绝世无，天子何不唤取守京都。

入奏行赠西山检察使窦侍御

> 钱谦益曰：明皇自蜀还，于绵、益二州各置一节度，百姓劳敝。高適为蜀州刺史，请罢东川以一剑南。甫为王进论巴蜀情形表，亦与適合。此行入奏疑谓此。

窦侍御，骥之子，凤之雏。年未三十忠义俱，骨鲠绝代无。炯如一段清冰出万壑，置在迎风寒露一作露寒之玉壶。蔗浆归厨金碗冻，洗涤烦热足以宁君躯。政一作整用疏通合典则，戚联豪贵耽文儒。兵革一作甲兵未息人未苏，天子亦念西南隅。吐蕃凭陵气颇粗，窦氏检察应时须一作才能俱。运粮绳桥壮士喜，斩木火井穷一作寒猿呼。八州刺史思一战，三城守边却可图。剑南西川节度统松、维、恭、蓬、雅、黎、姚、悉八州。姚、维、松三州，当吐蕃冲要。一云：彭州有三守捉城，又有七盘、安远、龙溪三城，皆在茂州界上也。此行入奏计未小，密奉圣旨恩宜一作应殊。绣衣春当一作飘飘霄汉立，彩服日向一作粲粲庭闱趋。一本此下有：开济人所仰，飞腾正时须。省郎京尹必俯拾一作相付，江花未落还成都。江花未落还成都，一本无此叠句，一作还成都多暇。肯访浣花老翁无一作公来肯访浣花老。为君酤一作酤酒满眼酤，二句一云携酒肯访浣花老，为君著衫挦髭须。与奴白饭马青刍一本无此句。

楠一作高树为风雨所拔叹

倚江楠树草堂前，故一作古老相传二百年。诛茅卜居总为此，五月仿佛闻寒蝉。东南飘风动地至，江翻石走流云气。干一作斡排雷雨犹力争，根断泉源岂天意。沧波一作苍茫老树性所爱，浦上童童一青一作苍茫盖。野客频留惧雪霜，行人不过听竽籁。虎倒龙颠委榛一作荆棘,泪痕血点垂胸臆。我有新诗何处吟,草堂自此无颜色。

茅屋为秋风所破歌

八月秋高风怒号,卷我屋上三重茅。茅飞度江洒一作满江郊,高者
挂罥长林梢,下者飘转沉塘一作堂坳。南村群童欺我老无力,忍能
对面为盗贼,公然抱茅入竹去。唇焦口燥呼不得,归来倚杖自叹
息。俄顷风定云墨色,秋天漠漠向昏黑。布衾多年冷似一作象铁,
骄儿恶卧踏里裂。床床一作头屋漏无干处,雨脚如麻未断绝。自经
丧乱少睡眠,长夜沾湿何由彻。安得广厦千万间,大庇天下寒士俱
欢颜,风雨不动安如山。呜呼!何时眼前突兀见此屋,吾庐独破一
作坏受冻死一作意亦足。

大 雨

西蜀冬不雪,春农尚嗷嗷。上天回哀眷,朱一作清夏云郁陶。执热
乃沸鼎,纤绤成缊袍。风雷飒万里,霈泽施蓬蒿。敢辞茅苇漏,已
喜黍豆高。三日无行人,二一作大江声怒号。流恶邑里清,矧兹远
江皋。荒庭步鹳鹤,隐几望波涛。沉疴聚药饵,顿忘所进劳。则知
润物功,可以贷不毛。阴色静陇亩,劝耕自官曹。四邻耒耜出一作
出耒耜,何必吾家操。

溪 涨

当时浣花桥,溪水才尺馀。白石一作日明可把,水中有行车。秋夏
忽泛溢,岂惟一作伊入吾庐。蛟龙亦狼狈,况是鳖与鱼。兹晨已半
落,归路跬步疏。马嘶未敢动,前有深填一作淀淤。青青屋东麻,散
乱床上书。不意一作知远山雨,夜来复何如。我游都市间一作所,晚
憩必村墟。乃知久行客,终日思其居。

戏赠友二首

元年建巳月,是月代宗改元,复以建巳月为四月。郎有焦校书。自夸足膂力,能骑生马驹。一朝被马踏,唇裂版齿无。壮心不肯已,欲得东擒胡。

元年建巳月,官有王司直。马惊折左臂,骨折面如墨。驽骀漫一作慢深一作染泥,何不避雨色。劝君休叹恨,未必不为福。

遭田父泥饮美严中丞

步屦随春风,村村自花柳。田翁逼社日,邀我尝春酒。酒酣夸新尹,畜眼未见有。回头指大男,渠是弓弩手。名在飞骑籍,长番岁时久。前日放营农,辛苦救衰朽。差科死则已,誓不举家走。今年大作社,拾遗能住否。叫妇开大瓶,盆中为吾取。感此气扬扬,须知风化首。语多虽杂乱,说尹终在口。朝来偶然出,自卯将及酉。久客惜人情,如何拒邻叟。高声索果栗,欲起时被肘。指挥过无礼,未觉村野丑。月出遮我留,仍嗔问升斗。

喜　雨

春旱天地昏,日色赤如血。农事都已一作未休,兵戈况骚屑。巴人困军须,恸哭厚土热。沧江夜来雨,真宰罪一雪。谷根小一作少苏息,疹气终不灭。何由见宁岁,解我忧思结。峥嵘群一作东山云,交会未断绝。安得鞭雷公,滂沱洗吴越。原注:时闻浙右多盗。

渔　阳

渔阳突骑犹精锐,赫赫雍王都一作前节制。猛将飘然恐后时,本朝不入非高计。禄山北筑雄武城,旧防败走归其营。系书请问燕耆旧,今日何须十万兵。宝应元年九月,鲁王適改封雍王,为天下兵马元帅,统河东、朔方及诸道行营回纥等兵十馀万讨史朝义,会兵于陕州。甫在梓闻王授钺,作此诗以讽河北诸将。飘然而来,犹恐后时,乃拥兵不朝,岂高计乎?末又举禄山往事以戒之。

天 边 行

天边老人归未得,日暮东临大江哭。陇右河源不种田,胡骑羌兵入巴蜀。洪涛滔天风拔木,前飞秃鹙后鸿一作黄鹄。九度附书向洛阳,十年骨肉无消息。

大 麦 行

大麦干枯小麦黄,妇女一作人行泣夫走藏。东至集壁西梁洋四州皆属山南西道,问谁腰镰胡与羌。岂无蜀兵三千人,部一作簿领辛苦江山长。安得如鸟有羽翅,托身白云还故乡。

苦 战 行

苦战身死马将军,自云伏波之子孙。干戈未定失壮士,使我叹恨伤精魂。去年江南一作南行讨狂贼,临江把臂难再得。别时孤云今不飞,时独看云泪横臆。遂州在涪江少南,故曰江南。盖必死于段子璋之乱者。

去 秋 行

去秋涪江木落时,臂枪一作苍走马谁家儿。到今不知白骨处,部曲有去皆无归。遂州城中汉节在,遂州城外巴人稀。战场冤魂每夜哭,空令野营猛士悲。

述 古 三 首

赤骥顿长缨,非无万里姿。悲鸣泪至地,为问驭者谁。凤凰从东一作_天来,何意复高飞。竹花不结实,念子忍朝饥。古时君臣合,可以物理推。贤人识定分,进退_{一作用固一作因}其宜。

市人日中集,于利竞锥刀。置膏烈火上,哀哀自煎熬。农人望岁稔,相率除蓬蒿。所务谷_{一作农}为本,邪赢无乃劳。舜举十六相,身尊道何高。秦时任商鞅,法令如牛毛。

汉光得天下,祚永固有开。岂惟高祖圣,功自萧曹来。经纶中兴业,何代无长才。吾慕寇邓勋,济时信良哉。耿贾亦宗臣,羽翼共裴回。休运终四百,图画在云台。

全唐诗卷二二〇

杜 甫

观 打 鱼 歌

绵州江水之一作水东津，鲂鱼鲅鲅色胜银。渔人漾舟沈大网，截江一拥数百鳞。众鱼常才尽却弃，赤鲤腾出如有神。潜龙无声老蛟怒，回一作西风飒飒吹沙尘。饔子左右挥双刀，脍飞金盘白雪高。徐州秃尾即鲔，似鲂而大头。不足忆一作惜，汉阴槎头远遁逃。鲂鱼肥美知第一，既饱欢娱亦萧瑟。君不见朝来割素鬐，咫尺波涛永相失。

又 观 打 鱼

苍江鱼一作渔子清晨集，设网提纲万一作取鱼急。能者操舟疾若风，撑突波涛挺叉入。小鱼脱漏不可记一作纪，半死半生犹戢戢。大鱼伤损皆垂头，屈强泥沙一作沙头有时立。东津观鱼已再来，主人罢鲙还倾杯。日暮蛟龙改窟穴，山根鳣鲔随云雷。干戈兵革斗未止一作干戈格斗尚未已，凤凰麒麟安在哉。吾徒胡为纵此乐，暴殄天物圣所哀。

越 王 楼 歌

　　太宗子越王贞为绵州刺史,作台于州城西北,楼在台上。

绵州州府何磊落,显庆年中越王作。孤城西北起高楼,碧瓦朱甍照城郭。楼下长江百丈清,山头落日半轮明。君王旧迹今人赏,转见千秋万古情。

海 棕 行

　　亦棕类,但不皮而干,叶蔽于杪。一云波斯枣,木无旁枝,三五年一著子。

左绵公馆清江濆,海棕一株高入云。龙鳞犀甲相错落,苍棱白皮十抱文。自一作但是众木乱纷纷,海棕焉知身出群。移栽北辰不可得,时有西域胡僧识。

姜楚公画角鹰歌

　　姜皎,上邽人,善画鹰鸟。官至太常,封楚国公。

楚公画鹰鹰戴角,杀气森森一作如到幽朔。观者贪愁一作徒惊掣臂一作壁飞,画师不是无心学。此鹰写真在左绵,却嗟真骨遂虚传。梁间燕雀休惊怕,亦未搏空上九天。

相逢歌一作从行赠严二别驾 一作严别驾相逢歌

我行入东川,十步一回首。成都乱罢气萧飒,一作瑟,一作索,浣花草堂亦何有。梓中一作州豪俊一作贵大者谁,本州从事知名久。把臂开尊饮我酒,酒酣击剑蛟龙吼。乌帽拂尘青螺一作骡粟,紫衣将炙绯衣走。铜盘烧蜡光一作炎吐日,夜如何其初促膝。黄昏始扣主人门,谁谓俄顷一作我倾胶在漆。万事尽付形骸外,百年未见一作及欢娱毕。神倾意豁真佳士，久客多忧今愈疾。高视乾坤又可_{一作何}愁，一躯_{一作体}交态同_{一作真}悠悠。垂老遇君未恨晚，似君须向古人求。

光禄坂_{在梓州铜山县}行

山行落日下绝壁，西望千山万山_{一作水}赤。树枝有鸟乱鸣_{一作栖}时，暝色无人独归客。马惊不忧深谷坠，草动只怕长弓射。安得更似开元中，道路即今多_{一作何}拥隔。

冬到金华山观因得故拾遗陈公学堂遗迹

> 陈子昂，射洪人，少读书金华山。后节度使李叔明为立旌德碑于山之读书堂侧。

涪右众山内，金华紫崔嵬。上有蔚蓝天，垂光抱琼台。系舟接绝壁，杖策穷萦回。四顾俯层巅，澹然川谷开。雪岭日色_{一作光死}，霜鸿有馀哀。焚香玉女跪，雾里仙人来。陈公读书堂，石柱仄青苔。悲风为我起，激烈伤雄才。

陈拾遗故宅_{宅在射洪县东七里东武山下}

拾遗平昔居，大屋_{一作宅}尚修椽。悠扬_{一作悠荒}山日，惨澹_{一作崔峚}故园_{一作国}烟。位下曷足伤，所贵者圣贤。有才继骚雅，哲匠不比肩。公生扬马后，名与日月悬。同游英俊人，多秉辅佐权。彦昭_{赵彦昭，字奂然，甘州人。与郭元振、张说相友善。}超_{一作赵玉价}，郭振起通泉_{元振为通泉尉。}到今素壁滑，洒翰银钩连。盛事会一时，此堂岂千年。终古立_{一作占}忠义，感遇有遗编。

谒文公上方

野寺隐乔木，山僧高下居。石门日色异，绛气横扶疏。窈_{一作窅}窕入风磴,长芦纷卷舒。庭前猛虎卧,遂得文公庐。俯视万家邑,烟尘对阶除。吾师雨花外,不下十年馀。长者自布金,禅龛只晏如。大一作火珠脱玷翳,白月一作日当空虚。甫也南北人,芜蔓少耘锄。久遭诗酒污,何事忝簪裾。王侯与蝼蚁,同尽随丘墟。愿闻第一义,回向心地初。金篦刮眼膜,价重百车渠。无生有汲引,兹理傥吹嘘。

奉赠射洪李四丈 明甫

丈人屋上乌,人好乌亦好。人生意气豁,不在相逢早。南京乱初定,所向邑一作色枯槁。游子无根株,茅斋付秋草。东征下月峡,挂席穷海岛。万里须十金,妻孥未相保。苍茫风尘际,蹭蹬骐骥老。志士怀感伤,心胸已倾倒。

早发射洪县南途中作

将老忧贫窭,筋力岂能及。征途乃一作后,一作复。侵星,得使诸病入。鄙人寡道气,在困无独立。倮装逐徒旅,达曙一作晓凌险涩。寒日出雾迟,清江转山急。仆夫行不进,驽马若一作苦维絷。汀洲稍疏散,风景开快一作悄悒。空慰所尚怀,终非曩游集。衰颜偶一破,胜事难屡一作皆空挹。茫然阮籍途,更洒杨朱泣。

通泉驿南去通泉县十五里山水作

溪行衣自湿,亭午气始散。冬温蚊蚋在一作集,人远凫鸭乱。登顿生曾阴,欹倾出高岸。驿楼衰柳侧,县郭轻烟畔。一川何绮丽,尽目一作日穷壮观。山色远寂寞,江光夕滋漫。伤一作知时愧孔父,去国同王粲。我生苦飘零,所历有嗟叹。

过郭代公故宅

郭元振，贵乡人，宅在京师宣阳里。此当是尉通泉时所居。

豪俊初未遇，其迹或脱略。代公尉通泉，放意何自若。及夫登衮冕，直气森喷薄。一本此下有：精魄凛如在，所历终萧索。磊落见异人，岂伊常情度。定策神龙后，先天二年，明皇诛太平公主，睿宗御承天门，大臣俱走匿。独郭元振总兵扈宿禁中，事定，封代国公。此云神龙，盖太平擅宠乱政，祸胎在神龙时也。宫中翕清廓。俄顷辨尊亲，指挥存顾托。群公有一作见惭色，王室无削弱。迥出名臣上，丹青照台阁。我行得遗迹一作址，池馆皆疏凿。壮公临事断，顾步涕横落。草堂本，"精魄凛如在"一联在此下。高咏宝剑篇，神交付冥漠。武后索其文，上《宝剑篇》。

观薛稷少保书画壁

稷，汾阴人，工书画。官至太子少保，封晋国公。以太平公主乱，坐知谋赐死。

少保有古风，得之陕郊篇。稷秋日还京诗云：驱车越陕郊。惜哉功名忤，但见书画传。我游梓州东，遗迹涪江边。画藏青莲界，书入金榜悬。仰看垂露姿，不崩亦不骞。郁郁三大字，通泉寿圣寺聚古堂有薛稷所书"慧普寺"三字，径三尺。蛟龙岌相缠。又挥西方变，发地扶屋椽。惨澹壁飞动，到今色未填。此行叠壮观，郭薛俱才贤。不知百载后，谁复来通泉。

通泉县署屋壁后薛少保

画鹤　稷尤善画鹤，屏风六扇鹤样自稷始。

薛公十一鹤，皆写青田青田有双白鹤，年年生子，长大便去，只馀二老鹤在耳。多云神仙所养。真。画色久欲尽，苍然犹出尘。低昂各有意，磊落如长人。佳此志气远，岂惟粉墨新。万里不以力，群游森会神。威迟白凤态，非是仓庚邻。高堂未倾覆，常一作幸得慰嘉宾。曝露墙壁外，终嗟风雨频。赤霄有真骨，耻饮泞池津。冥冥任所往，脱略谁能驯。

陪王侍御同登东山最高顶宴姚通泉晚携酒泛江 东山在潼川涪江上

姚公美政谁与俦，不减昔时陈太丘。邑中上客有柱史，多暇日陪骢马游。东山高顶罗珍羞，下顾城郭销我忧。清江白日落欲尽，复携美人登彩舟。笛声愤怨一作怒哀中流，妙舞逶迤夜未休。灯前往往大鱼出，听曲低昂如有求。三更风起寒浪涌，取乐喧呼觉船重。满空星河光破碎，四座宾客色不动。请公临深一作江莫相违，回船罢酒上马归。人生欢会岂有极，无使霜过一作露沾人衣。

春日戏题恼郝使君兄 一本无兄字

使君意一作俊气凌青霄，忆昨欢娱常见招。细马时鸣金騕褭，佳人屡出董娇饶一作娆。东流江水西飞燕，可惜春光不相见。愿携王赵两红颜，再骋肌肤如素练。通泉百里近梓州，请一作诸公一来开我愁。舞处重看花满面，尊前还有锦缠头。

短歌行赠王郎司直

　　草堂本此首编入大历三年。以诗中仲宣楼头之句，宜客荆州时作也。

王郎酒酣拔剑斫地歌莫哀，我能拔尔抑塞磊落之奇才。豫章翻风白日动，鲸鱼跋浪沧溟开。且脱佩剑一作剑佩休裴回，西得诸侯棹锦水。欲向何门趿一作飒珠履，仲宣楼头春色一作已深。青眼高歌望吾子，眼中之人吾老矣。

短歌行送祁录事归合一作邛州因寄苏使君

前者途中一相见,人事经年记君面。后生相动一作劝何寂寥,君有长才不贫贱。君今起柁春江流,余亦沙边具小舟。幸为达书贤府主,江花未尽会江楼。

陪章留后惠义寺饯嘉州崔都督

赴州 节度使朝觐,择置留后一人,时章彝为梓州留后。

中军待上客,令肃事有恒。前驱入宝地,祖帐飘金绳。南陌一作伯既留欢,兹山亦深登。清闻树杪磬,远谒云端僧。回策匪新岸一作崖,所攀仍旧藤。耳激洞门飙,目存寒谷冰。出尘阅轨躅,毕景遗炎蒸。永愿坐长夏,将衰栖大乘。羁旅惜宴会,艰难怀友朋。劳生共几何,离恨兼相仍。

将适吴楚留别章使君
留后兼幕府诸公得柳字

我一作甫来入蜀门,岁月亦已久。岂惟长儿童,自觉成老丑。常恐性坦率,失身为杯酒。近辞痛饮徒,折节万夫一作人后。昔如一作若纵壑鱼,今如丧家狗。既无游方恋,行止复何有。相逢半新故,取别随薄厚。不意青草湖,扁舟落吾手。睠睠章梓州,开筵俯高柳。楼前出骑马,帐下罗宾友。健儿簇红旗,此乐或一作儿难朽。日车隐昆仑,鸟雀噪户牖。波涛未足畏一作慰,三峡徒雷吼。所忧盗贼多,重见衣冠走。中原消息断,黄屋今安否。终作适荆蛮,安排用庄叟。随云拜东皇,挂席上南斗。有使即寄书,无使长回首。

山　寺 原注:得开字,章留后同游。

野寺根一作限石壁,诸龛遍崔嵬。前佛不复辨,百身一莓苔。虽一作
惟有古殿存,世尊亦尘埃。如闻龙象泣,足令信者哀。使君骑紫
马,捧拥从西来。树羽静千里,临江久裴回。山僧衣蓝缕,告诉栋
梁摧。公为顾一作领宾徒一作从,一作兵从,咄嗟檀施开。吾知多罗树,
却倚莲华台。诸天必欢喜,鬼物无嫌猜。以兹抚士卒,孰曰非周
才。穷子失净处见《法华经》,高人忧祸胎。岁晏风破肉,荒林寒可
回。思量入一作人道苦,自哂同婴孩。

棕　拂　子

棕拂且薄陋,岂知身效能。不堪代白羽,有足除苍一作青蝇。荧荧
金错刀,擢擢朱丝绳。非独颜色好,亦用一作由顾盼称。吾老抱疾
病,家贫卧炎蒸。匭肤倦扑灭,赖尔甘服膺。物微世竞弃,义在谁
肯征。三岁清秋至,未敢阙缄藤。

桃竹杖引赠章留后 竹兼可为簟,名桃笙。

江心一作上蟠石生桃竹,苍波喷浸尺度足。斩根削皮如紫玉,江妃
水仙惜不得。梓潼使君一作者开一束,满堂宾客皆叹息。怜我老病
赠两茎,出入爪甲铿有声。老夫复欲东南征,乘涛鼓枻一作棹白帝
城。路幽必为鬼神夺,拔一作仗剑或与蛟龙争。重为告曰:杖兮杖
兮,尔之生也甚正直,慎勿见水踊跃学变化为龙。使我不得尔之扶
持,灭迹于君山湖上之青峰。噫,风尘澒一作鸿洞兮豺虎咬人,忽失
双杖兮吾将曷从。

寄题江外草堂 原注:梓州作,寄成都故居。

我生性放诞,雅欲逃自然。嗜酒爱风一作修竹,卜居必一作此林泉。
遭乱到蜀江,卧疴遣一作遗所便。诛茅初一亩,广地方一作必连延。
经营上元始,断手宝应年。敢谋土木丽,自觉面势坚一作贤。台亭
一作亭台随高下,敞豁当清川。虽一作惟有会心侣,数能同钓船。干
戈未偃息,安得酣歌眠。蛟龙无定窟,黄鹄摩苍天。古来达士志一
作贤达士,宁受外物牵。顾惟鲁钝姿,岂识悔吝先。偶携老妻去,惨
澹凌风烟。事迹无固必,幽贞愧双全。尚念四小松,蔓草易一作已
拘缠。霜骨不甚长,永为邻里怜。

韦讽录事宅观曹将军画马图

一本下有歌字,一本有引字。曹霸官左武卫将军。

国初已来画鞍马,神妙独数江都王。江都王绪,霍王元轨子,善书画。将
军得名三一作四十载,人间又见真乘黄。曾貌先帝照夜白,龙池十
日飞霹雳。内府殷红马脑碗一作盘,婕妤传诏才人索。碗赐将军拜
舞归,轻纨细绮相追飞一作随。贵戚权门得笔迹,始觉屏障生光辉。
昔日太宗拳毛骟,太宗六骏,五曰拳毛骟,平刘黑闼所乘。近时郭家师子花。
今之新一作画图有二马,复令识者久叹嗟。此皆骑战一敌万,缟素
漠漠开风沙。其馀七匹亦殊绝,迥若寒空动烟雪。霜蹄蹴踏长楸
间,马官厮养森成列。可怜九马曹将军《九马图》,后藏薛绍彭家。争神
骏,顾视清高气深稳。借问苦心爱者谁,后有韦讽前支遁。忆昔巡
幸新丰宫,翠华拂天来向东。腾骧磊落三万匹,皆与此图筋骨同。
自从献宝朝河宗用穆天子西征事,无复射蛟江水中用汉武帝事。君不见
金粟明皇泰陵在奉先县金粟山堆前松柏里,龙媒去尽鸟呼风。

送韦讽上阆州录事参军

国步犹艰难，兵革未衰息。万方哀一作尚嗷嗷，十载一作年供军食。庶官务割剥，不暇忧反侧。诛求何多门，贤者贵为德一作贤俊愧为力。韦生富春秋，洞彻有清识。操持纪纲地，喜见朱丝直。当令一作因循豪夺吏，自此无颜色。必若救疮痍，先应去蟊贼。挥泪临大江，高天意凄恻。行行树佳政，慰我深相忆。

丹青引赠曹将军霸

将军魏武之子孙，于今为庶为清门。英雄割据虽一作皆已矣，文彩风流犹一作今尚存。学书初学卫夫人，卫夫人，名铄，展之女，李矩妻，学书于钟繇。但恨无一作未过王右军王羲之学书于卫夫人。丹青不知老将至，富贵于我如浮云。开元之中一作年常引见，承恩数上南熏殿。凌烟功臣少颜色，将军下笔开生面当是重画。良相头上进贤冠，猛将腰间大羽箭。褒公鄂公贞观十七年，诏阎立本画凌烟阁功臣二十四人，鄂国公尉迟敬德第七，褒国公段志玄第十。毛发动，英姿飒爽一作飒来一作犹酣战。先帝一作御马玉花骢，画工如山貌不同。是日牵来赤墀下，迥一作复立阊阖生长风。诏谓将军拂绢素，意一作法匠惨澹经营中。斯须九重真龙出，一洗万古凡马空。玉花却在御榻上，榻上庭前屹相向。明皇好大马，西域大宛岁有献贡，命悉图其骏。至尊含笑催赐金，圉人太仆皆惆怅。弟子韩幹幹，大梁人，初师曹霸，后入供奉。令师陈闳，对曰：陛下内厩马，乃臣师也。早入室，亦能画马穷殊相一作状。幹惟画肉不画骨，忍使骅骝气凋丧。将军画一作尽善一作妙，一作善画。盖有神，必一作偶逢佳士亦写真。即今飘泊干戈际，屡貌寻常行路人。途穷反遭俗眼白，世上未有如公贫一作他富至今我徒贫。但看古来盛名下，终日坎壈缠其身。

阆州东楼筵奉送十一舅往青城县得昏字

曾城有高楼一作会，制古丹艧存。迢迢百馀尺，豁达开四门东楼在保
宁府治南嘉陵江上。虽有一作会车马客，而无人世喧。游目俯大江，列
筵慰别魂。是时秋冬交，节往颜色昏。天寒鸟兽休一作伏，霜露在
草根。今我送舅氏，万感集清尊。岂伊山川间，回首盗贼繁。高贤
意不暇，王命久崩奔。临风欲恸哭，声出已复吞。

严氏溪放歌行 溪在阆州东百馀里

天下甲一作兵马未尽销，岂免沟壑常漂漂。剑南岁月不可度，边头
公卿仍独一作何其骄。费心姑息是一役，肥肉大酒徒相要。呜呼古
人已粪土，独觉志士甘渔樵。况我飘转一作蓬无定所，终日戚戚忍
羁旅。秋宿一作夜霜一作清溪素月高，喜得与子长夜语。东游西还
力实倦，从此将身更何许。知子松根长茯苓，迟暮有意来同煮。

南 池 在阆中县东南，即彭道将鱼池。

峥嵘巴阆间，所向尽山谷。安知有苍池，万顷浸坤轴。呀然阆城
南，枕一作控带巴江腹。芰荷入异县，粳稻共比屋。皇天不无意，美
利戒止足。高田失西成，此物颇丰熟。清源多众鱼，远岸富乔木。
独叹枫香林，春时好颜色。南有汉王一作主祠池在汉高祖庙旁，终朝走
巫祝。歌舞散灵衣，荒哉旧风俗。高堂一作皇亦明王，魂魄犹正直。
不应空陂上，缥缈亲酒食。淫祀自古昔，非唯一川渎。干戈浩茫
茫，地僻伤极目。平生江海一作溟渤兴，遭乱身局促。驻马问渔舟，
踌躇慰羁束。

发阆中

前有毒蛇后猛虎,溪行尽日无村坞。江风萧萧云拂地,山木惨惨天欲雨。女病妻忧归意速一作急,秋花锦石谁复一作能数。别家三月一得书一作书来,避地何时免愁苦。

寄韩谏议

> 旧本有注字。一云注乃泋之误。韩休之子泋,上元中为谏议大夫。此诗为李泌隐衡山而作,欲谏议贡荐之也。

今我不乐思岳阳,身欲奋飞病在床。美人娟娟隔秋水,濯足洞庭望八荒。鸿飞冥冥日月白,青枫叶赤天雨一作飞霜。玉京群帝集北斗,或骑骐驎翳凤皇。芙蓉旌旗一作旄烟雾乐一作落,影动倒景摇潇湘。星宫之君醉琼浆,羽人稀少不在旁。似闻昨者一作夜赤松子,恐是汉代韩张良。昔随刘氏定长安,帷幄未改神惨伤。国家成败吾岂敢,色难腥腐餐风一作枫香。周南留滞古所一作莫惜,南极老人应寿昌。美人胡为隔秋水,焉得置之贡玉堂。

忆昔二首

忆昔先皇谓肃宗巡朔方,千乘万骑入咸阳。阴山骄子汗血马,长驱东胡胡走藏。邺城反覆不足怪,关中小儿李辅国,闲厩马家小儿。坏纪纲,张后不乐上为忙。至今今上谓代宗犹拨乱,劳身焦思补四方。我昔近侍叨奉引,出兵一作兵出整肃不可当一作忘。为留猛士守未央,致使岐雍防西羌。犬戎直来坐御床,百官跣足随天王。程元振数潜郭子仪,遂解兵柄。乾元后数年,邠凤西北尽陷蕃戎,代宗幸陕。诗盖指此。愿见北地傅介子,老儒不用尚书郎。

忆昔开元全盛日,小邑犹藏万家室。稻米流脂粟米白,公私仓廪俱

丰一作富，一作盈。实。九州道路无豺虎一作狼，远行不劳吉日出。齐
纨鲁缟车班班，男耕女桑不相失。宫中圣人奏云门，天下朋友皆胶
漆。百馀年间未灾变，叔孙礼乐萧何律。岂闻一绢直万钱，有田种
谷今流血。洛阳宫殿烧焚尽，宗庙新除狐兔穴。伤心不忍问耆旧，
复恐初从乱离说。小臣鲁钝无所能，朝廷记识蒙禄秩。周宣中兴
望我皇，洒血一作泪江汉身一作长衰疾。

冬　狩　行

原注：时梓州刺史章彝兼侍御史留后东川。

君不见东川节度兵马雄，校猎亦似观成功。夜发猛士三千人，清晨
合围步骤同。禽兽已毙十七八，杀声落日回苍穹。幕前生致九青
兕，骆驼𪎭𪌐垂玄熊。东西南北百里间，仿佛蹴踏寒山空。有鸟名
鹨鸰，力不能高飞逐走蓬。肉味不足登鼎俎，何为见羁虞罗中。春
蒐冬狩侯一作候得同，使君五马一马骢。彝兼侍御，故云一马骢。况今摄
行大将权，号令颇有前贤风。飘然时危一老翁，十年厌见旌旗红。
喜君士卒甚整肃，为我回辔擒西戎。草中狐兔尽何益，天子不在咸
阳宫。朝廷虽无幽王祸，得不哀痛尘再蒙。呜呼，得不哀痛尘再
蒙。时代宗幸陕，诏征天下兵，无一人应召者，故感激言之。

自　平

自平宫中一作中宫，一作中官。吕太一，中使吕太乙为市舶使，矫诏募兵作乱。
收珠南海千馀日。近供生犀翡翠稀，复恐征戎一作戍干戈密。蛮溪
豪族小一作山动摇，世封刺史非时一作常朝。蓬莱殿前一作里诸主将，
才如伏波不得骄。

释　闷

四海十年不解兵，犬戎一作羊也复临咸京。失道非关出襄野，黄帝将
见大隗，至襄城之野。扬鞭忽是过胡一作湖城。即今芜湖。晋明帝察王敦军于
湖，在当涂县。豺狼塞路人断绝，烽火照夜尸纵横。天子亦应厌奔
走，群公固合思升平。但恐诛求不改辙，闻道嫛孽能一作今全生。
江边老翁错料事，眼暗不见风尘清。

赠别贺兰铦

黄雀饱野粟，群飞动荆榛。今君一作吾抱何恨，寂寞向时人。老骥
倦骧首，苍一作饥鹰愁易驯。高贤世未识，固合婴饥贫。国步初返
正代宗幸陕初还，乾坤尚风尘。悲歌鬓发白，远赴湘吴春。我恋岷下
芋，君思千里千里湖在溧阳县莼。生离与死别，自古鼻酸辛。

别唐十五诫因寄礼部贾侍郎 贾至

九载一相逢，百年能几何。复为万里别，送子山之阿。白鹤久同
林，潜鱼本同河。未知栖集期，衰老强高歌。歌罢两凄恻，六龙忽
蹉跎。相视发皓白，况难驻羲和。胡星坠燕地，汉将仍横戈。萧条
四海内，人少豺虎多。少人慎莫投，多虎信所过。饥有易子食，兽
犹畏虞罗。子负经济才，天门郁嵯峨。飘飘一作飘适东周，来往若
一作亦崩波。南宫吾故人，白马金盘陀。雄笔映千古，见贤心靡一作
匪他。念子善师事，岁寒守旧柯。为吾谢贾公，病肺卧江沱。

阆　山　歌

阆州城东灵一作雪山白，阆州城北玉台一作壶碧。松浮欲尽不尽云，
江动将崩未一作已崩石。那知根无鬼神会，已觉气与嵩华敌。中原

格斗且未归，应结茅斋看一作著，一作应著茅斋向。青壁。

阆水歌

嘉陵江色一作山何所似，石黛碧玉相因依。正怜日破浪花一作阆山
出，更复春从沙际归。巴童荡桨欹侧过，水鸡衔鱼来去飞。阆中胜
事可肠断，阆州城南天下稀。

草　堂

昔我去草堂，蛮夷塞成都。今我归草堂，成一作此都适无虞。请陈
初乱时，反复乃须臾一作斯须。大将赴朝廷，群小起异图。初，严武入
朝，徐知道反，旋为其下李忠厚所杀。中宵斩白马，盟歃气已粗。西取邛南
兵，北断剑阁隅。布衣数十人，亦拥专城居。其势不两大，始闻蕃
汉殊。西卒却倒戈，贼臣互相诛。焉知肘腋祸，自及枭獍一作境徒。
义士皆痛愤，纪纲乱相逾。一国实三公，万人欲为鱼。唱和作威
福，孰肯一作能辨无辜。眼前列杻械，背后吹笙竽。谈笑行杀戮，溅
一作流血满长衢。到今用钺地，风雨闻号呼。鬼一作人妾与鬼马，色
悲充尔娱。国家法令在，此又足惊吁。贱子且奔走，三年望东吴。
弧矢暗江海，难为游五湖。不忍竟舍此，复来薙榛芜。入门四松
在，步屧万竹疏。旧犬喜我归，低徊入衣裾。邻舍喜我归，酤酒携
胡芦一作提榼壶。大官喜一作知我来，遣骑问所须。城郭喜一作知我
来，宾客隘一作溢村墟。天下尚未宁，健儿胜腐儒。飘飖一作飘风尘
际，何地置一作致老夫。于时见一作是疣赘，骨髓幸未枯。饮啄愧残
生，食薇不敢馀。

四　松

四松初移时，大抵三尺强。别来忽三载一作岁，离立如人长。会看

根不拔,莫计枝凋伤。幽色幸一作会秀发,疏柯亦一作已昂藏。所插
小藩篱,本亦有堤防。终然挓拨损,得吝一作愧千叶黄。敢为故林
主,黎庶犹未康。避贼今始归,春草满空堂。览物叹衰谢,及兹慰
凄凉。清风为我起,洒面若微霜。足以一作为送老姿一作资,聊待一
作将偃盖张。我生无根带一作蒂,配尔一作汝亦茫茫。有情且赋诗,
事迹可两一作两可忘。勿矜千载后,惨澹蟠穹苍。

水　槛

苍江多风飙,云雨昼夜飞。茅轩驾巨浪,焉得不低垂。游子久在
外,门户无人持。高岸尚如一作为谷,何伤浮柱欹。扶颠有劝诫,恐
贻识者嗤。既殊大厦倾,可以一木支。临川视万里,何必阑槛为。
人生感故物,慷慨有馀悲。

破　船

平生江海心,宿昔具扁舟。岂惟青溪上,日傍柴门游。苍皇避乱
兵,缅邈怀旧丘。邻人亦已非,野竹独修修。船舷不重扣,埋没已
经秋。仰看西飞翼,下愧东逝流。故者或可掘,新者亦易求。所悲
数奔窜,白屋难久留。

营　屋

我有阴江竹,能令朱夏寒。阴通积水内,高入浮云端。甚一作如疑
鬼物凭,不顾剪伐残。东偏若面势,户牖永可安。爱惜已六载,兹
晨去千竿。萧萧见白日,泪泪开奔湍。度堂匪华丽,养拙异考槃。
草茅虽薙葺,衰疾方少宽。洗然顺所适,此足代加餐。寂无斤斧
响,庶遂偃息欢。

除　草

原注:去藄草也。藄音潜,一云即焊麻。一云山韭,非。大约是恶草。

草有害于人,曾何生阻修。其毒甚蜂虿,其多弥道周。清晨步前林,江色未散忧。芒刺在我眼,焉能待高秋。霜露一作雪一沾凝一作衣,蕙叶亦难留。荷锄先童稚,日入仍讨求。转致水中央,岂无双钓舟。顽根易滋蔓,敢使依旧丘。自兹一作移藩篱旷,更觉松竹幽。芟夷不可阙,疾恶信如雠。

扬　旗

原注:二年夏六月,成都尹严公置酒公堂,观骑士试新旗帜。

江一作风雨飒长夏,府中有馀清。我公会宾客,肃肃有异声。初筵阅军装,罗列照广庭。庭空六一作四马入,骁骁扬旗一作旒旌。回回偃飞盖,熠熠迸流星。来缠一作冲风飙急,去擘山岳倾。材归俯身尽,妙取略地平。虹霓就掌握,舒卷随人轻。三州陷犬戎,广德元年,剑南节度高适不能军,吐蕃陷松、维、保三州。但见西岭青。公来练猛士,欲夺天边城。此堂不易升,庸蜀日已宁。吾徒且加餐,休适蛮与荆。

太子张舍人遗织成褥段

客从西北来,遗我翠一作细织成。开缄风涛涌,中有掉尾鲸。逶迤罗水族,琐细不足名。客云充君褥,承君终宴荣。空堂魑魅一作魍魉走,高枕形神清。领客珍重意,顾我非公卿。留之惧不祥,施之混柴荆。服饰定尊卑,大哉万古程。今我一贱老,桓一作短褐更无营。煌煌珠宫物,寝处祸所婴一作萦。叹息当路子,干戈尚纵横。掌握有权柄,衣马自一作已肥轻。李鼎死岐阳,实以骄贵盈。来瑱赐自尽,气豪直阻兵。皆一作昔闻黄金多,坐见悔吝生。奈何田舍翁,受此厚贶情。锦鲸卷还客,始觉心和平。振我粗席尘,愧客茹一作饭藜羹。史称严武累年在蜀,肆志逞欲,恣行猛政,穷极奢靡。甫在幕下,此诗特借以讽谕,朋友责善之道也。

莫相疑行

男儿生无所一作一生无成头皓白,牙齿欲落真可惜。忆献三赋蓬莱宫,自怪一日声辉一作焯,一作烜。赫。集贤学士如堵墙,观我落笔中书堂。往时文彩动人主,此一作今日饥寒趋路旁。晚将末契托一作节契年少,当面输一作论心背面笑。寄谢悠悠世上儿,不一作莫争好恶莫相疑。

别蔡十四著作

贾生恸哭后,寥落无其人。安知蔡夫子,高义迈等伦。献书谒皇帝,志已清风尘。流涕洒丹极,万乘为酸辛。天地则创痍,朝廷当一作多正臣。异才复间出,周道日惟新。使蜀见知己,别颜始一伸。主人薨城府谓严武,扶榇归咸秦。巴道此相逢,会我病江滨。忆念凤翔都,聚散俄十春。我衰不足道,但愿子意一作音陈。稍令社稷安,自契鱼水亲。我虽消渴甚,敢忘帝力勤。尚思未朽骨,复睹耕桑民。积水驾三峡,浮龙倚长津一作轮囷。扬舲洪涛间,仗子济物身。鞍马下秦塞,王城通北辰。玄甲聚不散,兵久食恐贫。穷谷无粟帛,使者来相因。若凭一作逢南辕吏一作使,书札到天垠。

全唐诗卷二二一

杜　甫

杜　鹃

西川有杜鹃,东川无杜鹃。涪万^{一作南}无杜鹃,云安有杜鹃。我昔游锦城,结庐锦水边。有竹一顷馀,乔木上参天。杜鹃暮春至,哀哀叫其间。我见常再拜,重是古帝魂。生子百鸟巢,百鸟不敢嗔_{一作喧}。仍为喂其子,礼若奉至尊。鸿雁及羔羊,有礼太古前。行飞与跪乳,识序如_{一作又}知恩。圣贤古_{一作吾}法则,付与_{一作之}后世传。君看禽鸟情,犹解事杜鹃。今忽暮春间,值我病经年。身病不能拜,泪下如迸泉。_{旧注:上皇幸蜀还,肃宗以李辅国离间,迁之西内,悒悒而崩。此诗感是而作。但首四句有无互见,不知何义。夏竦谓是诗序,亦无解。黄希、吴曾引乐府"郭东亦有樵,郭西亦有樵","鱼戏莲叶东,鱼戏莲叶西",谓甫正用此格。诗体则然,义终难辨。至王谊伯分指当时刺史,尤穿凿可笑。}

客　居

客居所居堂,前江后山根。下堑万寻岸,苍涛郁飞翻。葱青众木梢,邪竖杂石痕。子规昼夜啼,壮士敛精魂。峡开四千里,水合数百源。人虎相半居,相伤终两存。蜀麻久不来,吴盐拥荆门。西南失大将_{谓郭英乂为崔旰所杀}。商旅自星奔。今又降元戎_{时以杜鸿渐为蜀}

帅。已闻动行轩。舟子候利涉,亦凭节制尊。我在路中央,生理不得论。卧愁病脚废,徐步视小园。短畦带碧草,怅望思王孙。凤随其皇去,篱雀暮喧繁。览物想故国,十年别荒一作乡村。日暮归几翼,北林空自昏。安得覆八溟,为君洗乾坤。稷契易为力,犬戎何足吞。儒生老无成,臣子忧四番一作藩,一作思翻。篋中有旧笔,情至时复援。

客　堂

忆昨离少城,而今异楚蜀。舍舟复深山,窅窕一林麓。栖泊云安县,消中内相毒。旧疾甘载一作战,一作再。来,衰年得一作弱无足。死为殊方鬼,头白免短促。老马终望云,南雁意在北。别家长儿女,欲起惭筋力。客堂序节改,具物对羁束。石暄蕨芽紫,渚秀芦笋绿。巴莺一作稼纷未稀,徽麦早向熟。悠悠日动江,漠漠春辞木。台郎选才俊,自顾亦已极。严武奏甫为参谋检校尚书工部员外郎。前辈声名人,埋没何所得。居然绾章绂,受性本幽独。平生憩息地,必种数竿竹。事业只浊醪,营茸但草屋。上公即指严武有记者,累奏资薄禄。主忧岂济时,身远弥旷职。循一作修文庙算正,献可天衢直。尚想趋朝廷,毫发裨社稷。形骸今若是,进退委行色。

石研诗　原注:平侍御者。

平公今诗伯,秀发吾所羡。奉使三峡中,长啸得石研。巨璞禹凿馀,异状君独见。其滑乃波涛,其光或雷电。联坳各尽墨,多水递隐现。挥洒容数人,十手可对面。比公头上冠,贞一作正质未为贱。当公赋佳句,况得终清宴。公含起草姿,不远明光殿。致于丹青地,知汝随顾眄。

水阁朝霁奉简严云安 <small>一作云安严明府</small>

东城抱春岑,江阁邻石面。崔嵬晨云白,朝旭<small>一作日</small>射芳甸。雨槛
卧花丛,风床展书卷<small>一作轻幔</small>。钩帘宿鹭起,丸药流莺啭。呼婢取酒
壶,续儿诵文选。晚交严明府,矧此数相见。

赠郑十八贲 <small>云安令</small>

温温士君子,令我怀抱尽。灵芝冠众芳,安得阙亲近。遭乱意不
归,窜身迹非隐。细人尚姑息,吾子色愈谨。高怀见物理,识者安
肯哂。卑飞欲何待,捷径应未忍。示我百篇文,诗家一标准。羁离
交屈宋,牢落值颜闵。水陆迷畏<small>一作长</small>途,药饵驻修轸。古人日以
远,青史字不泯。步趾咏唐虞,追随饭葵堇。数杯资好事,异味烦
县尹。心虽在朝谒,力与愿矛盾。抱病排金门,衰容岂为敏。

三　韵　三　篇

高马勿唾<small>一作捶</small>面,长鱼无损鳞。辱马马毛焦,困鱼鱼有神。君看
磊落士,不肯易其身。

荡荡万斛船,影若扬<small>一作摇</small>白虹。起樯必椎牛,挂席集众功。自非
风动天,莫置大水中。

烈<small>一作列</small>士恶多门,小人自同调。名利苟可取,杀身傍权要。何当
官曹清,尔辈堪一笑。

青　丝 <small>青丝白马,用侯景事,以比仆固怀恩。</small>

青丝白马谁家子,粗豪且逐风尘起。不闻汉主放妃嫔,<small>肃、代二宗曾两
放宫嫔。</small>近静潼关扫蜂蚁。殿前兵马破汝时,十月即为齑粉期。未
<small>一作不如</small><small>一作知</small>面缚归金阙,万一皇恩下玉墀。

近　闻

永泰元年,郭子仪与回纥约,共击吐蕃。次年二月,吐蕃来朝。诗纪
其事。

近闻犬戎远遁逃,牧马不敢侵临洮。渭水逶迤白日净,陇山萧瑟秋
云高。崆峒五原亦无事,北庭数有关中使。似闻赞普吐蕃称王为赞
普,相为大论、小论。更求亲,舅甥和好应难弃。文成、金城二公主,先后降吐
蕃。

蚕　谷　行

天下郡国向万城,无有一城无甲兵。焉得铸甲作农器,一寸荒田牛
得耕。牛尽一作得耕一本有田字,蚕亦成。不劳烈士泪滂沱,男谷女
丝行复歌。

折　槛　行

呜呼房魏不复见,秦王学士时难羡。青衿胄子困泥涂,白马将军若
雷电。千载少似朱云人,至今折槛空嶙峋。娄公不语宋公语,尚忆
先皇容直臣。永泰二年,以观军容使左监门卫大将军鱼朝恩判国子监事,故曰"青
衿胄子困泥涂,白马将军若雷电"。当时大臣箝口,效娄师德之畏逊,而不能继宋璟之
忠谠,故以折槛为讽。

引　水

月峡瞿塘云作顶,乱石峥嵘俗无井。云安酤水奴仆悲,鱼复移居心
力省。白帝城西万竹蟠,接筒引水喉不干。人生留滞生理难,斗水
何直百忧宽。

古 柏 行

此夔州诸葛庙柏，即《夔州十绝句》所云"武侯祠堂不可忘，中有松柏参天长"也。

孔明庙前一作阶有老柏，柯如青铜根如石。霜一作苍皮溜雨一作水四十围，黛色参天二千尺。君臣已与时际会，树木犹为人爱惜。云来气接巫峡长，月一作日出寒通雪山白。忆昨路绕锦亭一作城东，先主武侯同閟宫。崔嵬枝干郊原古，窈窕丹青户牖空。落落盘踞虽得地，冥冥孤高多烈风。扶持自是神明力，正直原因造化功。大厦如倾要梁栋，万牛回首丘山重。不露文章世已惊，未辞翦伐谁能送。苦心岂免容蝼蚁，香一作密叶终一作曾经一作惊宿鸾凤。志士幽人莫怨嗟一作伤，古来材大难为一作皆难用。

缚 鸡 行

小奴缚鸡向市卖，鸡被缚急相喧争。家中厌鸡食虫蚁，不知鸡卖还遭烹。虫鸡于人何厚薄，吾叱奴人解其缚。鸡虫得失无了时，注目寒江倚山阁。

负 薪 行

夔州处女发半华，四十五十无夫家。更遭丧乱嫁不售，一生抱恨堪一作长咨嗟。土风坐男使女立，应一作男当门户女出入。十犹一作有八九负薪归，卖薪得钱应一作当供给。至老双鬟一作鬟只垂颈，野花山叶银钗并。筋力登危集市门，死生射利兼盐井。面妆首饰杂啼痕，地褊衣寒困石根。若道巫山女粗丑，何得此一作北有昭君村。村连巫峡，有昭君宅，宅旁有捣练石，傍香溪。

最 能 行

峡中丈夫绝轻死,少在公门多在水。富豪有钱驾大舸,贫穷取给行艖_{音叶,舟小如叶也。}子。小儿学问止论语,大儿结束随商旅。欹帆侧柂入波涛,撇漩捎濆无险阻。朝发白帝暮江陵,顷来目击信有征。瞿塘漫天虎须_{一作眼}怒,归州长年_{蜀中呼柂师为长年 三老行一作与最能。}此乡之人气_{一作器}量窄,误竞南风疏北客。若道士_{一作土}无英俊才,何得山有屈原宅。_{宅在秭归县北。}

寄裴施州 _{裴冕坐李辅国贬施州刺史}

廊庙之具裴施州,宿昔一逢无此_{一作比}流。金钟大镛在东序,冰壶玉衡_{一作珩}悬清秋。自从相遇感_{一作减}多病,三岁为客宽边愁。尧有四岳明至理,汉二千石真分忧。几度寄书白盐北,苦寒赠我青羔_{一作丝,一作缣。}裘。霜雪回光避锦袖,龙蛇_{一作蛟龙}动箧蟠银钩。紫衣使者辞_{一作辟}复命,再拜故人谢佳政。将老已失子孙忧,后来况接才华盛。_{《英华》此句下有"遥忆书楼碧池映"七字。}

郑典设自施州归

吾怜荥阳秀,冒暑初有适。名贤慎所出_{一作出处},不肯妄行役。旅兹殊俗远_{一作还},竟以屡空迫。南谒裴施州,气合无险僻。攀援悬根木,登顿入天_{一作矢}石。青山自一川,城郭洗忧戚。听子话此邦,令我心悦怿。其俗则_{一作甚}纯朴,不知有主客。温温诸侯门,礼亦如古昔。敕厨倍常羞,_{冕性侈靡,好尚车服,营珍馔。}杯盘颇狼藉。时虽属丧乱,事贵赏_{一作当}匹敌。中宵愜良会,裴郑非远戚。群书一万卷,博涉供务隙。他日辱银钩,森疏见矛戟。倒屣喜旋归,画地求_{一作来所历。}乃闻风土质,又重田畴辟。刺史似寇恂,列郡宜竞惜一作借，音迹。北风吹瘴疠，赢老思散策。渚拂兼葭塞一作寒，峤穿萝茑幂。此身仗儿仆，高兴潜有激。孟冬方首路，强饭取崖壁。叹尔疲驽骀，汗沟马中脊血不赤。终然备外饰，驾驭何所益。我有平肩舆，前途犹准的。翩翩入鸟道，庶脱蹉跌厄。

柴　门

孤一作泛舟登瀼西，回首望两崖。东城干旱天，其气如焚柴。长影没窈窕，馀光散唅呀。大江蟠嵌根，归海成一家。下冲割坤轴，竦壁攒镆铘。萧飒洒秋色，氛一作气昏霾日车。峡一作峡，广溪乃三峡之首。门自此始，最窄容浮查。禹功翊造化，疏凿就欹斜。巨一作巴渠决太古，众水为长蛇。风烟渺吴蜀，舟楫通盐麻。我今远游子，飘转混泥沙。万物附本性，约一作处身一作性不愿一作欲奢。茅栋盖一床，清池有馀花。浊醪与脱粟，在眼无咨嗟。山荒人民少，地僻日夕佳。贫病一作贱固其常，富贵任生涯。老于干戈际，宅幸蓬荜遮。石乱上云气，杉清一作青延月一作日华。赏妍又分外，理惬夫何夸。足了垂白年，敢居高士差。书此豁平昔，回首犹暮霞。

贻华阳柳少府

系马乔木间，问人野寺门。柳侯披衣笑一作啸，见我颜色温。并坐石下堂，一作堂下石，一作石堂下。俯视大江奔。火云洗月露，绝壁上朝暾。自非晓相访，触热生病根。南方六七月，出入异中原。老少多暍死，汗逾水浆翻。俊才得之子，筋力不辞烦。指挥当世事，语及戎马存。涕泪一作流涕溅我裳，悲气一作风排帝阍。郁陶抱长策，义仗知server者论。吾衰卧江汉，但愧识玙璠。文章一小技，于道未为尊。起予幸斑白，因是托子孙。俱客古信州夔本梁信州，结庐依毁垣。相去四五里，径微山叶繁。时危抱佳士，况免军旅喧。醉从赵女舞，歌鼓秦人盆。子壮顾我伤，我欢兼泪痕。馀生如过鸟，故里今空村。

雷

大旱山岳燋，密云复无一作覆如雨。南方瘴疠地，罹此农事苦。封内必舞雩，峡中喧击鼓。真龙竟寂寞，土梗土人也空俯偻一作偻俯。吁嗟公私病，税敛缺不补。故老仰面啼，疮痍向谁数。暴尪或前闻，鞭巫非稽古。请先偃甲兵，处分听人主。万邦但各业，一物休尽取。水旱其数一作数至然，尧汤免亲睹。上天铄金石，群盗乱豺虎。二者存一端，愆阳不犹愈。昨宵殷其雷，风过齐万弩。复吹霾翳散，虚觉神灵聚。气暍肠胃融，汗滋一作湿衣裳污一作腐。吾衰尤一作犹拙计一作计拙，失望筑场圃。

火

楚一作焚山经月火，大旱则斯举。旧俗烧蛟一作蛇龙，惊惶致雷雨。爆嵌魑魅泣，崩冻岚阴昈。《西京赋》：赫昈昈以弘敞。昈，赤文，音户，火焚冻崩，而岚阴皆赤也。罗落沸百泓，根源皆万一作太古。青林一灰烬，云气无处所。入夜殊一作珠赫然，新秋照牛女。风吹巨焰作，河棹一作澹，一作汉。腾一作胜烟柱。势俗焚昆仑，光弥焮香靳切。《左传》：行火所焮炙也。洲渚。腥至焦长蛇，声吼一作吼争缠猛虎。神物已高飞，不一作只见石与土。尔宁要谤讟，凭此近荧侮。薄关长吏忧，甚昧至精主。远迁谁扑灭，将恐及环堵。流汗卧江亭，更深气如缕。

七月三日亭午已后较热退晚加小凉稳睡有诗因论壮年乐事戏呈元二十一曹长

今兹商用事，馀热亦已末。衰年旅炎方，生意从此活。亭午减汗流，北邻耐人聒。晚风爽乌匼，乌匼当作帢，巾也。至匼字乃匼匝。鲍昭诗：银屏匼匝。甫诗：马头金匼匝。又卢杞匼匝取容，俱不以言巾。筋力苏㩳折。闭目逾十旬，大江不止渴。退藏恨雨师，健步闻一作供旱魃。园蔬抱金玉，无以供采掇。密云虽聚散，徂暑终一作经衰歇。前圣慎焚巫，武王亲救暍。阴阳相主客，时序递回斡。洒落唯清秋，昏霾一空阔。萧萧紫塞雁，南向欲行列。欻思红颜日，霜露冻阶闼。胡马挟雕弓，鸣弦不虚发。长铍箭双叶曰铍逐一作及狡兔，突羽当满月。惆怅白头吟，萧条游侠窟。临轩望山阁，缥缈安可越。高人炼丹砂，未念将朽骨。少壮迹颇疏，欢乐曾倏忽。杖藜风尘际，老丑难翦拂。吾子得神仙，本是池中物。贱夫美一睡，烦促婴词笔。

牵　牛　织　女

牵牛出河西，织女处其东。万古永相望，七夕谁见同。神光一作仙意一作竟难候，此事终蒙胧。飒然精灵合，何必秋遂通一作逢。亭亭新妆立，龙驾具曾空一作穹。世人亦为尔，祈请走儿童。称家随丰俭，白屋达公宫。膳夫翊堂殿，鸣玉凄房栊。曝衣遍天下，曳月扬微风。蛛丝小人态，曲缀一作掇瓜果中。初筵裛重露，日出甘所终一作从。嗟汝未嫁女，秉心郁忡忡。防身动如律，竭力机杼中。虽无姑舅事，敢昧织作功。明明君臣契，咫尺或未容。义无弃礼法，恩始夫妇恭。小大有佳期，戒之在至公。方圆苟龃龉，丈夫多英一作勿替丈夫雄。

毒热寄简崔评事十六弟

大暑一作火运金气，荆扬不知秋。林下有塌翼，水中无行舟。千室但扫地，闭关人事休。老夫一作大转不乐，旅次兼百忧。蝮蛇暮偃蹇，空床难暗投。炎宵恶明烛，况乃怀旧丘。开襟仰内弟一作第，执热露白头。束带负芒刺,接居成阻修。何当清霜飞,会子临江楼。
载闻大易义,讽兴一作咏诗家流。蕴藉异时辈,检身非苟求。皇皇
使臣体,信是德业优。楚材择杞梓,汉苑归骅骝。短章达我心,理
为一作待识者筹。

殿中杨监见示张旭草

书图 殿中监掌天子服御事。杨监谓杨炎。

斯人已云亡,草圣秘难得。及兹烦见示,满目一凄恻。悲风生微
绡,万里起古色。锵锵鸣玉动,落落群松直。连山蟠其间,溟涨与
笔力。有练实先书,临池真尽墨。俊拔为之主,暮年思转极。未知
张王后,谁并百代则。呜呼东吴精,李颀赠张颠诗:皓首穷草隶,时称太湖
精。逸气感清识。杨公拂箧笥,舒卷忘寝食。念昔挥毫端,不独观
酒德。

杨监又出画鹰十二扇

近时冯绍正,官少府监,善画鹰鸟。能画鸷鸟样。明公出此图,无乃传
其状。殊姿各独立,清绝心有向一作尚。疾禁千里马,气敌万人将。
忆昔骊山宫,冬移含元仗。天寒大羽猎,此物神俱王。当时无凡
材,百中皆用壮。粉墨形似间,识者一惆怅。干戈少暇日,真骨老
崖嶂。为君除狡兔,会是翻一作飞鞲上。

送殿中杨监赴蜀见相

公 杜鸿渐镇蜀,辟杨炎为判官。

去水绝还波,泄云无定姿。人生在世间,聚散亦暂时。离别重相
逢,偶然岂定一作足期。送子清秋暮,风物一作动长年悲。豪俊贵勋
业,邦家频出师。相公镇梁益,军事无孑遗。解榻再见今,用才复

择谁。况子已高位，为郡得固辞。难拒供给费，慎哀渔夺私。干戈未甚息，纪纲正所持。泛舟巨石横，登陆草露滋。山门日易久一作夕，当念居者思。

赠李十五丈别 李秘书文嶷

峡人鸟兽居，其室附层颠。下临不测江，中有万里船。多病纷倚薄，少留改岁年。绝域谁慰怀，开颜喜名贤。孤陋忝末亲，等级敢比肩。人生意颇一作气合，相与襟袂连。一日两遣一作遣两仆，三日一共一作共一筵。扬论展寸心，壮笔过飞泉。玄成美价存，子山旧业传。不闻八尺躯，常受众目怜。且为辛苦行，盖被生事牵。北回白帝棹，南入黔阳天。沔公李勉封沔国公制方隅，迥出诸侯先。封内如太古，时危独萧然。清高金茎一作掌露一作掌，正直朱丝弦。昔在尧四岳，今之黄颍川。于迈恨不同，所思无由宣。山深水增波，解榻秋露悬。客游虽云久，主要一作亦思月再圆。晨集风渚亭，醉操云峤篇。丈夫贵知己，欢罢念归旋。

西 阁 曝 日

凛冽倦玄冬，负暄嗜飞阁。羲和流德泽，颛顼愧倚薄。毛发具一作且自和一作私，肌肤潜沃若。太阳信深仁，衰气欻有托。欹倾烦注眼，容易收病脚。流离一作浏漓木杪一作梢猿，翩跹山颠鹤。用一作朋知苦聚散，哀乐日一作亦已作一作昨。即事会赋诗，人生忽如昨一作错。古来遭丧乱，贤圣尽萧索。胡为将暮年，忧世心力弱。

课伐木 并序

　　课隶人伯夷、幸(一作辛)秀、信行等入谷斩阴木，人日四根止，维条伊枚，正直挺然，晨征暮返，委积庭内。我有藩篱，是缺是补，载伐篠簜，伊仗(一作杖)支持，则旅次于小安。山有虎知禁，若恃爪牙之利，必昏黑橙(一作撑，一作搏)突。夔人屋壁，列(一作例)树白菊(一作萄)，镘为墙，实以竹，示式遏，为与虎近，混沦乎无良宾客忧(一作齿)，害马之徒，苟活为幸，可默息已。作诗示宗武(一作文)诵。

长夏无所为，客居课奴一作童仆。清晨饭其腹一作肠，持斧入白谷。青冥曾巅后，十里斩阴木。人肩四根已，亭午下山麓。尚闻丁丁声，功课日各足。苍皮成委积一作积委，素节相照烛。藉汝跨小篱，当仗一作杖，一作材。苦一作若虚竹。空荒咆熊罴，乳兽待人肉。不知禁情，岂惟干戈哭。城中贤府主当是柏都督茂琳，处贵如白屋。萧萧理体净，蜂虿不敢毒。虎穴连里闾，堤防旧风俗。泊舟沧江岸，久客慎所触。舍西崖峤壮，雷雨蔚含蓄。墙宇资屡一作累修，衰年怯幽独。尔曹轻执热，为我忍烦促。秋光近青岑，季月当泛菊。报之以微寒，共给酒一斛。

园 人 送 瓜

江间虽炎瘴，瓜熟亦不早。柏公镇夔国，滞务兹一作资一扫。食新先战士，共少及溪一作穷老。倾筐蒲鸽青，满眼颜色好。竹竿接嵌窦，引注来鸟道。沈浮乱水玉，爱惜如芝草。落刀嚼冰霜，开怀慰枯槁。许以秋蒂除，仍看小童一作儿抱一作饱。东陵一作溪迹芜绝，楚汉休征讨。园人非故侯，种此何草草。

信行远修水筒 原注：引水筒。

汝性不茹荤，清静仆夫内。秉心识本一作根源，于事少滞碍。云端水筒坼，林表山石碎。触热藉子修，通流与厨会。往来四十里，荒险崖谷大。日曛惊未餐一作食，貌赤愧相对。浮瓜供老病，裂饼尝所爱。于斯答恭谨，足以殊殿最。讵要方士符，何假将军盖一作佩。

行诸直如笔,用意崎岖外。

槐叶冷淘

青青高槐叶,采掇付中厨。新面来近市,汁滓宛相俱。入鼎资过熟,加餐愁欲无。碧鲜俱照箸,香饭兼苞芦。经齿冷于雪,劝人投此一作比珠。愿随金騕褭,走置锦屠苏。又作廡麻,平屋也。又酒名屠苏。昔人居屠苏造酒,故名。路远思恐泥,兴深终不渝。献芹则小小,荐藻明区区。万里露寒殿,开冰清玉壶。君王纳凉晚,此味亦时须。

行官张望补稻畦水归

行官是行田者,韩愈书有行官自南来。

东屯大江北一作枕大江,百顷平若案。六月青稻多,千畦碧泉乱。插秧适云已,引溜加溉灌。更仆往方塘,决渠当断岸。公私各地著,浸润无天旱。主守问家臣,分明一作朋见溪伴一作畔。芊芊一作芊芊,一作竿竿炯翠羽,剗剗生一作向银汉。鸥鸟镜里来,关山云边看。秋菰成黑米,精凿一作谷传一作傅白粲。《汉书》注:择采使白,粲粲然。玉粒足晨炊,红鲜江浙以红米为红鲜任霞散。终然添旅食,作苦期壮观。遗穗及众多,我仓戒滋蔓。

催宗文树鸡栅

吾衰怯行迈,旅次展崩迫。愈风传乌鸡,秋卵方漫吃。自春生成者,随母向百翻。驱趁制不禁,喧呼山腰宅。课奴杀青竹,终日憎一作增,一作帽。赤帻。《搜神记》:一书生明术数,夜半,宿安阳城南亭。有赤帻者过,生曰:此西舍老雄鸡也。蹋藉盘案翻,塞蹊使之隔。墙东有隙一作闲散地,可以树高栅。避热时来一作未归,问儿所为迹。织笼曹其内,令入不得掷。稀间可一作苦突过,觜爪一作距还污席。我宽蝼蚁遭,彼

免狐貉厄。应宜各长幼,自此均勍敌。笼栅念有修,近身见一作知
损益。明明领处分,一一当剖析。不昧风雨晨,乱离减忧戚。其流
则凡鸟,其气心匪石。倚赖穷岁晏,拨烦去一作及冰释。未似尸乡
翁祝鸡翁居洛阳尸乡北山下,拘留盖阡陌。

园官送菜 并序

　　园官送菜把,本数日阙,矧苦苣、马齿,掩乎嘉蔬。伤小人妒害君
　　子,菜不足道也。比而作诗。

清晨蒙一作送菜把,常荷地主即送瓜诗柏都督恩。守者恧实数,略有其
名存。苦苣一名褊苣刺如针,马齿苋类叶亦繁。青青嘉蔬色,埋没在
一作自中园。园吏未足怪,世事固一作因堪论。呜呼战伐久,荆棘暗
长原。乃知苦苣辈,倾夺蕙草根。小人塞道路,为态何喧喧。又如
马齿盛,气拥葵荏昏。点染不易虞,丝麻杂罗纨。一经器一作气物
内,永挂粗刺痕。志士采紫芝,放歌避戎轩。畦丁负笼至,感动百
虑端。

上后园山脚

朱夏热所婴,清旭一作旦步北林。小园背高冈,挽葛上崎嵚。旷望
延驻目,飘摇散疏襟。潜鳞恨水一作川壮,去翼依云深。勿谓地无
疆,劣于山有阴。石楞音原。其皮可疗饥。遍天下,水陆兼浮沈。自
我登陇首,十年经碧岑。剑门来巫峡,薄倚一作倚薄浩至今。故园
暗戎马,骨肉失追寻。时危无消息,老去多归心。志士惜白日,久
客藉黄金。敢为苏门啸,庶作梁父吟。

驱竖子摘苍耳 即卷耳

江上秋已分,林一作村中瘴犹剧。畦丁告劳苦,无以供日夕。蓬莠

独一作犹不焦,野蔬暗泉石。卷耳况疗风,童儿且一作仆先时摘。侵星驱之去,烂熳任远适。放筐亭一作当午际,洗剥相蒙幂。登床半生熟,下箸还小益。加点瓜薤间,依稀橘一作木奴迹。乱世诛求急,黎民糠籺窄。饱食复何心,荒哉膏粱客。富家厨肉臭,战地骸骨白。寄语恶少年,黄金且休掷。

秋行官张望督促东渚耗一作刈稻
向毕清晨遣女奴阿稽竖子阿段往问

东渚雨今足,仁闻粳稻香。上天无偏颇,蒲稗各自长。人情见非类,田家戒其荒。功夫竞揖揖,除草置岸旁。谷者命之一作令土本,客居安可忘。青春具所务,勤垦免乱常。吴牛力容易,并驱去声动莫当一作纷游场。丰苗亦已概一作溉。云水照方塘。有生固蔓延,静一资堤防。督领不无人,提携一作挈颇在纲。荆扬风土暖,肃肃候微霜。尚恐主守疏,用心未甚臧。清朝遣婢仆,寄语逾崇冈。西成聚必散,不独陵我仓。岂要仁里誉,感此乱世忙。北风吹兼葭,蟋蟀近中堂。荏苒百工休,郁纡迟暮伤。

阻雨不得归瀼西甘林

三伏适已过,骄阳化为霖。欲归瀼西宅,阻此江浦深。坏舟百版坼,峻岸复万寻。篙工初一弃,恐泥劳寸心。仁一作倚立东城隅,怅望高飞禽。草堂乱悬圃,不隔昆仑岑。昏浑衣裳外,旷绝同层阴。园甘长成时,三寸如黄金。诸侯旧上计,厥贡倾千林。邦人不足重,所迫豪吏侵。客居暂封殖,日夜偶瑶琴。虚徐五株态,侧塞烦胸襟。焉得一作能辍两一作雨足,杖藜出岖嵚。条流数翠实,偃息归碧浔。拂拭乌皮几,喜闻樵牧音。令儿快搔背,脱我头上簪。

雨 一本合下二首作雨三首

峡云行清晓,烟雾相裴回。风吹苍江树一作去,雨洒石壁来。凄凄
生馀寒,殷殷兼出一作山雷。白谷变气候,朱炎安在哉。高鸟湿不
下,居人门未开。楚宫久已灭,幽佩为谁哀。侍臣书王梦,赋有冠
古才。冥冥翠龙穆天子马名驾,多自巫山台。

雨 二 首

青山澹无姿,白露谁能数。片片水上云,萧萧沙中雨。殊俗状巢
居,曾台俯一作附风渚。佳客适万里,沈思情延伫。挂帆远色外,惊
浪满吴楚。久阴蛟螭出,寇盗一作冠盖复几许。

空山中宵阴,微冷先枕席。回风起清曙一作晓,万象萋已碧。落落
出岫云,浑浑倚天石。日假何道行,雨含长江白。连樯荆州船,有
士荷矛戟。南防草镇惨,沾湿赴远役。群盗下辟山,总戎备强敌。
水深云光廓,鸣橹各有适。渔艇息一作自悠悠,夷歌负樵客。留滞
一老翁,书时记朝夕。

晚登瀼上堂

故跻瀼岸高,颇免崖石拥。开襟野堂豁,系马林花动。雉堞粉如一
作似云,山田麦无垅。春气晚更生,江流静犹涌。四序婴我怀,群盗
久相踵。黎民困逆节,天子渴垂拱。所思注东北,深峡转修耸。衰
老自成病,郎官未为冗。凄其望吕葛,不复梦周孔。济世数向时,
斯人各枯冢。指房琯、张镐、严武之流。楚星南天黑,蜀月西雾重。安得
随鸟翎,迫此惧将恐。

又上后园山脚

昔我游山东,忆戏东岳阳。穷秋立日观,矫首望八一作北荒。朱崖
在南海中著毫发,碧海吹衣裳。蓐收金神,主秋。困用事,玄冥水神,主
冬。蔚强梁。逝水自朝宗,镇名一作石各其方。平原独憔悴,农力废
耕桑。非一作北关风露凋,曾是戍役伤。于时国用富,足以守边疆。
朝廷任猛将,远夺戎虏场。追感安禄山讨奚、契丹及反乱之事。到今事反
覆,故老泪万行。龟蒙不复见,况乃怀旧一作故乡。肺萎属久战,骨
出热中肠。忧来杖匣剑,更上林北冈。瘴毒猿鸟落,峡干南日黄。
秋风亦已起,江汉始如汤。登高欲有往,荡析川无梁。哀彼远征
人,去家死路旁。不及祖父茔,累累冢相当。

雨

山雨不作泥,江云薄为雾。晴飞半岭鹤,风乱平沙树。明灭洲景
微,隐见岩姿露。拘闷出门游,旷绝经目趣。消中日伏枕,卧久尘
及屦。岂无平肩舆,莫辨望乡路。兵戈浩未息,蛇虺反相顾。悠悠
边月破,郁郁流年度。针灸阻朋曹,糠籺对童孺。一命须屈色,新
知渐成故。穷荒益自卑,飘泊欲谁诉。尪羸愁应接,俄顷恐违一作
危近。浮俗何万端,幽人有独一作高步。庞公竟独往,尚子终罕遇。
宿留洞庭秋,天寒潇湘素。杖策可入舟,送此齿发暮。

甘　林

舍舟越西冈,入林解我衣。青刍适马性,好鸟知人归。晨光映远
岫,夕露见日晞。迟暮少寝食,清旷喜荆扉。经过倦俗态,在野无
所一作或违。试问甘藜藿,未肯羡轻肥。喧静不同科,出处各天机。
勿矜朱门是,陋此白屋非。明朝步邻里,长老可以依。时危赋敛

数,脱粟为尔挥。相携行豆田,秋花霭菲菲。子实不得吃,货市送王畿。尽添军旅用,迫此公家威。主人长跪问一作辞,戎马何时稀。我衰易悲伤,屈指数贼围。劝其死王命,慎莫远奋飞。

雨

行云递崇高,飞雨霭而至。潈潈石间溜,汩汩松上驶。亢阳乘秋热,百谷皆一作亦已弃。皇天德泽降,焦卷有生意。前雨伤卒暴,今雨喜容易。不可无雷霆,间作鼓增气。佳声达中宵,所望时一致。清霜九月天,仿佛见滞穗。郊扉及我私一作栽耘,我圃日苍翠。恨无抱瓮力,庶减临江费。旧注:峡内无井,取江水吃。

种莴苣 并序　按:莴苣,江东名莴笋。

既雨已秋,堂下理小畦,隔种一两席许莴苣。向二旬矣,而苣不甲坼,伊人(一作独野)苋青青,伤时君子或晚得微禄,辖轲不进,因作此诗。

阴阳一错一作屯乱,骄蹇不复理。枯旱于其中,炎方惨如毁。植物半蹉跎,嘉生将已矣。云雷欻奔命,师伯集所使。指麾赤白日,澒洞青光一作云色起。雨声先已一作以风,散足尽西靡。山泉落沧江,霹雳犹在耳。终朝纡飒沓,信宿罢潇洒。堂下可以畦,呼童对经始。苣兮蔬之常,随事蓻其子。破块数席间,荷锄功易止。两旬不甲坼,空惜埋泥滓。野苋迷汝来,宗生《吴都赋》:宗生高冈。实于此。此辈岂无秋,亦蒙寒露委。翻然出地速,滋蔓户庭毁。因知邪干正,掩抑至没齿。贤良虽得禄,守道不封己。拥塞败芝兰,众多盛荆杞。中园陷萧艾,老圃永为耻。登于白玉盘,藉以如霞绮。苋也无所施,胡颜入筐篚。

暇日小园散病将种秋菜
督勒一作勤耕牛兼书触目

不爱入州府，畏人嫌我真。及乎归茅宇一作及归在茅宇，旁舍未曾嗔。老病忌一作恐拘束，应接丧精神。江村意自一作日放，林木心所欣。秋耕属地湿，山雨近甚匀。冬菁饭之半，牛力晚一作晓来新。深耕种数亩，未甚后四邻。嘉蔬既不一，名数颇具陈。荆巫非苦寒，采撷接青春。飞来两白鹤，暮啄泥中芹。雄者左翩垂，损伤已露一作及筋。一步再流血，尚经一作惊矰缴勤。三步六号叫，志屈悲哀频。鸾皇不相待，侧颈诉高旻。杖藜俯沙渚，为汝鼻酸辛。

全唐诗卷二二二

杜　甫

八哀诗 并序

伤时盗贼未息，兴起王公、李公，叹旧怀贤，终于张相国。八公前后存殁，遂不诠次焉。

赠司空王公思礼

司空出东夷高丽也，童稚刷劲翮。追随燕蓟儿，颖锐一作脱物不隔。服事哥舒翰，意一作气无流沙碛。未甚拔行间，犬戎大充斥。短小精悍姿，屹然强寇敌。贯穿百万众，出入由咫尺。马鞍悬将首，甲外控鸣镝。洗剑青海水，刻铭天山石。九曲非外蕃，其王转深壁。飞兔不近驾，鸷鸟资远击。晓达兵家流，饱闻春秋癖。胸襟日沈静，肃肃一作萧萧自有适。潼关初溃散，万乘犹辟易。偏裨无所施，元帅见手格。太子入朔方，至尊狩梁益。胡马缠伊洛，中原气甚逆。肃宗登宝位，塞望势敦迫一作逼。公时徒步至，请罪将厚责。际会清河公，间道传玉册。哥舒翰败潼关，思礼走行在。肃宗将斩之，清河公房琯时自蜀奉册命至，谏上以为可收后效，遂释之。天王拜跪毕，说议果冰释。翠华卷飞雪一作飞雪中，熊虎亘阡陌。屯兵凤皇山，帐殿泾渭辟。金城景龙四年，送金城公主于始平县，改名金城，非河西金城也。时思礼为关内节度使镇此，故云。贼咽喉，诏镇雄所搤。禁暴清一作靖，一作静。无双，爽气春浙沥。巷有从公歌，野多青青麦。及夫哭庙后，复领太原役。<small>长安平，思礼先入清宫，迁兵部尚书。李光弼徙河阳，代为太原尹、北京留守，寻加守司空。</small>恐惧禄位高，怅望王土窄。不得见清时，呜呼就奄岌<small>厚夜也。永一作空</small>系五湖舟，悲甚田横客。千秋汾晋间，事与云水白。昔观文苑传，岂述廉蔺绩<small>一作颇迹</small>。嗟嗟<small>一作诺诺，一作喑喑</small>邓大夫，士卒终倒载。<small>邓景山为太原尹，为军众所杀。</small>

故司徒李公光弼

<small>光弼已封王，赠太保。称司徒者，以其功名著于司徒时。《洗兵马》亦云"司徒清鉴悬明镜"。</small>

司徒天宝末，北收晋阳甲。胡<small>一作犷</small>骑攻吾城，愁寂意不惬。人安若泰山，蓟北断右胁。朔方气乃<small>一作多苏</small>，黎首见帝业。二宫泣西郊，九庙起颓压。未散河阳卒，思明伪臣妾。复自碣石来，火焚乾坤猎。高视笑禄山，公又大献捷<small>一作献大捷</small>。异王异姓封王也。<small>宝应元年五月，光弼进封临淮郡王。</small>册崇勋，小敌信所怯。拥兵镇河汴，千里初妥帖。<small>上元二年，以光弼为副元帅，统河南等八道行营节度，出镇临淮。</small>青蝇纷<small>一作徒</small>营营，风雨秋一叶。内省未入朝，死泪终映睫。<small>宦官鱼朝恩、郭元振用事，日谋中伤之。吐蕃入寇，代宗召光弼入援。因畏祸，迁延不至，田神功等遂不受节制，耻愧成疾薨。</small>大屋去高栋，长城扫遗堞。平生白羽扇，零落蛟龙匣。雅望与<small>一作叹</small>英姿，恻怆槐里接。三军晦光彩，烈士痛稠叠。直笔在史臣，将来洗箱箧。吾思哭孤冢，南纪阻归楫。扶颠永萧条，未济失利涉。疲苶<small>乃结切。《庄子》：苶然疲役而不知归。</small>竟何人，洒涕巴东峡。

赠左仆射郑国公严公武

郑公瑚琏器，华岳金天晶。<small>唐封华岳神为金天王。</small>昔在童子日，已闻老成名。嶷然大贤<small>谓武父挺之后</small>，复见秀骨清。开口取将相，小心事友生。阅书百纸<small>一作氏</small>尽，落笔四座惊。历职匪父任，嫉邪常力争。汉仪尚整肃，胡骑忽纵横。飞传自河陇，逢人问公卿。不知万乘一作乘舆出,雪涕风悲鸣。受词剑阁道,谒帝萧关城。寂寞云台仗,飘飖沙塞旌。江山少使者,笳鼓凝皇情。壮士血相视一作见,忠臣气不一作未平。密论贞观体,挥发岐阳征。感激动四极,联翩收二京。西郊牛酒再一作至,原一作九庙丹青明。匡汲俄宠辱,卫霍竟哀荣。四登会府地,收长安,拜京兆少尹。宝应元年,拜京兆尹。两镇剑南,俱兼成都尹,四登会府也。三掌华阳兵。华阳黑水惟梁州。武初出刺绵州,迁东川节度;再拜成都尹,充剑南节度;再迁黄门侍郎,拜成都尹,充剑南节度。乃三掌华阳兵也。京兆空柳色一作市,尚书无履声。群乌自朝夕,白马休横行。诸葛蜀人爱,文翁儒化成。公来雪山重,公去雪山轻。记室得何逊,韬钤延子荆。武尝延甫为参谋,故以何逊自比。四郊失壁垒,虚馆开一作闲逢迎。堂上指图一作书画,军中吹玉笙。岂无成都酒,忧国只细倾。时观锦水钓,问俗终相并。意待犬戎灭,人藏红粟盈。以兹报主愿,庶或一作获禆世程。炯炯一心在,沉沉二竖婴。颜回竟短折,贾谊徒忠贞。飞旐出江汉,孤舟轻荆衡。虚无一作为,一作横。马融笛,怅望龙骧茔。空馀老宾客,身上愧簪缨。

赠太子太师汝阳郡王琎

汝阳让帝让皇帝宪,本名成器,初立为太子,后因明皇有平韦氏功,让储位,谥曰让。子,眉宇真天人。虬须一作髯似太宗,色映塞外一作寒夜春。往者开元中,主恩视遇频。出入独非时,礼异见群臣。爱其谨洁极,倍此骨肉亲。从容听一作退朝后,或在风雪晨。忽思格猛兽,苑囿腾清尘。羽旗动若一,万马肃骁骁。诏王来射雁,拜命已挺身。箭出飞鞚内,上又一作入回翠麟。翻然紫塞翮,下拂明月轮。胡人虽获多,天笑不为新。王每中一物,手自与金银。袖中谏猎书,扣马久上陈。竟无衔橛虞,圣聪一作慈刿多仁。官免供给费,水有在藻鳞。匪唯帝老大,皆是王忠勤。晚年务置醴,门引申白宾。汉楚元王与白生、申公同受《诗》于浮丘伯。鲁穆生不嗜酒,元王为设醴。道大容无能,永怀侍芳茵。好学尚贞一作正烈，义形必沾巾。挥翰绮绣扬，篇什若有神。川广不可溯，墓久狐兔邻。宛彼汉中郡王弟汉中王瑀，文雅见天伦。何以开一作慰我悲，泛舟俱远津。温温昔风味，少壮已书绅。旧游易磨灭，衰谢增一作多酸辛。

赠秘书监江夏李公邕

长啸宇宙间，高才日陵一作沦替。古人不可见，前辈复谁继。忆昔李公存，词林有根柢。声华当健笔，洒落富清制。风流散金石，追琢山岳锐。情穷造化理，学贯天人际。干谒走其门，碑版照四裔。各满深望还，森然起凡例。萧萧白杨路，洞彻一作涸辙宝珠惠。龙宫塔庙涌一作踊，浩劫浮云一作空卫。宗儒俎豆事，故吏去思计。眄睐已皆虚，跋涉曾不泥。向来映当时，岂独一作特劝后世。丰屋珊瑚钩，骐驎织成罽居例切。紫骝随剑几，义取无虚岁。邕尤长碑颂，中朝衣冠及天下寺观，多赍金帛求其文。分宅脱骖间，感激怀未济。众归赒给美，摆落多藏一作赃秽。独步四十年，风听九皋唳。呜呼江夏姿，竟掩宣尼袂。往者武后朝，引用多宠嬖。否臧太常议，太常博士李处直议韦巨源谥曰昭，邕再驳之。面折二一作三张势。宋璟劾张昌宗兄弟反状，武后不应，邕在阶下大言曰：璟所陈当听。衰俗凛生风，排荡秋旻霁。忠贞负冤一作怨恨，宫阙深旒缀。放逐早联翩，低垂困炎厉一作疠。日斜鹏鸟入，魂断苍梧帝。荣一作策枯走不暇，星驾无安税。几分汉廷竹，夙拥文侯〔篲〕(彗)。终悲洛阳狱，事近小臣敝一作斃。祸阶初负谤，易力何深哜。哜，尝也。唐《艺文传》：擩哜道真。伊昔临淄亭，酒酣托末契。重叙东都别，朝阴改轩砌。论文到崔融苏味道，指一作推尽流水逝。近伏盈川杨炯雄，未甘特进李峤丽。是非张相国燕公说，相扼一危脆。争名古岂然，键捷一作关键。键、捷二字《广韵》通用。欻不闭。例一作倒及吾家诗，旷怀扫氛翳。慷慨嗣真作，原注：和李大夫，乃杜审言诗。咨嗟玉山桂。钟律俨高悬，鲲鲸喷迢递。坡陀青州血，芜没汶阳瘗。李林甫素忌邕，因传以柳勣罪牵连，遣人就郡杖杀之。哀赠竟萧条，恩波延揭厉。子孙存如线，旧客舟凝滞。君臣尚论兵，将帅接燕蓟。朗吟六公篇，张垍等五王泪狄相六公，皆邕诗。忧来豁蒙蔽。

故秘书少监武功苏公源明

武功少也孤，徒步客一作寓徐兖。读书东岳中，十载考坟典。时下莱芜郭，忍饥浮云巘。负米晚为身，每食脸必泫。夜字照燕薪，垢衣生一作带碧藓。庶以勤苦志，报兹劬劳显一作愿。学蔚醇儒姿，文包旧史善。洒落一作泪辞幽人，归来潜京辇。射君东堂策，一作射策君东堂。晋武帝诏诸贤良方正辈会东堂策问。宗匠集精选。制可题一作制题墨未干，乙科一作休声。经策全得为甲科，策得四帖以上为乙科。已大阐。文章日自负，吏禄一作掾吏亦累践。晨趋阊阖内，足蹋宿昔趼。一麾出守还，黄屋朔风卷。不暇陪八骏，房庭悲所遣。平生满尊酒，断此朋知展。忧愤病二秋，有恨石一作不可转。肃宗复社稷，得无逆顺辨。范晔顾其儿，李斯忆黄犬。秘书茂松意，一作秘书茂松色，屡扈祠坛墠。前后百卷文，枕藉皆禁脔。篆刻扬雄流，溟涨本末浅。一本屡扈作再从，一本作屡侍，篆刻作制作。溟涨本末一作未浅。青荧芙蓉剑，犀兕岂独剸止兖切。反为后辈袭，予实苦怀缅。煌煌斋房芝，汉武帝有《芝房歌》。时宰相王玙以祈祷媚上，源明极言之。事绝一作终万手搴音蹇。垂之俟来者，正始征一作贞劝勉。不要一作恶悬黄金，胡为投乳一作乱赞音欤欷。结交三十载，吾与谁游衍。荥阳谓郑虔复冥莫，罪罟已横罥音泫。呜呼子逝日，始泰则一作郎终蹇。长安米万钱，凋丧尽馀喘。战伐何当解，归帆阻清沔。尚缠漳水疾，永负蒿里饯。

故著作郎贬台州司户荥阳郑公虔

鹡鸰至鲁门，不识钟鼓飨。孔翠望赤霄，愁思一作入雕笼养。荥阳冠众儒，早闻名公赏。地崇士大夫，况乃气精一作气清，一作精气。爽。原注：往者公在疾，苏许公颋位尊望重，素未相识，早爱才名，躬自抚问。后结忘年之分，远迩嘉之。天然生知姿，学立游夏上。神农极阙漏，黄石愧师长。

药纂西极一作域名，兵流指诸掌。原注：公著《荟蕞》等诸书。又撰《胡本草》七卷。贯穿无遗恨，荟蕞何技痒。虙采集异闻，成书四十馀卷。苏源明请名《会粹》，取《尔雅·序》"会粹"旧说也。一云荟蕞，草多而小，言著书多小碎事也。圭臬圭以测日景，臬以平水。星经奥，虫篆丹青广。子云窥未遍，方朔谐太枉。神翰顾不一，体变钟兼两。文传天下口，大字犹在榜。昔献书画图，新诗亦俱往。沧洲动玉陛一作阶，宣一作寰，一作宫。鹤误一响。三绝自御题明皇题其诗与书画曰郑虔三绝，四方尤所仰。嗜酒益疏放，弹琴视天壤。形骸实土木，亲近唯几杖。未曾寄一作记官曹，突兀倚书幌。晚就芸香阁，胡尘昏坱莽。反覆归圣朝，点染无涤荡。老蒙台州掾，泛泛一作遝泛浙江桨。覆穿四明雪，饥拾橡溪橡。空闻紫芝歌，不见杏坛丈。天长眺东南，秋色馀魍魉。别离惨至今，斑白徒怀曩。春深秦一作泰山秀，叶坠清渭朗。剧谈王侯门，野税林下鞅。操纸终夕酣，时物集遐想。词场竟疏阔，平昔滥吹一作咨，一作推奖。百年见存殁，牢落吾安放一作仿。萧条阮咸在，出处同世网。他日访江楼，含凄述飘荡。原注：著作与今秘书监郑君审，篇翰齐价，谪江陵，故有阮咸江楼之句。

故右仆射相国《英华》有曲江二字张公九龄

相国生南纪，金璞无留矿。仙鹤下人间，独立霜毛整。矫然江海一作汉思，复与云路永。寂寞想土一作玉阶，未遑一作尝等箕颍。上君白玉堂，倚君金华省。碣石一作碣力岁峥嵘，天地一作池日蛙黾。退食吟大庭，何心记一作托榛梗。骨惊畏曩哲，鬒一作须变负人境。虽蒙换蝉冠，右地恶女六切多幸。敢忘一作忘二疏归，痛迫苏耽井。九龄乞归养母，不许，后以母丧解职。紫绶一作金紫映暮年，荆州九龄尝荐周子谅，周得罪，以举非其人，贬荆州长史。谢所领。庾公兴不浅，黄霸镇每静。宾客引调同，讽咏在务屏。诗罢地有馀一作诗地能有馀，篇终语清省。一阳发阴管，淑气含公鼎。乃知君子心，用才文章境。散帙起翠螭，倚薄巫庐并。绮丽玄晖拥，笺诔任昉骋。自我一作成一家则一作削，未缺只字警。千秋沧海南，名系朱鸟^{南宫赤帝，其精为朱鸟，乃南方七}影。归老^{一作}^{宿。}守故林，恋阙悄^{一作尝}延颈。波涛良史笔，芜绝大庾岭。向时礼数隔，制作难上请。再读徐孺碑，犹思理烟艇。

写 怀 二 首

劳生共乾坤，何处异风俗。冉冉自趋竞，行行见羁束。无贵贱不悲，无富贫亦足。万古一骸骨，邻家递歌哭。鄙夫到巫峡，三岁如转烛。全命甘留滞，忘情任荣辱。朝班及暮齿，日给还脱粟。编蓬石城东，采药山北^{一作林谷。}用心霜雪间，不必条蔓绿。非关故安排，曾是顺幽独。达士如弦直，小人似钩曲。曲直我不知，负暄候樵牧。

夜深坐南轩，明月照我膝。惊风翻河汉，梁栋已出日^{一作日已出。}群生各一宿，飞动自俦匹。吾亦驱其儿，营营为私实^{一作室。}天寒行旅稀，岁暮日月疾。荣名忽^{一作惑}中人，世乱如蚁虱。古者三皇前，满腹志愿毕。胡为有结绳，陷此胶与漆。祸首燧人氏，厉阶董狐笔。君看灯烛张，转使飞蛾密。放神八极外，俯仰俱萧瑟。终契如往还^{一作终然契真如，}得匪合仙术^{一作归匪金仙术。}

可 叹

天上浮云如^{一作似}白衣，斯须改变如苍狗。古往今来共一时，人生万事无不有。近者抉眼去其夫^{一作眯，}河东女儿身姓柳。丈夫正色动引经，酆城客子王季友。群书万卷常暗诵，孝经一通看在手。贫穷老瘦家卖屐^{一作履，}好事就之为携酒。豫章太守高帝孙^{谓李勉，}引为宾客敬颇久。闻^{一作问}道三年未曾语，小心恐惧闭其口。太守得之更不疑，人生反覆看亦^{一作已}丑。明月无瑕^{即指季友为妻所弃事}岂容易，紫气郁郁犹冲斗。时危可仗真豪俊，二人得置君侧否。太守顷者领山南,邦人思之比父母。王生早曾拜颜色,高山之外皆培塿。用为羲和天为成,用平水土地为厚。王也论道阻江湖,李也丞疑一作凝旷前后。死为星辰终不灭,致君尧舜焉肯朽。吾辈碌碌饱饭行,风后力牧长回首。

观公孙大娘弟子舞剑器行 并序

大历二年十月十九日,夔府别驾元持(一作特)宅,见临颍李十二娘舞剑器。壮其蔚跂,问其所师(一本此下有答字)。曰:"余公孙大娘弟子也。"开元三(一作五)载,余尚童稚,记于郾城观公孙氏舞剑器浑脱,浏漓顿挫,独出冠时。自高头宜春梨园二伎(一作教)坊内人泊外供奉,晓是舞者,圣文神武皇帝初,公孙一人而已。玉貌锦(一作绣)衣,况余白首,今兹弟子,亦匪盛颜。既辨其由来,知波澜莫二。抚事慷慨,聊为《剑器行》。往者吴人张旭,善草书帖,数常于邺(一作叶)县见公孙大娘舞西河剑器,自此草书长进,豪荡感激,即公孙可知矣。

昔有佳人公孙氏,一舞剑气动四方。观者如山色沮丧,天地为之久低昂。㸌音霍如羿射九日落,矫如群帝骖龙翔。来一作末如雷霆收震怒,罢如江海凝清光。绛唇珠袖两寂寞,况一作脱,一作晚。有弟子传芬芳。临颍美人在白帝,妙舞此曲神扬扬。与余问答既有以,感时抚事增惋伤。先帝侍女八千人,公孙剑器初第一。五十年间似反掌,风尘倾动一作澒洞昏王室。梨园子弟散如烟,女乐馀姿映寒日。金粟堆南木已拱,瞿唐石城草一作暮萧瑟。玳筵急管曲复终,乐极哀来月东出。老夫不知其所往,足茧荒山转愁疾一作寂。

往 在

往在西京日一作时,胡来满彤一作丹宫。中宵焚九庙,云汉为之红。解瓦飞十里,缋帷纷一作粉曾一作层空。疚心惜木主,一一灰悲风。合昏排铁骑,清旭一作晓散锦鞯。《广韵》:驴子曰鞯。禄山陷两京,以橐驼运

御府珍宝，故云。一作鑱。贼臣表逆节一作帅，相贺以成功。是时妃嫔
戮，连为粪土丛。当宁陷玉座，白间剥画虫。不知二圣处，私泣百
岁翁。车驾既云还，楹桷欻穿崇。故老复涕泗，祠官树椅桐。宏壮
不如初，已见帝力雄。前春礼郊庙，祀事亲圣躬。微躯忝近臣，景
从陪群公。登阶捧玉册，峨冕耿一作聆金钟。侍祠恶先露一作沾，掖
垣迩濯龙。天子惟孝孙，五云起九重。镜奁换粉黛，翠羽犹葱胧。
前者厌羯胡，后来遭犬戎。俎豆腐一作裔膻肉，罘罳行角弓。安得
自西极，申命空山东。尽驱诣阙下，士庶塞关中。主将晓逆顺，元
元归始终。一朝自罪己一作罪己已，万里车书通。锋镝供锄犁，征戍
一作伐听所从。冗官各复业，土著还力农。君臣节俭足，朝野欢呼
一作娱同。中兴似一作比国初，继体如太宗。端拱纳谏诤，和风日冲
融。赤墀樱桃枝，隐映银丝笼。千春荐陵寝，永永垂无穷。京都不
再火，泾渭开愁容。归号故松柏，老去苦一作若飘蓬。

昔　游

昔者与高适李白，晚一作同登单父台。寒芜际碣石，万里风云来。桑
柘叶如雨，飞藿去一作共裴回。清霜大泽冻，禽兽有馀哀。是时仓
廪实，洞达寰区一作瀛开。猛士思灭胡，将帅望三台。君王无所惜，
驾驭英雄材。幽燕盛用武，供给亦劳哉。吴门转粟帛，泛海陵蓬
莱。肉食三一作四十万，猎射起黄一作尘埃。隔河忆长眺，青岁已摧
颓。不及少年日，无复故人杯。赋诗独流涕，乱世想贤才。有一作
君，一作若。能市骏骨，莫恨少龙媒。商山议得失，蜀主脱嫌猜。吕
尚封国邑，傅说已盐梅。景晏楚山深，水鹤去低回。庞公任本性，
携子卧苍苔。"市骏"以下言，果能求贤，则商山、诸葛、吕尚、傅说之流，世岂少其人
哉？惟甫漂泊楚山，终当为庞公高隐耳。

壮　游

往昔一作者十四五，出游一作入翰墨场。斯文崔魏徒，原注：崔郑州尚、魏豫州启心。以我似一作比班扬。七龄思即壮，开口咏凤皇。九龄书大字，有作成一囊。性豪业嗜酒，嫉恶怀刚肠。脱略一作落小时辈，结交皆老苍。饮酣视八极，俗物都茫茫。东下姑苏台，已具浮海航。到今有遗恨，不得穷扶桑。王谢风流远，阖庐丘墓荒。剑池石壁仄，长洲荷芰香。嵯峨阊门北，清庙映回一作池塘。每趋吴太伯，抚事泪浪浪。枕戈忆勾践，渡浙想秦皇。蒸鱼闻匕首，除道哂要章。《说文》腰作要。除道腰章，用朱买臣事。越女天下白，鉴湖五月凉。剡溪蕴秀异，欲罢不能忘。归帆拂天姥，中岁贡旧乡。气劚屈贾垒，目一作日短曹刘墙。忤下考功第，独辞京尹堂。放荡齐赵间，裘马颇清狂。春歌丛台上，冬猎青丘旁。呼鹰皂一作紫枥一作栎林，逐兽云雪冈。射飞曾纵鞚，引一作跋臂落鹙鸧。苏侯据鞍喜，原注：监门胄曹苏预。忽如携葛强。快意八九年，西归到咸阳。许与必词伯，赏一作贵游实贤王。曳裾置醴地，奏赋入明光。天子废食召，群公会轩裳。脱身无所爱一作受，痛饮信行藏。黑貂不一作宁免敝，斑鬓兀称觞。杜曲晚耆旧一作换，一作挽，四郊多白杨。坐深乡党敬，日一作自觉死生忙。朱门任一作务倾夺，赤族迭罹殃。国马竭粟豆，官鸡输稻粱。举隅见烦费，引古惜兴亡。河朔风尘起，岷山行幸长。两宫各警跸，万里遥相望。崆峒杀气黑，少海旌旗黄。禹功亦命子，涿鹿亲戎行。翠华拥英一作吴岳，螭虎啖豺狼。爪牙一不中，胡兵更陆梁。大一作天军载草草，凋瘵满膏肓。备员窃补衮，忧愤心飞扬。上感九庙焚一作毁，下悯万民一作苍生疮。斯时伏青蒲，廷争守御床。君辱敢爱死，赫怒幸无伤。圣哲体仁恕，宇县复小康。哭庙灰烬中，鼻酸朝未央。小臣议论绝，老病客殊方。郁郁苦不展，羽翮困低昂。秋风动哀壑，碧蕙捐一作损微芳。之推避赏从，渔父濯沧浪。荣华敌勋业，岁暮有严霜。吾观鸱夷子，才格出寻常。群凶逆未定，侧伫英俊翔。

遣　怀

昔我游宋中，惟梁孝王都。名今陈留亚，剧则贝魏俱。邑中九万家，高栋照通衢。舟车半天下，主客多欢娱。白刃雠不义，黄金倾有无。杀人红尘里，报答在斯须。忆与高李辈，适、白。论交入酒垆。两公壮藻思，得我色敷腴。气酣登吹一作文台，怀古视平芜。芒砀云一去，雁鹜空相呼。先帝正好武，寰海未凋枯。猛将收西域，长戟破林胡。百万攻一城，献捷不云输。组练弃如泥，尺土负一作胜百夫。拓境功未已，元和辞大炉。乱离朋友尽，合沓岁月徂。吾衰将焉托，存殁再呜呼。萧条益堪愧，独在天一隅。一作萧条病益甚，块独天一隅。乘黄已去矣，凡马徒区区。不复见颜鲍，系舟卧荆巫。临餐吐更食，常恐违抚孤。

同元使君春陵行 有序

览道州元使君结《春陵行》兼《贼退后示官吏作》二首，志之曰：当天子分忧之地，效汉官(旧作朝)良吏之目(一作日)。今盗贼未息，知民疾苦，得结辈十数公，落落然参错天下为邦伯，万物吐(一作姓壮)气，天下少(一作小)安，可得矣(一作已)。不意复见比兴体制，微婉顿挫之词，感而有诗，增诸卷轴，简知我者，不必寄元(一作云)。

遭乱发尽一作遽白，转衰病相婴一作萦。沈绵盗贼际，狼狈江汉行。叹时药力薄，为客羸瘵成。吾人诗家秀一作流，博采世上名。粲粲元道州，前圣畏后生。观乎春陵作，歘见俊哲情。复览贼退篇，结也实国桢。贾谊昔流恸，匡衡常引经。道州忧一作哀黎庶，词气浩纵横。两章对秋月一作水，一字偕一作皆华星。致君唐虞际，纯一作淳朴忆一作意大庭。何时降玺书，用尔为丹青。公卿者，神化之丹青。狱讼永一作久衰息，岂唯偃甲兵。凄恻念诛求，薄敛近休明。乃知正人意，不苟飞长缨。凉飙振南岳，之子宠若惊。色阻一作沮金印大，兴含沧浪一作溟清。我多长卿病，日夕思朝廷。肺枯渴太甚，漂泊公孙城。呼儿具纸笔，隐几临轩楹。作诗呻吟内，墨澹字欹倾。感彼危苦词，庶几知者听。

李潮八分小篆歌

苍颉鸟迹既茫昧，字体变化如浮云。陈仓石鼓其石粗有鼓形，字刻石旁，其数有十，初在陈仓野中。韩愈为博士时，请于祭酒，欲以数橐驼舆致太学，不从。郑馀庆始迁之凤翔。愈以为宣王鼓，韦应物以为文王鼓、宣王刻。欧阳修《集古录》始设三疑。郑樵摘"歪""殴"二字，见于秦斤、秦权，而以为秦鼓。程大昌又云成王之鼓，《左传》成有岐阳之搜，其字乃番吾之迹。又一作文已讹，大小二篆生八分。宣王太史籀著大篆十五篇，与苍颉古文或异。秦李斯、胡毋敬辈，改省为小篆。程邈献隶书，主于徒隶简易。王次仲作八分。盖小篆古形犹存其半。八分已减小篆之半，隶又减八分之半。本谓之楷书，楷隶大范相同，张怀瓘谓程邈以后之隶与钟、王之今楷为一意。欧阳修以八分为隶，洪适因之。迄无定说。秦有李斯汉蔡邕，中间作者寂不闻。峄山之碑野火焚，枣木传刻肥失真。苦县光和苦县老子碑，蔡邕书。樊毅西岳碑，汉光和中立。尚骨立一作力，书一作画贵瘦硬方通神。惜哉李蔡不复一作可得，吾甥李潮下笔亲。尚书韩择木昌黎人，骑曹蔡有邻济阳人。开元已来数八分，潮也奄有二子成三人。况潮小篆逼秦相，快剑长戟森相向。八分一字直百一作千金，蛟龙盘拏肉屈强。吴郡张颠夸草书，草书非古空雄壮。岂如吾甥不流宕，丞相中郎丈人行。巴东一作江逢李潮，逾月求我歌。我今衰老才力薄，潮乎潮乎奈汝何。

览柏中允一作丞兼子侄数人除官制词因述父子兄弟四美载歌丝纶

纷然丧乱际，见此忠孝门。蜀中寇亦甚，柏氏功弥存。深诚补王室，戮力自元昆。三止锦江沸，独清玉垒昏。高名入竹帛，新渥照乾坤。子弟先卒伍，芝兰叠玙璠。同心注师律，洒血在戎轩。丝纶实具载，绂冕已殊恩。奉公举骨肉，诛叛经寒温一作暄。金甲雪犹冻，朱旗尘不翻。每闻战场说，欻激懦气奔。圣主国多盗，贤臣官则尊。方当节钺用，必绝祲沴音戾根。吾病日回首，云台谁再论。作歌挹盛事，推毂期孤骞。

听 杨 氏 歌

佳人绝代歌，独立发皓齿。满堂惨不乐，响下清虚里一作浮云里。江城带素月，况乃清夜起。老夫悲暮年，壮士泪如水。玉杯久寂寞，金管迷宫徵。勿云听者疲，愚智心尽死。古来杰出士一作事，岂待一作特一知己。吾闻昔秦青，倾侧一作倒天下耳。

荆南兵马使太常卿赵公大食刀歌

太常楼船声嗷嘈，问兵刮寇趋一作超下牢。楚地有上、下牢。牧出令奔飞百艘，猛蛟突兽纷腾逃。白帝寒城驻锦袍，玄冬示我胡国刀。壮士短衣头虎毛，凭轩拔鞘天为高。翻风转日木一作水怒号，冰翼雪一作云澹伤哀猱。镌错碧罂䴙鹈膏，铓锷一作铦锋已莹虚一作灵秋涛，鬼物撇捩辞一作乱坑壕。苍水使者扪赤绦，龙伯国人罢钓鳌。芮公恐是卫伯玉回首颜色劳，分阃一作壶救世用贤豪。赵公玉立高歌起，揽环结佩相终始，万岁持之护天子。得君乱丝与君理，蜀江如线如针水一作针如水。荆岑弹丸心未已，贼臣恶子休干纪。魑魅魍魉徒为耳,妖腰乱领敢欣喜。用之不高亦不庳,不似长剑须天倚。吁嗟光禄英雄弭,大食宝刀聊可比。丹青宛转麒麟里,光芒六合无泥滓。

王兵马使二角鹰

悲台萧飒—作瑟石茏嵸,哀壑权桠浩呼—作污洶。中有万里之长江,回风滔—作陷日孤光动。角鹰翻倒壮士臂,将军玉帐轩翠—作昂,一作勇气。二鹰猛脑徐侯毬—作绦徐坠,目如愁胡视天地。杉鸡竹兔不自惜,溪—作孩虎野羊俱辟易。韝上锋棱十二翮,将军勇锐与之敌。将军树勋起安西,昆仑虞泉入马蹄。白羽曾肉三狡猊,敢决岂不与之齐。荆南芮公得将军,亦如角鹰下翔—作入朝云。恶鸟飞飞啄金屋,安得尔辈开其群,驱出六合枭鸾分。

狄明府 博济 —作寄狄明府

梁公曾孙我姨弟,不见十年官济济。大贤之后竟陵迟,浩荡古今同一体。比看叔伯四十人,有才无命百寮底。今者兄弟一百人,几人卓绝秉周礼。在汝更用文章为,长兄白眉复天启。汝门请从曾翁—作公说,太后当朝多巧诋—作诋。狄公执政在末年,浊河终—作中不污清济。国嗣初将付诸武,公独廷诤守丹陛。禁中决册—作册决请—作诏房陵,武后革唐,废中宗为庐陵王,迁房州,欲立武三思为太子。仁杰泣谏曰:母子姑侄孰亲? 若立三思,他日庙不祔姑。后感悟,迎中宗还宫。前—作满朝长老皆流涕。太宗社稷一朝正,汉官威仪重昭洗。时危始识不世才,谁谓荼苦甘如荠。汝曹又宜列土—作鼎食,身使门户多旌棨。胡为漂泊岷汉间,干谒王侯颇历抵—作诋。况乃山高水有波,秋风萧萧露泥泥。虎之饥,下巉岩,蛟之横,出清沚。早归来,黄土泥衣—作黄土污人眼易眯。

秋 风 二 首

秋风淅淅吹巫山，上牢下牢修水关。吴樯楚柁牵百丈，暖向神_{一作}成都_{唐志：光宅元年，号东都曰神都。}寒未还。要路何日罢长戟，战自青羌连百_{一作白蛮}。中巴不曾_{一作得}消息好，暝传戍鼓长云间。

秋风淅淅吹我衣，东流之外西日微。天清_{一作晴}小城捣练急，石古细路行人稀。不知明月为谁好，早晚孤帆他_{一作也}夜归。会将白发倚庭树，故园池台今是非。

久雨期王将军不至

天_{一作山}雨萧萧滞_{一作带}茅屋，空山无以慰幽独。锐头将军来何迟，令我心中苦不足。数看黄雾乱玄云，时听严风折乔木。泉源泠泠杂猿狖，泥泞_{一作滓}漠漠饥鸿鹄。岁暮穷阴耿未已，人生会面难再得。忆尔腰下铁丝箭，射杀林中雪色鹿。前者坐皮因问毛，知子历险人马劳。异兽如飞星宿落，应弦不碍苍山高。安得突骑只五千，崒然眉骨皆尔曹。走平乱世相催促，一豁明主正郁陶。忆_{一作恨}昔范增碎玉斗，未使吴兵著白袍。昏昏阊阖闭氛祲，十月荆南雷怒号。

别李秘书始兴寺所居

不见秘书心若失，及见秘书失心疾。安为动主理信然，我独觉子神充实_{一作精神实}。重闻西方止_{一作正}观经，老身古寺风泠泠。妻儿待我_{一作来，一作米}且归去，他日杖藜来细听。

虎牙行 _{虎牙在荆门之北，江水峻急。}

秋_{一作北}风欻吸_{一作欻欻}吹南国，天地惨惨无颜色。洞庭扬波江汉回,虎牙铜柱皆倾侧。巫峡阴岑朔漠气,峰峦窈窕溪谷黑。杜鹃不来猿狖_{一作啼}寒,山鬼幽忧雪霜逼。楚老长嗟忆炎瘴,三尺角弓两斛力。壁立石城横塞起,金错旌竿满云直。渔阳突骑猎青丘,犬戎锁甲闻_{一作围}丹极。八荒十年防盗贼,征戍诛求寡妻哭,远客中宵泪沾臆。

锦 树 行

　　　因篇内有锦树二字,摘以为题,非正赋锦树也,与上虎牙同。

今日苦短昨日休,岁云暮矣增离忧。霜凋碧树待_{一作行,一云作。锦}树,万壑东逝无停留。荒戍之城石色古,东郭老人住青丘。飞书白帝营斗粟,琴瑟几杖柴门幽。青_{一作春}草萋萋尽枯死,天马_{一作骥跋一作跛}足随牦牛。自古圣贤多薄命,奸雄恶少皆封侯_{一作封公侯}。故国三年一消息,终南渭水寒悠悠。五陵豪贵反颠倒,乡里小儿狐白裘。生男堕地要膂力,一生_{一作生女}富贵倾邦国。莫愁父母少黄金,天下风尘儿亦得。

赤 霄 行

孔雀未知牛有角,渴饮寒泉逢牴触。赤霄悬圃须往来,翠尾金花不辞辱。江中淘河即鹈鹕吓飞燕,衔泥却落羞华屋。皇孙犹曾莲_{音辇}勺下邦有莲勺故城,汉宣帝微时尝受困处。困,卫_{一作鲍}庄见贬伤其足。老翁慎莫怪少年,葛亮贵和书有篇_{陈寿定《诸葛氏集》目录,凡二十四篇,《贵和》第十一。}丈夫垂名动万年,记忆细故非高贤。

前苦寒行二首　_{王僧虔《技录》:清调有六曲,一《苦寒行》。}

汉时长安雪一丈,牛马毛寒缩如猬。楚江巫峡冰入怀,虎豹哀号又堪记。秦城老翁荆扬客,惯习炎蒸岁绤𬘬。玄冥祝融气或交,手持白羽未敢释。

去年白帝雪在山,今年白帝雪在地。冻埋蛟龙南浦缩,寒刮一作割肌肤北风利。楚人四时皆麻衣,楚天万里一作顷无晶辉。三足之乌足一作骨恐断,羲和送将何所归一作送送将安归,一作送之将安归。

后苦寒行二首

南纪巫庐瘴不绝,太古以来无尺雪。蛮夷长老怨苦寒,昆仑天关冻应一作欲折。玄猿口噤不能啸,白鹄翅垂眼流一作出血,安得春泥补地裂。

晚一作晓来江门一作边,一作间。失大木,猛风中夜吹一作飞白屋。天兵斩断一作新斩青海戎,杀气南行动地轴,不尔苦寒何太一作其酷。巴东之峡生凌澌,彼苍回轩一作轲,一作翰。人得知。

晚 晴

高唐一作堂暮冬雪壮哉,旧瘴无复似尘埃。崖沉谷没白皑皑,江石缺裂青枫摧。南天三旬苦雾开,赤日照耀从西来,六龙寒急光裴回。照我衰颜忽落地,口虽吟咏心中哀。未怪及时少年子,扬眉结义黄金台。泪一作泗乎吾生何飘零,支离委绝同死灰。

复 阴

方冬合沓玄阴塞,昨日晚晴今日黑。万里飞蓬映天过,孤城树羽扬风直。江涛簸一作欺岸黄沙走,云雪埋山苍兕吼。君不见夔子之国杜陵翁,牙齿半落左耳聋。

夜 归

夜来归来冲虎过,山黑家中已眠卧。傍见北斗向江低,仰看明星当空大。庭前把烛嗔一作唤两炬,峡口惊猿闻一个。白头老罢舞复歌,杖藜不睡谁能那。

寄柏学士林居

自胡之反持干戈,天下学士亦奔波。叹彼幽栖载典籍,萧然暴露依一作向山阿。青山万里一作重静散地,白雨一作羽一洗空垂萝。乱代飘零余一作馀到此,古人成败子如何。荆扬春冬异风土,巫峡日夜多云一作风雨。赤叶枫林百舌鸣,黄泥一作花野岸天鸡舞。盗贼纵横甚密迩,形神寂寞甘辛苦。几时高议排金门,各使苍生有环堵。

寄从孙崇简

嵯峨白帝城东西,南有龙湫北虎溪。吾孙骑曹不骑一作记马,业学尸乡多养鸡。庞公隐时尽室去,武陵春树他人迷。与汝林居未相失,近身药裹酒长携。牧竖一作叟樵童亦无赖,莫令斩断青云梯。

奉酬薛十二丈判官见赠

忽忽峡中睡,悲风一作秋方一醒。西来有好鸟,为我下青冥。羽毛净一作尽白雪,惨澹飞云汀。既蒙主人顾,举翮唳孤亭。持以比佳士,及此慰扬舲。清文动哀玉,见道发新硎。欲学鸱夷子,待勒燕山铭。谁重断蛇剑一作国重斩邪剑,致君君未听。志在麒麟阁,无心云母屏。卓氏近新寡,豪家朱门一作户扃。相如才一作琴调逸,银汉会双星。客来洗粉黛,日暮拾流萤。不是无膏火,劝郎勤六经。老夫自汲涧,野水日泠泠。我叹黑头白,君看银印青。卧病识山鬼,为农知地形。谁矜坐锦帐,苦厌食鱼腥。东西两岸坼一作岸两坼,横一作积水注沧溟。碧色忽一作苦惆怅,风雷搜百灵。空中右一作有白虎,赤节引婍婷。自云帝里一作季女,噀雨凤凰翎。襄王薄行迹,莫学冷如丁一作冰，一作令威丁。千秋一拭泪，梦觉有微馨。人生相感动，金石两青荧。丈人但安坐，休辨渭与泾。龙蛇尚格斗，洒血暗郊坰。吾闻聪明主，治一作活国用轻刑。销兵铸农器，今古岁方宁。文一作天王日俭德，俊乂始盈庭。荣华贵少壮，岂食楚江萍。

醉为马坠诸公携酒相看

甫也诸侯老宾客，罢酒酣歌拓金戟。骑马忽忆少年时，散蹄迸落瞿塘石。白帝城门水云外，低身直下八千尺。粉堞电转紫游缰，东得平冈出天壁。江村野堂争入眼，垂鞭一作肩弹鞚凌紫陌。向来皓首惊万人，自倚红颜能骑射。安知决臆追风足，朱汗骖驔犹喷玉。不虞一蹶终损伤，人生快意多所辱。职当忧戚伏衾枕，况乃迟暮加烦促。明一作朋知来问腆我颜，杖藜强起依僮仆。语尽还成开口笑，提携别扫清谿曲。酒肉如山又一时，初筵哀丝动豪竹。共指西日不相贷，喧呼且覆杯中渌。何必走马来为问一作不为身，君不见嵇康养生遭一作被杀戮。

别　李　义

神尧十八子，十七王其门。道道王元庆国泪一作及舒舒王元明国，督一作实唯亲弟昆。中外贵贱殊，余亦忝诸孙。李义当是道国之裔，甫则舒国后裔之外孙也。丈人嗣三叶一作王业，之子白玉温。道国继德业，请从丈人论。丈人领宗卿，肃穆古制敦。先朝纳谏诤，直气横乾坤。子建文笔壮，河间经术存。尔一作温克富诗礼，骨清虑不喧。洗一作洒然遇知己，谈论淮湖一作河奔。忆昔初见时，小襦绣芳荪。长成忽会面，慰我久疾魂。三峡春冬交，江山云雾昏。正宜且聚集，恨此当离尊。莫怪执杯迟，我衰涕唾烦。重问子何之，西上岷江源。愿子少干谒，蜀都足戎轩。误失将帅意，不如亲故恩。少年早归来，梅花已飞翻。努力慎风水，岂惟数盘〔飧〕(餐)。猛虎卧在岸，蛟螭出无痕。王子自爱惜，老夫困石根。生别古所嗟，发声为尔吞。

送高司直寻封阆州

丹雀衔书来，暮栖何乡树。骅骝事天子，辛苦在道路。司直非冗官，荒山甚无趣。借问泛舟人，胡为入云雾。与子姻娅间，既亲亦有故。万里长江边，邂逅一相遇。长卿消渴再，公干沉绵屡。清谈慰老夫，开卷得佳句。时见文章士，欣然澹一作谈情素。伏枕闻别离，畴能忍漂寓。良会苦短促，溪行水奔注。熊罴咆空林，游子慎驰骛。西谒巴中侯，艰险如跬步。主人不世才，先帝常特顾。拔为天军佐，崇大王法度。淮海生清风，南翁尚思慕。公宫造广厦，木石乃无数。初闻伐松柏，犹卧天一柱。我瘦一作病书不成，成字读一作字亦误。为我问故人，劳心练征戍。

君不见简苏徯

君不见道边废弃池，君不见前者摧折桐。百年死树中琴瑟，一斛旧水藏蛟龙。丈夫盖棺事始定，君今幸未成老翁，何恨憔悴在山中。深山穷谷不可处，霹雳魍魉兼一作并狂风。

赠 苏 四 徯

异县昔同游，各云厌转蓬。别离已五年，尚在行李中。戎马日衰息，乘舆安九重。有才何栖栖，将老委所穷。为郎未为贱，其奈疾病攻。子何面黧黑，不一作焉得豁心胸。巴蜀倦剽掠一作劫，下愚成土风。幽蓟已削平，荒徼尚弯弓。斯人脱身来，岂非吾道东。乾坤虽宽大，所适装囊空。肉食哂菜色，少壮欺老翁。况乃主客间，古来逼侧同。君今下荆扬，独帆如飞鸿。二州豪侠场，人马皆自雄。

一请甘饥寒,再请甘养蒙。

寄薛三郎中 据

人生无贤愚,飘摇若埃尘。自非得神仙,谁免危一作克免其身。与子俱白头,役役一作没没常苦辛。虽为尚书郎,不及村野人。忆昔村野人,其乐难具陈。蔼蔼桑麻交,公侯为等伦。天未厌戎马,我辈本常一作长贫。子尚客荆州,我亦滞江滨。峡中一卧病,疟疠终冬春。春复加肺气,此病盖有因。早岁与苏郑,痛饮情相亲。二公化为土,嗜酒不失真。余今委修短,岂得恨命屯。闻子心甚壮,所过信席珍。上马不用扶,每一作忽扶必怒嗔。赋诗宾客间,挥洒动八垠。乃知盖代手,才力老益神。青草洞庭湖,东浮沧海漘。君山可避暑,况足采白蘋。子岂无扁舟,往复江汉津。我未下瞿塘,空念禹功一作力勤。听说松门峡,吐药揽衣巾。高秋却束带,鼓枻视青旻。凤池日澄碧,济济多士新。余病不能起,健者勿逡巡。上有明哲君,下有行化臣。

大觉高僧兰若 原注:和尚去冬往湖南。

巫山不见庐山远,松林一作间兰若秋风晚。一老犹鸣日暮钟,诸僧尚乞斋时饭。香炉峰色隐晴湖,种杏仙家近白榆。飞锡去年啼邑子,献花何日许门徒。

全唐诗卷二二三

杜 甫

宿青溪驿奉怀张员外十五兄之绪

漾舟千山内,日入泊枉一作荒渚。我生本飘飘,今复在何许。石根青枫林,猿鸟聚俦侣。月明游子静,畏虎不得语。中夜怀友朋,乾坤此深阻。浩荡前后间,佳期付一作赴荆楚。

敬寄族弟唐十八使君

　　　　甫自撰《万年县君京兆杜氏墓志》云:其先系统于伊祁,分姓于唐杜。

与君陶唐后,盛族多其人。圣贤冠史籍,枝派罗源津。在今气一作最磊落,巧伪莫敢亲。介立实吾弟,济时肯杀身。物白讳受玷,行高无污真。得罪永泰末,放之五溪滨。鸾凤有铩翮,先儒曾抱麟。雷霆霹一作劈长松,骨大却生筋。一失不足伤,念子孰自珍。泊舟楚宫岸,恋阙浩酸辛。除名配清江,厥土巫峡邻。登陆将首途,笔札枉所申。归朝跼病肺,叙旧思重陈。春风洪涛壮,谷转颇弥旬。我能泛中流,搪突鼍獭瞋。长年已省柁,慰此贞良臣。

忆 昔 行

忆昔北寻小有洞,洪河怒涛过轻舸。辛勤不见华盖君,艮岑青辉惨么麼。不长曰么，细小曰麼。千崖无人万壑静，三步回头五步坐。秋山眼冷魂未归，仙赏心违泪交堕。弟子谁依白茅一作石室，卢老独启青铜锁。巾拂香馀捣药尘，阶一作前除灰死烧丹火。悬圃沧洲莽空阔，金节羽衣飘婀娜。落日初霞闪馀映，倏忽东西无不可。松风涧水声合时，青兕黄熊啼向我。徒然咨嗟抚遗迹，至今梦想仍犹佐一作左。秘诀隐文须内教，晚岁何功使一作收愿果。更讨一作觅衡阳董炼师，南浮一作游早鼓潇湘柁。

魏将军歌

将军昔著从事衫，铁马驰突重两衔。披坚执锐略西极，昆仑月窟东崭岩。君门羽林万猛士，恶若哮虎子所监。五年起家列霜戟，一日过海收风帆。平生流辈徒蠢蠢，长安少年气欲尽。魏侯骨耸精爽紧，华岳峰尖见秋隼。星躔宝校金盘陀马装也，夜骑天驷超天河。橦枪荧惑不敢动，翠蕤云旆相荡摩。吾为子起歌都护，乐府有丁督护歌，一曰阿都护。李白集亦作丁都护。酒阑插剑肝胆露。钩陈苍苍风玄武一作玄武暮，万岁千秋奉明主，临江节士安足数。宋陆厥有《临江节士歌》。

北　风

北风破南极，朱凤日威一作低垂。洞庭秋欲雪，鸿雁将安归。十年杀气盛，六合人烟稀。吾慕汉初老，时清犹茹芝。

客　从

客从南溟来，遗我泉客泉先又名泉客，即鲛人，泣则成珠。珠。珠中有隐字，欲辨不成书。缄之箧笥久，以俟公家须。开视化为血，哀今征敛无。

白　马

白马东北来,空鞍贯双箭。可怜马上郎,意气今谁见。近时主将
戮,中夜商一作伤於战。丧乱死多门,呜呼泪如霰。

白　凫　行

君不见黄鹄高于五尺童,化为白凫似一作象老翁。故畦遗穗已荡
尽,天寒岁一作日暮波涛中。鳞介腥膻素不食,终日忍饥西复东。
鲁门鹢鹠亦蹭蹬,闻道如一作于今犹避风。

朱　凤　行

君不见潇湘之山衡山高,山巅一作岩朱凤声一作鸣嗷嗷。侧身长顾
求其群一作曹,翅垂口噤心甚劳一作劳劳。下愍百鸟在罗网,黄雀最
小犹难逃。愿分竹实及蝼蚁,尽一作忍使鸱枭相怒号。

惜别行送向卿进奉端午御衣之上都

肃宗昔在灵武城,指挥猛将收咸京。向公泣血洒行殿,佐佑卿相乾
坤平。逆胡冥寞随烟烬,卿家兄弟功名震。麒麟图一作阁画鸿雁
行,紫极出入黄金印。尚书勋业超千古,雄镇荆州继吾祖。裁缝云
雾成御衣,拜跪题封向一作贺端午。向卿将命寸心赤,青山落日江
潮白。卿到朝廷说老翁,漂零已是沧浪客。广德元年,卫伯玉拜江陵尹,
寻加检校工部尚书,此云镇荆州,谓伯玉也。继吾祖者,杜预昔以镇南大将军都督荆州
诸军事。向卿者,尚书将命之人也。

醉歌行赠公安颜少府请
顾八题壁 一作赠公安县颜十少府

神仙中人不易得,颜氏之子才孤标。天马长鸣待驾驭,秋鹰整翮当

云霄。君不见东吴顾文学，君不见西汉杜陵老。诗家笔势君不嫌，词翰升堂为君扫。是日霜风冻七泽，乌蛮落照衔赤壁。酒酣耳热忘头白，感君意气无所惜，一为歌行歌主客。一作醉歌行，歌主客。

夜闻觱篥

夜闻觱篥沧江上，衰年侧耳情所向。邻舟一听多感伤，塞曲三更欻悲壮。积雪飞霜此夜寒，孤灯急管复风一作奔湍。君知天地一作下干戈满，不见江湖一作湘行路难。

发刘郎浦 浦在石首县，昭烈纳吴女处。

挂帆早发刘郎浦，疾风飒飒昏亭午。舟中无日不沙尘，岸上空村尽豺虎。十日北风风未回，客行岁晚晚一作尤相催。白头厌伴渔人宿，黄帽青鞋归去来。

别董颋

穷冬急风水，逆浪开帆难。士子甘旨阙，不知道里寒。有求彼乐土，南适小长安地在南阳县。到一作别我舟楫去，觉君衣裳单。素闻赵公邓州守节，兼尽宾主欢。已结门庐一作间望，无令霜雪残。老夫缆亦解，脱粟朝未餐。飘荡兵甲际，几时怀抱宽。汉阳颇宁静，岘首试考槃。当念著白帽一作皂褐，采薇青云端。

送重表侄王砅一作殊。砅，力制切，履石渡水也。今作砅评事使南海

我之曾祖一作老姑，尔之高祖母。尔祖未显时，归为尚书王珪也妇。隋朝大业末，房杜史载王珪微时，与房、杜游。其母窥见大惊，敕具酒食尽欢，曰：二客公辅器，子必与之偕贵。俱交友。长者来在门，荒年自糊口。家贫

无供给,客位但箕帚。俄顷羞颇珍—作颇羞珍,寂寥人散后。入怪鬓发空,吁嗟为之久。自陈翦鬌鬈,鬻市充杯一作酤酒。上云天下乱,宜与英俊厚。向窃窥数公,经纶亦俱有。次问最少年,虬髯十八九。子等成大名,皆因此人手。下云风云合,龙虎一吟吼。愿展丈夫雄,得辞儿女丑。秦王时在坐,真气惊户牖。及乎贞观初,尚书践台斗。夫人常肩舆,上殿称万寿。六宫师柔顺,法则化妃后。至尊均嫂叔,盛事垂不朽。凤雏无凡毛,五色非尔曹。往者胡作逆,乾坤沸嗷嗷。吾客左一作在冯翊,尔家同遁逃。争夺至徒步,块独委蓬蒿。逗留热尔肠,十里却呼号。自下所骑马,右持腰间刀。左牵紫游缰,飞走使我高。苟活到今日,寸心铭佩牢。乱离又聚散,宿昔恨滔滔。水花笑白首,春草随青袍。廷评近要津,节制收英髦。北驱汉阳传,南泛上泷舠。家声肯坠地,利器当秋毫。番禺亲贤领,筹运神功操。大夫出卢宋一作宗,宝贝休脂膏。洞主降接武,海胡舶千艘。我欲就丹砂,跋涉觉身劳。安能陷粪土,有志乘鲸鳌。或骖鸾腾天,聊一作不作鹤鸣皋。

咏怀二首

人生贵是男,丈夫重天机。未达善一身,得志行所为。嗟余竟辙轲,将老逢艰危。胡雏逼神器,逆节同所归。河雒化为血,公侯一作卿草间啼。西京复陷没,翠盖蒙尘飞。万姓悲赤子,两宫弃紫微。倏忽向二纪,奸雄多是非。本朝再树立,未及贞观时。日给在军储,上官督有司。高贤迫形势,岂暇相扶持。疲苶苟怀策,栖屑无所施。先王实罪己,愁痛正为兹。岁月不我与,蹉跎病于斯。夜看丰城气,回首蛟龙池。齿发已自料,意深陈苦一作昔词。

邦危坏法则,圣远益愁慕。飘飘桂水游,怅望苍梧暮。潜鱼不衔钩,走鹿无反顾。皦皦幽旷心,拳拳异平素。衣食相拘阂五概切,朋知限流寓。风涛上春沙,千一作十里侵一作浸江树。逆行少一作值吉日,时节空复度。井灶任尘埃,舟航烦数具。牵缠加老病,琐细隘俗务。万古一死生,胡为足名数。多忧污桃源,拙计泥铜柱。未辞炎瘴毒,摆落跋涉惧。虎狼窥中原,焉得所历住。葛洪及许靖,避世常此路。贤愚诚等差,自爱各驰骛。嬴瘠且如何,魄夺针灸屡。拥滞僮仆慵,稽留篙师怒。终当挂帆席,天意难告诉。南为祝融客,勉强亲杖屦。结托老人星,罗浮展衰步。

送顾八分文学适洪吉州

《集古录》:顾戒奢善八分。《英华》题内无洪字。

中郎石经后,八分盖憔悴。顾侯运炉锤,笔力破馀地。昔在开元中,韩择木蔡有邻同飏飏。玄宗妙其书,是以数子至。御札早流传,揄扬非造次。三人并入直,恩泽各不二。顾于韩蔡内,辨眼工小字。分日示一作侍诸王,钩深法更秘。文学与我游,萧疏外声利。追随二十载,浩荡长安醉。高歌卿相宅,文翰飞省寺。视我扬马一作班扬间,白首不相弃。骅骝入穷巷,必脱黄金辔。一论朋友难,迟暮敢失坠。古来事反覆,相见横涕泗。向者玉珂人,谁是青云器。才尽伤形体一作骸,病渴污官位。故旧独依然,时危话颠踬。我甘多病老,子负忧世志。胡为困衣食,颜色少称遂。远作辛苦行,顺从众多意。舟楫无根蒂,蛟鼍好为祟。况兼水贼繁,特戒风飙驶。崩腾戎马际一作险,往往杀长吏。子干东诸侯,劝一作勤勉防纵恣。邦以民为本,鱼饥费香饵。请哀疮痍深,告诉皇华使。使臣精所择,进德知历试。恻隐诛求情,固应贤愚异。列一作烈士恶苟得,俊杰思自致。赠子猛虎行,出郊载酸鼻。

上 水 遣 怀

我衰太平时，身病戎马后。蹭蹬多拙为，安得不皓首。驱驰四海
内，童稚日糊口。但遇新少年，少逢旧亲友。低颜下色地，故人知
善诱。后生血气豪，举动见老丑。穷迫挫曩怀，常如中风走。一纪
出西蜀，于今向南斗。孤舟乱春华一作草，暮齿依蒲柳。冥冥九疑
葬，圣者骨亦一作已朽。蹉跎陶唐人，鞭挞日月久。中间屈贾辈，谗
毁竟自取。郁没一作悒二悲魂，萧条犹在否。嶙峋清湘石，逆行杂
林薮。篙工密逞巧，气若酣杯酒。歌讴互激远一作越，回斡明受一作
相授。善一作盖知应触类，各藉颖脱手。古来经济才，何事独罕有。
苍苍众色晚，熊挂玄蛇吼。黄罴在树颠，正为群虎守。赢骸将何
适，履险颜益厚。庶与达者论，吞声混瑕垢。

遣 遇

磬折辞主人，开帆驾洪涛。春水满南国，朱崖云日高。舟子废寝
食，飘风争所操。我行匪利涉，谢尔从者劳。石间采蕨女，鬻菜一作
市输官曹。丈夫死百役，暮返空村号。闻见事略同，刻剥及锥刀。
贵人岂不仁，视汝如莠蒿。索钱多门户，丧乱纷嗷嗷。奈何黠吏
徒，渔夺成逋逃。自喜遂生理，花时甘一作贳缊袍。

解一作遣忧

减米散同舟，路难思共济。向来云涛盘，众力亦不细。呀坑一作帆，
一作吭。梦弼曰：呀坑乃滩口也。赵曰：游坑如口之呀开也。瞥眼过，飞橹本无
蒂。得失瞬息间，致远宜恐泥。百虑视安危，分明曩贤计。兹理庶
可广，拳拳期勿替。

宿凿石浦 <small>浦在湘潭县西</small>

早宿宾从劳，仲春江山丽。飘风过无时，舟楫敢不一作不敢系。回塘澹暮色，日没众星嘒。缺月殊未生，青灯死分翳。穷途多俊异，乱世少恩惠。鄙夫亦放荡，草草频卒一作年岁。斯文忧患馀，圣哲垂象系。

早　行

歌哭俱在晓，行迈有期程。孤舟似昨日，闻见同一声。飞鸟数一作散求食，潜鱼亦一作何独惊。前王作网罟，设法害生成。碧藻非不茂，高帆终日征。干戈未一作异揖让，崩迫开一作关其情。

过　津　口

南岳自兹近，湘流东逝深。和风引桂楫，春日涨云岑。回首一作道过津口，而多枫树林。白鱼困密网，黄鸟喧嘉音。物微限通塞，恻隐仁者心。瓮馀不尽酒，膝有无声琴。圣贤两寂寞，眇眇独开襟。

次空灵岸 <small>宜作空舲。湘水县有空泠峡，又有空舲滩。</small>

沄沄逆素浪，落落展清眺。幸有舟楫迟，得尽所历妙。空灵霞石峻，枫栝一作枯隐奔峭。青春犹无一作有私，白日亦一作已偏照。可使营吾居一作屋，终焉托长啸。毒瘴未足忧，兵戈满边徼。向者留遗恨，耻为达人诮。回帆觊赏延，佳处领其要。

宿花石戍 <small>长沙有渌口、花石二戍。</small>

午辞空灵岑，夕得花石戍。岸疏开辟水一作山，木杂今古树。地蒸南风盛，春热西日暮。四序本平分，气候何回互。茫茫天造一作地间一作开，理乱岂恒数。系舟盘藤轮，策杖古樵路。罢音疲人不在村，野圃泉自注。柴扉虽芜没，农器尚牢固。山东残逆气，吴楚守王度。谁能扣君门，下令减征赋。

早　发

有求常百虑，斯文亦吾病。以兹朋故多，穷老驱驰并。早行篙师怠，席挂风不正。昔人戒垂堂，今则奚奔命。涛翻黑蛟跃，日出黄雾映。烦促瘴岂侵，颓倚睡未一作还醒。仆夫问盥栉，暮颜一作未颒青镜。随意簪葛巾，仰惭林花盛。侧闻夜来寇，幸喜囊中净。艰危作远客，干请伤直性。薇蕨饿首阳，粟马资历聘。贱子欲适从，疑误此二柄。谓采薇、历聘，借用韩非《二柄篇》字。

次　晚　洲

参错云石稠，坡陀风涛壮。晚洲适知名，秀色固异状。棹经垂猿把，身在度鸟上。摆浪散帙妨，危沙折一作坼花当。羁离暂愉悦，赢老反惆怅。中原未解兵，吾得终疏放。

望　岳

南岳配朱鸟，秩礼自百王。欻吸领地灵，鸿一作澒洞半炎方。邦家用祀典，在德非馨香。巡守何寂寥，有虞今则亡。泊一作泪吾隘世网，行迈越潇湘。渴日绝壁出，漾舟清光旁。祝融五一作三峰尊，峰峰次低昂。紫盖独不朝，争长嶪相望。恭闻魏夫人，南岳夫人，姓〔魏〕(卫)名华存，字贤安，晋司徒魏舒女，刘文生妻，后得道升天。群仙夹翱翔。有时五峰气，散风如飞霜。牵迫限一作恨修途，未暇杖崇冈。归来觊命驾，沐浴休玉堂。三叹问府主即岳神仙府洞府之主也，曷以赞我皇。牲璧忍一作感衰俗，神其思降祥。

湘江宴饯裴二端公_{裴虬}赴道州

白日照舟师，朱旗散广川。群公饯南伯，肃肃秩初筵。鄙人奉末
眷，佩服自早年。义均骨肉地，怀抱罄所宣。盛名富事业，无取愧
高贤。不以丧乱婴，保爱金石坚。计拙百僚下，气苏君子前。会合
苦不久，哀乐本相缠。交游飒向尽，宿昔浩茫然。促觞激百虑，掩
抑泪潺湲。热云集曛_{一作初集黑}，缺月未生天。白团为我破，华烛
蟠长烟。鸹鹖_{一作鹍鹞，一作鸹鹆}催明星，解袂从此旋。上请减兵甲，
下请安井田。永念病渴老，附书远山巅。

清　明

著处繁花务_{一作华矜}是_{一作足日}，长沙千人万人出。渡头翠柳艳明
眉，争道朱蹄骄啮膝。此都好游湘西寺，诸将亦_{一作远，一作方}。自军
中至。马援征行在眼前，葛强亲近同心事。金镫下山红粉_{一作日}
晚，牙樯捩柁青楼远。古时丧乱皆可知，人世悲欢暂相遣。弟侄虽
存不得书，干戈未息苦离_{一作难}居。逢迎少壮非吾道，况乃今朝更
祓除。

风雨看舟前落花戏为新句

江上人家桃树_{一作李枝}，春寒_{一作风}细雨出疏篱。影遭碧水潜勾引，
风妒红花却倒吹。吹花困癫_{一作懒}傍舟楫，水光风力俱相怯。赤憎
_{赤憎，犹生憎，亦方言也。}轻薄遮入_{一作人}怀，珍重分明不来接_{一作折}。湿
久飞迟半日_{一作欲}高，萦沙惹草细于毛。蜜蜂蝴蝶生情性_{一作住}，偷
眼蜻蜓避百劳。

岳麓山道林二寺行

玉泉之南麓山殊,道林林壑争盘纡。寺门高开洞庭野,殿脚插入赤沙湖。五月寒风冷佛一作拂骨,六时天乐朝香炉。地灵步步雪山草,僧宝人人沧海珠。塔劫一作级宫墙一作坛壮丽敌,香一作石厨松道清凉一作崇俱。莲花一作池交响共命鸟,金榜双回三足乌。方丈涉海费时节,悬圃寻河知有无。暮年且喜经行近,春日兼蒙暄暖扶。飘然斑白身一作将奚适,傍此烟霞茅可诛。桃源人家易制度,橘洲田土仍膏腴。潭府邑中甚淳古,太守庭内不喧呼。昔遭衰世皆晦迹,今幸乐国养微躯。依止老宿亦未晚,富贵功名焉足图。久为野一作谢客寻幽惯,细学何当作周颙免兴孤。一重一掩吾肺腑,山一作仙鸟山花吾友于。宋公原注:之问也。放逐曾题壁,物色分留与一作待老夫。

奉送魏六丈佑少府之交广

贤豪赞经纶,功成空名一作名空垂。子孙不振耀一作没不振,历代皆有之。郑公四叶孙,长大常苦饥。众中见毛骨,犹是麒麟儿。磊落贞观事,致君朴直词。家声盖六合,行色何其微。遇我苍梧阴一作野,忽惊会面稀。议论有馀地,公侯来未迟。虚思黄金贵,自笑青云期。长卿久病渴,武帝元同时。季子黑貂敝,得无妻嫂欺。尚为诸侯客,独屈州县卑。南游炎海甸,浩荡从此辞。穷途仗神道,世乱轻土宜。解帆岁云暮,可与春风归。出入朱门家,华屋刻蛟螭。玉食亚王者,乐张游子悲。侍婢艳倾城,绡绮轻一作烟雾霏。掌一作堂中琥珀钟,行酒双逶迤。新欢继明烛,梁栋星辰飞。两情顾盼合,珠碧赠于斯。上贵见肝胆,下贵不相一作见疑。心事披写间,气酣达一作远所为。错挥铁如意,莫避珊瑚枝。始兼一作无逸迈兴,终慎宾主仪。戎马暗天宇，呜呼生别离。

别张十三建封

尝读唐实录，国家草昧初。刘文静裴寂建首义，龙见尚踌躇。秦王
拨乱姿，一剑总兵符。汾晋为丰沛，暴隋竟涤除。宗臣则庙食，后
祀何疏芜。彭城英雄种，宜膺将相图。尔惟外曾孙，倜傥汗血驹。
眼中万少年，用意尽崎岖。相逢长沙亭，乍问绪业馀。乃吾故人
子，童卅联居诸。张建封，兖州人。父玠，少豪侠。安禄山将李庭伟胁下城邑，玠
率乡豪集兵杀之。太守韩择木方遣使奏闻。玠流荡江南，不言其功。甫父为兖州司
马，当以趋庭之日，与玠游也。挥手洒衰泪，仰看八尺躯。内外名家流，风
神荡江湖。范云堪晚一作结友，嵇绍自不孤。择材征南幕，大历初，道
州刺史裴虬荐建封于观察使韦之晋，辟为参谋，奏授左清道兵曹，不乐吏役而去。湖
一作潮落回鲸鱼。载感贾生恸，复闻乐毅书。主忧急盗贼，师老荒
京都。旧丘岂税驾，大厦倾宜扶。君臣各有分，管葛本时须。虽当
霰雪严，未觉栝柏枯。高义在云台，嘶鸣望天衢。羽人扫碧海，功
业竟何如。

暮秋枉裴道州手札率尔
遣兴寄近一作递呈苏涣侍御

久客多枉友朋书，素书一月凡一束。虚名但蒙寒温一作暄问，泛爱
不救沟壑辱。齿落未是无心人，舌存耻作穷途哭。道州手札适复
至，纸长要自三过读。盈把那须沧海珠，入怀本倚昆山玉。拨弃潭
州百斛酒，芜没潇岸千株菊。使我昼立烦儿孙，令我夜坐费灯烛。
忆子初尉永嘉去，红颜白面花映肉。军符侯印取岂迟，紫燕骝耳行
甚速。圣朝尚飞战斗尘，济世宜引英俊人。黎元愁痛会苏息，夷狄
跋扈徒逡巡。授钺筑坛闻意旨，颓纲漏网期弥纶。郭钦上书见大

计，刘毅答诏惊群臣。他日更仆语不浅，明公论兵气益振。倾壶箫
管黑一作理，一作动。白发，舞剑霜雪吹青春。宴筵曾语苏季子，后来
杰出云孙比。茅斋定王城郭门，药物楚老渔商市。市北肩舆每联
袂，郭南抱瓮亦隐几。无数将军西第成，早作丞相东山起。鸟雀苦
肥秋粟菽，蛟龙欲蛰寒沙水。天下鼓角何时休，阵前部曲终日死。
附书与裴因示苏，此生已愧须人扶。致君尧舜付公等，早据要路思
捐躯。

奉赠李八丈判官曛

我丈时一作特英特，宗枝神尧后。珊瑚市则无，骐骥人得有。早年
见标格，秀气冲一作通星斗。事业富清机，官曹正独守。顷来树嘉
一作佳政，皆已传众口。艰难体贵安，冗长吾敢取。区区犹历试，炯
炯更持久。讨论实解颐，操割纷应手。篋书积讽谏，宫阙限奔走。
入幕未展材一作怀，秉钧孰为偶。所亲问淹泊，泛爱惜衰朽。垂白
乱一作辞，一作慕。南翁，委身希北叟。南翁、北叟，俱知阴阳倚伏事。真成
穷辙鲋，或似丧家狗。秋枯洞庭石，风飒长沙柳。高兴激荆衡，知
音为回首。

岁　晏　行

岁云暮矣多北风，潇湘洞庭白雪一作云中。渔父天寒网罟冻，莫徭
长沙杂夷，有名莫徭。射雁鸣桑弓。去年米贵阙军食，今年米贱大伤
农。高马达官厌酒肉，此辈杼轴茅茨空。楚人重鱼不重鸟，汝休枉
杀南飞鸿。况闻处处鬻男女，割慈忍爱还租庸。往日用钱捉私铸，
今许一作来铅锡和青铜。刻泥为之最易得，好恶不合长相蒙。万国
城头吹画角，此曲哀怨何时终。

追酬故高蜀州人日见寄 并序

开文书帙中，检所遗忘，因得故高常侍适，往居在成都时，高任蜀州刺史人日相忆见寄诗。泪洒行间，读终篇末。自枉诗已十馀年，莫记存殁又六七年矣。老病怀旧，生意可知。今海内忘形故人，独汉中王（一作郡王）瑀与昭州敬使君超先在，爱而不见，情见乎辞。大历五年正月二十一日，却追酬高公此作，因寄王及敬弟。

自蒙一作枉蜀州人日作，不意清诗久零落。今晨散帙眼忽开一作明，进泪幽吟事如昨。呜呼壮士多慷慨，合沓高名动寥廓。叹我凄凄求友篇，感时一作君郁郁匡君一作时略。锦里春光空烂熳，瑶墀侍臣已冥莫。潇湘水国傍鼋鼍，鄠杜秋天失雕鹗。东西南北更谁一作堪论，白首扁舟病独存。遥一作犹拱北辰缠寇盗，欲倾东海洗乾坤。边塞西蕃一作羌最充斥，衣冠南渡多崩奔。鼓瑟至今悲帝子，曳裾何处觅王门。文章曹植波澜阔，服食刘安德业尊。长笛谁能一作邻家乱愁思，昭州词翰与招魂。

苏大侍御访江浦赋八韵记异

草堂诗本无此题，竟以序为题。八韵诗止七韵，疑有脱误。

苏大侍御涣，静者也，旅于江侧。凡（一作乃）是不交州府之客，人事都绝久矣。肩舆江浦，忽访，老夫舟楫而已茶酒内。余请诵近诗，肯吟数首，才力素壮，词句动人。接对明日，忆其涌思雷出，书箧几杖之外，殷殷留金石声。赋八韵记异，亦见老夫倾倒于苏至矣。

庞公不浪出，苏氏今有之。再闻诵新作，突过黄初诗。乾坤几一作洎反覆，扬马宜同时。今晨清镜中，胜食斋房芝。余发喜却变，白间生一作添黑丝。昨一作永夜舟火灭一作接天，一作天接，湘娥帘外悲。百灵未敢散，风破一作波，一作浪。寒江迟。

题衡山县文宣王庙新学堂呈陆宰

旄头彗紫微，无复俎豆事。金甲相排荡，青衿一憔悴。呜呼已十年，儒服弊于地。征夫不遑息，学者沦素志。我行洞庭野，欻得文翁肆。优优胄子行，若舞风雩至。周室宜中兴，孔门未应弃。是以资雅才，涣然立新意。衡山虽小邑，首唱恢大义。因见县尹心，根源旧宫闷。讲堂非曩构，大屋加涂墍。下可容百一作万人，墙隅亦深邃。何必三千徒，始压戎马气。林木在庭户，密干叠苍翠。有井朱夏时，辘轳冻阶陒音士。耳闻读书声，杀伐灾仿佛。故国延归望，衰颜减愁思。南纪改一作收波澜，西河共风味。采诗倦跋涉，载笔尚可记一作常记异，一作纪奇异。高歌激宇宙，凡百慎失坠。

入　衡　州

兵革自久远，兴衰看帝王。汉仪甚照耀，胡马何猖狂。老将一失律，清边生战场。君臣忍瑕垢，河岳空金汤。重镇如割据，轻权绝纪纲。军州体不一，宽猛性所将。嗟彼苦节士，谓潭州刺史崔瓘为臧玠所杀。素于圆凿方。寡妻从为郡，尢者安堵一作短墙。凋弊惜邦本，哀矜存事常。旌麾非其任，府库实过防。恕一作怒己独在此，多忧增内伤。偏裨限酒肉，卒伍单衣裳。元恶谓臧迷是似，聚谋一作谍泄康庄。竟流帐下血，大降湖南殃。烈火发中夜，高烟焦上苍。至今分粟帛，杀气吹沅湘。福善理颠倒，明征天莽茫。销魂避飞镝，累足穿豺狼。隐忍枳棘刺，迁延胝趼疮。远归儿侍侧，犹乳女在旁。久客幸脱免，暮年惭激昂。萧条向水陆，汨没随鱼商。报主身已老，入朝病见妨。悠悠委薄俗，郁郁回刚肠。参错走洲渚，春容转林篁。片帆左一作在郴岸，通郭前衡阳。华表云鸟埤一作阵，名园花草香。旗亭壮邑屋，烽橹蟠一作卧城隍。中有古刺史谓阳济也，盛才

冠岩廊。扶颠待柱石，独坐飞风霜。昨者间琼树，高谈随羽觞。无
论再缱绻，已是安苍黄。剧孟七国畏，马卿四赋良。门阑苏生在，
_{苏生，侍御涣。}勇锐白起强。问罪时_{澧州杨子琳、道州裴虬、衡州阳济各举兵讨}
_{珎。}富形势，凯歌悬否臧。氛埃期必扫，蚊蚋焉能当。橘_{一作缔}井旧
地宅，仙山引舟航。此行厌暑雨，厥土闻清凉。诸舅_{谓崔伟公，时摄}
〔郴〕_(彬)州，甫将往依焉。剖符近，开缄书札光。频繁命屡及，磊落字百
行。江总外家养，谢安乘兴长。下流匪珠玉，择木羞鸳皇。我师嵇
叔夜，世贤张子房。_{原注:彼掾张劝。}柴荆寄乐土，鹏路观翱翔。

舟中苦热遣怀奉呈〔阳〕_(杨)
中丞_{即阳济，时兼御史中丞}通简台省诸公

愧为湖外客，看此戎马乱。中夜混黎氓，脱身亦奔窜。平生方寸
心，反掌_{一作当}帐下难。呜呼杀贤良，不叱白刃散。吾非丈夫特，没
齿埋冰炭。耻以风病辞，胡然泊湘岸。入舟虽苦热，垢腻可濯灌。
痛彼道边人，形骸改昏旦。中丞连帅职，封内权得按。身当问罪
先，县实诸侯半。士卒既辑睦，启行促精悍。似闻上游兵，稍逼长
沙馆。怜好彼克修，天机自明断。南图卷云水，北拱戴霄汉。美名
光史臣，长策何壮观。驱驰数公子，咸愿同伐叛。声节哀有馀，夫
何激衰懦_{叶暖去声}。偏裨表三上，卤莽同一贯。始谋谁其间，回首
增愤惋。宗英李端公，守职甚昭焕。变通迫胁地，谋画焉得算。王
室不肯微，凶徒略无惮。此流须卒斩，神器资强干。扣寂豁烦襟，
皇天照嗟叹。_{《通鉴》:臧玠之乱，澧州刺史杨子琳讨之，取赂而还。初，崔旰杀郭英}
_{乂，子琳起兵讨旰。杜鸿渐各授官以和解之。及子琳攻旰败还，纵兵涪爨。卫伯玉请}
_{于朝，以为峡州团练使。甫诗所谓"〔偏〕(编)裨表三上，卤莽同一贯"者，合前后三叛言}
_{之也。"始谋谁其间"，盖追论鸿渐、伯玉，故曰"回首增愤惋"。唐藩镇有事，俱用〔偏〕}
_{(编)裨上表，假众论以胁制朝廷也。}

聂耒阳以仆阻水书致酒肉疗饥荒江诗
得代怀兴尽本韵至县呈聂令陆路去方
田驿四十里舟行一日时属江涨泊于方田

耒阳驰尺素，见访荒江眇一作渺。义士烈女家，风流吾贤绍。昨见狄相孙，许公人伦表。前期一作朝翰林后，屈迹县邑小。知我碍湍涛，半句获浩溔。溔，《玉篇》以沼切。《上林赋》：浩溔演漾。麾下杀元戎，湖边有飞旐。孤舟增郁郁，僻路殊悄悄。侧惊猿猱捷，仰羡鹳鹤矫。礼过宰肥羊，愁当置清醥。人非西喻蜀，兴在北坑赵。方行郴岸静，未话长沙扰。崔师乞已至，澧卒用矜少。问罪消息真，开颜憩亭沼。原注：闻崔侍御瑑乞师于洪府，师已至袁州北；杨中丞琳问罪将士，自澧上达长沙矣。钱谦益曰：《旧书》本传，甫游衡山，寓居耒阳，啖牛肉白酒，一夕而卒于耒阳。元稹《墓志》：扁舟下荆楚间，竟以寓卒，旅殡岳阳。公卒于耒阳，殡于岳阳，史志皆可考据。近代有为《杜工部耒阳祠堂记》者，大略曰：子美出瞿塘，下江陵，登岳阳楼，览衡岳，抵耒阳。适江水暴涨，为惊湍所漂，仅得遗靴，因垒土筑虚冢瘗之。解缙有诗云：蔡伦池上雾如纸，杜老祠前秋日黄。为问靴洲江上水，流船三日到衡阳。按此则杜甫之殁，不特以牛肉白酒，并罹汨罗之酷矣。《耒阳县志》：杜甫祠墓在县治北二里。《苕溪渔隐》谓考襄阳、岳阳俱无杜甫墓，惟耒阳有之。大抵贤者所在，人各引以为重，不妨耒阳自葬子美之遗靴，而嗣业所葬，元稹所志，乃在巩县首阳，可不必聚辨也。

全唐诗卷二二四

杜 甫

冬日洛城北谒玄元皇帝庙

原注:庙有吴道子画五圣图。《唐书》:高宗乾封元年,追尊老子为玄元皇帝,制两京诸州各置庙,在东都者改为太微宫。此诗作于称庙之时,当是开元末年。

配极玄都闷,凭虚一作高,一作空。禁御一作籥长。守桃严具礼,老君庙置令、丞各一员。掌节镇非常。碧瓦初寒外,金茎一气旁。山河扶绣户,日月近雕梁。仙李盘根大,老子生而能言,指李树为姓。唐以李氏出自老君,迫崇为祖。猗兰奕叶光。世家遗一作随旧史,开元中,奉敕升老子、庄子为列传首,在伯夷之上。道德付一作冠今王。明皇亲注《道德经》,令举子习之。减《尚书》、《论语》,而考试《老子》。画手看前辈,吴生吴道子,阳翟人。远擅场。森罗移地轴,妙绝动宫墙。五圣天宝八年,明皇以符瑞相继,上高祖、太宗、高宗、中宗、睿宗谥号,又画像于老君庙壁。联一作连龙衮,千官列一作引雁行。冕旒俱秀发,旌旆尽飞扬。翠柏深留景,红梨迥得霜。风筝吹玉柱,露井冻一作动银床。身退卑周室,经传拱汉皇。谷神《老子》:谷神不死。注:谷,养也,神乃五藏之神。如不死,养拙更何乡一作方。

赠韦左丞丈济 天宝七年，以韦济为河南尹，迁尚书左丞。

左辖《六典》：左右丞掌管辖省事，纠察宪章。频虚位，今年得旧儒。相门韦氏在，经术汉臣一作官须。时议归前烈一作列，天伦恨莫俱。嗣立三子，孚、恒、济皆知名。孚、恒皆先殁。鸰原荒宿草，凤沼接亨衢。有客虽安命，衰容岂壮夫。家人忧几杖，甲子混泥途。不谓矜馀力，还来谒大巫。岁寒仍顾遇，日暮且踟蹰。老骥思千里，饥鹰待一呼。君能微感激，亦足慰榛芜一作折骨效区区。

投赠哥舒开府翰二十韵

翰乃突骑施首领哥舒部落之裔。蕃人多以部落为氏。初为王忠嗣衙将，后代为节度，屡著功河西，进封平西郡王。

今代麒麟一作骐麟阁，何人第一功。君王自神武，驾驭必英雄。开府当朝杰，论兵迈古风。先锋百胜一作战在，略地一作妙略两隅空。青海无一作飞传箭，天山早挂弓。廉颇仍走敌，魏绛已和戎。每惜河湟弃，新兼节制通。智谋垂睿一作眷想，出入冠诸公。日月低秦树，乾坤绕汉宫。胡人愁逐北，宛马又从东。受命边沙一作军麾远，归来御席同。轩墀曾宠鹤，畋猎旧非熊。茅土加名数，山河誓始终。策行遗一作宜战伐，契合动昭融。勋业青冥上，交亲气概中。未为珠履客，已见一作是白头翁。壮节初题柱，生涯独转蓬。几年春草歇，今日暮途穷。军事留孙楚，行间识吕蒙。一作乡曲轻周处，将军拔吕蒙。严武、高适辈皆共军事，鲁炅、曲环辈皆其部将。防身一长剑，将欲倚崆峒。一作腰间有长剑，聊欲倚崆峒。

上韦左相二十韵 见素

天宝元年，改侍中为左相，中书令为右相。十五载，见素从明皇幸蜀,至巴西,诏兼左相,封豳国公。

凤历轩辕纪,龙飞四十春。八荒开寿域,一气转洪钧。霖雨思贤佐,丹青忆老一作直,一作旧。臣。原注:相公之先人,遗风徐烈,至今称之。应图求骏马,惊代得麒麟。沙汰江河浊,调和鼎鼐新。韦贤初相汉,范叔已归秦。盛业今如此,传经固绝伦。豫樟深出地,沧海阔无津。北斗司喉舌,东方《顾命》:司马第四,毕公领之。《康王之诰》:毕公率东方诸侯入应门右。见素兼兵部尚书,故以毕公比之。领搢绅。持衡留藻鉴,听履上星辰。独步才超古,馀波德照邻一作馀阴照北邻。聪明过管辂,尺牍倒陈遵。岂是池中物,由来席上珍。庙堂知至理,风俗尽还淳。才杰俱登用,愚蒙但隐沦。长卿多病久,子夏索居频一作贫。回首驱流俗,生涯似众人。巫咸不可问,邹鲁莫容身。感激时将晚,苍茫兴有神。为公一作君歌此曲,涕泪在衣巾。

奉赠太常张卿二十韵 均

黄鹤云:均未尝为太常卿,此诗当是赠垍之误。

方丈三韩外,昆仑万国西。建标天地阔,诣绝古今迷。气得神仙迥,恩承雨露低时均以求仙得幸。相门清议众,儒术大名齐。轩冕罗天一作高阙,琳琅识介珪。伶官诗必诵,夔乐典犹稽。健笔凌鹦鹉,铦锋莹鸊鹈。友于皆挺拔,公望各端倪。通籍逾青琐,亨衢照紫泥。灵虬传夕箭,归马散霜蹄。能事闻重译,嘉谟及远黎。弼谐方一展,班序更何跻。适越空颠踬,游梁竟惨凄。谬知终画虎,微分是醯鸡。萍泛一作迹无休日,桃阴想旧蹊。吹嘘人所羡,腾跃事仍暌。碧海真难涉,青云不可梯。顾深惭一作忘锻炼,才小辱提携。槛束哀猿叫一作巧,枝惊夜鹊栖。几时陪羽猎,应指钓璜溪。

敬赠郑谏议十韵

谏官非不达,诗义早知名。破的由来事,先锋孰敢争。思飘云物外一作动，律中鬼神惊。毫发无遗恨，波澜独老成。野人宁得所，天意薄浮生。多病休儒服，冥搜信客旌。筑居仙缥缈，旅食岁峥嵘。使者求颜阖，诸公厌祢衡。将期一诺一作语重，欻使寸心倾。君见途穷哭，宜忧阮步兵。

奉赠鲜于京兆二十韵 鲜于仲通，天宝末为京兆尹。

王国称多士，贤良复几人。异才应间出一作世，爽气必殊伦。始见张京兆，宜居汉近臣。骅骝开道路，雕鹗离风尘。侯伯知何等一作算，文章实致身。奋飞超等级，容易失沈沦。脱略磻溪钓，操持郢匠斤。云霄今已逼，台衮更谁亲。凤穴雏皆好，龙门客又新。义声纷感激，败绩自逡巡。途远一作永欲何向，天高难重陈。学诗犹孺子一作子夏，乡赋念一作忝嘉宾。不得同晁错，吁嗟后郄诜。计疏疑翰墨，时过忆松筠。献纳纡皇眷，中间谒紫宸。且随诸彦集，方觊薄才伸。破胆遭前政谓李林甫，阴谋独秉钧。微生沾忌刻，万事益酸辛。交合丹青地，恩倾雨露辰。有儒愁饿死，早晚报平津。

赠特进汝阳王二十韵

特进群公表，天人夙德升。霜蹄千里骏，风翮九霄鹏。服礼求毫发，惟一作推忠忘寝兴。圣情常有眷，朝退若无凭。仙醴一作醅来一作求浮蚁，奇毛或赐鹰。清关尘不杂，中使日相乘。晚节嬉游简，平居孝义称。自多亲棣萼，谁敢问山陵。宁王宪薨，谥让皇帝，墓号惠陵。子琎表辞，不许。学业醇儒富，辞一作才华哲匠能。笔飞鸾耸立，章罢凤骞腾。精理通谈笑，忘形向友朋。寸长一作肠堪缱绻，一诺岂骄矜。已忝归曹植，何知对李膺。招要恩屡至，崇重力难胜。披雾初欢夕，高秋爽气澄。尊罍临极浦，凫雁宿张灯。花月穷游宴，炎天避郁蒸。研寒金井水，檐动玉壶冰。瓢饮唯三径，岩栖在百层一作岩居异一膆。且一作谬持蠡测海,况挹酒如渑。鸿宝宁全秘,丹梯庶可凌。淮王门有一作下客,终不愧孙登。

郑驸马宅宴洞中

明皇临晋公主下嫁郑潜曜。神木原有莲花洞,乃郑氏故居。

主家阴洞细烟雾,留客夏簟清一作青琅玕。春酒杯浓琥珀薄,冰浆碗碧玛瑙寒。误疑茅堂一作屋过江麓一作底,已入风磴霾云端。自是秦楼压郑谷,时闻杂佩声珊珊。

李 监 宅

一作李盐铁。一云:开元中,李令问为秘书监,饮馔豪奢。或即其人。尚有一首,见吴若逸诗中。

尚觉王孙贵,豪家意颇浓。屏开金孔雀,褥隐绣芙蓉。且食双鱼美,谁看异味重。门阑多喜色,女婿近乘龙。

重题郑氏东亭 原注:在新安界。

华亭入翠微,秋日乱清晖。崩石欹山树,清一作晴涟曳水衣苔也。紫鳞冲岸跃,苍隼护巢归。向晚寻征路,残云傍马飞。

题张氏隐居二首

春山无伴独相求,伐木丁丁山更幽。涧道馀寒历冰雪,石门斜日到林丘。不贪夜识金银气,远害朝看麋鹿游。乘兴杳然迷出一作去处,对君疑是泛虚舟。

之子时相见,邀人晚兴留。霁一作济潭鳣发发,春草鹿呦呦。杜酒偏劳劝,张梨不外求。前村山路险,归醉每无愁。

天宝初南曹小司寇舅于我太夫人_{甫祖}

母卢氏堂下累_{一作垒}土为山一匮_{一作篑,诗同}

盈尺以代彼朽木承诸焚香瓷瓯瓯甚安

矣旁植慈竹盖兹数峰欹岑婵娟宛有尘外

数_{一本无数字,一作格}致乃不知兴之所至而作是诗

一匮功盈尺,三峰意出群。望中疑在野,幽处欲生云。慈竹春阴覆,香炉晓势分。惟南将献寿,佳气日氛氲。

龙　门 _{即伊阙}

龙门横野断,驿树出城来。气色皇居近,金银佛寺开。往还时屡改,川_{一作陆}水日悠哉。相阅征途上,生涯尽几回。

奉寄河南韦尹丈人

　　　原注:甫敝庐在偃师,承韦公频有访问,故有下句。韦即韦济。

有客传河尹,逢人问孔融。青囊仍隐逸,章甫尚西东。鼎食分_{一作为门户},词场继国风。尊荣瞻地绝,疏放忆途穷。浊酒寻陶令,丹砂访葛洪。江湖漂短_{一作裋}褐,霜雪满飞蓬。牢落乾坤大,周流_{一作旋}道术空。谬惭知蓟子,真怯笑扬雄。盘错神明惧,讴歌德义丰。尸乡馀土室,难说祝_{一作谁话}鸡翁。偃师县有尸乡亭,翁居尸乡北山下。

赠　李　白

秋来相顾尚飘蓬,未就丹砂愧葛洪。痛饮狂歌空度日,飞扬跋扈为谁雄。

与任城许主簿游南池 池在济宁州境

秋水通沟洫,城隅进一作集小船。晚凉看洗马,森木乱鸣蝉。菱熟经时一作旬雨,蒲荒八月天。晨朝降白露,遥忆旧青毡。

登兖州城楼

东郡趋庭日时甫父闲为兖州司马,南楼纵目初。浮云连海岳一作岱,平野入青徐。孤嶂秦碑在,荒城鲁殿馀。从来多古意,临眺独踌躇。

刘九法曹郑瑕丘石门宴集

秋水清无底,萧然静客心。掾曹乘逸兴,鞍马去相寻一作到荒林。能吏逢联璧,华筵直一金。晚来横吹好,泓下亦龙吟。一作尊酒宜如此,人生复至今。白头逢晚岁,相顾一悲吟。

暂如临邑至嵸音宅山湖亭奉怀李员外率尔成兴 鹊山湖在历城东门外。嵸疑鹊之误。

野亭逼湖水,歇马高林间。鼍吼风奔浪,鱼跳日映山。暂游阻词伯,却望怀青关。霭霭生云雾,唯应促驾还。

对雨书怀走邀许十一簿公 一作许主簿

东岳云峰起,溶溶满太虚。震雷翻幕燕,骤雨落河一作溪鱼。座对贤人酒,门听长者车。相邀愧泥泞,骑马到阶除。

巳上人茅斋 旧注谓齐己,非。

巳公茅屋下,可以赋新诗。枕簟入林僻,茶瓜留客迟。江莲摇白羽,天棘天门冬,蔓高丈馀,其叶如丝。《通志》:柳一名天棘。则非蔓矣。梦一作蔓青丝。空忝许询辈,难酬支遁词。

房兵曹胡马诗

胡马大宛名,锋棱瘦骨成。竹批双耳峻,风入四蹄轻。所向无空阔,真堪托死生。骁腾有如此,万里可横行。

画　鹰

素练风一作如霜起,苍鹰画作殊。拟狗勇切,辣也。身思狡兔,侧目似愁胡。绦镟光堪擿,轩楹势可呼。何当击凡鸟,毛血洒平芜。

与李十二白同寻范十

隐居 李白集有寻鲁城北范居士诗。

李侯有佳句,往往似阴铿。余亦东蒙客,怜君如弟兄。醉眠秋共被,携手日一作月同行。更想幽期处,还寻北郭生。入门高兴发,侍立小童清。落景闻寒杵,屯云对古城。向来吟橘颂,谁一作惟欲一作与讨莼羹。不愿论簪笏,悠悠沧海情。

临邑舍弟书至苦雨黄河泛溢堤
防之患簿领所忧因寄此诗用宽其意

甫有送弟颖赴齐州诗,或颖曾官临邑。

二仪积风雨,百谷漏波涛。闻道洪河坼,遥一作迢连沧海高。职思一作司忧悄悄,郡国诉嗷嗷。舍弟卑栖邑,防川领簿曹。尺书前日至,版筑不时操。难假鼋鼍力,空瞻乌鹊毛。燕南吹畎亩,济上没蓬蒿。螺蚌满近郭,蛟螭乘九皋。徐关深水府,碣石小秋毫。白屋留孤树,青天一作云矢一作失万艘。吾衰同泛梗,利涉想蟠桃。倚一作却赖天涯钓,犹能掣巨鳌。

过宋员外之问旧庄

原注：员外季弟执金吾见知于代，故有下句。

宋之问，官考功员外郎。弟之悌，自羽林将军出为剑南节度。

宋公旧池馆，零落守一作首阳阿。枉道祗从入，吟诗许更过。淹留问耆老，寂寞向山河。更识将军树，悲风日暮多。

夜宴左氏庄

风林一作林风纤月落，衣露净一作静琴张。暗水流花径，春星带草堂。检书烧烛短，看一作说剑一作煎茗引杯长。诗罢闻吴咏，扁舟意不忘。

送蔡希曾一作鲁都尉还陇右因寄高三十五书记 原注：时哥舒入奏，勒蔡子先归。

蔡子勇成癖，弯弓西射胡。健一作男儿宁斗死，壮士耻为儒。官是先锋得，材缘挑上声战须。身轻一鸟过，枪急万人呼。云幕随开府，春城赴一作入上都。马头金狎帢，一作匼匝，一作帢匝，驼背锦模糊。咫尺云一作雪山路一作自至青云外，归飞青一作西海隅。上公犹一作独宠锡，突将且前驱。汉使一作水黄河远，凉州白麦枯。因君问消息，好在阮元瑜。

春日忆李白

白也诗无敌一作数，飘然思不群。清新庾开府，俊逸一作豪迈鲍参军。渭北春天树，江东日暮云。何时一尊酒，重与细论一作话斯文。

赠陈二补阙

世儒多汩没，夫子独声名。献纳开东观，君王问长卿。皂雕寒始音试急,天马老能行。自到青冥里,休看白发生。

寄高三十五书记 适

叹惜高生老,新诗日又多。美名人不及,佳句法如何。主将收才子,崆峒足凯歌。闻君已朱绂,且得慰蹉跎。

送裴二虬作尉永嘉

孤屿亭何处,天涯水气中。故人官就此,绝境兴一作与谁同。隐吏逢梅福,游山忆谢公。扁舟吾已就一作具,一作买。把钓一作只是待秋风。

城西陂泛舟 即渼陂

青蛾皓齿在楼船,横笛短箫悲远天。春风自信牙樯动,迟日徐看锦缆牵。鱼吹细浪摇歌一作献扇,燕蹴飞花落舞筵。不有小舟能荡桨一作艓,百壶那送酒如泉。

赠田九判官 梁丘 哥舒翰讨安禄山,以田梁丘为行军司马。

崆峒使节上青霄,河陇降王款圣朝。宛马总肥春或作秦苜蓿,将军只数汉一作霍嫖姚。此言哥舒翰,下言田梁丘。陈留阮瑀谁争长,京兆田郎汉灵帝目田凤为京兆田郎早见招。麾下赖君才并入,独能无意向渔樵。

赠献纳使一本无使字起居田舍人 澄

献纳司存雨露边一作偏,地分清切任才贤。舍人退食收封事,宫女开函近一作捧御筵。晓漏追飞一作趋青琐闼,晴窗点检白云篇。扬雄更有河东赋,唯待吹嘘送上天。

送韦书记赴安西

夫子欻通贵，云泥相望悬。白头无藉无所依藉也。作籍误。在，朱绂有哀怜。书记赴三捷一作接，公车留二年。欲浮江海去，此别意苍一作茫然。

陪郑广文游何将军山林十首 山林在韦曲西塔陂

不识南塘一作唐路，今知第五桥。名园依绿水，野竹上青霄。谷口旧相得，濠梁同见招。平生为幽兴，未惜马蹄遥。

百顷风潭上，千重一作章夏木清。卑枝低结子，接叶暗巢莺。鲜鲫银丝脍，香芹碧涧羹。翻疑柁楼底，晚饭越中行。

万里戎王子旧注谓月支花名，何年别月支。异花开绝域，滋蔓匝清池。汉使徒空到，神农竟不知。言此花张骞未经见，《本草》未经载也。露翻兼雨打，开坼日一作渐离披。

旁舍连高竹，疏篱带晚花。碾涡深没马，藤蔓曲藏一作垂蛇。词赋工无一作何益，山林迹未赊。尽捻同拈书籍卖，来问尔东家。

剩水沧江破，残山碣石开。绿垂风折笋，红绽雨肥梅。银甲弹筝用，金鱼一作盘换酒来。兴移无洒扫，随意坐莓苔。

风磴吹阴一作梅雪，云门吼瀑泉。酒醒思卧簟，衣冷欲一作得装绵。野老来看客，河鱼不取钱。只疑淳朴处，自有一山川。

棘一作楝，音同棘。树寒云色，茵蔯蒿类，因陈苗而生，故名。春藕香。脆添生菜美，阴益一作盖食单一作箪凉。野鹤清晨出一作至，山精山精如人，一足，长四尺，夜出昼匿。白日藏。石林蟠水府，百里独苍苍。

忆过杨柳渚，走马定昆池安乐公主凿定昆池。醉把青荷叶，狂遗白接䍦。刺船思郢客，解水乞吴儿。坐对秦山晚，江湖兴颇随。

床上书连屋，阶前树拂云。将军不好武，稚子总能文。醒酒微风入，听诗静夜分。绤衣挂萝薜，凉月白纷纷。

幽意忽不惬，归期无奈何。出门流水注一作住，回首白云一作杂花多。

自笑灯前舞，谁怜醉后歌。祇应与朋好，风雨亦来过。

重过何氏五首

问讯东桥竹，将军有报书。倒衣还命驾，高枕乃吾庐。花妥莺捎蝶，溪喧獭趁鱼。重来休沐地，真作野人居。

山雨尊仍在，沙沈榻未移。犬迎曾一作憎闲宿客，鸦护落巢儿。云薄翠微寺，长安县南太和谷有太和宫，后改翠微宫，又改寺。天清一作寒黄子陂在樊川。向来幽兴极，步屟一作履，一作履。过东篱。

落日平台上，春风啜茗时。石阑斜点一作照笔，桐叶坐题诗。翡翠鸣衣桁，蜻蜓立钓丝。自今幽兴熟一作自逢今日兴，来往亦无期。

颇怪朝参懒，应耽野趣长。雨抛金锁甲，苔卧绿沈枪。手自移蒲柳，家才足稻粱。看君用幽意，白日到羲皇。

到此应常宿，相留可判年。蹉跎暮容色一作鬓，怅望好林泉。何路一作日沾微禄，归山买薄田。斯游一作终身恐不遂，把酒意茫然。

冬日有怀李白

寂寞书斋里，终朝独尔思。更寻嘉树传，不忘角弓诗。短一作桓褐风霜入，还丹日月迟。未因乘兴去，空有鹿门期。

杜位宅守岁

位出襄阳房，官考功员外郎、湖州刺史。后因李林甫诸婿，贬新州。甫又有寄从弟位诗云：近闻宽法离新州，是也。

守岁阿戎一作咸。《通鉴》注：晋、宋间人多呼弟为阿戎。家，椒盘已颂花。盍簪喧枥马，列炬散林鸦。四十明朝过，飞腾暮景斜。谁能更拘束，烂醉是生涯。

与鄠县源大少府宴渼陂 得寒字

应为西陂好，金钱罄一餐。饭抄云子碎云母，比米之白。白，瓜嚼水精寒。无计回船下，空愁避酒难。主人情烂熳，持答翠琅玕。

崔驸马山亭宴集 京城东有崔惠童驸马山池

萧史幽栖地，林间蹋凤毛。洑流何处入，乱石闭门高。客醉挥金碗，诗成得绣袍。清秋多宴会一作赏乐，终日困香醪。

九日杨奉先会白水崔明府

今日潘怀县潘岳，同时陆浚仪陆云。坐开桑落酒，来把菊花枝。天宇清霜净，公堂宿雾披。晚酣留客舞，凫舄共差池一作参差。

赠翰林张四学士 垍

翰林逼华盖，华盖九星，蔽覆帝座。鲸力破沧溟。天上张公子，宫中汉客星。汉成帝每与张放微行，称富平侯家，故童谣曰：张公子，时相见。徐陵诗：张星旧在天河上。赋诗拾翠殿，佐酒望云亭。紫诰仍兼绾，黄麻似六经。内分一作颁金带赤，恩与荔枝青。无复随高凤，空馀泣聚萤。此生任春草，垂老独漂萍。倘忆山阳会，悲歌在一听。

送张二十参军赴蜀州因呈杨五侍御

好去张公子，通家别恨添。两行秦树直，万点一作朵蜀山尖。御史新骢马，参军旧紫髯。皇华吾善处，于汝定无嫌。

陪诸贵公子丈八沟携妓纳凉晚际遇雨二首 下杜城西有第五桥、丈八沟。

落日放船好,轻风生浪迟。竹深留客处,荷净纳凉时。公子调冰水,佳人雪藕丝。片云头上黑,应是雨催诗。

雨来沾席上,风急一作恶打船头。越女红裙湿,燕姬翠黛愁。缆侵堤柳系,幔宛一作卷浪花浮。归路翻萧飒,陂塘五月秋。

白水明府舅宅喜雨 得过字

吾舅政如此,古人谁复过。碧山晴又湿,白水雨偏多。精祷既不昧,欢娱将谓何。汤年旱颇甚,今日醉弦歌。

陪李金吾花下饮

胜地初相引,余一作徐行得自娱。见轻吹鸟毳,随意数花须。细草称偏一作偏称坐,香醪懒再酤。醉归应犯夜,可怕李金吾。

赠高式颜

昔别是一作人何处,相逢皆老夫。故人还寂寞,削迹共艰虞。自失论文友,空知卖酒垆。平生飞动意,见尔不能无。

赠比部萧郎中十兄 原注:甫从姑子也。

有美生人杰,由来积德门。汉朝丞相系,梁日帝王孙。蕴藉为郎久,魁梧秉哲尊。词华倾后辈,风雅蔼孤骞。宅相荣姻戚,儿童惠讨论。见知真自幼,谋拙丑一作愧诸昆。漂荡云天阔,沈埋日月奔。致君时已晚,怀古意空存。中散山阳锻,愚公野谷杜山北有愚公谷村。宁纡长者辙,归老任乾坤。

九 日 曲 江

缀席茱萸好,浮舟菡萏衰。季秋时欲半一作百年秋已半,九日意兼悲。
江水清源曲,荆门此路疑。晚来一作年高兴尽,摇荡菊花期。

承沈八丈东美除膳部员外阻
雨未遂驰贺奉寄此诗 东美乃佺期之子

今日西京掾,多除内省郎。原注:府掾四人,同日拜郎。通家惟沈氏,谒
帝似冯唐。诗律群公问,儒门旧史长。清秋便寓直,列宿顿辉光。
未暇申宴一作安慰,含情空激扬。司存何所比,膳部默凄伤。原注:甫
大父昔任此官。贫贱人事略,经过霖潦妨。礼同诸父长,恩岂布衣忘。
天路牵骐骥,云台引栋梁。徒怀贡公喜,飒飒鬓毛苍。

奉留赠集贤院崔于二学士 国辅、休烈。

昭代将垂白,途穷乃叫阍。气冲星象表,词感帝王尊。天老黄帝以
天老配中台书题目,春官验讨论。倚风遗鹢路,随水到龙门。竟与蛟
螭杂,空闻一作宁闻,一作宁无燕雀喧。青冥犹契阔一作连溅洞,陵厉不一
作小飞翻。儒术诚难起,家声庶已存。故山多药物,胜概忆桃源。
欲整还乡旆,长怀禁掖垣。谬称三赋在,难述二公恩。原注:甫献《三
大礼赋》出身,二公常谬称述。

故武卫将军挽歌三首

严警当寒夜,前军落大星。壮夫思感一作敢决,哀诏惜精灵。王者
今无战,书生已勒铭。封侯意疏阔,编简为谁青。
舞剑过人绝,鸣弓射兽能。铦锋行惬顺,猛噬失跻腾。赤羽一作雨
千夫膳,黄河十月冰。横行沙漠外,神速至今称。

哀挽青门去,新阡绛水遥。路人纷雨泣,天意飒风飘。部曲精仍锐,匈奴气不骄。无由睹雄略,大树日萧萧。

官定后戏赠 原注:时免河西尉,为右卫率府兵曹。

不作河西尉,凄凉为折腰。老夫怕趋走,率府且逍遥。耽酒须微禄,狂歌托圣朝。故山归兴尽,回首向风飙。

九日蓝田崔氏庄

老去悲秋强自宽,兴来今一作终日尽君欢。羞将短发还吹帽,笑倩旁人为正冠。蓝水远从千涧落,玉山高并两峰寒。明年此会知谁健一作在,醉一作再把茱萸子细看。

崔氏东山草堂

爱汝玉山草堂静,高秋爽气相一作多鲜新。有时自发钟磬响,落日更见渔樵人。盘剥白鸦谷谷在县东南二十里口栗,饭煮青泥坊县有青泥驿底芹一作莼。何为西庄王给事,柴门空闭锁一作好松筠。王维官给事中,晚筑辋川别业,后舍为清源寺。

对 雪

战哭多新鬼,愁吟独老翁。乱云低薄暮,急雪舞回风。瓢弃一作弄尊无绿,炉存火似红。数州消息断,愁坐正书空。

月 夜

今夜鄜州月,闺中只独看。遥怜小儿女,未解忆长安。香雾云鬟湿,清辉玉臂寒。何时一作当倚虚幌,双照泪痕干。

遣　兴

骥子_{宗武}小字好男儿,前年学语时。问知人客姓,诵得老夫诗。世乱怜渠小,家贫仰母慈。鹿门携不遂_{一作有处},雁足系难期_{一作鸟道去无期}。天地军麾满,山河战角悲。倪_{一作东}归免相失,见日_{一作尔}敢辞迟。

元日寄韦氏妹

近闻韦氏妹,迎在汉钟离。郎伯殊方镇,京华旧国移。春城回北斗,郢树发南枝。不见朝正使,啼痕满面垂。

春　望

国破山河在,城春草木深。感时花溅泪,恨别鸟惊心。烽火连三月,家书抵万金。白头搔更短,浑欲不胜簪。

忆幼子 _{原注:字骥子,时隔绝在鄜州。}

骥子春犹隔,莺歌暖正繁。别离惊节换,聪慧_{一作惠}与谁论。涧水空山道,柴门老树村。忆渠愁只_{一作即}睡,炙背俯晴轩。

一百五日夜对月

无家对寒食,有泪如金波。斫却_{一作折尽}月中桂,清光应更多。仳_{一作披}离放红蕊,想像嚬青蛾。牛女漫愁思,秋期犹渡河。

全唐诗卷二二五

杜　甫

喜达行在所三首 原注：自京窜至凤翔。

西忆岐阳信，无人遂却回。眼穿当一作看落日，心死著寒灰。雾一作茂树行相引，莲峰一作连山望忽一作或开。所亲惊老瘦，辛苦贼中来。

愁一作秋思胡笳夕，凄凉汉苑春。生还今日事，间道暂时人。司隶章初睹，南阳气已新。喜心翻倒极，鸣咽泪一作涕沾巾。

死去凭谁报，归来始自怜。犹瞻太白雪，喜遇武功天。影静千官一作门里，心苏七校前。今朝汉社稷，新数中兴年。

得　家　书

去凭游客寄一作休汝骑，来为附家书。今日知消息，他乡且旧居。熊儿宗文小名幸无恙，骥子最怜渠。临老羁孤极，伤时会合疏。二毛趋帐殿，一命侍鸾舆。北阙妖氛满，西郊白露初。凉风新过雁，秋雨欲生鱼。农事空山里，眷言终一作终篇言荷锄。

奉赠严八阁老

唐两省相呼为阁老。时严武为给事中，属黄门省。

扈圣一作扈从，一作今日。登黄阁，明公独妙年。蛟龙得云雨，雕鹗在秋天。客礼容疏放，官曹可一作许接联。新诗句句好，应任老夫传。

奉送郭中丞兼太仆卿充陇右节度使三十韵 郭英乂

诏发西山一作山西将，秋屯一作营陇右兵。凄凉馀部曲，焯一作烜赫旧家声。英乂父知运都督陇右，威震西陲。雕鹗乘时去，骅骝顾主鸣。艰难须一作思上策，容易即前程。斜日当轩盖，高一作归风卷旆旌。松悲天水冷，沙乱雪山清。和房犹怀惠，防边不一作讵敢惊。古来于异域，镇静示一作得专征。燕蓟奔封豕，周秦触骇鲸。中原何惨黩，馀一作遗孽尚纵横。箭入昭阳殿，笳吟细柳营。内人宜春院女妓谓之内人红袖泣一作短，王子白衣行。宸极祅一作妖星动一作大，园陵一作林杀气平。空馀金碗出，无复穗帷轻。毁庙天飞雨，焚宫火彻明。罘罳织丝为罗网之状，以盖宫殿檐户间。朝共落，枪枪木似梗桷夜同倾。三月师逾整，群胡一作凶势就烹。疮痍一作恭承亲接战，勇决一作馀勇冠垂成。妙誉期元宰，殊恩且列卿。几时回节钺，戮力扫欃枪彗星。圭窦一作蓬户三千士，云梯七十城。耻非齐说客，只一作甘似鲁诸生。通籍微班忝，周行独坐荣。随肩趋漏刻，短发寄一作愧簪缨。径欲依刘表，还疑一作能无厌祢衡。渐衰那一作宁此别，忍泪独含情。废邑狐狸语，空村虎豹争。人频坠涂炭，公岂忘精诚。元帅调新律一作鼎，前军压旧京。安边仍扈从，莫作一作无使后功名。

送杨六判官使西蕃

送远秋风落，西征海气寒。帝京氛祲满，人世别离难。绝域遥怀怒，和亲愿结欢。敕书怜赞普，兵甲望长安。宣命一作令前程急，惟良待士宽。子云清自守，今日起为官。垂泪方投笔，伤时即据鞍。儒衣山鸟怪，汉节野童看。边酒排金盏一作碗，夷歌捧玉盘。草轻一作肥蕃马健,雪重拂庐干。慎尔参筹画,从兹正羽翰。归来权可取,九万一朝抟。

月

天上秋期近,人间月影清。入河蟾不没,捣药兔长生。只益丹心苦,能添白发明。干戈知满地一作道,休照国西营。

留别贾至严武二阁老两院

补阙得云字。一作两院遗补诸公得闻字。

田园须暂往一作住,戎马惜离群。去远留诗别,愁多任酒醺。一秋常苦雨,今日始无云。山路时一作晴吹角一作笛,那堪处处闻。

晚行口号

三川不可到,归路晚山稠。落雁浮寒水,饥乌集戍楼。市朝今日异,丧乱几时休。远愧梁江总,还家尚黑头。

独酌成诗

灯花何太喜,酒绿一作色正相亲。醉里从为客,诗成觉有神。兵戈犹在眼,儒术岂谋身。共一作苦被微官缚,低头愧野人。

行次昭陵

唐太宗昭陵在醴泉县九嵕山西北。时甫诏许之鄜州视家,道里所经。

旧俗疲庸主,群雄问独夫。谗归龙凤质,威定虎狼都。天属尊尧典,唐高祖谥神尧,以其传位如让禅也。神功协禹谟。风云随绝一作逸足,日月继一作享高衢。文物多师古,朝廷半老儒。直词宁戮辱,贤路不崎岖。往者灾犹降，苍生喘未苏。指麾安率土，荡涤抚洪炉。壮士悲陵邑，幽人拜鼎湖。玉衣晨自举，铁一作石马汗常趋。潼关之战，贼兵时见黄旗军掠阵，是日奏昭陵前石人马俱流汗。松柏瞻虚一作灵殿，尘沙立暝一作暗途。寂寥开国日，流恨满山隅。

重 经 昭 陵

草昧英雄起，讴歌历数归。风尘三尺剑，社稷一戎衣。翼亮贞文德，丕承戢武威。圣图天广大，宗祀日光辉。陵寝盘空曲，熊罴守翠微。再窥松柏路，还见一作有五云飞。

喜闻官军已临贼境二十韵

胡虏一作骑潜京县，官军拥贼壕。鼎鱼犹假息，穴蚁欲何逃。帐殿罗玄冕，辕门照白袍。秦山当警跸，汉苑入旌旄。路失一作湿羊肠险，云横雉尾高。五原毕、白鹿、少陵、高阳、细柳。空壁垒，八水灞、浐、泾、渭、沣、镐、涝、潏。散风涛。今日看天意，游魂贷尔曹。乞降那更得，尚诈莫徒劳。元帅归龙种，司空郭子仪握一作拥豹韬。前军一作旌，李嗣业。苏武节，左将仆固怀恩吕虔刀。兵气回飞鸟，威声没巨鳌。戈铤开雪色，弓矢尚一作向秋毫。天步艰方尽，时和运更遭。谁云遗一作贵毒螫一作虿，已是沃腥臊。睿想一作思丹墀近，神行羽卫牢。花门腾绝漠，拓一作柘羯西域呼虏健者为拓羯渡临洮。此辈感恩至，羸俘何足操。锋先衣染血，骑突剑吹毛。喜觉都城动，悲怜一作连子女号。家家卖钗钏，只待献春醪。至德二载九月丁亥，广平王将朔方等军，及回纥、西域之众十五万发凤翔。癸卯，大军入西京。甲辰，捷书至凤翔。

收 京 三 首

仙仗离丹极，妖星照玉除。须为下殿走，不可好楼居。一作得非群盗起，难作九重居。暂屈汾阳驾，《庄子》:尧见四子于汾水之阳，窅然丧其天下。聊飞燕将书。依然七庙略，更与万方初。

生意甘衰白，天涯正寂寥。忽闻哀痛诏，又下圣明朝。羽翼怀一作惭商老，文思忆帝尧。叨逢罪己日，沾洒一作洒涕望青霄。钱谦益曰：收京时，上皇在蜀。诰定行日，肃宗汲汲御丹凤楼下制，故曰"忽闻哀痛诏，又下圣明朝"。灵武诸臣争夸拥立之功，至有蜀郡、灵武功臣之目，故以"商老""羽翼"刺之。明皇内禅，故目之曰帝尧。肃宗已即大位，而用商老故事，则仍以东朝目之也。

汗马收宫阙，春城铲贼壕。赏应歌杕杜，归及荐樱桃。杂虏横戈数一作槊，功臣甲第高。万方频一作同送喜，无乃圣躬劳。

腊 日

腊日常一作年年暖尚遥，今年腊日冻全消。侵陵雪色还萱草，漏泄春光有一作是柳条。纵酒欲谋良一作长夜醉，还一作归家初散一作放紫一作北宸朝。口脂面药随恩泽，景龙中，腊日赐近臣口脂面药。翠管银罂下九霄。

紫宸殿退朝口号

户外昭容紫袖垂，双瞻御座引朝仪。宫人引导，至天祐间始革。香飘合殿春风转，花覆千官淑景移。昼漏希一作声闻高阁报，天颜有喜近臣知。宫中每出归东省，会送夔龙集一作到凤池。

曲 江 二 首

一片花飞减却春，风飘万点正愁人。且看欲尽花经一作惊眼，莫厌伤多酒入唇。江上小堂一作棠巢翡翠，花一作苑，即芙蓉苑。边高冢卧麒麟。细推物理须行乐，何用一作事浮名一作荣绊此身。

朝回日日典春衣，每日江头尽醉归。酒债寻常八尺曰寻，倍寻曰常。行处有，人生七十古来稀。穿花蛱蝶深深见一作舞，点水蜻蜓款款一作缓缓飞。传语风光共流转，暂时相赏莫相违。

曲江对酒

苑外江头坐不归,水精春_{一作宫殿}转霏微。桃花细逐杨花落_{一作欲共}梨花语,黄鸟时_{一作仍}兼白鸟飞。纵饮久判人共弃,懒朝真与世相违。吏_{一作含}情更觉沧洲远,老大悲伤未拂衣。

曲江对_{一作值}雨

城上春云覆苑墙,江亭晚色静年_{一作天}芳。林花著雨燕脂落_{一作湿},水荇牵风翠带长。龙武新军深_{一作经}驻辇,芙蓉别殿谩焚香。何时诏_{一作重}此金钱会,暂_{一作烂}醉佳人锦瑟旁。钱谦益曰:此亦怀上皇南内之诗也。玄宗用万骑军以平韦氏,改为龙武军,亲近宿卫于兴庆宫南楼。每置酒眺望,必由夹城以达曲江芙蓉苑。今深居南内,昔日之驻辇游幸,皆不可得,金钱之会,亦无复开元之盛矣。

奉和贾至舍人早朝大明宫

贾至,洛阳人,与父曾俱为中书舍人。

五夜漏声催晓箭,九重_{一作天}春色醉仙桃。旌旗日暖龙蛇动,宫殿风微燕雀高。朝罢香烟携满袖,诗成珠玉在挥毫。欲知世掌丝纶美,原注:舍人先世尝掌丝纶。池上于_{一作如}今有_{一作得}凤毛。

宣政殿退朝晚出左掖 _{掖门在两旁,如人之臂掖。}

天门日射黄金榜,春殿晴曛_{一作熏}赤羽旗。宫草微微_{一作霏霏}承委佩,炉烟细细驻游丝。云近蓬莱常好_{一作五色},雪残鸤鹊观名亦多时。侍臣缓步归青琐,退食从容出每迟。

题省中院壁 一本无院字

掖垣竹埤梧十寻,洞门对霤一作雪常阴阴。落花游丝白日静,鸣鸠乳燕青春深。腐儒衰晚谬通籍,退食迟回违寸心。衮职曾无一字补,许身愧比双南金。

春 宿 左 省

花隐掖垣暮,啾啾栖鸟过。星临万户动,月傍九霄多。不寝一作寐听金钥一作锁,因风想玉珂。明朝有封事,数问夜如何。

送翰林张司马一作学士南海勒碑 原注:相国制文。

冠冕通南极,文章落上台。诏从三殿一作天上去,碑到百蛮开。野馆浓一作秾花发,春帆细雨来。不知沧海上一作使,天遣几时回。

晚 出 左 掖

昼刻传呼浅,春旗簇仗齐。退朝花底散,归院柳边迷。楼雪融城湿,宫云去殿低。避人焚谏草,骑马欲鸡栖。

曲江陪郑八丈南史饮

雀啄江头黄一作杨柳花,鸂鶒鸂鶒满晴沙。自知白发非春事,且尽芳尊恋物华。近侍即今难浪迹,此身那得更无家。丈人文一作才力犹强健,岂傍青门学种瓜。

送贾阁老出汝州

西掖梧桐树,空留一院阴。艰难归故里,去住损春心。宫殿青门隔,云山紫逻深。人生五马贵,莫受二毛侵。

郑驸马池台喜遇郑广文同饮

不谓生戎马,何知共酒杯。然脐郿坞败,握一作秃节汉臣回。白发
千茎雪,丹心一寸一作片灰。别离经死一作此地,披写忽登台。重对
秦箫发,俱过阮宅一作巷来。留连一作醉留春夜舞一作席,一作苑夜,泪落
强一作更,一作舞泪落。裴回。

送郑十八虔贬台州司户伤其临
老陷贼之故阙为面别情见于诗

郑公樗散鬓成一作如丝,酒后常称老画师。万里伤心严谴日,百年
垂死中兴时。苍惶一作伶俜已就长途往,邂逅无端出钱迟。便与先
生应永诀,九重泉路一作下尽交期。

题郑十八著作虔 一作丈

台州地阔一作僻海冥冥,云水长和岛屿青。乱后一作缱绻故人双别
泪,春深一作飘飖逐客一浮萍。酒酣懒舞谁相拽,诗罢能吟不复听。
第五桥东流恨水,皇陂岸北结愁亭。贾生对鵩伤王傅,苏武看羊陷
贼庭。可念此翁一作心,一作公。怀一作常直道,也沾新国用轻刑。祢
衡实恐遭江夏,方朔虚传是岁星。穷巷悄然一作一朝车马绝,案头
干死读书萤。

端午日赐衣

宫衣亦有名,端午被恩荣。细葛含风软,香罗叠雪轻。自天题处
湿,当暑著来清。意内称一作恰称身长短,终身荷圣情。

赠毕四 曜

才大今诗伯,家贫苦宦卑。饥寒奴仆贱,颜状老翁为。同调嗟谁惜,论文笑自知。流传江鲍体,相顾免无儿。

酬孟云卿

乐极伤头白,更长一作深爱烛红。相逢难一作虽衮衮,告别莫匆匆。但恐天河落,宁辞酒盏空。明朝牵世务,挥泪各西东。

奉赠王中允 维

中允声名久,如今契阔深。共传收庾信,侯景乱,庾信奔江陵。元帝承制,除为御史中丞。不比得陈琳。明皇云:从贼之臣,毁谤朝廷,如陈琳之檄曹操者多矣。王维独愤痛赋秋槐落叶诗,故曰不当比之陈琳也。一病维陷贼时,诈称喑疾。缘明主,三年独此心。穷愁应有作,试诵白头吟。

奉陪郑附马韦曲二首

韦曲花无赖,家家恼杀人。绿尊虽一作须尽日,白发好禁一作伤春。石角钩衣破,藤枝一作萝,一作梢。刺眼新。何时占丛竹,头戴小乌巾。

野寺垂杨里,春畦乱水间。美花多映竹,好鸟不归山。城郭终何事,风尘岂驻颜。谁能共公子,薄暮欲俱还。

奉答岑参补阙见赠

窈窕清禁闼一作闱,罢朝归不同。君随丞相后,我往一作住日华东。冉冉柳枝碧,娟娟花蕊红。故人得佳句,独一作犹赠白头翁。

送许八拾遗归江宁觐省甫昔时尝客游此
县于许生处乞瓦棺寺维摩图样志诸篇末

诏许一作天语辞中禁，慈颜一作家荣赴一作拜北堂。圣朝新孝理，祖席一作行子倍辉一作恩光。内一作赠帛擎偏重，宫衣著更香。淮阴清一作新夜驿，京口渡江航。春隔鸡人昼，秋期燕子凉。赐书夸父老，寿酒乐城隍。一作竹引趋庭曙，山添扇枕凉。十年过父老，几日赛城隍。看画曾饥渴，追踪恨一作限淼茫。虎头金粟影，神妙独难忘。

因许八奉寄江宁旻上人

不见旻公三十年，封书寄与泪潺湲。旧来好事今能否，老去新诗谁与一作为传。棋局动随寻一作幽涧竹，袈裟忆上泛湖船。闻君话我为官在，头白昏昏只醉眠。

至德二载甫自京金光门出问一作间
道归凤翔乾元初从左拾遗移华州
掾与亲故别因出此门有悲往事

此道昔归顺，西郊胡正一作骑繁。至今残破胆，应一作犹有未招魂。近得一作侍归京邑，移官岂一作远至尊。无才日衰老，驻马望千门。

寄高三十五詹事 適　以淮南
节度为李辅国所短，除太子詹事。

安稳高詹事，兵戈久索居。时来如一作知宦达，岁晚莫情疏。天上多鸿雁，池一作河中足鲤鱼。相看过半百，不寄一行书。

路逢襄阳杨少府入城戏呈杨员外绾

原注:甫赴华州日,许寄员外茯苓一本,戏题四韵附呈,许员外为求茯苓。

寄语杨员外,山寒少茯苓。归来稍暄—作候和暖,当为劚青冥。翻动—作倒神仙—作龙蛇窟,封题鸟兽形。兼将老藤杖,扶汝醉初醒。

题郑县亭子 郑县游春亭在西溪上,一名西溪亭。

郑县亭子涧之滨,户牖凭高发兴新。云断岳莲临大路—作道,天晴—作清宫—作官柳暗长春。巢边野雀—作鹊群欺燕,花底山蜂远趁人。更欲题诗满青竹,晚来幽独恐伤神。

早秋苦热堆案相仍 原注:时任华州司功。

七月六日苦炎热—作蒸,对食暂餐还不能。每—作常愁夜中—作来自足蝎,况—作仍乃秋后转多蝇。束带发狂欲大叫,簿书何急来相仍。南望青松架短—作绝壑,安得—作能赤脚蹋层冰。

望　岳

西岳崚嶒—作危棱竦处尊,诸峰罗立—作列如—作似儿孙。安得仙人九节杖,汉武帝登少室,见一女子以九节杖指日,闭目食日精。拄到玉女洗头盆。华山玉女祠前有五石缸,名玉女洗头盆。车箱入谷无归—作回路,箭栝—作阁,一作嶻,一作筈。按《韵会》,栝与筈、括俱通。通天有一门。稍待西—作秋风凉冷后,高寻白帝白帝治西岳问真源。

至日遣兴奉寄北省旧阁老
两院故人 —作〔遗补〕(补遗)二首

去岁兹辰捧御床,五更三点入鹓行。欲知趋走伤心地,正想氛氲满眼香。无路从容陪语笑,有时颠倒著衣裳。何人错忆一作却认穷愁日,愁日一作日日愁随一线长。

忆昨逍遥供奉班,去年今日侍龙颜。麒麟不动炉烟上一作转,孔雀徐开扇影还。玉几一作座由来天北极,朱衣只在殿中间。孤城此日堪肠断,愁对寒云雪一作白满山。

得弟消息二首

近有平阴信,遥怜舍弟存。侧身千里道,寄食一家村。烽举新酣战,啼垂旧血痕。不知临老日,招得几人一作时魂。

汝懦归无计,吾衰往未期。浪传乌鹊喜,深负鹡鸰诗。生理何颜面,忧端且岁时。两京三十口,虽在命如丝。

忆弟二首 原注:时归在南陆浑庄。

丧乱闻吾弟,饥寒傍济州。人稀吾一作书不到,兵在见何由。忆昨狂催走,无时病去忧。即今千种恨,惟共水东流。

且喜河南定,不问邺城围。百战今谁在,三年望汝归。故园花自发,春日鸟还飞。断绝人烟久,东西消息稀。

得舍弟消息

乱后谁归得,他乡胜故乡。直一作若为心厄苦,久念一作得与一作汝存亡。汝书犹在壁,汝妾一作室已辞房。旧犬知愁恨,垂头傍我床。

秦州杂诗二十首

满目悲生事,因人作远游。迟回度陇怯,浩荡及一作入关愁。水落鱼龙汧水出小陇山,东北流成渊,名鱼龙水。夜,山空一作通鸟鼠鸟鼠同穴,故名,在渭源县西。秋。西征问烽火,心折此淹留。

秦州山一作城北寺，胜迹一作传是隗嚣宫。苔藓山门古一作故，丹青野殿空。月明垂叶露，云逐渡溪风。清渭无情极，愁时独向东。

州图领同谷，驿道出流沙。降虏兼千帐，居人有万家。马骄珠一作朱汗落，胡舞白蹄一作题斜。白题国，以白罢其首，舞则头偏，故云。年少临洮子一作至，西来亦自夸。

鼓角缘边郡，川原欲夜时。秋听殷地发，风散入云悲。抱叶寒蝉静，归来一作山独鸟迟。万方一作年声一概，吾道竟何之。

南使宜天马，由来万匹强。浮云连阵没，秋草遍一作满山长。闻说真龙种，仍残一作空馀老骕骦。哀鸣思战斗，迥立向苍苍。

城上胡笳奏，山边汉节归。防河赴沧海，奉诏发金微一作徽。士苦形骸黑，旌一作林疏鸟兽稀。那闻一作堪往来戍，恨解邺城围。

莽莽万重山，孤城山一作石谷间。无风云出塞，不夜月临关。属国归何晚，楼兰斩未还。烟尘独一作一长望，衰飒正摧一作催颜。

闻道寻源使，从天此路回。牵牛去几许，宛马至今来。一望幽燕隔，何时郡国开。东征健儿尽，羌笛暮吹哀。

今日明人眼，临池好驿亭。丛篁低地碧，高柳半天青。稠叠多幽事，喧呼阅使星。老夫如有此，不异在郊坰。

云气接昆仑，涔涔塞雨繁。羌童看渭水，使一作估客向一作尚河源。烟火军中幕，牛羊岭上村。所居秋草净，正闭小蓬门。

萧萧古塞冷，漠漠秋云一作风低。黄鹄翅垂雨，苍鹰饥啄泥。蓟门谁自北，汉将独征西。不意书生耳一作眼，临衰厌一作见鼓鼙。

山头南一作东郭寺，水号北流泉。老树空庭得，清渠一邑传。秋花危石底，晚景卧钟边一作前。俯仰悲身世，溪风为飒一作肃然。

传道东柯谷，在秦州东南五十里，有杜甫祠，即甫寓居侄佐草堂也。深藏数十家。对门藤盖瓦，映竹水穿沙。瘦地翻宜粟，阳坡可种瓜。船人近相报，但恐失桃花。

万古仇池穴,潜通小有天。神鱼人一作今不见,福地语真传。近接西南境,长怀十九泉。何时一作当一茅屋,送老白云边。

未暇泛沧海,悠悠兵马间。塞门风一作风寒落木,客舍雨连山。阮籍行多兴,庞公隐不还。东柯遂疏懒一作放,休镊鬓毛斑。

东柯好崖谷,不与众峰群。落日邀双鸟,晴天养一作卷片云。野人矜一作吟险绝,水竹会平分。采药吾将老,儿童未遣闻。

边秋阴易久一作夕,不复辨晨光。檐雨乱淋幔,山云低度墙。鸬鹚窥浅井,蚯蚓上深一作高堂。车马何萧索,门前百草长。

地僻秋将尽,山高客一作夜未归。塞云多断续,边日少光辉。警急烽常报,传闻一作声檄屡飞。西戎外甥国,何得迕一作近天威。

凤林属河州戈未息,鱼海在河州西路常难。候火云烽一作峰峻,悬军幕一作暮井干。风连西极动,月过北庭寒。故老思飞将,何时一作人议筑坛。

唐尧真自圣,野老复何知。晒药能无妇,应门幸一作亦有儿。藏书闻禹穴,读记忆一作悟仇池。为报鸳行旧,鹪鹩在一枝。

月夜忆舍弟

戍鼓断人行,秋边一作边秋一雁声。露从今夜白,月是故乡明。有弟皆分散一作羁旅,无家问死生。寄书长不避一作达,况乃未休兵。

宿赞公房 原注:京中大云寺主,谪此安置。

杖锡何来此一作久,秋风已飒然。雨荒深院菊,霜倒半池莲。放逐宁违一作亏性,虚空不离禅。相逢成夜宿,陇月向人圆。

东　楼

万里流沙道,西征一作行,一作征西。过北一作此门。但一作俱添新一作征战骨,不返旧征一作死生魂。楼角临风迥,城阴带水一作雨昏。传声看驿使,送节向河源。

雨　晴 一作秋霁

天水一作外,一作际,一作永。秋云薄,从西万里风。今朝好晴景,久雨不妨农。塞一作岸柳行疏翠,山梨结小红。胡笳楼上发,一雁入高空。

寓　目

一县蒲萄熟,秋山苜蓿多。关云常带雨,塞水不成河。羌女轻一作摇烽燧,胡儿制一作掣骆驼。自伤迟暮眼,丧乱饱经过。

山　寺

野寺残僧少,山园细路高。麝香眠石竹,鹦鹉啄金桃。乱石一作水通人过,悬崖置屋牢。上方重阁晚,百里见秋一作纤毫。

即　事

乾元二年,回纥从郭子仪战相州,不利,奔还西京。四月,回纥死,欲以宁国公主殉葬,因无子得归。

闻道花门破,和亲事却非。人怜汉公主,生得渡河归。秋思抛云髻一作鬓,腰支胜一作剩宝衣。群凶犹索战,回首意多违。

遣　怀

愁眼看霜露,寒城菊自花。天风随断柳,客泪堕清一作晴笳。水净楼一作城阴直,山昏塞日斜。夜来归鸟尽,啼杀后栖鸦。

天　河

常时任显晦,秋至辄一作最,一作转。分明。纵被微云掩,终能一作当,一作输。永夜清。含星动双阙,伴月照边城。牛女年年渡,何曾风浪生。

初　月

光细一作常时弦岂一作初,一作欲。上,影斜轮未安。微升古一作紫塞一作堞外,已隐暮云端。河汉不改色,关山空自寒。庭前有白露,暗满菊花团一作阑。

归　燕

不独避霜雪,其如俦侣稀。四时无失序,八月自知归。春色岂相访一作误,众雏还识机。故巢傥未毁,会傍主人飞。

捣　衣

亦知戍不返,秋至拭清砧。已近苦一作暮寒月,况经一作惊长别心。宁辞捣熨一作衣倦,一寄塞垣深。用尽闺中力,君听空外音。

促　织

促织甚微细,哀音一作声何动人。草根吟一作冷不稳,床下夜一作意相亲。久客得无泪,放一作故妻难及晨。悲丝一作弦与急管,感激异天真。

萤　火

幸因腐草出,敢近太阳飞。未足临书卷,时能点客衣。随风隔幔小，带雨傍林微。十月清霜重，飘零何处归。

蒹葭

摧折不自守一作与，秋风吹若何。暂时花戴一作载雪，几处一作堕水叶沉波。体弱春风一作甲，一作苗早，丛长夜露多。江湖后摇落，亦一作只恐岁蹉跎。

苦竹

青冥亦自守，软弱强扶持。味苦夏虫避，丛卑春鸟疑。轩墀曾不重，剪伐欲一作亦无辞。幸近幽人屋，霜根结在兹。

除架

束薪已零落，瓠叶转一作卷萧一作相疏。幸结白花了，宁辞青蔓除。秋虫声不去，暮雀意何如。寒事今牢落，人生亦有初。

废畦

秋蔬拥霜露，岂敢惜凋残。暮景数枝叶，天风吹汝寒。绿沾泥滓尽，香与岁时阑。生意春如昨，悲君白玉盘。

夕烽

夕烽来不近一作止，一作明照灼，每日一作了了报平安。塞上传光一作声小，云边落一作数点残。照秦通警急，过陇自艰难。一作焰销仍再灭，烟迥不胜寒。闻道一作恐照蓬莱殿，千门立马看一作城中儿道看。

秋笛

清商欲尽奏，奏苦血沾衣。他日伤心极，征人白骨归。相逢恐恨过,故作发声微。不见秋云动,悲风稍稍飞。

送　远

带甲满天地,胡为君远行。亲朋尽一哭,鞍马去孤城。草木岁月
晚,关河霜雪清。别离已昨日,因见古人情。

观　兵

北庭送壮士,貔虎数尤多。精锐旧无敌,边隅今若何。妖氛拥白
马,元帅待雕戈。莫守邺城下,斩鲸辽海波。乾元元年十月,郭子仪等九
节度围相州。明年三月,史思明来援,战于城下,官军溃而围解。初李光弼欲与朔方军
同逼魏城,围史思明,得旷日持久,则邺城必拔,鱼朝恩不可而止。诗谓不当困守邺城,
老师乏馈,以致援师之至也。

不　归

河间尚征一作战伐,汝骨在空城。从弟人皆有,终身恨不平。数金
怜俊迈,总角爱聪明。面上三年土,春一作秋风草一作吹又生。

天末怀李白

凉风起天末,君子意如何。鸿雁几时到,江湖秋水多。文章憎命
达,魑魅喜人过。应共冤魂语,投诗赠汨罗。

独　立

空外一鸷鸟,河间双白鸥。飘飖搏击便,容易往来游。草露亦多
湿,蛛丝仍未收。天机近人事,独立万端忧。

日　暮

日落风亦起,城头鸟一作乌尾讹。黄云高未动,白水已扬波。羌妇

语还哭一作笑,胡儿行且歌。将军别换一作上,一作换骏。马,夜出拥雕戈。

空　囊

翠柏苦犹食,晨一作明霞高一作朝可餐。世人共卤莽,吾道属艰难。不爨井晨冻,无衣床夜寒。囊空恐羞涩,留得一钱看。

病　马

乘尔亦已久,天寒关塞深。尘中老尽力,岁晚病伤心。毛骨岂殊众,驯良犹至今。物微意不浅,感动一沉吟。

蕃　剑

致一作至此自僻远,又非珠玉装。如何有奇怪,每夜吐光芒。虎气必腾趠一作上,龙身宁久藏。风尘苦未息,持汝奉明王。

铜　瓶

乱后碧井废,时清瑶殿深。铜瓶未失水,百丈有哀音。侧想美人意,应非一作悲寒甃沉。蛟龙半缺落,犹得折黄金。

观安西兵过赴关中待命二首

李嗣业以镇西北庭兵同郭子仪讨安庆绪,安西即镇西旧名也。

四一作西镇富精锐,摧锋皆绝伦。还闻献一作就士卒,足以静风尘。老马夜知道,苍鹰饥一作秋著人。临危经久战,用急一作意始一作使如神。

奇兵不在众,万马救中原。谈笑无河北,心肝奉至尊。孤云随杀气,飞鸟避辕门。竟日留欢一作观乐,城池未觉喧。

送 人 从 军

弱水应无地,阳关已近天。今君渡沙碛,累月断人烟。好武宁论命,封侯不计年。马寒防失道,雪没锦鞍鞯。

野　望

清秋望不极,迢递起曾阴。远水兼天净,孤城隐雾深。叶稀风更落,山迥日初沈。独鹤归何晚,昏鸦已满林。

示 佺 佐

原注:佐草堂在东柯谷。　佐出襄阳房,侍御史昕之子,官大理正。

多病秋风落,君来慰眼前。自闻茅屋趣,只想竹林眠。满谷山云起,侵篱涧水悬。嗣一作阮宗诸子佺,早觉仲容贤。

佐还山后寄三首

山晚浮一作黄云合,归时恐路迷。涧寒人欲到,村一作林黑鸟应栖。野客茅茨小,田家树木低。旧谙疏懒叔,须汝故相携。

白露黄粱熟,分张素有期。已应春得细,颇觉寄来迟。味岂同金一作甘菊,香宜配绿一作紫葵。老人他日爱,正想滑流匙。

几道泉浇圃,交横落慢一作幔坡。葳蕤秋叶少一作小,一作菜色,隐映野云多。隔沼连香芰,通林带女萝。甚闻霜薤白,重惠一作荐意如何。

从人觅小胡孙许寄

人说南州路,山猿树树悬。举家闻若骇一作共爱,为寄小如拳。预哂愁胡面,初一作何调见马鞭。许求聪慧一作惠者,童稚捧应癫。

秋日阮一作陈隐居致薤三十束

隐者柴门一作荆内，畦蔬绕舍秋。盈筐承露薤，不待致书求。束比青刍色，圆齐玉箸头。衰年关鬲冷，味暖并一作腹无忧。

秦州见敕一作除目薛三璩一作据授司议郎毕四曜除监察与二子有故远喜迁官兼述索居凡三十韵

大雅何寥阔一作廓，斯人尚典刑。交期余潦倒，材力尔精灵。二子声一作升同日，诸生困一经。文章开突一作奕奥一作隩，迁擢润朝廷。旧好何由展，新诗更忆听。别来头并白，相见眼终青。伊昔贫皆甚，同忧心一作岁不宁。栖遑分半菽，浩荡逐流萍。俗态犹猜忌一作忍，妖氛忽一作遂杳冥。独惭投汉阁，俱一作但议哭秦庭。还蜀只无补一作益，囚梁亦固扃。华夷相混合，宇宙一膻腥。帝力收三统，天威总四溟。旧都俄望幸，清庙肃惟馨。杂种虽一作难高垒一作壁，长驱甚建瓴。焚香淑景殿，涨水望云亭。法驾初还日，群公若会星。宫臣仍点染，柱史正零丁。官泠趋栖凤，朝回叹一作欲聚萤。唤人看骢衰，不嫁惜娉婷。掘剑知埋狱一作掘狱即埋剑，提刀见发硎。侏儒应共饱，渔父忌偏醒。旅泊穷清渭，长吟望浊泾。羽书还似急，烽火未全停。师老资残寇，戎生及近坰。忠臣辞愤激，烈士涕飘零。上一作小将盈边鄙，元勋溢鼎铭。仰思调玉烛，谁定握一作淬青萍。陇俗轻鹦鹉，原情类鹡鸰。秋风动关塞，高卧想仪形。

寄彭州高三十五使君适虢州岑二十七长史参三十韵

故一作古人何寂寞，今我独凄凉。老去才难一作虽尽，秋来兴甚长。

物情尤可见，辞客未能忘。海内知名士，云端各异方。高岑殊缓步，沈约鲍照得同一作周行。意惬关飞动，篇终接混茫。举天悲富嘉谟骆宾王，近代惜卢照邻王勃。似尔官仍贵，前贤命可伤。诸侯非弃掷，半刺别驾任居刺史之半，长史即别驾。已翱翔。诗好几时见，书成无信一作使将。男儿行处是，客子斗一作问身强。羁旅推贤圣，沈绵抵咎殃。三年犹疟疾，原注：时患疟疾。一鬼不一作未销亡。隔日搜脂髓，增寒抱雪霜。徒然潜隙地，有勎屡鲜妆二语皆时俗避疟事。何太龙钟极，于今出处妨。无钱居帝里，尽室在边疆。刘表虽遗恨，庞公至死藏。心微傍鱼鸟，肉瘦怯豺狼。陇草萧萧白，洮云片片黄。彭门一作天彭剑阁外，虢略鼎湖旁。荆玉簪头冷，巴笺染翰光。乌麻即胡麻蒸续晒，丹橘露应尝。岂异神仙宅，俱兼山水乡。竹斋烧药灶，花屿读书床。更得清新否，遥知对属忙。旧官宁改汉刺史本汉官，淳俗本归一作不离唐虢本晋地。济世宜公等，安贫亦士常。蚩尤终戮辱，胡羯漫猖狂。会待祅氛静一作灭，论文暂裹粮。

寄岳州贾司马六丈巴州
严八使君两阁老五十韵

衡岳啼猿里，巴州鸟道边。故人俱不利一作别，谪宦两悠一作茫然。开辟乾坤正一作大，荣枯雨露偏。长沙才子远，钓濑客星悬。忆昨趋行殿，殷忧捧御筵。讨胡愁李广，奉使待张骞。无复云台仗，虚修水战船。苍茫城七十，流落剑三千。画角吹一作歆秦晋一作塞，旌头俯涧瀍。小儒轻董卓，有识笑苻坚。浪作禽填海，那将血一作矢射天。万方思助顺，一鼓气无前。阴散陈仓北，晴熏太白巅。乱麻尸积卫，破竹势临燕。法驾还双阙，王师下八川。此时沾奉引，佳气拂周旋。貔虎开一作间金甲一作匣，麒麟受玉鞭。侍臣谙入仗，厩马解登仙。花动朱楼雪，城凝碧树烟。衣冠心惨怆，故老泪潺湲。

哭庙悲风急,朝正霁景鲜。月分梁汉米,春得一作给水衡钱。内蕊繁于缬,宫莎一作花软胜绵。恩荣同拜手,出入一作处最随肩。晚著华堂醉,寒重绣被眠。筲齐兼秉烛,书柱满怀笺。每觉升元辅,深期列大贤。秉钧方咫尺,铩翮再联翩。禁掖朋从改一作换,微班性命全。青蒲甘受一作就戮,白发竟谁怜。弟子贫原宪,诸生老伏一作服虔。师资谦未达,乡党敬何一作推先。旧好肠堪断,新愁一作秋眼欲穿。翠干危栈竹,红腻小湖一作池莲。贾笔论孤愤,严诗赋几篇。定知深意苦一作好,莫使众人传。贝锦无停织,朱丝有断弦。浦鸥防碎首,霜鹘不空拳。地僻昏炎瘴,山稠隘石泉。且将棋度日,应用酒为年。典郡终微眇,治中高宗初,改治中为司马。实弃捐。安排求傲吏,比兴展归田。去去才难得,苍苍理又玄。古人称逝矣,吾道卜终焉。陇外翻投迹,渔阳复控弦。笑为妻子累,甘与岁时迁。亲故行稀少,兵戈动接联。他乡饶梦寐,失侣自屯邅。多病加一作成淹泊,长吟阻静便。如公尽雄俊,志在必腾骞。一作公如尽忧患,何事负陶甄。

寄张十二山人彪三十韵

独卧嵩阳一作云客,三违颍水春。艰难随老母,惨澹向时人。谢氏寻山屐,陶公漉酒巾。群凶弥宇宙,此物在风尘。历下辞姜被,关西得孟邻。早通交契密,晚接道流新。静者心多妙一作好,先生艺绝伦。草书何太一作应甚苦,诗兴不无神。曹植休前辈,张芝更后身。数篇吟可老,一字买堪贫。将恐曾防寇,深潜一作情托所亲。宁闻倚门夕,尽力洁饔晨。疏懒为名误,驱驰丧我真。索居犹一作尤寂寞,相遇益悲一作酸,一作愁。辛。流转一作转徙依边徼,逢迎念席珍。时来故旧少,乱后别离频。世祖修高庙,文公赏从臣。商山犹入楚,源一作湍水不离一作知,一作流。秦。存想青龙秘,骑行白鹿驯。

耕岩非谷口,结草即一作欲河滨。肘后符应验,囊中药未陈。旅一作放怀殊不惬,良觌渺无因。自古皆悲恨,浮生有屈伸。此邦今一作全尚武,何处且依仁。鼓角凌天籁,关山信一作倚月轮。官场一作壕罗镇一作锦碛,贼火近洮岷。萧索论兵一作功地,苍茫斗将辰。大军多处所,馀孽尚纷纶。高兴知笼鸟,斯文起一作岂获麟。穷秋正摇落,回首望松一作湘筇。

寄李十二白二十韵

昔年有狂客,号尔谪仙人。笔落惊一作闻风雨,诗成泣鬼神。声名从此大,汩没一朝伸。文彩承殊渥,流传必绝伦。龙舟移棹晚,兽锦夺袍新。白日来深殿,青云满后尘。乞归优诏许,遇我宿心亲。未负一作遂幽栖志,兼全宠辱身。剧一作戏谈怜野逸,嗜酒见天真。醉舞梁园夜,行歌泗水春。才高心不展,道屈善无邻。处士祢衡俊,诸生原宪贫。稻粱求未足,薏苡谤何频。五岭炎蒸地时白流夜郎,三危放逐臣。几年遭鹏鸟,独泣一作立向一作不独泣麒麟。苏武先还汉,黄公岂事秦。楚筵辞醴日,梁狱上书辰。已用当时法,谁将此义一作议陈。老吟秋月下,病起暮江滨。莫怪恩波隔,乘槎与一作得问津。

全唐诗卷二二六

杜 甫

蜀 相 诸葛亮祠在昭烈庙西

丞相祠堂何处寻,锦官城外柏森森。映阶碧草自春色,隔叶黄鹂空一作多好音。三顾频烦一作繁天下计,两朝开济老臣心。出师未捷一作用身先死,长使英雄泪满襟。

卜 居

浣花流一作之,一作溪。溪在成都西郭外,一名百花潭。水水西头,主人为卜林塘幽。已知出郭少尘事,更有澄江销客愁。无数蜻蜓齐上下,一双鸂鶒对沉浮。东行万里堪乘兴,须向山阴上一作入小舟。

一 室

一室他乡远一作老,空林暮景悬。正愁闻塞笛,独立见江船。巴蜀来多病,荆蛮去几年一作干。应同王粲宅,留井岘山前。襄阳岘山下,王粲故宅前有一井,人呼为仲宣井。

梅 雨

南京明皇幸蜀还,改成都为南京。西一作犀浦道,四月熟黄梅。湛湛一作黤黬长江去,冥冥细雨来。茅茨疏易湿,云雾密难开。竟日蛟龙喜,盘涡与岸回。

为农

锦里烟尘外,江村八九家。圆荷浮小叶,细麦落一作堕轻花。卜宅从兹老,为农去国赊。远惭句漏令,不得问丹砂。

有客 一作宾至

幽栖地僻经过少,老病人扶再拜难。岂有文章惊海内,漫劳车马驻江干。竟日淹留佳客坐,百年粗粝音辣腐儒餐。不一作莫嫌野外无供给,乘兴还来看药栏。

狂夫

万里桥诸葛亮送费祎聘吴,祎叹曰:万里之行始于此桥。因名。西一一作新草堂,百花潭水即沧浪。风含翠筿娟娟静一作净,雨裛红蕖冉冉香。厚禄故人书断绝,恒饥稚子色凄凉。欲填沟壑唯疏放,自笑狂夫老更狂。

宾至 一作有客

患气经时久,临江卜宅新。喧卑方避俗,疏快颇宜人。有客过茅宇,呼儿正葛巾。自锄稀菜甲,小摘为情亲。

王十五司马弟出郭相访兼遗营茅屋赀

客里何迁次,江边正寂寥。肯来寻一老,愁破是今朝。忧我营茅栋,携钱过野桥。他乡唯表弟,还往莫辞遥。

堂　成

背郭堂成荫白茅,缘江路熟俯青郊。桤林碍日吟风叶,笼竹和烟滴露梢。暂止一作下飞鸟将数子,频来语燕定新巢。旁人错比扬雄宅,懒惰一作慢无心作解嘲。

田　舍

田舍清江曲一作上,柴门古道旁。草深迷市井,地僻懒衣裳。榉一作杨,一作柜。柳枝枝弱,枇杷树树一作对对香。鸬鹚西日照,晒翅满鱼梁。

进　艇

南京久客耕南亩,北望伤神坐一作卧北窗。昼引老妻乘小艇,晴看稚子浴清江。俱飞蛱蝶元相逐,并蒂芙蓉本自双。茗饮蔗浆携所有,瓷罂无谢玉为缸。

西　郊

时出碧鸡坊,西郊向草堂。市桥官柳细,江路一作岸野梅香。傍架齐书帙,看题减一作检药囊。无人觉一作竟,一作与。来往,疏懒意何长。

所　思

苦忆荆州醉司马,原注:崔吏部漪。谪官一作居樽俎一作酒定常开。九江日落醒何处,一柱观头眠几回。可怜怀抱向人尽,欲问平安无使来。故凭锦水将双泪,好过瞿塘滟滪堆。

江 村

清江一曲抱村流,长夏江村事事幽。自去自来一作归堂一作梁上燕,相亲相近水中鸥。老妻画纸为一作成棋局,稚子敲针作钓钩。多病所须唯药物一作但有故人供禄米。供一作分,微躯此外更何一作无求。

江 涨

江涨柴门外,儿童报急流。下床高数尺,倚杖没中洲。细动迎风燕,轻摇逐浪鸥。渔人萦小楫,容易拔一作拨船头。

野 老

野老篱前一作边江岸回,柴门不正逐江开。渔人网集澄潭下,贾客船随返照来。长路关心悲剑阁,片云何意一作事,一作行云几处。傍琴台。王师未报收东郡,城阙秋生画角哀。

云 山

京洛云山外,音书静不来。神交作赋客,力尽望乡台。衰疾江边卧,亲朋日暮回。白鸥元水宿,何事有馀哀。

遣 兴

干戈犹未定,弟妹各何之。拭泪沾襟一作巾血,梳头满面丝。地卑荒野大,天远暮江迟。衰疾那能久,应无见汝时一作期。

北 邻

明府岂辞满,藏身方告劳。青钱买野竹,白帻岸江皋。爱酒晋山简,能诗何水曹。时来访老疾,步屟到蓬蒿。

南　邻

锦里先生乌角巾,园收芋粟_{一作栗}不全贫。惯看宾客_{一作门户}儿童喜,得食阶除鸟雀驯。秋水才深_{一作添}四五尺,野航_{一作艇}恰受两三人。白沙翠竹江村_{一作山暮}_{一作路},相对_{一作送}柴门_{一作篱}南月色新。

出　郭

霜露晚凄凄,高天逐望低。远烟盐井上,斜景雪峰西。故国犹兵马,他乡亦_{一作正}鼓鼙。江城今夜客,还与旧乌啼。

过南邻朱山人水亭

相近竹参差,相过人不知。幽花欹满树,小水细通池。归客村非远,残樽席更移。看君多道气,从此数追随。

恨　别

洛城一别四_{一作三}千里,胡骑长驱五六_{一作六七}年。草木变衰行剑外,兵戈阻绝老江边。思家步月清宵立,忆弟看云白日眠。闻道河阳近乘胜,司徒急为破幽燕。_{谓李光弼乘河阳之胜,直捣幽燕也。}

寄贺兰铦

朝野欢娱后,乾坤震荡中。相随万里日,总作白头翁。岁晚仍分袂,江边更转蓬。勿云俱异域,饮啄几回同。

寄杨五桂州谭 _{原注:因州参军段子之任。}

五岭皆炎热,宜人独桂林。梅花万里外,雪片一冬深。_{黄鹤云:岭南无雪,惟桂林有之。}闻此宽相忆,为邦复好音。江边送孙楚,远附白头吟。

逢唐兴刘主簿弟

分手开元末,连年绝尺书。江山且相见,戎马未安居。剑外官人冷,关中驿骑疏。轻舟下吴会,主簿意何如。

和裴迪登新津寺寄王侍郎

原注:王时牧蜀。《英华》作奉和裴十四迪新津山寺。

何限一作恨倚山木,吟诗秋叶黄。蝉声集古寺,鸟影度寒塘。风物悲游子,登临忆侍郎。老夫贪佛一作赏,一作费。日,随意宿僧房。

敬简王明府

甫尝为唐兴县宰王潜作《客馆记》,疑即王明府。

叶县郎官宰,周南太史公。神仙才有数,流落意无穷。骥病思偏秣,鹰愁一作秋怕苦笼。看君用高义,耻与万人同。

重简王明府

甲子西南异,冬来只薄寒。江云何夜尽一作静,蜀雨几时干。行李须相问,穷愁岂有一作自宽。君听鸿雁响,恐致稻粱难。

建都十二韵

苍生未苏息,胡马半乾坤。议在云台上,谁扶黄屋尊。建都分魏阙,下诏辟荆门。恐失东人望,其如西极存。时危当雪耻,计大岂轻论。虽倚三阶正,终愁万国翻。牵裾恨不死,漏网荷殊恩。永负汉庭哭,遥怜湘水魂。穷冬客江剑一作剑外,随事有田园。风断青蒲节,霜埋翠竹根。衣冠空穰穰,关辅久一作远昏昏。愿枉一作唯驻,一作愿驻。长安日,光辉照北原。钱谦益曰:此诗因建南都而追思分镇之事也。初,房琯建分镇讨贼之议,肃宗以此恶琯,贬之。后从吕谭请,置南都于荆州。甫闻建都之诏,追惜琯议,"牵裾"以下,自叙移官之事,盖甫之移官以救琯,而琯之得罪以分镇,故牵连及之。是岁七月,上皇移幸西内,九月置南都,革南京为蜀郡。荆州、蜀都,一置一革,甫心痛之,而不敢讼言也。

岁　暮

岁暮远为客,边隅还用兵。烟尘犯雪岭,鼓角动江城。天地日流血,朝廷谁请缨。济时敢爱死。寂寞壮心惊。

和裴迪登蜀州东亭送客逢早梅相忆见寄

东阁官梅动诗兴,还如何逊在扬州。梁建安王伟都督扬、南徐二州,辟何逊为记室,逊有《早梅》诗。此时对雪遥相忆,送客逢春一作花可一作更自由。幸不折来伤岁暮,若为看去乱乡一作春愁。江边一树垂垂发,朝夕催人自白头。

寄赠王十将军承俊

将军胆气雄,臂悬两角弓。缠结青骢马,出入锦城中。时危未授钺,势屈难为功。宾客满堂上,何人高义同。

暮登四一作西安寺钟楼寄裴十迪

暮倚高楼对雪峰,僧来不语自鸣钟。孤城返照红将敛,近市浮烟翠且重。多病独愁常阒寂,故人相见未从容。知君苦思缘诗瘦,大一作太向交游万事慵。

散　愁　二　首

久客宜旋旆,兴王未息戈。蜀星阴见少,江雨夜闻多。百万传一作转深入,寰区望匪它。司徒_{李光弼}下燕赵,收取旧山河。

闻道并州镇,尚书_{王思礼}训士齐。几时通蓟北,当日报关西。恋阙
丹心破,沾衣皓首啼。老魂招不得,归路恐长迷。

奉酬李都督表丈早春作

力疾坐清晓,来时_{一作诗,一作采诗}。悲早春。转添愁伴客,更觉老随
人_{一作身}。红入桃花嫩,青归柳叶新。望乡应未已,四海尚风尘。

客　至　_{原注:喜崔明府相过。}

舍南舍北皆春水,但见_{一作有}群鸥日日来。花径不曾缘客扫,蓬门
今始为君开。盘餐市远无兼味,樽酒家贫只旧醅。肯与邻翁相对
饮,隔篱呼取尽馀杯。

遣　意　二　首

啭枝黄鸟近,泛渚白鸥轻。一径野花落,孤村春水生。衰年催酿
黍,细雨更_{一作夜}移橙。渐喜交游绝,幽居不用名。

檐影微微落,津流脉脉斜。野船_{一作松}明细火,宿雁聚圆_{一作寒}沙。
云掩初弦月,香传小树花。邻人有美酒,稚子夜_{一作也}能赊。

漫　成　二　首

野日荒荒_{一作野月茫茫}白,春_{一作江}流泯泯清。渚蒲随地有,村径逐门
成。只作披衣惯,常从漉酒生。眼前无俗物,多病也身轻。

江皋已仲春,花下复清晨。仰面贪看鸟,回头错应人。读书难字
过,对酒满壶频。近识峨眉老_{东山隐者},知予懒是真。

春 夜 喜 雨

好雨知时节,当春乃一作及发生。随风潜入夜,润物细无声。野径云俱黑,江船火独明。晓看红湿处,花重锦官城。

春 水

三月桃花浪一作水,江流复旧痕。朝来没沙尾一作岸,碧色动柴门。接缕垂芳饵,连筒灌小园。已添无数鸟,争浴故相喧。一作不知无数鸟,何意更相喧。

春水生二绝

二月六夜春水生,门前小滩一作篱浑欲平。鸬鹚鸂鶒莫漫喜,吾与汝曹俱眼明。

一夜水高二尺强,数日不可更禁当。南市津头有船卖,无钱即买系篱旁。

江 亭

坦腹江亭暖一作卧,长吟野望时。水流心不竞,云在意俱迟。寂寂春将晚,欣欣物自私。故林归未得,排闷强裁诗。一作江东犹苦战,回首一颦眉。

村 夜

萧萧风色一作风色萧萧暮,江头人不行。村春雨外急,邻火夜深明。胡羯何多难,渔樵寄此生。中原有兄弟,万里正含情。

早 起

春来常早起,幽事颇相关。帖石防隤岸,开林出远山。一丘藏曲折,缓步有跻攀。童仆来城市,瓶中得酒还。

可　惜

花飞有底急,老去愿春迟。可惜欢娱地,都非少壮时。宽心应是酒,遣兴莫过诗。此意陶潜解,吾生后汝期。

落　日

落日在帘钩,溪边春事幽。芳菲缘岸圃,樵爨倚滩舟。啅雀争枝坠,飞虫满院游。浊醪谁造汝,一酌一作酌罢散千忧一作罢人忧。

独　酌

步屦一作履,一作倚杖。深林晚,开樽独酌迟。仰蜂黏落絮一作蕊,行户郎切。一作倒。蚁上枯梨。薄劣惭真隐,幽偏得自怡。本无轩冕意,不是傲当时。

徐　步

整履一作屦,一作屣。步青芜,荒庭日欲晡。芹泥随燕觜,花蕊一作蕊粉上蜂须。把酒从衣湿,吟诗信杖扶。敢论才见忌,实有醉如愚。

寒　食

寒食江村路一作树,一作落,风花高下飞。汀烟轻冉冉,竹日静晖晖。田父一作舍要皆去,邻家闹一作问不违。地偏相识尽,鸡犬亦忘归一作机。

高　楠

楠树色冥冥,江边一盖青。近根开药圃,接叶制茅亭。落景阴犹合,微风韵可听。寻常绝醉困,卧此片时醒。

恶　树

独绕虚斋径,常持小斧柯。幽阴成颇杂,恶木剪还多。枸杞因一作
固吾有,鸡栖皂荚树一名鸡栖奈汝一作尔何。方知不材者一作木,生长漫
婆娑。

石　镜

　　　成都一丈夫,化为女子,美而艳,蜀王纳为妃,未几物故。王哀念
　　之,遣五丁担武都之土为冢,高七丈,上有石,圆五寸,径五尺,莹彻如
　　镜。

蜀王将此镜,送死置空山。冥寞怜香骨,提携近玉颜。众妃无复
叹,千骑亦虚还。独有伤心石,埋轮月宇间。

琴　台　司马相如宅在州西笮桥,北有琴台。

茂陵多病后,尚爱卓文君。酒肆人间世,琴台日暮云。野花留宝
靥,蔓草见罗裙。归凤求皇意,寥寥不复闻。

闻斛斯六官未归

故人南郡去,去索作碑钱。本卖文为活,翻令室倒悬。荆扉深蔓
草,土锉冷疏烟。老罢休无赖,归来省醉眠。

游 修 觉 寺

野寺江天豁,山扉花竹幽。诗应有神助,吾得及春游。径石相一作
深萦带,川云自一作晚去留。禅枝宿众鸟,漂转暮归愁。

后　游

寺忆新_{一作曾，一作重}。游处，桥怜再渡时。江山如有待，花柳更无私。野润烟光薄，沙暄日色迟。客愁全为减，舍此复何之。

题新津北桥楼 _{得郊字}

望极春城上，开筵近鸟巢。白花檐外朵，青柳槛前梢。池水观为政，厨烟觉远庖。西川供客_{一作远眼一作醉客}，唯有_{一作偏爱}此江郊。

江　涨

江发蛮夷涨，山添雨雪流。大声吹地转，高浪蹴天浮。鱼鳖为人得，蛟龙不自谋。轻帆好去便，吾道付_{一作在}沧洲。

晚　晴

村晚惊风度，庭幽过雨沾。夕阳薰细草，江色映疏帘。书乱谁能帙，怀干可自添。时闻有馀论，未怪老夫潜。_{王符有《潜夫论》。}

朝　雨

凉气晚_{一作晓}萧萧，江云乱眼飘。风鸳藏近渚，雨燕集深条。黄绮终辞_{一作投}汉，巢由不见尧。草堂樽酒在，幸得过清朝_{一作宵}。

江上值_{一作置}水如海势聊短述

为人性僻耽佳句，语不惊人死不休。老去诗篇浑漫兴_{一作与}，春来花鸟莫深愁。新添水槛供垂钓，故著浮槎替入舟。焉得思如陶谢手，令渠述作与同游。

送裴五赴东川

故人亦流落,高义动乾坤。何日通燕塞,相看老蜀门。东行应暂别,北望苦销魂。凛凛悲秋意,非君谁与论。

赴青城县出成都寄陶王二少尹

老耻妻孥笑一作老被樊笼役,贫嗟出入劳。客情投异县,诗态忆吾一作君曹。东郭沧江一作浪合,西山白雪高。文章差底病,回首兴滔滔。

因崔五侍御寄高彭州 適

百年已过半,秋至转饥寒。为问彭州牧,何时救急难。

野望因过常少仙

野桥齐度马,秋望转悠哉。竹覆青城合,江从灌口来。入村樵径引,尝果栗皱一作园开。落尽高天日,幽人未遣回。

寄杜位 原注:位京中宅近西曲江,诗尾有述。

近闻宽法离一作别新州时位因李林甫诸婿贬官,想见怀归尚百忧。逐客虽皆万里去,悲君已是十年流。干戈况复尘一作行随眼,鬓发还应雪一作白满头。玉垒题书心绪乱,何时更得曲江游。

奉简高三十五使君

当代论才子,如公复几人。骅骝开道路,鹰隼出风尘。行色秋将晚,交情老更亲。天涯喜相见,披豁对一作道吾真。

送韩十四江东觐省

兵戈不见老莱衣,叹息人间万事非。我已无家寻弟妹,君今何处访庭闱。黄牛峡静滩声转一作急,白马江寒树影稀。此别应一作还须各努力,故乡犹恐未同一作堪归。

酬高使君相赠

古寺僧牢落,空房客一作得寓居。故人供禄米,邻舍与园蔬。双树容听法,三车肯载书。窥基师以三车自随,前乘经论箱帙,中乘自御,后乘妓女食馔。诗言我如三车自随,但当用以载书耳。草玄吾岂敢,赋或似一作比相如。

草 堂 即 事

荒村建子月,上元二年建子月壬午朔,上受朝贺如正旦仪,以其月为岁首。独树老夫家。雾一作雪里江船渡,风前径竹斜。寒鱼依密藻,宿鹭起圆沙。蜀酒禁愁得,无钱何处赊。

魏十四侍御就弊庐相别

有客骑骢马,江边问草堂。远寻留药价,惜别到一作倒文场。入幕旌旗动,归轩锦绣香。时应念衰疾,书疏一作迹及沧浪。

徐九少尹见过

晚景孤村僻,行军唐以少尹为行军长史数骑来。交新徒有喜,礼厚愧无才。赏静怜云竹,忘归步月台。何当看花蕊,欲发照江梅。

范二员外邈吴十侍御郁特

枉驾阙展待聊寄此 一本下有作字

暂往比邻去一作至，空闻二妙归。幽栖诚简略，衰白已光辉。野外
贫家远，村中好客稀。论文或不愧，肯重款柴扉。

王十七侍御抡许携酒至草堂奉

寄此诗便请邀高三十五使君同到

老夫卧稳朝慵起，白屋寒多暖始开。江鹬一作鹤巧当幽径浴，邻鸡
还过短墙来。绣衣屡许携家酝，皂盖能忘折野梅。戏假霜威促山
简，须成一醉一作醉里习池回。

王竟携酒高亦同过共用寒字

卧病荒郊远，通行小径难。故人能领客，携酒重相看。自愧无鲑一
作虾菜，空烦卸马鞍。移樽劝山简，头白恐风寒。原注：高每云：汝年几且
不必小于我。故此句戏之。

陪李七司马皂江上观造竹桥即日成往

来之人免冬寒入水聊题短作简李公二

首 第二首，草堂本题云：观作桥成月夜舟中有述还呈李司马。

伐竹一作代木为桥结构同，褰裳不涉往来通。天寒白鹤归华表，日
落青龙见水中。顾我老非题柱客，知君才是济川功。合欢一作观却
笑千年事，驱石何时到海东。
把烛成桥一作桥成夜，回舟坐客一作客坐时。天高云去尽，江迥月来
迟。衰谢多扶病，招邀屡有期。异方乘此兴，乐罢不无悲。

李司马桥了_{一作成}承
_{一本无承字}高使君自成都回

向来江上手纷纷,三日成功事出群。已传童子骑青竹_{一作马},总拟桥东待使君。

少年行二首

莫笑田家老瓦盆,自从盛酒长_{一作养}儿孙。倾银注瓦_{一作玉}惊人眼,共醉终同卧竹根。

巢燕养_{一作引}雏_{一作儿}浑去尽,江花结子已_{一作也}无多。黄衫年少来宜_{一作宜来}数,不见堂前东逝波。

野人送朱樱

西蜀樱桃也自红,野人相赠满筠笼。数回细写愁仍破,万颗匀圆讶许同。忆昨赐沾门下省,退朝擎出大明宫。金盘玉箸无消息,此日尝新任转蓬。

即　事

百宝装腰带,真珠络臂韝。笑时花近眼,舞罢锦缠头。

赠　花　卿

锦城丝管日纷纷,半入江风半入云。此曲只应天上有_{一作去},人间能得几回闻。

少　年　行

马上_{一作骑马}谁家薄媚_{一作白面}郎,临阶_{一作轩}下马坐_{一作踏}人床。不通姓字粗豪一作疏甚,指点银瓶索酒尝一作酒未尝。

观李固请司马弟山水图三首

简易高人意一作体,匡床竹火炉。寒天留远客,碧海挂新图。虽对连山好,贪看绝岛孤。群仙不愁思,冉冉下蓬壶。

方丈浑连水,天台总映云。人间长见画,老去一作身老恨空闻。范蠡舟偏小,王乔鹤不群。此生随万物,何路出尘氛。

高浪垂翻屋,崩崖欲压床。野桥一作楼分子细,沙岸绕微茫。红浸珊瑚短,青悬薜荔长。浮查并坐得一作相并坐,仙老暂相将。

题 桃 树

小径升堂旧不斜,五株桃树亦从遮。高秋总喂一作馈贫人实,来岁还舒满眼花。帘户每宜通乳燕,儿童莫信打慈鸦。寡妻群盗非今日,天下车书正一作已一家。

萧八明府堤一作实处觅桃栽

奉乞桃栽一百根,春前为送浣花村。河阳县里虽无数,濯锦江边一作头未满园。

从韦二明府续处觅绵一作锦竹

华轩蔼蔼他年到,绵竹亭亭出县高。江上舍前无此物,幸分苍翠拂波涛。

凭何十一少府邕觅桤木栽

草堂堑西无树林一作木,非子谁复见幽心。饱闻桤木三年大,与致溪边十亩阴。

凭韦少府班觅松树子 一本下有栽字

落落出群非桦柳，青青不朽岂杨梅。欲存老盖千年意，为觅霜根数
寸栽一作来。

又于韦处乞大邑瓷碗

大邑烧瓷轻且坚，扣如哀一作寒玉锦城传。君家白碗胜霜雪，急送
茅斋也可怜。

诣徐卿觅果栽

草堂少花今欲栽，不问绿李与黄梅。石笋街中却归去，果园坊里为
求来。

赠 别 何 邕

生死论交地，何由见一人。悲君随燕雀，薄宦走风尘。绵谷元通
汉，沱江不向秦。五陵花满眼，传语故乡春。

赠别郑炼赴襄阳

戎马交驰际，柴门老病身。把君诗过日一作目，念此别惊神一作念别
意惊神。地阔峨眉晚一作晓，一作远，天高岘首春。为于耆旧内，试觅
姓庞人。

重 赠 郑 炼

郑子将行罢使臣，囊无一物献尊亲。江山路远羁离日，裘马谁为感
激人。

全唐诗卷二二七

杜 甫

奉和严中丞西城晚眺十韵

汲黯匡君切,廉颇出将频。直词才不世,雄略动一作用如神。政简移风速,诗清立意新。层城临暇一作媚景,绝域望馀春。旗尾蛟龙会,楼头燕雀驯。地平江动蜀,天阔树浮秦。帝念深分阃,军须远算缗。花罗封蛱蝶,瑞锦送麒麟。辞第输高义,观图忆古人。征南多兴绪,事业暗相亲。

严中丞枉驾见过

原注:严自东川除西川,敕令两川都节制。

元戎小队出郊垌,问柳寻花到野亭。川合东西瞻使节,地分南北任流一作孤萍。扁舟不独如张翰,白一作皂帽还应一作应兼似管宁。寂寞一作今日江天云雾里,何人道有少微星。

广州段功曹到得杨五长
史谭书功曹却归聊寄此诗

卫青开幕府,杨仆将楼船。汉节梅花外,春城海水边。铜梁书远及,珠浦使将旋。贫病他乡老,烦君万里传。

得广州张判官叔卿书使
还以诗代意 叔卿，鲁人，见甫《杂述》。

乡关胡骑远一作满，宇宙蜀城偏。忽得炎州信，遥从月峡传。云深
骠骑幕，夜隔孝廉船。却寄双愁眼，相思一作望泪点悬。

送段功曹归广州

南海春天外，功曹几月程一作行。峡云笼树小，湖日落一作荡船明。
交趾丹砂重，韶州白葛轻。幸君因旅一作估客，时寄锦官城。

绝句漫兴九首

《冷斋诗话》：漫兴当作漫与，言即景率意之作也。苏轼、黄庭坚、杨
廷秀袭用之，俱押入语韵。姜尧章蟋蟀词与段复之词亦然。元以前未
有读作兴字者。迨杨廉夫始作漫兴七首，妄云学杜。其徒吴复从而傅
会之，于是世人尽改杜集之与为兴矣。

眼见一作前客愁愁不醒，无赖春色到江亭。即遣花开一作飞深一作从
造次，便觉一作教莺语太丁宁。

手种桃李非无主，野老墙低还似一作是家。恰似春风相入声欺得，夜
来吹折数枝花。

熟一作耐知一作孰如茅斋绝低小，江上燕子故来频。衔泥点污琴书
内，更接飞虫打著人。

二月已破三月来，渐老逢春能几回。莫思一作辞身外无穷事，且尽
生前有限杯。

肠断春江一作江春欲尽一作白头，杖藜徐步立芳洲。颠狂柳絮随风
去，轻薄桃花逐水流。

懒慢无堪不出村，呼儿日在掩柴门。苍苔浊酒林中静，碧水春风野

外昏。

糁径杨花铺白毡,点溪荷叶叠一作累青钱一作细。笋一作竹根稚一作雉子无人见,沙上凫雏傍母眠。

舍西柔桑叶可拈,江畔细麦复纤纤。人生几何春已夏,不放香醪如蜜甜。

隔户一作户外杨柳弱袅袅,恰似十五女儿腰。谁谓朝来不作意,狂风挽断最长条。

江畔独步寻花七绝句

江上被花恼不彻,无处告诉只颠狂。走觅南邻爱酒伴,经旬出饮独空床。原注:斛斯融,吾酒徒。

稠花乱蕊畏一作裹江滨,行步欹危实一作独怕春。诗酒尚堪驱使在,未须料理白头人。

江深竹静两三家,多事红花映白花。报答春光知有处,应须美酒送生涯。

东望少城花满烟,百花高楼更可怜。谁能载酒开金盏一作锁,唤取佳人舞绣筵。

黄师塔前江水东,春光懒困倚微风。桃花一簇开无主,可爱深红爱一作映,一作与。浅红。

黄四娘家花满蹊,千朵万朵压枝低。留连戏蝶时时舞,自在娇莺恰恰啼。

不是爱一作看花即肯一作欲,一作索。死,只恐花尽老相催。繁枝容易纷纷落,嫩叶一作蕊商量细细开。

三　绝　句

楸树馨香倚钓矶,斩新花蕊未应飞。不如醉里风吹一作春风尽,可一作何忍醒时雨打稀。

门外鸬鹚去一作久不来，沙头忽见眼相猜。自今已后知人意，一日须来一百回。

无数春笋满林生，柴门密掩断人行。会须上番去声看成竹，客至从嗔不出迎。

戏为六绝句

庾信文章老更成，凌云健笔意纵横。今人嗤点流传赋，不觉前贤畏后生。

杨王一作王杨卢骆当时体，轻薄为文哂未休。尔曹身与名俱灭，不废江河万古流。

纵使卢王操翰墨，劣于汉魏近风骚。龙文虎脊皆君驭，历块过都见尔曹。

才力应难夸一作跨数公，凡今谁是出群雄。或看翡翠兰苕上，未掣鲸鱼碧海中。

不薄今人爱古人，清词丽句必为邻。窃攀屈宋宜方驾，恐与齐梁作后尘。

未及前贤更勿疑，递相祖述复先谁。别裁伪体亲风雅，转益多师是汝师。

钱谦益曰：当甫之世，群儿之谤伤者或不少矣，故借庾信、四子以发其意。嗤点流传，轻薄为文，皆指并时之人也。卢、王之文，劣于汉、魏，而能江河万古者，以其近于风骚也。况其上薄风骚，而又不劣于汉、魏者乎？凡今谁是出群雄，甫所以自命也。兰苕翡翠，指当时研揣声病、寻摘章句之徒。鲸鱼碧海，则元稹所谓浑涵汪洋，千汇万状，兼古人而有之者，非甫谁足以当之。不薄今人以下，惜时人之是古非今不知别裁而正告之。齐、梁以下，对屈、宋言之，皆今人也。不薄今而爱古，期于清词丽句必与古人为邻则可耳。今人侈言屈、宋，而转作齐、梁之后尘。又曰：今人之未及前贤，以其递相祖述，沿流失源，而不知谁为之先也。骚、雅、汉、魏至于齐、梁、唐初，靡不有真面目，舍是则皆伪体也。别者区别之，裁者裁而去之，果能别裁伪体，则近于风雅矣。自风雅而下，至于庾信、四子，孰非我师，故曰转益多师是汝师。呼之曰汝，所谓尔曹也。

江头四咏

丁　香

丁香体柔弱，乱结枝犹垫。细叶带浮毛，疏花披素艳。深栽小斋后，庶近一作使幽人占。晚堕兰麝中，休怀粉身念。

栀　子

栀子比众木，人间诚未多。于身色有用，与道气伤一作相和。红取风霜实，青看雨露柯。无情移得汝，贵在映江波。

鸂　鶒

故使笼宽织，须知动损毛。看云莫怅望，失水任呼号。六翮曾经剪，孤飞卒一作只未高。且无鹰隼虑，留滞莫辞劳。

花　鸭

花鸭无泥滓，阶前一作中庭每缓行。羽毛知独立，黑白太分明。不觉群心妒，休牵众眼惊。稻粱沾一作知汝在，作意莫先鸣。

畏　人

早花随处发，春鸟异方啼。万里清江上，三年一作峰落日低。畏人成小筑，褊性合幽栖。门径一作径没从榛草，无心走一作待马蹄。

远　游

贱子何人记，迷芳一作方著处家。竹风连野色，江沫拥春沙。种药扶衰病，吟诗解叹嗟。似闻胡骑走，失喜问京华。

野　望

西山白雪三奇_{一作城,一作年}。戍_{在彭州},南浦清江万里桥。海内风尘
诸弟隔,天涯涕泪一身遥。唯将迟暮供多病,未有涓埃答圣朝。跨
马出郊时极目,不堪人事日_{一作自}萧条。

官池春雁二首

自古稻粱多不足,至今鹔鹴乱为群。且休怅望看春水,更恐归飞隔
暮云。

青春欲尽急还乡,紫塞宁论尚有霜。翅在云天终不远,力微〔矰〕
(缯)缴绝须防。

水槛遣心_{一作兴}二首

去郭轩楹敞,无村_{一作材}眺望赊。澄江平少岸,幽树晚多花。细雨
鱼儿出,微风燕子斜。城中十万户,此地两三家。

蜀天常夜雨,江槛已朝晴。叶润林塘密,衣干枕席清。不堪祗_{一作}
_支老病,何得尚_{一作向}浮名。浅把涓涓酒,深凭送此生。

屏　迹　三　首

用拙存_{一作诚}吾道,幽居近物情。桑麻深雨露,燕雀半生成。村鼓
时时急,渔舟个个轻。杖藜从白首,心迹喜双清。

晚起家何事,无营地转幽。竹光团_{一作围}野色,舍_{一作山}影漾江流。
失学从儿懒,长贫任妇愁。百年浑得醉,一月不梳头。

衰颜_{一作年}甘屏迹,幽事供高卧。鸟下竹根行,龟开萍叶过。年荒
酒价乏,日并园蔬课。犹酌甘泉歌_{一作独酌酣且歌,一作独酌酌甘泉},歌长
击樽破。

奉酬严公寄题野亭之作

拾遗曾奏数行书,懒性从来水竹居。奉引滥骑沙苑马,幽栖真钓锦江鱼。谢安不倦登临费一作赏,阮籍焉知礼法疏。枉沐一作何日旌麾出城府,草茅无一作荒径欲教锄。

中丞严公雨中垂寄见忆一绝

奉答二绝 一作严公雨中见寄一绝奉答两绝

雨映行宫一作官,一作云。明皇出蜀,以行宫为道观。辱赠诗,元戎肯赴野人期一作欲动野人知。江边老病虽无力,强拟晴天理钓丝。

何日雨晴云出溪,白沙青石先一作洗无泥。只须伐竹开荒径,倚一作拄杖穿花听马嘶一作鸟啼。

谢严中丞送青城山道士乳酒一瓶

山瓶乳酒下青云,气味浓香幸见分。鸣鞭走送怜渔父,洗盏开尝对马军。原注:军州谓驱使骑为马军。

严公仲夏枉驾草堂兼携

酒馔 得寒字　草堂本一作郑公枉驾携馔访水亭

竹里行厨洗玉盘,花边立马簇金鞍。非关使者征求急,自识将军礼数宽。百年地辟一作僻柴门迥,五月江深草阁寒。看弄渔舟移白日,老农何有罄交欢。

严公厅宴同咏蜀道画图 得空字

日临公馆静,画满一作列地图雄。剑阁星桥北,松州雪岭东。华夷山不断,吴蜀水相通。兴与烟霞会,清樽幸不空。

奉送严公入朝十韵

鼎湖时因二圣山陵，召严武为桥道使。瞻望远，象阙宪章新。四海犹多难，中原忆旧臣。与时安反侧，自昔有经纶。感激张天步，从容静塞尘。南图回羽翮，北极捧星辰。漏鼓还思昼，宫莺罢啭春。空留玉帐术李靖有《玉帐经》一卷，愁杀锦城人。阁道通丹地，江潭隐白蘋。此生那老蜀，不死会归秦。公若登台辅，临危莫爱身。

送严侍郎到绵州同登杜使君江楼 得心字

野兴每难尽，江楼延赏心。归朝送使节，落景惜登临。稍稍烟集渚，微微风动襟。重船依浅濑，轻鸟度层阴。槛峻背幽谷，窗虚交茂林。灯一作花光散远近，月彩静高深。城拥朝来客，天横醉后参。穷途衰谢意，苦调短长吟。此会共能几，诸孙指杜使君贤至今。不劳朱户闭，自待白河沉。

奉济驿重送严公四韵

远送从此别，青山空复情。几时杯重把，昨夜月同行。列郡讴歌惜，三朝出入荣。江村独归处一作去，寂寞养残生。

送梓州李使君之任 原注：故陈拾遗，射洪人也，篇末有云。

籍甚黄丞相，能名自颍川。近看除刺史，还喜得吾贤。五马何时到，双鱼会早传。老思筇竹杖一作杖挂，冬要锦衾眠。不作临岐恨，惟听举最先。火云挥汗日，山驿醒心泉。遇害陈公殒，陈子昂为县令段简所辱，收系狱中而卒。于今蜀道怜。君行射洪县，为我一潸然。

巴西驿亭观江涨呈窦使君 一作窦十五使君

宿雨南江涨，波涛乱远峰。孤亭凌喷薄，万井逼春容。霄汉愁高鸟，泥沙困老龙。天边同客舍，携我豁心胸。

九日登梓州城

伊昔黄花酒，如今白发翁。追欢筋力异，望远岁时同。弟妹悲歌里，朝廷一作乾坤醉眼中。兵戈与关塞，此日意无穷。

九日奉寄严大夫

九日应愁思，经时冒险艰。不眠持汉节，何路出巴山。小驿香醪嫩，重岩细菊一作雨斑。遥知簇鞍马，回首白云间。宝应元年四月，召严武入朝。徐知道反，武阻兵，九月尚未出巴。

黄　草

黄草峡西船不归，赤甲山下行人一作人行稀。秦中驿使无消息，蜀道兵一作干戈有是非。万里秋风吹锦水，谁家别泪湿罗衣。莫愁剑阁终堪据，闻道松州已被围。

怀　旧

地下苏司业，情亲独有君。那因丧一作衰乱后，便有一作更作死生分。老罢知明镜，悲来望白云。自从失词伯，不复更论文。原注:公前名预，缘避御讳，改为源明。

所　思 原注:得台州郑司户虔消息。

郑老身仍窜，台州信所一作始传。为农山涧曲，卧病海云边。世已疏儒素，人犹乞酒钱。徒劳望牛斗，无计剷龙泉。

不　见 原注：近无李白消息。

不见李生久，佯狂真可哀。世人皆欲杀，吾意独怜才。敏捷诗千
首，飘零酒一杯。匡山读书处，头白好—作始归来。

题玄武禅师屋壁 屋在中江大雄山

何年顾虎头，满壁—作座画瀛—作沧州。赤日石林气，青天江海—作水
流。锡飞常近鹤，杯度不惊鸥。似得庐山路，真随惠远游。

客　夜

客睡何曾著，秋天不肯明。卷—作入帘残月影，高枕远江声。计拙
无衣食，途穷仗友生。老妻书数纸，应悉未归情。

客　亭

秋窗犹曙色，落木—作木落更天—作高风。日出寒山外，江流宿雾中。
圣朝无弃物，老病已成—作衰翁。多少残生事，飘零似转蓬。

秋　尽

秋尽东行且未回，茅斋寄在少城隈。篱边老却陶潜菊，江上徒逢袁
绍袁绍大会宾客，郑玄后至，倾倒一座，甫以玄自比也。杯。雪岭独看西日落—
作暮，剑门犹阻北人来。不辞万里长为客，怀抱何时得好开—作好—
开。

陪王侍御宴通泉东山野亭

江水东流去，清樽日复斜。异方同宴赏，何处是京华。亭景临山

水,村烟对浦沙。狂歌过于一作形胜,得醉即为家。

野 望

金华山北一作南涪水西,仲冬风日始凄凄。山连越嶲蟠三蜀,水散巴渝下五溪。独鹤不知何事舞,饥乌似欲向人啼。射洪春酒寒仍绿,目极伤神谁为携。

闻官军收河南河北

一作收两河。时史朝义兵败,走死广阳,诸将田承嗣、李怀仙等俱来降。

剑外忽传收蓟北,初闻涕泪满衣裳。却看妻子愁何在,漫卷诗书喜欲狂。白日一作首放歌须纵酒,青春作伴好还乡。即从巴峡穿巫峡,便下襄阳向洛阳。原注:余田园在东京。

涪江泛舟送韦班归京 得山字

追饯同舟日,伤春一作心一水间。飘零为客久,衰老羡君还。花远一作杂重重树,云轻处处山。天涯故人少,更益一作忆鬓毛斑。

春日梓州登楼二首

行路难如此,登楼望欲迷。身无却少壮,迹有但一作但有羁栖。江水流城郭,春风入鼓鼙。双双新燕子,依旧已衔泥。

天畔登楼眼,随春一作风入故园。战场今始定,移一作杨柳更能存。厌蜀交游冷,思吴胜事繁。应须理舟楫,长啸下荆门。

郪城西原送李判官兄武判官弟赴成都府

凭高送所亲,久坐惜芳辰。远水非无浪,他山自有春。野花随处发,官一作妖柳著行新。天际伤愁别,离筵何太频。

泛江送魏十八仓曹还京
因寄岑中允参范郎中季明

迟日深春一作江水,轻舟送别筵。帝乡愁绪外,春色泪痕边。见酒须相忆,将诗莫浪传。若逢岑与范,为报各衰年。

送路六侍御入朝

童稚情亲四一作三十年,中间消息两茫然。更为后会知何地,忽漫相逢是别筵。不分一作忿桃花红胜锦,生憎柳絮白于一作如绵。剑南春色还无赖,触忤愁人到酒边。

泛 江 送 客

二月频送客,东津江欲平。烟花山际重,舟楫浪前轻。泪逐劝杯下一作落,愁连吹笛生。离筵不隔日,那得易为情。

上牛头寺 牛头山在郪县西南,下有长乐寺。

青山意不尽,衮衮上牛头。无复能拘碍,真成浪出游。花浓春寺静,竹细野池幽。何处莺啼切,移时独未休。

望 牛 头 寺

牛头见鹤林,梯迳绕幽深一作秀丽一何深。春色浮一作流山外,天河宿一作没殿阴。传灯无白日,布地有黄金。休作狂歌老,回看不住心。

上 兜 率 寺

兜率知名寺,真如会法堂。江山有巴蜀,栋宇自齐梁。庾信哀虽

久,何颙当作周颙,周好佛。好不忘。白牛《法华经》:以大白牛驾宝车。车远
近,且欲上慈航。

望兜率寺

树密当山径,江深隔寺门。霏霏云气重一作动,闪闪浪花翻。不复
知天大,空馀见佛尊。时应清盥一作兴罢,随喜给孤园。

甘古通作柑园

春日清江岸,千甘二顷园。青云羞一作着叶密,白雪避花繁。结子
随边使,开筒近至尊。后于桃李熟,终得献金门。

数陪李一作章梓州泛江有女乐在
诸一作渚舫戏为艳曲二首赠李一作章

上客回空骑,佳人满近船。江清歌扇底,野旷舞衣前。玉袖凌风
并,金壶隐浪偏。竞将明媚色,偷眼艳阳天一作年。

白日移歌袖,清霄近笛床。翠眉萦度曲,云鬓俨分行。立马千山
暮,回舟一水香。使君自有妇,莫学野鸳鸯。

登牛头山亭子

路出双林外,亭窥万井中。江城孤照日,山一作春谷远含风。兵革
身将老,关河信不通。犹残数行泪,忍对百花丛。

陪李一作章梓州王阆州苏遂
州李果州四使君登惠义寺

春日无人境,虚空不住天。莺花随世界,楼阁寄一作倚山巅。迟暮
身何得,登临意惘一作寂然。谁能解金印,潇洒共安禅。一作三车将五

马,若个合安禅。

送何侍御归朝 李梓州泛舟筵上作　李一作章

舟楫诸侯饯,车舆使者归。山花相映发,水鸟自孤飞。春日垂霜鬓,天隅把绣衣。故人从此去一作远,寥落寸心违。

江亭送眉州辛别驾升之 得芜字

柳影含云幕一作重,江波近酒壶。异方惊会面,终宴惜征途。沙晚低风蝶,天晴喜浴凫。别离伤老大,意绪日荒芜。

涪城县香积寺官阁

寺下春江深不流,山腰官阁迥添愁。含风翠壁孤云细,背日丹枫万木稠。小院回廊春一作清,一作深。寂寂,浴凫飞鹭晚悠悠。诸天合在藤萝外,昏黑应须到上头。

戏题寄上汉中王三首

　　　　原注:时王在梓州。初至,断酒不饮,篇有戏述。汉中王瑀,宁王宪之子。

西汉亲王子,成都老客星。百年双白鬓,一别五秋一作飞萤。忍断杯中物,祗一作眠看座右铭。不能随皂盖,自醉逐浮萍。

策杖时能出,王门异昔游。已知嗟不起,未许醉相留。蜀酒浓无敌,江鱼美可求。终思一酩酊,净扫雁池梁王兔园有雁池头。

群盗无归路,衰颜会远方。尚怜诗警策,犹记一作忆酒颠狂。鲁卫弥尊重,徐陈略丧亡用曹丕与吴质书。空馀枚一作故叟在,应念早升堂。

陪章留后侍御宴南楼 得风字

绝域长夏晚，兹楼清宴同。朝廷烧栈北，广德二年，吐番入大震关。鼓角满天一作漏天。樊道有大小漏天。东。屡食将军第一作邸，仍骑一作骄御史骢。本无丹灶术一作诀，那免白头翁。寇盗狂歌外，形骸痛饮中。野云低渡水，檐雨细随风。出号江城黑，题诗蜡炬一作烛红。此身醒〔復〕（覆）醉，不拟哭途穷。

台　上 得凉字

改席台能一作为迥，留门月复光。云行一作霄遗暑湿，山谷进风凉。老去一杯足，谁怜屡舞长。何须把官烛，似恼鬓毛苍。

送王十五判官扶侍还黔中 得开字

大家东征逐子班大家赋：余随子乎东征。回，风生洲渚锦帆开。青青竹笋迎船出，日日一作白白江鱼入馔来。离别不堪无限意，艰危深仗济时才。黔阳信使应稀少，莫怪频频一作烦劝酒杯。

倦　夜 吴曾《漫录》云：顾陶《类编》题作倦秋夜。

竹凉侵卧内，野月满一作遍庭隅。重露成涓滴，稀星乍有无。暗飞萤自照，水宿鸟相呼。一作飞萤自照水，宿鸟竞相呼。万事干戈里，空悲清夜徂。

悲　秋

凉风动万里，群盗尚纵横。家远传一作待书日，秋来为客情。愁窥高鸟过，老逐众人行。始欲投三峡，何由见两京。

对　雨

莽莽天涯雨，江边独立时。不愁巴道路，恐湿汉旌旗。雪岭防秋急，绳桥战胜迟。西戎甥舅礼，未敢背恩私。

警　急　原注：时高公適领西川节度。

才名旧楚将，妙略拥兵机。玉垒虽传檄，松州会解围。和亲知拙计，公主漫无归。青海今谁得，西戎实饱飞。

王　命

汉一作漠北豺狼满，巴西道路难。血埋诸将甲，骨断使臣一作君鞍。广德元年，李之芳等使吐蕃，被留。牢落新烧栈，苍茫旧筑坛。严武入朝，吐蕃陷河西、陇右，又围松州，高適不能制，故思武也。深怀喻蜀意，恸哭望王官一作京峦。

征　夫

十室几人在，千山空自多。路衢唯见哭，城市不闻歌。漂梗无安地，衔枚有荷戈。官军未通蜀，吾道竟如何。

有 感 五 首

将帅蒙恩泽，兵戈有岁年。至今劳圣主，可以报皇天。白骨新交战，云台旧拓边。武德以来，开拓边境，地连西域，皆置都督府州县。开元中，置朔方等处节度使以统之。禄山反后数年间，西北数十州相继沦没，尽陷河西、陇右之地。乘槎断消息，无处觅张骞。

幽蓟馀蛇豕一作封豕史朝义下诸降将仍据幽魏之地，乾坤尚虎狼。诸侯春不贡，使者日相望。慎勿吞青海，无劳问越裳。大君先息战，归马华山阳。

洛下舟车入，天中贡赋均。日闻红粟腐，寒待翠华春。莫取金汤
固，长令宇宙新。不过行俭德，盗贼本王臣。钱谦益曰：自吐蕃入寇，车
驾东幸，程元振劝帝都洛阳。郭子仪奏请亟还京师，以为东周土地狭陋，险不足恃，适
为战场。明明天子，躬俭节用，黜素餐，去冗食，抑竖刁、易牙之权，任蓬瑗、史鳅之直，
则黎元自理，盗贼自平。甫诗正隐括大意。

丹桂喻王室风霜急，青梧喻宗枝日夜凋。由来强干地，未有不臣朝。
受钺亲贤往，卑宫制诏遥。终依古封建，岂独听箫韶。甫与房琯每建
分封讨贼之议。

盗灭人还乱，兵残将自疑。登坛名绝假，报主一作执玉尔何迟。领
郡辄无色，之官皆有词。愿闻哀痛诏，端拱问疮痍。钱谦益曰：开元以
前，有事于外则命使，否则止。自唐八节度、十采访，始有坐而为使者。其后名号益广。
大抵生于置兵，盛于专利，普于衔命。于是为使则重，为官则轻。天宝末，佩印有至四
十。大历中，请俸有至千贯者。宦官内外悉属之使。此诗云登坛名绝假，谓诸将兼官
太多，所谓坐而为使也。领郡辄无色，州郡皆权臣所管，不能自达，故曰无色也。之官
皆有词，所谓为使则重，为官则轻也。

送元二适江左

> 一本原注：元结也。考《次山集》，未尝入蜀，亦未尝至江左，且与后
> 注应孙吴科举不合，殆非是。

乱后今相见，秋深复远行。风尘为客日，江海送君情。晋室丹阳
尹，公孙白帝城。经过自爱惜，取次莫论兵。原注：元〔尝〕（常）应孙吴科
举。

章梓州水亭 原注：时汉中王兼道士席谦在会，同用荷字韵。

城晚通云雾，亭深到芰荷。吏人桥外少，秋水席边多。近属淮王
至，高门蓟子过。荆州爱山简，吾醉亦长歌。

玩月呈汉中王

夜深露气清,江月满江城。浮一作游客转危坐,归舟应独行。关山同一照一作点,乌鹊自多惊。欲得淮王术,风吹晕已生。

戏作寄上汉中王二首 原注:王新诞明珠。

云里不闻双雁过,掌中贪见一作看一珠新。秋风袅袅吹江汉,只在他乡何处人。

谢安舟楫风还起,梁苑池台雪欲飞。杳杳东山携汉妓一作携妓去,泠泠一作阴阴修竹待王归。时汉中王谪官蓬州。

投简梓州幕府兼简韦十郎官 一本无官字

幕下郎官安稳无,从来不奉一行书。固一作不知贫病人须弃一作关何事,能使韦郎迹也疏。

登　高

风急天高猿啸哀,渚清沙白鸟飞回。无边落木萧萧下,不尽长江衮衮来。万里悲秋常作客,百年多病独登台。艰难苦恨繁霜鬓,潦倒新停浊酒杯。

九　日

去年登高郪县北,今日重在涪江滨。苦遭白发不相放,羞见黄花无数新。世乱郁郁久为客,路难悠悠常傍人。酒阑却忆十年事,肠断骊山清路尘。

遣　愤

闻道花门将,论功未尽归。自从收帝里,谁复总戎一作兵机一作军麾。
蜂虿终怀毒,雷霆可震威。莫令鞭血地,再湿汉臣衣。钱谦益曰:回纥
既助顺收河北,贼平,恣行暴掠,前后赐赉,府藏为竭。初,雍王见回纥可汗,不于帐前
舞蹈,引章少华、魏琚等榜笞至死。汉臣鞭血,正记此事。

章梓州一作使君橘亭饯成都窦少尹 得凉字

秋日野亭千橘香,玉盘锦席高云凉。主人送客何所作,行酒赋诗殊
未央。衰老应为难离一作难为应离别,贤声此去有辉光。预传籍籍
新京尹一作兆,青史无劳数一作缺赵张。

送陵州路使君赴一作之任

王室比一作此多难,高官皆武臣时多以武将领刺史。幽燕通使者,岳牧
用词人。国待贤良急,君当拔擢新。佩刀成气象,行盖出风尘。战
伐乾坤破,疮痍府库贫。众僚宜洁白,万役但一作物役平均。霄汉
瞻佳士一作家事,泥途任此身。秋天正摇落,回首大江滨。

薄　暮

江水长流一作最深地,山云薄暮时。寒花隐乱草,宿鸟择一作探深枝。
旧国见何日,高秋心苦悲。人生不再好,鬓发白一作自成丝。

西山三首 即岷山,捍阻羌夷,全蜀巨障。

彝界荒山顶,蕃州积雪边。筑城依一作连白帝,西方之帝,非白帝城也。
转粟上青天。蜀将分旗鼓,羌兵助一作动井泉一作铠铤。西戎背和
好,杀气日相缠。

辛苦三城戍，长防万里秋。烟尘侵火井，雨雪闭松州。风动将军幕一作盖，天寒使者裘。漫山贼营一作成壁垒，回首得无忧。广德元年，吐蕃陷松、维、保三城，及云山新筑二城。高适不能救，于是剑南、西山诸州亦入于吐蕃。子弟犹深入，关城未解围。蚕崖蚕崖关在导江西北五十里铁马瘦，灌口米船稀。辩士安边策，元戎决胜威。今朝乌鹊喜，欲报凯歌归。

薄　游

淅淅一作渐渐风生砌，团团日一作月隐墙。遥一作满空秋雁灭一作过，半岭暮云长一作张。病叶多先坠一作堕，寒花只暂香。巴城添泪眼，今夜复清一作秋光。

赠韦赞善别

扶病送君发，自怜犹不归。只应尽客泪，复作掩荆扉。江汉故人少，音书从此稀。往还二十载，岁晚寸心违。

送李卿晔 晔，淮安忠公瑗之子，时以罪贬岭南。

王子思归日，长安已乱兵。沾衣问行在，走马向承明。暮景巴蜀僻，春风江汉清。晋山介山在绵上，以子推自比。虽自弃，魏阙尚含情。

绝　句

江边踏青罢，回首见旌旗。风起春城暮，高楼鼓角悲。

城　上 一作空城

草满巴西绿，空城一作城空白日长。风吹花片片，春动一作荡水一作送雨茫茫。八骏随天子，群臣从武皇。遥闻出巡守，早晚遍遐荒。

舍弟占归草堂检校聊示此诗

久客应吾道,相随独尔来。孰知江路近,频为草堂回。鹅鸭宜长数,柴荆莫浪开。东林竹影薄,腊月更须栽。

全唐诗卷二二八

杜 甫

伤春五首 原注：巴阆僻远，伤春罢，始知春前已收宫阙。

天下兵虽满，春光一作青春日自浓。西京疲百战，北阙任群凶。关塞三千里，烟花一万重。蒙尘清路急，御宿且一作有谁供。广德元年，吐蕃陷京师。代宗幸华州，百官奔散，无复供拟。殷复前王道，周迁旧国容。蓬莱足云气，应合总从龙。

莺入新年语，花开满故枝。天青一作清风卷幔，草碧水通一作连池。牢落官军速一作远，萧条万事危。鬓毛元自白，泪点向来垂。不是无兄弟，其如有别离。巴山春色静，北望转逶迤。

日月还相斗，星辰屡合一作亦屡围。不成诛执法指程元振辈，焉得变危机。大角缠兵气，钩陈出帝畿。烟尘昏御道，耆旧把天衣。一作固无牵白马，几至著青衣。行在诸军阙，来朝大将稀。贤多隐屠钓，王肯载同归。

再有朝廷乱，难知消息真。近传一作闻王在洛，复道使归一作通秦。夺马悲公主，登车泣贵嫔。萧关迷北上，沧海欲东巡。敢料安危体，犹多老大臣。岂一作得无稽绍血，沾洒属车尘。

闻说初东幸，孤儿却走多。难分太仓粟，竞弃鲁阳戈。胡虏登前殿，王公出御河。得无一作忍为中夜舞，谁一作宜忆大风歌。春色生烽燧，幽人泣薜萝。君臣重修德，犹足见时和。

王阆州筵奉酬十一舅惜别之作

万壑树声满，千崖秋气高。浮舟<small>一作云</small>出郡郭，别酒寄江涛。良会不复久，此生何太劳。穷愁但<small>一作惟</small>有骨，群盗尚如毛。吾舅惜分手，使君寒赠袍。沙头暮黄鹄，失侣自<small>一作亦</small>哀号。

放　　船

送客苍溪县，山寒雨不开。直愁骑马滑，故作泛舟回。青惜峰峦过，黄知橘柚来。江流大<small>一作天</small>自在，坐稳兴悠哉。

奉待严大夫

殊方又喜故人来，重镇还须济世才。常怪偏裨终日待，不知旌节隔年回。欲辞巴徼啼莺合，远下荆门去鹢催。身老时危思会面，一生襟<small>一作怀</small>抱向谁开。

奉寄高常侍 <small>一作寄高三十五大夫</small>

汶上相逢年颇多，飞腾无那故人何。总戎楚蜀应全未，方驾<small>一作价</small>曹刘不啻过。今日朝廷须汲黯，中原将帅忆廉颇。天涯春色催迟暮，别泪遥添锦水波。

奉寄章十侍御

<small>　　原注：时初罢梓州刺史东川留后，将赴朝廷。章彝初为严武判官，后为武所杀。武再镇蜀，彝已入觐，岂未行而杀之耶？</small>

淮海维扬一俊人，金章紫绶照青春。指麾能事回天地，训练强兵动鬼神。湘西不得归关羽，河内犹宜借寇恂。朝觐从容问幽仄，勿云

江汉有一作老垂纶。

将赴荆南寄别李剑州

使君高义驱今古,寥落三年坐剑州。但见文翁能化俗一作蜀,焉知李广未封侯。路经滟滪双蓬鬓,天入沧浪一钓舟。戎马相逢更何日,春风回首仲宣楼。

奉寄别马巴州 原注:时甫除京兆功曹,在东川。

勋业终一作真归马伏波,功曹非一作无复汉萧何。扁舟系缆沙边久,南国浮云水上多。独把鱼竿终远去,难随鸟一作鸟翼一相过。知君未爱春湖色,兴在骊驹白玉珂。

泛　江

方舟不用楫,极目总无波。长日容杯酒,深江净绮罗。乱离还奏乐,飘泊且听歌。故国流清渭,如今花正多。

陪王使君晦日泛江就黄家亭子二首

山豁何时断,江平不肯流。稍知花改岸,始验鸟随舟。结束多红粉,欢娱恨白头。非君爱人客,晦日更添一作禁愁。
有径金沙软,无人碧草芳。野畦连蛱蝶,江槛俯鸳鸯。日晚烟花乱,风生锦绣香。不须吹急管,衰老易悲伤。

南　征

春岸桃花水,云帆枫树林。偷生长避地,适远更沾襟。老病南征日,君恩北望心。百年歌自苦,未见有知音。

久　客

羁旅知交态,淹留见俗情。衰颜聊自哂,小吏最相轻。去国哀王粲,伤时哭贾生。狐狸何足道,豺虎正一作乱纵横。

春　远

肃肃花絮晚,菲菲红素轻。日长唯鸟雀,春远独柴荆。数有关中乱,何曾剑外清。故乡一作园归不得,地入亚夫营。

暮　寒

雾隐平郊树,风含广岸波。沉沉春色静,惨惨暮寒多。戍鼓犹长击,林莺遂不歌。忽思高宴会,朱袖拂云和。

双　燕

旅食惊双一作双飞燕,衔泥入此堂。应同避燥湿,且复过一作遇炎凉。养子风尘际,来时道路长。今秋天地在,吾亦离殊方。

百　舌

百舌来何处,重重只报春。知音兼众语,整翮岂多身。花密藏难一作难相见,枝高听转新。过时如发口,君侧有谗人。

地　隅

江汉山重阻,风云地一隅。年年非故物,处处是穷途。丧乱秦公子王粲本秦川贵公子,悲凉一作秋楚大夫。平生心已折,行路日荒芜。

游　子

巴蜀愁谁语,吴门兴杳然。九江春草外,三峡暮帆前。厌就成都卜,休为吏部眠。蓬莱如可到,衰白问群一作神仙。

归　梦

道路时通塞,江山日寂寥。偷生唯一老,伐叛已三朝。雨急青枫暮,云深黑水遥。梦归一作魂归未一作亦得,不用楚辞招。

江亭王阆州筵饯萧遂州

离亭非旧国,春色是他乡。老畏歌声断一作短,一作继,愁随一作从舞曲长。二天开宠饯,五马烂生一作辉光。川路风烟接,俱宜一作看下凤皇。

绝 句 二 首

迟日江山丽,春风花草香。泥融飞燕子,沙暖睡鸳鸯。
江碧鸟逾白,山青花欲燃。今春看又过,何日是归年。

滕王元婴亭子

原注:亭在玉台观内。王,高宗调露年中,任阆州刺史。　一本滕王亭子二首、玉台观二首,不分题。

君王台榭枕巴山,万丈丹梯尚可攀。春日莺啼修竹里,仙家犬吠白云间。清江锦一作碧石伤心丽,嫩蕊浓花满目班。人到于今歌出牧,来游此地不知还。

玉台观 原注:滕王造。

中天积翠玉台一作虚遥,上帝高居绛节朝。遂有冯夷来击鼓,始知嬴女善吹箫。江光隐见鼋鼍窟,石势参差一作差池乌鹊桥。更肯一作有红颜生羽翼一作翰,便应黄发老渔樵。

滕王亭子

寂寞春山路,君王不复行。古墙犹竹色,虚阁自松声。鸟雀荒村暮,云霞过客情。尚思歌吹入,千骑把一作拥霓旌。

玉台观

浩劫因王造一作起,平台访古游。彩云萧史驻,文字鲁恭留。宫阙通群帝,乾坤到十洲。人传有笙鹤,时过此一作北山头。

渡江

春江不可一作用渡,二月已风涛。舟楫欹斜疾一作甚,鱼龙偃卧高。渚花兼一作张素锦,汀草乱青袍。戏问垂纶客,悠悠见一作是汝曹。

喜雨

南国旱一作早无雨,今朝江出云。入空才漠漠,洒迥已纷纷。巢燕高飞尽,林花润色分。晚来声不绝,应得夜深闻。

送韦郎司直归成都

窜身来蜀地,同病得韦郎。天下干一作兵戈满,江边岁月长。别筵花欲暮,春日鬓一作鬟色俱苍。为问南溪竹一作笋,抽梢合过墙。原注:余草堂在成都西郭。

将赴成都草堂途中有作先寄严郑公五首 宝应二年,严武封郑国公,复节度剑南。

得归茅屋赴成都,直一作真为文翁再剖符。但使闾阎还揖让,敢论松竹久荒芜。鱼知丙穴一在沔阳,一在顺政,一在雅州,一在邛州,一在万州,一在达州。此应指邛州,去成都较近。由来美,酒忆郫筒郫县酒,以竹筒盛之。不用酤。五马旧曾谙小径,几回书札待潜夫。

处处青江带白蘋,故园犹得见残春。雪山斥候无兵马,锦里逢迎有主人。休怪儿童延俗客,不教鹅鸭恼比邻。习池未觉风流尽,况复荆州赏更新。

竹寒沙碧浣花溪,菱一作橘刺藤梢咫尺迷。过客径须愁出入,居人不自解东西。书签药裹封蛛网,野店山桥送马蹄。岂一作肯藉荒庭春草一作新月色,先判一饮醉如泥。

常苦沙崩损药栏,也从江槛落风湍。新松恨不高一作长千尺,恶竹应须斩万竿。生理只凭黄阁老,衰颜一作容欲付一作赴紫金丹。三年奔走空皮骨,信有人间行路难。

锦官一作馆城西生事一作生事城西微,乌皮几在还思归。昔去为忧乱兵入,今来已恐邻人非。侧身天地更怀古,回首风尘甘一作且息机。共说总戎云鸟阵,不妨游子芰荷衣。

别房太尉墓 在阆州

他乡复行役,驻马别孤坟。近泪无干土,低空一作空山有断云。对棋陪谢傅,把剑觅徐君。唯见林花落,莺啼送客闻。

自阆州领妻子却赴蜀山行三首

汩汩一作揖揖,一作浥浥。避群盗,悠悠经十年。不成向南国,复作游西川。物役水虚照,魂伤山寂然。我生无倚著,尽室畏途边。
长林偃风色,回复一作首意犹迷。衫裛翠微润,马衔青草嘶。栈一作
径悬斜避石,桥断却寻溪。何日干一作兵戈尽,飘飘愧老妻。
行色递隐见,人烟时有无。仆夫穿竹语,稚子入云呼。转石惊魑
魅,抨聘平声,弹也。弓落狖鼯。真供一笑乐,似欲慰穷途。

山　馆 一作移居公安山馆,编入江陵诗后。

南国昼多雾,北风天正寒。路危行木杪,身远一作迥宿云端。山鬼
吹灯灭,厨人语夜阑。鸡鸣问前馆,世乱敢求安。

行次盐亭县聊题四韵奉简严遂州蓬
州两使君咨议诸昆季 严震及弟砺皆梓州盐亭人

马首见盐亭,高山拥县青。云溪花淡淡一作漠漠,春郭水泠泠。全
蜀多名士,严家聚德星。长歌意无极,好为老夫听。

倚　杖 原注:盐亭县作。

看花虽郭内一作外,倚杖即溪边。山县早休市,江桥春聚船。狎一作
野鸥轻白浪一作日,归雁喜青一作清天。物色兼生意,凄凉忆去年。

陪王汉州留杜绵州泛
房公西湖 房琯刺汉州时所凿

旧相恩追后,春池赏不稀。阙庭分未到,舟楫有光辉。豉化莼丝
熟,刀鸣〔鲙〕(绘)缕飞。使君双皂盖,滩浅正相依。

舟前小鹅儿 原注:汉州城西北角官池作。官池即房公湖。

鹅儿黄似酒,对酒爱新鹅。引颈嗔船逼一作过,无行乱眼多。翅开

遭宿雨,力小困沧波。客散层城暮,狐狸奈若何。

得房公池鹅

房相西亭鹅一群,眠沙泛浦白于一作如云。凤皇池上应回首,为报笼随王右军。

答杨梓州

闷到房一作杨公池水头,坐逢杨子镇东州。却向青溪不相见,回船应一作因载阿戎游。

登　楼

花近高楼伤客心,万方多难此登临。锦江春色来一作水流天地,玉垒浮云变古今。北极朝廷终不改,西山寇盗莫相侵。可怜后主还祠庙,日暮聊为梁甫吟。

春　归

苔径临江竹,茅檐覆地花。别来频甲子,倏忽一作归到又春华。倚杖看孤石,倾壶就浅沙。远鸥浮水静,轻燕受风斜。世路虽多梗,吾生亦有涯。此身一作且应醒复醉,乘兴即为家。

归　雁

东来万里客,乱定一作走几年归。肠断江城雁,高高正一作向北飞。

赠王二十四侍御契四十韵

王契,字佐卿,京兆人。元结有送契之西蜀序。

往往虽相见,飘飘愧此身。不关轻绂冕,俱一作但是避风尘。一别星桥夜,三移斗柄春。败亡非赤壁,奔走为黄巾。子一作尔去何潇洒,余藏异隐沦。书成无过雁,衣故有悬鹑。恐惧行装数,伶俜卧疾一作病频。晓莺工迸泪,秋月解伤神。会面嗟黧黑,含凄话苦辛。接舆还入楚,王粲不归秦。锦里残丹灶,花溪得钓纶。消一作宵中只自惜,晚起索谁亲。伏柱闻周史,乘槎有一作似汉臣。鸳鸿不易狎,龙虎未宜驯。客则一作即挂冠至,交非倾盖新。由来意气合,直取性情真。浪迹同生死,无心耻贱贫。偶然存蔗芋,幸各对松筠。粗饭依他日,穷愁怪此辰。女长裁褐稳,男大卷书匀。㴾一作堋,蜀人以堰为堋。口江如练,蚕崖雪似银。名园当翠巘,野棹没青蘋。屡喜王侯宅,时邀一作逢江海人。追随不觉晚,款曲动弥旬。但使芝兰秀,何烦一作须栋宇邻。山阳无俗物,郑驿正留宾。出入并鞍马,光辉参一作忝席珍。重游先主庙,更历少城闉。石镜通幽魄,琴台隐绛唇。送终惟粪土,结爱独荆榛。置酒高林下,观棋积水滨。区区甘累趼,稍稍息劳筋。网聚黏圆鲫,丝繁煮细莼。长一作〔慨〕(概)歌敲柳瘿,小睡凭藤轮。农月须知课,田家敢忘勤。浮生难去食,良会惜清晨。列国兵戈暗,今王德教淳。要闻除猰貐,休作画麒麟。洗眼看轻薄,虚怀任屈伸。莫令胶漆地,万古重雷陈。

寄董卿嘉荣十韵

闻道君牙帐,防秋近赤霄。下临千雪岭一作仞雪,却背五绳桥。海内久戎服,京师今晏朝。犬羊曾烂熳,宫阙尚萧条。猛将宜尝胆,龙泉必在腰。黄图遭污辱,月窟可焚烧。会取干戈利,无令斥候骄。居然双捕虏,自是一嫖姚。落日思轻骑,高一作秋天忆射雕。云台画形像,皆为扫氛妖。

寄司马山人十二韵

关内昔分袂,天边今转蓬。驱驰不可说,谈笑偶然同。道术曾留意,先生早击蒙。家家迎蓟子,处处识壶公。长啸峨嵋北,潜行玉垒东。有时骑猛虎,虚室使仙童。发少何劳白,颜衰肯更红。望云悲輆轲,毕景羡冲融。丧乱形仍役,凄凉信不通。悬旌要路口,倚剑短亭中。永作殊方客,残生一老翁。相哀骨可换,亦遣驭清风。

黄河二首

黄河北岸海西军,椎鼓鸣钟天下闻。铁马长鸣不知一作如数,胡人高鼻动成群。雍王适至陕州,回纥屯于河北。仆固怀恩与回纥左杀为前锋,所谓河北海西军也。

黄河西一作北,一作南,俱非。岸是吾一作故蜀,欲须供给家无粟。愿驱众庶戴君王,混一车书弃金玉。

寄李十四员外布十二韵

原注:新除司议郎,兼万州别驾,虽尚伏枕,已闻理装。

名参汉望苑汉武为太子置博望苑以通宾客,职述景题舆周景为陈蕃题舆。巫峡将之郡,荆门好附书。远行无自苦,内热比何如。正是炎天阔,那堪野馆疏。黄牛平驾浪,画鹢上凌虚。试待盘涡歇,方期解缆初。冏能过小径,自一作日为摘嘉蔬。渚柳元幽僻,村花不扫除。宿阴繁素柰,过雨乱红蕖。寂寂夏先晚,泠泠风有馀。江清心可莹,竹冷发堪一作宜梳。直作移巾几,秋帆发弊庐。

归来

客里有所过一作适,归来知路难。开门野鼠走,散帙壁鱼干。洗杓开新酝,低头拭小盘一作著小冠。凭谁给麴蘗,细酌老江干。

王录事许修草堂赀不到聊小诘

为嗔王录事,不寄草堂赀。昨属愁春雨,能忘欲漏时。

寄邛州崔录事

邛州崔录事,闻在果园坊坊在成都。久待无消息,终朝有底忙。应愁江树远,怯见野亭荒。浩荡风尘一作烟外,谁知酒熟香。

过故斛斯校书庄二首

原注:老儒艰难时,病于庸蜀,叹其没后方授一官。《英华》注:即斛斯融。

此老已云殁,邻人嗟亦一作叹未休。竟无宣室召,徒有茂陵求。妻子寄他食,园林非昔游。空馀缞帷在,浙浙野风秋。

燕入非旁舍,鸥归只故池。断桥无复板,卧柳自生枝。遂有山阳作,多惭鲍叔知。素交零落尽,白首泪双垂。

立秋一本有日字雨院中有作

山云行绝塞,大火复西流。飞雨动华屋,萧萧梁栋秋。穷途愧知己,暮齿借前筹。已费清晨谒,那成长者谋。解衣开北户,高枕对南楼。树湿风凉进,江喧水气浮。礼宽心有适,节爽病微瘳。主将归调鼎,吾还访旧丘。

奉和严大夫军城早秋

秋风袅袅动高旌,玉帐分弓射房营。已收滴博岭在维州云间戍,更夺一作次取蓬婆雪外城。雪山外有蓬婆岭。

院中晚晴怀西郭茅舍

幕府秋风日夜清,澹云疏雨过高城。叶心朱实看一作堪时落,阶面青苔先自一作老更生。复有楼台衔暮景,不劳钟鼓报新晴。浣花溪里花饶笑,肯信吾兼一作今吏隐名。

到　村

碧涧虽多雨,秋沙先去声,一作亦少泥。蛟龙引子过,荷芰逐花低。老去参戎幕,归来散马蹄。稻粱须就列,榛草即相迷。蓄积思江汉,疏顽一作顽疏惑一作感町畦。稍一作暂酬知己分,还入故林栖。

宿　府

清秋幕府井梧一作桐寒,独宿江城蜡炬一作烛残。永夜角声悲自语,中天月色好谁看。风尘荏苒音书绝,关塞萧条行路难。已忍伶俜十年事,强移栖息一枝安。

遣闷奉呈严一本有郑字公二十韵

白水鱼竿客,清秋鹤发翁。胡为来一作居幕下,只合在舟中。黄卷真如律,青袍也自公。老妻忧坐〔痹〕(痺)音秘,湿病也,幼女问头风。平地专攲倒,分曹失异同。礼甘衰力就,义忝上官通。畴昔论诗早,光辉仗钺雄。宽容存性拙,剪拂念途穷。露裛思藤架,烟霏想桂丛。信然龟触网,直作鸟窥笼。西岭纤村北,南江绕舍东。竹皮寒旧翠,椒实雨新红。浪簸船应坼,杯干瓮即空。藩篱生野径,斤斧任樵童。束缚酬知己,蹉跎效小忠。周防期稍稍,太简遂匆匆。晓入朱扉启,昏归画角终。不成寻别业,未敢息微躬。乌鹊愁银汉,驽骀怕锦幪。会希全物色,时放倚梧桐。

送舍弟颖一作颖，一作颖赴齐州三首

岷岭南蛮北，徐关东海西。此行何日到，送汝万行啼。绝域惟高枕，清风独杖藜。危时暂相见，衰白意都迷。

风尘暗不开，汝去几时来。兄弟分离苦，形容老病催。江通一柱观，日落望乡台。客意长东北，齐州安在哉。

诸姑今海畔，两弟亦山东。去傍干戈觅，来看道路通。短衣防战地，匹马逐秋风。莫作俱流落，长瞻碣石鸿。

严郑公阶下新松 得沾字

弱质岂自负，移根方尔瞻。细声闻一作侵玉帐，疏翠近珠帘。未见紫烟集，虚蒙清露沾。何当一百丈，欹盖拥高檐。

严郑公宅同咏竹 得香字

绿竹半含箨，新梢才出墙。色侵书帙晚，阴过酒樽凉。雨洗娟娟净，风吹细细香。但令无剪伐，会见拂云长。

奉观严郑公厅事岷山沱江画图十韵 得忘字

沱水流一作临中座，岷山到一作对，一作赴。此一作北堂。白波吹一作侵粉壁，青嶂插雕梁。直讶杉松冷，兼疑菱荇香。雪云虚点缀，沙草得微茫。岭雁随毫末，川蜺饮练光。霏红洲蕊乱，拂黛石萝长。暗谷一作谷暗非关雨，丹枫·作枫丹不为霜。秋成一作城玄圃外，景物洞庭旁。绘事功殊绝，幽襟兴激昂。从来谢太傅，丘壑道难忘。

晚秋陪严郑公摩诃池

泛舟 得溪字。池在张仪子城内。

湍驶风醒酒，船回一作行雾起堤。高城秋自落，杂树晚相迷。坐触鸳鸯起，巢倾翡翠低。莫须惊白鹭，为伴宿清溪。

初　冬

垂老戎衣窄，归休寒色一作气深。渔舟上急水，猎火著高林。日有习池醉，愁来梁甫吟。干戈未偃息，出处遂何心。

至　后

冬至至后日初长，远在剑南思洛阳。青袍白马有何意，金谷铜驼非故乡。梅花欲开不自觉，棣萼一别永相望。愁极本凭诗遣兴，诗成吟咏转凄凉。

正月三日归溪上有作简院内诸公

野外堂依竹，篱边水向城。蚁浮仍腊味，鸥泛已春声。药许邻人剷，书从稚子擎。白头趋幕府，深觉负平生。

弊庐遣兴奉寄严公

野水平桥路，春沙映竹村。风轻粉蝶喜，花暖蜜蜂喧。把酒宜一作且深酌，题诗好细论。府中瞻暇日，江上忆词源。迹忝一作寄朝廷旧，情依节制尊。还思长者辙，恐避席为门。

春日江村五首

农务村村急，春流岸岸深。乾坤万里眼，时序百年心。茅屋还堪赋，桃源自可寻。艰难贱一作浅，一作昧。生理，飘泊到如今。

迢递来三蜀，蹉跎有一作又六年。客身逢故旧，发兴自林泉。过懒从衣结，频游任履穿。藩篱无限景一作颇无限，恣意买一作向江天。

种竹交加翠，栽桃烂熳红。经心石镜月，到面雪山风。赤管随王命，银章付老翁。岂知牙齿落，名玷荐贤中。

扶病垂朱绂，归休步紫苔。郊扉存一作在晚计，幕府愧群材。燕外晴丝卷，鸥边水叶开。邻家送鱼鳖，问我数能来。

群盗哀王粲，中年召贾生。登楼初有作，前席竟为荣。宅入先贤传，才高处士名。异时怀二子，春日复含情。

绝 句 六 首

日出篱东水，云生舍北泥。竹高鸣翡翠，沙僻舞鹍鸡一作鹈鸡。

蔼蔼花蕊乱，飞飞蜂蝶多。幽栖身懒动，客至欲如何。

凿井交棕叶，旧注：交棕作井绠。一云雨坏盐井，以棕叶覆之。开渠断竹根。扁舟轻袅缆，小径曲通村。

急雨捎溪足，斜晖转树腰。隔巢黄鸟并，翻藻白鱼跳。

舍下笋穿壁，庭中藤刺一作到檐。地晴丝冉冉，江白草纤纤。

江动月移石，溪虚云傍花。鸟栖知故道，帆过宿谁家。

绝 句 四 首

堂西长笋别开门，堑北行椒却背村。梅熟许同朱老吃，松高拟对阮生论。原注：朱、阮剑外相知。

欲作鱼梁云复一作覆湍，因惊四月雨声寒。青溪先有蛟龙窟，竹石如山不敢安。

两个黄鹂鸣翠柳，一行白鹭上青天。窗含西岭千秋雪，门泊东吴万里船。原注：西山白雪，四时不消。

药条药一作菜甲润青青,色过棕亭入草亭。苗满空山惭取誉,根居隙地怯成形。

全唐诗卷二二九

杜　甫

哭严仆射归榇

素幰随流水，归舟返旧京。老亲如一作知宿昔，部曲异平生。风送一作逆蛟龙雨一作匣，天长骠骑营。一哀三峡暮，遗后见君情。

宴戎州杨使君东楼

胜绝惊身老，情忘发兴奇。座从歌妓密，乐任主人为。重碧拈一作酤，一作擎，一作拓。春一作筒酒，轻红擘荔枝。楼高欲愁思，横笛未休吹。

渝州候严六侍御不到先下峡

闻道乘骢发，沙边待至今。不知云雨散，虚费短长吟。山带乌蛮阔，江连白帝深。船经一柱观，留眼一作滞共登临。

拨　闷　一作赠严二别驾

闻道云安麹米春唐人呼酒为春，才倾一盏即醺人。乘舟取醉非难事，下峡消愁定几巡。长年三老遥怜汝，桡栌开头一作鸣桡捷有神。已办青钱防雇直，当令美味入吾唇。

闻高常侍亡 原注:忠州作。

归朝不相见,蜀使忽传亡。虚历金华省,何殊地下郎。致君丹槛折,哭友白云长。独步诗名在,只令故旧伤。

宴忠州使君侄宅

出守吾家侄,殊方此日欢。自须游阮巷一作舍,不是怕湖一作溪滩。乐助长歌逸一作送,杯一作林饶旅思宽。昔曾如意舞,牵率强为看。

禹　庙 此忠州临江县禹祠也

禹庙空山里,秋风落日斜。荒庭垂橘柚,古屋画龙蛇。云气生虚一作嘘清壁,江声走白沙。早知乘四载,去声,即乘辌等乘字义。疏凿一作流落控三巴。

题忠州龙兴寺所居院壁

忠州三峡内,井邑聚云根。小市常争米,孤城早闭门。空一作岂看过客泪,莫觅主人恩。淹泊一作薄仍愁虎,深居赖独园。

旅 夜 书 怀

细草微风岸,危樯独夜舟。星垂一作随平野阔,月涌大江流。名岂文章著,官因一作应老病休。飘飘一作零何所似,天地一作外一沙鸥。

别 常 征 君

儿扶犹杖策,卧病一秋强。白发少新洗,寒衣宽总长。故人忧见及,此别泪相忘。各逐萍流转,来书细作行。

三　绝　句

前一作去年渝州杀刺史,今年开州杀刺史。群盗相随剧虎狼,食人
更肯留妻子。

二十一家同入蜀,惟残一人出骆谷。自说二女啮臂时,回头却向秦
云哭。

殿前兵马虽骁雄,纵暴略与羌浑同。闻道杀人汉水上,妇女多在官
军中。

十二月一日三首

今朝腊月春意动,云安县前江可怜。一声何处送书雁,百丈谁家上
水一作濑船。未将梅蕊惊愁眼,要一作更取楸一作椒花媚远天。明光
起草人所羡,肺病几时朝日边。

寒轻市上山烟碧,日满楼前江雾黄。负盐出井此溪女,打鼓发船何
郡郎。新亭举目风景切,茂陵著书消渴长。春花不愁不烂漫,楚客
唯听棹相将。

即看燕子入山扉,岂有黄鹂历翠微。短短桃花临水岸,轻轻柳絮点
人衣。春来准拟开怀久,老去亲知见面稀。他日一杯难强进,重嗟
筋力故山违。

又　雪

南雪不到地,青崖沾未消。微微向日薄,脉脉去人遥。冬热鸳鸯
病,峡深豺虎骄。愁边有江水,焉得北之朝。

奉汉中王手札

国有乾坤大,王今叔父尊。剖符来蜀道,归盖取荆门。峡险通舟过

一作峻，水长注海奔。主人留上客，避暑得名园。前后缄书报，分明馈玉恩。天云浮绝壁，风竹在华轩。已觉良一作凉宵永一作逸，何看骇浪翻。入期朱邸雪，朝傍紫微垣。枚乘文章老，河间礼乐存。悲秋宋玉宅，失路武陵源。淹薄俱崖口，东西异石根。夷音迷咫尺，鬼物傍一作倚黄昏。犬马诚为恋，狐狸不足论。从容草奏罢，宿昔奉清樽。

赠崔十三评事公辅

飘飘一作飙西极马，来自渥洼池。飒飒定一作寒，一作邓。山桂，低徊风雨枝。我闻龙正直，道屈尔何为。且有元戎命，悲歌识者谁一作知。官联辞冗长，行路洗欹危。脱剑主人赠，去帆春色随。阴沉铁凤阙，教练羽林儿。天子朝侵早，云台仗数移。分军应供给，百姓日支离。黠吏因封己，公才或守雌。燕王买一作贾骏骨，渭老得熊罴。活国名公在，拜坛群寇疑。冰壶动瑶碧，野水失蛟螭。入幕诸彦集一作聚，渴贤高选宜。骞腾坐可致，九万起于斯。复进出矛戟，昭然开鼎彝。会看之子贵，叹及老夫衰。岂但江曾决，还思雾一披。暗尘生古镜，拂匣照西施。舅氏多人物，无惭困翮垂。

长 江 二 首

众水会涪万，瞿塘争一门。朝宗人共挹，盗贼尔谁尊。孤石隐如马，高萝垂饮猿。归心异波浪，何事即飞翻。
浩浩终不息，乃知东极临一作深。众流归海意，万国奉君心。色借潇湘阔，声驱滟滪深一作沈。未辞添雾雨，接上遇一作过衣襟。

承闻故房相公灵榇自阆
州启殡归葬东都有作二首

远闻房太守一作尉,归葬陆浑山。一德兴王后,孤魂久客间。孔明
多故事陈寿等定《诸葛亮故事》二十四篇以进,安石竟崇班。他日嘉陵涕,
仍沾楚水还。

丹旐飞飞日,初传发阆州。风尘终不解,江汉忽同流。剑动新一作
亲身匣,书归故国楼。尽哀知有处,为客恐长休。

云安九日郑十八携酒陪诸公宴

寒花开已尽,菊蕊独盈枝。旧摘人频异,轻香酒暂随。地偏初衣
夹,山拥更登危。万国皆戎马,酣歌泪欲垂。

答郑十七郎一绝

雨后过畦润,花残步屐迟。把文惊小陆,好客见当时。

将 晓 二 首

石城除击柝,铁锁欲开关。鼓角悲荒塞,星河落曙一作晓山。巴人
常小梗,蜀使动无还。垂老孤帆色,飘飘犯百一作白蛮。

军吏回官烛,舟人自楚歌。寒沙蒙薄雾,落月去清波。壮惜身名
晚,衰惭应接多。归朝日簪笏,筋力定如何。

怀锦水居止二首

军旅西征僻,风尘战伐多。犹一作独闻蜀父老,不忘舜讴歌。天险
终难立,柴门岂重过。朝朝巫峡水,远逗一作远锦江波。

万里桥南一作西宅,百花潭北庄。层轩皆面水,老树饱经霜。雪岭

界天白,锦城曛日黄。惜哉形胜地,回首一茫茫。

子　规

峡里云安县,江楼翼瓦齐。两边山木合,终日子规啼。眇眇春风
见,萧萧夜色凄_{一作栖}。客愁那听此,故作傍_{一作傍旅人低。}

立　春

春日春盘细生菜,忽忆两京梅发时。盘出高门行白玉,菜传纤手送
青丝。巫峡寒江那对眼,杜陵远客不胜悲。此身未知归定处,呼儿
觅纸一题诗。

漫成一绝 _{一本无一绝二字}

江月去人只数尺,风灯照夜欲三更。沙头宿鹭联拳静_{一作起},船尾
跳鱼拨_{一作跋,一和泼。}剌鸣。

老　病

老病巫山里,稽留楚客中。药残他日裹,花发去年丛。夜足沾沙
雨,春多逆水风。合分双赐笔,犹作一飘蓬。

南　楚

南楚青春异,暄寒早早分。无名江上草,随意岭头云。正月蜂相
见,非时鸟共闻。杖藜妨跃马,不是故离群。

寄常征君

白水青山空复春,微君晚节傍风尘。楚妃堂上色殊众,海鹤阶前鸣
向人。万事纠纷犹绝粒,一官羁绊实藏身。开州入夏知凉冷,不似

云安毒热新。

寄岑嘉州 原注：州据蜀江外。

不见故人十年馀，不道故人无素书。愿逢颜色关塞远，岂意出守江城居。外江三峡且相接，斗酒新诗终日一作自疏。谢朓每篇堪讽诵，冯唐已老听吹嘘。泊船秋夜经春草，伏枕青枫限玉除。眼前所寄选何物，赠子云安双鲤鱼。

移居夔州郭

伏枕云安县，迁居白帝城。春知催柳别，江与一作已放船清。农事闻人说，山光见鸟情。禹功饶断石，且就土微平。

船下夔州郭宿雨湿不得
上岸别王十二一作二十判官

依沙宿舸船，石濑月娟娟。风起春灯乱，江鸣夜雨悬。晨钟云外一作岸湿，胜地石堂烟一作偏。柔橹轻鸥外，含凄一作情觉汝贤。

雨　不　绝

鸣雨既过渐细一作细雨微，映空摇飏如丝飞。阶前短草泥不乱，院里长条风乍稀。舞石旋应将乳子，行云莫自湿仙衣。眼边江舸何匆促，未待一作得安流逆浪归。

崔评事弟许相迎不到应虑老夫
见泥雨怯出必愆佳期走笔戏简

江阁要宾许马迎，午时起坐自天明。浮云不负青春色，细雨何孤白帝城。身过花间沾湿好，醉于马上往来轻。虚疑皓首冲泥怯，实少银鞍傍险行。

宿江边阁 <small>即后西阁</small>

暝色延山径，高斋次水门。薄云岩际宿，孤月浪中翻。鹳鹤追飞静<small>一作尽</small>，豺狼得食喧。不眠忧战伐，无力正乾坤。

夜宿西阁晓呈元二十一曹长

城暗更筹急，楼高雨雪微。稍通绡幕霁，远带玉绳稀。门鹊晨光起<small>一作喜</small>，墙<small>一作樯</small>乌宿处飞。寒江流甚细，有意待人归。

西阁口号 <small>呈元二十一</small>

山木抱云稠，寒江绕上头。雪崖才变石，风幔不依楼。社稷堪流涕，安危在运筹。看君话王室，感动几销忧。

西 阁 雨 望

楼雨沾云幔，山寒<small>一作高</small>著水城。径添沙面出，湍减石棱生。菊蕊凄疏放，松林驻远情。滂沱朱槛湿，万虑傍<small>一作倚</small>檐楹。

不离西阁二首

江柳非时发，江花冷色频。地偏应有瘴，腊近已含春。失学从愚子，无家住<small>一作任</small>老身。不知西阁意，肯别定留<small>一作何</small>人。

西阁从人别，人今亦故亭。江云飘素练<small>一作叶</small>，石壁断<small>一作斩</small>空青。沧海先迎日，银河倒列星。平生耽胜事，吁骇<small>一作怪</small>始初经。

西阁三度期大昌严明府同宿不到

问子能来宿，今疑索故要。匣琴虚夜夜，手板自朝朝。金吼霜钟彻,花催腊一作蜡炬销。早凫江槛底,双影漫飘飖。

西阁二首

巫山小摇落,碧色见一作是松林。百鸟各相命,孤云无一作非自心。层轩俯江壁,要路亦高深。朱绂犹纱帽,新诗近玉琴。功名不早立,衰病谢知音。哀世非一作无王粲,终然一作朝学越吟。

懒心似江水,日夜向沧洲。不道含香贱,其如镊白休。经过调一作凋碧柳,萧索一作瑟倚朱楼。毕娶何时竟,消中得自由。豪一作荣华看古往,服食寄冥搜。诗尽人间兴,兼须入海求。

阁夜

岁暮阴阳催短景,天涯霜雪霁寒宵。五更鼓角声悲壮,三峡星河影动摇。野哭几一作千家闻战伐,夷歌数一作是处起渔樵。卧龙跃马终黄土,人事依依漫一作音尘日,一作音书颇。寂寥。

西阁夜

恍惚寒山暮,逶迤白雾昏。山虚风落石,楼静月侵门。击柝可怜子,无衣何处村。时危关百虑,盗贼尔犹存。

瀼西寒望

　　夔人以涧水通江者为瀼。大昌县西有千顷池,水分三道,其一南流奉节县,为西瀼水。

水色含群动,朝光切太虚。年侵一作终频怅望,兴远一萧疏。猿挂时相学,鸥行炯自如。瞿唐春欲至,定卜瀼西居。

入宅三首 大历二年春,甫自西阁迁赤甲。

奔峭背赤甲,断崖当白盐。客居愧迁次,春酒一作色渐多添。花亚欲移竹,鸟窥新卷帘。衰年不敢恨,胜概欲相兼。

乱后居难定,春归客未还。水生鱼复浦,云暖麝香山一作判。半顶梳头白,过眉拄杖斑。相看多使者,一一问函关。

宋玉归州宅,云通白帝城。吾人淹老病,旅食岂才名。峡口风常急,江流气不平。只应与儿子,飘转任浮生。

赤　甲

卜居赤甲迁居新,两见巫山楚水春。炙背可以献天子,美芹由来知野人。荆州郑薛郑审、薛据寄书一作诗近,蜀客郗岑郗昂、岑参非我邻。笑接郎中评事饮,病从深酌道吾真。

卜　居

归羡辽东鹤,吟同楚执珪。未成游碧海,著处觅丹梯。云障一作嶂宽江左一作北,春耕破瀼西。桃红客若至,定似昔一作晋人迷。

暮春题瀼西新赁草屋五首

久嗟三峡客,再与暮春期。百舌欲无语,繁花能几时。谷虚云气薄,波乱日华迟。战伐何由定,哀伤不在兹。

此邦千树橘,不见比封君。养拙干戈际,全生麋鹿群。畏人江北草,旅食瀼西云。万里巴渝曲,三年实饱闻。

彩云阴复白,锦树晓一作晚来青。身世双蓬鬓,乾坤一草亭。哀歌时自短一作惜,醉舞为谁醒。细雨荷锄立,江猿吟翠屏。

壮年一作志学书剑,他日委泥沙。事主非无禄,浮生即有涯。高斋依药饵,绝域改春华。丧乱丹心破,王臣未一家。

欲陈济世策,已老尚书郎。未息豺虎斗,空惭鸳鹭行。时危人事急一作恶,风逆一作急羽毛伤。落日悲江汉,中宵泪满床。

园

仲夏流多水,清晨向小园。碧溪摇艇阔,朱果烂枝繁。始为江山静,终防市井喧。畦蔬绕茅屋,自足媚盘餐。

竖子至

楂梨且一作才缀碧,梅杏半传黄。小子幽园至,轻笼熟奈香。山风犹满把,野露及新尝。欲寄一作欹沈江湖客,提携日月长。

示獠奴阿段

  獠乃南蛮别种,无名字。男称阿䕡、阿段,女称阿夷、阿等之类。

山木苍苍落日曛,竹竿袅袅细泉分。郡人入夜争馀沥,竖一作稚子寻源独不闻。病渴三更回白首,传声一注湿青云。曾惊陶侃胡奴异,陶侃有一胡奴,胡僧见之曰:此海山使者也。是夜即失所在。怪尔常穿虎豹群。

秋野五首

秋野日疏一作荒,一作蔬。芜,寒江动碧虚。系舟蛮井络一作路,卜宅楚村墟。枣熟从一作行人打,葵荒欲自一作且锄。盘餐老夫食,分减及溪一作樵鱼。

易识浮生理,难教一物违。水深鱼极乐,林茂鸟知归。吾一作衰老甘贫病,荣华有是非。秋风吹几杖,不厌此一作北山薇。

礼乐攻吾短,山林引兴长。掉头纱帽仄,曝背竹书光。风落收松子,天寒割蜜房。稀疏小红翠,驻屐近微香。

远岸秋沙白,连山晚照红。潜鳞输骇浪,归翼会高风。砧响家家发,樵声个个同。飞霜任青女,赐被隔南宫。

身许麒麟画，年衰鸳鹭群。大江秋易盛，空峡夜多闻。径隐千重石，帆留一片云。儿童解蛮语，不必作参军。郝隆诗：娵隅跃清池。桓温问是何物。答曰：蛮以鱼为娵隅。温曰：何为作蛮语？答曰：千里从公，仅得蛮府参军，安得不作蛮语？

溪　上

峡内淹留客，溪边四五家。古苔生连音谪。一作湿，一作窄。地，秋竹隐疏花。塞俗人无井，山田饭有沙。西江使船至，时复问京华。

树　间

岑寂双甘树，婆娑一院香。交柯低几杖，垂实碍衣裳。满岁如松碧，同时待菊黄。几回沾叶一作落露，乘月坐胡床。

课小竖钼斫舍北果林枝蔓荒秽净讫移床三首 一作秋日闲居三首

病枕依茅栋，荒钼净果林。背堂资僻远，在野兴清深。山雉防求敌，江猿应独吟。泄云高不去，隐几亦无心。

众壑生寒早，长林卷雾齐。青虫悬就日，朱果落封一作成泥。薄俗防人一作狸面，全身学马蹄。吟诗坐一作重回首，随意葛巾低。

篱弱门何向，沙虚岸只一作自摧。日斜鱼更食，客散鸟还来。寒水光难定，秋山响易哀。天涯稍曛黑，倚杖更一作独裴回。

寒雨朝行视园树

柴门杂一作拥树向千株，丹橘黄甘此一作北地无。江上今朝寒雨歇，篱中秀一作边新色画屏纡。桃蹊李径年虽故一作古，栀子红椒艳复殊。锁石藤稍元自落，倚一作到天松骨见来枯。林香出实垂将尽，叶蒂辞一作离枝一作柯不重苏。爱日恩光蒙借贷,清霜杀气得忧虞。衰颜更一作动觅藜床坐,缓步仍须竹杖扶。散骑未知云阁处,啼猿僻在楚山隅。

季秋江村

乔木村墟古,疏篱野蔓悬。清一作素琴将暇日,白首望霜天。登俎黄甘重,支床锦石圆。远游虽寂寞,难见此山川。

小　园

由来巫峡水,本自楚人家。客病留因药,春深买为花。秋庭风落果,瀼岸雨颓沙。问俗营寒事,将诗待物华。

自瀼西荆扉且移居东屯茅屋四首

白盐危峤北,赤甲古城东。平地一川稳,高山四面同。烟霜凄野日,粳稻熟天风。人事伤蓬转,吾将守桂丛。

东屯复瀼西,一种住青溪。来往皆一作兼茅屋,淹留为稻畦。市喧宜近利,原注:西居近市。林僻此无蹊。若访衰翁语,须令剩客迷。

道北冯都使,高斋见一川。子能渠细石,吾亦沼清泉。枕带一作席还相似,柴荆即有焉。斫畲应费日,解缆不知年。

牢落西江外,参差北户间。久游巴子国一作宅,卧病楚人山。幽独移佳境,清深隔远关。寒空见鸳鹭,回首忆一作想朝班。

茅堂检校收稻二首

香稻三秋末,平田百顷间。喜无多屋宇,幸不碍云山。御夹侵寒气,尝新破旅颜。红鲜终日有,玉粒未吾悭。

稻米炊能白,秋葵煮复新。谁云滑易饱,老藉软俱匀。种幸房州

熟,苗同伊阙_{甫有庄墅在河南}春。无劳映渠碗,_{车渠也。《彝碗铭》:珍逾渠}
_{碗。}自有色如银。

东 屯 月 夜

抱疾漂萍老,防边旧谷屯。春农亲异俗,岁月在衡门。青女霜枫
重,黄牛峡水喧。泥留虎斗迹,月挂客愁村。乔木澄稀影,轻云倚
细根。数惊闻雀噪,暂睡想猿蹲。日转东方白,风来北斗昏。天寒
不成寝,无梦寄_{一作有归}魂。

东 屯 北 崦

盗贼浮生困,诛求异俗贫。空村惟见鸟,落日未_{一作不逢}人。步壑
风吹面,看松露滴身。远山回白首,战地有黄尘。

从驿次草堂复至东屯_{一本有茅屋二字}二首

峡_{一作山}内_{一作里}归田客_{一作舍},江边借马骑。非寻戴安道,似向习家
池。峡_{一作地}险风烟僻_{一作合},天寒橘柚垂。筑场看敛积,一学楚人
为。

短景难高卧,衰年强此身。山家蒸栗暖,野饭射麋新。世路知交
薄,门庭畏客频。牧童斯_{一作须}在眼,田父实为邻。

暂往_{一作住}白帝复还东屯

复作归田去,犹残获稻功。筑场怜穴蚁,拾穗许村童。落杵光辉
白,除_{一作殊}芒子粒红。加餐可扶老,仓庾_{一作廪}慰飘蓬。

刈稻了咏怀

稻获空云水,川平对石门。寒风疏落_{一作草木},旭_{一作晓}日散鸡豚。

野哭初闻战，樵歌稍出村。无家问消息，作客信乾坤。

上白帝城 公孙述僭位于此，自称白帝。

城峻随天壁城临大江，楼高更一作望女墙。江流思夏后，风至忆襄王。
老去闻悲角，人扶报夕阳。公孙初恃险，跃马意何长。

上白帝城二首

江城含变态，一上一回新。天欲今朝雨，山归万古春。英雄馀事
业，衰迈久风尘。取醉他乡客，相逢故国人。兵戈犹拥蜀，赋敛强
一作尚输秦。不是烦形胜，深惭一作愁畏损神。

白帝空祠庙，孤云自往来。江山城宛转，栋宇客裴回。勇略今何
在，当年亦壮哉。后人将酒肉，虚殿日尘埃。谷鸟鸣还过，林花落
又开。多惭病无力，骑马入青苔。

武侯庙 庙在白帝西郊

遗庙丹青落一作古，空山草木长。犹闻辞后主，不复卧南阳。

八　阵　图

诸葛亮八阵图有三，一在夔，一在弥牟镇，一在棋盘市。此在夔之
永安宫前者。

功盖三分国，名高八阵图。江流石不转，遗恨失吞吴。

谒先主庙 刘昭烈庙在奉节县东六里

惨淡风云会，乘时各有人。力侔分社稷，志屈偃经纶。复汉留长
策，中原仗老臣。杂耕心未已，呕呵同血事酸辛。杂耕、呕血皆谓诸葛亮事。
霸气西南歇，雄图历数屯。锦江元过楚，剑阁复通秦。旧俗存祠

庙,空山立一作泣鬼神。虚檐交一作扶鸟道一作过,枯木半龙鳞。竹送清一作青溪月,苔移玉座春。间阎儿女换,歌舞岁时新。绝域归舟远,荒城系马频。如何对摇落,况乃久风尘。埶一作势与关张并,功临耿邓亲。应一作继天才不小,得士一作土契无邻。迟暮堪帷幄,飘零且钓缗。向来忧国泪,寂寞洒衣巾。

白盐山 白盐崖高千馀丈,在州城东十七里。

卓立群峰外,蟠根积水边下临神渊。他皆任厚地,尔一作我独近高天。白榜千家邑,清秋万估一作里,一作古。船。词人取佳句,刻画竟谁传一作刷练始堪传。

滟滪堆

巨积一作石水中央,江寒出水长。沈牛答云雨,如马戒舟航。天意存倾覆,神功接混茫。干戈连解缆,行止忆垂堂。

滟滪

滟滪既没孤根深,西来水多愁太阴。江天漠漠鸟双去,风雨时时龙一吟。舟人渔子歌回首,估客胡商泪满襟。寄语舟航恶年少,休翻盐井横一作摸,一作掷。黄金。

白帝

白帝城中一作头云出门一作若屯,白帝城下雨翻盆。高江急峡雷霆斗,翠一作古木苍一作长藤日月昏。戎一作去马不如归马逸,千家今有百一作十家存。哀哀寡妇诛求尽,恸哭秋原何处村。

白 帝 城 楼

江度寒山阁,城高绝塞楼。翠屏宜晚对,白谷会深游。急急能鸣雁,轻轻不下鸥。彝陵春色起,渐拟放扁舟。

晓望白帝城盐山

徐步移班杖,看山仰白头。翠深开断壁,红一作江远结飞楼。日出清一作寒江望,暄和散旅愁。春城见松雪,始拟进归舟。

白帝城最高楼

城尖径昃一作翼旌旆愁,独立缥缈之飞楼。峡坼云霾龙虎卧一作睡,江清日抱鼋鼍游。扶桑西枝对一作封断石,弱水东影随长流。杖藜叹世者谁子,泣血迸空回白头。

白 帝 楼

漠漠虚无里,连连睥睨侵。楼光去日远,峡影入江深。腊破思端绮,春归待一金。去年梅柳意,还欲揽边心。

陪诸公上白帝城一本有头字,一本有楼字宴越公堂之作越公杨素所建

此堂存古制,城上俯江郊。落构垂云雨,荒阶蔓草茅。柱穿蜂溜蜜,栈缺燕添巢。坐接春杯气,心伤艳蕊梢。英灵如过隙,宴衎愿投胶。莫问东流水一作水清浅,生涯未即抛。

峡 隘

闻说江陵府,云沙静一作净眇然。白鱼如切玉,朱橘不论钱。水有

远湖树,人今何处船。青山各一作若在眼,却望峡中天。

诸 葛 庙

久游巴子国,屡入武侯祠。竹日斜虚寝,溪风满薄帷。君臣当共济,贤圣亦同时。翊戴归先主,并吞更出师。虫蛇穿画壁,巫觋醉蛛丝。欻忆吟梁父,躬耕也一作起未迟。

峡 口 二 首

峡口大江间,西南控百一作白蛮。城欹连粉堞,岸断更青山。开辟多一作当天险,防隅一水关。乱离闻鼓角,秋气动衰颜。

时清关失险,世乱戟如林。去矣英雄事,荒哉割据心。芦花留客晚,枫树坐猿深。疲苶烦亲故,诸侯数赐金。原注:主人柏中丞,频分月俸。

天 池

天池马不到,岚壁鸟才通。百顷青云杪,层波白石中。郁纡腾秀气,萧瑟浸寒空。直对巫山出一作峡,兼疑夏禹功。鱼龙开辟有,菱芡一作芰古今同一作丰。闻道奔雷黑,初看浴日红。飘零神女雨,断续楚王风。欲问支机石,如临献宝宫。九秋惊雁序,万里狎渔翁一作樵童。更是无人处,诛茅一作劳任薄躬。

瞿 塘 两 崖

三峡传何处,双崖壮此门。入天犹石色,穿水忽云根。猱玃须髯古,蛟龙窟宅尊。羲和冬一作骖驭近,愁畏日车翻。

夔州歌十绝句

中巴之东巴东山，江水开辟流其间。白帝高为三峡镇，夔州一作瞿唐险过百牢关。关在汉中西南。

白帝夔州各异城，古白帝在夔州城东。蜀江楚峡混殊名。瞿唐旧名西陵峡，与荆州西陵峡相混。英雄割据非天意，霸主一作王并吞在物情。

群雄竞起问一作闻，一作向前朝音潮，王者无外见今朝。比讶渔阳结怨恨，元听舜日旧箫韶。

赤甲白盐俱刺天，间阎缭绕接山巅。枫林橘树丹青合，复道重楼锦绣悬。

瀼东瀼西一万家，江北江南一作江南江北春冬花。背飞鹤子遗琼蕊，相趁凫雏入蒋牙。

东屯稻畦一百顷，北有涧水通青苗。晴浴狎鸥分处处，雨随神女下朝朝。

蜀麻吴盐自古通，万斛之舟行若风。长年三老长歌里，白昼一作买摊钱一作白马滩前高浪中。

忆昔咸阳都市合，山水之图张卖时。巫峡曾经宝屏见，楚宫犹对碧峰疑。

武侯祠堂一作生祠不可忘，中有松柏参天长。干戈满地客愁破，云日如火炎天凉。

阆风玄圃与蓬壶，中有高堂一作唐天下无。借问夔州压何处，峡门江腹拥城隅。

上卿翁请修武侯庙遗像缺
落时崔卿权夔州 崔卿，甫之舅氏。

大贤为政即多闻，刺史真符不必分。尚有西郊诸葛庙，卧龙无首对江渍。

全唐诗卷二三〇

杜　甫

偶　题

文章千古事,得失寸心知。作者皆殊列,名声岂浪垂。骚人嗟不见,汉道盛于斯。前辈飞腾入,馀波绮丽为。后贤兼旧列一作制,一作利,一作例,历代各清规。法自儒家有,心从弱岁疲。永怀江左逸,多病一作谢邺中奇。骤骥皆良马,骐骥带好儿。车轮徒已斫,堂构惜一作肯仍亏。漫作潜夫论,虚传幼妇碑一作词。缘情慰漂荡,抱疾屡迁移。经济惭长策,飞栖假一枝。尘沙傍蜂虿,江峡绕蛟螭。萧瑟唐虞远,联翩楚汉危。圣朝兼盗贼,异俗更喧卑。郁郁星辰剑,苍苍云雨池。两都开幕府,万宇插军麾。南海残铜柱,东风避月支。音书恨乌鹊,号怒怪熊罴。稼穑分诗兴,柴荆学土宜。故山迷白阁,秋水隐一作忆黄一作皇陂。不敢要佳句,愁来赋别离。

秋兴八首

玉露凋伤枫树林,巫山巫峡气萧森。江间波浪兼天涌,塞上风云接地阴。丛菊两一作重开他日泪,孤舟时方舣舟以俟出峡一系故园心。寒衣处处催刀尺,白帝城高急暮砧。

夔府孤城落日斜,每依南一作北斗望京华。听猿实下三声泪,奉使虚随八月查。画省香炉违伏枕，山楼粉堞隐悲笳。请看石上藤萝月，已映洲前芦荻花。

千家山郭静朝晖，一日_{一作百处，一作日日}。江楼坐翠微。信宿渔人还泛泛，清秋燕子故飞飞。匡衡抗疏功名薄，刘向传经心事违。同学少年多不贱，五陵衣马自轻肥。

闻道长安似弈棋，百年世事不胜_{一作堪}悲。王侯第宅皆新主，文武衣冠异昔时。直北关山金鼓振，征西车马_{一作骑}羽书迟_{一作驰}。鱼龙寂寞秋江冷_{鱼龙以秋日为夜}，故国平居有所思。

蓬莱宫阙对南山，承露金茎霄汉间。西望瑶池降王母，_{杨贵妃初度女道士，故唐人多以王母比之。}东来紫气满函关。_{唐以老子为祖，屡征符瑞。}云移雉尾开宫扇，日绕龙鳞识圣颜。一卧沧江惊岁晚，几回青琐照_{一作点}朝班。

瞿唐峡口曲江头，万里风烟接素秋。花萼夹城通御气，芙蓉小苑入边愁。朱帘绣柱围黄鹤_{一作鹄}，锦缆牙樯起白鸥。回首可怜歌舞地，秦中自古帝王州。

昆明池水汉时功，武帝旌旗在眼中。织女机丝虚月夜_{一作夜月}，石鲸鳞甲动秋风。波漂菰米沉云黑，露冷莲房坠粉红。关塞极天唯鸟道，江湖满地一渔翁。

昆吾_{亭名，在蓝田}御宿_{川名，在樊川}自逶迤，紫阁峰阴入渼陂_{一本二句倒转}。香稻_{一作红稻，一作红饭}啄馀_{一作残}鹦鹉粒，碧梧栖老凤皇枝。佳人拾翠春相问，仙侣同舟晚更移。彩笔昔游_{一作曾}干气象，白头吟望苦低垂。

咏怀古迹五首_{吴若本作咏怀一章、古迹四首}

支离东北风尘际，漂泊西南天地间。三峡楼台淹日月，五溪衣服共云山。羯胡事主终无赖，词客哀时且未还。庾信平生最萧瑟，暮年诗赋动江关。庾信仕周,年侵二毛,时有乡关之思,乃作《哀江南赋》。

摇落深知宋玉一作为主悲,风流儒雅亦吾师。怅望千秋一洒泪,萧条异代不同时。江山故宅空文藻,云雨荒台岂梦思。最是楚宫俱泯灭,舟人指点到今疑。

群山万壑赴荆门,生长明妃尚有村。一去紫台连朔漠,独留青冢向黄昏。画图省识春风面,环佩空归月夜魂。千载琵琶作胡语,分明怨一作愁恨曲中论。

蜀主窥吴幸三峡,崩年亦在永安宫。刘备改鱼复为永安,仍于州西置永安宫。翠华想像空一作寒山里,玉殿虚无野寺中。古庙杉松巢水鹤,岁时伏腊走村翁。武侯祠屋常邻近,一体君臣祭祀同。原注:殿今为寺,庙在宫之东。

诸葛大名垂宇宙,宗臣遗像肃清高。三分割据纡筹策,万古云霄一羽毛。伯仲之间见伊吕,张辅《乐葛优劣论》:孔明将与伊、吕争俦,岂与乐毅为伍。指挥若定失萧曹。崔浩《典论》云:诸葛亮不能与萧、曹匹亚。福一作运移汉祚难恢一作终难复,志决身歼军务劳。

诸 将 五 首

汉朝陵墓对南山,胡虏千秋尚入关。昨日玉鱼汉楚王戊太子死,天子赐玉鱼一双以敛蒙葬地,早时金碗卢充与崔少府女幽婚,赠充金碗,乃向时殉葬物也。出人间。见音现愁汗马西戎逼,曾闪朱旗北斗殷于颜切,红色也。一作间。多少材官守泾渭,将军且莫破愁颜。钱谦益曰:安禄山犯阙,继以吐蕃,焚毁不已,必有发掘陵寝之虞,故告戒诸将以守泾渭也。是春,吐蕃请和,郭子仪遣兵屯奉天。

韩公本意筑三城,拟绝天骄拔汉旌。岂谓尽烦回纥马,翻然远救朔方兵。郭子仪以孤军起朔方,〔沣〕(沣)上之战,克复长安,新店之战,再收东都,皆用回纥之力。胡来不觉潼关隘,龙起犹闻晋水清。唐高祖次龙门,代水清。独使至尊忧社稷,诸君何以答升平。

洛阳宫殿化为烽，休道秦关百二重。沧海未全归禹贡，蓟门何处尽一作觅尧封。时河北幽、瀛皆安史馀孽盘据。朝廷衮职虽多预一作谁争补，天下军储不自供。稍喜临边王相国，肯销金甲事春农。广德二年，王缙以同平章事，代李光弼都统行营，岁馀，迁河南副元帅。

回首扶桑铜柱标，冥冥氛祲未一作不全销。越裳翡翠无消息，南海明珠久寂寥。殊锡曾为大司马，总戎皆插侍中貂。炎风朔雪天王地，只在忠臣一作良翊圣朝。钱谦益曰：此深戒朝廷，不当使中官出将也。杨思勖讨安南五溪，残酷好杀，故越裳不贡。吕太一收珠南海，阻兵作乱，故南海不靖。李辅国以中官拜大司马，所谓殊锡也。鱼朝恩等以中官为观军容使，所谓总戎也。炎风朔雪，皆天王之地，只当精求忠良，以翊圣朝，安得偏信一二中人，据将帅之重任，自取溃偾乎！

锦江春色逐人来，巫峡清秋万壑哀。正忆往时严仆射，共迎中使望乡台。主恩前后三持节，严武一镇东川，两镇剑南。军令分明数举杯。西蜀地形天下险，安危须仗出群材。

秋日夔府咏怀奉寄郑监审李宾客之芳一百韵

　　　　郑审官秘书少监，时谪贬江陵。李之芳留吐蕃归，拜礼部尚书，改太子宾客。

绝塞乌蛮北，孤城白帝边。飘零仍百里，消渴已三年。雄剑鸣开匣，群书满系船。一作所向皆穷辙，馀生日系船。乱离心不展一作转，衰谢日萧然。筋力妻孥问，菁华岁月迁。登临多物色，陶冶赖诗篇。峡束沧一作苍江起，岩排石一作古树石楠也圆。拂云霾楚气，朝一作潮海蹴一作衬吴天。煮井为盐速，烧畲楚俗烧榛种田曰畲度地偏。有时惊叠嶂，何处觅平川。㶉鶒双双舞，獱猿垒垒悬。碧萝长似带，锦石小如钱。春草何曾歇，寒花亦可怜。猎人吹戍火，野店引山泉。唤起搔头急，扶行几屦穿。两京犹薄产，四海绝随肩。幕府初交辟，郎官幸备员。瓜时犹一作仍，一作拘旅寓，萍泛苦一作若夤缘。药饵虚狼藉，秋风洒静便。开襟驱一作祛瘴疠，明目扫一作拂云烟。高宴诸侯礼，佳人上客前。哀筝伤老大，华屋艳神仙。南内开元曲，常时弟子传。法歌声变转，满座涕潺湲。原注：都督柏中丞筵陪梨园弟子李仙奴歌。吊影夔州僻，回肠杜曲煎。即今龙厩水，莫带犬戎膻。原注：西京龙厩门，苑马门也，渭水流苑马门内。耿贾扶王室，萧曹拱御筵。乘一作秉威灭蜂虿，戮力效一作教鹰鹯。旧物森犹在，凶徒恶未悛。国须行战伐，人忆止戈鋋。奴仆何知礼，恩荣错与权。胡星一彗字一作暗，黔首一作首恶遂拘挛。哀痛丝纶切，烦苛法令蠲。业成陈始王，兆喜出于畋谓代宗践位。宫禁经纶密，台阶翊戴全。熊罴载吕望，鸿雁美周宣。侧听中兴主，长吟不世贤。音徽一柱数，道里下牢千。原注：郑在江陵，李在夷陵。郑李光时论，文章并我先。阴何尚清省，沈宋欻联翩。律比昆仑竹，音知燥湿弦。风流俱善价，慊当久忘筌。置驿常如此，登龙盖有焉。虽云隔礼数，不敢坠周旋。高视收人表，虚心味道玄。马来皆汗血，鹤唳必青田。羽翼商山起，蓬莱汉阁连。管宁纱帽净，江令锦袍鲜江总有《山水衲袍赋》。东郡夷陵，在夔州东时题壁，南湖江陵有湖亭日扣舷。远游凌绝境，佳句染华笺。每欲孤飞去，徒为百虑牵。生涯已寥落，国步乃一作尚迍邅。衾枕成芜没，池塘作弃捐。原注：平生多病，卜筑遗怀。别离忧怛怛，伏腊涕涟涟。露菊斑丰镐，秋蔬一作蔬影涧瀍。共谁论昔事，几处有新阡。富贵空回首，喧争懒著鞭。兵戈尘漠漠，江汉月娟娟。局促看秋燕，萧疏听晚蝉。雕虫蒙记忆，烹鲤问沈绵。卜羡君平杖，严君平挂百钱杖头事，与阮孚同。岑参卜肆诗亦云：至今杖头钱，时时地下有。偷存子敬毡。囊虚把钗钏，米尽坼花钿。甘子阴凉叶，茅斋八九椽。阵图沙北岸，市暨瀼西巅。原注：峡人目市井处曰市暨。羁绊心常折，栖迟病即痊。紫收一作秧岷岭一作下芋，白种陆池一作家莲。色好梨胜颊，穰多栗过拳。敕厨唯一味，求饱或三鳝。儿去看鱼笱一作俗异邻蛟室，人一作朋来坐马鞯。缚柴门窄窄，通竹溜涓涓。堑抵公畦棱，原注：京师农人指田远

近,多云几棱。棱音去声。村依野庙堘。缺篱将棘拒,倒石赖藤缠。借
问频朝谒,何如稳醉一作昼眠。谁云行不逮一作达,自觉坐能坚。雾
雨银章涩,馨香粉署妍。紫鸾无近远,黄雀任翩翾。困学违从众,
明公各勉旃。声华夹宸极,早晚到星躔。恳谏留匡鼎,诸儒引服
虔。不逢一作过输鲠直,会是正陶甄。宵旰忧虞轸,黎元疾苦骈。
云台终日画,青简为谁编。行路难何有,招寻兴已专。由来具飞
楫,暂拟控鸣弦。身许双峰寺,蕲州双峰山有东山寺,曹溪宝林寺后亦有双
峰。门求七祖禅。禅门南能、北秀,分列二宗,弟子各立其师为六祖。北宗遂立秀
之弟子普寂为七祖,能后无闻焉。甫归心南宗,故曰身许双峰,欲求七祖也。落帆追
宿昔,衣褐向真诠。安石名高晋,原注:郑高简得谢太傅之风。昭王客赴
燕。原注:李宗亲有燕昭之美。燕,周之裔。途中非阮籍,查上似张骞。披
拂一作晤,一作豁云宁在,淹留景不延。风期终破浪,水怪莫飞涎。他
日辞神女,伤春怯杜鹃。淡交随聚散,泽国绕回旋。本自依迦叶天
竺二十五祖之首,何曾藉偓佺。偓佺食松实,体生毛数寸,能飞行逐马。炉峰生
转盼,橘井在马岭山尚高褰。东走穷归鹤,南征尽跕鸢。马援曰:我在浪
泊西里,仰视飞鸢,〔跕跕〕(站站)堕水中。晚闻多妙教,卒践塞前愆。顾凯
丹青列,头陀琬琰镌。王〔屮〕(草)头陀寺碑,为世所重。众香深黯黯,几地
佛家有十地肃芊芊。勇猛为心极,清羸任体孱。金篦空刮眼,镜象未
离铨一作平等未难铨。

赠李八一作公秘书别三十韵

往时中补右,扈跸上元初。钱谦益注:中补右者,必李秘书是时官右补阙,属中
书省,故云。上元初,谓上之元初,非若《寄题草堂诗》经营上元始也。反气凌行在,
妖星下直庐。六龙瞻汉阙一作殿,万骑略一作集姚一作妫墟。舜居安原,
名妫墟,亦名姚墟,在汉中西城县西北。时肃宗在凤翔,与汉中接壤。玄朔回一作巡
天步,神都忆帝车。一戎才汗马,百姓免为鱼。通籍蟠螭印,差肩
列凤舆。事殊迎代邸,喜异赏朱虚。寇盗方归顺,乾坤欲晏如。不

才同补衮，奉诏许牵裾。鸳鹭叨云阁，麒麟滞玉除一作石渠。文园多病后，中散旧交疏。飘泊哀相见，平生意有馀。风烟巫峡远，台榭楚宫虚一作除。触目非论故，新文尚起予。清秋凋碧柳，别浦落红蕖。消息多旗帜，经过叹里闾。战连唇齿国，军急羽毛书。幕府筹频问，原注：山剑元帅杜相公，初屈幕府参筹画，相公朝谒，今赴后期也。山家药正锄。原注：秘书比卧青城山中。台星入朝谒，使节有吹嘘。西蜀灾长弭，南翁愤始摅。对扬抏音桓，损敝也。一作坑士卒，干没费仓储。势藉兵须用，功无礼忽诸。御鞍金騕袅，宫砚玉蟾蜍。拜舞银钩落，恩波锦帕舒。此行非不济，良友昔相于。去旆一作棹依颜色，沿流想疾徐。沈绵疲井臼，倚薄似樵渔。乞去声米烦佳客，钞诗听小胥。杜陵斜晚照，潏水带寒淤。莫话清溪发，萧萧白映梳。

寄刘峡州伯华使君四十韵

峡内多云雨，秋来尚郁蒸。远山一作天朝白帝，深水谒一作出彝陵。迟暮嗟为客，西南喜得朋。哀猿更一作劳起坐，落雁失飞腾。伏枕思琼树，临轩对玉绳。青松寒不落，碧海阔逾澄。昔岁文为理，群公价尽增。家声同令闻，刘允济与王勃齐名，又与杜审言同仕则天朝，盖伯华之祖父也。时论以儒称。太后当一作临朝肃，多才接迹升。翠虚捎魍魉，丹极上鹍鹏。宴引春壶满一作酒，恩分夏簟冰。雕章五色笔，紫殿九华灯。学并卢照邻王勃敏，书偕褚遂良薛稷能。老兄真不坠，小子独无承。近有风流作，聊从月继一作峡，一作窟，一作窨，穴也。征。放蹄知赤骥，捩翅服苍鹰。卷轴来何晚，襟怀庶可凭。会期吟讽数，益破旅愁凝。雕刻初谁料一作解，纤毫欲自矜。神融蹑飞动，战胜洗侵凌。妙取筌蹄弃，高宜百万层。白头遗恨在，青竹几人登。回首追谈笑，劳歌跼寝兴。年华纷已矣，世故莽相仍。刺史诸侯贵，郎官列宿应。潘生骖一作安云阁远，黄霸玺书增。乳虥胡犬切，有力也。

号攀石，饥鼯诉落藤。药囊亲道士，灰劫问胡僧。凭久乌皮折一作绽，簪稀一作闲白一作皂帽棱。林居看蚁穴，野食行去声，一作幸，一作待。鱼罾。筋力交凋丧，飘零免战兢。皆一作昔，一作时。为百里宰，正似六安丞。桓谭谏用谶，斥为六安丞。姹女即汞也萦新裹，丹砂冷旧秤。但求椿寿永，莫虑杞天崩。炼骨调情性，张兵挠棘矜。《徐乐传》：奋棘矜。棘即戟。矜，戟之把也。养生终自惜，伐数一作叛必全惩。政术甘疏诞，词场愧服膺。展怀诗诵鲁，割爱酒如渑。原注：平生所好，消渴止之。咄咄宁书字，冥冥欲避矰。江湖多白鸟，《大戴礼》：丹鸟羞白鸟。丹鸟，丹良也。白鸟，蚊蚋也。凡有翼者为鸟。天地有青蝇。

夔府书怀四十韵

昔罢河西尉，初兴蓟北师。不才名位晚，敢恨省郎迟。扈圣崆峒日，端居滟滪时。萍流仍汲引，樗散尚恩慈。遂阻云一作灵台宿一作伯，常怀湛露诗。翠华森远矣，白首飒凄其。拙被林泉滞，生逢酒赋邹阳为《酒赋》欺。文园终寂寞，汉阁自磷缁。病隔君臣议一作识，惭纡德泽私。扬镳惊主辱，拔剑拨年衰。社稷经纶地，风云际会期。血流纷在眼，涕洒乱交颐。四渎楼船泛，中原鼓角悲。贼壕连白翟，晋文公攘夷狄，居西河圆洛间，号白翟、赤翟。战瓦落丹墀。先帝严灵一作虚寝肃宗收京哭庙，宗臣切受遗。郭子仪受遗诏，委以河东军事。恒山犹突骑，辽海竞张旗。田父嗟胶漆用以为弓，行人避蒺藜。总戎存大体，降将饰卑词。楚贡何年绝，尧封旧俗疑。长吁翻北寇安史馀党，一望卷西夷谓吐蕃。不必陪玄圃，超然待具茨。凶一作休兵铸农器，讲殿辟书帷。庙算高难测，天忧实在兹。形容真潦倒，答效莫支持。使者分王命，群公各典司。恐乖均赋敛，不似问疮痍。万里烦供给，孤城最怨思。绿林宁小患，云梦欲难追。即事须尝胆，苍生可察眉。郄雄能察盗于眉睫之间。见《列子》。议一作义堂犹集凤，正观是元龟。处处喧飞橄,家家急竞锥。萧车_{汉使萧育乘三公车,按南郡盗贼}安不定,蜀使下何之。钓濑疏坟籍,耕岩进弈棋。地蒸馀破扇,冬暖更纤绤。豹遄_{一作构}哀登楚,_{王粲《七哀诗》:豺虎方构患。又登荆州城楼作赋,故曰登楚。}麟伤泣象尼。衣冠迷适越,藻绘忆游睢。_{襄邑南有睢、涣二水,能出文章。陈琳书:游睢、涣者,学藻缋之采。}赏月延秋桂,倾阳逐露葵。大庭终反朴,京观且僵尸。高枕虚眠昼,哀歌欲和谁。南宫载勋业,凡百慎交绥。_{《左传》:出战交绥。言战未交而两退也。}

解闷十二首

草阁柴扉星散居,浪翻江黑雨飞初。山禽引子哺红果,溪友_{一作女}得钱留白鱼。

商胡离别下扬州,忆上西_{一作兰}陵故驿楼。为问淮南米贵贱,老夫乘兴欲东流_{一作游}。

一辞故国十经秋,每见秋瓜忆故丘_{一作侯}。今日南_{一作东}湖采薇蕨,何人为觅郑瓜_{一作袁州}。_{原注:今郑秘监审。}

沈范早知何水部,曹刘不待薛郎中。_{原注:水部郎中薛据。}独当省署开文苑,兼泛沧浪学钓翁。

李陵苏武是吾师,孟子_{原注:校书郎云卿}论文更不疑_{一本第二句作首句。}一饭未曾留俗客,数篇今见古人诗。

复忆襄阳孟浩然,清诗句句尽堪传。即今耆旧无新语,漫钓槎头缩颈_{一作项鳊}。

陶冶性灵在_{一作存}底物,新诗改罢自长吟。孰_{一作熟}知二谢将能事,颇学_{一作觉}阴何苦用心。

不见高人王右丞,蓝田丘壑漫_{一作蔓寒藤}。最传秀句寰区满,未绝风流相国能。_{原注:右丞弟,今相国缙。}

先帝贵妃今_{一作俱}寂寞,荔枝还复入长安。炎方每续朱〔樱〕_(缨)献,玉座应悲白露〔团〕(盘)。以下四首,专言荔枝,迫感驿送之事,卒致叹于士之不遇,不及一物。隐括张九龄《荔枝赋》意。

忆过泸戎摘荔枝,青峰隐映石逶迤。京中旧一作华应见无颜色,红颗酸甜只自知。

翠瓜碧李沈玉甃,赤梨葡萄寒露成。可怜先不异枝蔓,此物娟娟长远生。

侧生《蜀都赋》:侧生荔枝。野岸及江蒲,一作浦。赵注:戎僰以亩为蒲。《释名》:以草团屋曰蒲。不熟丹宫满玉壶。云壑布衣骀背死,劳生重一作人害马翠眉须。

复愁十二首

人烟生处僻一作远处,虎迹过新蹄。野鹘一作鹤,一作鸥,一作雉翻窥草,村船逆上溪。

钓艇收缗尽,昏鸦一作鸥接翅归一作稀。月生初学扇,云细不成衣。

万国尚防寇,故园今若何。昔归相识少,早已战场多。

身觉省郎在,家须农事归。年深荒草径,老恐失柴扉。

金丝镂一作缕箭镞,皂尾制一作掣旗竿。一自风尘起,犹嗟行路难。

胡虏何曾盛,干戈不肯休。闾阎听小子,谈话一作笑觅封侯。

贞观铜牙弩,开元锦兽张。花门小前一作箭好,此物弃沙场。

今日翔麟马,太宗十骏,九曰翔麟紫。先宜驾鼓车。无劳问河北,诸将觉一作角,一作擢,一作撞荣华。

任转江淮粟,休添苑囿兵。由来貔虎士,不满凤皇城。

江上亦秋色,火云终不移。巫山犹锦树,南国且黄鹂。

每恨陶彭泽,无钱对菊花。如今九日至,自觉酒须赊。

病减诗仍拙,吟多意有馀。莫看江总老,犹被赏时鱼。银鱼也。

承闻河北诸道节度入
朝欢喜口号绝句十二首

禄山作逆降天诛，更有思明亦已无。汹汹人寰犹不定，时时斗战欲
何须。

社稷苍生计必安，蛮夷杂种错相干。周宣汉武今王是，孝子忠臣后
代看。

喧喧道路多歌一作好童谣，河北将军尽入朝。大历二年，淮南李忠臣、汴宋
田神功、凤翔李抱玉俱先后入朝。河北诸镇未有入朝者，或传闻未实耳。始一作自是
乾坤王室正，却交一作教江汉客魂销。

不一作北道诸公无表来，茫然一作茫庶事遣一作使人猜。拥兵相学干
戈锐，使者徒劳百万一作万里回。此追言前此拒顺之事。

鸣玉锵金尽正臣，修文偃武不无人。兴王会静一作尽妖氛气，圣寿
宜过一万春。

英雄见事若通神，圣哲为心小一身。燕赵休矜出佳丽，宫闱不拟选
才人。

抱病江天白首郎，空山楼阁暮春光。衣冠是日朝天子，草奏何时一
作人入帝乡。

澶音僤，纵逸也。《庄子》：澶漫为乐。漫山东一百州，削成如桉抱青丘。苞
茅重入归关内，王祭还供尽海头。

东逾辽水北滹沱，星象风云喜一作气共和。紫气关临天地阔，黄金
台贮俊贤多。

渔阳突骑邯郸儿，酒酣并辔金鞭垂。意气即归双阙舞，雄豪复遣五
陵知。

李相将军谓光弼拥蓟门，白头虽老一作惟有赤心存。竟能尽说诸侯
入，知有从来天子尊。

十二年来多战场，天威已息阵堂堂。神灵汉代中兴主，功业汾阳异姓王。

喜闻盗贼蕃寇总退口号五首

萧关陇水入官军，青海黄河卷塞云。北极一作阙转愁一作深龙虎气，西戎休纵犬羊群。大历二年九月，吐蕃入寇灵州。路嗣恭击破之，旋引去。

赞普多教使入秦，数通和好止一作尚烟尘。朝廷忽用哥舒将，杀伐虚悲公主亲。此追言开元末金城公主卒后竟失和亲，及天宝间哥舒翰攻拔石堡城事。

崆峒西极一作北过昆仑，驼马由来拥国门。逆气数年吹路断，蕃人闻道渐星奔。

勃律大小勃律在吐蕃西，去中国九千里。天西采玉河，于阗玉州，乃河源所出。有三玉河：东白玉，西绿玉，又西乌玉。坚昆碧碗坚昆在葱岭北，出琉璃碗。最来多。旧随汉使千堆宝，少一作小答胡一作朝王万匹罗。

今春喜气满乾坤，南北东西拱至尊。大历二一作三年调玉烛，玄元皇帝圣云孙。

洞　房

洞房环佩冷，玉殿起秋风。秦地应新月，龙池满旧宫。系舟今夜远，清漏往时同。万里黄山北，园陵白露中。汉黄山宫在武帝茂陵北，借以喻明皇泰陵也。

宿　昔

宿昔青门里，蓬莱仗数移。花娇迎杂树，龙喜出平池。落日一作月留王母，微风倚少儿以卫少儿比贵妃诸姊妹。宫中行乐秘，少有外人知。

能　画

能画毛延寿，投壶郭舍人。每蒙天一笑，复似一作以物皆一作初春。
政化平如水，皇恩一作明断若神。时时用抵戏，亦未杂风尘。

斗　鸡

斗鸡初赐锦，舞马既一作解登床。帘下宫人出，楼前御柳一作曲长。
仙游终一阕，女乐久无香。寂寞骊山道，清秋草木黄。

鹦　鹉一作䴗羽

鹦鹉含愁思，聪明忆别离。翠衿浑短尽，红觜漫多知。未有开笼
日，空残旧宿枝。世人怜复损，何用羽毛奇。

历　历

历历开元事，分明在眼前。无端盗贼起，忽已岁时迁。巫峡西江
外，秦城北斗边。为郎从白首，卧病数秋天。

洛　阳

洛阳昔陷没，胡马犯潼关。天子初愁思，都人惨别颜。清笳去宫
阙，翠盖出关山。故老仍流涕，龙髯幸再攀。

骊　山

骊山绝望幸，花萼罢登临。地下无朝烛，人间有赐金。鼎湖龙去
远，银海雁飞深。万岁蓬莱日，长悬旧羽林。

提　封

提封汉天下，万国尚同心。借问悬车一作军守，何如俭德临。时征俊乂入，草窃一作莫虑犬羊侵。愿戒兵犹火，恩加四海深。

覆舟二首

巫峡盘涡晓，黔阳贡物秋。丹砂同陨石，翠羽共沉舟。《张仪传》：积羽沈舟。羁使空斜影，龙居一作宫闼积流。篙工幸不溺，俄顷逐轻鸥。

竹宫时望拜，桂馆或求仙。姹女临波日，神光照夜年。徒闻斩蛟剑，无复爨犀船。使者随秋色，迢迢独上天。

垂　白　一作白首

垂白一作白首冯唐老，清秋宋玉悲。江喧长少睡，楼迥独移时。多难身何补，无家病不辞。甘从千日醉，未许七哀诗。曹植、王粲、张载俱有《七哀诗》。

草　阁

草阁临无一作芜地，柴扉永不关。鱼龙回夜水，星月动秋山。久一作夕露清一作晴初湿，高云薄未还。泛舟惭小妇，飘泊损红颜。

江　月

江月光于一作如水，高楼思杀人。天边长作客，老去一沾巾。玉露团清影，银河没半轮。谁家挑锦字，灭烛一作烛灭翠眉颦。

江　上

江上日多雨，萧萧荆楚秋。高风下木叶，永夜揽貂裘。勋业频看镜,行藏独倚楼。时危思报主,衰谢不能休。

中　夜

中夜江山静,危楼望北辰。长为万里客,有愧百年身。故国风云气,高堂战伐尘。胡雏负恩泽,嗟尔太平人。

江　汉

江汉思归客,乾坤一腐儒。片云天共远,永夜月同孤。落日心犹壮,秋风病欲疏一作苏。古来存老马,不必取长途。

白　露

白露团甘子,清晨散马蹄。圃开连石树,船渡入江溪。凭几看鱼乐,回鞭急一作至鸟栖。渐知秋实美,幽径恐多蹊。

孟　氏 集有过孟十二仓曹十四主簿兄弟诗

孟氏好兄弟,养亲唯小园。承颜胝手足,坐客强盘〔飧〕(餐)。负米力一作寒,一作夕葵外,读书秋树根。卜邻惭近舍,训子学一作觉谁一作先门。

吾　宗 原注:卫仓曹崇简。

吾宗老孙子,质朴古人风。耕凿安时论,衣冠与世同。在家常早起,忧国愿年丰。语及君臣际,经书满腹中。

有　叹

壮心久零落,白首寄人间。天下兵常斗,原注:闻蜀官军自围普还。还一作遂。江东客未还。穷猿号雨雪,老马怯一作望,一作泣关山。武德开元际,苍生岂重攀。

冬　深 一作即日

花叶随天意,江溪共石根。早霞随类一作泪影,寒水各依一作流痕。易下杨朱泪,难招楚客魂。风涛暮不稳,舍棹宿谁门。

不　寐

瞿塘夜水黑,城内改更筹。翳翳月沉雾,辉辉星近楼。气衰甘少寐,心弱恨和一作知,一作多,一作容。愁。多垒一作叠恨满山谷,桃源无处求。

月　圆

孤月当楼满,寒江动夜扉。委波金不定,照席绮逾依。未缺空山静,高悬列宿稀。故园松桂一作菊发,万里共清辉。

中　宵

西阁百寻馀,中宵步绮疏。飞星过水白,落月动沙虚。择木知幽鸟,潜波想巨鱼。亲朋满天地,兵甲少来书。

遣　愁

养拙蓬为户,茫茫何所开。江通神女馆,地隔望乡台。渐惜容颜老,无由弟妹来。兵戈与人事,回首一悲哀。

秋　清

高秋苏病一作肺,或作肺,非气,白发自能梳。药饵憎加减,门庭闷扫除。杖藜还客拜,爱竹遣儿书。十月江平稳,轻舟进所如。

伤 秋

林一作村僻来人少,山长去鸟微。高秋收画一作藏羽扇,久客掩荆扉。懒慢头时栉,艰难带减围。将军犹一作思汗马,天子尚戎衣。白蒋风飙脆,殷槔晓夜稀。何年减一作灭豺虎,似有故园归。

秋 峡

江涛万古峡,肺气久衰翁。不寐防巴虎,全生狎楚童。衣裳垂素发,门巷落丹枫。常怪商山老,兼存翊赞功。

南 极

南极青山众,西江白谷分。古城疏落木,荒戍密寒云。岁月蛇常见,风飙虎或一作忽闻。近身皆鸟道,殊俗自人群。睥睨登哀柝,矛一作螯弧照夕曛。乱离多醉尉,愁杀李将军。

摇 落

摇落巫山暮,寒江东北流。烟尘多战鼓,风浪少行舟。鹅费羲之墨,貂馀季子裘。长怀报明主,卧病复高秋。

耳 聋

生年鹖冠子,叹世鹿皮翁。眼复几时暗,耳从前月聋。猿鸣秋泪缺,雀噪晚愁空。黄落惊山树,呼儿问朔风。

独 坐 二 首

竟日雨冥冥,双崖洗更青。水花寒落岸,山鸟暮过庭。暖老须燕玉,充饥忆楚萍。胡笳在楼上,哀怨不堪听。

白狗斜临北,黄牛更在东。峡云常照夜,江月_{一作日}会兼风。晒药安垂老,应门试小童。亦知行不逮,苦恨耳多聋。

远　游

江阔浮高栋_{一作冻},云长出断山。尘沙连越嶲,风雨暗荆蛮。雁矫衔芦内,猿啼失木间。弊裘苏季子,历国未知还。

夜 _{一作秋夜客舍}

露下天高_{一作空山}秋水_{一作气}清,空山独夜旅魂惊。疏灯自照孤帆宿,新月犹悬双杵鸣。南菊_{一作国}再逢人卧病,北书不至_{一作到}雁无情。步蟾_{一作檐}倚杖看牛斗,银汉遥应接凤城。

暮　春

卧病拥塞在峡中,潇湘洞庭虚映空。楚天不断四时雨,巫峡常吹千里风。沙上草阁柳新暗,城边野池莲欲红。暮春鸳鹭立洲渚,挟子翻飞还一丛。

晴 二 首

久雨巫山暗,新晴锦绣文_{一作纹}。碧知湖外_{一作上}草,红见海东云。竟日莺相和,摩霄鹤数群。野花干更落,风处急纷纷。

啼鸟争引子,鸣鹤不归林。下食遭泥去,高飞恨久阴。雨声冲塞尽,日气射江深。回首周南客,驱驰魏阙心。

雨

始贺天休雨,还嗟地出雷。骤看浮_{一作巫峡}过,密作_{一作塞密}渡江来。牛马行无色,蛟龙斗不开。干戈盛阴气,未必自阳台。

月 三 首

断续巫山雨，天河此夜新。若无青嶂月，愁杀白头人。魍魉移深树，虾蟆动半轮。故园当北斗，直指<small>一作想</small>照西秦。

并照<small>一作点</small>巫山出，新窥楚水清。羁栖愁<small>一作秋</small>里见，二十四回明。必验升沉体，如知进退情。不违银汉落，亦伴玉绳横。

万里瞿塘峡<small>一作月</small>，春来六上弦。时时开暗室，故故满青天。爽合风襟静，高当泪脸悬。南飞有乌鹊，夜久落江边。

雨

万木云深隐，连山雨未开。风扉掩不定，水鸟过<small>一作去</small>仍回。鲛馆如鸣杼，樵舟岂伐枚。清凉破炎毒，衰意欲登台。

晚 晴

返<small>一作晚</small>照斜初彻<small>一作散</small>，浮云薄未归。江虹明远<small>一作近</small>饮，峡雨落馀飞。凫雁<small>一作鹤</small>终高去，熊罴觉自肥。秋分客尚在，竹露夕<small>一作久</small>微微。

夜 雨

小雨夜复密，回风吹早秋。野<small>一作夜</small>凉侵闭户，江满带维舟。通籍恨<small>一作限</small>多病，为郎忝薄游。天寒出巫峡，醉别仲宣楼。

更 题

只应踏初雪，骑马发荆州。直怕巫山雨，真伤白帝秋。群公苍玉佩，天子翠云裘。同舍晨趋侍，胡为淹此<small>一作此滞</small>留。

归

束带还骑马,东西却渡船。林中才有地,峡外绝无天。虚白高人静,喧卑俗累牵。他乡悦迟暮,不敢废诗篇。

返　照

楚王宫北正黄昏,白帝城西过雨痕。返照入江翻石壁,归云拥树失山村。衰年肺病唯高枕,绝塞愁时早闭门。不可久留豺虎乱,南方实有未招魂。

热　三　首

雷霆空霹雳,云雨竟虚无。炎赫衣流汗,低垂气不苏。乞为寒水玉,愿作冷秋菰。何一作那似儿童岁,风凉出舞雩。

瘴云终不灭,泸水复西来。闭户人高卧,归林鸟却回。峡中都似火,江上只空一作闻雷。想见阴宫雪,风门飒踏一作杳开。

朱李沈不冷,雕胡一作菰炊屡新。将衰骨尽痛,被褐一作暍味空频。欻翕炎蒸景,飘飖征戍人。十年可解甲,为尔一沾巾。

日　暮

牛羊下来久,各已闭柴门。风月自清夜,江山非故园。石泉流暗壁,草露滴秋根一作满秋原,满一作滴。头白灯明里,何须花烬繁。

八月十五夜月二首

满目飞明镜,归心折大刀。转蓬行地远,攀桂仰天高。水路疑霜雪,林栖见羽毛。此时瞻白兔,直欲数秋毫。

稍下巫山峡,犹衔白帝城。气沈全浦暗,轮仄半楼明。刁斗皆催晓,蟾蜍且自倾一作清。张弓倚残魄,不独汉家营。

十六夜玩月

旧挹金波爽,皆传玉露秋。关山随地阔,河汉近人流。谷口樵归唱,孤城笛起愁。巴童浑不寝一作痕,半夜有行舟。

十七夜对月

秋月仍圆夜,江村独老身。卷帘还照客,倚杖更随人。光射潜虬动,明翻宿鸟频。茅斋依橘柚,清切露华新。

村　雨

雨声传两夜,寒事飒高秋。挈一作揽带看朱绂,开箱睹黑裘。世情只益睡,盗贼敢忘忧。松菊新沾洗,茅斋慰远游。

雨　晴

雨时一作晴山不改,晴罢峡如新。天路看殊俗,秋江思杀人。有猿挥泪尽,无犬附一作送书频。故国愁眉外,长歌欲损神。

晚晴吴郎见过北舍

圃畦新一作佳雨润,愧子废锄来。竹杖交头拄,柴扉隔一作扫径开。欲栖群鸟乱,未去小童催。明日重阳酒,相迎自酦醅。

暝

日下四山阴,山庭岚气侵。牛羊归径险,鸟雀聚枝深。正枕当星剑,收书动玉琴。半扉开烛影,欲掩见清砧。

云

龙似一作自，一作以。瞿唐会，江依白帝深。终年常起峡，每夜必通林。收获辞霜渚，分明在夕岑。高斋非一处，秀气豁烦襟。

月

四更山吐月，残夜水明楼。尘匣元开镜，风帘自上钩。兔应疑鹤发，蟾亦恋貂裘。斟酌姮音恒娥寡，天寒耐九秋。

雨 四 首

微雨不滑道，断云疏复行。紫崖奔处黑，白鸟去边明。秋日新沾影，寒江旧落声。柴扉临野碓，半得一作湿捣香粳。

江雨旧无时，天晴忽散丝。暮秋沾物冷，今日过云迟。上马迥一作回休出，看鸥坐不辞。高一作层轩当滟滪，润色静书帷。

物色岁将晏，天隅人未归。朔风鸣淅淅，寒雨下霏霏。多病久加饭，衰容新授衣。时危觉凋丧一作丧乱，故旧短书稀。

楚雨石苔滋，京华消息迟。山寒青兕叫，江晚白鸥饥。神女花钿落，鲛人织杼悲。繁忧不自整，终日洒如丝。

夜

绝岸风威动，寒房烛影微。岭猿霜外宿，江鸟夜深飞。独坐亲雄剑，哀歌叹短衣。烟尘绕阊阖，白首壮心违。

晨 雨

小雨晨光内，初来叶上闻。雾交才洒地，风逆一作折旋随云。暂起柴荆色，轻沾鸟兽群。麝香山一半，亭午未全分。

返　照

返照开巫峡,寒空半有无。已低鱼复暗,不尽白盐孤。荻岸如秋
水,松门似画图。牛羊识僮仆,既夕应传呼。

向　夕

畎亩孤城外,江村乱水中。深山催短景,乔木易高风。鹤下云汀一
作河近,鸡栖草屋同。琴书散明烛,长夜始堪终。

晓　望

白帝更声尽,阳台曙色分。高峰寒一作初上日,叠岭宿霾一作未收云。
地坼江帆隐,天清木叶闻。荆扉对麋鹿,应共尔为群。

雷

巫峡中宵动,沧江十月雷。龙蛇不成蛰,天地划争回。却碾空山
过,深蟠绝壁来。何须妒云雨,霹雳楚王台。

雨

冥冥甲子雨,已度立春时。轻箑烦相向,纤绤恐自疑。烟添才有
色,风引更如丝。直觉巫山暮,兼催宋玉悲。

朝 二 首

清旭楚宫南,霜空万岭含。野人时独往,云木晓相参。俊鹘无声
过,饥乌下食贪。病身终不动,摇落任江潭。

浦帆去声晨初发,郊扉冷未开。村一作林疏黄叶坠,野静白鸥来。础
润休全湿,云晴欲半回。巫山冬可怪,昨夜有奔雷。

晚

杖藜寻晚巷一作巷晚,炙背近墙暄。人见幽居僻,吾知拙养尊。朝廷问府主,耕稼学山村。归翼飞栖定,寒灯亦闭门。

夜 二 首

白一作向夜月休弦,灯花半委一作委半眠。号山无定鹿,落树有惊蝉。暂忆江东鲙,兼怀雪下船。蛮歌犯星起,空一作重觉在天边。

城郭悲笳暮,村墟过翼稀。甲兵年数久,赋敛夜深归。暗树依岩落,明河绕塞微。斗斜人更望,月细鹊休飞。

全唐诗卷二三一

杜 甫

宗 武 生 日

小子何时见,高秋此日生。自从都邑语,已伴一作律老夫名。诗是吾家事,人传世上情。熟精文选理,休觅彩衣轻。凋瘵筵初秩,欹斜坐不成。流霞分一作飞片一作几片,涓滴就徐倾。

又 示 宗 武

觅句新知律,摊书解满床。试吟青玉案,莫羡一作带紫罗囊。假一作暇日从时饮,明年共我长。应须饱经术,已似爱文章。十五男儿志,三千弟子行。曾参与游夏,达者得升堂。

熟食日秦人呼寒食为熟食示宗文宗武

消渴游江汉,羁栖尚甲兵。几年逢熟食,万里逼清明。松柏邛一作邙山路,风花一作光白帝城。汝曹催我老,回首泪纵横。

又 示 两 儿

令节成吾老,他时见汝心。浮生看物变,为恨与年深。长葛书难得,江州涕不禁。团圆思弟妹,行坐白头吟。长葛、江州,必弟妹所在。

社 日 两 篇

九农一作秋丰成德业,百祀发光辉。报效神如在,馨香旧不违。南翁巴曲醉,北雁塞声微。尚想东方朔,诙谐割肉归。

陈平亦分肉,太史竟论功。今日江南老,他时渭北一作水童。欢娱看绝塞,涕泪落秋风。鸳鹭回金阙,谁怜病峡中。

九 日 五 首

> 吴若本注:阙一首。赵次公以风急天高一首足之,云未尝阙。

重阳独酌一作少饮杯中酒,抱病起一作独,一作岂登江上台。竹叶于人既无分,菊花从此不须开。殊方日落玄猿哭,旧国霜前白雁来。弟妹萧条各何往,干戈衰谢两相催。

旧日重阳日,传杯不放杯。即今蓬鬓改,但愧菊花开。北阙心长恋,西江首独回。茱萸一作萸房赐朝士,难得一枝来。

旧与苏司业,兼随郑广文。采花香泛泛一作簇簇,一作漠漠,坐客醉纷纷。野树歌一作欹还倚,秋砧醒却闻。欢娱两冥漠一作寞,西北有孤云。

故里樊川菊,登高素浐源。他时一笑一作醉后,今日几人存。巫峡蟠江路,终南对国门。系舟身万里,伏枕泪双痕。为客裁乌帽,从儿具绿尊。佳辰对一作带群盗,愁绝更谁一作堪论。

九日一作日高,一作登高诸人集于林

九日明朝是,相要旧俗非。老翁难早出,贤客幸知归。旧采黄花剩,新梳白发微。漫看年少乐,忍泪已沾衣。

大历二年九月三十日

为客无时了,悲秋向夕终。瘴馀夔子国,霜薄楚王宫。草敌虚岚翠,花禁冷叶一作蕊红。年年小摇落,不与故园同。

十月一日

有瘴非全歇,为冬亦不一作不亦难。夜郎溪日暖,白帝峡风寒。蒸裹见《齐民要术》如千室,焦糟一作糖幸一样。兹辰南国重,旧俗自相欢。

孟　冬

殊俗还多事,方冬变所为。破甘一作瓜霜落爪,尝稻雪翻匙。巫峡一作岫寒都薄,乌蛮一作沙,一作黔溪。瘴远随。终然减滩濑,暂喜息蛟螭。

冬　至

年年至日长为客,忽忽穷愁泥杀人。江上形容吾独老,天边一作涯风俗自相亲。杖藜雪后临丹壑,鸣玉一作明主朝来散紫宸。心折此时无一寸,路迷何处见一作是三秦。

小　至 至前一日,即《会要》小冬日。

天时人事日相催,冬至阳生春又来。刺绣五纹一作文添弱线,吹葭六琯动浮灰。岸容待腊将舒柳,山意冲寒欲放一作破梅。云物不殊乡国异,教儿且覆掌中杯。

览　物 一作峡中览物

曾为掾吏趋三辅,忆在潼关诗兴多。巫峡忽如瞻华岳,蜀江犹似见
黄河。舟中得病移衾枕,洞口经春长薜萝。形胜有馀风土恶,几时
回首一高歌。

忆郑南玭

玭,蒲眠切,珠也。宋弘曰:淮水出玭珠。吴若本注:玭疑作沘,音
泚,玉色鲜洁也。师民瞻及草堂本,俱无玭字。诗中但忆伏毒寺旧游,
郑南乃郑县之南也。

郑南伏毒寺,一作守,与上下义多不合。潇洒到江心。石影衔珠阁,泉声
带玉琴。风杉曾曙倚,云峤忆春临。万里沧浪一作苍茫外,龙蛇只
自深。

怀灞上游

怅望东陵道,平生灞上游。春浓停野骑,夜宿敞云楼。离别人谁
在,经过老自休。眼前今古意,江汉一归舟。

愁 原注:强戏为吴体。

江草日日唤愁生,巫一作春峡泠泠非世情。盘涡鹭浴底心性,独树
花发自分明。十年戎马暗万国,异域宾客老孤城。渭水秦山一作川
得见否,人经罢病虎纵横。

昼　梦

二月饶睡昏昏然,不独夜短昼分眠。桃花气暖眼自醉,春渚日落梦
相牵。故乡门巷荆棘底,中原君臣豺虎边。安得务农息战斗,普天

无吏横索钱。

览镜呈柏中丞

渭水流关内,终南在日边。胆销豺虎窟,泪入犬羊天。起晚堪从事,行迟更学一作觉仙。镜中衰谢色,万一故人怜。

即　事

暮春三月巫峡长,晶晶胡了切行云浮一作无日光。雷声忽送千峰雨,花气浑如百和香。黄莺过水翻回去,燕子衔泥湿不妨。飞阁卷帘图画里,虚无只少对潇湘。

即　事 一作天畔

天畔群山孤草亭,江中风浪雨冥冥。一双白鱼不受钓,三寸黄甘犹自青。多病马卿无日起,穷途阮籍几时醒。未闻细柳散金甲,肠断秦川一作州流浊泾。

闷

瘴疠浮三蜀,风云暗百蛮。卷帘唯白水,隐几亦青山。猿捷长难见,鸥轻故不还。无钱从滞客,有镜巧催颜。

戏作俳谐体遣闷二首

异俗吁可怪,斯人难并居。家家养乌鬼,一云:川人呼猪作乌鬼声。一云:夔人呼鸬鹚为乌鬼。一云:峡近乌蛮,俗于正月设牲酒田间,操兵大噪,名养乌鬼,以禳厉气。元稹《江陵》诗:病赛乌称鬼。则乌鬼乃神名。顿顿食黄鱼。旧识能一作难为态,新知已暗疏。治生且耕凿,只有不关一作开渠。

西历青羌板一作坂,南留白帝城。原注:顷岁自秦涉陇,从同谷县去游蜀,留滞于巫山。於菟一作瞉於，一作瞉菟。侵客恨，粔籹音巨女，见《招魂》。蜜〔饵〕（粔）也。作人情。瓦卜传神语，畲田费火声一作耕。是非何处定，高枕笑浮生。

得舍弟观书自中都至德二年，以西京为中京
已达江陵今兹暮春月末行李合到夔州
悲喜相兼团圆可待赋诗即事情见乎词

尔到一作过江陵府，何时到峡州。乱难生有别，聚集病应瘳。飒飒开啼眼，朝朝上水楼。老身须付托，白骨更何忧。

喜观即到复题短篇二首

巫峡千山暗，终南万里春。病中吾见弟，书到汝为人。意一作竟答儿童问，来经战伐新。泊船悲喜后，款款话一作议归秦。
待尔嗔乌鹊，抛书示鹡鸰。枝间喜不去，原上急曾经。江阁嫌津柳，风帆数驿亭。应论十年事，愁一作捻绝始星星。

舍弟观归蓝田迎新妇送示两篇

汝去迎妻子，高秋念却回。即今萤已乱，好与雁同来。东望西江水一作永，南游北户开。卜居期静处，会有故人杯。
楚塞难为路一作别，蓝田莫滞留。衣裳判白露，鞍马信清秋。满峡重江水，开帆八月舟。此时同一醉，应在仲宣楼。

第五弟丰独在江左近三四
载寂无消息觅使寄此二首

乱后嗟吾在，羁栖见汝难。草黄骐骥病，沙晚一作暖鹡鸰寒。楚设关城险，吴吞水府宽。十年朝夕泪，衣袖不曾干。

闻汝依山寺,杭州定越州。风尘淹别日,江汉失一作共清秋。影盖
啼猿树,魂飘结蜃楼。明年下春水,东尽白云求一作游。

舍弟观赴蓝田取妻子到江陵喜寄三首

汝迎妻子达荆州,消息真传解我忧。鸿雁影来连峡内,鹡鸰飞急到
沙头。峣关险路今虚远,禹凿寒江正稳流。朱绂即当随彩鹢,青春
不假报黄牛。

马度一作瘦秦关一作山雪正深,北来肌骨苦寒侵。他乡就我生春色,
故国移居见客心。剩欲一作欢剧提携如意舞,喜多行坐白头吟。巡
檐索共一作近梅花笑,冷蕊一作落疏枝半不禁。

庾信罗含俱有宅俱在江陵,春来秋去作谁家。短墙若在从残草,乔
木如存可假花。卜筑应同蒋诩径,为园须似邵平瓜。比年一作因病
一作断酒开涓滴,弟劝兄酬何怨嗟。

江雨有怀郑典设

春雨暗暗塞一作发峡中,早晚来自楚王宫。乱波分披已打岸,弱云
狼藉不禁风。宠光蕙叶与多碧,点注桃花舒小红。谷口子真正忆
汝,岸高瀼滑一作阆限西东。

王十五前阁会

楚岸收新雨,春台引细风。情人来石上,鲜脍出江中。邻舍烦书
札,肩舆强老翁。病身虚俊味,何幸饫儿童。

寄韦有夏郎中

颜真卿《东方朔碑》阴,有朝城主簿韦有夏,疑即此。

省郎忧病士,书信有柴胡。饮子频通汗,怀君想报珠。亲知天畔

少,药味峡中无。归楫生衣卧,春鸥洗翅呼。犹闻上急水,早作取平途。万里皇华使,为僚记腐儒。

陪柏中丞观宴将士二首

极乐三军士,谁知百战场。无私齐绮馔,久坐密金章。醉客沾鹦鹉,佳人指凤皇。几时来翠节,特地引红妆。

绣段装檐额,金花帖鼓腰。一夫先舞剑,百戏后歌樵一作镳,刁斗也。江树城孤远,云台使寂寥。汉朝频选将,应拜霍嫖姚。

七月一日题终明府水楼二首

高栋曾轩已自凉,秋风此日洒衣裳。翛然欲下阴山雪,不去非无汉署香。绝壁过云开锦绣,疏松夹一作隔水奏笙簧。看君宜著王乔履,真赐还疑出尚方。原注:终明府,功曹也,兼摄奉节令,故有此句。仁观奏即真也。

宓子弹琴邑宰日,终军弃𦈕英妙时。承家节操尚不泯,为政风流今在兹。可怜宾客尽倾盖,何处老翁来赋诗。楚江巫峡半云雨,清簟疏帘看弈棋。

季秋苏五弟缨江楼夜宴
崔十三评事韦少府侄三首

峡险江惊急,楼高月迥明。一时今夕会,万里故乡情。星落黄姑渚,秋辞白帝城。老人因酒病,坚坐看君倾。

明月生长好,浮云薄渐一作暂遮。悠悠照边一作远塞,悄悄忆京华。清动杯中物,高随海上查。不眠瞻白兔,百过落乌纱。

对月那无酒,登楼况有江。听歌惊白鬓,笑舞拓秋窗。尊蚁添相续,沙鸥并一双。尽怜君醉倒,更觉片一作我心降。

九月一日过孟十二仓曹十四主簿兄弟

藜杖侵寒露，蓬门启曙烟。力稀经树歇，老困拨书眠。秋觉追随尽，来因孝友偏。清谈见滋味，尔辈可忘年。

过 客 相 寻

穷老真无事，江山已定居。地幽忘盥栉，客至罢琴书。挂壁移筐一作留果，呼儿问一作间煮鱼。时闻系舟楫，及此问吾庐。

孟仓曹步趾领新酒酱二物满器见遗老夫

楚岸通秋屐，胡床面夕畦。藉糟《酒德颂》:枕曲藉糟。一作籍。分汁滓，瓮酱落提携。饭糱添香味，朋来有醉泥。理生那免俗，方法报山妻。

柳 司 马 至

有使归三峡，相过问两京。函关犹出一作自将，渭水更屯兵。设备邯郸道，和亲逻些城吐蕃号其国都为逻些城。幽燕唯鸟去，商洛少人行。衰谢身何补，萧条病转婴。霜天到宫阙，恋主寸心明。

简吴郎司法

有客乘舸自忠州，遣骑安置瀼西头。古堂本买藉疏豁，借汝迁居停宴游。时甫又移居东屯，故以瀼西草堂借吴郎。云石荧荧高叶曙一作晓，风江飒飒乱帆秋。却为姻娅过逢地，许坐曾轩数散愁。

又 呈 吴 郎

堂前扑枣汉王吉妇以扑东家枣实被遣任西邻，无食无儿一妇人。不为困穷宁有此，只缘恐惧转须亲。即防一作知远客虽多事，使一作便插疏篱却甚真。已诉征求贫到骨，正思戎马泪盈巾。

覃山人隐居

南极老人自有星，北山移文谁勒铭。征君已去独松菊，哀壑无光留户庭。予见乱离不得已，子知出处必须经。高车驷马带倾覆，怅望秋天虚翠屏。

柏学士茅屋

碧山学士焚银鱼，白马却走身岩居。古人已用三冬足，年少今一作曾开万卷馀。晴云满户团倾盖，秋水浮阶溜决渠。富贵必从勤苦得，男儿须读五车书。

题柏大兄弟山居屋壁二首

叔父朱门贵，郎君玉树高。山居精典籍，文雅涉风骚。江汉终吾老，云林得尔曹。哀弦绕白雪，未与俗人操。
野屋流寒水，山篱带薄云。静应连虎穴，喧已去人群。笔架沾窗雨，书签映隙曛。萧萧千里足一作马，个个五花文。

戏寄崔评事表侄苏五表弟韦大少府诸侄

隐豹深愁雨，潜龙故起云。泥多仍径曲，心醉阻贤群。忍待一作对江山丽，还披鲍谢文。高楼忆疏豁一作阔，秋兴坐氛氲。

秋日寄题郑监湖上亭三首

碧草逢一作违春意，沅湘万里秋。池要山简马，月净一作静庾公楼。磨灭馀篇翰，平生一钓舟。高唐寒浪减一作灭，仿佛识昭丘。

新作湖边宅，远闻宾客过。自须开竹径，谁道避云萝。官序潘生拙，才名贾傅多。舍舟应转一作卜地，邻接意如何。

暂阻一作住蓬莱阁，终为江海人。挥金应物理，拖玉岂吾身。羹煮秋纯滑一作弱，杯迎一作凝露菊新。赋诗分气象，佳句莫频一作辞频。

谒真谛寺禅师

兰若山高处，烟霞嶂一作障几重。冻泉依细石，晴雪落长松。问法看诗忘一作妄，观身向酒慵。未能割妻子，卜宅近前峰。

别崔潩因寄薛据孟云卿

原注：内弟潩赴湖南幕职。

志士惜妄动，知深一作深知难固辞。如何久磨砺，但取不磷缁。夙夜听忧主，飞腾急济时。荆州过一作遇薛孟，为报欲论诗。

送李八秘一作校书赴杜相公幕

原注：相公朝谒，今赴后期也。杜鸿渐以黄门侍郎同平章事镇蜀。

青帘白舫益州来，巫峡秋涛天地回。石出滟滪堆倒听枫叶下，橹摇背指菊花开。贪趋相府今晨发，恐失佳期后命催。南极一星朝北斗，五云多处是三台。

巫峡敝庐奉赠侍御四舅别之澧朗

江城秋日落，山鬼闭门中。行李淹吾舅，诛茅问老翁。赤眉犹世乱，青眼只途穷。传语桃源客，人今出处同。

奉送十七舅下邵桂

绝域三冬暮，浮生一病身。感深辞舅氏，别后见何人。缥缈苍梧帝,推迁孟母邻。昏昏阻云水,侧望苦伤神。

送覃二判官

先帝一作皇弓剑远,小臣馀此生。蹉跎病江汉,不复谒承明。饯尔白头日,永怀丹凤城。迟迟恋屈宋,渺渺卧荆衡。魂断航舸失,天寒沙水清。肺肝若稍愈,亦上赤霄行。

季夏送乡弟韶陪黄门从叔即杜鸿渐朝谒

令弟尚为苍水使,原注:韶比兼开江使,通成都外江下峡舟船。名家莫出杜陵人。比一作此来相国兼安蜀,归赴朝廷已入秦。舍舟策马论兵地,拖玉腰金报主身。莫度清秋吟蟋蟀,早闻黄阁画麒麟。

送十五弟侍御使蜀

喜弟文章进,添余别兴牵。数杯巫峡酒,百丈内江船。未息豺狼斗,空催犬马年。归朝多便道,搏击望秋天。

送田四弟将军将夔州柏中丞命起居江陵节度阳城郡王卫公幕 一作夔府送田将军赴江陵

离筵罢多酒,起地发寒塘。回首中丞座,驰笺异姓王。燕辞枫树日,雁度麦城霜。空一作定醉山翁酒,遥怜似葛强。

送王十六判官

客下荆南尽,君今复入舟。买薪犹白帝,鸣橹少一作已沙头。衡霍生春早,潇湘共海浮。荒林庾信宅,为仗主人留。

奉送卿二翁统节度镇军还江陵

火旗还锦缆,白马出江城。嘹唳吟一作鸣笳发,萧条别浦清。寒空巫峡曙,落日渭阳明一作情。留滞嗟衰疾,何时见息兵。

送鲜于万州迁巴州 鲜于炅乃仲通子,有父风。

京兆先时杰,琳琅照一门。朝廷偏注意一作玺,接近与名藩。祖帐排一作维舟数,寒江触石喧。看君妙为政,他日有殊恩。

寄杜位 原注:顷者与位同在故严尚书幕。

寒日经檐短,穷猿失木悲。峡中一作筵为客恨,江上一作并忆君时。天地身何在一作往,风尘病敢辞。封书两行泪,沾洒裛新诗。

奉寄李十五秘书文嶷二首

避暑云安县,秋风早下来。暂留一作之鱼复浦,同过楚王台。猿鸟千崖窄,江湖万里开。竹枝歌未好,画舸莫一作且迟一作轻回。

行李千金赠,衣冠八尺身。飞腾知有策,意度不无神。班秩兼通贵,公侯出异人。玄成负文彩,世业岂沉沦。

奉送韦中丞之晋赴湖南

宠渥征黄渐,权宜借寇频。湖南安背水,峡内忆行春。王室仍多故,苍生倚大臣。还将徐孺子一作榻,处处待高人。

送李功曹之荆州充郑侍御判官重赠

曾闻宋玉宅,每欲到荆州。此地生涯晚,遥悲一作通水国秋。孤城一柱观,落日九江流。使者虽光彩,青枫远自愁。

送孟十二仓曹赴东京选

太宗时，以岁旱谷贵，东人选者集洛川，谓之东选。

君行别老亲，此去苦家贫。藻镜留连客，江山憔悴人。秋风楚竹冷，夜雪巩梅春。朝夕高堂念，应宜彩服新。

凭孟仓曹将书觅土娄旧庄

平居丧乱后，不到洛阳岑。为历云山问，无辞荆棘深。北风黄叶下，南浦白头吟。十载江湖客，茫茫迟暮心。

别苏徯 原注：赴湖南幕。

故人有游子，弃掷傍天隅。他日怜才命，居然屈壮图。十年犹塌翼，绝倒为惊吁。消渴今如在一作此，提携愧老夫。岂知台阁旧，先一作洗拂凤皇雏。得实一作食翻苍竹，栖枝把翠梧。北辰当宇宙，南岳据江湖。国带风尘色，兵张虎豹符。数论封内事，挥发府中趋。赠尔一作汝秦人策，莫鞭辕下驹。

存殁口号二首

每篇一存一殁。是时席谦、曹霸存，毕曜、郑虔殁。

席谦不见近弹棋，毕曜仍传旧小诗。玉局他年无限笑一作事，白杨今日几人悲。原注：道士席谦善弹棋，毕曜善为小诗。

郑公粉绘随长夜，曹霸丹青已白头。天下何曾有山水，人间不解重骅骝。原注：高士荥阳郑虔善画山水，曹霸善画马。

奉汉中王手札报韦侍御萧尊师亡

秋日萧韦逝，淮王报峡中。少一作小年疑柱史，多术怪仙公。不但时人惜，只应吾道穷。一哀侵疾病，相识自儿童。处处邻家笛，飘飘客子蓬。强吟怀旧赋，已作白头翁。

哭王彭州抡

执友惊沦没，斯人已寂寥。新文生沈谢，异骨降松乔。北部初高选，东堂早见招。蛟龙缠倚剑，鸾凤夹吹箫。历职汉庭久，中年胡马骄。兵戈暗<small>一作闻</small>两观，宠辱事三朝。蜀路江干<small>一作干戈窄</small>，彭门<small>一作关</small>地里<small>一作理</small>遥。解龟生碧草，谏猎阻清霄。顷壮戎麾出，叨陪幕府要。将军临气候，猛士塞风飙。井漏<small>一作溇，一作满</small>。泉谁汲，烽疏火不烧。前筹自多<small>一作多自暇一作假</small>，隐几接终朝。翠石俄双表，寒松竟后凋。赠诗焉敢坠，染翰欲无聊。再哭经过罢，离魂去住销。之官方玉折，寄葬与萍漂。旷望渥洼道，霏微河汉桥。夫人先即世，令子各清标。巫峡长云雨，秦城近斗杓。冯唐毛发白，归兴日萧萧。

见　萤　火

巫山秋夜萤火飞，帘疏巧入坐人衣。忽惊屋里琴书冷，复乱檐边星宿稀。却绕井阑添个个，偶经花蕊弄辉辉。沧江白发愁看汝，来岁如今归未归。

吹　笛

吹笛秋山风<small>一作风山</small>月清，谁家巧作断肠声。风飘律吕相和切，月傍<small>一作倚</small>关山几处明。胡骑中宵堪北走，武陵一曲想南征。故园杨柳今摇<small>一作摧，一作花</small>。落，何得愁中曲<small>一作却</small>尽生。

孤　雁 _{一作后飞雁}

孤雁不饮啄，飞鸣声_{一作声声飞}念群。谁怜一片影，相失万重云。望
尽_{一作断}似犹见，哀多如更_{一作更}复闻。野鸦无意绪，鸣噪自_{一作亦}纷
纷。

鸥

江浦寒鸥戏，无他亦自饶。却思翻玉羽，随意点春苗。雪暗还须浴
_{一作落}，风生一任飘。几群沧海上，清影日萧萧。

猿

袅袅啼虚壁，萧萧挂冷枝。艰难人不见_{一作兔}，隐见尔如知。惯习
元从众，全生或用奇。前林腾每及，父子莫相离。

黄　鱼

日见巴东峡，黄鱼出浪新。脂膏兼饲犬，_{江陵及彭蠡，俱以鱼饲犬。}长大
不容身。_{黄鱼长者二三丈。}筒桶_{一作筹，一作筒}相沿久，风雷肯为神_{一作}
_伸。泥沙卷涎沫，回首怪龙鳞。

白　小

白小群分命，天然二寸鱼。细微沾水族，风俗当园蔬。_{靖州之俗，凶事}
_{不食酒肉，以鱼为蔬，名鱼菜。}入肆银花乱，倾箱雪片虚。生成犹拾_{一作舍}
卵，尽取义何如。

麂

永与清溪别，蒙将玉馔俱。无才逐仙隐，_{葛仙翁化为白麂，二足，时出女几}

山上。不敢恨庖厨。乱世轻全物，微声及祸枢。衣冠兼盗贼，饕餮用斯须。

鸡

纪德名标五，初鸣度必三。夜至鸡三鸣，始为正月一日。殊方听有异，失次晓无惭。问俗人情似，充庖尔辈堪。气交亭育际，巫峡漏司南。

玉腕骝 原注：江陵节度卫公马也。

闻说荆南马，尚书玉腕骝。顿骖一作骖骠飘赤汗，跼蹐顾长楸。胡虏三年入，乾坤一战收。举鞭如有问，欲伴习池游。

见王监兵马使说近山有白黑二鹰罗者久取竟未能得王以为毛骨有异他鹰恐腊后春生鶱飞避暖劲翮思秋之甚眇不可见请余赋一本有二字诗

雪一作云飞玉立尽清秋，不惜奇毛恣远游。在野只教心力一作胆破，千一作干，一作于。人何事网罗求。一生自猎知无敌，百中争能耻下鞲。鹏碍九天须却避，兔藏一作经，一作营。三穴一作窟莫深忧。

黑鹰不省人间有，度海疑从北极来。正翮抟风超紫塞，立一作玄冬几夜宿阳台。虞罗自各虚施巧，春雁同归必见猜。万里寒空只一日，金眸玉爪不一作未凡材。

全唐诗卷二三二

杜　甫

太 岁 日

大历三年,岁次戊申,正月丙午朔,三日为戊申日,乃太岁日也。

楚岸行将老,巫山坐复春。病多犹是客,谋拙竟何人。阊阖开黄
道,衣冠拜紫宸。荣光悬日月,赐与出金银唐制当于是日庆贺。愁寂
鸳行断,参差虎穴邻。西江元下蜀,北斗故临秦。散地逾高枕,生
涯脱要津。天边梅柳树,相见几回新。

元日示宗武

汝啼吾手战,吾笑汝身长。处处逢正月,迢迢滞远方。飘零还柏酒
一作叶,衰病只藜床。训喻一作谕青衿子,名惭白首郎。赋诗犹落
笔,献寿更称觞。不见江东弟,高歌泪数行。原注:第五弟丰漂泊江左,近
无消息。

远怀舍弟颖观等

阳翟空知处,荆南近得书。积年仍远别,多难不安居。江汉春风
起,冰霜昨夜除。云天犹错莫,花萼尚萧疏。对酒都疑梦,吟诗正
忆渠。旧时元日会,乡党羡吾庐。

续得观书迎就当阳居
止正月中旬定出三峡

自汝到荆府，书来数唤吾。颂椒添讽咏，禁火卜欢娱一作呼。舟楫
因人动，形骸用杖扶。天旋夔子国，春近岳阳湖。发日排南喜，伤
神散北吁。飞鸣还接翅，行序密衔芦。俗薄江山好，时危草木苏。
冯唐虽晚达，终觊在皇都。

将别巫峡赠南卿兄瀼西果园四十亩

苔竹素所好，萍蓬无一作不定居。远游长儿子，几地别林庐。杂蕊
红相对，他时锦不如。具舟将出峡，巡圃念携锄。正月喧莺末一作
末，兹辰放鹢初。雪篱梅可折，风榭柳微舒。托赠卿家有，因歌野
兴疏。残生逗一作逼江汉，何处狎樵渔。

送大理封主簿五郎亲事不合却赴
通州主簿前阆州贤子余与主簿平
章郑氏女子垂欲纳一有采字郑氏伯
父京书至女子已许他族亲事遂停

禁脔去东床，趋庭赴北堂。风波空远涉，琴瑟几原注：音泊。虚张。
渥水出骐骥，昆山生凤皇。两家诚款款，中道许苍苍。颇谓秦晋
匹，从来王谢郎。青春动才调，白首缺辉光。玉润终孤立，珠明得
暗藏。馀寒折花卉，恨别满江乡。

人日两篇 一作二首

元日到人日，未有不阴时。冰雪莺难至，春寒花较迟。云随白水
落，风振紫山悲。蓬鬓稀疏久，无劳比素丝。

此日此时人共得,一谈一笑俗相看。尊前柏叶休随酒,胜里金花巧耐寒。佩剑冲星聊暂拔,匣琴流水自须弹。早春重引江湖兴,直道无忧行路难。

江 梅

梅蕊腊前破,梅花年后多。绝知春意好一作早,最奈客愁何。雪树元一作能同色,江风亦自波。故园不可见,巫岫郁嵯峨。

庭 草

楚草经寒碧,逢春入眼浓。旧低收叶举,新掩卷牙重。步履宜轻过,开筵得屡供。看花随节序,不敢强为容。

大历三年春白帝城放船出瞿塘峡久居夔府将适江陵漂泊有诗凡四十韵

老向巴人里,今辞楚塞隅。入舟翻不乐,解缆独长吁。窄转深啼狖,虚随乱一作落浴凫。石苔凌几杖,空翠扑肌肤。叠壁排霜剑,奔泉溅水珠。杳冥藤上下,浓澹树荣枯。神女峰娟妙,昭君宅有无。曲留明怨惜一作别,梦尽失欢娱。摆阖盘涡沸,欹斜激浪输。风雷缠地脉,冰雪耀天衢。鹿角真走一作趋险,狼头原注:鹿角、狼头俱滩名。如跋胡。恶滩宁变色,高卧负微躯。书史全倾挠,装囊半压濡。生涯临臬兀,死地脱斯须。不有平川决一作快,焉知众壑趋。乾坤霾涨海,雨露洗春芜。鸥鸟牵丝飓,骊龙濯锦纡。落霞沉绿绮,残月坏金枢。泥笋苞初荻,沙茸出小蒲。雁儿争水马,《山海经》:诸毗之水,中多水马。即《江赋》骇马也。燕子逐樯乌。绝岛容烟雾,环洲纳晓晡。前闻辨陶牧,《登楼赋》:北弥陶牧。陶,乡名。郭外为牧。转盼拂宜都。县郭南畿好,原注:路入松滋县。津亭北望孤。劳心依憩息,朗咏划昭苏。意遣乐还笑，衰迷贤与愚。飘萧将素发，汨没听洪炉。丘壑曾忘返，文章敢自诬。此生遭圣代，谁分哭穷途。卧疾淹为客，蒙恩早厕儒。廷争酬造化，朴直乞江湖。滟滪险相迫，沧浪深可逾。浮名寻已已，懒计却区区。喜近天皇寺，先披古画图。原注：此寺有晋右军书，张僧繇画孔子泪颜子十哲形像。应经帝子渚，同泣舜苍梧。朝士兼戎服，君王按湛卢。旄头初俶扰，鹑首丽泥涂。甲卒身虽贵，书生道固殊。出尘皆野鹤，历块匪辕驹。伊吕终难降，韩彭不易呼。五云高太甲太甲疑六甲一星之名，六月旷抟扶。回首黎元病，争权将帅诛。山林托疲苶，未必免崎岖。

巫山县汾州唐使君十八弟宴别兼诸公携酒乐相送率题小诗留于屋壁

卧病巴东久，今年强作归。故人犹远谪，兹日倍多违。接宴身兼杖，听歌泪满衣。诸公不相弃，拥别惜光辉。

春夜峡州田侍御长史津亭留宴 得筵字

北斗三更席，西江万里船。杖藜登水榭，挥翰宿春天。白发烦一作须多酒，明星惜此筵。始知云雨峡，忽尽下牢边。

泊松滋江亭

沙帽随鸥鸟，扁舟系此亭。江湖深更白，松竹远微一作还青。一柱全应近，高唐莫再经。今宵南极外，甘作老人星。

行次古城店泛江作不揆鄙拙奉呈江陵幕府诸公

老年常道路，迟日复山川。白屋花开里，孤城麦秀边。济江元自

阔,下水不劳牵。风蝶勤依桨,春鸥懒避船。王门高德业,幕府盛
才贤。行色兼多病,苍茫泛爱前。

乘雨入行军六弟宅

曙角凌云罢,春城带雨长。水花分堑弱,巢燕得泥忙。令弟雄军
佐,凡才污省郎。萍漂忍流涕,衰飒近中堂。

宴胡侍御书堂

原注:李尚书之芳、郑秘监审同集,归字韵。

江湖春欲暮,墙宇日犹微。暗暗春_{一作书}籍满,轻轻花絮飞。翰林
名有素,墨客兴无违。今夜文星动,吾侪醉不归。

书堂饮既夜复邀李尚书下马月下赋绝句

湖水_{一作月}林风相与清,残尊下马复同倾。久判野鹤如霜鬓,遮莫
邻鸡下五更。

上巳日徐司录林园宴集

鬓毛垂领白,花蕊亚枝红。欹倒衰年废,招寻令节同。薄_{一作荡}衣
临积水,吹面受和风。有喜留攀桂,无劳问转蓬。

奉送苏州李二十五长史丈之任

星坼台衡地_{用张华事},曾为人所怜。公侯终必复_{李是適之之后},经术昔
_{一作竟}相传。食德见从事,克家何妙年。一毛生凤穴,三尺献龙泉。
赤壁浮春暮,姑苏落海边。客间头最白,惆怅此离筵。

暮春江陵送马大卿公恩命追赴阙下

自古求忠孝,名家信有之。吾贤富才术,此道未磷缁。玉府标孤映,霜蹄去不疑。激扬音韵彻,籍甚众多推。潘陆应同调,孙吴亦异时。北辰征事业,南纪赴恩私。卿月升金掌,王春度玉墀。熏风行应律,湛露即歌诗。天意高难问,人情老易悲。尊前江汉阔,后会且深期。

暮春陪李尚书李中丞
过郑监湖亭泛舟 得过字韵

海内文章伯,湖边意绪多。玉尊移晚兴,桂楫带酣歌。春日繁鱼鸟,江天足芰荷。郑庄宾客地,衰白远来过。

奉送蜀州柏二别驾将中丞命赴江陵起
居卫尚书太夫人因示从弟行军司马佐

别驾乃中丞之弟,卫伯玉时为荆南节度、检校工部尚书。

中丞问俗画熊频,爱弟传书彩鹢新。迁转五州防御使,起居八座太夫人。楚宫腊送荆门水,白帝云偷碧海春。报与惠连诗不惜,知吾斑鬓总如银。

夏日杨长宁宅送崔侍御常正字入京 得深字韵

醉酒扬雄宅,升堂子贱琴。不堪垂老鬓,还对欲分襟。天地西江远,星辰北斗深。乌台俯麟阁,长夏白头吟。

和江陵宋大少府暮春雨
后同诸公及舍弟宴书斋

渥洼汗血种，天上麒麟儿。才士得神秀，书斋闻尔为。棣华晴雨好，彩服暮春宜。朋酒日欢会，老夫今始知。

宇文晁尚书之甥崔彧司业之孙
中有脱字尚书之子重泛郑监审前湖

郊扉俗远长幽寂，野水春来更接连。锦席淹留还出浦，葛巾欹侧未回船。尊当霞绮轻初散，棹拂荷珠碎却圆。不但习池归酩酊，君看郑谷去夤缘。

多病执热奉怀李尚书 之芳

衰年正苦病侵凌，首夏何须气郁蒸。大水淼茫炎海接，奇峰硉兀火云升。思沾道暍黄梅雨，敢望宫恩玉井冰。不是尚书期不顾，陈遵留北部刺史饮，不遣去，刺史入叩遵母曰：当对尚书，有期会。乃自后阁逸去。山阴野一作夜雪兴难乘。

水宿遣兴奉呈群公

鲁钝乃多病，逢迎远复迷。耳聋须画字，发短不胜篦。泽国虽勤雨，炎天竟浅泥。小江还积浪，弱缆且长堤。归路非关北，行舟却向西。暮年漂泊恨，今夕一作久客乱离啼。童稚频书札，盘餐讵一作具糁藜。我行何到此，物理直难齐。高枕翻星月，严城叠鼓鼙。风号闻虎豹，水宿伴凫鹥。异县惊虚往，同人惜解携。蹉跎长泛鹢，展转屡鸣鸡。嶷嶷瑚琏器，阴阴桃李蹊。馀波期救涸，费日苦轻赍。支一作杖策门阑邃，肩舆羽翮低。自伤甘贱役，谁愍强幽栖。

巨海能无钓,浮云亦有梯。勋庸思树立,语默可端倪。赠粟困应指,登桥柱必题。丹心老未折,时访武陵溪。

奉贺阳城—作城阳郡王太夫人恩命加邓国太夫人原注:阳城郡王,卫伯玉也。

卫幕衔恩重,潘舆送喜频。济时瞻上将,锡号戴慈亲。富贵当如此,尊荣迈等伦。郡依封土旧,国与大名新。紫诰鸾回纸,清朝燕贺人。远传冬笋味,更觉彩衣春。奕叶班姑史,芬芳孟母邻。义方兼有训,词翰两如神。委曲承颜体,鶱飞报主身。可怜忠与孝,双美画—作映骐驎。

江陵望幸

肃宗上元元年,置南都于荆州,号江陵府。以吕𬤊为尹,寻罢。广德元年,复以卫伯玉尹江陵。

雄都元壮丽,望幸欻威神。地利西通蜀,天文北照秦。风烟含越鸟,舟楫控吴人。未枉周王驾,终期汉武巡。甲兵分圣旨,居守付宗臣。早发云台仗—作路,恩波起涸鳞。

江边星月二首

骤雨清秋夜,金波耿玉绳。天河元自白,江浦—作渚向来澄。映物连珠断,缘空一镜升。馀光隐—作忆更漏,况乃露华凝。
江月辞风缆—作槛,江星别雾—作露船。鸡鸣还曙—作晓色,鹭浴自清—作晴川。历历竟谁种,悠悠何处圆。客愁殊未已,他夕始相鲜。

舟月对驿近寺

更深不假烛,月朗自明船。金刹青枫外,朱楼白水边。城乌啼眇眇眇,野鹭宿娟娟。皓首江湖客,钩帘独未眠。

舟　中

风餐江柳下,雨卧驿楼边。结缆排鱼网,连樯并米船。今朝云细薄,昨夜月清圆。飘泊南庭老,只应学水仙。

遣　闷

地阔平沙岸,舟虚小洞房。使尘来驿道,城日避乌樯一作墙。暑雨留蒸湿,江风借夕凉。行云星隐见,叠浪月光芒。萤鉴缘帷彻,蛛丝胃鬓长。哀筝犹凭几,鸣笛竟沾裳。倚著同着如秦赘,过逢类楚狂。气冲看剑匣,颖脱抚锥囊。妖孽关东臭,兵戈陇右创。时清疑武略,世乱踢文场。馀力浮于海,端忧问彼苍。百年从万事,故国耿难忘。

江陵节度阳城郡王新楼成王请严侍御判官赋七字句同作

楼上炎天冰雪生,高飞燕雀贺新成。碧窗宿雾濛濛湿,朱栱浮云细细轻。杖钺褰帷瞻具美,投壶散帙有馀清。自公多暇延参佐,江汉风流万古情。

又作此奉卫王

西北楼成雄楚都,远开山岳散江湖。二仪清浊还高下,三伏炎蒸定有无。推毂几年唯镇静,曳裾终日盛文儒。白头授简焉能赋,愧似相如为大夫。

舟一本有中字出江陵南浦奉寄郑少尹 审

更欲投何处，飘然去此都。形骸元土木，舟楫复江湖。社稷缠妖气，干戈送老儒。百年同弃物，万国尽穷途。雨洗平沙静，天衔阔岸纤。鸣螀随泛梗，别燕赴秋菰。栖托难高卧，饥寒迫向隅。寂寥相煦沫，浩荡报恩珠。溟涨鲸波动，衡阳雁影徂。南征问悬榻，东逝想乘桴。滥窃商歌听，时忧卞泣诛。经过忆郑驿，斟酌旅情孤。

江南逢李龟年

岐王范宅里寻常见，崔九原注：殿中监崔涤，中书令湜之弟。堂前几度闻。正是一作值江南好风景，落花时节又逢君。

官亭夕坐戏简颜十少府

南国调寒杵，西江浸日车。客愁连蟋蟀，亭古带蒹葭。不返青丝鞚，虚烧夜烛花。老翁须地主，细细酌流霞。

秋日荆南述怀三十韵

昔承推奖分，愧匪挺生材。迟暮宫臣忝，艰危衮职陪。扬镳一作鞭随日驭，折槛出云台。首句起至此，追忆与房琯牵连罢斥事。罪戾宽犹活，干戈塞未开。星霜玄鸟变，身世白驹催。伏枕因超忽，扁舟任往来。九钻巴噀火，三蛰楚祠雷。望帝传应实，昭王问不回。蛟螭深作横，豺虎乱雄猜。素业行已矣，浮名安在哉。琴乌曲怨愤，庭鹤舞摧颓。秋雨一作水漫湘水一作竹，阴风过岭梅。苦摇求食尾，常曝报恩腮。结舌防谗柄，探肠有祸胎。苍茫步兵哭，展转仲宣哀。饥籍入声，一作藉。家家米，愁征处处杯。休为贫士叹，任受众人咍。得丧初难识，荣枯划易该。差池分组冕，合沓起蒿莱。不必伊周地，皆知_{一作登}屈宋才。汉庭和异域，晋史坼中台。霸业寻常体，忠臣忌讳灾。群公纷戮力，圣虑宥_{一作睿}裴回。数见铭钟鼎，真宜法斗魁。愿闻锋镝铸，莫使栋梁摧。盘石圭多剪，凶门毂少推。垂旒资穆穆，祝网但恢恢。赤雀翻然至，黄龙讵_{一作不}假媒。贤非梦傅野，隐类凿颜坯。自古江湖客，冥心若死灰。

秋日荆南送石首薛明府辞满告别奉寄薛尚书_{景仙}颂德叙怀斐然之作三十韵

南征为客久，西候别君初。岁满归凫舄，秋来把雁书。荆门留美化，姜被就离居。闻道和亲入，_{景仙出使吐蕃，}同论泣陵入朝。垂名报国馀。连枝不日并，八座几时除。往者胡星孛，恭惟汉网疏。风尘相泼洞，天地一丘墟。殿瓦鸳鸯坼，宫帘翡翠虚。钩陈摧微道，枪櫐_{《长杨赋》：木拥枪櫐。即栅也。}失储胥。文物陪巡守_{一作狩}，亲贤病拮据。公时呵獶獝，首唱却鲸鱼。势倾宗萧相，_{原注：郭令公。}材非一范睢。_{原注：诸名将。}尸填太行道，血走浚仪渠。滏口师仍会，函关愤已摅_{追述景仙守扶风事。}紫微临大角，皇极正乘舆。赏从频峨冕，殊私_{一作恩}再直庐。_{原注：公旧执金吾，新授羽林，前后二将军。}岂惟高卫霍，曾是接应徐。降集翻翔凤，追攀绝众狙。侍臣双宋玉，战策两穰苴。鉴澈劳悬镜，荒芜已荷锄。向来披述作，_{原注：石首处见公新文一卷。卷一作通。}重此忆吹嘘。白发甘凋丧，青云亦卷舒。经纶功不朽，跋涉体何如。_{原注：公顷奉使和蕃，已见上。}应讶耽湖橘，常餐占野蔬。十年婴药饵，万里狎樵渔。扬子淹投阁，邹生惜曳裾。但惊飞熠耀，不记改蟾蜍。烟雨封巫峡，江淮略孟诸。汤池虽险固，辽海尚填淤。努力输肝胆，休烦独起予。

哭李尚书_{之芳}

漳滨与蒿里，逝水竟同年。欲挂_{一作把}留徐剑，犹回忆戴船。相知成白首,此别间黄泉。风雨嗟何及,江湖涕泫然。修文将管辂,奉使失张骞。史阁行人在,诗家秀句传。客亭鞍马绝,旅榇网虫悬。复魄一作块昭丘远,归魂素浒偏。樵苏封葬地,喉舌罢朝天。秋色凋春草,王孙若个边。

重　题

涕泗不能收,哭君余一作馀白头。儿童相识一作顾尽,宇宙此生浮。江雨铭旌湿,湖风井径秋。还瞻魏太子,宾客减应刘。原注:公历礼部尚书,薨于太子宾客。

独　坐

悲愁一作秋回白首,倚杖背孤城。江敛洲渚出,天虚风物清。沧溟服一作根衰谢,朱绂负平生。仰羡黄昏鸟,投林羽翮轻。

暮　归

霜黄碧梧白鹤栖,城上击柝复乌啼。客子入门月皎皎,谁家捣练风凄凄。南渡桂水阙舟楫,北归秦一作洛川多鼓鼙。年过半百不称意,明日看云还杖藜。

移居公安敬赠卫大郎钧

卫侯不易得,余病汝知之。雅量涵高远,清襟照等夷。平生感意气,少小爱文辞。河海由来合,风云若有期。形容劳宇宙,质朴谢轩墀。自古幽人泣,流年壮士悲。水烟通径草,秋露接园葵。入邑豺狼斗,伤弓鸟雀饥。白头供宴语,乌几伴栖迟。交态遭轻薄,今朝豁所思。

公安送韦二少府匡赞

逍遥公后周韦夐,号逍遥公。唐嗣立,号小逍遥公。后世多贤,送尔维舟惜此筵。念我能书一作常能数字至,将诗不必万人传。时危兵甲黄尘里,日短江湖白发前。古往今来皆涕泪,断肠分手各风烟。

赠虞十五司马

远师虞秘监,今喜识玄孙。形像丹青逼,家声器宇存。凄凉怜笔势,浩荡问词源。爽气金天豁,清谈玉露繁。仁鸣南岳凤,欲化北溟鲲。交态知浮俗,儒流不异门。过逢联客位,日夜倒芳尊。沙岸风吹叶,云江月上轩。百年嗟已半,四座敢辞喧。书籍终相与,青山隔故园。

公安县怀古

野旷吕蒙营,蒙封屠陵侯,即此地。江深刘备城。备奔吴,孙权推为左将军,居此。时人呼为左公,故名公安。寒天催日短,风浪与云平。洒落君臣契,飞腾战伐名。维舟倚前浦,长啸一含情。

公安送李二十九弟晋肃入蜀余下沔鄂

正解柴桑缆,仍看蜀道行。樯乌相背发,塞雁一行鸣。南纪连铜柱,西江接锦城。凭将百钱卜,飘泊问君平。

宴王使君宅题二首

汉主追韩信,苍生起谢安。吾徒自漂泊,世事各艰难。逆旅招邀近,他乡思一作意绪宽。不材甘朽质,高卧岂泥蟠。

泛爱容霜发一作鬓,留欢卜夜闲一作阑,一作上夜关。自吟诗送老,相劝

酒开颜。戎马今何地,乡园独旧一作在山。江湖堕清月,酩酊任扶
还。

留别公安太易沙门

隐居欲就庐山远,丽藻初逢休上人。数问舟航留制作,长开箧笥拟
心神。沙村白雪仍含冻,江县红梅已放春。先蹋炉峰置兰若,徐飞
锡杖出风尘。

全唐诗卷二三三

杜 甫

晓发公安 原注:数月憩息此县。

北城击柝复欲罢,东方明星亦不迟。邻鸡野哭如昨日,物色生态能几时。舟楫眇然自此去,江湖远适无前期。出门转眄已陈迹,药饵扶吾随所之。

泊岳阳城下

江国逾千里,山城仅百层。岸风翻夕浪,舟雪洒寒灯。留滞才难尽,艰危气益增。图南未可料,变化有鲲鹏。

缆船苦风戏题四韵奉简郑十三判官 泛

楚岸朔风疾,天寒鸧鸹呼。涨沙霾草树,舞雪渡江湖。吹帽时时落,维舟日日孤。因声置驿外,为觅酒家垆。

登 岳 阳 楼

昔闻洞庭水,今上岳阳楼。吴楚东南坼,乾坤日夜浮。亲朋无一字,老病有孤舟。戎马关山北,凭轩涕泗流。

陪裴使君登岳阳楼

湖阔兼云雾,楼孤属晚晴。礼加徐孺子,诗接谢宣城。雪岸丛梅发,春泥百草生。敢违渔父问,从此更南征。

过南岳入洞庭湖

洪波忽争道,岸转异江湖。鄂渚分云树,衡山引舳舻。翠牙穿裛桨一作蒋,碧节上一作吐寒蒲。病渴身何去,春生力更无。壤童犁雨雪,渔屋架泥涂。欹侧风帆满,微冥水驿孤。悠悠回赤壁,浩浩略苍梧。帝子留遗恨,曹公屈壮图。圣朝光御极,残孽驻艰虞。才淑随厮养,名贤隐锻炉。邵平元入汉,张翰后归吴。莫怪啼痕数,危樯逐夜乌。

宿青草湖 重湖,南青草,北洞庭。

洞庭犹在目,青草续为名。宿桨依农事,邮签报水程。寒冰争倚薄,云月递微明。湖雁双双起,人来故北征。

宿白沙驿 原注:初过湖南五里。

水宿仍馀照,人烟复此亭。驿边沙旧白,湖外草新青。万象皆春气,孤槎自客星。随波无限月一作景,的的近南溟。

湘夫人祠 即黄陵庙

肃肃湘妃庙,空墙碧水春。虫书玉佩藓,燕舞翠帷尘。晚泊登汀树,微馨借一作惜渚蘋。苍梧恨不尽,染泪在丛筠。

祠 南 夕 望

百丈牵江色,孤舟泛日斜。兴来犹杖屦,目断更云沙。山鬼迷春竹,湘娥倚暮花。湖南清绝地,万古一长嗟。

登一作发白马潭

水生春缆没,日出野船开。宿鸟行犹去,丛花一作花丛笑不来。人人伤白首,处处接金杯。莫道新知要,南征且未回。

归 雁

闻道今春雁,南归自广州。见花辞涨海,避雪到罗浮。是物关兵气,何时免客愁。年年霜露隔,不过五湖秋。大历二年,岭南节度使徐浩奏,十一月二十五日,当管怀集县阳雁来。先是,五岭之外,翔雁不到,浩以阳为君德,雁随阳者,臣归君之象。诗盖深讥之。

野 望

纳纳乾坤大,行行郡国遥。云山兼五岭,风壤带三苗。野树侵江阔,春蒲长雪消。扁舟空老去,无补圣明朝。

入乔口 原注:长沙北界。

漠漠旧京远,迟迟归路赊。残年傍水国,落日对春华。树蜜早蜂乱,江泥轻燕斜。贾生骨已朽,凄恻近长沙。

铜官渚守风 渚在宁乡县

不一作亦夜楚帆落,避风湘渚间。水耕先浸草,春火更烧山。早泊云物晦,逆行波浪悭。飞来双白鹤,过去杳难攀。

北 风 原注:新康江口信宿方行。

春生南国瘴,气待北风苏。向晚霾残日,初宵鼓大炉。爽携卑湿地,声拔洞庭湖。万里鱼龙伏,三更鸟兽呼。涤除贪破浪,愁绝付摧枯。执热沉沉在,凌寒往往须。且知宽疾肺,不敢恨危途。再宿烦舟子,衰容问仆夫。今晨非盛怒,便道即一作却长驱。隐几看帆席,云州涌坐隅。

双枫浦 在浏阳县

辍棹青枫浦,双枫旧已摧。自惊衰谢力,不道栋梁材。浪足浮纱帽,皮须截锦苔。江边地有主,暂借上天回。

奉送王信州崟北归

朝廷防盗贼,供给愍诛求。下诏选郎署,传声能典一作典信州。苍生今日困一作起,天子向时忧。井屋有烟起,疮痍无血流。壤歌唯海甸,画角自山楼。白发寐常早,荒榛农复秋。解龟逾卧辙,遣骑觅扁舟。徐榻不知一作能倦,颍川何以酬。尘生一作老尘彤管笔,寒腻黑貂裘。高义终焉在,斯文去矣休。别离同雨散,行止各云浮。林热鸟开口,江浑鱼掉头。尉佗当是指崔旰辈虽北拜,太史尚南留。军旅应都息,寰区要尽收。九重思谏诤,八极念怀柔。徙倚瞻王室,从容仰庙谋。故人持雅论,绝塞豁穷愁。复见陶唐理,甘为汗漫游。

江阁卧病走笔寄呈崔卢两侍御

客子庖厨薄,江楼枕席清。衰年病只瘦,长夏想为情。滑忆一作喜雕胡饭,香闻锦带羹。溜匙兼暖腹,谁欲致一作觅杯罂。

潭州送韦员外牧韶州 迢

炎海韶州牧，风流汉署郎。分符先令望，同舍有辉光。白首多年疾，秋天昨夜凉。洞庭无过雁，书疏莫相忘。

江阁对雨有怀行营裴二
端公 裴虬与讨臧玠，故有行营。

南纪一作极风涛壮，阴晴屡不分。野流行地日，江入度山云。层阁凭雷殷，长空水面一作面水文。雨来铜柱北，应一作意洗伏波军。

酬韦韶州见寄

养拙江湖外，朝廷记忆疏。深惭长者辙，重得故人书。白发丝难理一作并，新诗锦不如。虽无南去雁，看取北来鱼。

千秋节有感二首 八月二日为明皇千秋节

自罢千秋节，频伤八月来。先朝常宴会，壮观已尘埃。凤纪编生日，龙池堑劫灰。湘川新涕泪，秦树远楼台。宝镜群臣得，金吾万国回。衢尊不重饮，白首独馀哀。

御气云楼敞，含风彩仗高。仙人张内乐，王母献宫桃。罗袜红蕖艳，金鞲白雪毛。舞阶衔寿酒，走索背秋毫。圣主他年贵，边心此日劳。桂江流向北，满眼送波涛。

晚秋长沙蔡五侍御饮筵
送殷六参军归澧州觐省

佳士欣相识，慈颜望远游。甘从投辖饮，肯作置书邮。高鸟黄云暮，寒蝉碧树秋。湖南冬不雪，吾病得淹留。

湖中一作南送敬十使君适广陵

相见各头白，其如离别何。几年一会面，今日复悲歌。少壮乐难得，岁寒心匪他。气缠霜匣满，冰置玉壶多。遭乱实漂泊，济时曾琢磨。形容吾校老，胆力尔谁过。秋晚岳增翠，风高湖涌波。鶱腾访知己，淮海莫蹉跎。

长沙送李十一 衔

与子避地西康州，洞庭相逢十二秋。远愧尚方曾赐履，竟非吾土倦登楼。久存胶漆应难并，一辱泥涂遂晚收。李杜齐名用杜密、李膺、李固、杜乔旧事为喻。真忝窃，朔云寒菊倍离忧。

重送刘十弟判官

分源豕韦派，言刘、杜同出也。范宣子曰：在商为豕韦氏，在周为唐杜氏。别浦雁宾秋。年事推兄忝，人才觉弟优。经过辨丰剑，意气逐吴钩。垂翅徒衰老，先鞭不滞留。本枝凌岁晚，高义豁穷愁。他日临江待，长沙旧驿楼。

奉赠卢五丈参谋 琚

原注：时丈人使自江陵，在长沙待恩旨，先支率钱米。

恭惟同自出，甫祖母卢氏，即所志范阳太君者。妙选异高标。入幕知孙楚，披襟得郑侨。丈人藉才地，门阀冠云霄。老矣逢迎拙，相于契托饶。赐钱倾府待，争米驻一作贮船遥。邻好艰难薄，氓一作甿心杼轴焦。客星空伴使，寒水不成潮。素发干垂领，银章破在腰。说诗能累夜，醉酒或连朝。藻翰惟牵率，湖山合动摇。时清非造次，兴尽却萧条。天子多恩泽，苍生转寂寥。休传鹿是马，莫信鹏如一作为鹍。未解依依袂,还斟泛泛瓢。流年疲蟋蟀,体物幸鹪鹩。幸一作孤负沧洲愿,谁云晚见招。

登舟将适汉阳

春宅弃汝去,秋帆催客归。庭蔬尚在眼,浦浪已吹衣。生理飘荡拙,有心迟暮违。中原戎马盛,远道素书稀。塞雁与时集,樯乌终岁飞。鹿门自此往,永息汉阴机。

暮秋将归秦留别湖南幕府亲友

水阔苍梧野一作晚,天高白帝秋。途穷那免哭,身老不禁愁。大府才能会,诸公德业优。北归冲雨雪,谁一作俱悯敝貂裘。

送卢十四弟侍御护韦尚
书之晋灵榇归上都二十韵

素幕渡江远,朱幡登陆微。悲鸣驷马顾,失涕万人挥。参佐哭辞毕,门阑谁送归。从公伏事久,之子俊才稀。长路更执绋,此心犹倒衣。感恩义不小,怀旧礼无违。墓待龙骧诏,台迎獬豸威。深衷见士则,雅论在兵机。戎狄乘妖气,尘沙落禁闱。往年朝谒断,他日扫除非。但促一作整铜壶箭,休添玉帐旂。动询黄阁老,肯虑白登围。万姓疮痍合,群凶一作雄嗜欲肥。刺规多谏诤,端拱自光辉。俭约前王体,风流后代希。对扬期特达,衰朽再芳菲。空里愁书字,山中疾采薇。拨杯要忽罢,抱被宿何依。眼冷看征盖,儿扶立钓矶。清霜洞庭叶,故就别时飞。

哭李常侍峄二首

一代风流尽,修文地下深。斯人不重见,将老失知音。短日行梅岭,寒山一作江落桂林。长安若个畔一作伴,犹想映貂金。
青琐陪双入,铜梁阻一辞。风尘逢我地,江汉哭君时。次第寻书
札,呼儿检赠诗。发挥王子表《汉书》有《王子侯表》,不愧史臣词。

哭韦大夫之晋

凄怆郇瑕色一作邑,一作地,差池弱冠年。丈一作大,一作士人叨礼数,文
律早周旋。台阁黄图里,簪裾紫盖边。尊荣真不忝,端雅独翛然。
贡喜音容间,冯招左思诗:冯公岂不伟,白首不见招。病疾缠。南过骇仓
卒,北思悄联绵。鵩鸟长沙讳,犀牛蜀郡怜。素车犹恸哭,宝剑欲
高悬。汉道中兴盛,韦经亚相传。冲融标世业,磊落映时贤。城府
深朱夏,江湖眇雾天。绮楼关一作高树顶,飞旆泛堂前。帘音亦幕疑
一作旋风燕,笳箫急暮蝉。兴残虚白室,迹断孝廉船。童孺交游尽,
喧卑俗事牵。老来多涕泪,情在强诗篇。谁寄方隅理,朝难将帅
权。春秋褒贬例,名器重双全。

舟中夜雪有怀卢十四侍御一作郎弟

朔风吹桂水,朔一作大雪夜纷纷。暗度南楼月,寒深北渚云。烛斜
初近见,舟重竟无闻。不识山阴道,听鸡更忆君。

对　雪

北雪犯长沙,胡云冷万家。随风且间一作开叶,带雨不成花。金错
囊从一作徒磬,银壶酒易赊。无人竭浮蚁,有待至昏鸦。

楼　上

天地空搔首,频抽白玉簪。皇舆三极北,身事五湖南。恋阙劳肝
肺,论一作抡材愧杞楠。乱离难自救,终是老湘潭。

冬晚送长孙渐舍人归州

参卿_{参谋也}休坐幄,荡子不还乡。南客潇湘外,西戎鄂杜旁。衰年倾盖晚,费日系舟长。会面思来札,销魂逐去樯。云晴鸥更舞,风逆雁无行。匣里雌雄剑,吹毛任选将。

暮冬送苏四郎徯兵曹适桂州

飘飘苏季子,六印佩何迟。早作诸侯客,兼工古体诗。尔贤埋照久,余病长年悲。卢绾须征日,楼兰要斩时。岁阳初盛动,王化久磷缁。为入苍梧庙,看云哭九疑。

风疾舟中伏枕书怀三十六韵奉呈湖南亲友

轩辕休制律,虞舜罢弹琴。尚错雄鸣管,犹伤半死心。_{四句言风疾。}圣贤名古邈,羁旅病年侵。舟泊常依震,湖平早_{一作半}见参。如闻马融笛,若倚仲宣襟。故国悲寒望,群云惨岁阴。水乡霾白屋_{一作屋},枫岸叠_{一作全}青岑。郁郁冬炎瘴,濛濛雨滞淫。鼓迎非_{一作方}祭鬼,弹落似鸮禽。兴尽才无闷,愁来遽不禁。生涯相汩没,时物自_{一作正}萧森。疑惑尊中弩,淹留冠上簪。牵裾惊魏帝,投阁为刘歆。狂走终奚适,微才谢所钦。吾安藜不糁,汝贵玉为琛。乌几重重缚,鹑衣寸寸针。哀伤同庾信,述作异陈琳。十暑岷山葛,三霜楚户砧。叨陪锦帐座,久放白头吟。反朴时难遇,忘机陆易沈。应过数粒食,得近四知金。春草封归恨,源花费独寻。转蓬忧悄悄,行药病涔涔。瘗夭追潘岳,持危觅邓林。蹉跎翻学步,感激在知音。却假苏张舌,高夸周宋铗。_{铗,剑鼻也。《庄子》:天子之剑,以周、宋为铗,韩、魏为铗。}纳流迷浩汗,峻址得欹嵚。城府开清旭,松筠_{一作篁}起碧浔。披颜争倩倩,逸足竞駸駸。朗鉴存愚直,皇天实照临。公孙仍恃险,侯景未生擒。书信中原阔,干戈北斗深。畏人千里井,问俗九州箴。战血流依旧,军声动至今。葛洪尸定解,许靖力还一作难任。家事丹砂诀,无成涕作霖。

奉赠萧二十使君

昔在严公幕,俱为蜀使臣。艰危参大府,前后间清尘。原注:严再领成都,余复参幕府。起草鸣先路,乘槎动要津。王凫聊暂出,萧雉只相驯。终始任安义,荒芜孟母邻。联翩匍匐礼,意气死生亲。原注:严公殁后,老母在堂,使君温清之问,甘脆之礼,名数若己之庭闱焉。太夫人顷逝,丧事又首诸孙主典,抚孤之情,不减骨肉,则胶漆之契可知矣。张老晋大夫张孟,语称张老。存家事,嵇康有故人。食恩惭卤莽,镂骨抱酸辛。巢许山林志,夔龙廊庙珍。鹏图仍矫翼,熊轼且移轮。磊落衣冠地,苍茫土木身。埙篪鸣自合,金石莹逾新。重忆罗江外,同游锦水滨。结欢随过隙,怀旧益沾巾。旷绝含香舍,稽留伏枕辰。停骖双阙早,回雁五湖春。不达长卿病,从来原宪贫。监河受贷粟,一起辙中鳞。

奉送二十三舅录事崔伟之摄郴州

贤良归盛族,吾舅尽知名。徐庶高交友,庶与崔州平善,盖以州平比伟。刘牢出外甥。泥涂岂珠玉,环堵但柴荆。衰老悲人世,驱驰厌甲兵。气春江上别,泪血渭阳情。舟鹢排风影,林乌反哺声。永嘉多北至,句漏且南征。必见公侯复,终闻盗贼平。郴州颇凉冷,橘井尚凄清。从役一作事何蛮貊,居官志在行。

送魏二十四司直充岭南掌
选崔郎中判官兼寄韦韶州

岭南交、黔等州,得任土人,以郎中、御史充使选补,谓之南选。

选曹分五岭,使者历三湘。才美膺推荐,君行佐纪纲。佳声斯一作期共一作不远,雅节在周防。明白山涛鉴,嫌疑陆贾装。故人湖外少,春日岭南长。凭报韶州牧,新诗昨寄一作夜将。

送赵十七明府之县

连城为宝重,茂宰得才新。山雉迎舟楫,江花报邑人。论交翻恨晚,卧病却愁春。惠爱南翁悦,馀波及老身。

燕子来舟中作

湖南为客动经春,燕子衔泥两度新。旧入故园常识主,如今社日远看人。可怜处处巢君一作居室,何异飘飘托此身。暂语船樯还起去,穿花落水范德机云:善本作帖水。益沾巾。

同豆卢峰知字韵

一本作同卢豆峰贻主客李员外子棐知字韵。

炼金欧冶子,喷玉大宛儿。符彩高无敌,聪明达所为。梦兰他日应,折桂早年知。烂漫通经术,光芒刷羽仪。谢庭瞻不远,潘省会于斯。倡和将雏曲,田翁号鹿皮。

归 雁 二 首

万里衡阳雁,今年又北归。双双瞻客上,一一背人飞。云里相呼疾,沙边自宿稀。系书元一作无浪语,愁寂一作绝故山薇。
欲雪违胡地,先花别楚云。却过清渭影,高起洞庭群。塞北春阴暮,江南日色曛。伤弓流落羽,行断不堪闻。

小寒食舟中作

佳辰强饭一作饮食犹寒,隐几萧条带鹖冠。春水船如天上坐,老年花似雾中看。娟娟戏蝶过闲一作开幔,片片轻鸥下急湍。云白山青万馀里,愁看直一作西北是长安。

清 明 二 首

朝来新火起新烟,湖色春光净客船。绣羽衔一作冲花他自得,红颜骑竹我无缘。胡童结束还难有,楚女腰肢亦可怜。不见定王城汉长沙定王发封此旧处,长怀贾傅井依然。虚沾焦宜作周举为寒食,实藉严君卖卜钱。钟鼎山林各天性,浊醪粗饭任吾年。

此身飘泊苦西东,右臂偏枯半耳聋。寂寂系舟双下泪,悠悠伏枕左书空。十年蹴踘将雏远,万里秋千习俗同。旅雁上云归紫塞,家人钻火用青枫。秦城楼阁烟一作莺花里,汉主山河锦绣中。风水一作春去春来洞庭阔,白蘋愁杀白头翁。

发潭州 时自潭之衡

夜醉长沙酒,晓行湘水春。岸花飞送客,樯燕语留人。贾傅才未有,褚公书绝伦。高名前后事,回首一伤神。

回 棹

宿昔试一作世安命,自私犹畏天。劳生系一物,为客费多年。衡岳江湖大,蒸池蒸水在衡阳城北疫疠偏。散才婴薄一作旧俗,有迹负前贤。巾拂那关眼,瓶罍易满船。火云滋垢腻,冻雨裹沉一作尘绵。强饭莼添滑,端居茗续煎。清思汉水上,凉忆岘山巅。顺浪翻堪倚,回帆又省牵。吾家碑杜预碑不昧,王氏井依然。几杖将衰齿,茅

茨寄短椽。灌园曾取适,游寺可终焉。遂性同渔父,成名一作功异
鲁连。篙师烦尔送,朱夏及寒泉。

赠韦七赞善

乡里衣冠不乏贤,杜陵韦曲未央前。尔家最近魁三象,原注:斗魁下两
两相比为三台。时论同归一云因侵尺五天。原注:俚语云:城南韦杜,去天尺五。
北走关山一作河开雨雪,南游花柳塞云一作风烟。洞庭春色悲公子,
鰕菜忘归范蠡一作万里船。

奉一本无奉字酬寇十侍御锡见寄四韵复寄寇

往别郇瑕地,于今四十年。来簪御府笔,故泊洞庭船。诗忆伤心
处,春深把臂前。南瞻按百越,黄帽待君偏。

酬郭十五受判官

才微岁老一作晚尚虚名,卧病江湖春复生。药裹关心诗总废,花枝
照眼句还成。只同燕石能星陨,自得隋珠觉夜明。乔口橘洲风浪
促,系帆何惜片时程。

衡州送李大夫七丈勉赴广州

斧钺下青冥,楼船过洞庭。北风随爽气,南斗避文星。日月笼中
鸟,乾坤水上萍。王孙丈人行,垂老见飘零。

全唐诗卷二三四

杜　甫 补遗

哭长孙侍御 一作杜诵诗　以下四首,他集互见。

道为谋一作谏,一作诗。书重,名因赋颂雄。礼闱曾擢桂,宪府旧一作近乘骢。流水生涯尽,浮云世事空。唯馀旧台柏,萧瑟九原中。

虢国夫人 一作张〔祜〕(祐)。集灵台二首之一。

虢国夫人承主恩,平明上马入宫〔祜〕(祐)集作金门。却嫌脂粉浣颜色,澹扫蛾眉朝至尊。

军中醉饮寄沈八刘叟 一作畅当诗

酒渴爱江清,馀甘一作醋漱晚汀。软沙欹坐稳,冷石醉眠醒。野膳随行帐,华音发从伶。数杯君不见,醉一作都已遣沉冥。

杜鹃行 一作司空曙诗

古时杜宇称望帝,魂作杜鹃何微细。跳枝窜叶树木中,抢佯一作翔瞥捩雌随雄。毛衣惨黑貌一作自憔悴,众鸟安肯相尊崇。隳一作陋形不敢栖华屋,短翮唯愿巢深丛。穿皮啄朽觜欲秃,苦饥始得食一虫。谁言养雏不自哺,此语亦足为愚蒙。声音咽咽如一作哕若有谓,号啼略与婴儿同。口干垂血转迫促,似欲一作欲以上诉于苍穹。蜀人闻之皆起立,至今教学一作相效传遗风,乃知变化不可穷。岂知昔日居深宫,嫔嫱一作妃左右如花红。

闻惠二过东溪特一送

一作送惠二归故居,一作闻惠子过东溪。　以下七首,吴若本逸诗。

惠子白驹一作鱼,一作驴。瘦,归溪唯病身。皇天无老眼,空谷滞一作值斯人。崖蜜松花熟一作白,一作古,山杯一作村醪竹叶新一作春。柴门了无一作生事,黄一作园绮未称臣。

舟泛洞庭 一作过洞庭湖

蛟室围青草,龙堆拥一作隐白沙。护江一作堤盘古木,迎棹舞神鸦。破浪南风正,收帆一作回樯,一作归舟。畏日斜。云山千万叠,底处上仙槎。一作湖光与天远,直欲泛仙槎。

李盐铁二首 一首题作李监宅,已见第九卷中。

落叶一作华馆春风起,高城烟雾开。杂花分户映,娇燕入檐回。一见能倾产一作座,虚怀只爱才。盐官虽绊骥,名是汉庭来。

长　吟

江渚翻鸥戏,官桥带柳阴。江飞竞渡日,草见蹋春一作青心。已拨形骸累,真为烂漫深。赋诗歌一作新句稳,不免一作觉自长吟。

绝句九首 前六首已见第十三卷中

闻道巴山里,春船正好行一作还。都将百年兴,一望九江城一作山。

水槛温江口，茅堂石笋西。移船先主庙，洗药浣沙一作花溪。设一作谩道春来好，狂风大放颠。吹一作飞花随水去，翻却钓鱼船。

瞿唐怀古 以下草堂逸诗拾遗

西南万壑注，勍敌两崖〔开〕(间)。地与山根裂，江从月窟来。削成当白帝，空曲隐阳台。疏凿功虽美，陶钧力大哉。

送司马入京

群盗至今日，先朝忝从臣。叹君能恋主，久客羡归秦。黄阁长司谏，丹墀有故人。向来论社稷，为话涕沾巾。

惜别行送刘仆射判官

仆射乃其主将，刘乃仆射之判官也。

闻道南行市骏马，不限匹数军一作官中须。襄阳幕府天下异，主将俭省忧艰虞。只收壮健胜铁甲，岂因格斗求龙驹。而今西北自反胡，骐驎荡尽一匹无。龙媒真种在帝都，子孙永落西南隅。向非戎事备征伐，君肯辛苦越江湖。江湖凡马多憔悴，衣冠往往乘蹇驴。梁公疑梁崇义，曾为山南节度。富贵于身疏，号令明白人安居。俸钱时散士子尽，府库不为骄豪虚。以兹报主寸心赤，气却西戎回北狄。罗网群马籍一作藉马多，气一作用在驱驰出金帛。刘侯奉使光推择，滔滔才略沧溟窄。杜陵老翁秋系船，扶病相识长沙驿。强梳白发提胡卢，手把一作兼菊花路旁摘。九州兵革浩茫茫，三叹聚散临重阳。当杯对客忍流涕一作涕泪，君一无君字不觉老夫神内伤。

呀张口貌鹘行

病鹘孤一作卑飞俗眼丑，每夜江边宿衰柳。清秋落日一作月已侧身，过雁归鸦错回首。紧脑雄姿迷所向，疏翮稀毛不可状。强神迷复皂雕前，俊才早在苍鹰上。风涛飒飒寒山阴，熊罴欲蛰一作縈龙蛇深。念尔此时有一掷，失声溅血非其心。

狂一作短歌行赠四兄

与兄行年校一岁，贤者是兄愚者一作弟。兄将富贵等浮云，弟切功名好权势。长安秋雨十日泥，我曹鞴马听晨鸡。公卿朱门未开锁，我曹已到肩相齐。吾兄睡稳方舒膝，不袜不巾蹋晓日。男啼女哭莫我知，身上须缯腹中实。今年思我来嘉州，嘉州酒重一作香花绕一作满楼。楼头吃酒楼下卧，长歌短咏一作歌还相酬。四时八节还拘礼，女拜弟妻男拜弟。幅巾鞶带不挂身，头脂足垢何曾洗。吾兄吾兄巢许伦，一生喜怒长任真。日斜枕肘寝已熟，啾啾唧唧为何一作何为人。右五篇，乃苏州太守裴煜如晦所收，见旧集《补遗》。

逃　难

五十头白翁，南北逃世难。疏布缠枯骨，奔走苦不暖叶去声。已衰病方入，四海一涂炭。乾坤万里内，莫见容身畔。妻孥复随我，回首共悲叹。故国莽丘墟，邻里各分散。归路从此迷，涕尽湘江岸。

寄高適

楚隔乾坤远，难招病客魂。诗名惟我共，世事与谁论。北阙更新主，南星落故园。定知相见日，烂漫倒芳尊。

送灵州李判官

犬戎腥四海，回首一茫茫。血战乾坤赤，氛迷日月黄。将军专策略，幕府盛材良。近贺中兴主，神兵动朔方。

与严二郎奉礼别

别君谁暖眼，将老病缠身。出涕同斜日，临风看去尘。商歌还入夜，巴俗自为邻。尚愧微躯在，遥闻盛礼新。山东群盗散，阙下受降频。诸将归应尽，题书报旅人。

巴西驿亭观江涨呈窦使君二首

转惊波作怒—作恶，即恐岸随流。赖有杯中物，还同海上鸥。关心小剡县，傍眼见扬州。为接情人饮，朝来减半—作片愁。

向晚波微—作犹绿，连空岸脚青。日兼春有暮，愁与醉无醒。漂泊犹杯酒，踌躇此驿亭。相看万里外，同是一浮萍。

遣　忧

乱离知又甚，消息苦难真。受谏无今日，临危忆古人—作伤故臣。纷纷乘白马，攘攘著黄巾。隋氏留—作营宫室，焚烧何太频。吴曾《漫录》云：见顾陶《类选》。

早　花

西京安稳未，不见一人来。腊日—作月巴江曲，山花已自开。盈盈当雪杏，艳艳待春—作香梅。直苦风尘暗，谁忧容—作客鬓催。

巴　山

巴山遇中使，云自峡—作陕城来。盗贼还奔突，乘舆恐未回。天寒邵伯树，地阔望仙台。狼狈风尘里，群臣安在哉。

收　京 一本有阙字

复道收京邑，兼闻杀犬戎。衣冠却扈从，车驾已还宫。克复成如此，安危一作扶持在数公。莫令回首地，恸哭起悲风。

巴西闻收宫阙送班司马入京

闻道收宗庙，鸣銮自陕归。倾都看黄屋，正殿引朱衣。剑外春天远，巴西敕使稀。念君经世乱，匹马向王畿。

花　底

紫萼扶千蕊，黄须照万花。忽疑行暮雨，何事入朝霞。恐是潘安县，堪留卫玠车。深知好颜色，莫作委泥沙。

柳　边

只道梅花发，那知柳亦新。枝枝总到地，叶叶自开春。紫燕时翻翼，黄鹂不露身。汉南应老尽，霸上远愁人。

送窦九归成都

文章亦不尽，窦子才纵横。非尔更苦节，何人符大名。读书云阁观，问绢锦官城。我有浣花竹，题诗须一行。

赠裴南部一本以下作原注
闻袁判官自来欲有按问

尘满莱芜甑，堂横单父琴。人皆知饮水，公辈不偷金。梁狱书因上一作应作，秦台镜欲临。独醒时所嫉，群小谤能深。即出黄沙在，何须白发侵。使君传旧德，已见直绳心。

奉使一作送崔都水翁下峡

无数涪江筏,鸣桡总发时。别离终不久,宗族忍相遗。白狗黄牛峡,朝云暮雨祠。所过频问讯,到日自题诗。

题郪县郭三十二明府茅屋壁

江头且系船,为尔独相怜。云散灌坛雨,春青彭泽田。频惊适小国,一拟问高天。别后巴东路,逢人问几贤。

遣闷戏呈路十九曹长

江浦雷声喧昨夜,春城雨色动微寒。黄鹂并坐交愁湿,白鹭群飞大剧干。晚节渐于诗律细,谁家数去酒杯宽。惟吾最一作君醉爱清狂客,百遍相看一作过意未阑。

随章留后新亭会送诸君

新亭有高会,行子得良时。日动映江幕,风鸣排槛旗。绝荤终不改,劝酒一作醉欲无词一作辞。已堕岘山泪,因题零雨诗。

东津送韦讽摄阆州录事

闻说江山好,怜君吏隐兼。宠行舟远泛,怯一作惜别酒频添。推荐非承乏,操持必去嫌。他时如按县,不得慢陶潜。

客 旧 馆

陈迹随人事,初秋别此亭。重来梨叶赤,依旧竹林青。风幔何一作前时卷,寒砧昨夜声当作听。无由出江汉,愁绪一作秋渚月一作日冥冥。

阆州奉送二十四舅使自京赴任青城

闻道王乔舄，名因太史传。如何碧鸡使，把诏紫微天。秦岭愁回马，涪江醉泛船。青城漫污杂，吾舅意凄然。

愁　坐

高斋常见野，愁坐更临门。十月山寒重，孤城月水一作水气昏。葭萌氏种迥，左担犬戎存一作屯。终日忧奔走，归期未敢论。

陪郑公秋晚北池临眺

北池云水阔，华馆辟秋风。独鹤元依渚，衰荷且映空。采菱寒刺上，蹋藕野泥中。素楫分曹往，金盘小径通。姜姜露草碧，片片晚旗红。杯酒沾津吏，衣裳与钓翁。异方初艳菊，故里亦高桐。摇落关山思，淹留战伐功。严城殊未掩，清宴已知终。何补参卿事一作军乏，欢娱到薄躬。

去　蜀

五载客蜀郡，一年居梓州。如何关塞阻，转作潇湘游。世一作万事已黄发，残生随白鸥。安危大臣在，不一作何必泪长流。

放　船

收帆下急水，卷幔逐回滩。江市戎戎暗，山云淰淰寒。村荒一作荒林无径入，独鸟怪人看。已泊城楼底，何曾夜色阑。

哭台州郑司户苏少监

故旧谁怜我，平生郑与苏。存亡不重见，丧乱独前途。豪俊何人一作人谁在,文章扫地无。羁游万里阔,凶问一年俱。白首中原上,清秋大海隅。夜台当北斗,泉路著_{一作窅}东吴。得罪台州去,时危弃硕儒。移官蓬阁后,谷贵没潜夫。流恸嗟何及,衔冤有是夫。道消诗兴废,心息酒为徒。许与才虽薄,追随迹未拘。班扬名甚盛,嵇阮逸相须。会取君臣合,宁铨品命殊。贤良不必展,廊庙偶然趋。胜决风尘际,功安造化炉。从容拘_{一作询}旧学,惨澹闷阴符。摆落嫌疑久,哀伤志力输。俗依绵谷异,客对雪山孤。童稚思诸子,交朋列友于。情乖清酒送,望绝抚坟呼。疟病_{一作痢}餐巴水,疮痍老蜀都。飘零迷哭处,天地日榛芜。右二十七篇,朝奉大夫员安宇所收。

送王侍御往东川放生池祖席

东川诗友合,此赠忾轻为。况复传宗近,空然惜别离。梅花交近野,草色向平池。倘忆江边卧,归期愿早知。

惠义寺送王少尹赴成都 _{得峰字}

苒苒谷中寺,娟娟林表峰。阑干上处远,结构坐来重。骑马行春径,衣冠起晚_{一作暮钟}。云门青_{一作春寂寂},此别惜相从。右二篇见王原叔本。

避　地

避地岁时晚,窜身筋骨劳。诗书遂_{一作逐}墙壁,奴仆且旌旄。行在仅闻信,此生随所遭。神尧旧天下,会见出腥臊。右一篇见赵次翁本,题云:至德二载丁酉作。

惠义寺园送辛员外

朱樱此日垂朱实,郭外谁家负郭田。万里相逢贪握手,高才却望足离筵。

又　送

双峰寂寂对春台，万竹青青照一作送客杯。细草留连侵坐软，残花怅望近人开。同舟昨日何由得，并马今朝未拟回。直到绵州始分首，江边树里共谁来。右二篇见卜圜本，并见吴若本。

九日登梓州城

客心惊暮序，宾雁下襄一作沧州。共赏重阳节，言寻戏马游。湖风秋一作扶戍柳，江雨暗山楼。且酌东篱菊，聊祛南国愁。右一篇见《文苑英华》。

阙　题

三月雪连夜，未应伤物华。只缘春欲尽，留著伴梨花。右一首及下逸句，见《合璧事类》。

句

寒食少天气，东风多柳花。

小桃知客意，春尽始开花。

全唐诗卷二三五

贾　至

　　贾至,字幼邻,洛阳人。父曾,开元初掌制诰。至擢明经第,为单父尉,拜起居舍人、知制诰。父子继美,帝常称之。肃宗擢为中书舍人。坐小法,贬岳州司马。宝应初,召复故官,除尚书左丞。大历初,封信都县伯,迁京兆尹、右散骑常侍。卒,谥曰文。集十卷。今编诗一卷。

自蜀奉册命往朔方途中呈韦
左相文部房尚书门下崔侍郎

胡羯乱中夏,銮舆忽南巡。衣冠陷戎寇,狼狈随风尘。豳公秉大节,临难不顾身。激昂白刃前,溅血下沾巾。尚书抱忠义,历险披荆榛。扈从出剑门,登翼岷江滨。时望挹侍郎,公才标缙绅。亭亭昆山玉,皎皎无缁磷。顾惟乏经济,扞牧陪从臣。永愿雪会稽,仗_{一作一剑}清咸秦。太皇时内禅,神器付嗣君。新命集旧邦,至德被远人。捧册自南服,奉诏趋北军。觐谒心载驰,违离难重陈。策马出蜀山,畏途上缘云。饮啄丛箐间,栖息虎豹群。崎岖凌危栈,惴栗_{一作悚}惊心神。峭壁上嵚岑,大江下沄沄。皇风扇八极,异类怀深仁。元凶诱黠虏,肘腋生妖氛。明主信英武,威声赫四_{一作殊}邻。誓师自朔方,旗帜何缤纷。铁骑照白日,旄头拂秋旻。将来_{一作候}

荡沧溟，宁止蹴昆仑。古来有屯难，否泰长相因。夏康缵禹绩，代祖复汉勋。于役各勤王，驱驰拱紫宸。岂惟太公望，往昔逢周文。谁谓三杰才，功业独殊伦。感此慰行迈，无为歌苦辛。

赠裴九侍御昌江草堂弹琴

朔风吹疏林，积雪在崖巘。鸣琴草堂响，小涧清且浅。沉吟东山意，欲去芳岁晚。怅望黄绮心，白云若在眼。

巴陵早秋寄荆州崔司马吏部阎功曹舍人

谪居潇湘渚，再见洞庭秋。极目连江汉，西南浸斗牛。滔滔荡云梦，澹澹摇巴丘。旷如临渤澥，宛疑造瀛洲。君山丽中波，苍翠长夜浮。帝子去永久，楚词尚悲秋。我同长沙行，时事加百忧。登高望旧国，胡马满东周。宛叶遍蓬蒿，樊邓无良畴。独攀青枫树，泪洒沧江流。故人西掖寮，同扈岐阳蒐。差池尽三黜，蹭蹬各南州。相去虽地接一作近，不得从之游。耿耿云阳台，迢迢王粲楼。跂予暮霞里，谁谓无轻舟。

闲居秋怀寄阳翟陆赞府封丘高少府

今日霖雨霁，飒然高馆凉。秋风吹二毛，烈士加慨慷。忆昔皇运初，众宾俱龙骧。解巾佐幕府，脱剑升明堂，郁郁被庆云，昭昭翼太阳。鲸鱼纵大壑，鸳鹭鸣高冈。信矣草创时，泰阶速贤良。一言顿遭逢，片善蒙恩光。我生属圣明，感激窃自强。崎岖郡邑权，连蹇翰墨场。天朝富英髦，多士如珪璋。盛才溢下位，蹇步徒猖狂。闭门对群书，几案在我旁。枕席相远游，聊欲浮沧浪。八月白露降，玄蝉号枯桑。舣舟临清川，迢递愁思长。我有同怀友，各在天一方。离披不相见，浩荡隔两乡。平生霞外期，宿昔共行藏。岂无蓬莱树,岁晏空苍苍。

送友人使河源

送君鲁郊外,下车上高丘。萧条千里暮,日落黄云秋。举酒有馀恨,论边无远谋。河源望不见,旌斾去悠悠。

送李侍御

我年四十馀,已叹前路短。羁离洞庭上,安得不引满。李侯忘情者,与我同疏懒。孤帆泣潇湘,望远心欲断。

送耿副使归长沙

画舸欲南归,江亭且留宴。日暮湖上云,萧萧若流霰。昨夜相知者,明发不可见。惆怅西北风,高帆为谁扇。

送夏侯子之江夏

扣楫洞庭上,清风千里来。留欢一杯酒,欲别复裴回。相见楚山下,渔舟忆钓台。羡君还旧里,归念独悠哉。

寓言二首

春草纷碧色,佳人旷无期。悠哉千里心,欲采商山芝。叹息良会晚,如何桃李时。怀君晴川上,伫立夏云滋。

凛凛秋闺夕,绮罗早知寒。玉砧调鸣杵,始捣机中纨。忆昨别离日,桐花覆井栏。今来思君时,白露盈阶泞。闻有关河信,欲寄双玉盘。玉以委贞心,盘以荐嘉餐。嗟君在万里,使妾衣带宽。

燕　歌　行

国之重镇惟幽都,东威九夷北制胡。五军精卒三十万,百战百胜擒
单于。前临滹沱后_{一作阻}易水,崇山沃野亘千里。昔时燕山重贤
士,黄金筑台从隗始。倏忽兴王定_{一作亡空蓟丘},汉家又以封王_{一作}
_{五侯}。萧条魏晋为横流,鲜卑窃据朝五州。我唐区夏馀十纪,军容
武备赫万祀。彤弓黄钺授元帅,垦耕大漠为内地。季秋胶折边草
腓,治兵羽猎因出师。千营万队连旌旗,望之如火忽电驰。匈奴慑
窜穷发北,大荒万里无尘飞。君不见_{一本无君不见三字}隋家昔为天下
宰,穷兵黩武征辽海。南风不竞多死声,鼓卧旗折黄云横。六军将
士皆死尽,战马空鞍归故营。时移_{一作迁}道革天下平,白环入贡沧
海清。自有农夫已高枕,无劳校尉重横行。

巴陵寄李二户部张十四礼部 _{时贬岳州司马}

江南春_{一作芳草}初幂幂,愁杀江南独愁客。秦中杨柳也应新,转忆
秦中相忆人。万里莺花不相见,登高一望泪沾巾。

长　门　怨

独坐思千里,春庭晓景长。莺喧翡翠幕,柳覆_{一作暗}郁金堂。舞蝶
萦愁绪,繁花对靓妆。深情托瑶瑟,弦断不成章。

铜　雀　台

日暮铜台静,西陵鸟雀归。抚弦心断绝,听管泪霏微。灵几临朝
奠,空床卷夜衣。苍苍川上月,应照妾魂飞。

侍 宴 曲

云陛褰珠一作衣宸一作裳，天一作丹墀覆绿杨。隔帘妆隐一作掩映，向席舞低昂。鸣佩长廊静，开冰广殿凉。欢馀剑履散，同辇入昭阳。

对酒曲二首

梅发柳依依，黄鹂一作莺历乱飞。当歌怜景色，对酒惜芳菲。曲水浮花气，流风散舞衣。通宵留暮雨，上客莫言归。

春来酒味浓，举酒对春丛。一酌千忧散，三杯万事空。放歌乘美景，醉舞向东风。寄语尊前客，生涯任转蓬。

送陆协律赴端州

越井人南去，湘川水北流。江边数杯酒，海内一作外一孤舟。岭峤同仙客，京华即旧游。春心将别恨，万里共悠悠。

送王员外赴长沙

携手登临处，巴陵天一隅。春生云梦泽，水溢洞庭湖。共叹虞翻枉，同悲阮籍途。长沙旧卑湿，今古不应殊。

送夏侯参军赴广州

闻道衡阳外，由来雁不飞。送君从此去，书信定应稀。云海南溟远，烟波北渚微。勉哉孙楚吏，彩服正光辉。

长沙别李六侍御

月明湘水白，霜落洞庭干。放逐长沙外，相逢路正难。云归帝乡远，雁报朔方寒。此别盈襟泪，雍门不假弹。

岳阳楼宴王员外贬长沙 一题作南州有赠

极浦三春草,高楼万里心。楚山晴霭碧,湘水暮流深。忽与朝中旧,同为泽畔吟。停杯试北望,还欲泪沾〔襟〕(巾)。

咏冯昭仪当熊

白羽插雕弓,霓旌动朔风。平明出金屋,扈辇上林中。逐兽长廊静,呼鹰御苑空。王孙莫谏猎,贱妾解一作自当熊。

早朝大明宫呈两省僚友

银烛熏一作朝天紫陌长,禁城春色晓苍苍。千条弱柳垂青琐,百啭流莺绕一作满建章。剑佩声随玉墀步,衣冠身惹一作染御炉香。共沐恩波凤池上一作里,朝朝染翰侍君王。

白 马

白马紫连钱一作乾,嘶鸣丹阙前。闻珂自踯躅,不要下金鞭。

赠薛瑶英

元载末年,纳薛瑶英为姬,以体轻不胜重衣,于外国求龙绡衣之。
惟至及杨炎与载善,得见其歌舞,各赠诗。

舞怯铢衣重,笑疑桃脸开。方知汉成帝,虚筑避风台。

出 塞 曲

万里平沙一聚尘,南飞羽檄北来人。传道五原烽火急,单于昨夜寇一作扣新秦。

春 思 二 首

草色青青柳色黄,桃花历乱李花香。东风不为吹愁去,春日偏能惹恨长。

红粉当垆弱柳垂,金花腊酒解酴醾。笙歌日暮能留客,醉杀长安轻薄儿。

勤政楼观乐

银河帝女下三清,紫禁笙歌出九城。为报延州来听乐,须知天下欲升平。

赠陕掾梁宏

梁子工文四十年,诗颠名过草书颠。白头仍作功曹掾,禄薄难供沽酒钱。

答 严 大 夫

今夕秦天一雁来,梧桐坠叶捣衣催。思君独步华亭月,旧馆秋阴生绿苔。

送李侍郎－作御赴常州

雪晴云散北风寒,楚水吴山道路难。今日送君须尽醉,明朝相忆路漫漫。

初至巴陵与李十二白裴九同泛洞庭湖三首

江上相逢皆旧游,湘山永望不堪愁。明月秋风洞庭水,孤鸿落叶一扁舟。

枫岸纷纷落叶多,洞庭秋水晚来波。乘兴轻舟无近远,白云明月吊湘娥。

江畔枫叶初带霜,渚边菊花亦已黄。轻舟落日兴不尽,三湘五湖意何长。

西 亭 春 望

日长风暖柳青青,北雁归飞入窅冥。岳阳城上闻吹笛,能使春心满洞庭。

君　山

湘中老人读黄老,手援紫蘽坐碧草。春至不知湖水深,日暮忘却巴陵道。

洞庭送李十二赴零陵

今日相逢落叶前,洞庭秋水远连天。共说金华旧游处,回看北斗欲潸然。

江南送李卿

双鹤南飞度楚山,楚南相见忆秦关。愿值回风吹羽翼,早随阳雁及春还。

送王道士还京

一片仙云入帝乡,数声秋雁至衡阳。借问清都旧花月,岂知迁客泣潇湘。

巴陵夜别王八员外 一作萧静诗，题云三湘有怀。

柳絮飞时别洛阳，梅花发后到一作在三湘。世情已逐浮云散，离恨空随江水长。

别裴九弟

西江万里向东流，今夜江边驻客舟。月色更添春色好，芦风似胜竹风幽。

送南给事贬崖州

畴昔丹墀与凤池，即今相见两相悲。朱崖云梦三千里，欲别俱为恸哭时。

重别南给事

谪宦三年尚未回，故人今日又重来。闻道崖州一千一作万里，今朝须尽数千杯。

岳阳楼重宴别王八员外贬长沙

江路东连千里潮，青云北望紫微遥。莫道巴陵湖水阔，长沙南畔更萧条。

全唐诗卷二三六

钱 起

钱起，字仲文，吴兴人。天宝十载登进士第。官秘书省校书郎，终尚书考功郎中。大历中，与韩翃、李端辈号十才子。诗格新奇，理致清赡。集十三卷。今编诗四卷。

紫参歌 并序

紫参，幽芳也，五葩连萼，状飞禽羽举，俗名之五鸟花。起故山道人兰若尤丰此药，校书刘公咏歌之，俾予继组。

远公林下满青苔，春药偏宜间石开。往往幽人寻水见，时时仙蝶隔云来。阴阳雕刻花如鸟，对凤连鸡一何小。春风宛转虎溪傍，紫翼红翘翻霁光。贝叶经前无住色，莲花会里暂留香。蓬山才子怜幽性，白云阳春动新咏。应知仙卉老云一作烟霞，莫赏夭桃满蹊径。

玛瑙杯歌

瑶溪碧岸生奇宝，剖质披心出文藻。良工雕饰明且鲜，得成珍器入芳筵。含华炳丽金尊侧，翠罍琼觞忽无色。繁弦急管催献酬，倏若飞空生羽翼。璂璂兰英照豹斑，满堂词客尽朱颜。花光来去传香袖，霞影高低傍玉山。王孙彩笔题新咏，碎锦连珠复辉映。世情贵耳不贵奇，谩说海底珊瑚枝。宁及琢磨当妙用，燕歌楚舞长相随。

锄药咏

莳药穿林复在巘,浓香秀色深能浅。云气垂来浥露偏,松阴占一作
古处知春晚。拂曙残莺百啭催,萦泉带石几花开。不随飞鸟缘枝
去,如笑幽人出谷来。对之不觉忘疏懒,废卷荷锄嫌日短。岂无萱
草树阶墀,惜尔幽芳世所遗。但使芝兰出萧艾,不辞手足皆胼胝。
宁学陶潜空嗜酒,颓龄舍此事东菑。

病鹤篇

独鹤声哀羽摧折,沙头一点留残雪。三山侣一作仙伴能远翔,五里
裴回忍为别。惊群各畏野人机,谁肯相将霞水飞。不及川凫长比
翼,随波双泛复双归。碧海沧江深且广,目尽天倪安得住。云山隔
路不隔心,宛颈和鸣长在想。何时白雾卷青天,接影追飞太液前。

片玉篇

至宝未为代所奇,韫灵示〔璞〕(礴)荆山陲。独使虹光天子识,不将
清韵世人知。世人所贵惟燕石,美玉对之成瓦砾。空山埋照凡几
年,古色苍痕宛自然。重溪幂幂暗云树,一片荧荧光石泉。美人之
鉴明且彻,玉指提携叹奇绝。试劳香袖拂莓苔,不觉清心皎冰雪。
连城美价幸逢时,命代良工岂见遗。试作珪璋礼天地,何如瓀珉
在阶墀。

画鹤篇　省中作

点素凝姿任画工,霜毛玉羽照帘栊。借问飞鸣华表上,何如粉绘彩
屏中。文昌宫近芙蓉阙,兰室缊缊香且结。炉气朝成缑岭云,银灯
夜作华亭月。日暖花明梁燕归,应惊片雪在仙闱。主人顾盼千金

重,谁肯裴回五里飞。

秋 霖 曲

君不见圣主旰食忧元元,秋风苦雨暗九门。凤凰池里沸泉腾,苍龙阙下生云根。阴精离毕太淹度,倦鸟将归不知树。愁阴惨淡时殷雷,生灵垫溺若寒灰。公卿红粒爨丹桂,黔首白骨封青苔。貂裘玉食张公子,炰炙熏天戟门里。且如歌笑日挥金,应笑禹汤能罪己。鹤鸣蛙跃正及一作其时,豹隐兰凋亦可悲。焉得太阿决屏翳,还令率土见朝曦。

白石枕 并序

　　起与监察御史毕公耀交之厚矣。顷于蓝水得片石,皎然霜明,如其德也,许为枕赠之。及琢磨将成,炎暑已谢。俗曰:犹班女之扇,可退也。君子曰:不然,此真毕公之佳赏也。故珍而赋之。

琢珉胜水碧,所贵素且贞。曾无白圭玷,不作浮磬鸣。捧来太阳前,一片新冰清。沈沈风宪地,待尔秋已至。璞坚难为功,谁怨晚成器。比德无磷缁,论交亦如此。

赋得青城山歌送杨杜二郎中赴蜀军

蜀山西南千万重,仙经最说青城峰。青城嵚岑倚空碧,远压峨嵋吞剑壁。锦屏云起易成霞,玉洞花明不知夕。星台二妙逐王师,阮瑀军书王粲诗。日落猿声连玉笛,晴来山翠傍旌旗。绿萝春月营门近,知君对酒遥相思。

送李大夫赴广州

一贤间气生,麟趾凤凰羽。何意人之望,未为王者辅。出镇忽推才,盛哉文且武。南越寄维城,雄雄拥一作推,一作寄。甲兵。鼓门通幕府,天井入军营。厥俗多豪侈,古来难致礼。唯君饮冰心,可酌贪泉水。忠臣感圣君,徇义不邀勋。龙镜逃山魅,霜风破嶂雪。征途凡几转,魏阙如一作终在眼。向郡海潮迎,指乡关树远。按节化瓯闽,下车佳政新。应一作当令尉陀俗,还作上皇人。支离交俊哲,弱冠至华发。昔许霄汉期,今嗟鹏鷃别。图南不可御,惆怅守薄暮一作劣。

送崔校书从军

雁门太守能爱贤,麟阁书生亦投笔。宁唯玉剑报知己,更有龙韬佐师律。别马连嘶出御沟,家人几夜望刀头。燕南春草伤心色,蓟北黄云满眼愁。闻道轻生能击虏,何嗟少壮不封侯。

送张将军征西 一作西征

长安少年唯好武,金殿承恩争破虏。沙场烽火隔天山,铁骑征西一作西征几岁还。战处黑云霾瀚海,愁中明月度阳关。玉笛声悲离酌晚,金方路极行人远。计日霜戈尽敌归,回首戎城空落晖。始笑子卿心计失,徒看海上节旄稀。

送修武元少府

寸禄荣色养,此行宁叹惜。自今一作矜黄绶采兰时,不厌丹墀芳草色。百战荒城复井田,几家春树带人烟。黎氓久厌蓬飘苦,迟尔西南惠月传。

送崔十三东游

千里有同心,十年一会面。当杯缓筝柱,倏忽催离宴。丹凤城头噪晚鸦，行人马首夕阳斜。灞上春风留别袂，关东新月宿谁家。官柳依依两乡色，谁能此别不相忆。

送邬三落第还乡

郢客文章绝世稀，常嗟时命与心违。十年失路谁知己，千里思亲独远归。云帆春水将何适，日爱东南暮山碧。关中新月对离尊，江上残花待归客。名宦无媒自古迟，穷途此别不堪悲。荷衣垂钓且安命，金马招贤会有时。

送马明府赴江陵

陶令南行心自永，江天极目澄秋景。万室遥方一作知犬不鸣，双凫下处人皆静。清风高兴得湖山，门柳萧条双翟一作鹤闲。黄花满把应相忆，落日登楼北望还。

送毕侍御谪居

崇兰香死玉簪折，志士吞声甘徇节。忠荩不为明主知，悲来莫向时人说。沧浪之水见心清，楚客辞天泪满缨。百鸟喧喧噪一鹗，上林高枝亦难托。宁嗟人世弃虞翻，且喜江山得康乐。自怜黄绶老婴身，妻子朝来劝隐沦。桃花洞里举家去，此别相思复几春。

送褚大落第东归

离琴弹苦调，美人惨向隅。顷来荷策干明主，还复扁舟归五湖。汉家侧席明扬久，岂意遗贤在林薮。玉堂金马隔青云，墨客儒生皆白首。昨梦芳洲采白蘋，归期且喜故园春。稚子只思陶令至，文君不厌马卿贫。剡中风月久相忆，池上旧游应再得。酒熟宁孤芳杜春，诗成不枉青山色。念此那能不羡归，长杨一作上阳谏猎事皆违。他日东流一乘兴,知君为我扫荆扉。

送傅管记赴蜀军

终童之死谁继出,燕颔儒生今俊逸。主将早知鹦鹉赋,飞书许载蛟龙笔。峨眉玉垒指霞标,鸟没天低幕府遥。巴山雨色藏征旆,汉水猿声咽短箫。赐璧腰金应可料,才略纵横年且妙。无人不重乐毅贤,何敌能当鲁连啸。日暮黄云千里昏,壮心轻别不销魂。劝君用却龙泉剑,莫负平生国士恩。

送张少府

愁云破斜照,别酌劝行子。蓬惊马首风,雁拂天边水。寸晷如三岁,离心在万里。

行路难

君不见明星映空月,太阳朝升光尽歇。君不见凋零委路蓬,长风飘举入云中。由来人事何尝定,且莫骄奢笑贱穷。

卢龙塞行送韦掌记

雨雪纷纷黑山外,行人共指卢龙塞。万里飞沙咽鼓鼙,三军杀气凝旌旆。陈琳书记本翩翩,料敌张兵夺酒泉。圣主好文兼好武,封侯莫比汉皇年。

效古秋夜长

秋汉飞玉霜,北风扫荷香。含情纺织孤灯尽,拭泪相思寒漏长。檐前碧云静如水,月吊栖乌啼鸟起。谁家少妇事鸳机,锦幕云屏深掩扉。白玉窗中闻落叶,应怜寒女独无衣。

卧病李员外题扉而去

僻陋病者居，蒿莱行径失。谁知簪绂贵，能问幽忧疾。珂声未驻门，兰气先入室。沉疴不冠带，安得候蓬荜。清扬一作青阳去莫寻，离念顷来侵。雀栖高窗静，日出修桐阴。枕上忆君子，悄悄唯苦心。

酬王维春夜竹亭赠别

山月随客来，主人兴不浅。今宵竹林下，谁觉花源远。惆怅曙一作晓莺啼，孤云还绝巘。

山中寄时校书

蓬莱紫气一作之子温如玉，唯予知尔阳春曲，别来几日芳荪绿。百花酒满一作满眼不见君，青山一望心一作觞断续。

送李四擢第归觐省

当年贵得意，文字各争名。齐唱阳春曲，唯君金玉声。悬黎宝中出，高价世难掩。鸿羽不低飞，龙津徒自险。直矜鹦鹉赋，不贵芳桂枝。少俊蔡邕许，长鸣唐举知。梁城下熊轼，朱戟何暐耀。才子欲归宁，棠花已含笑。高门知庆大，子孝觉亲荣。独揽还珠美，宁唯问绢情。离筵不尽醉，掺一作操袂一何早。马蹄西别轻，树色东看好。行尘忽不见，惆怅青门道。

过曹钧隐居 一作者

荃蕙有奇性，馨香道为人。不居众芳下，宁老空林春。之子秉高节，攻文还守真。素书寸阴尽，流水怨情一作声新。济济振缨客，烟霄各致身。谁当举玄晏,不使作良臣。

哭曹钧

苦节推白首,怜君负此生。忠荩名空在一作立,家贫道不行。朝来相忆访蓬荜,只谓渊明犹卧疾。忽见江南吊鹤来,始知天上文星失。尝恨知音千古稀,那堪夫子九泉归。一声邻笛残阳里,酹酒空堂泪满衣。

东阳郡斋中诣南山招韦十 一作东阳郡斋书事

霭来海半一作畔山,隐映城上一作中起。中峰落照时,残雪翠微里。同心久为别,孤兴那对此。良会何迟迟,清扬一作阳瞻则迩。

清一作青泥驿迎献王侍御

候馆扫清昼,使车出明光。森森入郭树,一道引飞霜。仰视骢花白,多惭绶色黄。鹪鹩无羽翼,愿假宪乌翔。

沭阳古渡作

日落问津处,云霞残碧空。牧牛避田烧,退鹢随潮风。回首故乡远,临流此路穷。翩翩青冥去,羡彼高飞鸿。

卧疾答刘道士

白露蚕一作虫已丝一作急,空林日凄清。寥寥昼扉掩,独卧秋窗明。宝字比仙药,羽人寄柴荆。长吟想风驭,恍若升蓬瀛。

梦寻西山准上人

别处秋泉声,至今犹在耳。何尝梦魂去,不见雪山子。新月隔林时,千峰一作灯翠微里。言忘心更寂,迹灭云自起。觉来缨上尘,如洗功德水。

长 安 旅 宿

九秋旅夜长,万感何时歇。蕙花渐寒暮,心事犹楚越。直躬遭世道,咫步隔天阙。每闻长乐钟,载泣灵台月。明旦北门外,归途堪白发。

过 桐 柏 山

秋风过楚山,山静秋声晚。赏心无定极,仙步亦清远。返照云窦空,寒流石苔浅。羽人昔已去,灵迹欣方践。投策谢归途,世缘从此遣。

李士曹厅对雨

春雨暗重城,讼庭深更寂。终朝人吏少,满院烟云集一作积。湿鸟压花枝,新苔宜砌石。掾曹富文史,清兴对词客。爱尔蕙兰丛,芳香饱时泽。

登胜果寺南楼雨中望严协律

微雨侵晚阳,连山半藏碧。林端陟香榭,云外迟来客。孤村凝片烟,去水生远白。但佳川原趣,不觉城池夕。更喜眼中人,清光渐咫尺。

冬夜题旅馆

退飞忆林薮,乐业羡黎庶。四海尽穷途,一枝无宿处。严冬北风急,中夜哀鸿去。孤烛思何深,寒窗坐难曙。劳歌待明发,惆怅盈百虑。

自终南山晚归

采苓日往还，得性非樵隐。白水到初阔，青山辞尚近。绝境胜无倪，归途兴不尽。沮溺时返顾，牛羊自相引。逍遥不外求，尘虑从兹泯。

早渡伊川见旧邻作

鹍鸡鸣早霜，秋水寒旅涉。渔人昔邻舍，相见具舟楫。出浦兴未尽，向山心更惬。村落通白云，茅茨隐红叶。东皋满时稼，归客欣复业。

夕发箭场岩下作

行役不遑安，在幽机转发。山谷无明晦，溪霞自兴没。朝栉杉下风，夕饮石上月。懿尔青云士，垂缨朝凤阙。宁知采竹人，每食惭薇蕨。

同李五夕次香山精舍访宪上人

彼岸闻山钟，仙舟过苕水。松门入幽映，石径趋迤逦。初月开草堂，远公方觌止。忘言在闲夜，凝念得微理。泠泠功德池，相与涤心耳。

雨中望海上怀郁林观中道侣

山观海头雨，悬沫动烟树。只疑苍茫里，郁岛欲飞去。大块怒天吴，惊潮荡云路。群真俨盈想，一苇不可渡。惆怅赤城期，愿假轻鸿驭。

广德初銮驾出关后登高愁望二首

长安不可望，远处边愁起。辇毂混戎夷，山河空表里。黄云压城
阙，斜照移烽垒。汉帜远成霞，胡马来如蚁。不知涿鹿战，早晚蚩
尤死。渴日候河清，沉忧催暮齿。

愁看秦川色，惨惨云景晦。乾坤暂运行，品物遗覆载。黄尘涨戎
马，紫气随龙旆。掩泣指关东，日月妖氛外。臣心寄远水，朝海去
如带。周德更休明，天衢仁开泰。

独往覆釜山寄郎士元

赏心无远近，芳月好登望。胜事引幽人，山下复山上。将寻洞中
药，复爱湖外嶂。古壁苔入云，阴溪树穿浪。谁言世缘绝，更惜知
音旷。莺啼绿萝春，回首还一作远惆怅。

送王季友赴洪州幕下

列郡皆用武，南征所从谁。诸侯重才略，见子如琼枝。抚剑感知
己，出门方远辞。烟波带幕府，海日生红旗。问我何功德，负恩留
玉墀。销魂把别袂，愧尔酬明时。

客舍赠郑贲

结交意不薄，匪席言莫违。世义随波久，人生知己稀。先鸣誓相
达，未遇还相依。一望金门诏，三看黄鸟飞。暝投同旅食，朝出易
儒衣。嵇向林庐接，携手行将归。

山中春仲寄汝上王恒颍川沈冲 一作中

隐者守恬泊，春山日深净。谁知蟠木材，得性无人境。座隅泉出

洞,竹上云起岭。饥犾入山厨,饮虹过药井。前溪堪放逸,仲月好风景。游目来远思,摘芳寄汝颍。

南中春意 一作思

入仕无知言,游方随世道。平生愿开济,遇物干怀抱。已阻青云期,甘同散樗老。客游南海曲,坐见韶阳早。旧国别佳人,他乡思芳草。惜无鸿鹄翅,安得凌苍昊。

东陵药堂寄张道士

木落苍山空,当轩秋水色。清旦振衣坐,永吟意何极。愿言金丹寿,一假鸾凤翼。日夕开真经,言忘心更默。玄都有仙子,采药早相识。烟霞一作路难再期,焚香空叹息。

苦雨忆皇甫冉

凉雨门巷深,穷居成习静。独吟愁霖雨,更使秋思永。疲痾苦昏垫,日夕开轩屏。草木森已悲,衾帱清且冷。如何游宦客,江海随泛梗。延首长相思,忧襟孰能整。

寄 任 山 人

天阶崇黼黻,世路有趋竞。独抱中孚爻,谁知苦寒咏。行潦难朝海,散材空遇圣。岂无鸣凤时,其如问津命。所思青山郭,再梦绿萝径。林泉春可游,羡尔得其性。

登秦岭半岩遇雨

屏翳忽腾气,浮阳惨无晖。千峰挂飞雨一作瀑,百尺摇翠微。震电一作霓闪云径,奔流翻石矶。倚岩假松盖,临水羡荷衣。不得采苓去，空思乘月归。且怜东皋上，水一作黍色侵荆扉。

杪秋南山西峰题准上人兰若

向山看霁色，步步豁幽性。返照乱流明，寒空千嶂净。石门有馀
好，霞残月欲映。上诣远公庐，孤峰悬一径。云里隔窗火，松下闻
一作闻下山磬。客到两忘言，猿心与禅定。

田园雨后赠邻人

安排常任性，偃卧晚开户。樵客荷蓑归，向来春山雨。残云虹未
落，返景霞初吐。时鸟鸣村墟，新泉绕林圃。尧年尚恬泊，邻里成
太古。室迩人遂遥，相思怨芳杜。

天门谷题孙逸人石壁

崖石一作口乱流处，竹深斜照归。主人卧磻石，心耳涤清晖。春雷
近作解，空谷半芳菲。云栋彩虹宿，药圃蝴蝶飞。恶嚣慕嘉遁，几
夜瞻少微。相见竟何说，忘情同息机。

蓝溪休沐寄赵八给事

虫鸣归旧里，田野秋农闲。即事敦夙尚，衡门方再关。夕阳入东
篱，爽气高前山。霜蕙后时老，巢禽知暝还。侍臣黄枢宠，鸣玉青
云间。肯想观鱼处，寒泉照发斑。

游辋川至南山寄谷口王十六

山色不厌远，我行随处一作趣深。迹幽青萝径，思绝孤霞岑。独鹤
引过浦，鸣猿呼入林。褰裳百泉里，一步一清心。王子在何处，隔
云鸡犬音。折麻定延伫，乘月期招寻。

蓝田溪与渔者宿

独游屡忘归,况此隐沦处。濯发清泠泉,月明不能去。更怜垂纶叟,静若沙上鹭。一论白云心,千里沧洲一作浪趣。芦中夜火尽,浦口秋山曙。叹息分枝禽,何时更相遇。

淮上别范大

悲风隐凉叶,送归怨南楚。穷年将别离,寸晷申宴语。长淮流不尽,征棹忽复举。碧落半愁云,黄鹤时顾侣。游宦且未达,前途各修阻。分袂一相嗟,良辰更何许。

离居夜雨奉寄李京兆

永夜不可度,蛩吟秋雨滴。寂寞想章台,始叹云泥隔。雷声匪君车,犹时过我庐。电影非君烛,犹能明我目。如何琼树枝,梦里看不足。望望佳期阻,愁生寒草绿。

叹毕少府以持法无隐见系

用法本禁邪,尽心翻自极。毕公在囹圄,世事何纠缠。翠凤呈其瑞,虞罗寄铩翼。囚中千念时,窗外百花色。落景闭圜扉,春虫网丛棘。古人不念文,纷泪莫沾臆。

小 园 招 隐

支离鲜兄弟,形影如手足。但遂饮冰节,甘辞代耕禄。斑衣在林巷,始觉无羁束。交柯低户阴,闲鸟将雏宿。穷通世情阻,日夜苔径绿。谁言北郭贫,能分晏婴粟。

过温逸人旧居

返真难合道，怀旧仍无吊。浮俗渐浇淳，斯人谁继妙。声容在心耳，宁觉阻言笑。玄堂闭几春，拱木齐云峤。鹤传居一作若士舞，猿得苏门啸。酹酒片阳微，空山想埋照。

县内水亭晨兴听讼

晨光起宿露，池上判黎氓。借问秋泉色，何如拙宦情。磨铅辱利用，策蹇愁前程。昨夜明月满，中心如鹊惊。负恩时易失，多病绩难成。坐惜寒塘晚，霜风吹杜蘅。

海畔秋思

匡济难道合，去留随兴牵。偶为谢客事，不顾平子田。魏阙贲翘楚，此身长弃捐。箕裘空在念，咄咄一作拙讪谁推贤。无用即明代，养疴仍壮年。日夕望佳期，帝乡路几千。秋风晨夜起，零落愁芳荃。

太子李舍人城东别业

一作李祭酒别业俯视川林前带雷岫。

南山转群木，昏晓拥山翠。小泽近龙居，清苍常雨气。君家北原一作源上，千金买胜事。丹阙退朝回，白云迎赏至。新晴村落外，处处烟景异。片水明断岸一作崖，馀霞入古寺。东皋指归翼，目尽有馀意。

谷口新居寄同省朋故

种黍傍烟溪，榛芜兼沮洳。亦知生计薄，所贵隐身处。橡栗石上村一作林，莓苔水中路。萧然授衣日，得此还山趣。汲井爱秋泉，结茅因古树。闲云与幽鸟，对我不能去。寄谢鸳鹭群，狎鸥拙所慕。

京兆尹厅前甘棠树降甘露

内史用尧意，理京宣惠慈。气和祥则降，孰谓天难知。济旱露为兆，有如埙应篪。岂无夭桃树，洒此甘棠枝。玉色与人净，珠光临笔垂。协风与之俱，物性皆熙熙。何必凤池上，方看作霖时。

秋　夜　作

万计各无成，寸心日悠漫。浮生竟何穷，巧历不能算。流落四海间，辛勤百年半。商歌向秋月，哀韵兼浩叹。窈窕怨佳期，美人隔霄汉。寒云度穷水，别业绕垂幔。窗中问谈鸡，长夜何时旦。

观村人牧山田

六府且未盈，三农争务作。贫民乏井税，塉土皆垦凿。禾黍入寒云，茫茫半山郭。秋来积霖雨，霜降方铚获。中田聚黎甿，反景空村落。顾惭不耕者，微禄同卫鹤。庶追周任言，敢负谢生诺。

裴侍郎湘川回以青竹筒相遗因而赠之

楚竹青玉润，从来湘水阴。缄书取直节，君子知虚心。入用随宪简，积文不受金。体将丹凤直，色映秋霜深。宁肯假伶伦，谬为龙凤吟。唯将翰院一作苑客，昔一作惜秘瑶华音。长跪捧嘉贶，岁寒惭所钦。

东城初陷与薛员外王补阙暝投南山佛寺

日昃石门里，松声山寺寒。香云空静影，定水无惊湍。洗足解尘缨,忽觉天形一作影宽。清钟扬虚谷,微月深重峦。噫我朝露世,翻浮一作波与波一作浮澜。行运遭忧患,何缘亲盘桓。庶将镜中象,尽作无生观。

奉和张荆州巡农晚望

太清霁云雷,阳春陶物象。明牧行春令,仁风助升长。时和俗勤业,播殖农厥壤。阴阴桑陌连,漠漠水田广。郡中忽无事,方外还独往。日暮驻归轩,湖山有佳赏。宣城传逸韵,千载谁此响。

送包何东游

水国尝独往,送君还念兹。湖山远近色,昏旦烟霞时。子好谢公迹,常吟孤屿诗。果乘扁舟去,若与白鸥期。野趣及春好,客游欣此辞。入云投馆僻,采碧过帆迟。江上日回首,琴中劳别思。春鸿刷归翼,一寄杜蘅枝。

酬陶六辞秩归旧居见柬

靖节昔高尚,令孙嗣清徽。旧庐云峰下,献岁车骑归。去俗因解绶,忆山得采薇。田畴春事起,里巷相寻稀。渊明醉乘兴,闲门只掩扉。花禽惊曙月,邻女上鸣机。毕娶愿已果,养恬志宁违。吾当挂朝服,同尔缉荷衣。

奉使采箭簳竹谷中晨兴赴岭

孤客倦夜坐,闻猿乘早发。背溪已斜汉,登栈尚残月。重峰转森爽,幽步更超越。云木耸鹤巢,风萝扫虎穴。人群徒自远,世役终难歇。入山非买山,采竹异采蕨。谁见子牟意,悁劳书魏阙。

同严逸人东溪泛舟

子陵江海心,高迹此闲放。渔舟在溪水,曾是敦夙尚。朝霁收云物,垂纶独清旷。寒花古岸傍,唳鹤晴沙上。纷吾好贞逸,不远来相访。已接方外游,仍陪郢中唱。欢言尽佳酌,高兴延秋望。日暮浩歌还,红霞乱青嶂。

过沈氏山居

鸡鸣孤烟起,静者能卜筑。乔木出云心,闲门掩山腹。贫交喜相见,把臂欢不足。空林留宴言,永日清耳目。泉声冷尊俎,荷气香童仆。往往仙犬鸣,樵人度深竹。酒酣出谷口,世网何羁束。始愿今不从,区区折腰禄。

赠柏岩老人

日与麋鹿群,贤哉买山叟。庞眉忽相见,避世一何久。林栖古崖曲,野事佳春后。瓠叶覆荆扉,栗苞垂瓮牖。独歌还独酌,不耕亦不耨。硗田隔云溪,多雨长粮莠。烟霞得情性,身世同刍狗。寄谢营道人,天真此翁有。

送薛判官赴蜀

横笛一作吹声转悲,羽觞醊欲别。举目叩关远,离心不可说。边陲劳帝念,日下降才杰。路极巴水长,天衔剑峰缺。单车动凤夜,越境正炎节。星桥过客稀,火井蒸云热。阴符能制胜,千里在坐决。始见儒者雄,长缨系徐挚。

诏许昌崔明府拜补阙

儒者久营道,诏书方问贤。至精一耀世,高步谁同年。何树可栖凤,高梧枝拂天。脱身凫鸟里,载笔虎闱前。日月传轩后,衣冠真列仙。则知骊龙珠,不秘清泠泉。才子贵难见,郢歌空复传。惜哉效鞞客,心想一作赏劳婵娟。

仲春晚寻覆釜山

蝴蝶弄和风,飞花不知晚。王孙寻芳草,步步忘路远。况我爱青山,涉趣皆游践。萦回必中路,阴晦阳复显。古岸生新泉,霞峰映雪巘。交枝花色异,奇石云根浅。碧洞志忘归,紫芝行可搴。应嗤嵇叔夜,林卧方沉湎。

赠东邻郑少府

一闻白雪唱,愿见清扬久。谁谓结绶来,得陪趋府后。小邑蓝溪上,卑栖惬所偶。忘言复连墙,片月亦携手。草色同春径,莺声共高柳。美景百花时,平生一杯一作盏酒。圣朝法天地,以我为刍狗。秩满归白云,期君访谷口。

谢张法曹万顷小山暇一作假景见忆

乐道随去处,养和解朝簪。茅堂近丹阙,佳致亦一作一何深。退食不趋府,忘机还在林。清风乱流上,永日小山阴。解箨雨中竹,将雏花际禽。物华对幽寂,弦酌兼咏吟。自昔仰高步,及兹劳所钦。郢歌叨继组,知己复知音。

罢章陵令山居过中峰道者二首

宁辞园令秩，不改渊明调。解印无与言，见山始一笑。幽人还绝
境，谁道苦奔峭。随云剩渡溪，出门更垂钓。吾庐青霞里，窗树玄
猿啸。微月清风来，方知散发妙。

丘壑趣如此，暮年始栖偃。赖遇无心云，不笑归来晚。鸣鸠拂红
枝，初服傍清畎。昨日山僧来，犹嫌嘉遁浅。托君紫阳家，路灭心
更远。梯云创其居，抱牍上绝巘。杏田溪一曲，霞境_{一作径峰}几转。
路_{一作跋}石挂飞泉，谢公应在眼。愿言携手去，采药长不返。

登覆釜山遇道人二首

晨策趣无涯，名山深转秀。三休变覆景，万转迷宇宙。攀崖到天
窗，入洞穷玉溜。侧径蹲怪石，飞萝掷惊狖。花间炼药人，鸡犬和
乳窦。散发便迎客，采芝仍满袖。郭璞赋游仙，始愿今可就。

真气重嶂里，知君嘉遁幽。山阶压丹穴，药井通洑_{一作伏流}。道者
带经出，洞中携我游。欲骖白霓去，且为紫芝留。忽忆武陵事，别
家疑数秋。

寻华山云台观道士

秋日西山明，胜趣引孤策。桃源数曲尽，洞口两岸坼。还从罔象
来，忽得仙灵宅。霓裳谁之子，霞酌能止客。残阳在翠微，携手更
登历。林_{一作竹}行拂烟雨，溪望乱金碧。飞鸟下天窗，褭松际云壁。
稍寻玄踪远，宛入寥天寂。愿言葛仙翁，终年炼玉液。

海上卧病寄王临

离客穷海阴，萧辰归思结。一随浮云滞，几怨黄鹄别。妙年即沉

疴,生事多所阙。剑中负明义,枕上惜玄发。之子良史才,华簪偶
时哲。相思千里道,愁望飞鸟绝。岁暮冰雪-作霜寒,淮湖不可越。
百年去心虑,孤影守薄劣。独馀慕侣情,金石无休歇。

登玉山诸峰偶至悟真寺

郭南云水佳,讼简野情发。紫芝每相引,黄绶不能绁。稍入石门
幽,始知灵境绝。冥搜未寸晷,仙径俄九折。蟠木盖石梁,崩岩-作
崔露云穴。数峰拔昆仑-作峤,秀色与空澈-作彻。玉气交晴虹,桂
花留曙月。半岩采珉者,一点如片雪。真赏无前程,奇观宁暂辍。
更闻东林磬,可听不可说。兴中寻觉化,寂尔诸象灭。

长安客舍赠李行父明府

藏器待-作偶时少,知人自古难。遂令丹穴凤,晚食金琅玕。谁谓
兵戈际,鸣琴方一弹。理烦善用简,济猛能兼宽。夙夜念黎庶,寝
兴非宴安。洪波未静壑,何树不惊鸾。凫舄傍京辇,甿心悬灌坛。
高槐暗苦雨,长剑生秋寒。旅食还为-作时客,饥年亦尽欢。亲劳
携斗水,往往救泥蟠。但恐酬明义,蹉跎芳岁阑。

美杨侍御清文见示

伯牙道丧来,弦绝无人续。谁知绝唱后,更有难和曲。层峰与清
流,逸势竞奔蹙。清文不出户,仿像皆在目。雾雪看满怀,兰茎坐
盈掬。孤光碧潭月,一片昆仑玉。初见歌阳春,韶光变枯木。再见
吟白雪,便觉云肃肃。则知造化源,方寸能展缩。斯文不易遇,清
爽心岂足。愿言书诸绅,可以为佩服。

山居新种花药与道士同游赋诗

自乐鱼鸟性，宁求农牧资。浅深爱岩壑，疏凿尽幽奇。雨花相助好，莺鸣春草时。种兰入山翠，引葛上花枝。风露拆红紫，缘溪复映池。新泉香杜若，片石引—作隐江蓠。宛谓武陵洞，潜应造化移。杖策携烟客，满袖掇芳蕤。蝴蝶舞留我，仙鸡闲傍篱。但令黄精熟，不虑韶光迟。笑指云萝径，樵人那得知。

初黄绶赴蓝田县作

蟠木无匠伯，终年弃山樊。苦心非良知，安得入君门。忽忝英达顾，宁窥造化恩。萤光起腐草，云翼腾沉鲲—作鹓。片石世何用，良工心所存。一叨尉京甸，三省惭黎元。贤尹正趋府，仆夫俨归轩。眼中县胥色，耳里苍生言。居人散山水，即景—作境真桃源。鹿聚入田径，鸡鸣隔岭村。餐和俗久清—作静，到邑政空论。且嘉讼庭寂，前阶满芳荪。

归义寺题震上人壁

寺即神尧皇帝读书之所，龙飞后创为精舍。

入谷逢雨花，香绿引幽步。招提饶泉石，万转同一趣。向背森碧峰，浅深罗古树。尧皇未登极，此地曾隐雾。秘谶得神谋，因高思虎踞。太阳忽临照，物象俄光煦。梵王宫始开，长者金先布。白水入禅境，砀山通觉路。往往无心云，犹起潜龙处。仍闻七祖后，佛子继调御。溪鸟投慧灯，山蝉饱甘露。不作解缨客，宁知舍筏喻。身世已悟空，归途复—作独何去。

全唐诗卷二三七

钱　起

奉和圣制登会昌山应制 一作赵起诗

睿想入希夷，真游到具茨。玉銮登嶂远，云辂出花迟。泉壑凝神处，阳和布泽时。六龙多顺动，四海正雍熙。

省中对雪寄元判官拾遗昆季 一作寄谢舍人昆季

万点瑶台雪，飞来锦帐前。琼枝应比净，鹤发敢争先一作妍。散影成花月，流光透竹烟。今朝谢家兴，几处郢歌传。

山斋独坐喜玄上人夕至 一作见访

舍下虎溪径，烟霞入暝开。柴门兼竹静，山月与僧来。心莹红莲一作莲花水，言忘绿茗杯。前峰曙更好一作早，斜汉欲西回。

秋夜寄张韦二主簿

凉夜褰帘好，轻云一作风过月初。碧空河色一作汉浅，红一作松叶露一作落，一作雨。声虚。道阻一作隔天难问，机忘世易一作久疏。不知双翠凤，栖棘复何如。

归故山路逢邻居隐者

握手云栖路，潸然恨几重。谁知绿林盗，长占彩霞峰。心死池塘草，声悲石径松。无因芳杜月，琴酒更相逢。

落第刘拾遗相送东归

不醉百花酒，伤心千里归。独收和氏玉，还采旧山薇。出处离心尽，荣枯会面稀。预愁芳草色，一径入衡闱。

和刘七读书

夜雨深馆静，苦心黄卷前。云阴留墨沼，萤影傍华编。梦鸟富清藻，通经仍妙年。何愁丹穴凤，不饮玉池泉。

早下江宁

暮天微雨散，凉吹片帆轻。云物高秋节，山川孤客情。霜蘋留楚水，寒雁别吴城。宿浦有归梦，愁猿莫夜鸣。

登复州南楼

孤树延春日一作色，他山卷曙霞。客心湖上雁，归思日边花。行李迷方久，归期涉岁赊。故人云路隔，何处寄瑶华。

江陵晦日陪诸官泛舟

节物堪为乐，江湖有主人。舟行深更好，山趣久弥新。尊酒平生意，烟花异国春。城南无夜月，长袖莫留宾。

县 城 秋 夕

山城日易夕,愁生一作坐先掩扉。俸薄不沽酒,家贫忘授衣。露重
蕙花落,月冷莎鸡飞。效拙惭无补,云林叹再归。

秋夜梁七兵曹同宿二首

一笑不可得,同心相见稀。摘菱频贳酒,待月未扃扉。星影低惊
鹊,虫声傍旅衣。卑栖岁已晚,共羡雁南飞。

好欲一作饮弃吾一作真道,今宵又遇君。老夫相劝酒,稚子待题文。
月下谁家笛,城头几片云。如何此幽兴,明日重离群。

和万年成少府寓直

赤县新秋夜,文人藻思催。钟声自仙掖,月色近霜台。一叶兼萤
度,孤云带雁来。明朝紫书下,应问长卿才。

春夜过长孙绎别业

佳期难再得,清夜此云林。带竹新泉冷,穿花片月深。含毫凝逸
思,酌水话幽心。不觉星河转,山枝惊曙禽。

题温处士山居

谁知白云外一作里,别有绿萝春。苔绕溪边径,花深一作侵洞里人。
逸妻看种药,稚子伴垂纶。颍上逃尧者,何如此养真。

题 陈 季 壁

郢人何苦调,饮水仍布衾。烟火昼不起,蓬蒿春欲深。前庭少乔
木,邻舍闻新禽。虽有征贤诏,终伤不遇心。

赠邻居齐六司仓

沉冥众所遗,咫尺绝佳期。始觉衡门下,脩然太古时一作姿。鸡声
共邻一作村巷,烛影隔茅茨。坐惜牛羊径,芳荪白露滋。

送　征　雁

秋空万里净一作静,嘹唳独一作雁南征。风急一作凌翻霜冷,云开见月
惊。塞长怯一作怜去翼,影灭有馀声。怅望遥天外,乡愁满目生。

宴郁林观张道士房

灭迹人间世,忘归象外情。竹坛秋月冷,山殿夜钟清。仙侣披云
集,霞杯达曙倾。同欢不可再,朝暮赤龙迎。

秋夕与梁锽文宴

客到衡门一作闲林下,林一作秋香蕙草一作芳蕙时。好风能自至,明月
不须期。秋日一作水,又作月。翻荷影,晴光一作霜脆柳枝一作丝。留欢
美清夜,宁觉晓钟迟。一作微官是底物,许日废言诗。

哭空寂寺玄上人 一作少林寺哭晖上人

凄然双树下,垂泪远公房。灯续生前火,炉添没后香。阴阶明片雪
一作古松韵旧榻,寒竹响空廊。寂灭应为乐,尘心徒自伤。

题　精　舍　寺

胜景不易遇,入门神顿清。房房占山色,处处分泉声。诗思竹间
得,道心松下生。何时来此地,摆落世间情。

开元观遇张侍御

碧落忘归处,佳期不厌逢。晚凉生玉井,新暑避烟松。欲醉流霞酌,还醒度竹钟。更怜琪树下,历历见遥峰。

和人秋归终南山别业

旧居三顾后,晚节重幽寻。野径到门尽,山窗连竹阴。昔年莺出谷,今日凤归林。物外凌云操,谁能继此心。

故相国苗公挽歌

灞_{一作霸}陵谁宠葬,汉主念萧何。盛业留青史,浮荣逐逝波。陇云仍作雨,薤露已成歌。凄怆平津阁,秋风吊客过。

酬刘员外雨中见寄

苦雨滴兰砌,秋_{一作凄}风生葛衣。潢污三径绝,砧杵四邻稀。分与玄豹隐,不为湘燕飞。惭君角巾折,犹肯问衡闱。

赋得归云送李山_{一作友}人归华山

秀色横千里,归云积几重。欲依毛女岫,初卷少姨峰。盖影随征马,衣香拂卧龙。只应函谷上,真气日溶溶。

过裴长官新亭

茅屋多新意,芳林昨试移。野人知石路,戏鸟认花枝。慢_{一作漫}水萦蓬户,闲云挂竹篱。到家_{一作来}成一醉,归马不能骑。

寄郢州郎士元使君

龙节知无事,江城不掩扉。诗传过客远,书到一作别故人稀。坐啸看潮起,行春送雁归。望舒三五夜,思尽谢玄晖。

过长孙宅与朗上人茶会

偶与息心侣,忘归才子家。玄谈兼藻思,绿茗代榴花。岸帻看云卷,含毫任景斜。松乔若逢此,不复醉流霞。

下第题长安客舍

不遂青云望,愁看黄鸟飞。梨花度寒食,客子未春衣。世事随时变,交情与我违。空馀主人柳,相见却依依。

陪考功王一作韦员外城东池亭宴

无双锦帐郎,绝境一作景有林一作池塘。鹤静疏群羽,蓬开失众芳。晴一作青山看不厌,流水趣何长。日晚催归骑,钟声下一作促夕阳。

过孙员外蓝田山居

不知香署客,谢病翠微间。去喔兰将老,辞车雉亦闲。近窗云出洞,当户竹连山。对酒溪霞晚,家人采蕨还。

秋 园 晚 沐

黄卷在穷巷,归来生道心。五株衰柳下,三径小园深。倒薤翻成字,寒花不假林。庞眉谢群彦,独酌且闲吟。

穷 秋 对 雨

晦日连苦雨,动息更遭回。生事萍无定,愁心云不开。翟门悲暝雀,墨灶上寒苔。始信宣城守,乘流畏曝腮。

裴迪南门秋夜对月 <small>一作裴迪书斋玩月之作</small>

夜来诗酒兴<small>一作意</small>,月满<small>一作独</small>上谢公楼。影闭重门静,寒生独树秋。鹊<small>一作鹤</small>惊随叶散,萤远入烟流。今夕遥天末,清光<small>一作晖</small>几处愁。

和蜀县段明府秋城望归期

制锦蜀江静,飞凫汉阙遥。一兹风靡草,再视露盈条。旅望多愁思,秋天更沉寥。河阳传丽藻,清韵入歌谣。

晚归蓝田酬王维给事 <small>一作中书常舍人赠别</small>

卑栖却得性,每与白云归。徇禄仍怀橘,看山兔采薇。<small>一作别山如昨日,春露已沾衣。采蕨频盈手,看花空厌归。</small>暮禽先去马,新月待开扉。霄汉时回首,知音青琐闱。

再得毕侍御书闻巴中卧病 <small>一作疾</small>

芳信来相续,同心远更亲。数重云外树,不隔眼中人。梦寐花骢色,相思黄鸟<small>一作蕙草</small>春。更闻公干病,一夜二毛新。

宿 新 里 馆

愁人待晓鸡,秋雨暗凄凄。度烛萤时灭,传书雁渐低。客来知计误,梦里泣津迷。无以逃悲思,寒螀处处啼。<small>一本作十句,从迷字下云:每食皆弹铗,归山耐杖藜。叔牙先得路,何日救沈泥。</small>

谷口书斋寄杨补阙

泉壑带茅茨，云霞生薜帷。竹怜新雨后，山爱夕阳时。闲鹭栖常早，秋花落更迟。家童扫萝径，昨与故人期。

衡门春夜

不厌晴林下，微风度葛巾。宁唯北窗月一作客，自谓上皇人。丛篆轻新暑，孤花占晚春。寄言庄叟蝶，与尔得天真。

题吴通微主人

食贫无尽日一作不知青云器，有一作良愿几时谐。长啸秋光晚，谁知志士怀。朝烟不起灶，寒叶欲连阶。饮水仍留我，孤灯点一作吟诗静夜斋。

晚次宿预馆

乡心不可问，秋气又相逢。飘泊方千里，离悲复几重。回云随去雁，寒露滴鸣蛩。延颈遥天末，如闻故国钟。

蓝上茅茨期王维补阙

山中人不见，云去夕阳过。浅濑寒鱼少，丛兰秋蝶多。老年疏世事，幽性乐天和。酒熟思才子，溪头望玉珂。

春宵一作夜寓直

养拙一作性惯云卧，为郎如鸟栖。不知仙阁峻，惟觉玉绳低。帐喜香烟暖，诗惭赐笔题。未央春漏促，残梦谢一作讶晨鸡。

新昌里言怀

性拙偶从宦,心闲多掩扉。虽看北堂草,不望旧山薇。花月霁来好,云泉堪梦归。如何建章漏,催著早朝衣。

秋夜_{一作晚秋}寄袁_{一作王}中丞王_{一作袁}员外

一夕盈千念,方知别者劳。衰荣难会面,魂梦暂同袍。片月临阶_{一作城}早,晴河度雁高。应怜蒋生径,秋露满蓬蒿。

九日闲居寄登高数子

初服栖穷巷,重阳忆旧游。门闲谢病日,心醉授衣秋。酒尽寒花笑,庭空暝雀愁。今朝落帽客,几处管弦留。

晚入宣城界 _{一作春江晚行}

斜日片帆阴,春风孤客心。山来指樵路_{一作火},岸去惜花林。海气蒸云黑,潮声隔雨深。乡愁不可道,浦宿听猿_{一作草色晚莺吟}。

静夜酬通上人问疾

东林生早凉,高枕远公房。大士看心后,中宵清_{一作滴漏}长。惊蝉出暗柳,微月隐回廊。何事沉疴久,舍毫问药王。

奉陪使君十四叔晚憩大云门寺

野寺千家外,闲行晚暂过。炎氛临水尽,夕照傍林多。境对知心妄,人安觉政和。绳床摇麈尾,佳趣满沧波。

省中春暮酬嵩阳焦道士见招

一作中书省言怀因酬嵩阳张道士见寄。

朝花飞暝林，对酒伤春心。流年催素发，不觉映华簪。垂老遇知己一作明代，酬恩看寸阴。如何紫芝一作多惭紫阳客，相忆白云深。

酬苗发员外宿龙池寺见寄

宁知待漏客，清夜此从容一作在云松。暂别迎车雉，还随护法龙。香烟轻上月，林岭一作栖鹘静闻钟。郢曲传甘露，尘心洗几重。

贞懿皇后挽词

淑丽诗传美，徽章礼饰一作节哀。有恩加象服，无日祀高禖。晓月孤秋殿，寒山出夜台。通灵深眷想，青鸟独飞来。

岁初归旧山

一本题下有酬寄皇甫侍御六字。又作献岁初归旧居酬皇甫侍御见寄。

欲知愚谷好，久别与春还。莺暖初归树，云晴却恋山。石田耕种少，野客性一作旧情闲。求仲应难见，残阳且掩关。

銮驾避狄岁寄别韩云卿

白发壮心死，愁看国步移。关山一作河惨无色，亲爱忽惊离。影绝龙分剑，声哀鸟恋枝。茫茫云海外，相忆不相知。

咏白油帽送客

薄质惭加首，愁一作微阴幸庇身。卷舒无定日，行止必依人。已沐脂膏惠,宁辞雨露频。虽同客衣色,不染洛阳尘。

蓝上采石芥寄前李明府

渊明遗爱处,山芥绿芳初。玩此春阴色,犹滋夜雨馀。隔溪烟叶小,覆石雪花舒。采采还相赠,瑶华信不如。

送赟法师往上都

远近化人天,王城指日边。宰君迎说法,童子伴随缘。到处花为雨,行时杖出泉。今宵松月下,门闭想安禅。

送沈少府还江宁

远宦碧云外,此行佳兴牵。湖山入闾井,鸥鸟傍神仙。斜日背乡树,春潮迎客船。江楼新咏_{一作兴发},应与政声传。

送虞说擢第东游

湖山不可厌,东望有馀情。片玉登科后,孤舟任兴行。月中严子濑,花际楚王城。岁暮云皋鹤,闻天更一鸣。

送少微师西行 _{一作送僧自吴游蜀}

随缘忽西去,何日返东林。世路宁嗟_{一作无期}别,空门久息_{一作不住}心。人烟一饭少,山雪独行深。天外猿啼处,谁闻清梵音。

送昆山孙少府

徇禄近沧海,乘流看碧霄。谁知仙吏去,宛与世尘遥。远帆背归鸟,孤舟抵_{一作低}上潮。悬知讼庭静,窗竹日萧萧。

送屈突司马充安西书记

制胜三军劲,澄清万里馀。星飞庞统骥,箭发鲁连书。海月低云
旆,江霞入锦车。遥知太阿剑,计日斩鲸鱼。

送时暹避难适荆南

三叹把离袂,七哀深我情。云天愁远别,豺虎拥前程。驻马恋携
手,隔河闻哭声。相思昏若梦,泪眼几时明。

送边补阙东归一本无此二字省觐 一作觐省

东去有馀意一作景,春风生赐一作风生赐锦衣。凤凰衔诏下,才子采兰
归。斗酒百花里,情人一作人情一笑稀。别离须计日,相望在彤闱。

送弹琴李长史往一作赴洪州

抱一作携琴为傲吏,孤棹复南行。几度一作处秋江水,皆添白雪声。
佳期来客梦,幽思一作兴缓王程。佐牧无劳问,心和政自平。

送宋征君让官还山

至人无滞迹,谒帝复思玄。魏阙辞花绶,春山有杏田。紫霞开别酒
一作酌,黄鹤舞离弦。今夜思君梦,遥遥入洞天。

送陈供奉恩敕放归觐省

得意今如此,清光不可攀。臣心尧日下,乡思楚云间。杨柳依归
棹,芙蓉栖旧山。采兰兼衣锦,何似买臣还。

送外甥范勉赴任常州长史兼觐省

怜君展骥去,能解倚门愁。就养仍荣禄,还乡即昼游。橘花低客舍,莼菜绕归舟。与报垂纶叟,知吾世网留。

陇右送韦三还京

春风起东道,握手望京关。柳色从乡至,莺声送客还。嘶骖顾近驿,归路出他山。举目情难尽,羁离失志间。

送元评事归山居

忆家望云路,东去独依依。水宿随渔火,山行到竹扉。寒花催酒熟,山犬喜人归。遥羡书窗下,千峰出翠微。

送武进韦明府

理邑想无事,鸣琴不下堂。井田通楚越,津市半渔商。卢橘垂残雨,红莲拆早霜。送君催白首,临水独思乡。

送上官侍御

执简朝方下,乘轺去不赊。感恩轻远道,入幕比还家。碣石春云色,邯郸古树花。飞书报明主,烽火一作戍静天涯。

送郭秀才制举下第南游

失志思浪迹,知君晦近名。出关尘渐远,过郢兴弥清。山尽溪初广,人闲舟自行。探幽无旅思,莫畏楚猿鸣。

送夏侯审校书东归

楚乡飞鸟没一作外，独与碧云一作片帆还。破镜催归客，残阳见旧山。诗成流水上，梦尽落花间。傥寄相思字，愁人定解颜。

送卫功曹赴荆南

汉家仍用武，才子晚成名。惆怅江陵去，谁知魏阙情。碧云愁楚水，春酒醉宜城。定想褰帷政，还闻坐啸声。

送马使君赴郑州

东土忽无事，专城复任贤。喜观班瑞礼，还在偃兵年。膏雨带荥水，归人耕圃田。遥知下车日，万井起新烟。

送郎四补阙东归

无事共干世，多时废隐沦。相看恋簪组，不觉老风尘。劝酒怜今别，伤心倍去春。徒言树萱草，何处慰离人。

送陆三出尉

春草晚来色，东门愁送君。盛才仍下位，明代负奇文。且乐神仙道，终随鸳鹭群。梅生寄黄绶，不日在青云。

送安都秀才北还

年少工文客，言离却解颜。不嗟荆宝退，能喜彩衣还。新月来前馆，高阳出故关。相思东北望，燕赵隔青山。

送褚十一澡擢第归吴觐省

林表吴山色, 诗人思不忘。向家流水便, 怀橘彩衣香。满酌留归骑, 前程未夕阳。怆兹江海去, 谁惜杜蘅芳。

送费秀才归衡州

南望潇湘渚, 词人远忆家。客心随楚水, 归棹宿江花。不畏心期阻, 惟愁面会赊。云天有飞翼, 方寸仵瑶华。

送 陆 郎 中

事边仍恋主, 举酒复悲歌。粉署含香别, 辕门载笔过。莺声出汉苑, 柳色过漳河。相忆情难尽, 离居春草多。

送僧归日本 一作东

上国随缘住一作至,一作去, 来一作东途若梦行。浮天一作云沧海远, 去世法舟一作船轻。水月通禅观, 鱼龙听梵声。惟怜一一作慧灯一作塔影, 万里眼中明。

送杨皞擢第游江南

行人临水去, 新咏复新悲。万里高秋月一作色, 孤山远别时。挂帆严子濑, 酹酒敬亭祠。岁〔晏〕(宴)无芳杜, 如何寄所思。

送田仓曹归觐

青丝络骢马, 去府望梁城。节下趋庭处一作出, 秋来怀橘情。别筵寒日晚, 归路碧云生。千里相思夜, 愁看新月明。

送张管书记 <small>一作送张管记从军</small>

边事多劳役,儒衣逐鼓鼙。日寒关树外,峰尽塞云西。河广篷难度,天遥雁渐低。班超封定远,之子去思齐。

送萧常侍北使

绛节引雕戈,鸣驹动玉珂。戎城去日远,汉使隔年多。雁宿常连雪,沙飞半渡河。明光朝即迩,〔杕〕(杖)杜早成歌。

送李栖桐道举擢第还乡省侍

几年深道要,一举过贤关。名与玄珠出,乡宜昼锦还。莲舟同宿浦,柳岸向家山。欲见宁亲孝,儒衣稚子斑。

送　柳　道　士

去世能成道,游仙不定家。归期千岁鹤,行迈五云车。海上春应尽,壶中日未斜。不知相忆处,琪树几枝花。

送陆珽侍御使新罗

衣冠周柱史,才学我乡人。受命辞云陛,倾城送使臣。去程沧海月,归思上林春。始觉儒风远,殊方礼乐新。

重送陆侍御使日本

万里三韩国,行人满目愁。辞天使星远,临水涧一作简霜秋。云佩迎仙岛,虹旌过蜃楼。定知怀魏阙,回首海西头。

送陆贽擢第还苏州

乡路归何早,云间喜擅名。思亲卢橘熟,带雨客帆轻。夜火临津驿,晨钟隔浦城。华亭养仙羽,计日再飞鸣。

送虞说擢第南归觐省

南风起别袂,心到衡湘间。归客一作客路楚山一作天远,孤舟云水闲。爱君采莲一作兰处,花岛连家山。得意且宁省,人生难此一作能几还。

送原公南游

有意兼程去,飘然二一作两翼轻。故乡多久别,春草不伤情。洗钵泉初暖,焚香晓更清。自言一作嫌难解缚,何日伴师行。

送万兵曹赴广陵

秋日思还一作远客,临流语别离。楚城将坐啸,郢曲有馀悲。山晚桂花老,江寒蘋叶衰。应须杨得意,更诵长卿辞。

送李判官赴桂州幕

欲知儒道贵,缝掖见诸侯。且感千金诺,宁辞万里游。雁峰侵瘴远,桂水出云流。坐惜离居晚,相思绿蕙秋。

题苏公林亭

平津东阁在,别是竹林期。万叶秋声里,千家落照时。门随深巷静,窗过远钟迟。客位苔生处,依然又赋诗。

赋得寒云轻重色送子恂入京

无限寒云色，苍茫浅更深。从龙如有瑞，捧日不成阴。积翠全低岭，虚明半出林。帝乡遥在目，铁马又骎骎。

赋得丛兰曙后色送梁侍御入京

曙色传芳意，分明锦绣丛。兰生霁后日，花发夜来风。不向三峰里，全胜一县中。遥知大一作天苑内，应待五花骢。

赋得馀冰 一本题下有送人二字

晓日一作月馀冰上，春池一镜明。多从履处薄，偏向饮时清。比雪光仍在，因风片不成。更随舟楫去，犹可助坚贞。

赋得浦口望斜月送皇甫判官

起见西楼月，依依向浦斜。动摇生浅浪，明灭照寒沙。水渚犹疑雪，梅林不辨花。送君无可赠，持此代瑶华。

赋得绵绵思远道送岑判官入岭

极目烟霞外，孤舟一使星。兴中寻白雪一作碧落，梦里过沧溟。夜月松江戍，秋风竹坞亭。不知行远近，芳草日青青。

江宁春夜裴使君席送萧员外

花院日扶疏，江云自卷舒。主人熊轼任，归客雉门车。曙月稀星里，春烟紫禁馀。行看石头戍，记得是南徐。

送薛八谪居

东水将孤客,南行路几千。虹翻潮一作湖上雨,鸟落瘴中天。谪去宁留恨,思归岂待年。衔杯且一醉,别泪莫潸然。

送衡阳归客

归客爱鸣榔,南征忆旧乡。江山追宋玉,云雨忆荆王。醉里宜城近,歌中郢路长。怜君从此去,日夕望三湘。

送员外侍御入朝

别思乱无绪,妖氛犹未清。含香五夜客,持赋十年兄。霜拂金波树,星回玉斗城。自怜江上鹤,垂翅羡飞鸣。

送李谏议归荆州

归舟同不系,纤草剩忘忧。禁掖曾通籍,江城旧列侯。暮帆依夏口,春雨梦荆州。何日朝云陛,随君拜冕旒。

送元中丞江淮转运 一作王维诗

薄税归天府,轻徭赖使臣。欢沾赐帛老,恩及卷绵人。去问殊一作珠官俗,来经几劫一作石硪春。东南御一作高,又作卸。亭上,莫问一作使有风尘。

送唐别驾赴郢州

少年从事好,此去别愁轻。满座诗人兴,随君郢路行。兼葭侵驿树,云水抱山城。遥爱下车日,江皋春草生。

送郑巨及第后归觐

多才白华子,初擅桂枝名。嘉庆送归客,新秋带雨行。离人背水去,喜鹊近家迎。别赠难为此,衰年畏后生。

宿远上人兰若

香花闭一林,真士此看心。行道白云近,燃灯翠壁深。梵筵清水月,禅坐冷山阴。更说东溪好,明朝乘兴寻。

酬元秘书晚出蓝溪见寄

野兴引才子,独行幽径迟。云留下山处,鸟静出溪时。拙宦不忘隐,归休常在兹。知音倘相访,炊黍扫茅茨。

别张起居 时多故

有别时留恨,销魂况在今。风涛初振海,鸧鹭各辞林。旧国关河绝,新秋草露深。陆机婴世网,应负故山心。

郭司徒厅夜宴 一本题下有别字

秋堂复夜阑,举目尽悲端。霜堞鸟一作乌声苦,更楼月色寒。美人深别意,斗酒少留欢。明发将何赠,平生双玉盘。

初至京口示诸弟

还家百战后,访故几人存。兄弟得相见,荣枯何处论。新诗添卷轴,旧业见儿孙。点检一作检点,一作感概。平生事,焉能出荜一作不杜门。

月 下 洗 药

汲井向新月，分流入众芳。湿花低桂影，翻叶静泉光。露下添馀润，蜂惊引暗香。寄言养生客，来此共提一作盈筐。

晚春永宁墅小园独坐寄上王相公

东阁一何静，莺声落日愁。夔龙暂为别，昏旦思兼秋。蕙草出篱外，花枝寄竹幽。上方传雅颂，七夕让风流。

岁暇题茅茨

谷口逃名客，归来遂野心。薄田供岁酒，乔木待新禽。溪路春云重，山厨夜一作野火深。桃源应渐好，仙客许相寻。

九日登玉山

霞景青山上，谁知此胜游。龙沙传往事，菊酒对今秋。步石随云起，题诗向水流。忘归更有处，松下片云幽。

宴崔驸马玉山别业

金榜开青琐，骄奢半隐沦。玉箫惟送酒，罗袖爱留宾。竹馆烟催暝，梅园雪误一作映春。满朝辞赋客，尽是入林人。

春 谷 幽 居

黄鸟鸣园柳，新阳改旧阴。春来此幽兴，宛是谢公心。扫径兰芽一作芳出，添池山影深。虚名随振鹭，安得久栖林。

赋得池上双丁香树

得地移根远，交柯绕指柔。露香浓结桂，池影斗蟠虬。黛叶轻筠绿，金花笑菊秋。何如南海外，雨露隔炎洲。

题樊川杜相公别业

数亩园林好，人知贤相家。结茅书阁俭，带水槿篱斜。古树生春藓，新荷卷落花。圣恩加玉铉，安得卧青霞。

酬卢十一过宿

乞还方未遂，日夕望云林。况复逢青草，何妨一作劳问此心。闭门公务散，枉策故情深。遥夜他乡宿，同君梁甫吟。

崔十四宅问候

晓日早莺啼，江城旅思迷。微官同寄傲，移疾阻招携。远水间阎内，青山雉堞西。王孙莫久卧，春草欲萋萋。

山路见梅感而有作

莫言山路僻，还被好风催。行客凄凉过，村篱冷落开。晚溪寒水照，晴日数蜂一作峰来。重忆江南酒，何因把一杯。

咏门上画一本有小字松上
元王杜三相公 一作崔峒诗

昔闻生涧底，今见起毫端。众草此时没，何人知岁寒。岂能裨栋宇，且欲出门阑。只在丹青笔，凌云也不难。

早发东阳

信风催过客,早发梅花桥。数雁起前渚,千艘争便潮。将随浮云去,日惜故山遥。惆怅烟波末,佳期在碧霄。

舟中寄李起居

南一作雨行风景好,昏旦水皋闲。春色郢中树,晴霞湖上山。去家旅帆远,回首暮潮还。蕙草知一作欲何赠,故人云汉间。

夜雨寄寇校书

秋馆烟雨合,重城钟漏深。佳期阻清夜,孤兴发离心。烛影出绡幕,虫声连素琴。此时蓬阁友,应念昔同衾。

喜李侍御拜郎官入省

粉署花骢入,丹霄紫诰垂。直庐惊漏近,赐被觉霜移。汉主前瑶席,穰侯许凤池。应怜后行雁,空羡上林枝。

苏端林亭对酒喜雨

小雨飞林顶,浮凉入晚多。能知留客处,偏与好风过。濯锦翻红蕊,跳珠乱碧荷。芳尊深几许,此兴可酣歌。

见上林春雁翔青云寄杨起居李员外

上林春更好,宾雁不知归。顾影怜青簜,传声入紫微。夜陪池鹭宿,朝出苑花飞。宁忆寒乡侣,鸾凰一见稀。

偶 成

含毫意不浅,微月上帘栊。门静吏人息,心闲囹圄空。繁星入疏树,惊鹊倦秋风。始觉牵卑剧,宵眠亦在公。

渔 潭 值 雨

日入林岛异,鹤鸣风草间。孤帆泊枉渚,飞雨来前山。客意念留滞,川途忽阻艰。赤亭仍数里,夜待安流还。

题萧丞小池

莺鸣蕙草绿,朝与情人—作人情期。林沼忘言处,鸳鸿养翮时。春泉滋药暖,晴日度花迟。此会无辞醉,良辰难再追。

全唐诗卷二三八

钱　起

送集贤崔八叔承恩括图书

雨露满儒服，天心知子虚。还劳五经笥，更访百家书。赠别倾文苑，光华比使车。晚一作晓云随客散，寒树出关疏。相见应朝夕，归期在玉除。

送张五员外东归楚州

缨珮不为美，人群宁免辞。杳然黄鹄去，未负白云期。此别清兴尽，高秋临水时。好山枉帆僻，浪迹到家迟。他日诏书下，梁鸿安可追。

闲居寄包何

去名即栖遁，何必归沧浪。种药幽不浅，杜门喧自忘。林眠多晓梦，鸦散惊初阳。片雪幽云至，回风邻果香。佳期碧天末，惆怅紫兰芳一作房。

津梁寺寻李侍御

禅林绝过客，柱史正焚香。驯鸽不猜隼，慈云能护霜。骢声隔暗竹,吏事散空廊。霄汉期鸳鹭,狐狸避宪章。绕阶春色至,屈草待君芳。

山园秋晚寄杜黄裳少府

惆怅佳期阻,园林秋景闲。终朝碧云外,唯见暮禽还。泉石思携手,烟霞不闭关。杖藜仍把菊,对卷也看山。望望离心起,非君谁解颜。

东溪杜一作社野人致酒

万重云树下,数亩子平居。野院罗泉石,荆扉背里间。早冬耕凿暇,弋雁复烹鱼。静扫寒花径,唯邀傲吏车。晚来留客好,小雪下山初。

忆山中寄旧友

数岁白云里,与君同采薇。树深烟不散,溪静鹭忘飞。更忆东岩趣,残阳破翠微。脱巾花下醉,洗药月前归。风景今还好,如何与世一作此兴违。

东皋早春寄郎四校书

禄微赖学稼,岁起归衡茅。穷达一作途恋明主,耕桑亦一作迹近郊。夜来霁山雪,阳气动林梢。兰一作萌蕙暖初吐,春鸠鸣欲一作始巢。蓬莱时入梦,知子忆贫一作与平交。

玉山东溪题李叟屋壁

霞景已斜照,烟溪方暝投。山家归路僻,辙迹乱泉流。野老采薇暇,蜗庐招客幽。麏麚突荒院,鸤鹊步闲畴。偶此惬真性,令人轻宦游。

温泉宫礼见

新丰佳气满,圣主在温泉。云暖一作暖龙行处,山明日驭前。顺风求至道,侧席问遗贤。灵雪瑶墀降,晨霞彩仗一作旆悬。沧溟不让水,疵贱也朝天。

游襄阳泉石晚归

游目随山胜,回桡爱浦长。往来幽不浅,昏旦兴难忘。木末看归翼,莲西失夕阳。人声指间井,野趣惜林塘。稍近垂杨路,菱舟拥岸香。

夏日陪史郎中宴杜郎中果园

何事重逢迎,春醪晚更清。林端花自老,池上月初明。路入仙郎次,乌连柱史名。竹阴疏奈院一作苑,山翠傍芜城。引满不辞醉,风来待曙更。

南 溪 春 耕

荷蓑趣一作趋南径,戴胜鸣条枚。溪雨有余润,土膏宁厌开。沟塍落花尽,耒耜度云回。谁道耦耕倦,仍兼胜赏催。日长农有暇,悔不带经来。

省试湘灵鼓瑟

善鼓一作拊云和瑟,常闻帝子灵。冯夷空一作徒自舞,楚客不堪听。苦调凄金石,清音入杳冥。苍梧来一作成怨慕,白芷动芳馨。流水传潇一作湘浦,悲风过洞庭。曲终人不见,江上数峰青。

观法驾自凤翔回

橇枪一扫灭,闾阖九重开。海晏鲸鲵尽,天旋日月来。圣情苏品物,龙御一作驭辟云雷。晓漏移仙仗,朝阳出帝台。周惭散马出,禹让潜川回。欲识封人愿,南山举酒杯。

题玉山村叟屋壁 一本无屋字

谷口好泉石,居人能陆沉。牛羊下一作上山小一作去,烟火一作雨隔云一作林深。一径入溪色,数家连竹阴。藏虹辞晚雨,惊隼落残禽。涉趣皆流一作留目,将归羡一作必在林。却思黄绶事,辜负紫芝心。

县中池竹言怀

官小志已足,时清免负薪。卑栖且得地,荣耀不关身。自爱赏心处,丛篁流水滨。荷香度高枕,山一作春色满南邻。道在即为乐,机忘宁厌贫。却愁丹凤诏,来访漆园人。

山　园　栖　隐

守静信推分,灌园乐在兹。且忘尧舜力,宁顾尚书期。晚景采兰暇,空林散帙时。卷荷藏露滴,黄口触虫丝。三径与嚣远,一瓢常自怡。情人半云外,风月讵相思。

送王谏议任东都居守

车徒凤掖东,去去洛阳宫。暂以青蒲隔,还看紫禁同。经过乘雨露,潇洒出鸳鸿。官署名台下,云山旧苑中。暮天双阙静,秋月九重一作门空。且喜成周地,诗人播国风。

送郑书记

决胜无遗策,辞天便请缨。出身唯殉死,报国且能兵。受命麒麟
殿,参谋骠骑营。短箫催别酒,斜日驻前旌。义勇千夫敌,风沙万
里行。几年丹阙下,侯印锡书生。

送族侄赴任 一作之郡

林下不成兴,仲容微禄牵。客程千里远,别念一一作片帆悬。欲叹
卑栖去,其如胜趣偏。云山深郡郭,花木净潮田。坐啸帷应下,离
居月复圆。此时知小阮,相忆绿尊前。

长安落第作

始愿今如此,前途复若何。无媒献词赋,生事日蹉跎。不遇张华
识,空悲宁戚歌。故山归梦远,新岁客愁多。刷羽思乔木,登龙恨
失波。散才非世用,回首谢云萝一作罗。

酬长孙绎蓝溪寄杏

爱君蓝水上,种杏近成田。拂径清阴合,临流彩实悬。清香和宿
雨,佳色出晴烟。懿此倾筐赠,想一作相知怀橘年。芳馨来满袖,琼
玖愿酬篇。把玩情何极,云林若眼前。

药堂秋暮

隐来未得道,岁去愧云松。茅屋空山暮,荷衣白露浓。唯怜石苔
色,不染世人踪。潭静宜孤鹤,山深绝远钟。有时丹灶上,数点彩
霞重。勉事壶公术,仙期待赤龙。

哭常征君

万化一朝尽,穷泉悲此君。如何丹灶术,能误紫芝焚。不遂苍生望,空留封禅文。远年随逝水,真气尽浮云。山闭龙蛇蛰,林寒麋鹿群。伤心载酒地,仙菊为谁薰。

送鲍中丞赴太原军营

年壮才仍美,时来道易行。宠兼三独任,威肃贰师营。将略过南仲,天心寄北京。云旐临塞色,龙笛出关声。汉月随霜去,边尘计日清。渐知王事好,文武用书生。

奉送刘相公江淮催转运

国用资戎事,臣劳为主忧。将征任土贡,更发济川舟。拥传星还去,过池凤不留。唯高饮水一作冰节。稍浅别家愁。落叶淮边雨,孤山海上秋。遥知谢公兴,微月上一作在江楼。

送李秀才落第游荆楚

翠羽虽一作难成梦,迁莺尚后群。名逃邻诳策,兴发谢玄文。昏旦扁舟去,江山几路分。上潮吞海日,归雁出湖云。诗思应须苦,猿声莫厌闻。离居见新月,那得不思君。

奉陪郭常侍宴浐川山池

披垣携爱客,胜地赏年光。向竹过宾馆,寻山到妓堂,歌声掩金谷,舞态出平阳。地满簪裾影,花添兰麝香。莺啼春未老,酒冷日犹长。安石风流事,须归问一作骑省郎。

寇中送张司马归洛

戎狄寇周日，衣冠适洛年。客亭新驿骑，归一作关路旧人烟。吾道将东矣，秋风更飒然。云愁百战地，树隔两乡天。旅思蓬飘陌，惊魂雁怯弦。今朝一尊酒，莫惜醉离筵。

奉和宣城张太守南亭秋夕怀友

池馆螻蛄声，梧桐秋露晴。月临朱戟静，河近画楼明。卷幔浮凉入，闻钟永夜清。片云悬曙斗，数雁过秋城。羽扇扬风暇，瑶琴怅一作寄别情。江山飞丽藻，谢朓让前名。

过山人所居因寄诸遗补

空谷春云满，愚公晦迹深。一随玄豹隐，几换绿萝阴。绝径人稀到，芳荪我独寻。厨烟住峭壁，酒气出重林。蝴蝶晴还舞，黄鹂晚暂吟。所思青琐客，瑶草寄幽心。

过鸣皋隐者

磻石老红鲜一作藓，征君卧几年。飞一作百泉出林下，一径过一作穷崖巅。鸡犬逐人静，云霞宜地偏。终朝数峰胜，不远一壶前。仲月霁春雨，香风生药田。丹溪不可别，琼草色芊芊。

送杨镐归隐

悔作扫门事，还吟招隐诗。今年芳草色，不失故山期。遥想白云里，采苓春日迟。溪花藏石径，岩翠带茅茨。九转莫飞去，三回良在兹。还嗤茂陵客，贫病老明时。

酬刘起居卧病见寄

承颜看彩服,不觉别丹墀。味道能忘病,过庭更学诗。缭垣多画戟,远岫入书帷。竹静携琴处,林香让果时。声同叫眷早,交澹在年衰。更枉兼金赠,难为继组词。

陪南省诸公宴殿中李监宅

将门高胜霍,相子宠过韦。宦贵攀龙后,心倾待士时。壶觞开雅宴,鸳鹭眷相随。舞退燕姬曲,歌征谢朓诗。晚钟过竹静,醉客出花迟。莫惜留馀兴,良辰不可追。

山斋读书寄时校书杜叟

日爱蘅茅一作芳下,闲观山海图。幽人自守朴,穷谷也名愚。倒一作隔岭和溪雨,新泉到户枢。丛阑齐稚子,蟠木老潜夫。忆戴差过剡,游仙惯入壶。濠梁时一访,庄叟亦吾徒。

晚归蓝田旧居

云卷东皋下,归来省故蹊。泉移怜石在,林长一作近觉原低。旧里情难尽,前山赏未迷。引藤看古木,尝酒咒春鸡。兴一作性与时髦背,年将野老齐。才微甘引退,应得遂霞栖。

寄袁州李嘉祐员外

谁谓江山阻,心亲梦想偏。容辉常在目,离别任经年,郡国通流水,云霞共远天。行春莺几啭,迟客月频圆。雁有归一作还乡羽,人无访戴船。愿征黄霸入,相见玉阶前。

禁闱玩雪寄薛左丞

玄云低禁苑，飞雪满神州。虚白生台榭，寒光入冕旒。粉凝宫壁静，乳结洞门幽。细绕回风转，轻随落羽浮。怒涛堆砌石，新月孕帘钩。为报诗人道，丰年颂圣猷。

春暮过石龟谷题温处士林园 一作送温逸人

隐几一作垂白无名老一作者，何年此陆沉。丘园自一作应得性，婚嫁不婴一作关心。岁计因山薄，霞栖在谷深。设置一作卢连草色，晒一作曝药背一作避松阴。触兴云生岫，随耕鸟下林。支颐笑来客，头上有朝簪。

宿毕侍御宅

交情频更好，子有古人风。晤语清霜里，平生苦节同。心惟二仲合，室乃一瓢空。落叶寄一作绕秋菊一作竹，愁云低夜鸿一作丛兰思暗虫。薄寒灯影外，残漏雨声中。明发南昌去，回看御史骢。

中书遇雨

济旱惟宸虑，为霖即上台。云衔七曜起，雨拂九门来。纶阁飞丝度，龙渠激霤回。色翻池上藻，香裛鼎前杯。湘燕皆舒翼，沙鳞岂曝腮。尺波应万一作为假，虞海载沿洄。

适楚次徐城

去家随旅雁，几日到南荆。行迈改乡邑，苦辛淹晦明。畏途在淫雨，未暮息趋程。穷木对秋馆，寒鸦愁古城。迷津坐为客，对酒默含情。感激念知己，匣中孤剑鸣。

经李蒙颍阳旧居

同心而早世，天道亦何论。独有山阳宅，平生永不谖。青溪引白鸟，流涕吊芳荪。蔓草入空室，丛篁深毁垣。旧游还在眼，神理更忘言。唯见东山月，人亡不去门。

赠汉阳隐者

当年不出世，知子餐霞人。乐道复安土，遗荣长隐身。衡茅古林曲，粳稻清江滨。桂棹为渔暇，荷衣御暑新。款颜行在一作在行役，幽兴惜今晨。分首天涯去，再来芳杜春。

巨鱼纵大壑

巨鱼纵大壑，遂性似乘时。奋跃风生鬐，腾凌浪鼓鳍。龙摅回地轴，鲲化想天池。方快吞舟意，尤殊在藻嬉。倾危嗟幕燕，隐晦诮泥龟。喻士逢明主，才猷得所施。

送李九归河北

文武资人望，谋猷简圣情。南州初卧鼓，东土复维城。寄重分符去，威仍出阃行。斗牛移八座，日月送双旌。别恋瞻天起，仁风应物生。伫闻收组练，锵玉会承明。

送丁著作佐台郡

多年金马客，名遂动归轮。佐郡紫书下，过门朱绶新。扬舲望海岳，入境背风尘。水驿偏乘月，梅园别受春。带经临府吏，鲙鲤待乡人。始见美高士，逍遥在搢绅。

送王使君赴太原行营

太白明无象，皇威未戢戈。诸侯持节钺，千里控山河。汉驿双旌
度，胡沙七骑过。惊蓬一作烽连雁起，牧马入云多。不卖卢龙塞，能
消瀚海波。须传出师颂一作表，莫奏式微歌。

送王使君移镇淮南

共许徐方牧，能临河内人。郡移棠转茂，车至鹿还驯。吏事嘉师
旅，鸳行惜搢绅。别心倾祖席，愁望尽征轮。紫诰一作诏微黄晚，苍
生借寇频。愿言青琐拜，早及上林春。

李四劝为尉氏尉李七勉为
开封尉 惟伯与仲有令誉，因美之。

美政惟兄弟，时人数俊贤。皇枝双玉树，吏道二梅仙。自理尧唐
俗，唯将礼让传。采兰花萼聚，就日雁行联。黄绶俄三载，青云未
九迁。庙堂为宰制，几日试龙泉。

春夜宴任六昆季宅

际晚绿烟起，入门芳树深。不才叨下客，喜宴齿诸簪。夜月仍携
妓，清风更在林。彩毫挥露色，银烛动花阴。自接通家好，应一作因
知待士心。向隅逢故识，兹夕愿披襟。

闲居酬张起居见赠

在林非避世，守拙自离群。弱羽谢风水一作木，穷愁依典坟。良知
不遗弃，新咏独相闻。能使幽兴苦，坐忘清景曛。前山带乔木，暮
鸟联归云。向夕野人思，难忘骑省文。

奉和王相公秋日戏赠元校书

才妙心仍远，名疏迹可追。清秋闻礼暇，新雨到山时。胜事唯愁尽，幽寻不厌迟。弄云怜鹤去，隔水许僧期。贤相敦高躅，雕龙忆所思。芙蓉洗清露，愿比谢公诗。

过杨驸马亭子

衣冠在汉庭一作京，台榭接天成。彩凤翻箫曲，祥鳣入馆名，歌钟芳月曙，林嶂碧云生。乱水归潭净，高花映竹明。退朝追宴乐，开阁一作沉辖醉簪缨。长袖留嘉客，栖乌下禁城。

山下别杜少府

把手意难尽，前山日渐低。情人那忍别，宿一作夕鸟尚同栖。寸晷恋言笑，佳期欲阻睽。离云愁出岫，去水咽分溪。庄叟几虚说，杨朱空自迷。伤心独归路，秋草更萋萋。

晚出青门望终南别业

能清一作捐谢朓思一作府，暂下承明庐。远山新水一作水断山下，寒皋微雨馀。更怜归鸟去，宛到卧龙居。笑指丛一作家林上，闲云自卷舒。宁心鸣凤一作知凤鸣日，却意一作忆钓璜初。处贵有馀兴，伊周位不如。

送严士良侍奉詹事南游

疏傅独知止，曾参善爱亲。江山侍行迈，长幼出嚣一作风尘。握手想千古，此心能几人。风光满长陌一作路，草色傍征轮。日夕望荆楚，莺鸣芳杜新。渔一作汀烟月一作日下浅，花屿一作岛水中春。点翰遥一作时相忆,含情向一作寄白蘋。

题秘书王迪城北池亭

子乔来魏阙,明主赐衣簪。从宦辞人事,同尘即道心。还追大隐迹,寄此凤城阴。昨夜新烟雨,池台清且深。伏泉通粉壁,迸笋出花林。晚沐常多暇,春一作香醪时独斟。西南汉宫月,复对绿窗琴一作吟。

过王舍人宅

入门花柳暗,知是近臣居。大隐心何远,高风物自疏。脩然静者事,宛得上皇馀。鸡犬偷仙药,儿童授一作受道书。清吟送客后,微月上城初。彩笔有新咏,文星垂太虚。承恩金殿宿,应荐马相如。

过瑞龙观道士

不知谁氏子,炼魄家洞天。鹤待成丹日,人寻种杏田。灵山含道气,物性皆自然。白鹿顾瑞草,骊龙蟠玉泉。得兹象外趣,便割区中缘。石窦采云母,霞堂陪列仙。主人善止客,柯烂忘归年。

送沈仲 一作冲

天朴非外假,至一作志人常晏如。心期邈霄汉,词律响琼琚。举酒常叹息,无人达子虚。夜光失隋掌,骥骤伏盐车。考室晋山下,归田秦岁初。寒云随路合,落照下城馀。千里还同术,无劳怨索居。

和韦侍御寓直对雨

名贵四科首,班宜二妙齐。如何厌白简,未得步金闺。寓直晦秋雨,吟馀闻远鸡。漏声过且冷,云色向窗低。谁谓霄汉近,翻嗟心事暌。兰滋人未握,霜晓鹝还栖。伫见田郎字,亲劳御笔题。

奉和圣制登朝元阁

六合纡玄览,重轩启上清。石林飞栋出,霞顶泰阶平。拂曙銮舆
上,晞阳瑞雪晴。翠微回日驭,丹巘驻天行。御气升银汉,垂衣俯
锦城。山通玉苑迥,河抱紫关明。感物乾文动,凝神道化成。周王
陟乔岳,列辟让英声。

奉和杜相公移长兴宅奉呈元相公

守贵常思俭,平津此意深。能卑丞相宅,何谢故人心。种蕙初抽
带,移篁不改阴。院梅朝助鼎,池凤夕归林。觉路经中得,沧洲梦
里寻。道高仍济代,恩重岂投簪。报国谁知己,推贤共作霖。兴来
文雅振,清韵掷双金。

送任先生任唐山丞

再命果良愿,几年勤说诗。上公频握发,才子共垂帷。琢玉成良
器,出门偏怆离。腰章佐墨绶,耀锦到茅茨。树老见家日,潮平归
县时。衣催莲女织,颂听海人词。鸿鹄志应在,荃兰香未衰。金门
定回音,云路有佳期。

送外甥怀素上人归乡侍奉

释子吾家宝,神清慧有馀。能翻梵王字,妙尽伯英书。远鹤无前
侣,孤云寄太虚。狂来轻世界,醉里得真如。飞锡离乡一作江久,宁
亲喜一作是腊初。故池残雪满一作在,寒柳霁烟疏。寿酒还尝药,晨
餐不荐鱼。遥知禅诵外,健笔赋闲居。

送张中丞赴桂州

出守求人瘼，推贤动圣情。紫台初下诏，皂盖始专城。宠借飞霜
简，威加却月营。云衢降五马，林木一作桂水，一作秋水。引双旌。凤
仰敦诗礼，尝闻偃甲兵。戍楼云外静，讼阁竹间清。化忙还珠美，
心将片玉贞。寇恂朝望重，计日谒承明。

送王相公赴范阳

翊圣衔恩重，频年按节行。安危皆报国，文武不缘名。受脤仍调
鼎，为霖更洗兵。幕开丞相阁，旗总贰师营。料敌知无战，安边示
一作自有征。代云横马首，燕雁拂笳声。去镇关河静，归看日月明。
欲知瞻恋一作望切，迟暮一书生。

送蒋尚书居守东都

凤辇幸秦久，周人徯帝情。若非君敏德，谁镇洛阳城。前席命才
彦，举朝推令名。纶言动北斗，职事守东京。郑履下天去，蘧轮满
路声。出关秋树直，对阙远山明。肃肃保厘处，水流宫苑清。长安
日西笑，朝夕衮衣迎。

送李兵曹赴河中

能荷钟鼎业，不矜纨绮荣。侯门三事后，儒服一书生。昔志学文
史，立身为士英。骊珠难隐耀一作曜，皋鹤会长鸣。休命且随牒，候
时常振缨。寒蝉思关柳，匹马向蒲城。秋日黯将暮，黄河如欲清。
黎人思坐啸，知子树佳声。

罢官后酬元校书见赠

心期怅已阻，交道复何如。自我辞丹阙，惟君到故庐。忘机贫负米，忆戴出无车。一作未忘金马诏，犹负茂陵书。怜犬吠初服，家人愁斗储。秋堂入闲夜，云月思离居。穷巷闻砧冷，荒枝应一作映鹊疏。宦名随落叶，生事感枯鱼。临一作流水仍挥手，知音未弃余。

同邬戴关中旅寓

文士皆求遇，今人谁至公。灵台一寄宿，杨柳再春风。更惜忘形友，频年失志同。羽毛一作衣齐燕雀，心事阻鸳鸿。留滞惭归养，飞鸣恨触笼。橘怀乡梦里，书去客愁中。残雪迷归雁，韶光弃断蓬。吞悲问唐举，何路出屯蒙。

新丰主人

明代少知己，夜光频暗投。迍遭终薄命，动息尽穷愁。自欲归飞鹬，当为不系舟。双垂素丝泪，几弊皂貂裘。暮鸟栖幽树，孤云出旧丘。蛩悲衣褐夕，雨暗转蓬秋。客里冯谖剑，歌中宁戚牛。主人能纵酒，一醉且忘忧。

夕游覆釜山道士观因登玄元庙

冥搜过物表，洞府次溪傍。已入瀛洲远，谁言仙路长。孤烟出深竹，道侣正焚香。鸣磬爱山静，步虚宜夜凉。仍同象帝庙，更上紫霞冈。霁月悬琪树，明星映碧堂。倾思丹灶术，愿采玉芝芳。傥把浮丘袂，乘云别旧乡。

陪郭常侍令公东亭宴集

盛业山河列,重名剑履荣。珥貂为相子,开阁引时英。美景池台
色,佳期宴赏情。词人载笔至,仙妓出花迎。暗竹朱轮转,回塘玉
佩鸣。舞衫招戏蝶,歌扇隔啼莺。饮德心皆醉,披云兴转清。不愁
欢乐尽,积庆在和羹。

太子李舍人城东一作中别业与二三文友逃暑

下马失炎暑,重门深绿篁。宫臣礼嘉客,林表开兰堂。兹夕一作日
兴难尽,澄罍照墨场。鲜风吹印绶,密坐皆馨香。美景惜文会,清
吟迟羽觞。一本无上四句。东林晚来好,目极一作极目趣何长。鸟道挂
疏雨,人家残夕阳。城隅拥归骑,留醉一作酌恋琼一作群芳。

柏崖老人号无名先生男削发
女黄冠自以云泉独乐命予赋诗

古也忧婚嫁,君能乐性肠一作道场。长男栖月宇,少女炫一作袨霓裳。
问尔餐霞处,春山芝桂旁。鹤前飞九转,壶里驻三光。与我开龙
峤,披云静药堂。胡麻兼藻绿,石髓隔花香。帝力言何有,椿年喜
渐长。窅然高象外,宁不傲羲皇。

赠 李 十 六

半面喜投分,数年钦盛名。常思梦颜色,谁忆一作意访柴荆。忽听
款扉响,欣然倒屣迎。蓬蒿驻驺驭,鸡犬傍簪缨。酌水即嘉宴,新
知甚故情。仆夫视日色,栖鸟催车声。自尔宴言后,至今门馆清。
何当更乘兴,林下已苔生。

裴仆射东亭

凤扆任匡济，云溪难退还。致君超列辟，得道在荣班。朱戟缭垣下，高斋芳树间。隔花开远水，废卷爱晴山。晚沐值清兴，知音同解颜。藉兰开赐酒，留客下重关。仙犬逐人静，朝车映竹闲。则知真隐逸，未必谢区寰。轩后三朝顾，赤松何足攀。

中书王舍人辋川旧居

几年家绝壑，满径种芳兰。带石买松贵，通溪涨水宽。诵经连谷响，吹律减云寒。谁谓桃源里，天书问考槃。一从解蕙带，三入偶蝉冠。今夕复何夕，归休寻旧欢。片云一作霞隔苍翠，春雨半林湍。藤长穿松盖，花繁压药栏。景深青眼下，兴绝彩毫端。笑向同来客，登龙此地难。

送襄阳卢判官奏开河事

千里趋魏阙，一言简圣聪。河流引关外，国用赡秦中。有诏许其策，随山兴此功。连云积石阻，计日安波通。飞棹转年谷，利人胜岁丰。言归汉阳路，拜手蓬莱宫。紫殿赐衣出，青门酣酌同。晚阳过微雨，秋水见新鸿。坐惜去车远，愁看离馆空。因思郢川守，南楚满清风。

奉送户部李郎中充晋国副节度出塞

德佐调梅用，忠输击虏年。子房推庙略，汉主托兵权。受命荣中禁，分麾镇左贤。风生黑山道，星下紫微天。始愿文经国，俄看武定边。鬼方尧日远，幕府代云连。汗马将行矣，卢龙已肃然。关防驱使节，花月眷离筵。自忝知音遇，而今感义偏。泪闻横吹落，心逐去旌悬。帝念夔能政,时须说济川。劳还应即尔,朝暮玉墀前。

奉和中书常舍人晚秋
集贤院即事寄徐薛二侍御

文星垂太虚,辞伯综群书。彩笔下鸳掖,褒衣来石渠。典坟探奥旨,造化睹权舆。述圣鲁宣父,通经汉仲舒。窗明宜缥带,地肃近丹除。清昼删诗暇,高秋作赋初。露盘侵汉耸,宫柳度鸦疏。静对连云阁,晴闻过阙车。旧僚云出矣,晚岁复何如。海峤瞻归路,江城梦直庐。含毫思两凤,望远寄双鱼。定笑巴歌拙,还参丽曲馀。

和范郎中宿直中书晓玩清池
赠南省同僚两 一作西垣遗补

青琐留才子,春池静禁林。自矜仙岛胜,宛在掖垣深。引派彤庭里,含虚玉砌阴。涨来知圣泽,清处见天心。兰气飘红岸,文星动碧浔。凤栖长近日,虹卧欲为霖。席宠虽高位,流谦乃素襟。焚香春一作残漏尽,假寐晓莺吟。丹地宜清沚一作切,朝阳复照临。司言兼逸趣,鼓兴接一作属知音。六义惊一作先摛藻,三台响一作向掷金。为怜风水外,落一作鳞羽此漂一作失飞沉。

全唐诗卷二三九

钱 起

同程九早入中书 一作钱珝诗

汉家贤相重英奇,蟠木何材也见知。不意云霄能自致,空惊鹓鹭忽相随。腊雪初明柏子殿,春光欲上万年枝。独惭皇鉴明如日,未厌春一作萤光向玉墀。

仲春宴王补阙城东小 一作山池

王孙兴至幽寻好,芳草春深景气和。药院爱随流水入,山斋喜与白云过。犹嫌巢鹤窥人远,不厌丛花对客多。醉来倚玉无馀事,目送归鸿笑复歌。

夜宿灵台寺寄郎士元

西日横山含碧空,东方吐月满禅宫。朝瞻双顶青冥上,夜宿诸天色界中。石潭倒献一作泆,一作映莲花水,塔院空闻松柏风。万里故人能尚尔,知君视听我心同。

题郎士元半日吴村别业兼呈李长官

半日吴村带晚霞,闲门高柳乱飞鸦。横云岭外千重树,流水声中一两家。愁人昨夜相思苦,闰月今年春意赊。自叹梅生头似雪,却怜潘令县如花。

猷川雪后送僧粲临还京时避世卧疾

连步青溪几万重,有时共立在孤峰。斋到孟空餐雪麦-作麦雪,经传金字坐云松。呻吟独卧猷川水,振锡先闻长乐钟。回望群山携手处,离心一一涕无从。

和李员外扈-作从驾幸温-作汤泉宫

未央月晓度疏钟,凤-作步辇时巡出九重。雪-作雨霁山门迎瑞日,云开水殿候飞龙。经寒不入宫中树,佳气常薰-作浮仗外峰。遥羡枚皋扈仙-作先扈跸,偏承霄汉渥恩浓。

长　信　怨

长信萤来一叶秋,蛾眉泪尽九重幽。鸡鹊观前明月度,芙蓉阙下绛河流。鸳衾久别难为梦,凤管遥闻更起愁。谁分-作念昭阳夜歌舞,君王玉辇正淹留。

送河南陆少府

云间陆生美且奇,银章朱绶映金羁。自料抱材将致远,宁嗟趋府暂牵卑。东城社日催巢燕,上苑秋声散御梨。朝夕诏书还柏署,行看飞隼集高枝。

送李评事赴潭州使幕

湖南远去有馀情,蘋叶初齐白芷生。谩说简书催物役,遥知心赏缓王程。兴过山寺先云到,啸引江帆带月行。幕下由来贵无事,伫闻谈笑静黎氓。

送李九贬南阳

玉柱金罍醉不欢,云山驿道向东看。鸿声断续暮天远,柳影萧疏秋日寒。霜降幽林沾蕙若,弦惊翰苑失鸳鸾。秋来回首君门阻,马上应歌行路难。

送裴頔一作迪侍御使蜀

柱史才年四十强,须髯玄发美清扬。朝天绣服乘恩贵,出使星轺满路光。锦水繁花添丽藻,峨嵋明月引飞觞。多才自有云霄望,计日应追鸳鹭行。

送韦信爱子归觐

离舟解缆到斜晖,春水东流燕北一作北雁飞。才子学诗趋露冕,棠花含笑待斑衣。稍闻江树啼猿近,转觉山林过客稀。借问还珠盈合浦,何如鲤也入庭闱。

送兴平王少府游梁

旧识相逢情更亲,攀欢甚少怆离频。黄绶罢来多远客,青山何处不愁人。日斜官树闻蝉满一作晚,雨过关城见月新。梁国遗风重词赋,诸侯应念马卿贫。

送张员外出牧岳州

凤凰衔诏与何人,喜政多才宠寇恂。台上鸳鸾争送远,岳阳云树待行春。自怜黄阁知音在,不厌彤幨出守频。应笑冯唐衰且拙,世情相见白头新。

送孙十尉温县

飞花落絮满河桥，千里伤心送客遥。不惜芸香染黄绶，惟怜鸿羽下青霄。云衢有志终骧首，吏道无媒且折腰。急管繁弦催一醉，颓阳不驻引征镳。

送钟评事应宏词下第东归

芳岁归人嗟转蓬，含情回首灞陵东。蛾眉不入秦台镜，鹢羽还惊宋国风。世事悠扬春梦里，年光寂寞旅愁中。劝君稍尽离筵酒，千里佳期难再同。

送严维尉河南

蕙叶青青花乱开，少年趋府下蓬莱。甘泉未献一作厌扬雄赋，吏道何劳贾谊才。征陌独愁飞盖远，离筵只惜暝钟催。欲知别后相思处，愿植琼枝向柏台。

送马员外拜官觐省

二十为郎事汉文，鸳雏骥子自为群。笔精已许台中妙，剑术还令世上闻。归觐屡经槐里月，出师常笑棘门军。莫言来往朝天远，看取鸣鞘入断云。

送冷朝阳擢第后归金陵觐省

莱子昼归今始好，潘园景色夏偏浓。夕阳流水吟诗去，明月青山出竹逢。兄弟相欢初让果，乡人争贺旧登龙。佳期少别俄千里，云树愁看过一作历几重。

九日宴浙江西亭

诗人九日怜芳菊,筵客高斋宴浙江。渔浦浪花摇素壁,西陵树色入秋窗。木奴向熟悬金实,桑落新开泻玉缸。四子醉时争讲习,笑论黄霸旧为邦。

和王员外雪晴早朝

紫微晴雪带恩光,绕仗偏随鸳鹭行。长信月留宁避晓,宜春花满不飞香。独看积素凝清禁,已觉轻寒让太阳。题柱盛名兼绝唱,风流谁继汉田郎。

避暑纳凉

木槿花开畏日长,时摇轻扇倚绳床。初晴草蔓缘新笋,频雨苔衣染旧墙。十旬河朔应虚醉,八柱天台好纳凉。无事始然知静胜,深垂纱帐咏沧浪。

早　夏

楚狂身世恨情多,似病如忧正是魔,花萼败春多寂寞,叶阴迎夏已清和。鹂黄好鸟摇深一作红树,细白佳人著紫罗。军旅阅诗裁不得,可怜风景遣如何。

题嵩阳焦道士石壁

三峰花畔一作半碧堂悬,锦里真人此得仙。玉体一作醴才飞西蜀雨,霓裳欲向大罗天。彩云不散烧丹灶,白鹿时藏种玉田。幸入桃源因一作应去世,方期丹诀一延年。

题延州圣僧穴

定力无涯不可称,未知何代坐禅僧。默默山门宵闭月,荧荧石壁昼然灯。四时树长书经叶,万岁岩悬挂杖藤。昔日舍身缘救鸽,今时出见有飞鹰。

乐游原晴望上一作寄中书李侍郎

爽气朝来一作分万里清,凭高一望九秋一作愁轻。不知凤沼一作傅说霖初霁,但觉一作见尧天日转明。四野山河通一作同远色,千家砧杵共秋声。遥想一作指青云丞相府,何时开阁引一作对书生。

幽居春暮书怀 一作石门暮春,一作蓝田春暮。

自哂鄙夫多野性,贫一作闲居数亩半临湍一作村端。溪云杂雨来茅屋,山雀一作鸟将雏到一作至药栏。仙篆满床闲不厌,阴符在箧老羞看。更怜童子宜春服,花里寻师指一作到杏坛。

谒 许 由 庙

故向箕山访许由,林泉物外自清幽。松上挂瓢枝几变,石间洗耳水空流。绿苔唯见遮三径,青史空传谢九州。缅想古人增叹惜,飒然云树满岩秋。

过张成侍御宅

丞相幕中题一作吐凤人,文章心事每相亲。从军谁谓仲宣乐,入室方知颜子贫。杯里紫茶香代酒,琴中绿水静留宾。欲知别后相思意,唯愿琼枝入梦频。

酬考功杨员外见赠

佳句 黄卷读来今已老,白头受屈不曾言。

上林谏猎知才薄,尺组承恩愧命牵。潢潦难滋沧海润,萤光空尽太阳前。虚名滥接登龙士,野性宁忘种黍田。相国无私人守朴,何辞老去上皇年。

寄永嘉王十二

永嘉风景入新年,才子诗成定可怜。梦里还乡不相见,天涯忆戴复谁传。花倾晓露垂如泪,莺拂游丝断若弦。愿得回风吹海雁,飞书一宿到君边。

七盘岭阻寇闻李端公先到南楚

日暮穷途泪满襟,云天南望羡飞禽。阮一作陇肠暗与孤鸿一作魂断,江水遥连别恨深。明月既能通忆梦,青山何用隔同心。秦楚眼看成绝国,相思一寄白头吟。

酬赵给事相寻不遇留赠

谁忆一作意颜生穷巷里,能劳马迹破春苔。忽看童子扫花处,始愧夕郎题凤来。斜景适随诗兴尽,好风才送珮声回。岂无鸡黍期他日,惜此残春阻绿杯。

山中酬杨补阙见过

日暖风恬种药时,红泉翠壁薜萝垂。幽溪鹿过苔还静,深树云来鸟不一作未知。青琐同心多逸兴,春山载酒远相随。却惭一作思身外一作事牵缨冕,未一作宁胜杯一作林前倒接䍦。

同王锦起居程浩郎中韩翃
舍人题安国寺用上人院

慧眼沙门真远公，经行宴坐有儒风。香缘不绝簪裾会，禅想宁妨藻思通。曙后炉烟生不灭，晴来阶色并归空。狂夫入室无馀事，唯与天花一笑同。

寻司勋李郎中不遇

知己知音同舍郎，如何咫尺阻清扬。每恨兼葭傍一作倚芳树，多惭新燕入华堂。重花不隔陈蕃榻，修竹能深夫子墙。唯有早朝趋凤阁，朝时怜羽接鸳行。

赠张南史

紫泥何日到沧洲，笑向东阳沈隐侯。黛色晴一作山峰云外出，縠文江水县前流。使臣自欲论公道，才子非关厌薄游。溪畔秋兰虽可佩，知君不得少停舟。縠江，兰溪之别名也。

暇日览旧诗因以题咏

逍遥心地得关关，偶被功名涴一作浼我闲。有寿亦将归象外，无诗兼不恋人间。何穷默识轻洪范，未丧斯文胜大还。筐箧静开难似此，蕊珠春色一作雪海中山。

汉武出猎

汉家无事乐时雍，羽猎年年出九重。玉帛不朝金阙路，旌旗长绕彩霞峰。且贪原兽轻黄屋，宁畏渔人犯白龙。薄暮方归长乐观，垂杨几处绿烟浓。

宴曹王宅

贤王驷马退朝初,小苑三春带雨馀。林沼葱茏多贵气,楼台隐映接天居。仙鸡引敌穿红药,宫燕衔泥落绮疏。自叹平生相识愿,何如今日厕应徐。

重赠赵给事

久飞鸳掖出时髦,耻负平生稽古劳。玉树满庭家转贵,云衢独步位初高。能迁驽驭寻蜗舍,不惜瑶华报木桃。应念潜郎守贫病,常悲休沐对蓬蒿。

赠阙下一作阙下赠裴舍人

二月黄莺一作鹂飞上林,春城紫禁一作陌晓阴阴。一作沈沈。一本二句倒用。长乐钟声花外尽,龙池柳色雨中深。阳和不散穷途恨,霄汉长怀一作悬捧日新。献赋十年犹未遇,羞将白发对华簪。

登刘宾客高斋 时公初退相一作春题刘相公山斋

能以功成疏宠位,不将心赏负云霞。林间客散孙弘阁,城一作坛上山宜绮季家。蝴蝶晴连一作怜池岸草,黄鹂晚一作晓出柳园花。一作山蝶成群争绕蕙,黄鹂命子暗移花。日陪鲤也趋文苑,谁道门生隔绛纱。

哭辛霁

流水辞山花别枝,随风一去绝还期。昨夜故人泉下宿,今朝白发镜中垂。音徽寂寂空成梦,容范朝朝无见时。旦暮馀生几息在,不应存没未尝悲。

和慕容法曹寻渔者寄城中故人

孤烟一点绿溪湄,渔父幽居即旧基。饥鹭不惊收钓处,闲麛应乳负喧时。茅斋对雪开尊好,稚子焚枯饭客迟。胜事宛然怀抱里,顷来新得谢公诗。

山　花

山花照坞复烧溪,树树枝枝尽可迷。野客未来枝畔立,流莺已向树边啼。从容只是愁风起,眷恋常须向—作到日西。别有妖妍胜桃李,攀来折去亦成蹊。

送杨著作归东海

杨柳出关色,东行千里期。酒酣暂轻别,路远始相思。欲识离心尽,斜阳—作光到海时。一本无末二句。

送李协律还东京

芳草忽无色,王孙复入关。长河侵驿道,匹马傍云山。愁见离居久,萤飞秋月闲。

秋 馆 言 怀

蟋蟀已秋思,蕙兰仍碧滋,蹉跎献赋客,叹息此良时。日夕云台下,商歌空自悲。

和刘明府宴县前山亭

城隅劳心处,雪后岁芳开。山映千花出,泉经万井来。翔鸾欲下舞,上客且留杯。

新雨喜得王卿书问

苦雨暗秋径，寒花垂紫苔。愁中绿尊尽，梦里故人来。果有相思字，银钩新月开。

赋得巢燕送客

能栖杏梁际，不与黄雀群。夜影寄红烛，朝飞高碧云。含情别故侣，花月一作宛似惜春分。

题张蓝田讼堂

角巾高枕向晴山，颂简庭空不用关。秋风窗下琴书静，夜一作落景门前人吏闲。稍觉渊明归思远，东皋月出片云还。

江行无题一百首 一作钱珝诗

倾酒向涟漪，乘流东一作欲去时。寸心同尺璧，投此报冯夷。

江曲全萦楚，云飞一作氛半自秦。岘山回首望，如别故关一作乡人。往年累登岘亭。

浦烟函夜色一作寒永夜，冷日转秋旻。自有沉碑石一作在，清光不照人。

楚岸云空一作初合，楚城人不来。只一作祗今谁善舞，莫恨发阳一作废章台。

行背青山郭，吟当白露秋。风流无屈宋，空咏古荆州。

晚来渔父喜，罾一作网重欲收迟。恐有长江使，金钱愿赎龟。

去指龙沙路，徒悬象阙一作魏心。夜凉无远梦，不为偶闻砧。

雾云疏有叶，雨浪细无花。隐放扁舟去，江天自有涯。

好日当一作长秋半，层波动旅肠。已行千里外，谁与共秋光。

润色非东里，官曹更建章。宦游难自定，来唤棹船郎。

夜江清未晓，徒惜月光一作先沉。不是因行乐，堪伤老大心。

翳日多乔木，维舟取束薪。静听江叟语，俱一作尽是厌兵人。

箭漏日初短，汀烟草未一作木衰。雨馀一作微虽更绿，不是采蘋时。

山雨一作水夜来涨，喜鱼跳满江。岸沙平欲尽，垂蓼入船窗。

渚边新雁下，舟上独凄凉。俱是南来客，怜君缀一行。

牵路沿一作缘江狭，沙崩岸不平。尽知行处险，谁肯载时轻。

云密连江暗，风斜著物鸣。一杯真战将，笑尔作愁兵。

柳拂斜开一作阳路，篱边数户村。可能还有意，不掩向江门。

不识桓公一作相如渴，徒吟子美诗。江清唯独看，心外更谁知。

憔悴异灵均，非谗作逐臣。如逢渔父问，未是独醒人。

水涵秋色静，云带夕阳高。诗癖非吾病，何妨吮短毫。

登一作带舟非一作维古岸，还似阻西陵。箕伯无多少，回头讵不能。

帆翅初张处，云鹏怒翼同。莫愁千里路，自有到来风。

秋一作愁久无雨，江燕社犹飞。却笑舟中客，今年未得归。

佳节虽逢菊，浮生一作云正似一作是萍。故山何处望，荒岸小长亭。

行到楚江岸，苍茫人正迷。只知秦塞远，格磔鹧鸪啼。

月下江流静，村荒人语稀。鹭鸶虽有伴，仍一作乃共影双飞。

斗转月未落，舟行夜已深。有村知不远，风便数声砧。

棹惊沙鸟迅，飞溅夕阳波。不顾鱼多处，应防一目罗。

渐觉江天远，难逢故国书。可能无往事，空食鼎中鱼。

岸草连荒色，村声乐稔年。晚晴初一作贪获稻，闲却采莲一作菱船。

滩浅争一作多游鹭，江清易见鱼。怪来吟未足，秋物欠红蕖。

蛩响依莎一作沙草，萤飞透水烟。夜凉谁咏史，空泊运租船。

睡稳叶舟轻，风微浪不惊。任君一作人居芦苇岸，终夜动秋声。

自念一作守平生意，曾期一郡符。岂一作可知因谪宦，斑鬓入江湖。

烟渚复烟渚，画屏休一作还画屏。引愁天末去，数点暮山青。

水天凉夜月，不是惜一作少清光。好物一作景随人秘一作物，秦淮忆建康。

古来多思客，摇落恨江潭。今日秋风至，萧疏独一作过沔南。

映竹疑村好，穿芦觉渚幽。渐安无旷土，姜芋当农收。

秋风动客心，寂寂不成吟。飞上危樯立，啼乌一作莺报好一作鸟不知音。

见底高秋水，开怀万里天。旅吟还有伴，沙柳数枝蝉。

九日自佳节，扁舟无一杯。曹园旧尊酒，戏马忆高台。

兵火有馀烬，贫村才数家。无人争晓渡，残月下寒沙。

渚禽菱芡足，不向稻粱争。静宿凉湾月，应无失侣声。

轻云未护一作扑霜，树杪橘初黄。信是知名物，微风过水香。

渺渺望天涯，清涟浸赤霞。难逢星汉使，乌鹊日一作自乘槎。

土旷深耕少，江平远钓多。生平皆弃本，金革竟如何。

海月非常物，等闲不可寻。披沙应有地，浅处定无金。

风晚冷飕飕，芦花已白头。旧来红叶寺，堪忆玉京秋。

风好来无阵，云闲去有踪。钓歌无远近，应喜罢艨艟。

吴疆连楚甸，楚俗异吴乡。漫把尊中物，无人啄蟹筐一作黄。

岸绿野烟远，江红斜照微。撑开小渔艇，应到月明归。

雨馀江始涨，漾漾见流薪。曾叹河一作沟中木，斯言忆古人。

叶一作乘舟维夏口，烟野独行时。不见头陀寺，空怀幼妇碑。

晚泊武昌岸，津亭疏柳风。数株曾手植，好事忆陶公。

坠露晓犹浓一作霞坠日犹红，秋花一作清风不易逢。涉江虽已晚，高树搴一作攀芙蓉。

舟航依浦定，星斗满江寒。若比阴霾日，何妨夜未阑。

近戍离金落，孤岑望火门。唯将知命意，潇洒向乾坤。

丛菊生堤上，此花长后时。有人还采掇，何必在_{一作及}春期。

夕景残霞落，秋寒细雨晴。短缨何用濯，舟在月中行。

堤_{一作垠}坏漏_{一作满}江水，地坳成野塘。晚荷人不折，留取_{一作此作秋}秋香。

左_{一作失}宦终何路，摅怀亦自宽。襞笺嘲白鹭，无意喻枭鸾。

楼空人不归，云似去时衣。黄鹤无心下，长应笑令威。

白帝朝惊浪，浔阳_{一作阳台}暮映云。等闲生险易，世路只如君。

橹慢开_{一作生}轻浪，帆虚带白云。客船虽狭小，容得庾_{一作瘦}将军。

风雨正甘_{一作酣}寝，云霄忽晚晴。放歌虽_{一作须}自遣，一岁又峥嵘。

静看秋江水，风微浪渐平。人间驰竞处，尘土自波成。

风劲_{一作借}帆方疾，风回棹却迟。较量人世事，不校一毫厘。

咫尺愁风雨，匡庐不可登。只疑云_{一作香}雾窟，犹有六朝僧。

幽思正迟迟，沙边濯弄时。自怜非博物，犹未识凫葵。

曾有烟波客，能歌西塞山。落帆唯待月，一钓紫菱湾。

千顷水纹细，一拳岚影孤。君山寒树绿，曾过洞庭湖。

光阔重湖水，低斜远雁行。未曾无兴咏，多谢沈东阳。

晚菊绕江垒，忽如开古屏。莫言时节过，白日有馀馨。

秋寒鹰隼健，逐雀下云空。知是江湖阔，无心击塞鸿。

日落长亭晚，山门步障青。可怜_{一作能}无酒分，处处_{一作更祝}有旗亭_{一作星}。

江草何多思，冬青尚满洲。谁能惊鹏鸟，作赋为沙鸥。

远岸无行树，经霜有半红。停船搜_{一作披}好句，题叶赠江枫。

身世比行舟，无风亦暂休。敢言终破浪，唯愿稳乘流。

数亩苍苔石，烟濛鹤卵洲。定因词客遇_{一作过}，名字始风流。

兴闲停桂楫，路好过松门。不负佳山水，还开酒一尊。

幽怀念烟水，长恨隔龙沙。今日滕王阁，分明见落霞。

短楫休敲桂,孤根自驻萍。自怜非剑气,空向斗牛星。

江流何渺渺,怀古独依依。渔父非贤者,芦中但有矶。

高浪如银屋,江风一发时。笔端降太白,才大语终奇。

细竹渔家路,晴阳看结缯一作罾。喜来邀客坐,分与折腰菱。

幸有烟波兴,宁辞笔砚劳。缘情无怨刺一作刺怨,却似反离骚。

平湖五百里,江水想通波。不奈扁舟去,其如决计何。

数峰云断处,去岸映高一作西山。身到韦一作章江日,犹应一作应犹未得闲。

一湾斜照水,三版顺风船。未敢相邀约,劳生只自怜。

江雨正霏微,江村晚渡稀。何曾妨钓艇,更待得鱼归。

沙上独行时,高吟一作吟情到楚词一作祠。难将垂岸蓼,盈一作应把当江蓠。

新野旧楼名,浔阳胜赏情。照人长一色,江月共凄清。

愿饮西江水,那吟北渚愁。莫教留滞迹,远比蔡昭侯。

湖口分江水,东流独有情。当时好风物,谁伴谢一作为伴宣城。

浔阳江畔菊,应似古来秋。为问幽栖客,吟时得酒不。

高峰有佳号,千尺倚寒松一作风。若使炉烟在,犹应为上公。

万木已清霜,江边村事忙。故溪黄稻熟,一夜梦一作瓮中香。

楚水苦萦回,征帆落又开。可缘非直路,却有好风来。

远谪岁时晏,暮江风雨寒。仍愁系舟处,惊梦近长滩。

言　怀

夜月霁未一作来好,云泉堪梦归。如何建章漏,催著早朝衣。

和张仆射塞下曲 一作卢纶诗

月黑雁飞高,单于夜遁逃。欲将轻骑逐,大雪满弓刀。

送李明府去官

谤言三至后，直道叹何如。今日蓝溪水，无人不一作助，又作勘。夜鱼一作渔。

赴章陵酬李卿赠别

一官叨下秩，九棘谢知音。芳草文园路，春愁满别心。

逢　侠　者

燕赵悲歌士，相逢剧孟家。寸心言不尽，前路日将斜。

郎员外见寻不遇

轩骑来相访，渔樵悔晚归。更怜垂一作乘露迹，花里点墙衣。

过李侍御宅 一作过故吕侍御宅

不见承明客，愁闻长乐钟。一作翰墨成千古，恩荣谢九重。马卿何早世，汉主欲登封。

宿洞口馆 一作驿

野竹通溪冷，秋泉一作蝉，一作泉声，又作蝉声。入户鸣。乱一作往来人不到，芳一作寒草上阶生。

九日寄侄悆箓等

采菊偏相忆，传香寄便风。今朝竹林下，莫使桂尊空。

梨　花

艳静如笼月，香寒未逐风。桃花徒照地，终被笑妖红。

题崔逸人山亭

药径深红藓，山窗满翠微。羡君花下酒一作醉，蝴蝶梦中飞。

蓝田溪杂咏二十二首

登　台 一作望山台

望山登春台，目尽趣难极。晚景下平阡，花际霞峰色。

板　桥

静宜樵隐度，远与车马隔。有时行药来，喜遇归山客。

石　井

片霞照仙井，泉底桃花红。那知幽石下，不与武陵通。

古　藤

引蔓出云树，垂纶覆巢鹤。幽人对酒时，苔上闲花落。

晚　归　鹭

池上静难厌，云间欲去晚。忽背夕阳飞，乘兴一作剩与清风远。

洞仙谣 一作伺山径

几转到青山，数重度流水。秦人入云去，知向桃源里。

药　圃

春畦生百药，花叶香初霁。好容似风光一作日与光风，偏来入丛蕙。

石　上　苔

净一作静与溪色连，幽宜松雨一作露滴。谁知古石上，不染世人迹。

窗　里　山

远岫见如近，千里一作重一窗里。坐来石上云，乍谓壶中起。

竹 间 路

暗归草堂静,半入花园一作源去。有时载酒来,不与清风遇。

竹 屿

幽鸟清涟上,兴来看不足。新篁压水低,昨夜鸳鸯宿。

砌 下 泉

穿云来自远,激砌流偏驶。能资庭户幽,更引海禽至。

戏 鸥

乍依菱蔓聚,尽向芦花灭。更喜好风来,数片翻晴雪。

远 山 钟

风送出山钟,云霞度水浅。欲知一作寻声尽处,鸟灭寥天远。

东陂 一作忆皇子陂

永日兴难望,掇芳春陂曲。新晴花枝下,爱此苔水绿。

池 上 亭

临池构杏梁,待客归烟塘。水上褰帘好,莲开杜若香。

衔 鱼 翠 鸟

有意莲叶间,瞥然下高树。擘波得潜鱼,一点翠光去。

石 莲 花

幽石生芙蓉,百花惭美色。远笑越溪女,闻芳不可识。

潺湲一作溪声

乱石跳素波,寒声闻一作来几处。飕飕暝风引,散出空林去。

松 下 雪

虽因朔风至,不向瑶台侧。唯助苦寒松,偏明后凋色。

田 鹤

田鹤望碧霄,舞风亦自举。单飞后片雪,早晚及前侣。

题 南 陂

家住凤城南,门临古陂曲。时怜上林雁,半入池塘宿。

伤　秋

岁去人头白,秋来树叶黄。搔头向黄叶,与尔共悲伤。

送崔山人归山

东山残雨挂斜晖,野客巢由指翠微。别酒稍酣乘兴去,知君不羡白云归。

题礼上人壁画山水

连山画出映禅扉,粉壁香筵一作烟满翠微。坐来炉气萦空散一作彻,共指晴云向岭归。

送欧阳子还江华郡

江华胜事接湘滨,千里湖山入兴新。才子思归催去棹,汀一作江花且为驻残春。

暮春归故山草堂

一作刘长卿诗,题云《晚春归山居题窗前竹》。

谷口春残一作残春黄鸟稀,辛夷花尽杏花飞。始怜幽竹山窗下,不改清阴待我归。

访李一本有少字卿不遇

画戟朱楼映晚霞,高梧寒柳度飞鸦。门前不见归轩至,城上愁看落日斜。

与赵莒茶宴

竹下忘言对紫茶,全胜羽客醉一作对流霞。尘心洗尽兴难尽,一树
蝉声片影斜。

故王维右丞堂前芍药花开凄然感怀

芍药花开出旧栏,春衫掩泪再来看。主人不在花长在,更胜青松守
岁寒。

送张参及第还家

大一作太学三年闻琢玉,东堂一举早成名。借问还家何处好,玉一作
中人含笑下机迎。

夜泊鹦鹉洲

月照溪边一罩蓬,夜闻一作闲清唱有微风。小楼深巷敲方响,水国
人家在处同。

归　雁

潇湘何事等闲回,水碧沙明两岸苔。二十五弦弹夜月,不胜清怨却
飞来。

春　郊

水绕一作透冰渠渐有声,气融烟坞晚来明。东风好作阳和使,逢草
逢花报发生。

晚归严明府题门

降士林沾蕙草寒，弦一作空惊翰苑失鸳鸯。秋中回首君门阻，马上
应歌行路难。

秋夜送赵冽归襄阳

斗酒忘言良夜深，红萱露滴鹊一作滴露鹤惊林。欲知别后思今夕，汉
水东流一作游是寸心。

送符别驾还郡 一作还钱塘

骥足骎骎吴越关一作间，屏星复与紫书还。已知从事元无事，城上
愁看海上山。

同王员外陇城绝句

三军版筑脱金刀，黎庶翻惭将士劳。不忆一作意新城连嶂一作障起，
唯惊画角入云高。

过故洛城

故城门外一作前春日斜，故城门里无人家。市朝欲认不知处，漠漠
野田空草花。

校猎曲

长杨杀气连云飞，汉主秋畋正掩围。重门日晏红尘出，数骑胡一作
畋人猎兽归。

晚过横灞寄张蓝田

乱水东流落照时，黄花满径客行一作来迟。林端忽见南山色，马上还吟陶令诗。

九 日 田 舍

今日陶一作山，一作吾。家野兴偏，东篱黄菊映一作满秋田。浮云暝鸟飞将尽一作稍飞去，始达青山一作爱平林新月前。

长 安 落 第

花繁柳暗九门深，对饮悲歌泪满襟。数日莺花皆落羽，一回春至一伤心。

全唐诗卷二四○

元 结

元结,字次山,河南人,少不羁,十七乃折节向学。擢上第,复举制科。国子司业苏源明荐之,结上时议三篇,擢右金吾兵曹参军,摄监察御史,为山南西道节度参谋,以讨贼功,迁监察御史里行。代宗立,授著作郎。久之,拜道州刺史,为民营舍给田,免徭役,流亡归者万余。进容管经略使,罢还京师。卒年五十,赠礼部侍郎。集十卷,今编诗二卷。

二风诗 并序

天宝丁亥中,元子以文辞待制阙下,著《皇谟》三篇、《二风诗》十篇,将欲求干司匦氏以裨天监,会有司奏待制者悉去之,于是归于州里。后三岁,以多病习静于商馀山。病间,遂题括存之,此亦古之贱士不忘尽臣之分耳。其义有论订之。

治风诗五篇
至 仁

古有仁帝,能全仁明以封天下,故为《至仁》之诗二章四韵十二句。

猗皇至圣兮,至惠至仁,德施蕰蕰。蕰蕰如何? 不全不缺,莫知所贶。

猗皇至圣兮,至俭至明,化流瀛瀛。瀛瀛如何? 不虢不狍一作炰,莫知其极。

至　慈

　　古有慈帝,能保静顺以涵万物,故为《至慈》之诗二章四韵十四句。
至化之深兮,猗猗娱娱嬉同。如煦如吹,如负如持,而不知其慈。
故莫周莫止,静和而止。
至化之极兮,瀛瀛溶溶。如涵一本无如涵二字如封,如随如从,而不知
其功。故莫由莫己,顺时而理。

至　劳

　　古有劳王,能执劳俭以大功业,故为《至劳》之诗三章六韵二十四
　　句。
至哉勤绩,不盈不延。谁能颂之,我请颂焉。於戏劳王,勤亦何极。
济尔九土,山川沟洫。
至哉俭德,不丰不敷。谁能颂之,我请颂夫。於戏劳王,俭亦何深。
戒尔万代,奢侈荒淫。
至哉茂功,不升不圮。谁能颂之,我请颂矣。於戏劳王,功亦何大。
去尔兆庶,洪湮灾害。

至　正

　　古有正王,能正慎恭和以安上下,故为《至正》之诗一章四韵八句。
为君之道,何以为明?功不滥赏,罪不滥刑。谠言则听,谄言不听。
王至是然,可为明焉。

至　理

　　古有理王,能守清一以致无刑,故为《至理》之诗一章三韵十二句。
理何为兮,系修文德。加之清一,莫不顺则。意彼刑法,设以化人。
致使无之,而化益纯。所谓代刑,以道去杀。呜呼呜呼,人不斯察。

乱风诗五篇
至　荒

　　古有荒王,忘戒慎道,以逸豫失国,故为《至荒》之诗一章三韵十二

句。

国有世谟,仁信勤欤。王实惽荒,终亡此乎。焉有力恣谄惑,而不亡其国？呜呼亡王,忍为此心！敢正亡王,永为世箴。

至 乱

> 古有乱王,肆极凶虐,乱亡乃已,故为《至乱》之诗二章二韵十二句。

嘻乎王家,曾有凶王。中世失国,岂非骄荒。复复之难,令则可忘。嘻乎乱王,王心何思？暴淫虐惑,无思不为。生人冤怨,言何极之。

至 虐

> 古有虐王,昏毒狂忍,无恶不及,故为《至虐》之诗二章四韵十八句。

夫为君上兮,慈顺明恕,可以化人。忍行昏恣,独乐其身。一徇所欲,万方悲哀。于斯而喜,当云何哉？

夫为君上兮,兢慎俭约,可以保身。忍行荒惑,虐暴于人。前世失国,如王者多。于斯不寤,当如之何。

至 惑

> 古有惑王,用奸臣以虐外,宠妖女以乱内,内外用乱,至于崩亡,故为《至惑》之诗二章六韵二十句。

贤圣为上兮,必俭约戒身,鉴察化人,所以保福也。如何不思,荒恣是为？上下隔塞,人神怨嚃音备。敖恶无厌,不畏颠坠。

圣贤为上兮,必用贤正。黜奸佞之臣,所以长久也。如何反是,以为乱矣？宠邪信惑,近佞好谀。废嫡立庶,忍为祸谟。

至 伤

> 古有伤王,以崩荡之馀,无恶不为也。乱亡之由,固在累积。故为《至伤》之诗一章二韵十二句。

夫何伤兮？伤王乎,欲何为乎？将蠹枯矣,无人救乎？蠹枯及矣,不可救乎？嗟伤王！自为人君,变为人奴！为人君者,忘戒一本有此字乎。

补乐歌十首 并序

　　自伏羲(一作羲轩)氏至于殷室,凡十代,乐歌有其名,无其辞,考之传记而义或存焉。呜呼! 乐声自太古始,百世之后,尽亡古音;呜呼! 乐歌自太古始,百世之后,遂亡古辞。今国家追复纯古,列祠往帝,岁时荐享,则必作乐,而无《云门》、《咸池》、《韶》、《夏》之声。故探其名义以补之,诚不足全化金石,反正宫羽,而或存之,犹乙乙冥冥,有纯古之声,岂几乎司乐君子,道和焉尔。凡十篇十有九章,各引其义以序之,命曰《补乐歌》。

网 罟

　　《网罟》,伏羲氏之乐歌也。其义盖称伏羲能易人取禽兽之劳,凡二章,章四句。

吾人苦兮,水深深。网罟设兮,水不深。

吾人苦兮,山幽幽。网罟设兮,山不幽。

丰 年

　　《丰年》,神农氏之乐歌也,其义盖称神农教人种植之功。凡二章,章四句。

猗太帝兮,其智如神。分草实兮,济我生人。

猗太帝兮,其功如天。均四时兮,成我丰年。

云 门

　　《云门》,轩辕氏之乐歌也,其义盖言云之出,润益万物,如帝之德,无所不施。凡二章,章四句。

玄云溶溶一作溟溟兮,垂雨濛濛。类我圣泽兮,涵濡不穷。

玄云漠漠兮,含映逾光。类我圣德兮,溥一作麻被无方。

九 渊

　　《九渊》,少昊氏之乐歌也,其义盖称少昊之德,渊然深远。凡一章,章四句。

圣德至深兮,翕翕纤伦切,一作蕴蕴。如渊。生类娱娱同嬉兮,孰知其然。

五 茎

《五茎》,颛顼氏之乐歌也,其义盖称颛顼得五德之根茎。凡一章,章八句。

植植万物兮,滔滔根茎。五德涵柔兮,沨沨音风,又音泛。而生。其生如何兮䄂䄂音由,天下皆自我君兮化成。

六 英

《六英》,高辛氏之乐歌也,其义盖称帝喾能总六合之英华。凡二章,章六句。

我有金石兮,击考一作拊崇崇一作淙淙。与汝歌舞兮,上帝之风。由六合兮,英华沨沨。

我有丝竹兮,韵和泠泠。与汝歌舞兮,上帝之声。由六合兮,根底一作柢嬴嬴。

咸 池

《咸池》,陶唐氏之乐歌也,其义盖称尧德至大,无不备全。凡二章,章四句。

元化油油兮,孰知其然。至德泪泪兮,顺之以先。

元化混混音尾兮,孰知其然。至道浟浟兮,由之以全。

大 韶

《大韶》,有虞氏之乐歌也,其义盖称舜能绍先圣之德。凡二章,章四句。

森森群象兮,日见生成。欲闻朕初兮,玄封冥冥。

洋洋至化兮,日见深柔。欲闻大一作涵濩兮,大渊油油。

大 夏

《大夏》,有夏氏之乐歌也,其义盖称禹治水,其功能大中国。凡三章,章四句。

茫茫下土兮, 乃生九州。山有长岑兮, 川有深流。

茫茫下土兮, 乃均四方。国有安义—作民人兮—作有国安人, 野有封疆。

茫茫下土兮, 乃歌万年。上有茂功兮, 下戴仁天。

大　渡

《大渡》, 有殷氏之乐歌也, 其义盖称汤救天下, 渡然得所。凡二章, 章四句。

万姓苦兮, 怨且哭。不有圣人兮, 谁护—作渡育。

圣人生兮, 天下和。万姓熙熙兮, 舞且歌。

系乐府十二首 并序

天宝辛未中, 元子将前世尝可称叹者, 为诗十二篇, 为引其义以名之, 总命曰《系乐府》。古人咏歌不尽其情声者, 化金石以尽之。其欢怨甚邪戏尽欢怨之声者, 可以上感于上, 下化于下, 故元子系之。

思 太 古

东南三千里, 沅湘为太湖。湖上山谷深, 有人多似愚。婴孩寄树颠, 就水捕鲈於都切鲈。所欢同鸟兽, 身意复何拘。吾行遍九州, 此风皆已无。吁嗟圣贤教, 不觉久踌躇。

陇 上 叹

援车登陇坂, 穷高遂停驾。延望戎狄乡, 巡回复悲咤。滋移有情教, 草木犹可化。圣贤礼让风, 何不遍西夏。父子忍猜害, 君臣敢欺诈。所适今若斯。悠悠欲安舍。

颂 东 夷

尝闻古天子, 朝会张新乐。金石无全声, 宫商乱清浊。东一作来惊且悲叹, 节变何烦数。始知中国人, 耽此亡纯朴。尔为外方客, 何为独能觉。其音若或在, 蹈海吾将学。

贱士吟

南风发天和,和气天下流。能使万物荣,不能变羁愁。为愁亦何尔,自请说此由。诏竞实多路,苟邪皆共求。尝闻古君子,指以为深羞。正方终莫可,江海有沧洲。

欸乃曲

谁能听欸乃,欸乃感人情。不恨湘波深,不怨湘水清,所嗟岂敢道,空羡江月明。昔闻扣断舟,引钓歌此声。始歌悲风起,歌竟愁云生。遗曲今何在,逸为渔父行。

贫妇词

谁知苦贫夫,家有愁怨妻。请君听其词,能不为酸凄_{一作嘶}。所怜抱中儿,不如山下麂_{一作麛}。空念庭前地,化为人吏蹊。出门望山泽,回头_{一作顾}心复迷。何时见府主,长跪向之啼。

去乡悲

踌蹰古塞关,悲歌为谁长。日行见孤老,羸弱相提将。闻其呼怨声,闻声问其方。方言无患苦,岂弃父母乡。非不见其心,仁惠诚所望。念之何可说,独立为凄伤。

寿翁兴

借问多寿翁,何方自修育。惟云顺所然,忘情学草木。始知世上术,劳苦化_{一作分}金玉。不见充所求,空闻肆_{一作恣}耽欲。清和存王母,潜濩无乱黩。谁正好长生,此言堪佩服。

农臣怨

农臣何所怨,乃欲干人主。不识天地心,徒然怨风雨。将论草木患,欲说昆虫苦。巡回宫阙傍,其意无由吐。一朝哭都市,泪尽归田亩。谣颂若采之,此言当可取。

谢大_{一作天}龟

客来自江汉,云得双大_{一作天}龟。且言龟甚灵,问我君何疑。自昔

保方正,顾尝无妄私。顺和固鄙分,全守真常规。行之恐不及,此
外将何为。惠恩如可谢,占问敢终辞。

古遗叹

古昔有遗叹,所叹何所为。有国遗贤臣,万事为冤悲。所遗非遗
望,所遗非可遗;所遗非遗用,所遗在遗之。嗟嗟山海客,全独竟何
辞。心非膏濡类,安得无不遗。

下客谣

下客无黄金,岂思主人怜。客言胜黄金,主人然不然。珠玉成一作
诚彩翠,绮罗如婵娟。终恐见斯好,有时去君前。岂知保忠信,长
使令德全。风声与时茂,歌颂万千年。

漫歌八曲 并序

　　　　壬寅中,漫叟得免职事,漫家樊上,修耕钓以自资,作《漫歌八曲》与
　　县大夫孟士源,欲士源唱而和之。

故城东

漫惜故城东,良田野草生。说向县大夫,大夫劝我耕。耕者我为
先,耕者相次焉。谁爱故城东,今为近郭田。

西阳城

江北有大洲,洲上堪力耕。此中宜五谷,不及西阳城。城畔多野
桑,城中多古荒。衣食可力求,此外何所望。

大回中

樊水欲东流,大江又北来。樊山当其南,此中为大回。回中鱼好
游,回中多钓舟。漫欲作渔人,终焉无所求。

小回中

丛石横大江,人言是钓台。水石相冲激,此中为小回。回中浪不
恶,复在武昌郭。来客去客船,皆向此中泊。

将牛何处去二首

将牛何处去,耕彼故城东。相伴有田父,相欢惟牧童。

将牛何处去,耕彼西阳城。叔闲修农具,直者伴我耕。叔闲,漫叟韦氏甥。直者,漫叟长子也。

将船何处去二首

将船何处去,钓彼大回中。叔静能鼓桡,正者随弱翁。叔静,漫翁李氏甥。正者,漫翁次子也。

将船何处去,送客小回南。有时逢恶客,还家亦少酣。

引极三首 并序

引极,兴也,喻也。引之言演,极之言尽,演意尽物,引兴极喻,故曰引极。

思 元 极

天旷莽兮杳泱茫,气浩浩兮色苍苍。上何有兮人不测,积清寥兮成元极。彼元极兮灵且异,思一见兮貌难致。思不从兮空自伤,心惇惕兮意惶懔。思假翼兮鸾凤,乘长风兮上矼音贡。�© 元气兮本深实,餐至和兮永终日。

望 仙 府

山凿落兮眇崚岑,云溶溶兮木梦梦。中何有兮人不睹,远歆差兮闷仙府。彼仙府兮深且幽,望一至兮貌无由。望不从兮知如何,心混混兮意浑和。思假足兮虎豹,超阻绝兮凌踔。诣仙府兮从羽人,饵五灵兮保清真。

怀 潜 君

海浩淼兮汩洪溶,流蕴蕴兮涛汹汹。下何有兮人不闻,深溢溇兮居潜君。彼潜君兮圣且神,思一见兮貌无因。思不从兮空踟蹰,心回迷兮意萦纡。思假鳞兮鲲龙,激沆浪兮奔从。拜潜君兮索玄宝,佩元符兮轨皇道。

演兴四首 并序

　　商馀山有太灵古祠，传云豢龙氏祠大帝所立。祠在少馀西乳之下，邑人修之以祈田。予因为招词讼闵之文以演兴。辞曰：

招　太　灵

招太灵兮山之巅，山屹兑兮水沦涟。祠之襰音赖，坠坏也。兮眇何年，木修修兮草鲜鲜。嗟魑魅兮淫厉，自古昔兮崇祭。禧太灵兮端清，予愿致夫精诚。久惆兮忧忱，招捐攭兮呼风。风之声兮起飔飔，吹玄云兮散而浮。望太灵兮俨而安，澹油溶兮都清闲。

初　　祀

山之乳兮葺太祠，木孙为桷兮木母椽。云缨为楣兮愚木枏，洞渊禅兮揭巍巍。涂木兰兮苟糅蔫，被弱草兮禘衬联。仡浑洪兮馥阗阗，管化石兮洞剡天。翘修钐山鉴切，大镰也。兮掉芫芟，灵巫谦力水切兮舞颤干。荐天鲜兮酒阳泉，献水芸兮饭霜秈，与太灵兮千万年。

讼木魅 第二十句缺一字

登高峰兮俯幽谷，心悴悴兮念群木。见樗栲兮相阴覆，怜楉榕兮不丰茂。见榛梗之森梢，闵枞幡兮合蠹。榿音桐桅桅兮未坚，韦根根兮可屈。櫗音密，香木。柿樽兮不香，拔丰茸兮已实。岂元化之不均兮，非雨露之偏殊。谅理性之不等于顺时兮，不如癃吾心以冥想，终念此兮不怡。怡予莫识天地之意兮，愿截恶木之根，倾枭獍之古巢，取□童以为薪。割大木使飞焰，徯枯腐之烧焚。实非吾心之不仁惠也，岂耻夫善恶之相纷。且欲奋三河之膏壤，裨济水之清涟。将封灌乎善木，令楀楀以梴梴。尚畏乎众善之未茂兮，为众恶之所挑凌。思聚义以为曹，令敷扶以相胜。取方所以柯如兮，吾将出于南荒。求寿藤与蟠木，吾将出于东方。祈有德而来归，辅神桎与坚香。且忧颠之翩翩，又愁獗_{同犹}之奔驰。及阴阳兮不和，恶此土之失时。今神桎兮不茂，使坚香兮不滋。重嗟惋兮何补，每齐心以精意。切援祝于神明，冀感通于天地。犹恐众妖兮木魅，魍魉兮山精，上误惑于灵心，经给于言兮不听。敢引佩以指水，誓吾心兮自明。

闵岭中 _{首句缺一字}

□群山以延想，吾独闵乎岭中。彼岭中兮何有，有天含之玉峰。殊闷绝之极颠，上闻产乎翠茸。欲采之以将寿，眇不知夫所从。大渊蕴蕴兮绝程，岌岌非梯梁以通险，当无路兮可入。彼猛毒兮曹聚，必凭托乎阻修。常儳儳兮伺人，又如何兮不愁。彼妖精兮变怪，必假见于风雨。常闪闪而伺人，又如何兮不苦。欲仗仁兮托信，将径往兮不难。久懹懹以忮惋，却迟回而永叹。惧大灵兮不知，以予心为永惟。若不可乎遂已，吾终保夫直方。则必蒙皮簾_{莫遥切}以为矢，弦毋筱篆_同以为弧。化毒铜以为戟，刺棘竹以为殳。得猛烈之材，获与之而并驱。且舂刺乎恶毒，又引射夫妖怪。尽群类兮使无，令善仁_{一作人}兮不害。然后采棖榕以驾深，收枞棣兮梯险。跻予身之飘飘，承予步之跕跕。入岭中而登玉峰，极闷绝而求翠茸。将吾寿兮随所从，思未得兮马如龙。独翳蔽于山颠，久低回而愠瘵。空仰讼_{一作诉}于上玄，彼至精兮必应。宁古有而今无，将与身而皆亡。岂言之而已乎。

全唐诗卷二四一

元 结

闵荒诗 并序

天宝丙戌中，元子浮隋河至淮阴间。其年，水坏河防，得隋人冤歌五篇。考其歌义，似冤怨时主，故广其意，采其歌，为《闵荒诗》一篇。其馀载于《异录》。

炀皇嗣君位，隋德滋昏幽。日作及身祸，以为长世谋。居常耻前王，不思天子游。意欲出明堂，便登浮海舟。令行山川改，功与玄造侔。河淮可支合，峰巘生回沟。封陨下泽中，作山防逸流。船舰状龙鹢，若负宫阙浮。荒娱未央极，始到沧海头。忽见海门山，思作望海楼。不知新都城，已为征战丘。当时有遗歌，歌曲太冤愁。四海非天狱，何为非天囚。天囚正凶忍，为我万姓雠。人将引天钐，人将持天锼。所欲充其心，相与绝悲忧。自得隋人歌，每为隋君羞。欲歌当阳春，似觉天下秋。更歌曲未终，如有怨气浮。奈何昏王心，不觉此怨尤。遂令一夫唱，四海欣提矛。吾闻古贤君，其道常静柔。慈惠恐不足，端和忘所求。嗟嗟有隋氏，惛惛谁与俦。

舂官引

天下昔无事,僻居养愚钝。山野性所安,熙然自全顺。忽逢暴兵起,闾巷见军阵。将家瀛海滨,自弃同刍粪。往在乾元初,圣人启休运。公车诣魏阙,天子垂清问。敢诵王者箴,亦献当时论。朝廷爱方直,明主嘉忠信。屡授不次官,曾与专征印。兵家未曾学,荣利非所徇。偶得凶丑降,功劳愧方寸。尔来将四岁,惭耻言可尽。请取冤者辞,为吾舂官引。冤辞何者苦,万邑馀灰烬。冤辞何者悲,生人尽锋刃。冤辞何者甚,力役遇劳困。冤辞何者深,孤弱亦哀恨。无谋救冤者,禄位安可近。而可爱轩裳,其心又干进。此言非所戒,此言敢贻训。实欲辞无能,归耕守吾分。

舂陵行 并序

> 癸卯岁,漫叟授道州刺史。道州旧四万馀户,经贼已来,不满四千,大半不胜赋税。到官未五十日,承诸使征求符牒二百馀封。皆曰:"失其限者,罪至贬削。"於戏! 若悉应其命,则州县破乱,刺史欲焉逃罪。若不应命,又即获罪戾,必不免也。吾将守官,静以安人,待罪而已。此州是舂陵故地,故作《舂陵行》以达下情。

军国多所需,切责在有司。有司临郡县,刑法竞欲施。供给岂不忧,征敛又可悲。州小经乱亡,遗人实困疲。大乡无十家,大族命单赢。朝餐是草根,暮食仍木皮。出言气欲绝,意速行步迟。追呼尚不忍,况乃鞭扑之。郭亭传急符,来往迹相追。更无宽大恩,但有迫促期。欲令鬻儿女,言发恐乱随。悉使索其家,而又无生资。听彼道路言,怨伤谁复知。去冬山贼来,杀夺几无遗。所愿见王官,抚养以惠慈。奈何重驱逐,不使存活为。安人天子命,符节我所持。州县忽乱亡,得罪复是谁。逋缓违诏令,蒙责固其宜。前贤重守分,恶以祸福移。亦云贵守官,不爱能适时。顾惟孱弱者,正直当不亏。何人采国风,吾欲献此辞。

贼退示官吏 并序

癸卯岁,西原贼入道州,焚烧(一本无焚烧二字)杀掠,几尽而去。明年,贼又攻永破邵,不犯此州边鄙而退。岂力能制敌欤?盖蒙其伤怜而已。诸使何为忍苦征敛,故作诗一篇以示官吏。

昔岁逢太平,山林二十年。泉源在庭户,洞壑当门前。井税有常期,日〔晏〕(宴)犹得眠。忽然遭世变,数岁亲戎旃。今来典斯郡,山夷又纷然。城小贼不屠,人贫伤可怜。是以陷邻境,此州独见全。使臣将王命,岂不如贼焉。今彼征敛者,迫之如火煎。谁能绝人命,以作时世贤。思欲委符节,引竿自刺船。将家就鱼麦,归老江湖边。

寄源休 并序

辛丑中,元结与族弟源休皆为尚书郎,在荆南府幕。休以曾任湖南,久理长沙。结以曾游江州,将兵镇九江。自春及秋,不得相见,故抒所怀以寄之。

天下未偃兵,儒生预戎事。功劳安可问,且有忝官累。昔常以荒浪,不敢学为吏。况当在兵家,言之岂容易。忽然向三岭,境外为偏帅。时多尚矫诈,进退多欺贰。纵有一直方,则上似奸智。谁为明信者,能辨此劳畏。

雪中怀孟武昌

冬来三度雪,农者欢岁稔。我麦根已濡,各得在仓廪。天寒未能起,孺子惊人寝。云有山客来,篮中见冬箪。烧柴为温酒,煮鳜为作沈。客亦爱杯尊,思君共杯饮。所嗟山路闲,时节寒又甚。不能苦相邀,兴尽还就枕。

与党评事 并序

大理评事党晔,好闲自退。元子爱之,作诗赠焉。

自顾无功劳,一岁官再迁。跼身班次中,常窃愧耻焉。加以久荒浪,悟愚性颇全。未知在冠冕,不合无拘牵。勤强所不及,于人或未然。岂忘惠君子,恕之识见偏。且欲因我心,顺为理化先。彼云万物情,有愿随所便。爱君得自遂,令我空渊禅。

与党侍御 并序

庚子中,元子次山为监察御史,党茂宗罢大理评事。次山爱其高尚,曾作诗一篇与之。及次山未辞殿中,茂宗已受监察。采茂宗尝相诮戏之意,又作诗与之。

众坐吾独欢,或问欢为谁。高人党茂宗,复来官宪司。昔吾顺元和,与世行自遗。茂宗正作吏,日有趋走疲。及吾污冠冕,茂宗方矫时。诮吾顺让者,乃是干进资。今将问茂宗,茂宗欲何辞。若云吾无心,此来复何为。若云吾有羞,于此还见嗤。谁言万类心,闲之不可窥。吾欲喻茂宗,茂宗宜听之。长辕有修辙,驭者令尔驰。山谷安可怨,筋力当自悲。嗟嗟党茂宗,可为识者规。

与瀼溪邻里 并序

乾元元年,元子将家自全于瀼溪。上元二年,领荆南之兵镇于九江。方在军旅,与瀼溪邻里,不得如往时相见游。又知瀼溪之人日转穷困,故作诗与之。

昔年苦逆乱,举族来南奔。日行几十里,爱君此山村。峰谷呀回

映，谁家无泉源。修竹多夹路，扁舟皆到门。瀼溪中曲滨，其阳有
闲园。邻里昔赠我，许之及子孙。我尝有匮乏，邻里能相分。我尝
有不安，邻里能相存。斯人转贫弱，力役非无冤。终以瀼滨讼，无
令天下论。

招孟武昌 并序

　　漫叟作《退谷铭》，指曰："干进之客，不能游之。"作《杯湖铭》，指曰：
　　"为人厌者，勿泛杯湖。"孟士源尝黜官，无情干进，在武昌不为人厌，可
　　游退谷，可泛杯湖，故作诗招之。

风霜枯万物，退谷如春时。穷冬涸江海，杯湖澄清漪。湖尽到谷
口，单船近阶墀。湖中更何好，坐见大江水。欹石为水涯，半山在
湖里。谷口更何好，绝壑流寒泉。松桂荫茅舍，白云生坐边。武昌
不干进，武昌人不厌。退谷正可游，杯湖任来泛。湖上有水鸟，见
人不飞鸣。谷口有山兽，往往随人行。莫将车马来，令我鸟兽惊。

招陶别驾家阳华作

海内厌兵革，骚骚十二年。阳华洞中人，似不知乱焉。谁能家此
地，终老可自全。草堂背岩洞，几峰轩户前。清渠匝庭堂，出门仍
灌田。半崖盘石径，高亭临极巅。引望见何处，迤逦陇北川。杉松
几万株，苍苍满前山。岩高暖华阳，飞溜何潺潺。洞深迷远近，但
觉多洄渊。昼游兴未尽，日暮不欲眠。探烛饮洞中，醉昏漱寒泉。
始知天下心，耽爱各有偏。陶家世高逸，公忍不独然。无或毕婚
嫁，竟为俗务牵。

游石溪示学者

小溪在城下，形胜堪赏爱。尤宜春水满，水石更殊怪。长山势回

合,井邑相萦带。石林绕舜祠,西南正相对。阶庭无争讼,郊境罢守卫。时时溪上来,劝引辞学辈。今谁不务武,儒雅道将废。岂忘二三子,且夕相勉励。

游潓泉示泉上学者

顾吾漫浪久,不欲有所拘。每到潓泉上,情性可安舒。草堂在山曲,澄澜涵阶除。松竹阴幽径,清源涌坐隅。筑塘列圃畦,引流灌时蔬。复在郊郭外,正堪静者居。惬心则自适,喜尚人或殊。此中若可安,不服一作佩铜虎符。

喻瀼溪乡旧游

往年在瀼滨,瀼人皆忘情。今来游瀼乡,瀼人见我惊。我心与瀼人,岂有辱与荣。瀼人异其心,应为我冠缨。昔贤恶如此,所以辞公卿。贫穷老乡里,自休还力耕。况曾经逆乱,日厌闻战争。尤爱一溪水,而能存让名。终当来其滨,饮啄全此生。

喻旧部曲

漫游樊水阴,忽见旧部曲。尚言军中好,犹望有所属。故令争者心,至死终不足。与之一杯酒,喻使烧戎服。兵兴向十年,所见堪叹哭。相逢是遗人,当合识荣辱。劝汝学全生,随我畬退谷。

喻常吾直 时为摄官

山泽多饥人,闾里多坏屋。战争且未息,征敛何时足。不能救人患,不合食天粟。何况假一官,而苟求其禄。近年更长吏,数月未为速。来者罢而官,岂得不为辱。劝为辞府主,从我游退谷。谷中有寒泉,为尔洗尘服。

漫问相里黄州

东邻有渔父，西邻有山僧。各问其性情，变之俱不能。公为二千石，我为山海客。志业岂不同，今已殊名迹。相里不相类，相友且相异。何况天下人，而欲同其意。人意苟不同，分寸不相容。漫问轩裳客，何如耕钓翁。

酬裴云客

自厌久荒浪，于时无所任。耕钓以为事，来家樊水阴。甚醉或漫歌，甚闲亦漫吟。不知愚僻意，称得云客心。云客方持斧，与人正相临。符印随坐起，守位常森森。纵能有相招，岂暇来山林。

酬孟武昌苦雪

积〔雪〕(云)闲山路，有人到庭前。云是孟武昌，令献苦雪篇。长吟未及终，不觉为凄然。古之贤达者，与世竟何异。不能救时患，讽谕一作论以全意。知公惜春物，岂非爱时和。知公苦阴雪，伤彼灾患多。奸凶正驱驰，不合问君子。林莺与野兽，无乃怨于此。兵兴向九岁，稼穑谁能忧。何时不发卒，何日不杀牛。耕者日已少，耕牛日已希。皇天复何忍，更又恐毙之。自经危乱来，触物堪伤叹。见君问我意，只益胸中乱。山禽饥不飞，山木冻皆折。悬泉化为冰，寒水近不热。出门望天地，天地皆昏昏。时见双峰下，雪中生白云。

漫酬贾沔州 并序

　　贾德方与漫叟者，惧漫叟不能甘穷独，惧漫叟又须为官，故作诗相喻，其指曰："劝尔莫作官，作官不益身。"因德方之意，遂漫酬之。

往年壮心在，尝欲济时难。奉诏举州兵，令得诛暴叛。上将屡颠覆，偏师尝救乱。未曾弛戈甲，终日领簿案。出入四五年，忧劳忘昏旦。无谋静凶丑，自觉愚且懦。岂欲皂枥中，争食龁_{下汲切}与萯。<small>下辨切。龁，糠中可食者。牛马食馀草节曰萯。</small>去年辞职事，所惧贻忧患。天子许安亲，官又得闲散。自家樊水上，性情尤荒慢。云山与水木，似不憎吾漫。以兹忘时世，日益无畏惮。漫醉人不嗔，漫眠人不唤。漫游无远近，漫乐无早晏。漫中漫亦忘，名利谁能算。闻君劝我意，为君一长叹。人谁年八十，我已过其半。家中孤弱子，长子未及冠。且为儿童主，种药老谿涧。

送孟校书往南海 并序 一作别孟校书

　　平昌孟云卿，与元次山同州里。以词学相友，几二十年。次山今罢守春陵，云卿始典校芸阁。於戏！材业次山不如云卿，词赋次山不如云卿，通和次山不如云卿，在次山又谞然求进者也，谁言时命，吾欲听之。次山今且未老，云卿少次山六七岁；云卿声名满天下，知己在朝廷。及次山之年，云卿何事不可至？勿随长风，乘兴蹈海；勿爱罗浮，往而不归。南海幕府，有乐安任鸿，与次山最旧。请任公为次山一白府主，趣资装云卿使北归，慎勿令徘徊海上。诸公第作歌送之。

吾闻近南海，乃是魑魅乡。忽见孟夫子，欢然游此方。忽喜海风来，海帆又欲张。漂漂随所去，不念归路长。君有失母儿，爱之似阿阳。始解随人行，不欲离君傍。相劝早旋归，此言慎勿忘。

别 何 员 外

谁能守清蹙，谁能嗣世儒？吾见何君饶，为人有是夫。黜官二十年，未曾暂崎岖。终不病贫贱，寥寥无所拘。忽然逢知己，数月领官符。犹是尚书郎，收赋来江湖。人皆悉苍生，随意极所须。比盗无兵甲，似偷又不如。公能独宽大，使之力自输。吾欲探时谣，为公伏奏书。但恐抵忌讳,未知肯听无。不然且相送,醉欢于坐隅。

宴湖上亭作

广亭盖小湖,湖亭实清旷。轩窗幽水石,怪异尤难状。石尊能寒酒,寒水宜初涨。岸曲坐客稀,杯浮上摇漾。远水入帘幕,渐〔沥〕(枥)吹酒舫。欲去未回时,飘飘正堪望。酣兴思共醉,促酒更相向。舫去若惊凫,溶瀛满湖浪。朝来暮忘返,暮归独惆怅。谁肯爱林泉,从吾老湖上。

夜宴石鱼湖作

风霜虽惨然,出游熙天正一作晴。登临日暮归,置酒湖上亭。高烛照泉深,光华溢轩楹。如见海底日,瞳瞳始欲生。夜寒闭窗户,石溜何清泠。若在深洞中,半崖闻水声。醉人疑舫影,呼指递相惊。何故有双鱼,随吾酒舫行。醉昏能诞语,劝醉能忘情。坐无拘忌人,勿限醉与醒。

刘侍御月夜宴会 并序

兵兴已来,十一年矣。获与同志欢醉达旦,咏歌取适,无一二焉。乙巳岁,彭城刘灵源在衡阳,逢故人或有在者,日(一作曰)昔相会,第欢远游,始与诸公待月而笑语,竟与诸公爱月而欢醉,咏歌夜久,赋诗言怀。於戏!文章道丧盖久矣,时之作者,烦杂过多,歌儿舞女,且相喜爱,系之风雅,谁道是邪? 诸公尝欲变时俗之淫靡,为后生之规范。今夕岂不能道达情性,成一时之美乎?

我从苍梧来,将耕旧山田。踟蹰为故人,且复停归船。日夕得相从,转觉和乐全。愚爱凉风来,明月正满天。河汉望不见,几星犹粲然。中夜兴欲酣,改坐临清川。未醉恐天旦,更歌促繁弦。欢娱不可逢,请君莫言旋。

樊上漫作

漫家郎亭下,复在樊水边。去郭五六里,扁舟到门前。山竹绕茅舍,庭中有寒泉。西边双石峰,引望堪忘年。四邻皆渔父,近渚多闲田。且欲学耕钓,于斯求老焉。

登殊亭作

时节方大暑,试来登殊亭。凭轩未及息,忽若秋气生。主人既多闲,有酒共我倾。坐中不相异,岂恨醉与醒。漫歌无人听,浪语无人惊。时复一回望,心目出四溟。谁能守缨佩,日与灾患并。请君诵此意,令彼惑者听。

石鱼湖上作 并序

潓泉南上有独石在水中,状如游鱼。鱼凹处,修之可以贮(姜鱼切)酒。水涯四匝,多欹石相连。石上堪人坐,水能浮小舫载酒,又能绕石鱼洄流。乃命湖曰石鱼湖,镌铭于湖上,显示来者。又作诗以歌之。

吾爱石鱼湖,石鱼在湖里。鱼背有酒樽,绕鱼是湖水。儿童作小舫,载酒胜一杯。座中令酒舫,空去复满来。湖岸多欹石,石下流寒泉。醉中一盥漱,快意无比焉。金玉吾不须,轩冕吾不爱。且欲坐湖畔。石鱼长相对。

引东泉作

东泉人未知,在我左山东。引之傍山来,垂流落庭中。宿雾含朝光,掩映如残虹。有时散成雨,飘洒随清风。众源发渊窦,殊怪皆不同。此流又高悬,潺潺孚衰切在长空。山林何处无,兹地不可逢。

吾欲解缨佩，便为泉上翁。

登 白 云 亭

出门见一作上南山，喜逐松径行。穷高欲极远，始到白云亭。长山绕井邑，登望宜新晴。州渚曲湘水，萦回随郡城。九疑千万峰，嵲嵲天外青。烟云无远近，皆傍林岭生。俯视松竹间，石水何幽清。涵映满轩户，娟娟如镜明。何人病惛浓，积醉且未醒。与我一登临，为君安性情。

潓阳亭作 并序

> 初得潓泉，则为亭于泉上。因开檐霤，又得石渠。泉渠相宜，亭更加好。以亭在泉北，故命之曰潓阳亭。

问吾常宴息，泉上何处好。独有潓阳亭，令人可终老。前轩临潓泉，凭几漱清流。外物自相扰，渊渊还复休。有时出东户，更欲檐下坐。非我意不行，石渠能留我。峰石若鳞次，欹垂复旋回。为我引潓泉，泠泠檐下来。天寒宜泉温，泉寒宜天暑。谁到潓阳亭，其心肯思去。

登九疑第二峰

九疑第二峰，其上有仙坛。杉松映飞泉，苍苍在云端。何人居此处，云是鲁女冠。不知几百岁，燕坐饵金丹。相传羽化时，云鹤满峰恋。妇中有高人，相望空长叹。

题孟中丞茅阁

小山为郡城，随水能萦纡。亭亭最高处，今是西南隅。杉大老犹在，苍苍数十株。垂阴满城上，枝叶何扶疏。乃知四海中，遗事谁谓无。及观茅阁成,始觉形胜殊。凭轩望熊湘,云树连苍梧。天下正炎热,此然冰雪俱。客有在中坐,颂歌复何如。公欲举遗材,如此佳木欤。公方庇苍生,又如斯阁乎。请达谣颂声,愿公且踟蹰。

宿尊诗 在道州

巉巉小山石,数峰对一作戴宿亭。宿石堪为樽,状类不可名。巡回数尺间,如见小蓬瀛。尊中酒初涨,始有岛屿生。岂无日观峰,直下临沧溟。爱之不觉醉,醉卧还自醒。醒醉在尊畔,始为吾性情。若以形胜论,坐隅临郡城。平湖近阶砌,近山复青青。异木几十株,林条冒檐楹。盘根满石上,皆作龙蛇形。酒堂贮酿器,户牖皆罌瓶。此尊可常满,谁是陶渊明。

朝阳岩下歌

朝阳岩下湘水深,朝阳洞口寒泉清。零陵城郭夹湘岸,岩洞幽奇带郡城。荒芜自古人不见,零陵徒有先贤传。水石为娱安可羡,长歌一曲留相劝。

无为洞口作

无为洞口春水满,无为洞傍春云白。爱此踟蹰不能去,令人悔作衣冠客。洞傍山僧皆学禅,无求无欲亦忘年。欲问其心不能问,我到山中得无闷。

宿 无 为 观

九疑山深几千里,峰谷崎岖人不到。山中旧有仙姥家,十里飞泉绕丹灶。如今道士三四人,茹芝炼玉学轻身。霓裳羽盖傍临壑,飘飖似欲来云鹤。

宿洄溪翁宅

长松万株绕茅舍,怪石寒泉近岩下。老翁八十犹能行,将领儿孙行
拾穄。吾羡老翁居处幽,吾爱老翁无所求。时俗是非何足道,得似
老翁吾即休。

说洄溪招退者 在州南江华县

长松亭亭满四山,山间乳窦流清泉。洄溪正在此山里,乳水松膏常
灌田。松膏乳水田肥良,稻苗如蒲米粒长。糜色如珈玉液酒,酒熟
犹闻松节香。溪边老翁年几许,长男头白孙嫁女。问言只食松田
米,无药无方向人语。浯溪石下多泉源,盛暑大寒冬大温。屠苏宜
在水中石,洄溪一曲自当门。吾今欲作洄溪翁,谁能住我舍西东。
勿惮山深与地僻,罗浮尚有葛仙翁。

宿丹崖翁宅

扁舟欲到泷口湍,春水湍泷上水难。投竿来泊丹崖下,得与崖翁尽
一欢。丹崖之亭当石颠,破竹半山引寒泉。泉流掩映在木杪,有若
白鸟飞林间。往往随风作雾雨,湿人巾屦满庭前。丹崖翁,爱丹
崖,弃官几年崖下家。儿孙棹船抱酒瓮,醉里长歌挥钓车。吾将求
退与翁游,学翁歌醉在鱼舟。官吏随人往未得,却望丹崖惭复羞。

石鱼湖上醉歌 并序

　　　漫叟以公田米酿酒,因休暇则载酒于湖上,时取一醉。欢醉中,据
　　湖岸,引臂向鱼取酒,使舫载之,遍饮坐者,意疑倚巴丘酌于君山之上。
　　诸子环洞庭而坐,酒舫泛泛然触波涛而往来者,乃作歌以长之。
石鱼湖,似洞庭,夏水欲满君山青。山为樽,水为沼,酒徒历历坐洲

岛。长风连日作大浪,不能废人运酒舫。我持长瓢坐巴丘,酌饮四坐以散愁。

橘　井

灵橘无根井有泉,世间如梦又千年。乡园不见重归鹤,姓字今为第几仙。风〔泠〕(泠)露坛人悄悄,地闲荒径草绵绵。如何蹑得苏君迹,白日霓旌拥上天。

石　宫　四　咏

石宫春云白,白云宜苍苔。拂云践石径,俗士谁能来。
石宫夏水寒,寒水宜高林。远风吹萝蔓,野客熙清阴。
石宫秋气清,清气宜山谷。落叶逐霜风,幽人爱松竹。
石宫冬日暖,暖日宜温泉。晨光静水雾,逸者犹安眠。

欸乃曲五首

　　大历丁未中,漫叟结为道州刺史,以军事诣都使。还州,逢春水,舟行不进,作《欸乃》五首(一作章),令舟子唱之。盖以取适于道路云(一作耳)。词曰:

偶存名迹在人间,顺俗与时未安闲。来谒大官兼问政,扁舟却入九疑山。

湘江二月春水平,满月和风宜夜行。唱桡欲过平阳戍,守吏相呼问姓名。

千里枫林烟雨深,无朝无暮有猿吟。停桡静听曲中意,好是云山韶濩音。

零陵郡北湘水东,浯溪形胜满湘中。溪口石颠堪自逸,谁能相伴作渔翁。

下泷船似入深渊,上泷船似欲升天。泷南始到九疑郡,应绝高人乘
兴船。

全唐诗卷二四二

张　继

张继,字懿孙,襄州人,登天宝进士第。大历末,检校祠部员外郎,分掌财赋于洪州。高仲武谓其累代词伯,秀发当时。诗体清迥,有道者风。今编诗一卷。

郢城西楼吟 一作郎士元诗

连山尽塞一作处水萦回,山上戍一作城门临水开。珠帘一作朱栏直下一百丈,日暖游鳞自相向。昔人爱一作受险闭层城,今人复爱闲江清郎集作今日爱闲江复清。沙洲枫岸无来客,草绿花开一作红山鸟鸣。

登丹阳楼 一作郎士元诗

寒皋那可望,旅客又初还。迢递高楼上,萧疏凉一作旷野间。暮晴依远水,秋兴属连山。浮一作游客时相见,霜凋朱一作动翠颜。

春夜皇甫冉宅欢宴 一作对酒

流落时相见,悲欢共此情。兴因尊酒洽,愁为故人轻。暗滴花茎一作垂露,斜晖月过城。那知横吹笛一作曲,江外作边声。

会稽秋晚奉呈于太守

寂寂一作寞讼庭幽，森森戟户秋。山光隐危堞，湖色上高楼。禹穴
探书罢，天台作赋游。云浮一作浮云将越客，岁晚共淹留。

题严陵钓台

旧隐人如在，清风亦似秋。客星沉夜壑，钓石俯春流。鸟向乔一作
深枝聚，鱼依浅濑游。古来芳饵下，谁是不吞钩。

清明日自西午桥至瓜岩村有怀

晚霁龙门雨，春生汝穴风。鸟啼官路静，花发毁垣空。鸣玉惭时
辈，垂丝学老翁。旧游人不见，惆怅洛城东。

洛阳作 一作初出徽安门

洛阳天子县，金谷石崇一作家乡。草色侵官道，花枝出苑墙。书成
休逐客，赋罢遂为郎。贫贱非吾事，西游思一作当自强。

晚　次　淮　阳

微凉风叶下，楚俗转清闲。候馆临秋水，郊扉掩暮山。月明潮渐近
一作满，露湿雁初还。浮客了无定，萍流淮海间。

送窦十九判官使江南

游客一作宦淹星纪，裁诗炼土风。今看乘传去，那与问津同。南郡
迎一作过徐子一作稚，临川谒谢公。思归一惆怅，於越古亭中。

江上送客游庐山

楚客自相送,沾裳春水边。晚来风信好,并发上江船。花映新林岸,云开瀑布泉。惬心应在此,佳句向谁传。

酬张二十员外前国子博士窦叔向

故交日零落,心赏寄何人。幸与冯唐遇,心同迹复亲。语言未终夕,离别又伤春。结念溢城下,闻猿诗兴新。

会稽郡楼雪霁 一作望雪

江城昨夜雪如花,郢客登楼齐望一作望霁华。夏一作大禹坛前仍聚玉,西施浦一作渚上更飞沙一作飘纱。帘栊向晚寒风度,睥睨初晴落景斜。数处微明销不尽,湖山清一作青映越人家。

冯翊西楼 一作郎士元诗

城上西楼倚暮天,楼中归望正凄然。近郭乱山横古渡,野庄乔木带新烟。北风吹雁声能苦,远客辞家月再圆。陶令好文常对酒,相招那惜醉为眠一作一和白云篇。

送邹判官往陈留 一作洪州送郗绍充河南租庸判官

齐宋一作鲁伤心一作分巡地,频年此用兵。女停襄邑杼,农废汶阳耕。国使一作使者乘轺去,诸侯一作藩拥节迎。深仁荷一作佐,又作赖。君子,薄赋恤黎甿。火燎原犹热,波一作风摇海未平。应将否泰理,一问鲁诸生。

酬李书记校书越城秋夜见赠

东越秋城夜,西人白发年。寒城警刁斗,孤愤抱龙泉。凤辇栖岐
下,鲸波斗洛川。量空海陵粟,赐乏水衡钱。投阁嗤扬子,飞书代
鲁连。苍苍不可问,余亦赋思玄。

感 怀 一作陆沈诗,题作上礼部杨侍郎。

调与时人背一作等,心将静者论。终年帝一作在城里,不识五侯门。

长 相 思

辽阳望河县,白首无由一作人见。海上珊瑚枝,年年寄春燕。

奉寄皇甫补阙

京口情人别久,扬州估客来疏。潮至浔阳回一作来去,相思无处通
书。

枫桥夜泊 一作夜泊枫江

月落乌啼霜满天,江枫渔父一作火对愁眠。姑苏城外寒山寺,夜半
钟声到客船。

阊 门 即 事

耕夫召一作占募逐楼船,春草青青万顷田。试上吴门窥郡郭,清明
几处有新烟。

安公房问法

流年一日复一日,世事何时是了时。试向东林问禅伯,遣将心地学

琉璃。

上 清 词

紫阳宫女捧丹砂,王母令—作今过汉帝家。春风不肯停仙驭,却向
蓬莱看杏花。

送顾况泗上觐叔父

吴乡岁贡足嘉宾,后进之中见此人。别业更临洙泗上,拟将书卷对
残春。

留 别 —作皇甫冉诗,题作又得云字。

何事千年遇圣君,坐令双鬓老江云。南行更入山深浅,岐路悠悠水
自分。

送张中丞归使幕 —作韩翃诗

独受主恩归,当朝似者稀。玉壶分御酒,金殿赐春衣。拂席流莺
醉,鸣鞭骏马肥。满台簪白笔,捧手恋清辉。

华州夜宴庾侍御宅 —作韩翃诗

世故他年别,心期此夜同。千峰孤烛外,片雨一更中。酒客逢山
简,诗人得谢公。自怜驱匹马,拂曙向关东。

赠 章 八 元

相见谈经史,江楼坐夜阑。风声吹户响,灯影照人寒。俗薄交游
尽,时危出处难。衰年逢二妙,亦得闷怀宽。

城西虎跑寺 第七句缺二字

石势虎蹲伏，山形龙屈盘。寺开梁殿阁，坟掩晋衣冠。出涧泉声细，斜阳塔影寒。近城多□□，栖息此中安。

褚主簿宅会毕庶子钱员外郎使君 一作韩翃诗

开瓮腊酒熟，主人心赏同。斜阳疏竹上，残雪乱山中。更喜宣城印，朝廷与谢公。

奉送王相公赴幽州 一作韩翃诗，题下有巡边二字。

黄阁开帏幄，丹墀拜冕旒。位高汤左相，权总汉诸侯。不改周南化，仍分赵北忧。双旌过易水，千骑入幽州。塞草连天暮，边风动地愁。无因随远道，结束佩吴钩。

重 经 巴 丘

昔年高接李膺欢，日泛仙舟醉碧澜。诗句乱随青草落，酒肠俱逐洞庭宽。浮生聚散云相似，往事冥微梦一般。今日片帆城下去，秋风回首泪阑干。

九日巴丘杨公台上宴集

凄凄霜日上高台，水国秋凉客思哀。万叠银山寒浪起，一行斜字早鸿来。谁家捣练孤城暮，何处题衣远信回。江汉路长身不定，菊花三笑旅怀开。

游 灵 岩

灵岩有路入烟霞，台殿高低释子家。风满回廊飘坠叶，水流绝涧泛

秋花。青松阅世风霜古,翠竹题诗岁月赊。谁谓无生真可学,山中
亦自有年华。

河间献王墓

汉家宗室独称贤,遗事闲中见旧编。偶过河间寻往迹,却怜荒冢带
寒烟。频求千古书连帙,独对三雍策几篇。雅乐未兴人已逝,雄歌
依旧大风传。

秋 日 道 中

齐鲁西风草树秋,川原高下过东州。道边白鹤来华表,陌上苍麟卧
古丘。九曲半应非禹迹,三山何处是仙洲。径行俯仰成今古,却忆
当年赋远游。

华 清 宫

天宝承平奈乐何,华清宫殿郁嵯峨。朝元阁峻临秦岭,羯鼓楼高俯
渭河。玉树长飘云外曲,霓裳闲舞月中歌。只今惟有温泉水,呜咽
声中感慨多。

春 申 君 祠

春申祠宇空山里,古柏阴阴石泉水。日暮江南无主人,弥令过客思
公子。萧条寒景傍山村,寂寞谁知楚相尊。当时珠履三千客,赵使
怀惭不敢言。

人日代客子是日立春

人日兼春日,长怀复短怀。遥知双彩胜,并在一金钗。

寄 郑 员 外

经月愁闻雨,新年苦忆君。何时共登眺,整屐待晴云。

饮李十二宅

重门敞春夕,灯烛霭馀辉。醉我百尊酒,留连夜未归。

山　家

板桥人渡泉声,茅檐日午鸡鸣。莫嗔焙茶烟暗,却喜晒谷天晴。

归　山

心事数茎白发,生涯一片青山。空林有雪相待,古道无人独还。

金 谷 园

彩楼歌馆正融融,一骑星飞锦帐空。老尽名花春不管,年年啼鸟怨东风。

邮　亭

云淡山横日欲斜,邮亭下马对残花。自从身逐征西府,每到开时不在家。

宿 白 马 寺

白马驮经事已空,断碑残刹见遗踪。萧萧茅屋秋风起,一夜雨声羁思浓。

明 德 宫

碧瓦朱楹白昼闲,金衣宝扇晓风寒。摩云观阁高如许,长对河流出断山。

读 峄 山 碑

六国平来四海家,相君当代擅才华。谁知颂德山头石,却与他人戒后车。

句

汉月经时掩,胡尘与岁深。《咏镜》 见《诗式》

全唐诗卷二四三

韩 翃

　　韩翃,字君平,南阳人。登天宝十三载进士第,淄青侯希逸、宣武李勉相继辟幕府。建中初,以诗受知德宗,除驾部郎中、知制诰,擢中书舍人卒。翃与钱起、卢纶辈号大历十才子。为诗兴致繁富,一篇一咏,朝野珍之。集五卷。今编诗三卷。

令狐员外宅宴寄中丞

寒色凝罗幕,同人清夜期。玉杯留醉处,银烛送归时。独坐隔千里,空吟对雪诗。

褚主簿宅会毕庶子钱员外郎使君 一作张继诗

开瓮腊酒熟,主人心赏同。斜阳疏竹上,残雪乱天一作山中。更喜宣城印,朝廷与谢公。

送李明府赴滑州

渭城寒食罢,送客归远道。乌帽背斜晖,青骊踏春草。酒醒孤烛夜,衣冷千山早。去事沈尚书,应怜词赋好。

送李司直赴江西使幕

敛版辞汉廷,进帆归楚幕。三江城上转,九里人家泊。好酒近宜城,能诗谢康乐。雨晴西山树,日出南昌郭。竹露点衣巾,湖烟湿扃钥。主人苍玉佩,后骑黄金络。高视领八州,相期同一鹗。行当报知己,从此飞寥廓。

祭岳回重赠孟都督

封作天齐王,清祠太山下。鲁公秋赛毕,晓日回高驾。从骑尽幽并,同人皆沈谢。自矜文武足,一醉寒溪夜。

送南少府归寿春

人言寿春远,此去先秋到。孤客小翼舟,诸生高翅帽。淮风生竹簟,楚雨移茶灶。若在一作上八公山,题诗一相报。

赠别崔司直赴江东兼简常州独孤使君

爱君青袍色,芳草能相似。官重法家流,名高墨曹吏。春衣淮上宿,美酒江边醉。楚酪沃雕胡,湘羹糁香饵。前朝山水国,旧日风流地。苏山一作小逐青骢,江家驱白鼻。右军尚少年一作年少,三领东方骑。亦过小丹阳,应知百城贵。

经月岩山 并序

信州西三十里,山名仙人城。下有月岩山,其状秀拔,中有山门,如满月之状。余因役过其下,聊赋是诗。

驱车过闽越,路出饶阳西。仙山翠如画,簇簇生虹蜺。群峰若侍从,众阜如婴提。岩峦互吞吐,岭岫相追携。中有月轮满,皎洁如圆珪。玉皇恣游览,到此神应迷。嫦娥曳霞帔,引我同攀跻。腾腾上天半,玉镜悬飞梯。瑶池何悄悄,鸾鹤烟中栖。回头望尘事,露下寒凄凄。

送客之江宁

春流送客不应赊,南入徐州见柳花。朱雀桥边看淮水,乌衣巷里问王家。千闾万井无多事,辟户开门向山翠。楚云朝下石头城,江燕双飞瓦棺寺。吴士风流甚可亲,相逢嘉赏日应新。从来此一作北地夸羊酪,自有纯羹定却一作味可人。

送山阴姚丞携妓之任兼寄山阴苏少府

东风香草路,南客心容与。白皙吴王孙,青蛾柳家女。都门数骑出,河口片帆举。夜簟眠橘洲,春衫傍枫屿。山阴政简甚从容,到罢唯求物外踪。落日花边剡溪水,晴烟竹里会稽峰。才子风流苏伯玉,同官晓暮应相逐。加餐共爱鲈鱼肥,醒酒仍怜甘蔗熟。知君炼思本清新,季子如今德有邻。他日如寻始宁墅,题诗早晚寄西人。

和高平朱一作米参军思归作

髯参军,髯参军,身为北州吏,心寄东山云。坐见萋萋芳草绿,遥思往日晴江曲。剌船频向剡中回,捧被曾过越人宿。花里莺啼白日高,春楼把酒送车螯。狂歌好爱陶彭泽,佳句唯称谢法曹。平生乐事多如此,忍为浮名隔千里。一雁南飞动客心,思归何一作可待秋风起。

赠别成明府赴剑南

朝为一作主三室印,晚为三蜀人。遥知下车日,正及巴山春。县道
橘花里,驿流江水滨。公门辄无事,赏地能相亲。解衣初醉绿芳
夕,应采蹲鸥荐佳客。霁水一作光远映西川时,闲望碧鸡飞古祠。
爱君乐事佳兴发,天外铜梁多梦思。

送孙泼赴云中

黄骢少年舞双戟,目视旁人皆辟易。百战能夸陇上儿,一身复作云
中客。寒风动地气苍茫,横吹先悲出塞长。敲石军中传夜火,斧冰
河畔汲朝浆。前锋直指阴山外,虏骑纷纷胆应碎。匈奴破尽人一作
始,一作看。看归,金印酬功如斗大。

送客还江东

还家不落春风后,数日应沾越人酒。池畔花深斗鸭栏,桥边雨洗藏
鸦柳。遥怜内舍著新衣,复向一作喜邻家醉落晖。把手闲歌香橘
下,空山一望鹧鸪飞。

送夏侯侍郎

自大理兼侍御史,摄登州,中路征纳吉之礼,爱弟摄青州司马,故备
述其事。

元戎车右早飞声,御史府中新正名。翰墨已齐钟大理,风流好继谢
宣城。从军晓别龙骧幕,六骑先驱嘶近郭。前路应留白玉台,行人
辄羡一作羹黄金络。使君下马爱瀛洲,简贵将求物外游。听讼不闻
乌布帐,迎宾暂著紫绨裘。公庭日夕罗山翠,功遂心闲无一事。移
书或问岛边人,立仗时呼铃下吏。事业初传小夏侯,中年剑笏在西

州。浮云飞鸟两相忘一作望，他日依依城上楼。

送李湜下第归卫州便游河北

莫嗟太常屈，便入苏门啸。里在应未迟，勿作我身料。轻云日下不成阴，出对流芳搅一作扰别心。万雉城东春水阔，千人乡北晚花深。旧竹青青常绕宅，到时疏旷应自适。佳期纵得上宫游，旅食还为北邙客。路出司州胜景长，西山翠色带清漳。仙人矶近茱萸涧，铜雀台临野马冈。屡道主人多爱士，何辞策马千馀里。高谭魏国访先生，修刺平原过内史。一举青云在早秋，恐君从此便淹留。有钱莫向河间用，载笔须来阙下游。

张山人草堂会王方士

屿花晚，山日长，蕙带麻襦食草堂。一片水光飞入户，千竿竹影乱登墙。园梅熟，家酝香。新湿头巾不复篸，相看醉倒卧藜床。

送蓨县刘主簿楚

起家得事平原侯，晚出都门辞旧游。草色连绵几千里，青骊躞蹀路旁子。花深近县宿河阳，竹映春舟渡淇水。邺下淹留佳赏新，群公旧日心相亲。金盘晓鲙朱衣鲋，玉簟宵迎翠羽人。王程书使前期促，他日应知举鞭速。寒水浮瓜五一作六月时，把君衣一作香袖长河曲。

题玉山观禅师兰若 一本有歌字

玉山宴坐移年月，锡杖承恩诣丹阙。先朝亲与会龙华，紫禁鸣钟白日斜。宫女焚香把经卷，天人就席礼袈裟。禅床久卧虎溪水，兰若初开凤城里。不出嚣尘见远公，道成何必青莲宫。朝持药一作蕊钵

千家近,暮倚绳床一室空。披垣挥翰君称美,远客陪游问真理。薄
宦深知误此心,回心愿学雷居士。

赠别上元主簿张著

上书一见平津侯,剑笏斜齐秣陵尉。朝垂绶带迎远客,暮锁印囊飞
上_{一作小吏}。长乐花深万井时,同官无事有归期。回船对酒三生
渚,系马焚香五愿祠。日日澄江带山翠,绿芳都在经过地。行人看
射领军堂,游女题诗光宅寺。风流才调爱君偏,此别相逢定几年。
惆怅浮云迷远道,张侯楼上月娟娟。

别氾水县_{一本有陈字}尉

未央宫殿金开钥,诏引贤良卷珠箔。花间赐食近丹墀,烟里挥毫对
青阁。万年枝影转斜光,三道先成君激昂。谷永直言身不顾,郤诜
高第_{一作地}转名香。绿槐阴阴出关道,上有蝉声下秋草。奴子平头
骏马肥,少年白皙登王畿。五侯客舍偏留宿,一县人家争看归。南
向千峰北临水,佳期赏地应穷此。赋诗或送郑行人,举酒常陪魏公
子。自怜寂寞会君稀,犹著前时博士衣。我欲低眉问知己,若将无
用废东归。

别李明府

宠光五世腰青组,出入珠宫引箫鼓。醉舞雄王玳瑁床,娇嘶骏马珊
瑚柱。胡儿夹鼓越婢随,行捧玉盘尝荔枝。罗山道士请人送,林邑
使臣调象骑。爱君一身游上国,阙下名公如旧识。万里初怀印绶
归,湘江过尽岭花飞。五侯焦石烹江笋,千户沉香染客衣。别后想
君_{一作相思}难可见,苍梧云里空山县。汉苑芳菲入夏阑,待君障日
蒲葵扇。

送中兄典邵州

官骑连西向楚云,朱轩出饯昼纷纷。百城兼领安南国,双笔遥挥王
一本空此字左君。一路诸侯争馆谷,洪池高会荆台曲。玉颜送酒铜
〔鞮〕(鍉)歌,金管留人石头宿。北雁初回江燕飞,南湖春暖著春
衣。湘君祠对空山掩,渔父焚香日暮归。百事无留到官后,重门寂
寂垂高柳。零陵过赠石香溪,洞口人来饮醇酒。登楼暮结邵阳情,
万里苍波烟霭生。他日新诗应见报,还如宣远在安城。

送　万　巨

汉相见王陵,扬州事张禹。风帆木兰楫,水国莲花府。百丈一作顷
清江十月天,寒城鼓角晓钟前。金炉促膝诸曹吏,玉管繁华美少
年。有时过向长干地,远对湖光近山翠。好逢南苑看人归,也向西
池留客醉。高一作疏柳垂烟橘带霜,朝游石渚暮横塘。红笺色夺风
流座,白苎词倾翰墨场。夫子前年入朝后,高名籍籍时贤口。共怜
诗兴转清新,继远一作远继家声在此身。屈指待为青琐客,回头莫
羡白亭人。

送巴州杨使君

白云县北千山口,青岁欲开残雪后。前驱锦带鱼皮鞬,侧佩金璋虎
头绶。南郑侯家醉落晖,东关陌上著鞭归。愁看野一作尘马随官
骑,笑取秦人带客旗。使者下车忧疾苦,豪一作家吏销声出公府。
万里歌钟相庆时,巴童声一作击节渝儿舞。

送王侍御赴江西兼寄李袁州

中朝理章服,南国随旌旆。腊酒湘城隅,春衣楚江外。垂帘白角

簦,下箸鲈鱼鲙。雄笔佐名公,虚舟应时辈。按俗承流几路清,平明山霭春江云。溢城诗赠鱼司马,汝水人逢王右军。绿蘋白芷遥相引,孤兴幽寻知不近。井上铜人行见无,湖中石燕飞应尽。礼门前直事仙郎一作建礼门前直事郎,腰垂青绶领咸一作宜阳。花间五一作竹马迎君日,雨霁烟开玉女冈。

寄雍丘窦明府 第十二句缺一字,第十五句缺,第十六句缺一字。

少年结绶骋金羁,许下如看琼树枝。入里亲过朗陵伯,出门高视颍川儿。西游太府东乘传,泗上诸侯谁不羡。时辈宁将白笔期,高流伫向丹霄见。何事翻飞不及群,虎班突骑来纷纷。吴江垂钓楚山醉,身寄沧波心白云。中岁胡尘静如扫,一官又罢行将老。薛公荐士得君初,□领黄金千室馀。机尽独亲沙上鸟,家贫唯向釜中鱼。□□□□□□□,□出重门烟树里。感物吟诗对暮天,怀人倚杖临秋水。别离几日问前期,鸣雁亭边人去时。独坐不堪朝与夕,高风萧索乱蝉悲。

赠一本有别字兖州孟都督

少年亲事冠军侯,中岁仍迁北兖州。露冕宁夸汉车服,下帷常讨鲁春秋。后斋草色连高阁,事简人稀独行乐。闲心近掩陶使君,诗兴遥齐谢康乐。远山重叠水逶迤,落日东城闲望时。不见双亲办丰膳,能留五马一作柳尽佳期。北场争转黄金勒,爱客华亭赏秋色。卷帘满地铺氍一作毡毹,吹角一作管鸣弦开玉壶。愿学平原十日饮,此时不忍歌骊驹。

别孟都督

平芜雾色寒城下,美酒百壶争劝把。连呼宝剑锐头儿,少驻金羁大头一作宛，又作额。马。一饮留欢分有馀，寸心怀思一作惠复何如。他时相忆若一作如相问，青琐门前开素书。

送别郑明府

长头大鼻鬂如雪，早岁连兵剑锋折。千金尽去无斗储，双袖破来空百结。独恋郊扉已十春，高阳酒徒连此身。路傍谁识郑公子，谷口应知汉逸人。儿女相悲探井臼，前功岂在他人后。劝君不得学渊明，且策驴车辞五柳。

赠别王侍御赴上都

翩翩马上郎，执简佩银章。西向洛阳归鄠杜，回头结念莲花府。朝辞芳草万岁街，暮宿春山一泉坞。青青树色傍行衣，乳燕流莺相间飞。远过三峰临八水，幽寻佳赏偏如此。残花片片细柳风，落日疏钟小槐雨。相思掩泣复何如，公子门前人渐疏。幸有心期当小暑，葛衣纱帽望回车。

赠别太常李博士兼寄两省旧游

两年戴武弁，趋侍明光殿。一朝簪惠文，客事信陵君。简异当朝执，香非寓直熏。差肩何记室，携手李将军。玉镫初回酸枣馆，金钿正舞石榴裙。忽惊万事随流水，不见双旌逐塞云。感旧抚心多寂寂，与君相遇头初白。暂夸五首军中诗，还忆万年枝下客。昨日留欢今送归，空披秋水映斜晖。闲吟佳句对孤鹤，惆怅寒霜落叶稀一作天霜雪落。

寄哥舒仆射

万里长城家，一生唯报国。腰垂紫文一作艾绶一作缦，手控黄金勒。

高视黑头翁一作槊公,遥吞白骑贼。先鏖牙门将,转斗黄河北。帐下亲兵皆少年,锦衣承日绣行缠。辘轳宝剑初出鞘,宛转角弓初一作新,一作争。上弦。步人一作乂抽箭大如笛,前把两矛后双戟。左盘右射红尘中,鹘入鸦群有谁敌。杀将破军白日馀,回旗舞旆北风初。郡一作群公楂鼻好磨墨,走马为君飞羽书。

赠别华阴道士

紫府先生旧同学,腰垂彤管贮灵药。耻论方士小还丹,好饮仙人太玄酪。芙蓉山顶玉池西,一室平临万仞溪。昼洒瑶台五云湿,夜行金烛七星齐。回身暂下青冥里,方外相寻有知己。卖鲊市中何许人,钓鱼坐上谁家子。青青百草云台春,烟驾霓衣白角巾。露叶独归仙掌去,回风片雨谢时人。

送崔秀才赴上元兼省叔父

寒塘敛暮雪,腊鼓迎春早。匹马五城人,重裘千里道。淮山轻露湿,江树狂风扫。楚县九酝酘,扬州百花好。练湖东望接云阳,女市西游入建康。行乐远夸红布旆,风流近赌紫香囊。诗家行辈如君少,极目苦心怀谢朓。烟开日上板桥南,吴岫青青出林表。

全唐诗卷二四四

韩 翃

赠别韦兵曹归池州

南陵八月天,暮色远峰前。楚竹青阳路,吴江赤马船。簪一作腰金
诸一作上客贵,佩玉主人贤。终日应相逐,归期一作西归定几年。

寄武陵李少府

小县春山口一作生日,公孙吏隐时。楚歌催晚醉,蛮语入新诗。桂
水遥相忆,花源暗有期。郢门千里外,莫怪尺书迟。

赠 张 建

结客平陵下,当年倚侠游。传看辘轳剑,醉脱骕骦裘。翠羽双鬟
妾,珠帘百尺楼。春风坐相待,晚一作晓日莫淹留。

送监军李判官

上客佩双剑一作吴钩,东城喜再游。旧从张博望,新事郑长秋。踏
水回一作过金勒,看一作边风试锦裘。知君不久住,汉将扫旄头。

送客归广平

家在赵邯郸,归心辄自欢。晚杯狐腋暖,春雪马毛寒。孟月途中破,轻冰水上残。到时杨柳色,奈向故园看。

送张儋水路归北海

千里东归客,孤心忆旧游。片帆依白水,高枕卧青州。柏寝寒芜变,梧台宿雨一作水收。知君心兴远,每上海边楼。

送故人归鲁

鲁客多归兴,居一作故人怅一作含别情。雨馀衫袖冷,风急马蹄轻。秋草灵光殿,寒云曲阜城。知君拜亲一作亲觐后,少妇下机迎。

送故人归蜀

一骑西南远,翩翩入剑门。客衣筒布润,山舍荔枝繁。古庙祠金马,春江带一作抱,一作钓。白鼋。自应成旅逸,爱客有王孙。

酬程延秋夜即事见赠

长簟迎风早,空城澹月华。星河秋一雁,砧杵夜千家。节候看应晚,心期卧亦一作正赊。向来吟秀句,不觉已鸣鸦。

送郭赞府归淮南

骏马淮南客,归时引望新。江声六合暮,楚色万家春。白苎歌西曲,黄苞寄北人。不知心赏后,早晚见一作促行尘。

题龙兴寺澹师房

双林彼上人，诗兴转相亲。竹里经声晚，门前山色春。卷帘苔点净，下箸药苗新。记取无生理，归来问此身。

送客游江南

南使孤帆远，东风任意吹。楚云殊不断，江鸟暂相随。月净鸳鸯水，春生豆蔻枝。赏称佳丽地，君去莫应知。

送高员外赴淄青使幕

远水流春色，回风送落晖。人趋双节近，马递百花归。山驿尝官酒，关城度客衣。从来赤管笔，提向幕中稀。

寻胡处士不遇

到来心自足，不见亦相亲。说法思居士，忘机忆丈人。微风吹药案，晴日照茶巾。幽兴殊未尽，东城飞暮尘。

赠　张　道　者

采药三山罢，乘风五日归。蒚荷成旧屋，刬蘖染新衣。玉粒指一作捐应久，丹砂验不微。坐看青节引，要一作更与白云飞。

题苏许公林亭 一作钱起诗

平津东阁在，别是竹林期。万叶秋声里，千家落照时。门随深巷静，窗过远钟迟。客舍一作位，又作住。苔生处，依依一作然又赋诗。

送元诜还江东 一作送太常元博士归润州

过一作渡江秋色在一作里,诗兴与归心。客路随一作缘枫岸,人家扫橘林。潮声当昼起,山翠近南深。几日华阳洞,寒花引独一作独自寻。

送一作桂客游江南

桂水随去远,赏心知有馀。衣香楚山橘,手鲙湘波鱼。芳芷不共把,浮云怅离居。遥想汨罗上,吊屈秋风初。

送海州姚别驾

少年为长史,东去事诸侯。坐觉千闾静,闲随五马游。行人楚国道,暮雪郁林州。他日知相忆,春风海上楼。

送夏侯审

谢公邻里在,日夕问一作望佳期。春水人归后,东田花尽时。下楼闲待月,行乐一作药笑题诗。他日吴中路,千山入梦思。

送赵评事赴洪州使幕

孤舟行远近,一路过湘东。官属张廷尉,身随杜幼公。公河映湘竹,水驿带青枫。万里思君处,秋江夜雨中。

送李侍御赴徐州行营

少年兼柱史,东至旧徐州。远属平津阁,前驱博望侯。向营淮水一作月满,吹角楚天秋。客梦依依处,寒山对白楼。

送李秀才归江南 <small>一作送孙革及第归江南</small>

过淮芳草歇,千里又东归。野水吴山出,家林<small>一作村越</small>鸟飞。荷香随去棹,梅雨点行<small>一作湿征</small>衣。无数沧<small>一作苍</small>江<small>一作洲</small>客,如君达者稀。

题僧房 <small>一作题慈恩寺振上人院</small>

披衣闻客至,关锁此时开。鸣磬夕阳尽,卷帘秋色<small>一作气来</small>。名香连竹径,清梵出花台。身在心无住<small>一作事</small>,他方<small>一作时</small>到几回。

送寿州陈录事

寿阳南渡口,敛笏见诸侯。五两<small>一作片</small>雨楚云暮,千家淮水秋。开帘对芳草,送客上春洲。请问山中桂,王孙几度游。

送赵陆司兵归使幕

客路青芜遍,关城白日低。身趋双节近,名共五云<small>一作侯</small>齐。远水公田上,春山郡舍西。无因得携手,东望转凄凄。

送蒋员外端公归淮南

淮南芳草色,日夕引归船。御史王元贶,郎官顾彦先。光风千日暖,寒食百花燃。惆怅佳期近,澄江与暮天。

题慈仁<small>一作恩</small>寺竹院

千峰对古寺,何异到西林。幽磬蝉声下,闲窗竹翠阴。诗人谢客兴,法侣远公心。寂寂炉烟里,香花欲暮深。

赠郓一作邳州马使君

东方千万骑，出望使君时。暮雪行看尽，春城到莫迟。路人趋墨帻，官柳度青丝。他日铃斋内，知君亦赋诗。

送张丞归使幕 一作张继诗

独受主恩归，当朝似者稀。玉壶分御酒，金殿赐春衣。拂席流莺醉，鸣鞭骏马肥。满台簪白笔，捧手恋清晖。

赠长洲何主簿

挂席逐归流，依依望虎丘。残春过楚县，夜雨宿吴洲一作州。野寺吟诗入，溪桥折笋游。到官无一事，清静有诸侯。

送崔过一作遇归淄青幕府

平陵车马客，海上见旌旗。旧驿千山下，残花一路时。春衣过水冷，暮雨出关迟。莫道青州客，迢迢在梦思。

田仓曹东亭夏夜饮得春字

薛公门下人，公子又相亲。玉佩迎初夜，金壶醉老春。葛衣香有露，罗幕静无尘。更羡风流外，文章是一秦。

赠 王 逖

端笏事龙楼，思闲辄告休。新调裐白马，暂试黑貂裘。珠履迎佳客，金钱与莫愁。座中豪贵满，谁道不风流。

送深州吴司马归使幕

东门送远客，车马正纷纷。旧识张京兆，新随刘领军。行骢看暮雨，归雁踏青云。一去丛台北，佳声几日闻。

华亭—作州夜宴庾侍御宅 —作张继诗

世故他年别，心期此夜同。千峰孤烛外，片雨一更中。酒客逢山简，诗人得谢公。自怜驱匹马，拂曙向关东。

送客之上谷

北客悲秋色，田园忆去来。披衣朝易水，匹马夕燕台。风翦荷花碎，霜迎栗罅开。赏心知不浅，累月故人杯。

同中书刘舍人题青龙上房

西掖归来后，东林静者期。远峰春雪里，寒竹暮天时。笑说—作问金人偈，闲听宝月诗。更怜茶兴在，好出下方迟。

宴吴王宅

玉管箫声合，金杯—作盆酒色殷。听歌吴季札，纵饮汉中山。称寿争离席，留欢辄上关。莫言辞客醉，犹得曳裾还。

题荐福寺衡岳暕—作禅师房

春城乞食还，高论此中闲。僧腊阶前树—作草，禅心江上山。疏帘看雪卷，深户映花关。晚送门人出—作去，钟声杳—作暝霭间。

送戴迪赴凤翔幕府

青春带文绶,去事魏征西。上路金羁出,中人玉箸齐。当歌酒万斛,看猎马千蹄。自有从军乐,何须怨解携。

送郢州郎使君

千人插羽迎,知是范宣城。暮雪楚山冷,春江汉水清。红鲜供客饭,翠竹引舟行。一别何时见,相思芳草生。

送李中丞赴辰州

白羽逐青丝,翩翩南下一作去时。巴人迎道路,蛮帅一作塞引旌旗。暮雨山开少,秋江一作风叶落迟。功成益一作冀地一作他日,应见竹郎祠。

送刘侍御赴陕州

金羁映骕骦,后骑佩干将。把酒春城晚,鸣鞭晓路长。带冰新溜涩,间雪早梅香。明日怀贤处,依依御史床。

李中丞宅夜宴送丘侍御赴江东便往辰州

积雪临阶夜,重裘对酒时。中丞违沈约,才子送丘迟。一路三江上,孤舟万里期。辰州佳兴在,他日寄新诗。

送李侍御归宣州使幕

春草东江外,翩翩北路归。官齐魏公子,身逐谢玄晖。山色随行骑,莺声傍客衣。主人池上酌,携手暮花飞。

东城水亭宴李侍御副使

东门留客一作别处,沽酒用钱刀。秋水床下急,斜晖林外高。金羁
络骕骦,玉匣闭豪曹。去日随戎幕,东风见伯劳。

送秘书谢监赴江西使幕

谢监忆山程,辞家万里行。寒衣傍楚色,孤枕宿潮一作湖声。小寇
不足问,新诗应渐清。府公相待日,引旆出江城。

送江陵元司录

新领州从事,曾为朝大夫。江城竹使待,山路橘官扶。片雨三江
道,残秋五叶湖。能令诗思好,楚色与寒芜。

送李舍人携家归江东觐省

二十青宫吏,成名似者稀。承颜陆郎去,携手谢娘归。夜月回孤
烛,秋风试夹衣。扁舟楚水上,来往速如飞。

送刘侍御赴令公行营

东城跃紫骝,西路大刀头。上客刘公干,元戎郭细侯。一军偏许
国,百战又防秋。请问萧关道,胡尘早晚收一作休。

送苏州姚长史

江城驿路长,烟树过云阳。舟领青丝缆,人歌白玉郎。葛衣行柳
翠,花簟宿荷香。别有心期处,湖光满讼堂。

送金华王明府

县舍江云里,心闲境又偏。家贫一作资陶令酒一作菊,月俸沈郎钱。
黄蘗香山路,青枫暮雨天。时闻引车骑,竹外到一作向铜泉。

送田仓曹汴州觐省

拜庆承天宠,朝来辞汉宫。玉杯分湛露,金勒借追风。古驿秋山
下,平芜暮雨中。翩翩魏公子,人看渡关东。

送张渚赴越州

白面谁家郎,青骊照地光。桃花开绶色,苏合借衣香。暮雪连峰
近,春江海市长。风流似张绪,别后见垂杨。

奉和元相公家园即事寄王相公

共列中台贵,能齐物外心。回车青阁晚,解带碧茸深。寒水分一作
随畦入,晴花度竹寻。题诗更相忆,一字重千金。

送道士侄归池阳

银角桃枝杖,东门赠别初。幽州寻马客,灞岸送驴车。野饭秋山
静,行衣落照馀。燕南群从少,此去意何如。

送刘长上归城南别业

数刻是归程,花间落照明。春衣香不散,骏马汗犹轻。南渡春流
浅,西风片雨晴。朝还会相就,饭尔五侯鲭。

赠张五谭归濠州别业

常知罢官意，果与世人疏。复此凉风起，仍闻濠上居。故山期采菊，秋水忆观鱼。一去蓬蒿径，羡君闲有馀。

送营一作管城李少府

怀禄兼就养，更怀一作怜趋府心。晴山东里近，春水北门深。新绶映芳草，旧家依一作看远林。还乘郑小驷，蹀躞县城阴。

鲁中送鲁使君归郑州

城中金络骑，出饯沈东阳。九月寒露白，六关秋草黄。齐讴听处妙，鲁酒把来香。醉后著鞭去，梅山道路长。

送夏侯校书归上都

后辈传佳句，高流爱美名。青春事贺监，黄卷问张生。暮雪重裘醉，寒山匹马行。此回将诣阙，几日谏书成。

送李明府赴连州

万里向南湘，孤舟入桂阳。诸侯迎一作近上客，小吏拜官郎。春服橦花细，初筵木槿芳。看承雨露速，不待荔枝香。

送卢大理赵侍御祭东岳兼寄孟兖州

东岳昔有事，两臣朝望归。驿亭开岁酒，斋舍著新衣。上客钟大理，主人陶武威。仍随御史马，山路满光辉。

送皇甫大夫赴浙东 第四句缺二字

舟师分水国,汉将领秦官。麾下同心吏,军中□□端。吴门秋露湿,楚驿暮天寒。豪贵东山去,风流胜谢安。

送 韦 秀 才

东人相见罢,秋草独归时。几日孙弘阁,当年谢朓诗。寒山叶落早,多雨路行迟。好忆金门步,功名自有期。

全唐诗卷二四五

韩　翃

送客一归襄阳二归浔阳

南驱匹马会心期,东望扁舟惬梦思。熨斗山一作坡前春色早一作草色,香炉峰顶暮烟时。空林欲访庞一作辛居士,古寺应怀远法师。两地由来堪取兴,三贤他日幸留诗。

送故人赴江陵寻庾牧

主人持节拜荆州,走马应从一路游。斑竹冈连山雨暗,枇杷门向楚天秋。佳期笑把斋中酒,远意闲登城上楼。文体此时看又别,吾知小庾甚风流。

送客水路归陕

相风竿影晓来斜,渭水东流去不赊。枕上未醒秦地酒,舟前已见陕人家。春桥杨柳应齐叶,古县棠梨也作花。好是吾贤佳赏地,行逢三月会连沙。

送丹阳刘太真

长干道上落花朝,羡尔当年赏事饶。下箸已怜鹅炙美,开笼不奈鸭媒娇。春衣晚入青杨巷,细马初过皂荚桥。相访不辞千里远,西风好借木兰桡。

送客归江州

东归复得采真游,江水迎君日夜流。客舍不离青雀舫,人家旧在白鸥一作蘋洲。风吹山带遥知雨,露湿荷裳已报秋。闻道泉明居止近,篮舆相访为一作会淹留。

题张逸人园林

花源一曲映茅堂,清论闲阶坐夕阳。麈尾手中毛已脱,蟹螯尊上味初香。春深黄口一作鸟传窥树,雨后青苔散点墙。更道小山宜助赏,呼儿舒簟醉岩芳。

又题张逸人园林

藏头不复见时人,爱此云山奉养真。露色点衣孤屿晓一作月,花枝妨帽小园春。时一作闲携幼稚诸峰上,闲濯眉须一水滨。兴罢归来还对酌,茅檐挂著紫荷巾。

送刘将军

明光细甲照铧锻,昨日承恩拜虎牙。胆大欲期一作欺姜伯约,功多不让李轻车。青巾校尉遥相许,墨一作黑槊一作鞘将军莫大一作大莫夸。阙下来时亲伏奏,胡尘未尽不为家。

送一作寄赠郑员外　郑时在熊尚书幕府

风流不减杜陵时,五十为郎未是迟。孺子亦知名下士,乐人争唱卷中诗。身齐吏部还多醉,心顾尚书自有期。要路眼青一作看知己在,不应穷巷久低眉。

寄徐州郑使君

江城五马楚云边,不羡雍容画省年。才子旧称何水部,使君还继谢
临川。射堂草遍收残雨,官路人稀对夕天。虽卧郡斋千里隔,与君
同见月初圆。

送襄垣王君归南阳别墅

都门霁后不飞尘,草色萋萋满路春。双兔坡东千室吏,三鸦水上一
归人。愁眠客舍衣香满,走渡河桥马汗新。少妇比来多远望,应知
蟢子上罗巾。

送王诞渤海使赴李太守行营

少年结客散黄金,中岁连兵扫绿林。渤海名王曾折首,汉家诸将尽
倾心。行人去指徐州近,饮马回看泗水深。喜见明时钟太尉,功名
一似旧淮阴。

送王少府归杭州

归舟一路转青蘋,更欲随潮向富春。吴郡陆机称地主,钱塘苏小是
乡亲。葛花满把能消酒,栀子同心好赠人。早晚重过鱼浦宿,遥怜
佳句箧中新。

赠　王　随

青云自致晚一作未应遥,朱邸新婚乐事饶。饮罢更怜双袖舞,试来
偏爱五花骄。帐里炉香春梦晓,堂前烛影早更朝。更说球场新雨
歇,王孙今日定相邀。

同题仙游观 一本题上无同字

仙台下见五城楼，风物凄凄宿雨收。山色遥连秦树晚，砧声近报汉宫秋。疏松影落空坛静，细草香闲—作开小洞幽。何用别寻方外去，人间亦自有丹丘。

访王起居不遇留赠

双龙阙下拜恩初，天子令君注起居。载笔已齐周右史，论诗更事谢中书。行闻漏滴随金仗，入对炉烟侍玉除。贺客自知来独晚，青骊不见意何如。

送刘评事赴广州使幕

征南官属似君稀，才子当今刘孝威。蛮府参军趋传舍，交州刺史拜行衣。前临瘴海无人过，却望衡阳少雁飞。为报苍梧云影道，明年早送客帆归。

送冷朝阳还上元

青丝绠引木兰船，名遂身归拜庆年。落日澄江乌榜外，秋风疏柳白门前。桥通小市家林近，山带平湖野寺连。别后依依寒食—作梦里，共君携手在东田。

送高别驾归汴州

信陵门下—作客识君偏，骏马轻裘正少年。寒雨送归千里外，东风沉—作留醉百花前。身随玉帐心应惬，官佐龙—作铜符势又全。久客未知何计是，参差去借汶阳田。

送康洗马归滑州

腰佩雕弓汉射声，东归衔命见双旌。青丝玉勒康侯马，孟一作白水
金堤滑伯城。腊雪夜看宜纵饮，寒芜昼猎一作踏不妨行。怀君又隔
千山远一作外，别后一作一夜春风百草生。

寄上田仆射

家封薛县异诸一作褚田一作诗传，报主荣亲义两全。仆射临戎谢安
石，大夫持宪杜延年。金装昼出罗千骑，玉案晨餐直万钱。应念一
身留阙下，阊门遥寄鲁西偏。

送王光辅归青州兼寄储一作朱侍郎

几回一作通，又作封。奏事建章宫，圣主偏知汉将功。身著紫衣趋阙
下，口衔丹诏出关东。蝉声驿路秋山里，草色河桥落照中。远忆故
人沧海别，当年好跃五花骢。

宴杨驸马山池 一作陈羽诗，又作朱湾诗。

垂杨拂岸草茸茸，绣户帘前花影重。鲙下玉盘红一作金缕细，酒开
金瓮绿醅浓。中朝驸马何平叔，南国词人陆士龙。落日泛舟同醉
处，回潭百丈映千峰。

送长史李少府入蜀

行行独出故关迟，南望千山无尽期。见舞巴童应暂笑，闻歌蜀道又
堪悲。孤城晚闭清江上，匹马寒嘶白露时。别后此心君自见，山中
何事不相思。

送客还江东

不妨高卧顺流归,五两行看扫翠微。鼯鼠夜喧孤枕近,鸥鹈晓避客船飞。一壶先醉桃枝簟,百和初熏苎一作越布衣。君到新林江口泊,吟诗应赏谢玄晖。

寄令狐尚书

立身荣贵复何如,龙节红旗从板舆。妙略多推霍骠骑,能文独见沈尚书。临风高会千门一作人帐,映水连营百乘车。他日感恩惭未报,举家犹似涸池鱼。

扈从郊庙因呈两省诸公

丹墀列士主恩同,厩马翩翩出汉宫。奉引乘舆金仗里,亲尝赐食玉盘中。昼趋行殿旌门北,夜宿斋房刻漏东。明日驾回承雨露,齐将万岁及春风。

送端州冯一作高使君

白皙风流似有须,一门豪贵领苍梧。三峰亭暗橘边宿,八桂林香节下趋。玉树群儿争翠羽,金盘少妾拣明珠。怀君乐事不可见,骏马翩翩新虎符。

送王府张参军附学及第东归

邻家不识斗鸡翁,闭户能齐隐者风。顾步曾为小山客,成名因事大江公。一身千里寒芜上,单马重裘腊月中。寂寂故园行见在,暮天残雪洛城东。

送齐明府赴东阳

绿丝帆缚一作纤桂为樯,过尽淮山楚水长。万里移家背春谷,一官行府向东阳。风流好爱杯中物,豪荡仍欺陌上郎。别后心期如在眼,猿声烟色树苍苍。

鲁中送从事归荥阳

故园衰草带荥波,岁晚知如君思何。轻橐归时鲁缟薄一作满,寒衣缝处郑绵多。万人都督鸣驺送,百里邦君枉骑过。累路尽逢知己在,曾无对酒不高歌。

兖州送李明府使苏州便赴告一作吉期 一本题上无兖州二字

莫言水国去迢迢,白马吴门见不遥。枫树林中经楚雨,木兰舟上蹋江潮。空山古寺千年石,草色寒堤百尺桥。早晚卢家兰室在一作外,珊瑚玉佩彻青霄。

送田明府归终南别业

故园此日多心赏,窗下一作外泉流一作流泉竹外云。近馆应逢沈道士,比邻自识卞田君。离宫树影登山见,上苑钟声过雪闻。相劝早移一作趋丹凤阙,不须常恋白鸥群。

家兄自山南罢归献诗叙事

时辈已争先,吾兄未著鞭。空嗟镊须一作鬓日,犹一作独是屈腰年。不以殊方远,仍论水一作赏地偏。襄橙随客路,汉竹引归船。云木一作外巴东峡,林泉一作中岘北川。池馀骑马处,宅似卧龙边。夜簟千峰月，朝窗万井烟。朱荷江女院，青稻楚人田。县舍多潇洒，城楼入一作得醉眠。黄苞柑正熟，红缕鲙仍鲜。坐厌牵丝倦，因从解绶旋。初辞五斗米，唯奉一囊钱。室好一作爱生虚白，书耽守太玄。枥中嘶款段，阶下引潺湲。落照渊明柳，春风叔夜弦。绛纱儒客帐，丹诀羽人篇。雅论承安石，新诗与惠连。兴清湖见底，襟豁雾开天。魏阙心犹系，周才道岂捐。一丘无自一作自无逸，三府会招贤。

奉送王相公缙一本无此字赴幽州

巡边 一本作奉送王相公赴范阳，一作张继诗。

黄阁开帷幄，丹墀侍一作拜冕旒。位高汤左相，权总汉诸侯。不改周南化，仍分赵北忧。双旌过易水，千骑入幽州。塞草连天暮，边风动地秋一作愁。无因随一作陪远道，结束佩吴钩。

寄赠虢州张参军

三十事诸侯，贤豪冠北州。桃花迎骏马，苏合染轻裘。观妓将军第，题诗关尹楼。青林朝送客，绿屿晚回舟。好栗分通子，名香赠莫愁。洗杯新酒熟，把烛故人留。百雉归云过，千峰宿雨收。兼葭露下晚，菡萏水中秋。忆昨陪行乐，常时接献酬。佳期虽雾散，惠问亦川流。开卷醒堪解，含毫思苦一作若抽。无因达情意，西望日悠悠。

送李中丞赴商州

五马渭桥东，连嘶逐一作背晓风。当年紫髯将，他日黑头公。不异金吾宠，兼齐玉帐雄。闭营春雪下，吹角暮山空。香麝松阴里，寒猿黛色中。郡斋多赏事，好与故人同。

汉宫曲二首

骏马绣一作锦障泥，红尘扑四蹄。归时何太晚，日照杏花西。
绣幕珊瑚钩，春开一作香闺翡翠楼。深情不肯道，娇倚钿箜篌。

陪孟都督祭岳途中有赠

封疆七百里，禄秩二千石。拥节祠太山，寒天霜草白。

宿甑山

山中今夜何人，阙下一作门外当年近臣。青琐应须早去，白云何用相亲。

别甑山

一身趋侍丹墀，西路翩翩去时。惆怅青山绿水，何年更是来一作归期。

送陈明府赴淮南

年华近逼一作过清明，落日微风送行。黄鸟绵蛮芳树，紫骝躞蹀东城。花间一杯促膝，烟外千里含情。应渡淮南信宿，诸侯拥旆相迎。

送客知一作之鄂州

江口千家带楚云，江花乱点雪纷纷。春风落日谁相见，青翰舟中有鄂君。

寒　食 一作寒食日即事

春城无一作风何处不飞一作开花，寒食东风御柳斜。日暮一作一夜汉宫传蜡烛，轻一作青烟散入五侯家。

羽林骑 一作羽林少年行

骏一作骢马牵来御柳中，鸣鞭欲向一作过渭桥东。红蹄乱蹋春城雪，花颔骄一作频嘶上苑风。

看　调　马

鸳鸯赭白齿新齐，晚日花中一作间散一作放碧蹄。玉勒斗一作乍回初喷沫，金鞭欲下不成嘶。

寄赠衡州杨使君

湘竹斑斑湘水春，衡阳太守虎符新。朝来笑向归鸿道，早晚南飞见主人。

宿石邑山中

浮云不共此山齐，山霭苍苍望一作翠转迷。晓月暂飞高一作千树里，秋河隔在数峰西。

江南曲 一作李益诗

长乐花枝雨点一作滴销，江城日暮好相邀。春楼不闭葳蕤锁，绿水回通一作连宛转桥。

赠张千牛

蓬莱阙下是天一作君家，上路新回白鼻騧。急管昼催平乐酒，春衣夜宿杜陵花。

汉宫曲二首

五柞宫中过腊看，万年枝上雪花残。绮窗夜闭玉堂静，素绠朝穿一作垂金井寒。

家在一作汉室长陵小市中，珠帘绣户对春风。君王昨日移仙仗，玉辇迎将入汉宫。此首一作李益诗。

赠李翼

王孙别舍拥朱轮，不羡空名乐此身。门外碧潭春洗马，楼前红烛夜迎人。

少年行

千点斓斒玉勒一作斑斓喷玉骢，青丝结尾绣缠骢。鸣一作挥鞭晓一作晚出章一作铜台路，叶叶春衣一作依，又作随。杨柳风。

题玉真观李秘书院

白云斜日影深松，玉宇瑶坛知几重。把酒题诗人散后，华阳洞里有疏钟。

送客之潞府

官柳青青匹马嘶，回风暮雨入铜鞮。佳期别在春山里，应是人参五叶齐。

送客贬五溪

南过猿声一逐臣，回看秋草泪沾巾。寒天暮雪一作雨空山里，几处蛮家是主人。

送齐山人归长白山

旧事仙人白兔公，掉头归去又乘风。柴门流水依然在，一路寒山万木中。

寄裴郓州

乌纱灵寿对秋风，怅望浮云济水东。官树阴阴铃阁暮，州人转忆白头一作须翁。

梁城赠一二同幕

五营河畔列旌旗，吹角鸣鼙日暮时。曾是信陵门下客，雨回相吊不胜悲。

河上寄故人 第五句缺一字

河流晓天，濮水清烟。日暖昆吾台上，春深颛顼城边。莺声乱啁鹊□，花片细点龙泉。西望情人早至，犹应得醉芳年。

留题宁川香盖寺壁

爱远登高尘眼开，为怜萧寺上经台。山川谁识龙蛇蛰，天地自迎风雨来。柳放寒条秋已老，雁摇孤翼暮空回。何人会得其中事，又被残花落日催。

寄 柳 氏

章台柳, 章台柳, 颜色青青今在否? 纵使长条似旧垂, 也应攀折他
人手。

全唐诗卷二四六

独孤及

独孤及，字至之，洛阳人。天宝末，以道举高第，补华阴尉。代宗召为左拾遗，俄改太常博士。迁礼部员外郎，历濠、舒二州刺史，以治课加检校司封郎中，赐金紫。徙常州，卒，谥曰宪。集三十卷，内诗三卷，今编诗二卷。

海上寄萧立

朔风剪塞草，寒露日夜—作始结。行行到瀛壖，归思生暮节。驿楼见万里，延首望辽碣。远海入大荒，平芜际穷发。旧国在梦想，故人胡且越。契阔阻风—作凤期，荏苒成雨别。海西望京口，两地各天末。索居动经秋，再笑知曷月—本无此二句。日南望中尽—作目穷南云尽，唯见飞鸟灭。音—作清尘未易得，何由慰饥渴。

三月三日自京到华阴
于水亭独酌寄裴六薛八

祗役匪遑息，经时客三秦。还家问节候，知到上巳辰。山县何所有，高城闭青春。和风不吾欺，桃杏满四邻。旧友适远别，谁当接欢欣。呼儿命长瓢，独酌湘吴醇。一酌一朗咏，既酣意亦申。言筌暂两忘，霞月只相新。裴子尘表物，薛侯席上珍。寄书二傲吏，何

日同车茵。讵肯使空名,终然羁此身。他一作何年解桎梏,长作海
上人。

代书寄上裴六冀刘二颖

昔余马首东,君在海北汭音入声。尽屏簿领书,相与议岩穴。载来
诣佳境,每山有车辙。长啸林木动,高歌唾壶缺。此辞月未周,虏
马嘶绛阙。猛虎踞大道,九州当中裂。闻君弃孤城,犹自握汉节。
耻栖恶木影,忍与故山别。脱舄挂岭云,同然若鸟逝入声。唯留潺
湲水,分付练溪月。尔来大谷梨,白花再成雪。关梁限天险,欢乐
竟两绝。大盗近削平,三川今底宁。句芒布春令,屏翳收雷霆。伊
洛日夜涨,鸣皋兰杜青。鹭鹭两黄鹄,何处游青冥。畴昔切玉刃,
应如新发硎。及时当树勋,高悬景钟铭。莫抱白云意,径往丹丘
庭。功成傥长揖,然后谋沧溟。

客舍月下对酒醉后寄毕四耀

乡路风雪深,生事忧患迫。天长波澜广,高举无六翮。独立寒夜
移,幽境思弥积。霜月照胆净,银河入檐白。沽酒聊自劳,开樽坐
檐隙。主人奏丝桐,能使高兴剧。清机暂无累,献酢更络绎。慷慨
葛天歌,愔愔广陵陌。既醉万事遗,耳热心亦适。视身兀如泥,瞪
目傲今昔。故人间城阙,音信两脉脉。别时前盟在,寸景莫自掷。
先是,毕赠及诗云:洪炉无火停,日月速若飞。忽然冲人身,饮酒不须疑。心与白日
斗,十无一满百。寓形薪火内,甘作天地客。与物无亲疏,斗酒胜
竹帛。何必用自苦,将贻古贤责。

下弋阳江舟中代书寄裴侍御

故乡隔西日,水去连长天。前路知几许,但指天南边。怆恨极浦

外,隐映青山连。东风满帆来,五两如弓弦。遥羡绣衣客,同然马首先。得餐武昌鱼,不顾浔阳田。屈指数别日,忽乎成两年。百花已满眼,春草渐碧鲜。岂是离居时,奈何于役牵。洞庭有深涉,曷日期归旋。且作异乡料,讵知携手缘。离忧未易销,莫道樽酒贤。

癸卯岁赴南丰道中闻
京师失守寄权士繇韩幼深

种田不遇岁,策名不遭时。胡尘晦落日,西望泣路岐。猛虎啸北风,麏麚皆载驰。深泥架疲牛,踕踔余何之。诘屈白道转,缭绕清溪随。荒谷啸山鬼,深林啼子规。长叹指故山,三奏归来词。不逢眼中人,调苦车逶迟。士繇松筠操,幼深琼树姿。别来平安否,何阶一申眉。白云失帝乡,远水恨天涯。昂藏双威凤,曷月还西枝。努力爱华发,盛年振羽仪。但令迍难康,不负沧洲期。莫作新亭泣,徒使夷吾嗤。

贾员外处见中书贾舍人
巴陵诗集览之怀旧代书寄赠

海岸望青琐,云长天漫漫。十年不一展,知有关山难。适逢阮始平,立马问长一作平安。取公咏怀诗,示我江海澜。暂若窥武库,森然矛戟寒。眼明遗头风,心悦忘朝餐。大驾今返正,熊罴扈鸣銮。公游凤凰沼,献可在笔端。系越有长缨,封关只一丸。同一作娇然翔寥廓,仰望惭一作在羽翰。嘉会不我与,相思岁云殚。唯当袖佳句,持比青琅玕。

代书寄上李广州

皖水望番禺,迢迢青天末。鸿雁飞不到,音尘何由达。独有舆人

歌,隔云声喧聒。皆称府君仁,百越赖全活。推诚鱼鳖信,持正魑
魅怛。疲民保中和,性足无夭阏。天子咨四岳,伫公济方割。几时
复旋归,入践青琐闼。贱子托明德,缭若松上葛。别离鄙吝生,结
念思所豁。门栏关山阻,岐路天地阔。唯凭万里书,持用慰饥渴。

夏中酬于逖毕耀问病见赠

救物智所昧,学仙愿未从。行藏两乖角,蹭蹬风波中。薄宦耻降
志,卧痾非养蒙。闭关涉两旬,羁思浩无穷。鸶鹭何处来,双舞下
碧空。离别隔云雨,惠然此相逢。把手贺疾间,举杯欣酒浓。新诗
见久要,清论激深衷。高馆舒夜一作夏簟,开门延微风。火云赫嵯
峨,日暮千万峰。遥指故山笑,相看抚号钟。声和由心清一作亲,事
感知气同。出处未易料,且歌缓愁容。愿君崇明德,岁暮如青松。

酬梁二十宋中所赠兼留别梁少府

少读黄帝书,肯不笑机事。意犹负深衷,未免名迹累。厌贫学干
禄,欲徇一作询宾王利。甘为风波人,岂复江海意。担簦平台下,是
日饮羁思。逢君道寸心,暂喜一交臂。绪言未及竟,离念已复至。
宁〔陵〕(侯)望南丘,云雨成两地。途殊迹方间,河广流且驶。暮帆
望不及,览赠心欲醉。爱君如金锡,昆弟皆茂异。奕赫连丝衣,荣
养能锡类。君子道未长,深藏青云器。巨鳞有纵时,今日不足议。
唯当加餐饭,好我袖中字。别离动经年,莫道分首易。

庚子岁避地至玉山酬韩司马所赠

沧海疾风起,洪波骇恬鳞。已无济川分,甘作乘桴人。挥手谢秣
陵,举帆指瓯闽。安和风尘表,偶与琼瑶亲。共悲行路难,况逢江
南春。故园忽如梦,返复知何辰。旷野豺虎满。深山兰蕙新。枉

君瀍陵什,回首徒酸辛。

奉和李大夫同吕评事
太行苦热行兼寄院中诸公

驷马上太行,修途亘辽碣。王程无留驾,日昃未遑歇。请问此何时,恢台朱明月。长蛇稽天讨,上将方北伐。明主命使臣,皇华得时杰。已忘羊肠险,岂惮湿一作温风热。摇策汗滂沧一作沱,登岸思纤结。炎云如烟火,谿谷将恐竭。昼景炳可畏,凉飙何由发。山长飞鸟堕,目极行车绝。赵魏方假扰,安危俟明哲。归路岂不怀,饮冰有苦节。会同传檄至,疑议立谈决。况有阮元瑜,翩翩秉书札。起予歌赤坂,永好逾白雪。谁念剖竹人,无因执羁绁。

酬皇甫侍御望天灅山见示之作

早岁慕五岳,尝为尘机碍。孰知天柱峰,今与郡斋对。隐嶙抱元气,氤氲含青霭。云崖媚远空,石壁寒古塞。汉皇南游日,望秩此昭配。法驾到谷口,礼容振荒外。焚柴百神趋,执玉万方会。天旋物顺动,德布泽滂霈。讲武威已耀,学仙功未艾。黄金竟何成,洪业遽沦昧。度世若一瞬,昨朝已千载。如今封禅坛,唯见云雨晦。长望哀往古,劳生惭大块。清晖幸相娱,幽独知所赖。寒城春方正,初日明可爱。万殊喜阳和,余亦荷时泰。山色日夜绿,下有清浅濑。愧作拳偻人,沈迷簿书内。登临叹拘限,出处悲老大。况听郢中曲,复识湘南态。思免物累牵,敢令道机退。瞒然一作永日诵佳句,持此一作比秋兰佩。

送陈兼应辟兼寄高适贾至

结绿处燕石,卞和不必知。所以王佐才,未能忘茅茨。罢官梁山外，获稻楚水湄。适会傅岩人，虚舟济川时。天网忽摇顿，公才难弃遗。凤凰翔千仞，今始一鸣岐。上马指国门，举鞭谢书帷。预知大人赋，掩却归来词。天子方在宥，朝廷张四维。料君能献可，努力副畴咨。旧友满皇州，高冠飞翠蕤。相逢绛阙下，应道轩车迟。高侯秉戎翰，策马观西夷。方从幕中事，参谋王者师。贾生去洛阳，焜耀琳琅姿。芳名动北步，逸韵凌南皮。肃肃举鸿毛，冷_{一作冰}然顺风吹。波流有同异，由是限别离。汉塞隔陇底，秦川连镐池。白云日夜满，道里安可思。梦想浩盈积，物华愁变衰。因君附错刀，送远益凄其。四海各横绝，九霄应易期。不知故巢燕，决起栖何枝。

送相里郎中赴江西

君把一尺诏，南游济沧浪。受恩忘险艰，不道歧路长。戎狄方构患，休牛殊未遑。三秦千仓空，战卒如饿狼。委输资外府，诹谋寄贤良。有才当陈力，安得遂翱翔。岂不慎井赋，赋均人亦康。遥知轩车到，万室安耕桑。火伏金气腾，昊天欲苍茫。寒蝉惨巴邓，秋色愁沅湘。昨日携手西，于今芸再黄。欢娱讵几许，复向天一方。蹢躅话世故，惆怅举离觞。共求数刻欢，戏谑君此堂。今日把手笑，少时各他乡。身名同风波，聚散未易量。曷月还朝天，及时开智囊。前期倘犹阔，加饭勉自强。

观　海

北登渤澥岛，回首秦东门。谁尸_{一作施}造物功，凿此天池_{一作地源}。颎洞吞百谷，周流无四垠。廓然混茫际，望见天地根。白日自中吐，扶桑如可扪。超遥_{一作迢迢}蓬莱峰，想像金台存。秦帝昔_{一作曾}经此，登临冀飞翻。扬旌百神会，望日群山奔。徐福竟何成，羡门徒空言。唯见石桥足,千年一作里潮水痕。

初晴抱琴登马退山对酒望远醉后作

年长心易感,况为忧患缠。壮图迫世故,行止两茫然。王旅方伐
叛,虎臣皆被坚。鲁人著儒服,甘就南山田。挈榼上高磴,超遥望
平川。沧江大如绖,隐映入远天。荒服何所有,山花雪中然。寒
泉得日景,吐霤鸣潺潺。举酒劝白云,唱歌慰颓年。微风度竹来,
韵我号钟弦。一弹一引满,耳热知心宣。曲终余亦酣,起舞山水
前。人生几何时,太半百忧煎。今日羁愁破,始知浊酒贤。

同徐侍郎五云溪新庭一作亭重阳宴集作

万峰苍翠色,双溪清浅流。已符东山趣,况值江南秋。白露天地
肃,黄花门馆幽。山公惜美景,肯为芳樽留。五马照池塘,繁弦催
献酬。临风孟嘉帽,乘兴李膺舟。骋望傲千古,当歌遗四愁。岂令
永和人,独擅山阴游。

雨晴后陪王员外泛后湖得溪字

远山媚平楚,宿雨涨清溪。沿溯任舟楫,欢言无町畦。酒酣相视
笑,心与白鸥齐。

题思禅寺上方

溪口闻法鼓,停桡登翠屏。攀云到金界,合掌开禅扃。郁律众山
抱,空濛花雨零。老僧指香楼,云是不死庭。眇眇於越路,茫茫春
草青。远山喷百谷,缭绕驰东溟。目极道一作想何在,境照心亦冥。
骞然诸根空,破结如破瓶一本无此二句。下视三界狭,但闻五浊腥。
山中有良药,吾欲隳天形。

季冬自嵩山赴洛道中

作 第二十五句缺一字,二十六句缺三字。

皇运偶中变,长蛇食中土。天盖西北倾,众星陨如雨。胡尘动地起,千里闻战鼓。死人成为阜,流血涂草莽。策马何纷纷,捐躯抗豺虎。甘心赴国难,谁谓荼叶苦。天子初受命,省方造区宇。斩鲸安溟波,截鳌作天柱。三微复正统,五玉一作土归文祖。不图汉官仪,今日忽再睹。升高望京邑,佳气连海浦。宝鼎歊景云,明堂舞干羽。虎臣□激昂,□□□御侮。腐儒著缝掖,何处议邹鲁。西上辕辕山,丘陵横今古。和气蒸万物,腊月春霭吐,得为太平人,穷达不足数。他日遇封禅,著书继三五。

早发若岘驿望庐山

雨罢山翠鲜,泠泠东风好。断崖云生处,是向峰顶道。谁谓峰顶远,跂予可瞻讨。忘缘祛天机,脱屣恨不早。只恐岁云暮,遂与空名老。心往迹未并,惭愧山上草。

寒夜溪行舟中作

日沉诸山昏,寂历群动宿。孤舟独不系,风水夜相逐。云归恒星白,霜下天地肃。月轮大如盘,金波入空谷。魏阙万里道,羁念千虑束。倦飞思故巢,敢望桐与竹。沉吟登楼赋,中夜起三复。忧来无良方,归候春酒熟。

壬辰岁过旧居

少年事远游,出入燕与秦。离居岁周天,犹作劳歌人。负剑渡颍水,归马自知津。缘源到旧庐,揽涕寻荒榛。邻里喜相劳,壶觞展殷勤。酒阑击筑一作竹语，及此离会因。丈夫随世波，岂料百年身。
今日负鄙愿，多惭故山春。

丙戌岁正月出洛阳书怀

往岁衣褐见，受服金马门。拟将忠与贞，来酬主人恩。天地暂雷
雨，洪波生平原。穷鳞遂蹭蹬，凤昔事罕存。幸逢帝出震，授钺清
东藩。白日忽再中，万方咸骏奔。王风从西来，春光满乾坤。蛰虫
竞飞动，余亦辞笼樊。遭遇思自强，宠辱安足言。唯将四方志，回
首谢故园。

伤春怀归

谁谓乡可望，望在天地涯。但有时命同，万里共岁华。昨夜南山
雨，殷雷坼萌芽。源桃不余欺，先发秦人家。寂寂户外掩，迟迟春
日斜。源桃默无言，秦人独长嗟。不惜中肠苦，但言会合赊。思归
吾谁诉，笑向一作指，一本缺。南枝花。

杂　诗

百花结成子，春物舍我去。流年惜不得，独坐一作立空闺暮。心自
有所待，甘为物华误。未必千黄金，买得一人顾。

山中春思

獭祭川水大，人家春日长。独谣昼不暮，搔首惭年芳。靡草知节
换，含葩向新阳。不嫌三径深，为我生池塘。亭午井灶闲，雀声响
空仓。花落没屐齿，风动群木香。归路云水外，天涯杳茫茫。独卷
万里心，深入山鸟行。芳景勿相迫，春愁未遽忘。

全唐诗卷二四七

独孤及

雨后公超谷北原眺望寄高拾遗

崖口雨足收，清光洗高天。虹蜺敛残霭，山水含碧鲜。远空霞破露月轮，薄云片片成鱼鳞。五陵如荠渭如带，目极千里关山春。朝来爽气未易说，画取花峰赠远人。

自东都还濠州奉酬王八谏议见赠

关西仕时俱稚容，彪彪之鬓始相逢。天地变化县城改，天宝中，及尉华阴、郑县。别后经禄山之乱，郑县残毁，城移于州西。独有故人交态在。不言会合迹未并，犹以岁寒心相待。洛阳居守寄酂侯，君著貂冠参运筹。高阁连云骑省夜，新文会友凉风秋。青袍白面昔携手，冉冉府趋君记否。云分雨散十五年，始得一笑樽酒前。未遑少留骖远别，况值旅雁鸣秋天。二华旧游如梦想，他时再会一作又，或作游。何由缘。赖君赠我郢中曲，别后相思被管弦。

官渡柳歌送李员外承恩往扬州觐省

君不见官渡河两岸，三月杨柳枝。千条万条色，一一胜绿丝。花作铅粉絮，叶成翠羽帐。此时送远人，怅望春水上。远客折杨柳，依依两含情。夹郎木兰舟,送郎千里行。郎把紫泥书,东征觐庭闱。脱却貂襜褕,新著五彩衣。双凤并两翅,将雏东南飞。五两得便风,几日到扬州。莫贪扬州好,客行剩淹留。郎到官渡头,春阑一作兰已应久。殷勤道远别,为谢大堤柳。攀条傥相忆,五里一回首。明年柳枝黄,问郎还家否。

东平蓬莱驿夜宴平卢杨判官醉后赠别姚太守置酒留宴 题上一无东平二字,题下一作赠别观海。

驿楼涨海堧,秋月寒城边。相见自不足,况逢主人贤。夜清酒浓人如玉,一斗何啻直十千。木兰为樽金为杯,江南急管卢女弦。齐童如花解郢曲,起舞激楚歌采莲。固知别多相逢少,乐极哀至心婵娟。少留莫辞醉,前路方悠然。明日分飞傥相忆,只应遥望西南天。

同岑郎中屯田韦员外花树歌

东风动地只花发,渭城桃李千树雪。芳菲可爱不可留,武陵归客心欲绝。金华省郎惜佳辰,只持棣萼照青春。君家自是成蹊处,况有庭花作主人。

和李尚书画射虎图歌

饥虎呀呀立当路,万夫震恐百兽怒。彤弓金镞当者谁,鸣鞭飞控流星驰。居然画中见真态,若务除恶不顾私。时和年丰五兵已,白额未诛壮士耻。分铢远迤悬彀中,不中不发思全功。舍矢如破石可裂,应弦尽敌山为空。杀气满堂观者骇,飒若崖谷生长风。精微入神在毫末,作缋造物可同功。方叔秉钺受命新,丹青起予气益振,底绥静难巧可拟,嗟叹不足声成文。他时代天育万物,亦以此道安斯民。

和　赠　远

忆得去年春风至,中庭桃李映琐窗。美人挟瑟对芳树,玉颜亭亭与花双。今年新花如旧时,去年美人不在兹。借问离居恨深浅,只应独有庭花知。

和　题　藤　架

蓁蓁叶成幄,璀璀花落架。花前离心苦,愁至无日夜。人去藤花千里强,藤花无主为谁芳。相思历乱何由尽,春日迢迢如线长。

江上代书寄裴使君

何地离念剧,江皋风雪时。艰难伤远道,老大怯前期。畴昔行藏计,只将力命推。能令书信数,犹足缓相思。

诣开悟禅师问心法次第寄韩郎中

障深闻道晚,根钝出尘难。浊劫相从惯,迷途自谓安。得知身垢妄,始喜额珠完。欲识真如理,君尝法味看。

登后湖一作登凌湖亭伤春怀京师故旧

昨日看摇落,惊秋方怨咨。几经开口笑,复及看花时。世事空名束,生涯素发知。山山春草满,何处不相思。

暮春于山谷寺上方遇恩命加官赐服酬皇甫侍御见贺之作

天书到法堂,朽质被荣光。自笑无功德,殊恩谬激扬。还登建礼署,犹忝会稽章。佳句惭相及,称仁岂易当。

答李滁州题庭前石竹花见寄

殷鲜关切疑曙霞染,巧类匣刀裁,不怕南风热,能迎小暑开。游蜂怜色好,思妇感年催。览赠添离恨,愁肠日几回。

得李滁州书以玉潭庄
见托因书春思以诗代答

春物行将老,怀君意讵堪。朱颜因酒强,白发对花惭。日日思琼树,书书话玉潭。知同百口累,曷日办抽簪。

答李滁州忆玉潭新居见寄

从来招隐地,未有剖符人。山水能成癖,巢夷拟独亲。猪肝无足累,马首敢辞勤。扫洒潭中月,他时望德邻。

将赴京答李纾赠别

胶漆常投分,荆蛮各倦游。帝乡今独往,沟水便分流。甘作远行客,深惭不系舟。思君带将缓,岂直日三秋。

和张大夫秋日有怀呈院中诸公

至公无暇日,高阁闭秋天。肘印拘王事,篱花思长年。绩成心不有,虑澹物犹牵。窃效泉鱼跃,因闻郢曲妍。

和大夫秋夜书情即事

上略当分阃,高情善闭关。忘机群动息,无战五兵闲。铃阁风传漏,书窗月满山。方知秋兴作,非惜二毛斑。

送虢州王录事之任

谓子文章达，当年羽翼高。一经俄白首，三命尚青袍。未遇须藏器，安卑莫告劳，盘根倘相值，试用发硎刀。

送长孙将军拜歙州之任

临难敢横行，遭时取盛名。五兵常典校，四十又专城。浪逐楼船破，风从虎竹生。岛夷今可料，系颈有长缨。

送何员外使湖南

夙昔皆黄绶，差池复琐闱。上田无晚熟，逸翮果先飞。前路舟休系，故山云不归。王程倘未复，莫遣鲤书稀。

送江陵全少卿赴府任

冢司方慎选，剧县得英髦。固是攀云渐，何嗟趋府劳。楚山迎驿路，汉水涨秋涛。鸾鹬方兹始，看君六翮高。

送虞秀才擢第归长沙

充赋名今遂，安亲事不违。甲科文比玉，归路锦为衣。海运同鹍化，风帆若鸟飞。知君到三径，松菊有光辉。

送阳翟张主簿之任

旧闻阳翟县，西接凤高山。作吏同山隐，知君处剧闲。少年当效用，远道岂辞艰。迟子扬名后，方期彩服还。

送游员外赴淮西

多君有奇略，投笔佐元戎。已佩郎官印，兼乘御史骢。使星随驿骑，归路有秋风。莫道无书札，他年怀袖空。

送马郑州

使君朱两辖，春日整东辕。芳草成皋路，青山凉水源。勉修循吏迹，以谢主人恩。当使仁风动，遥听舆颂喧。

送义乌韦明府

妙年能致身，陈力复安亲。不惮关山远，宁辞簿领勤。过江云满路，到县海为邻。每叹违心赏，吴门正早春。

送陈王府张长史还京

论齿弟兄列，为邦前后差。十年方一见，此别复何嗟。极目故关道，伤心南浦花。少时相忆处，招手望行车。

水西馆泛舟送王员外

单醪敢献酢，曲沼荷经过。泛览亲鱼鸟，夤缘涉芰荷。剧谈增惠爱，美景借清和。明日汀洲草，依依奈别何。

李卿东池夜宴得池字

政成机不扰，心惬宴忘疲。去烛延高月，倾罍就小池。舞盘回雪动，弦奏跃鱼随。自是山公兴，谁令下士知。

九月九日李苏州东楼宴

是菊花开日，当君乘兴秋。风前孟嘉帽，月下庾公楼。酒解留征客，歌能破别愁。醉归无以赠，只奉万年酬。

萧文学山池宴集

檀栾千亩绿，知是辟疆园。远岫当庭户，诸花覆水源。主人邀尽醉，林鸟助狂言。莫问愁多少，今皆付酒樽。

与韩侍御同寻李七舍人不遇题壁留赠

三径何寂寂，主人山上山。亭空檐月在，水落钓矶闲。药院鸡犬静，酒垆苔藓班。知君少机事，当待暮云还。

喜辱韩十四郎中书兼封近诗示代书题赠

各牵于役间游邀，独坐相思正郁陶。长跪读书心暂缓，短章投我曲何高。宦情缘木知非愿，王事敦丁回切人敢告劳。所叹在官成远别，徒言岵水才去声容舠。

早发龙沮馆舟中寄东海徐司仓郑司户

沙禽相呼曙色分，渔浦鸣根十里闻。正当秋风渡楚水，况值远道伤离群。津头却望后湖岸，别处已隔东山云。停舻目送北归翼，惜无瑶华持寄君。

酬常郿县见赠

爱君修政若修身，鳏寡来归乳雉驯。堂上五弦销暇日，邑中千室有阳春。谓乘凫舄朝天子，却愧猪肝累主人。辞后读君怀县作，定知三岁字犹新。

登山谷寺上方答皇甫侍御
卧疾阙陪车骑之后

梵宫香阁攀霞上,天柱孤峰指掌看。汉主马踪成蔓草,寺中间石上有
窍穴,古老相传云汉武帝马迹。法王身相示空棺。禅门第三祖灿大师遗塔在此
坊。天宝中,别驾李常开棺取金身荼毗,收舍利,重起塔供养。云扶踊塔青霄庳皮
寄切,松荫禅庭白日寒。不见戴逵心莫展,赖将新赠比琅玕。

答皇甫十六侍御北归留别作

正当楚客伤春地,岂是骚人道别时。俱徇空名嗟欲老,况将行役料
前期。劳生多故应同病,羸马单车莫自悲。明日相望隔云水,解颜
唯有袖中诗。

答李滁州见寄

相逢遽叹别离牵,三见江皋蕙草鲜。白发俱生欢未再,沧洲独往意
何坚。愁看郡内花将歇,忍过山中月屡圆。终日望君休汝骑,愧无
堪报起予篇。

得柳员外书封寄近诗书中兼
报新主行营兵马因代书戏答

郎官作掾心非好,儒服临戎政已闻。说剑尝宗漆园吏。戒严应笑
棘门军。遥知抵掌论皇道,时复吟诗向白云。百越待君言即叙,相
思不敢怆离群。

同皇甫侍御斋中春望见示之作

望远思归心易伤,况将衰鬓偶年光。时攀芳树愁花尽,昼掩高斋厌日长。甘比流波辞旧浦,忍看新草遍横塘。因君赠我江枫咏,春思如今未易量。

伤春赠远

去水流年日并驰,年光客思两相随。咨嗟斑鬓今承弁,惭愧新荷又发池。杨柳逶迤愁远道,鹧鸪啁哳怨南枝。忆君何啻同琼树,但向春风送别离。

奉和中书常舍人晚秋
集贤院即事寄赠徐薛二侍御

汉家金马署,帝座紫微郎。图籍凌群玉,歌诗冠柏梁。阴阴万年树,肃肃五经堂,挥翰忘朝食,研精待夕阳。晴空露盘迥,秋月琐窗凉。远兴生斑鬓,高情寄缥囊。葳蕤双鸾鹭,凤昔并翱翔。汲冢同刊谬,蓬山共补亡。差池摧羽翮,流落限江湘。禁省一分袂,昊天三雨霜。石渠遗迹满,水国暮云长。早晚朝宣室,归时道路光。

江宁酬郑县刘少府兄赠别作

往年脱缝掖,接武仕关西。结绶腰章并,趋阶手板齐。仙山不用买,朋酒日相携。抵掌夸潭壑,忘情向组珪。事迁时既往,年长迹逾暌。何为青云器,犹嗟浊水泥。役牵方远别,道在或先迷。莫见良田晚,遭时亦杖藜。

送李宾客荆南迎亲

宗室刘中垒,文场谢客儿。当为天北斗,曾使海西陲。毛节精诚著,铜楼羽翼施。还申供帐别,言赴倚门期。恩渥沾行李,晨昏在路岐。君亲两报遂,不敢议伤离。

题 玉 潭

碧玉徒强名,冰壶难比德。唯当寂照心,可并翕沦色。

海上怀华一作洛中旧游寄郑县刘少府造渭南王少府崟

凉风台上三峰月,王任郑县日,于城角筑小台,号凉风台,每与数公置酒登临,望二华云月。不夜城边万里沙。离别莫言关塞远,梦魂长在子真家。

和虞部韦郎中寻杨驸马不遇

金屋琼台萧史家,暮春三月渭州花。到君仙洞不相见,谓已吹箫乘早霞。

李张皇甫阎权等数公并有送别之作见寄因答

洞庭正波蘋叶衰,岂是秦吴远别时。谢君箧中绮端赠,何以报之长相思。

将还越留别豫章诸公

客鸟倦飞思旧林,裴徊犹恋众花阴。他时相忆双航苇,莫问吴江深不深。

送别荆南张判官

轺车骆一作骊马往从谁,梦浦兰台日更迟。欲识桃花最多处,前程问取武陵儿。

陪王员外北楼宴待月

劝酒论心夜不疲,含情有待问谁思。伫看晴月澄澄影,来照江楼酩酊时。

垂花坞醉后戏题 赋得俱字韵　并序

　　庄周台南十许步,有丘一成。上有樛藤垂花,而蔓草荒之,且隔大沟,路不可陟。道士张太和伐薪为堰,封土以壅浍。余亦命蒉氏治芜秽而划宿莽,遂辟为登赋之位,位广二席,席间足以函尊酒二篚。三月戊子,及群英由堰而升焉,诸花倒垂,下拂杯案,紫葩缛缬,如钗如旒。众君子瞻弄之不足,故秉烛进酒,以继落日,欲称醉而不能也。因命其地曰垂花坞,堰曰缘花堰,亦饰之以诗云。

紫蔓青条拂酒壶,落花时与竹风俱。归时自负花前醉,笑向鲦鱼问乐无。

全唐诗卷二四八

郎士元

郎士元,字君胄,中山人。天宝十五载擢进士第。宝应初,选畿县官,诏试中书,补渭南尉。历右拾遗,出为郢州刺史。与钱起齐名。自丞相以下,出使作牧,二君无诗祖饯,时论鄙之,故语曰:"前有沈、宋,后有钱、郎。"集二卷。今编诗一卷。

题刘相公三湘图

昔别醉一作岁别衡霍,迩来忆南州。今朝平津邸,兼得潇湘游。稍辨郢一作荆门树,依然芳杜洲。微明一作月三巴峡,咫尺万里流。飞一作去鸟不知倦,远帆生暮愁。浔阳指天末,北渚空悠悠。枕上见渔父,坐中常狎鸥。谁言魏阙下,自有东山幽。

长安逢故人

数年音信断,不意在长安。马上相逢久,人中欲认难。一官今懒道,双鬓竟羞看。莫问生涯事,只应持钓竿。

送韦湛判官

高阁晴一作清江上,重阳古戍间。聊因送归客,更此望乡山一作关。

惜别心能醉，经秋鬓自斑。临流兴不尽，惆怅水云间。

送长沙韦明府 <small>一本题下有之县二字</small>

秋入长沙县，萧条旅宦心。烟波连桂水，官舍映枫林。云日<small>一作树</small>
楚天<small>一作山</small>暮，沙汀白露深。遥知讼堂里，佳<small>本作嘉</small>政在鸣琴。

送孙愿 <small>一作颁</small>

悠然<small>一作悠</small>富春客，忆与暮潮归。擢第人多羡，如君独步稀。乱流
江渡浅，远色海山微。若访新安路，严陵有钓矶。

送林宗配雷州 <small>一作送王梦流雷州</small>

昨日三峰尉，今朝万里人。平生任孤直，岂是不防身。海雾多为
瘴，山雷乍作邻。遥怜北户<small>一作窗</small>月，与子独相亲。

送洪州李别驾之任

南去秋江远，孤舟兴自多。能将流水引，更入洞庭波。夏口帆初
上，浔阳雁正过。知音在霄汉，佐郡岂蹉跎。

送杨中丞和蕃

锦车登陇日，边草正萋萋。旧好寻<small>一作随</small>君长，新愁听<small>一作送</small>鼓鼙。
河源飞鸟外，雪岭大荒西。汉垒今犹在，遥知路不迷。

送李将军赴定州 <small>一作送彭将军</small>

双旌汉飞将，万里授<small>一作独</small>横戈。春色临边<small>一作关</small>尽，黄云出塞多。
鼓鼙悲绝漠，烽戍<small>一作火</small>隔长河。莫断<small>一作想</small>到阴山路<small>一作北</small>，天骄已
请和。

关羽祠送高员外还荆州

将军禀天姿，义勇冠今昔。走马百战场，一剑万人敌。虽一作谁为
感恩者，竟是思归客。流落荆巫间，裴回故乡隔。离筵对祠宇，洒
酒暮天碧。去去勿复言，衔悲向陈一作尘迹。

送张南史 一作寄李纾

雨馀深巷静，独酌送残春。车马虽嫌僻，莺花不弃一作厌贫。虫丝
一作声粘户网，鼠迹印床尘。借问一作闻道山阳一作阴会，如今有几
人。

送奚贾归吴

东南富春渚，曾是谢公游。今日奚生去，新安江正秋一作流。水清
迎一作容清过客，霜一作枫叶落一作伴行舟。遥想赤亭下，闻猿应夜
愁。

送陆员外赴潮州

含香台上客，剖竹海边州。楚地一作驿，又作使。多归信，闽溪足乱
流。今朝永嘉兴一作路，重见谢公游。

送裴补阙入河南 一作东幕

皎然青琐客，何事动行轩。苦节酬知己，清吟去掖垣。秋城临海
树，寒月一作日上营门。邹鲁诗书国一作地，应无鼙鼓喧。

送韩司直路出延陵 一作刘长卿诗

游吴还适越，来往任风波。复送王孙去，其如春草何。岸一作江明

残雪在,潮满夕阳多。季子留遗庙,停舟试一过。

盠厔县郑礆宅送钱大 一作送别钱起,又作送友人别。

暮蝉不可听,落叶岂堪闻。共是悲秋客,那知此路分。荒城背流水,远雁入寒云。陶令门前一作东篱菊,馀花可赠君。

送元诜还丹阳别业

已知成傲吏,复见解朝衣。应向丹阳郭,秋山独一作对掩扉。草堂连古寺,江日动晴晖。一别沧洲远,兰桡几岁归。

送崔侍御往容州宣慰

秦一作春原独立望湘川,击隼南飞向楚天。奉诏不言空问一作慰俗,清时因得访遗贤。荆门晓色兼梅雨,桂水春风过客一作驿船。畴昔常闻陆贾说,故人今日岂徒然。

朱方南郭留别皇甫冉 一作皇甫冉诗,题作润州南郭留别。

萦回枫叶岸,留滞木兰桡。吴岫新经雨,江天正落潮。故人劳见爱,行客自无憀一作聊。若问前程事,孤云入剡遥。

赠张五谭归濠州别业

常知罢官意,果与世人疏。复此凉风起,仍闻濠上居。故山期采菊,秋水忆观鱼。一去蓬蒿径,羡君闲有馀。

送王司马赴润州

暂屈文为吏,聊将禄代耕。金陵且不远,山水复多名。楚塞因高出,寒潮入夜生。离心逐春草,直到建康城。

留卢秦卿 _{一作司空曙诗}

知有前期在,欢如_{一作难}分此夜中。无将故人酒,不及古淳_{一作石尤}风。

赠强山人

或掉轻舟或杖藜,寻常适_{一作随}意钓前溪。草堂竹径在何处,落日孤烟寒渚西。

赠韦_{一作韩}司直

闻君感叹二毛初,旧友相依_{一作邀}万里馀。烽火_{一作戍}有时惊暂定,甲兵无处可安居。客来吴地星霜久,家在平陵音信疏。昨日_{一作夜}风光_{一作东风,又作春风}。还入户,登山临水意何如。

石城馆酬王将军

谁能绣衣客,肯驻木兰舟。连雁沙边至,孤城江上秋。归帆背南浦,楚塞入西楼,何处看离思,沧波日夜流。

酬王季友题半日村别业兼呈李明府

村映寒原日已斜,烟生密竹早归鸦。长溪南路当群岫,半景东邻照数家。门通小径连芳草,马饮春泉踏浅沙。欲待主人林上月,还思潘岳县中花。

酬二十八秀才见寄

昨夜山月好,故人果相思。清光到枕上,袅袅凉风时。永意能在我,惜无携手期。

冬夕寄青龙寺源公

敛屦入寒竹,安禅过漏声。高松残子落,深井冻痕生。罢磬风枝动,悬灯雪屋明。何当招我宿,乘月一作兴上方行。

塞下曲

宝刀塞下儿,身经一作轻身百战曾百胜,壮心竟未嫖姚知。白草山头日初没,黄沙戍下悲歌一作筋发一作城下歌声发。萧条夜静边风吹,独倚营门望秋月。

柏林寺南望

溪上遥闻精舍钟,泊舟微径度深松。青山霁后云犹在,画出东一作西南四五峰。

宿杜判官江楼

适楚岂吾愿,思归秋向深。故人江楼月,永一作夜夜千里心。叶落觉一作搅乡梦,鸟啼惊越吟。寥寥更何有,断续空一作孤城砧。

春宴王补阙城东别业

柳陌乍随州势转,花源忽傍竹阴开。能将瀑水清人境,直取流莺送酒杯。山下古松当绮席,檐前片雨滴春苔。地主同声复同舍,留欢不畏夕阳催。

郢城西楼吟 一作张继诗

连山尽处一作塞水萦回,山上戍一作城门临水开。朱栏直下一百丈,日暖游鳞自相向。昔人爱险闭层城,今日爱闲江复清。《张继集》作今人复爱闲江清。沙洲枫岸无来客,草绿花红山鸟鸣。

听邻家吹笙

凤吹声如隔彩霞,不知墙外是谁家。重门深锁无寻处,疑有碧桃千树花。

登丹阳北楼 一作张继诗

寒皋那可望,旅望又初还。迢递高楼上,萧条旷一作凉野闲一作间。暮晴依远水,秋兴属连山。浮一作游客时相见,霜凋动一作朱翠颜。

题精舍寺 一作酬王季友秋夜宿露台寺见寄

石林精舍武溪东一作中,夜扣禅关一作扉谒远公。月在上方诸品静,僧持半偈万缘空。秋山竟日闻猿啸一作苍苔古道行应遍,落木寒泉听不穷。惟有一作更忆双峰最高顶,此心期与故人同。

双林寺谒傅大士

草露一作径经前代,津梁及后人。此方今示灭,何国更分身。月色空知夜,松阴不记春。犹怜下生日,应在一微尘。

题尹真人祠

窅窅云旗去不还,阴阴祠宇闭空山。我来始悟丹青妙,稽首如逢冰雪颜。

山中即事

入谷多春兴,乘舟棹碧浔。山云昨夜雨,溪水晓来深。

湘夫人二首 <small>乐府诗作一首</small>

蛾眉对湘水,遥哭苍梧山<small>一作间</small>。万乘既已殁,孤舟谁忍还。至今楚竹上,犹有泪痕斑。

南有涔阳路,渺渺多新愁。桂酒神降<small>一作昔神降回</small>时,回风<small>一作风波</small>江上秋。彩云忽无处,碧水空安流。

盖少府新除江南尉问风俗

闻君作尉向江潭,吴越风烟到自<small>一作处</small>谙。客路寻常随竹影,人家大底傍山岚。缘溪花木偏宜远,避地衣冠尽向南。惟有夜猿啼海树,思乡望国意难堪。

春宴张舍人宅

懒寻芳草径,来接侍臣筵。山色知残雨,墙阴觉暮天。莺啼<small>一作归</small>汉宫柳,花隔<small>一作隐</small>杜陵烟。地与东城<small>一作邻</small>接,春光醉目前。

寄李袁州桑落酒

色比琼浆犹嫩,香同甘露仍春。十千提携一斗,远送潇湘故人。

赠万生<small>一作赠高万生</small>下第还吴

直道多不偶,美才应息机。灞陵春欲暮,云海独言归。为客成白首,入门嗟布衣。莼羹若可忆,惭出掩柴扉。

送大德讲<small>一作讲师</small>时河东徐明府招

远近作<small>一作主</small>人天,王城指日边。宰君迎说法,童子伴随缘。到处花为雨,行时杖出泉。今宵松月下,开阁想安禅。

赴无锡别灵一上人 一作刘长卿诗,一作皇甫冉诗。

高僧本姓竺,开士旧名林。一入春山里,千峰不可寻。新年芳草
遍,度一作终日白云深。欲问一作徇微官去,悬知讶此心。

送粲上人兼寄梁镇员外

季月还乡独未能,林行溪宿厌层冰。尺素欲传三署客,雪山一作中
愁送五天一作溪僧。连空朔气横秦苑,满目寒云隔灞陵。借问从来
香积寺,何时携手更同登。

送韦逸人归钟山 一作皇甫冉诗

逸人归路远,弟子出山迎。服药颜犹一作虽驻,耽书癖已成。柴扉
多一作度岁月,藜杖见公卿。更作儒林传,应须载姓名。

登无锡北楼 一作皇甫冉诗

秋兴因危堞,归心过远山。风霜征雁早,江海旅人还。驿树寒仍
密,渔舟晚更闲。仲宣何所赋,只欲滞柴关。一作只叹在荆蛮。

和王相公题中书丛竹寄上元相公

多时仙掖里,色并翠琅玕。幽意含烟月,清阴庇蕙兰。枝繁宜露
重,叶老爱天寒。竟日双鸾止,孤吟为一看。

酬萧二十七侍御初秋言怀

楚客秋多兴,江林月渐生。细枝凉叶动,极浦早鸿声。胜赏睽前
夕,新诗报远情。曲高惭和者,惆怅闭寒城。

奉和杜相公益昌路作

春半梁山正落花,台衡受律向天涯。南去猿声傍双节,西来江色绕千家。风吹画角孤城晓,林映蛾眉片月斜。已见庙谟能喻蜀,新文更喜报金一作京华。

赋得长洲苑送李惠

草深那可访,地久一作主阻相传。散漫三秋雨,疏芜万里烟。都迷采兰处,强记馆娃年。客有游吴者,临风思眇然。

别 房 士 清

世路还相见,偏堪泪满衣。那能郢门别,独向郫城归。平楚看蓬转,连山望鸟飞。苍苍岁阴暮,况复惜驰一作徐晖。

送彭偃房由赴朝因寄钱大郎中李十七舍人

衰病已经年,西峰望楚天。风光欺鬓发,秋色换山川。寂寞浮云外,支离汉水边。平生故人远,君去话潸然。

送李遂之越

未习风波事,初为东越游。露沾湖草晚一作晓,月照海山秋。梅市门何处,兰亭水向一作尚流。西兴一作陵待潮信,落日满孤舟。

送郑正则徐州行营 一作皇甫冉诗

从军非陇头,师一作帅在古徐州。气劲三河卒,功全万户侯。元戎阃外略,才子握一作幄中筹。莫听关山曲,还生塞上愁。

送钱拾遗归兼寄刘校书

墟落岁阴暮，桑榆烟景昏。蝉声静空馆，雨色隔秋原。归客不可望，悠然林外一作篮上村。终当报芸阁，携手醉柴门。

送郴县裴明府之任兼充宣慰

白蘋楚水三湘远，芳草秦城二月初。连雁北飞看欲尽，孤舟南去意何如。渡江野老思求瘼，候馆郴人忆下车。别后天涯何所寄，故交惟有袖中书。

送李敖湖南书记

怜君才与阮家同，掌记能资亚相雄。入楚岂忘看泪竹，泊舟应自爱江枫。诚知客梦烟波里，肯厌猿鸣夜雨中。莫信衡湘书不到，年年秋雁过巴东。

送麴司直

曙雪苍苍兼曙云，朔风烟一作燕雁不堪闻。贫交此别无他赠，唯有青山远送君。

送别

穆陵关上秋云起，安陆城边远行子。薄暮寒蝉三两声，回头一作望故乡千万里。

咸阳西楼别窦审

西楼迥起寒原上，霁日遥分万井间。小苑城隔连渭水，离宫曙色近京关。亭皋寂寞伤孤客，云雪萧条满众山。时命如今犹未偶，辞君拟欲拂衣还。

闻蝉寄友人 一作李端诗

昨日始闻莺,今朝蝉又鸣。朱颜向华发,定是几年程。故国白云
远,闲居青草生。因垂数行泪,书寄十年兄。

送李骑曹之灵武宁侍

一岁一归宁,凉天数骑行。河来当塞曲,山远与沙平。纵猎旗风
卷,听笳帐月生。新鸿引寒色,回日满京城。

冯翊西楼 一作张继诗

城上西楼倚暮天,楼中归望正凄然。近郭乱山横古渡,野庄乔木带
新烟。北风吹雁声能苦,远客辞家月再圆。陶令好文常对酒,相招
一和白云篇《张继集》作相招那惜醉为眠。

郢 城 秋 望

白首思归归不得,空山闻雁雁声哀。高城落日望西北,又见秋风逐
水来。

夜 泊 湘 江

湘山木落洞庭波,湘水连云秋雁多。寂寞舟中谁借问,月明只自听
渔歌。

留 别 常 著

岁晏苍郊蓬转时,游人相见说归期。宓君堂上能留客,明日还家应
未迟。

送张光归吴

看取庭芜白露新,劝君不用久风尘。秋来多见长安客,解爱鲈鱼能几人。

闻吹杨叶者二首

妙吹杨叶动悲笳,胡马迎风起恨赊。若是雁门寒月夜,此时应卷尽惊沙。

天生一艺更无伦,寥亮幽音妙入神。吹向别离攀折处,当应合有断肠人。

全唐诗卷二四九

皇甫冉

　　皇甫冉，字茂政，润州丹阳人。晋高士谧之后。十岁能属文，张九龄深器之。天宝十五载，举进士第一，授无锡尉，历左金吾兵曹。王缙为河南帅，表掌书记。大历初，累迁右补阙，奉使江表，卒于家。冉诗天机独得，远出情外。集三卷。今编诗二卷。

润州南郭留别 一作郎士元诗

萦回枫叶岸，留滞木兰桡。吴岫新经雨，江天正落潮。故人劳见爱，行客自无聊。君一作若问前程事，孤云入剡遥。

祭张公洞二首 一本作排律一首

尧心知稼穑，精意绕山川。风雨神祇一作斯应，笙镛诏命传。沐兰祗扫地，酌桂仵灵仙。拂雾陈金策，焚香拜玉筵。
云开小有洞，日出大罗天。三鸟随王母，双童翊子先。何时种桃核，几度看桑田。倏忽烟霞散，空岩骑吏旋。

临平道赠同舟人

远山谁辨江一作山南北，长路空一作长随树浅深。流荡飘飖此何极，唯应行客共知心。

巫山峡 _{一作高}

巫峡见巴东,迢迢出半空。云藏神女馆,雨到楚王宫。朝暮泉声落,寒暄树色同。清猿不可听,偏在九秋中。

长安路 _{一作韩〔翃〕(翊)诗}

长安九城路,戚里五侯家。结束趋平乐,联翩抵狭斜。高楼临远一作积水,复道出繁花。唯见一作有相如宅,蓬门度岁华。

送 朱 逸 人

时人多不见,出入五湖间。寄酒全吾道,移家爱远山。更看秋草暮,欲共白云还。虽在风尘里,陶潜身自闲。

西陵寄灵一上人 _{一本题下有朱放二字}

西陵遇风一作潮处,自古是通津。终日空江上,云山若待人。汀洲寒事早,鱼鸟兴情新。回望山阴路,心中一作中心,一作吾心。有所亲。

赴无锡寄别灵一净虚二上人

一本有还字云门所居 _{一作刘长卿诗,一作郎士元诗。}

高僧本姓竺,开士旧名林。一入春山里,千峰不可寻。新年芳草遍,终日白云深。欲徇微官去,悬知讶此心。

舟中送李八 _{得回字}

词客金门未有媒,游吴适越任舟回。远水迢迢分手去,天边山色待人来。

与张补阙王炼师自徐方清路同舟南下于台头寺留别赵员外裴补阙同赋杂题一首

朝朝春事晚,泛泛行舟远。淮海思无穷,悠扬烟景中。幸将仙子去,复与故人同。高枕随流水,轻帆任远风。钟声野寺迥,草色故城空。送别高台上,徘徊共惆怅。悬知白日斜,定是犹相望。

酬张二仲彝

吴洲见芳草,楚客动归心。屈宋乡山古,荆衡烟雨深。艰难十载别,羁旅四愁侵。澧月通沅水,湘云入桂林。已看生白发,当为乏黄金。江海时相见,唯闻梁甫吟。

三月三日义兴李明府后亭泛舟 一作刘长卿诗

江南烟景复如何,闻道新亭更可过。处处艺兰春浦绿,萋萋藉草远山多。壶觞须就陶彭泽,时一作风俗犹传晋永和。更使轻桡徐转去,微风落日水增波。

少室山韦炼师升仙歌

红霞紫气昼一作甚氲氲,绛节青幢一作童迎少君。忽从林下升天去,空使时人礼白云。

独孤中丞筵陪钱韦君赴升州

中司龙节贵,上客虎符新。地控吴襟带,才高汉缙绅。泛舟应度腊,入境便行春。处处歌来暮,长江建业人。

送王绪剡中 一作送王公还剡中别业

不见关山去,何时到剡中。已闻成竹一作树木,更道长儿童。篱落
云常聚,村墟一作塘水自通。朝朝忆玄度,非一作尝是对清风。

酬李郎中侍御秋夜登福州城楼见寄

辛勤万里道,萧索九秋残。月照闽中夜,天凝海上寒。王程无地
远,主意在人安。遥寄登楼作,空知行路难。

同李司直诸公暑夜南馀一作徐馆

何处多明月,津亭暑夜深。烟霞不可望,云树更沉沉。好是吴中
隐,仍为洛下吟。微官朝复夕,牵强亦何心。

赠普门上人 一作题普门上人房,一作刘长卿诗。

支公身欲一作已老,长在沃州多。慧力堪传教,禅功久伏魔。山云
随坐夏,江草伴头陀。借问回一作明心后,贤愚去几何。

与诸公同登无锡北楼 一作郎士元诗

秋兴因危堞,归心过远山。风霜征雁早,江海旅人闲一作还。驿树
寒仍密,渔舟晚自还一作闲。仲宣何所赋,只叹在荆蛮一作滞柴关。

同李苏州伤美人

玉佩石榴裙,当年嫁使君。专房犹一作独见宠,倾国众皆闻。歌舞
常一作长无对,幽明忽此分。阳台千万里,何处作朝一作行云。

送李录事一作裴员外赴饶州

北人南去雪纷纷,雁叫汀沙一作洲不可闻。积水长天随远客一作色,荒城一作荒林,又作孤舟。极浦足寒云。山从建业千峰出一作起,又作断,江至一作自,又作到。浔阳九派分。借问督邮才弱冠,府中年少不如君。

同诸公有怀绝句

旧国迷江树,他乡近海门。移家南渡久,童稚解方言。

题魏仲光淮山所居

人群不相见,乃在白云间。问我将何适,羡君今独闲。朝朝汲淮水,暮暮上龟山。幸已安贫定,当一作惟从鬓发斑。

送郑判官赴徐州 一作郎士元诗

从军非陇头,师在古徐州。气劲三河卒,功多万里侯。元戎阃外令,才子幄中筹。莫听关山曲,还生出塞愁。

送顾苌一作中史,又作长史往新安一作刘长卿诗

由来山水客,复道向新安。半是乘潮便,全非行路难。晨装林月在,野饭一作饮浦一作渚沙寒。严子千年后,何一作谁人钓旧滩。

秋夜有怀高三十五兼呈空和尚 一作刘长卿诗

晚节闻君趋道深,结茅栽树近东林。大师几度曾摩顶,高士何年遂发心。北渚三更闻过雁,西城万里动寒砧。不见支公与玄度,相思拥膝坐长吟。

途中送权三兄弟 一本无题上二字，一作送权骅。

淮海风涛起，江关忧思长。同悲鹊绕树，独作雁随阳。山晚云初雪，汀寒月照霜。由来濯缨处，渔父爱沧浪。

送裴阐 得归字

道向毗陵岂是归，客中谁与换春衣。今夜孤舟行近远，子一作柴荆零雨正霏霏。

杂言湖山歌送许鸣谦 并序

夫子隐者也，耕于湖山之田。孤云无心，飞鸟无迹。伯仲邕友（一作邑），家人怡怡。贞白之风，旁行于浇俗矣。始惠然而去，又翻然而归。春田雪馀，具物繁殖。结我幽梦，湖间一峰。酒而歌，歌之以送远。

湖中之山兮波上青，桂飒飒兮雨冥冥。君归兮春早，满山兮碧草。晨春暮汲兮心何求，涧户岩扉兮身自老。东岭西峰兮同白云，鸡鸣犬吠兮时相闻。幽芳媚景兮当嘉月，践石扪萝兮恣超忽。空山寂寂兮颍阳人，且夕孤云随一身。

杂言迎神词二首 并序

吴楚之俗，与巴渝同风。日见歌舞祀者，问其故，答曰："及夏不雨，虑将无年。"复云："家有行人不归，凭是景福。"夫此二者，皆我所怀。寄地种苗，将成枯草。弟为台官，羁旅京师。秉笔为迎神送神词，以应其声，亦寄所怀也。

迎 神

启庭户，列芳鲜；目眇眇，心绵绵，因风托雨降琼筵。纷下拜，屡加笾，人心望岁祈丰年。

送　神

露沾衣,月隐壁;气凄凄,人寂寂,风回雨度虚瑶席。来无声,去无迹,神心降和福远客。

屏风上各赋一物得携琴客

不是向空林,应当就磐石。白云知隐处,芳草迷行迹。如何祇役心,见尔携琴客。

江草歌送卢判官

江皋兮春早,江上兮芳草。杂蘼芜兮杜蘅,作一作乍丛秀兮欲一作复罗生。被一作彼遥隰兮经长衍一作坂,雨中深兮烟中浅。目眇眇兮增愁,步迟迟兮堪搴。澧之浦兮湘之滨,思夫君兮送美人。吴洲曲兮楚乡路,远孤城兮依独戍。新月能分袨露时,夕阳照见连天处。问君行迈将何之,淹泊沿洄风日迟。处处汀洲有芳草,王孙讵肯念归期。

题画帐二首

山　水

桂水饶枫杉,荆南足烟雨。犹疑黛色中,复是雒阳岨。

远　帆

朝见巴江一作山客,暮见巴江一作山客。云帆傥暂停一作驻,中路阳台夕。

落第后东游留别

功一作学成方自得,何事学干求。果以浮名误,深贻达士羞。九江连涨海,万里任虚舟。岁晚同怀客,相思波上鸥。

杂言月洲歌送赵洌还襄阳

汉之广矣中有洲,洲如月兮水环流。流耺耺兮湍与濑,草青青兮春更一作复秋。苦竹林,香枫树,樵子罜师几家住。万山飞雨一川来,巴客归船傍洲去。归人不可迟,芳杜满洲时。无限风烟皆自悲,莫辞贫贱阻一作隔心期。家住洲头定近远,朝泛轻桡暮当返。不能随尔卧芳洲,自念天机一何浅。

寄刘八山中

东皋若近远,苦雨隔还期。闰岁风霜晚,山田收获迟。茅檐燕去后,樵路菊黄时。平子游都久,知君坐见嗤。

答张谭刘方平兼呈贺兰广

野性难驯狎,荒郊自闭门。心闲同海鸟,日夕恋山村。屡枉琼瑶赠,如今一作令道术存。远峰时振策,春雨耐香源。复有故人在,宁闻卢一作檐鹊喧。青青草色绿,终是待王孙。

沣水送郑丰鄠县读书

麦秋中夏凉风起,送君西郊及沣水。孤烟远树动离心,隔岸江流若千里。早年江海谢浮名,此路云山惬尔情。上古全经皆在口,秦人如见济南生。

九日寄郑丰

重阳秋已晚,千里信仍稀。何处登高望,知君正忆归。还当采时菊,定未授寒衣。欲识离居恨,郊园一作原正一作昼掩扉。

酬包评事壁画山水见寄

一官知所傲,本意在云泉。濡翰生新兴,群峰忽眼前。黛中分远近,笔下起风烟。岩翠深樵路,湖光出钓船。寒侵赤城顶,日照武陵川。若览名山志,仍闻招隐篇。遂令江海客,惆怅忆闲田。

渡汝水向太和山

落日事搴陟一作蹇涉,西南投一峰。诚知秋水浅,但怯无人踪。

秋　怨

长信多秋气一作草,昭阳借一作惜月华。那堪闭永巷,闻道选良家。

赠郑山人

白首沧洲客,陶然得此生。庞公采药去,莱氏与妻行。乍见还州里,全非隐姓名。枉帆临海峤,贳酒秣陵城。伐木吴山晓,持竿越水清。家人恣一作忘贫贱,物外任衰荣。忽尔辞林壑,高歌至上京。避喧心已惯,念远梦频成。石路寒花发,江田腊雪明。玄纁倘有命,何以遂躬耕。

刘方平西斋对雪

对酒闲斋晚,开轩腊雪时。花飘疑节候,色净润帘帷。委树寒枝弱,萦空去雁迟。自然堪访戴,无复四愁诗。

福先寺寻湛然寺主不见

寂然空伫立,往往报疏钟。高馆谁留客,东南二室峰。川原通霁色,田野变春容。惆怅层城暮,犹言归路逢。

河南郑少尹城南亭送郑判官还河东

使臣怀饯席,亚尹有前溪。客是仙舟里,途从御苑西。泉声喧暗竹,草色引长堤。故绛青山在,新田绿树齐。天秋闻别鹄一作鹤,关晓待鸣鸡。应叹沈冥者,年年津路迷。

登玄元庙

古庙川原迥,重门禁籞连。海童纷翠盖,羽客事琼筵。御路分疏柳,离宫出苑田。兴新无向背,望久辨山川。物外将遗老,区中誓绝缘。函关若远近,紫气独依然。

冬夜集赋得寒漏

清冬洛阳客,寒漏建章台。出禁因风彻,萦窗共月来。偏将残濑杂,乍与远鸿哀。遥夜重城警,流年滴水催。闲斋堪坐听,况有故人杯。

玄元观送李源一作深李风一作讽还奉先华阴

此去那知道路遥,寒原紫府上迢迢。莫辞别酒和一作倾,又作注。琼液,乍唱离歌和凤箫。远水东流浮落景,缭垣西转失行镳。华山秦塞长相忆,无使音尘顿寂寥。

刘方平壁画山

墨妙无前,性生笔先。回溪已失,远嶂犹连。侧径樵客,长林野烟。青峰之外,何处云天。

登 山 歌

青山前,青山后,登高望两处,两处今何有。烟景满川原,离人堪白首。

和郑少尹祭中岳寺北访萧居士越上方

肃寺祠灵境,寻真到隐居。夤缘幽谷远,萧散白云馀。晚节持僧律。他年著道书。海边曾狎鸟,濠上正观鱼。寂静求无相,淳和睹太初。一峰绵岁月,万性任盈虚。篱隔溪一作门掩林钟度,窗一作空临涧木疏。谢公怀旧壑,回驾复何如。

秋夜寄所思

寂寞坐遥夜,清风何处来。天高散骑省,月冷建章台。邻笛哀声急,城砧朔气催。芙蓉已委绝,谁复可为媒。

赋得邔路悲猿 一本题下有送客二字

悲猿何处发,邔路第三声。远客知秋暮,空山益夜清。啾啾深众木,嗷嗷入孤城。坐觉盈心耳,翛然适楚情。

杂言无锡惠山寺流泉歌

寺有泉兮泉在山,锵金鸣玉兮长潺潺。作潭镜兮澄寺内,泛岩花兮到人间。土膏脉动知春早,隈隩阴深长苔草。处处萦回石磴喧,朝朝盥漱山僧老。僧自老,松自新。流活活,无冬春。任疏凿兮与汲引,若有意兮山中人。偏依佛界通仙境,明灭玲珑媚林岭。宛如太室临九潭,讵减天台望三井。我来结绶未经秋,已厌微官忆旧游。且复迟回犹未去,此心只为灵泉留。

清明日青龙寺上方赋得多字

上方偏可适，季月况堪过。远近水声至，东西山色多。夕阳留径草，新叶变庭柯。已度清明节，春秋如客何。

与张谞宿刘八城东庄

人闲当岁暮，田野尚逢迎。莱子多嘉一作家庆，陶公得此生。寒芜连古渡，云树近严城。鸡黍无辞薄，贫交但贵情。

寄刘方平

坐忆山中人，穷栖事南亩。烟霞相亲外，墟落今何有。潘郎作赋年，陶令辞官后。达生遗一作贵自适，良愿固无负。田取颍水流，树入阳城口。岁暮忧思盈，离居不堪久。

曾东游以诗寄之

出郭离言多，回车始知远。寂然层城暮，更念前山转。总一作纵辔越成皋，浮舟背梁苑。朝朝劳延首，往往若在眼。落日孤云还，边愁迷楚关。如何淑一作椒花发，复对游子颜。古寺杉栝一作松里，连樯洲渚间。烟生海西岸，云见吴南山。惊风扫芦荻，翻浪连天白。正是扬帆时，偏逢江上客。由来许一作论佳句，况乃惬所适。嵯峨天姥峰，翠色春更碧。气凄湖上雨，月净剡中夕。钓艇或相逢，江蓠又堪摘。迢迢始宁墅，芜没谢公宅。朱槿列摧一作攦列墉，苍苔遍幽石。顾予任疏懒，期尔振羽翮。沧洲未可行，须售金门策。

适荆州途次南阳赠何明府

千里独游日，有怀谁与同。言过细阳令，一遇朗陵公。清节迈多士,斯文传古风。间阎知俗变,原野识年丰。吾道方在此,前程殊未穷。江天经岘北,客思满巴东。梦渚夕愁远,山一作巴丘晴望通。应嗟出处异,流荡楚云中。

秋夜戏题刘方平壁

鸿悲月白时将谢,正可招寻惜遥夜。翠帐兰房曲且深,宁知户外清霜下。

问正上人疾

医王犹有疾,妙理竞难穷。饵药应随病,观身转悟空。地闲花欲雨,窗冷竹生风。几日东林去,门人待远公。

山中五咏

门　柳
接影武昌城,分行汉南道。何事闲一作闭门外,空对青山老。

远　山
少室尽西峰,鸣皋隐南面。柴门纵一作启复关一作开,终一作今日窗中见。

南　涧
上路一作客各乘轩,高明一作朋尽鸣玉。宁知涧下人,自爱轻波渌。

春　早
草遍颖阳山,花开武陵水。春色既已同,人心亦相似。

山　馆
山馆长寂寂,闲云朝夕来。空庭复何有,落日照青苔。

送窦十九叔向赴一作入京

冰结杨柳津,从吴去入秦。徒云还上国,谁为作中人。驿树同霜觳,渔舟伴苦辛。相如求一谒,词赋远随身。

登石城戍望海寄诸暨严少府

平明登古戍,徙倚待寒潮。江海方回合,云林自寂寥。讵能知远近,徒见荡烟霄。即此沧洲路,嗟君久折腰。

和一作同樊润州秋日登城楼

露冕临平楚,寒城带早霜。时同借河内,人是卧淮阳。积水澄天堑,连山入帝乡。因高欲见下,非是爱秋光。

寄江东李判官

远怀不可道,历稔倦离忧。洛下闻新雁,江南想暮秋。澄清佐八使,纲纪案诸侯。地识吴平久,才当晋用求。时贤几俎谢,摛藻继风流。更有西陵作,还成北固游。归途一作程限尺牍,王事在扁舟。山色临湖尽,猿声入梦愁。

送蒋评事往福州

江上春常早,闽中客去稀。登山怨迢递,临水惜芳菲。烟树何时尽,风帆几日归。还看复命处,盛府有光辉。

送从弟豫贬远州 一作刘长卿诗,题作送从弟贬袁州。

何事成迁客,思归不见乡。游吴经万里,吊屈过三湘。水与荆巫接,山通鄠鄹长。名嗟黄绶系,才一作身是白眉良。独结南枝恨,应思北雁行。忧来沽楚酒,玄鬓莫凝霜。

送钱唐路少府赴制举

公车待诏赴一作诣长安，客里新正阻旧欢。迟日未能销野雪，晴花偏自犯江寒。东溟道路通秦塞，北阙威仪识一作拥，又作睹。汉官。共一作时许郤诜一作生工射一作能对策，恩荣请向一枝看。

赋得荆溪夜湍送蒋逸人归义兴山

惊湍流不极，夜度识云岑。长带溪沙浅，时因山雨深。方同七里路，更遂五湖心。揭厉朝将夕，潺湲古至今。花源君若一作若可许，虽远亦相寻。

送孔党赴举

入贡列诸生，诗书业早成。家承孔圣后，身有鲁儒名。楚水通荥浦，春山拥汉京。爱君方弱冠，为赋少年行。

齐郎中筵赋得的的帆向浦留别

一帆何处去，正在望中微。浦迥摇空色，汀回见落晖。每争高鸟度，能送远人归。偏似南浮客，悠扬无所依。

送陆鸿渐栖霞寺采茶

采茶非采菉，远远上层崖。布叶春风暖，盈筐白日斜。旧知山寺路，时宿野人家。借问王孙草，何时泛碗花。

泊丹阳与诸人同舟至马林溪遇雨

云林不可望，溪水更悠悠。共载人皆客，离家春是秋。远山方对枕，细雨莫回舟。来往南徐路，多为芳草留。

太常魏博士远出贼庭江外相逢因叙其事

烽火惊戎塞，豺狼犯帝畿。川原无稼穑，日月翳光辉。里社枌榆毁，宫城骑吏非。群生被惨毒，杂虏耀轻肥。多士从芳饵，唯君识祸机。心同合浦叶，命寄首阳薇。耻作纤鳞煦，方随高鸟飞。山经商岭出，水泛汉池归。离别霜凝鬓，逢迎泪迸衣。京华长路绝，江海故人稀。秉节身常苦，求仁志不违。只应穷野外，耕种且相依。

送包佶赋得天津桥 第二句缺

洛阳岁暮作征客，□□□□□□□。相望依然一水间，相思已如千年隔。晴烟霁景满天津，凤阁龙楼映水滨。岂无朝夕轩车度，其奈相逢非所亲。巩树甘陵愁远道，他乡一望人堪老。君报还期在早春，桥边日日看芳草。

上礼部杨侍郎

郢匠抡材日，辕轮必尽呈。敢言当一干，徒欲隶诸生。末学惭邹鲁，深仁录弟兄。馀波知可挹，弱植更求荣。绩愧他年败，功期此日成。方因旧桃李，犹冀一作异载飞鸣。道浅犹怀分，时移但自惊。关门惊暮节，林壑废春耕。十里嵩峰近，千秋颍水清。烟花迷戍谷，墟落接阳城。渺默思乡梦，迟回知己情。劳歌终此曲，还是苦辛行。

宿严维宅送包七 一作刘长卿诗，题下作送包佶。

江湖同避地，分手自依依。尽室今为客，经秋空念归。岁储无别墅，寒服羡邻机。草色村桥晚，蝉声江树稀。夜凉宜共醉，时难惜相违。何事随阳侣，汀洲忽背飞。

同张侍御咏兴宁寺经藏院海石榴花

嫩叶生初茂，残花少更鲜。结根龙藏侧，故欲并一作竞，又作抗。青莲。

崔十四宅各赋一物得檐柳

官渡老风烟，浔阳媚云日。汉将营前见，胡笳曲中出。复在此檐端，垂阴仲长室。

送段明府

遥夜此何其，霜空残杳霭。方嗟异乡别，暂是同公一作人会。海林秋更疏，野水寒犹大。离人转吴岫，旅雁从燕塞。日夕望前期，劳心白云外。

送王司直 一作刘长卿诗

西塞云山远，东风一作南道路长。人心胜潮水，相送过浔阳。

婕妤春怨 一本无春字

花枝出建章，凤管发昭阳。借问承恩者，双蛾几许长。

送魏十六还苏州

秋夜深深北一作沈沈此送君，阴虫切切不堪闻。归一作孤舟明日一作月毗陵道，回首姑苏是白云。

婕妤怨

由来咏团扇，今已值秋风。事逐时一作人皆往，恩无日再中。早鸿闻上苑,寒露下深宫。颜色年年谢,相如赋岂工。

送 客

旗鼓军威重,关山客路赊。待封甘度陇,回首不思家。城下_{一作上}春山_{一作风路一作晚},营中瀚海沙。河源虽万里,音信寄来查。

秋日东郊_{一作林}作

闲看秋水心无事,卧_{一作坐}对寒松手自栽。庐岳高僧留偈别,茅山道士寄书来。燕知社日辞巢去,菊为重阳冒雨开。浅薄将何称献纳,临岐终日自_{一作独迟一作裴}回。

秋夜宿严维宅

昔闻玄度宅,门向会稽峰。君住东湖下,清风继旧踪。秋深临水月,夜半隔山钟。世故多离别,良宵讵可逢。

见诸姬学玉台体

艳唱召燕姬,清弦待卢女。由来道姓秦,谁不知家楚。传杯见目成,结带明心许。宁辞玉辇迎,自堪金屋贮。朝朝_{一作一去作}行云,襄王迷处所。

酬张二仓曹扬子所居见寄兼呈韩郎中

孤云独鹤自悠悠,别后经年尚泊舟。渔父置词相借问,郎官能赋许依投。折芳远寄三春草,乘兴闲_{一作来}看万里流。莫怪杜门频乞假,不堪扶病拜龙楼。

送 安 律 师

出家童子岁，爱此雪山人。长路经千里，孤云伴一身。水中应见
月，草上岂伤春。永日空林下，心将何物亲。

题卢十一所居 一作卢十

春风来几日，先入辟疆园。身外无馀事，闲吟昼闭门。

送陆〔澧〕(沣)一作邃郭郧

才见吴洲百草春，已闻燕雁一声新。秋风何处催年急，偏逐山行水
宿人。

山中 一作半横云 一作题画帐

湘水风日满，楚山朝夕空。连峰虽已见，犹念长云中。

题裴二十一新园 一作题裴固新园，又作裴周。

东郭访先生，西郊寻隐一作旧路。久为江南客，自有云阳树。已得
闲一作丘园心，不知公府步。开一作闭门白日晚，倚杖青山暮。果熟
任霜封，篱疏从水度。穷年无一作常牵缀，往事惜沦误。唯见耦一作
独耕人，朝朝自来去。

寄 高 云

南徐风日好，怅望毗陵道。毗陵有故人，一见恨无因。独恋青山
久，唯令白发新。每嫌持手板，时见著头巾。烟景临寒食，农桑接
仲春。家贫仍嗜酒，生事今何有。芳草遍江南，劳心忆携手。

全唐诗卷二五〇

皇甫冉

温泉一作汤即事

天仗星辰转,霜冬景气和。树含温液润,山入缭垣多。丞相金钱赐,平阳玉辇过。鲁儒求一谒,无路独如何。一作接舆来自楚,朝夕值行歌。

送张南史 效何记室体

马卿工词赋,位下年将暮。谢客爱云山,家贫身不闲。风波杳未极,几处逢相识。富贵人皆变,谁能念贫贱。岸有经霜草,林有故年枝。俱应待春色,独使客心悲。

庐山歌送至弘法师兼呈薛江州

释子去兮访名山,禅舟容与兮住仍前。猿啾啾兮怨月,江渺渺兮多烟。东林西林兮入何处,上方下方兮通石路。连湘接楚饶桂花,事久年深无杏树。使君爱人兼爱山,时引双旌万木间。政成人野皆不扰,遂令法侣性安闲。

送薛秀才

虽是寻山客,还同慢世人。读书惟务静,无褐不忧贫。野色春冬树,鸡声远近邻。郄公即吾友,合一作益与尔相亲。

使往一作至寿州淮路寄刘长卿 一作判官

榛草荒凉村落空,驱驰卒岁亦何功。蒹葭曙色苍苍远,蟋蟀秋声处处同。乡路遥知淮浦外,故人多在楚云东。日夕烟霜一作波那可道,寿阳西去水无穷。

酬李司兵直夜见寄

江城闻鼓角,旅宿复何如。寒月此宵半,春风旧岁馀。徒云资薄禄,未必胜闲居。见欲扁舟去,谁能畏简书。

送薛判官之越

时难自多务,职小亦求贤。道路无辞远,云山并在前。樟亭待潮处,已是越人烟。

同温丹一作司徒登万岁楼 一作刘长卿诗

高楼独立一作上思依依,极浦遥山合一作涵翠微。江客不堪频北顾一作望,塞鸿何事复一作独,又作又。南飞。丹阳古渡寒烟积,瓜步空洲远树稀。闻道王师犹转战,谁能谈笑解重围。

赋得檐燕

拂水竞何忙,傍檐如有意。翻风去每远,带雨归偏驶。令君裁杏梁,更欲年年去。

送李万州赴饶州觐省 <small>得西字</small>

前程观<small>一作欢</small>拜庆，旧馆<small>一作异县</small>惜招携。荀氏风流远，胡家清白齐。
川回吴岫失，塞阔楚云低。举目亲<small>一作观</small>鱼鸟，惊心怯鼓鼙。人稀
渔浦外，滩浅定山西。无限青青草，王孙去不迷。

送邹判官赴河南 <small>一作刘长卿诗</small>

看君发原隰，四牡去皇皇。始罢沧江吏，还随粉署郎。海沂军未
息，河畔岁仍荒。征税人全少，榛芜虏近亡。所行知宋远，相隔叹
淮长。早晚裁书寄，银钩仅八行。

宿淮阴南楼酬常伯能

淮阴日落上南楼，乔木荒城古渡头。浦外野风初入户，窗中海月早
知秋。沧波一望通<small>一作知</small>千里，画角三声起百忧。伫立分宵绝<small>一作
独立宵分</small>远来客，烦君步屟<small>一作履，又作屣</small>。忽相求。

送归中丞使新罗

诏使殊方远，朝仪旧典行。浮天无尽处，望日计前程。暂喜孤山
出，长愁积水平。野风飘叠鼓，海雨湿危旌。异俗知文教，通儒有
令名。还将大戴礼，方外授诸生。

小江怀灵一上人

江上年年春早，津头日日人行。借问山阴远近，犹闻薄暮钟声。

送唐别驾赴郢州

莫叹辞家远，方看佐郡荣。长林通楚塞，高岭见秦城。雪向峣关

下,人从郢路迎。翩翩骏马去,自是少年行。

送魏中丞还河北

宁知贵公子,本是鲁诸生。上国风尘旧,中司印绶荣。辛勤戎旅事,雪下护羌营。

送李使君赴邵州

出送东方骑,行安南楚人。城池春足雨,风俗夜迎神。郢路逢归客,湘川问去津。争看使君度,皂盖雪中新。

寄振上人无碍寺所居

恋亲时见在人群,多在东山一作南就白云。独坐焚香诵经处,深山古寺雪纷纷。

酬 李 补 阙

十年归客但心伤,三径无人已自荒。夕宿灵台伴烟月,晨趋建礼逐衣裳。偶因麋鹿随丰草,谬荷鸳鸾借末行。纵有谏书犹未献,春风拂地日空长。

故齐王赠承天皇帝挽歌

礼盛追崇一作宗日,人知友悌恩。旧居从代邸,新陇入文园。鸿宝仙书秘,龙旂帝服尊。苍苍松里月,万古此高原。

赠恭顺皇后挽歌

徂谢年方久,哀荣事独稀。虽殊百两迓,同是九泉归。诏使归金策,神人送玉衣。空山竟不从,宁肯学湘妃。

病中对石竹花

散点空阶下,闲凝细雨中。那能久相伴,嗟尔隔秋风。

寄郑二侍御归新郑无碍寺所居

何事休官早,归来作郑人。云山随伴侣,伏腊见乡亲。南亩无三径,东林寄一身。谁当便静者,莫使甑生尘。

送庐一作卢山人归林虑山

无论行远近,归向旧烟林。寥落人家少,青冥鸟道深。白云长满目,芳草自知心。山色连东海,相思何处寻。

送荣别驾赴华州

直到群一作三峰下,应无累日程。高车入郡舍,流水出关城。草色田家迥,槐阴府吏迎。还将海沂咏,籍甚汉公卿。一本缺此五字。

送常大夫加散骑常侍赴朔方

故垒烟尘一作霞后,新军河塞间。金貂宠汉将,玉节度萧关。澶漫沙中雪,依稀汉口山。人知窦车骑,计日勒铭还。

送王翁信还剡中旧居

海岸耕残雪,溪沙钓夕阳。客一作家中何所有,春草渐看长。

酬张继 并序

懿孙,余之旧好,衹役武昌,枉(一本无此字)六言诗见怀,今(一作余)以七言裁答,盖拙于事者繁而费也。

怅望南徐登北固,迢遥西塞恨一作限,又作望。东关。落日临川问音
信,寒潮唯带夕阳还。

送柳八员外赴江西

岐路穷一作多无极,长江九派分。行人随旅雁,楚树入湘云。久在
征南役,何殊蓟北勋。离心不可问,岁暮雪纷纷。

赋长道一绝送陆邃潜夫 并序 一本无题上五字

　　　顷者江淮征镇,屡有抡材之举,予不列焉,有司之过,予方耕山钓
湖,避人如逃寇。徒欲罗高鸿,捕深鱼,穷年竭日,其可得也。今齿发向
暮,执劳无力,众雏嗷嗷,开口待哺。如有知者,子其行乎,无为自苦,一
绝赋长道(二字作之)。

高山迴欲登,远水深难渡。杳杳复漫漫,行人别家去。

又得云字 一作张继诗,题作留别。

何事千年遇圣君,坐令双鬓老如一作江云。南行更入深山浅一作山深
浅,岐路悠悠水自分。

送陆潜夫往茅山赋得华阳洞 一本题上有重字

游仙洞兮访真官,奠瑶席兮礼石坛。忽仿佛兮云扰,杳阴深兮夏
寒。欲回头兮挥手,便辞家兮可否? 有昏嫁一作姻兮婴缠,绵一作待
归来兮已久。

又送陆潜夫茅山寻友

登山自补屐,访友不赍粮。坐啸一作歇青枫一作松晚,行吟白日长。
人烟隔水见,草气入林香。谁作招寻侣,清斋宿紫阳。

赋得越山三韵 一本题上有又送陆潜夫五字

西陵犹隔水，北岸已春山。独鸟连天去，孤云伴客还。只应结茅宇，出入石林间。

送卢郎中使君赴京

三年期上国，万里自东溟。曲盖遵长道，油幢憩短亭。楚云山隐隐，淮雨草青青。康乐多新兴，题诗纪所经。

杨氏林亭探得古槎

千年古貌多，八月秋涛晚。偶被主人留，那知来近远。

送郑二之茅山

水流绝涧终日，草长深山暮春。犬吠鸡鸣几处，条桑种杏何人。

和王给事 一本有维字禁省梨花咏

巧解逢一作迎人笑，还一作偏能乱蝶飞。春时风一作风时入户，几片落朝衣。

送郑员外入茅山居

但一作且见全家去，宁知几日还。白云迎谷口，流水出人间。冠冕情一作人遗世，神仙事满山。其中应有物，岂贵一身闲。

送志弥师往淮南

已能持律藏，复去礼禅亭。长老偏摩顶，时流尚诵经。独行寒野旷，旅宿远山青。眷属空相望，鸿飞已杳冥。

谢韦大夫柳栽

本在胡笳曲,今从汉将营。浓阴方待庇,弱植岂无情。比雪花应吐,藏乌叶未成。五株蒙远赐,应使号先生。

问李二司直所居云山

门外水流一作流水何处,天边树绕谁家。山色东西多少,朝朝几度云遮。

刘侍御朝命许停官归侍

孟孙唯问孝,莱子复辞官。幸遂温清愿,其甘稼穑难。采芝供上药,拾橡奉晨餐。栋里云藏雨,山中暑带寒。非时应有笋,闲地尽生兰。赐告承优诏一作老,长筵永日欢。

送陆鸿渐赴越 并序

君自数百里访予羁病,牵力迎门,握手心喜,宜涉旬日始至焉。究孔释之名理,穷歌诗之丽则。远墅孤岛,通舟必行;鱼梁钓矶,随意而往。徐兴未尽,告去遄征。夫越地称山水之乡,辕门当节钺之重。进可以自荐求试,退可以闲居保和。吾子所行,盖不在此。尚书郎鲍侯,知子爱子者,将推食解衣以拯其极,讲德游艺以凌其深,岂徒尝镜水之鱼,宿耶溪之月而已?吾是以无间,劝其晨装,同赋送远客一绝。

行随新树深,梦隔重江一作山远。迢递风日间,苍茫洲渚晚。

送窦叔向

楚客怨逢秋,闲吟兴非一。弃官守贫病,作赋推文律。樵径未经一作沾霜,茅檐初负日。今看泛月去,偶见乘潮出。卜地会为邻,还依仲长室。

题蒋道士房

轩窗缥缈起烟霞,诵诀存思白日斜。闻道昆仑有仙籍,何时青鸟送丹砂。

夜集张谭所居 得飘字

江南成久客,门馆日萧条。惟有图书在,多伤鬓发凋。诸生陪讲诵,稚子给渔樵。虚室寒灯静,空阶落叶飘。沧洲自有趣,谁道隐须招。

酬　权　器

南望江南满山雪,此情惆怅将谁说。徒随群吏不曾闲,顾与诸生为久别。闻君静坐转耽书,种树葺茅还一作远旧居。终日白云应自足,明年芳草又何如。人生有怀若一作苦不展,出入公门犹未免。回舟朝夕一作早晚待春风,先报华阳洞深浅。

寄刘方平大谷田家

故山闻独往,樵路忆相从。冰结泉声绝,霜清野翠浓。篱边颍阳道,竹外少姨峰。日夕田家务,寒烟隔几重。

送云阳少府 得归字

渭曲春光无远近,池阳谷口倍芳菲。官舍村桥来几日,残花寥落待君归。

鲁一作曾山送别 一作刘长卿诗

凄凄游子若飘蓬,明月清樽只暂同。南望千山如黛色,愁君客路在
其中。

题高云客舍

孤兴日自深,浮云非所仰。窗中西城一作岭峻,树外东川广。晏起
簪葛巾,闲吟倚藜杖。阮公道在醉,庄子生常养。五柳转扶疏,千
峰恣来往。清秋香粳获,白露寒菜长。吴国滞风烟,平陵延梦想。
时人趋缨弁,高鸟违罗网。世事徒乱纷,吾心方浩荡。唯将山与
水,处处谐真赏。

台头寺愿上人院古松下有小松裁毫末新生与纤草不辨重其有凌云干霄之志与赵八员外裴十补阙同赋之

细草亦全高,秋毫讵堪比。及至干霄日,何人复居此。

渔子沟寄赵员外裴补阙 一本题上有淮口二字

欲逐淮潮上,暂停渔子沟。相望知不见,终是屡回头。

送崔使君赴寿州 一作刘长卿诗

列郡专城分国忧,彤幨皂盖古诸侯。仲华遇主年犹少,公瑾论兵位
已酬。草色青青宜建隼,蝉声处处杂鸣驺。千里相思如可见,淮南
木落早惊秋。

送谢十二一作二十判官

四牡驱驰千里馀，越山稠叠海林疏。不辞终日离家远，应为刘公一纸书。

送处州裴使君赴京

使君朝北阙，车骑发东方。别喜天书召，宁忧地脉长。山行朝复夕，水宿露为霜。秋草连秦塞，孤帆落汉阳。新衔趋建礼，旧位识文昌。唯有东归客，应随南雁翔。

送田济之扬州赴选

家贫不自给，求禄为荒年。调补无高位，卑栖屈此贤。江山欲霜雪，吴楚接风烟。相去诚非远，离心亦渺然。

送袁郎中破贼北归 第七句缺

优诏亲贤时独稀，中途紫绂一作绶换征衣。黄香省闼登朝去，杨仆楼船振旅归。万里长闻随战角，十年不得掩一作偃郊扉。□□□□□□□，但将词赋奉恩辉。

同李万晚望南岳寺怀普门上人

释子身心无垢纷一作氛，独将衣钵去人群。相思晚望松林寺，唯有钟声出白云。

奉和独孤中丞游法华寺

谢君临郡府，越国旧山川。访道三千界，当仁五百年。岩空骑驳响，树密旆旌连。阁影凌空壁，松声助乱泉。开门得初地，伏槛接诸天。向背春光满,楼台古制全。群峰争彩翠,百谷会风烟。香象随僧久,祥乌报客先。清心乘暇日,稽首慕良缘。法证无生偈,诗成大雅篇。苍生望已久,回驾独依然。

之京留别刘方平

客子慕俦侣,含凄整晨装。邀欢日不足,况乃前期长。离袂惜嘉月,远还一作怀劳折芳。迟回越二陵,回首但苍茫一作苍。乔木清宿雨,故关愁夕阳。人言长安乐,其奈缅相望。

出　塞

吹角出塞门,前瞻即胡地。三军尽回首,皆洒望乡泪。转念关山长,行看风景异。由来征戍客,负得一作各负轻生义。

赴李一作季少府庄失路

君家南郭白云连,正待情人一作天晴弄石泉。月照烟花迷客路,苍苍何处是伊川。

雨　雪

风沙悲久戍,雨雪更劳师。绝漠无人境,将军苦战时。山川迷向背,氛雾失旌旗。徒念天涯隔一作事,中人一作年年芳草期。

馆陶李丞旧居

盛名天下挹馀芳,弃置终身不拜郎。词藻世传平子赋,园林人比郑公乡。门前坠叶浮秋水,篱外寒皋带夕阳。日日青松成古木,只应来者为心伤。

送刘兵曹还陇山居

离堂徒宴语,行子但悲辛。虽是还家路,终为陇上人。先秋雪已满,近夏草初新。唯有闻羌笛,梅花曲里春。

同李三月夜作

霜风惊度雁,月露皓一作皎疏林。处处砧声发,星河秋夜深。

同裴少府安居寺对雨

共结寻真会,还当退食初。炉烟云气合,林叶雨声馀。潺暑销珍簟,浮凉入绮疏。归心从念远,怀此复何如。

送元晟一作盛归潜山所居一作送王山人归别业

深山秋事一作意早,君一作归去复一作意何如。裛露收新稼,迎寒葺旧庐。题诗即招隐,作赋是一作足闲居。别后空一作应相忆,嵇康懒寄书。

送康判官往新安赋得江路西南永 一作刘长卿诗

不向新安去,那知江路长。猿声比一作近庐霍,水色胜潇湘。驿树一作路收残雨,渔家带夕阳。何须愁旅泊,使者有辉光。

宿洞灵观

孤烟灵洞远,积雪满一作暮山寒。松柏凌高殿,莓苔封古一作石坛。客来清夜久,仙去白云残。明日开金箓,焚香更一作又沐兰。

酬卢十一过宿

乞还方未遂，日夕望云林。况复逢一作经春草，何劳一作妨问此心。闭一作闲门公务散，枉策故情深。遥一作静夜他乡酒，同君梁甫吟。

酬裴十四 得晏字

淮海各联翩，三年方一见。素心终不易，玄发何须变。旧国想平陵，春山满阳羡。邻鸡莫遽唱，共惜良夜晏。

彭祖井 一本题上有奉和王相公五字

上公旌节在徐方，旧井莓苔近寝堂。访古因知彭祖宅，得仙何必葛洪乡。清虚不共春池竟一作竞，盥漱偏宜夏日长。闻道延年如玉液，欲将调鼎献明光。

奉和对雪 一本作奉和王相公喜雪

春雪偏当夜，暄风却变寒。庭深不复扫，城晓更宜看。命酒闲令一作今，又作全。酌，披裳一作裘晚未冠。连营鼓角动，忽似战桑干。

送萧献士 一本题下有往郓中三字

惆怅烟郊晚，依然此送君。长河隔旅梦，浮客伴孤一作闲云。淇上春山直，黎阳大道分。西陵傥一吊，应有士衡文。

卖药人处得南阳朱山人书

卖药何为者，逃名市井居。唯通远山信，因致逸人书。已报还丹效，全将世事疏。秋风景溪一作溪景里，萧散寄樵渔。

初出沅江夜入湖

放溜出江口,回瞻松栝深。不知舟中月,更引湖间心。

送裴员外往一作赴江南

分务江南远,留欢幕下荣。枫林萦一作缘楚塞一作泽,水驿到溢城。岸草知春晚,沙禽好夜惊。风帆几泊处一作日到,一作度泊,处处暮潮清一作平。

奉和王相公早春登徐州城

落日凭危堞,春风似故乡。川流通楚塞,山色绕徐方。壁垒依寒草,旌旗动夕阳。元戎资上策,南亩起一作富耕桑。

奉和对山僧 一作同杜相公对山僧

吏散重门掩,僧来闭阁闲。远心驰北阙,春兴寄东山。草长风光里,莺喧一作啼静默间。芳辰不可住,惆怅暮禽还。

奉和待勤照上人不至

东洛居贤相,南方待本师。旌麾俨欲动,杯一作杖锡杳仍迟。积雪迷何处,惊风泊几时。大臣能护法,况有故山期。

奉和汉祖庙下之作

古庙风烟积,春城车骑过。方修汉祖祀,更使沛童歌。寝帐巢禽出,香烟水雾和。神心降福处,应在故乡多。

和朝郎中扬子玩雪寄山阴严维

凝阴晦长箔,积雪满通川。征客寒犹去,愁人昼更眠。谢家兴咏日,汉将出师年。闻有招寻兴,随君访戴船。

闲 居 作

多病辞官罢,闲居作赋成。图书唯药篆,饮食止藜羹。学谢淹中术,诗无邺下名。不堪趋建礼,讵是厌承明。已辍金门步,方从石路行。远山期道士,高柳觅先生。性懒尤因疾,家贫自省一作少营。种苗虽尚短,谷价幸全轻。篇咏投康乐,壶觞就步兵。何人肯相访,开户一逢迎。

归 渡 洛 水

暝色赴春愁,归人南渡头。渚烟空翠合,滩月碎光流。澧浦饶芳草,沧浪有钓舟。谁知放歌客,此意正悠悠。

送郑二员外

置酒竟长宵,送君登远道。羁心看旅雁,晚泊依秋草。秋草尚芊芊,离忧亦渺然。元戎辟才彦,行子犯风烟。风烟积惆怅,淮海殊飘荡。明日是重阳,登高远相望。

酬崔侍御期籍道士不至兼寄

一心求妙道,几岁候真师。丹灶今何在一作处,白云无定期。昆仑烟景绝,汗漫往还迟。君但焚香待,人间到有时。

送裴陟归常州

夜雨须停棹，秋风暗入衣。见君尝北望，何事却南归。

赠　别 一作赠寄权三客舍

南桥春日暮，杨柳带青一作清渠。不得同携手，空成一作城意有馀。

和袁郎中破贼后经剡中山水

武库分帷幄，儒衣事鼓鼙。兵连越徼外，寇尽海门西。节比全疏勒，功当雪会稽。旌旗回剡岭，士马濯一作跃耶一作灵溪。受律梅初发，班师草未齐。行看佩金一作侯印，岂得访丹梯。

徐州送丘侍御之越

时鸟催春色，离人惜岁华。远山随拥传，芳草引还家。北固潮当阔，西陵路稍斜。纵令寒食过，犹有镜中花。

闲　居 一作王维诗

桃红复含宿雨，柳绿更带春烟。花落家童未扫，莺啼山客犹眠。

送延一作江陵陈法师赴上元

延陵初罢讲，建业去随缘。翻译推多学，坛场最少年。浣衣逢一作随野水，乞食向人烟。遍礼南朝寺一作峰顶，焚香古像前。

赋得海边树

历历缘荒岸，溟溟入远天。每同沙草发，长共水云连。摇落潮风早，离披海雨偏。故伤游子意，多在客舟前。

题昭上人房

沃州传教后，百衲老空林。虑尽朝昏磬，禅随坐卧心。鹤飞湖草迥，门闭野云深。地一作愿与天台接，中峰早晚寻。

送李使君赴抚州

远送临川守，还同康乐侯。岁时徒改易，今古接风流。五马嘶长道，双旌向本州。乡心寄西北，应上郡城楼。

同樊润州游郡东山

北固多陈迹，东山复盛游。铙声发大道，草色引行骖。此地何时有，长江自古流。频随公府步，南客寄徐州。

酬杨侍御寺中见招

贫居依柳市，闲步在莲宫。高阁宜春雨，长廊好啸风。诚如双树下，岂比一丘中。

重阳日酬李观

不见白衣来送酒，但令一作怜黄菊自开花。愁看日晚良辰过，步步行寻陶令家。

寄 权 器

露湿青芜时欲晚，水流黄叶意无穷。节近重阳念归否，眼前篱菊带秋风。

酬李判官度梨岭见寄

陇首怨西征,岭南雁一作应北顾。行人与流水,共向闽中去。

送魏六侍御葬

哭葬寒郊外,行将何所从。盛曹徒列柏,新墓已栽松。海月同千古,江云覆一作复几重。旧书曾谏猎,遗草议登封。畴昔轻三事,尝期老一峰。门临商岭道,窗引洛城钟。应积泉中恨,无因世上逢。招寻偏见厚,疏慢亦相容。张范唯通梦,求羊永绝踪。谁知长卿疾,歌赋不还邛。

送张道士归茅山谒李尊师

向山独有一人行,近洞应逢双鹤迎。尝以素书传弟子,还因白石号先生。无穷杏树行时一作何年种,几许芝田向一作带月耕。师事少君年岁久,欲随旄节往层城。

酬裴补阙吴寺见寻 一作酬袁补阙中天寺见寄

东林初结构一作社,已有晚钟声。窗户背流水,房廊半架城。远山重叠见,芳草浅深生。每与君携手,多烦长老迎。

送王相公之一作赴幽州

自昔萧曹任,难兼卫霍功。勤劳无远近,旌节屡西东。不选三河卒,还令万里通。雁行缘古塞,马鬣起长风。一作御闲分善马,武库出彤弓。遮虏关山静,防秋鼓角雄。徒思一攀送,羸老一作病荜门中。

题竹扇赠别

湘竹殊堪制,齐纨且未工。幸亲芳袖日,犹带旧林风。掩笑歌筵里,传书卧阁中。竟将为别赠,宁与合欢同。

归阳羡兼送刘八长卿

湖上孤帆别,江南谪宦归。前程愁更远,临水泪沾衣。云梦春山遍,潇湘过客稀。武陵招我隐,岁晚闭一作向柴扉。

东 郊 迎 春

晓见苍龙驾,东郊春已迎。彩云天仗合,玄象太阶平。佳气山川秀,和风政令行。句陈霜骑肃,御道雨师清。律向韶阳变,人随草木荣。遥观一作欢上林树一作苑,今日遇迁莺。

招隐寺送阎一作闻判官还江州

离别那逢秋气悲,东林更作上方期。共知客路浮云外,暂爱僧房坠叶时。长江九派人归少,寒岭千重雁度迟。借问浔阳在何处,每看潮落一相思。

送李山人还 一本题下有山字

从来无检束,只欲老烟霞。鸡犬声相应,深山有几家。

韦中丞西厅海榴

海花一作榴,又作流。争让候榴花,犯雪先开内史家。末客朝朝铃阁下,从公步履玩年华。

洪泽馆壁见故礼部尚书题诗

底事洪泽壁,空留黄绢词。年年淮水上,行客不胜悲。

望南山雪怀山寺普上人

夜夜梦莲宫,无由见远公。朝来出门望,知在雪山中。

送夔州班使君

晚日照楼边,三军拜峡前。白云随浪散,青壁与山连。万岭岷峨雪,千家橘柚川。还如赴河内,天上去经年。

寻　戴　处　士

车马长安道,谁知大隐心。蛮僧留古镜,蜀客寄新琴。晒药竹斋暖,捣茶松院深。思君一相访,残雪似山阴。

早发中严寺别契上人

苍苍松桂阴,残月半西岑。素壁寒灯暗,红炉夜火深。厨开山鼠散,钟尽岭猿吟。行役方如此,逢师懒话心。

华　清　宫

骊岫接新丰,岧峣驾翠空。凿山开秘殿,隐雾闭仙宫。绛阙犹栖凤,雕梁尚带虹。温泉曾浴日,华馆旧迎风。肃穆瞻云辇,沈深闭绮栊。东郊倚望处,瑞气霭濛濛。

送孔巢父赴河南军 一作刘长卿诗

江城相送阻烟波,况复新秋一雁过。闻道全师征北虏,更言诸将会南河。边心杳杳乡人绝,塞草青青战马多。共许陈琳工奏记,知君名宦未蹉跎。

李二侍御丹阳东去新亭

姑苏东望海陵间,几度裁书信未还。长在府中持白简,岂知天畔有青山。人归极浦寒流广,雁下平芜秋野闲。旧日新亭更携手,他乡风景亦相关。

夜发沅江寄李颍川刘侍郎 时二公贬于此

半夜回舟入楚乡,月明山水共苍苍。孤猿更发秋风里,不是愁人亦断肠。

浪淘沙二首 一作皇甫松诗

蛮歌豆蔻北人愁,松雨蒲风野艇秋。浪起鵁鶄眠不得,寒沙细细入江流。

濑头细草接疏林,恶浪䰝船半欲沉。宿鹭眠洲非旧浦,去年沙觜是江心。

春　思 一作刘长卿诗

莺啼燕语报新年,马邑龙堆路几千。家住秦城邻汉苑,心随明月到胡天。机中锦字论长恨,楼上花枝笑独眠。为问元戎窦车骑,何时反旆勒燕然。

逢庄纳因赠

世故还相见,天涯共向东。春归江海上,人老别离中。郡吏名何晚,沙鸥道自同。甘泉须早献,且莫叹飘蓬。

送韦山人归钟山所居 一作郎士元诗

逸人归路远,弟子出山迎。服药颜虽驻,耽书癖已一作未成。柴扉度岁月,藜杖见公卿。更作一作阅儒林传,还应有姓名。

送普门上人 一作皇甫曾诗,题下有还阳羡三字。

花宫难一作虽久别,道者忆千灯。残雪入林路,深一作暮山归寺僧。日光依嫩草,泉响滴春冰。何用求方便,看心是一乘。

怨回纥歌二首

白首南朝女,愁听异域歌。收兵颉利国,饮马胡芦河。毳布腥膻久,穹庐岁月多。雕巢城上宿,吹笛泪滂沱。

祖席驻征棹,开帆信候潮。隔烟桃叶泣,吹管杏花飘。船去鸥飞阁,人归尘上桥。别离惆怅泪,江路湿红蕉。

句

微官同侍苍龙阙,直谏偏推白马生。　寄李补阙　出《诗式》

全唐诗卷二五一

刘方平

　　刘方平,河南人,邢襄公政会之后。与元德秀善。不仕。诗一卷。

代宛转歌二首

星参差,明_{一本无明字}月二八灯五枝。黄鹤瑶琴将别去,芙蓉羽帐惜空垂。歌宛转,宛转恨无穷。愿为潮_{一作波}与浪,俱起碧流中。

晓将近,黄姑织女银河尽_{一作隐}。九华锦衾无复情,千金宝镜谁能引。歌宛转,宛转伤别离。愿作杨与柳,同向玉窗垂。

乌栖曲二首

蛾眉曼脸倾城国,鸣环动佩新相识。银汉斜临白玉堂,芙蓉行障掩灯光。

画舸双艚锦为缆,芙蓉花发莲叶暗。门前月色映横塘,感郎中夜度潇湘。

巫　山　高

楚国巫山秀,清猿日夜啼。万重春树合,十二碧峰齐。峡出朝云下,江来暮雨西。阳台归路直,不畏向家迷。

巫 山 神 女

神女藏难识,巫山秀莫群。今宵为大雨,昨日作孤云。散漫愁巴峡,徘徊恋楚君。先王为立庙,春树几氛氲。

梅 花 落

新岁芳梅树,繁花一作苞四面同。春风吹渐落,一夜几枝空。少一作小妇今如此,长城恨不穷。莫将辽海雪,来比后庭中。

铜 雀 妓

遗令奉君王,嚬蛾强一妆。岁移陵树色,恩在舞衣香。玉座生秋气,铜台下夕阳。泪痕沾井干,舞袖为谁长。

秋夜思 一作淮上秋夜

旅梦何时尽,征途望每赊。晚秋淮上水,新月楚人家。猿啸空山近,鸿飞极浦斜。明朝南岸去,言一作定折桂枝花。

秋 夜 泛 舟

林塘夜发舟,虫响荻飕飕。万影皆因月,千声各为秋。岁华空复晚,乡思不堪愁。西北浮云外,伊川何处流。

折 杨 枝

官一作空渡初杨柳,风来亦动摇。武昌行路好,应为最长条。叶映黄鹂夕,花繁白雪朝。年年攀折意,流恨入纤腰。

班婕妤 一作婕妤怨

夕殿别君王,宫深一作深宫月似霜。人幽一作愁在长信,萤出向昭阳。
露浥红兰湿一作死,秋凋碧树伤。惟当合欢扇,从此箧中藏。

新　春

南陌春风早,东邻曙色斜。一花开楚国,双燕入卢家。眠罢梳云
髻,妆成上锦车。谁知如昔日,更浣越溪纱。

寄严八判官

洛阳新月动秋砧,瀚海沙场天半阴。出塞能全仲叔策,安亲更切老
莱心。汉家宫里风云晓,羌笛声中雨雪深。怀袖未传三岁字,相思
空作陇头吟。

秋夜寄皇甫冉郑丰

洛阳清夜白云归,城里长河列宿稀。秋后见飞千里雁,月中闻捣万
家衣。长怜西雍青门道,久别东吴黄鹄矶。借问客书何所寄,用一
作中心不啻两乡违。

寄陇右严判官

副相西征重一作日,苍生属望晨。还同周薄伐,不取汉和亲。虏阵
摧枯易,王师决胜频。高旗临鼓角,太白静风尘。赤狄争归化,青
羌已请臣。遥传阃外美,盛选幕中宾。玉剑光初发,冰壶色自真。
忠贞期报主,章服岂荣身。边草含风绿,征鸿过月新。胡笳长出
塞,陇水半归秦。绝漠多来往,连年厌苦辛。路经西汉雪,家掷后
园春。谁念烟云里,深居汝颍滨。一丛黄菊地,九日白衣人。松叶

疏开岭,桃花密映津。缣书若有寄,为访许由邻。

拟娼楼节怨

上苑离离莺度,昆明幂幂蒲生。时光春华可惜,何须对镜含情。

采 莲 曲

落日晴江里,荆歌艳楚腰。采莲从小惯,十五即乘潮。

长 信 宫

梦里君王近,宫中河汉高。秋风能再热,团扇不辞劳。

京 兆 眉

新作蛾眉样,谁将月里同。有一作自来凡几日,相效满城中。

春 雪

飞雪带春风,裴回乱绕空。君看似花处,偏在洛阳东。

望 夫 石

佳人成古石,藓驳覆花黄。犹有春山杏,枝枝似薄妆。

送 别

华亭雾色满今朝,云里樯竿去转遥。莫怪山前深复浅,清淮一日两回潮。

夜 月

更深月色半人家,北斗阑干南斗斜。今夜偏知春气暖,虫声新透绿窗纱。

春　怨

纱窗日落渐黄昏，金屋无人见泪痕。寂寞空庭春欲一作又晚，梨花满地不开门。

代 春 怨

朝日残莺伴妾啼，开帘只见草萋萋。庭前时有东风入，杨柳千条尽向西。

全唐诗卷二五二

刘太真

刘太真,宣州人,师萧颖士。天宝末,举进士。大历中,拜起居郎,历台阁,自中书舍人转工部、刑部二侍郎,坐事贬信州刺史。贞元四年重九,赐宴曲江亭,帝制诗序,赐群僚各一本,命简文词之士应制,同用清字,明日于延英门进之,于是朝臣毕和。上自考定,以太真、李纾等为上等。集三十卷。今存诗三首。

宣州东峰亭各赋一物得古壁苔

同赋,袁傪、崔何、王纬、高傪、李岑、苏寓、袁邕、郭澹。

苒苒温寒泉,绵绵古危壁。光含孤翠动,色与暮云寂。深浅松月间,幽人自登历。

顾十二况左迁过韦苏州房杭州
韦睦州三使君皆有郡中燕集诗
辞章高丽鄙夫之所仰慕顾生既至留
连笑语因亦成篇以继三君子之风焉

宠至乃不惊,罪及非无由。奔进历畏途,缅邈赴偏一作荒陬。牧此凋弊旷，属当赋敛秋。夙兴谅无补，旬暇焉敢休。前日怀友生，独登城上楼。迢迢西北望，远思不可收。今日车骑来，旷然销人忧。晨迎东斋饭，晚度南溪游。以我碧流水，泊君青翰舟。莫将迁客程，不为胜境留。飞札谢三守，斯篇希见酬。

贡院寄前主司萧尚书听 一作吕渭诗

独坐贡闱里，愁心芳草生。山公昨夜事，应见此时情。

袁　傪

袁傪，官御史中丞、兵部侍郎。诗二首。

东峰亭同刘太真各赋一物得垂涧藤

寒涧流不息，古藤终日垂。迎风仍未定，拂水更相宜。新花与旧叶，惟有幽人知。

喜陆侍御破石埭草寇东峰亭赋诗

古寺东峰上，登临兴有馀。同观白简使，新报赤囊书。几处闲烽堠，千方庆里闾。欣欣夏木长，寂寂晚烟徐。战罢言归马，还师赋出车。因知越范蠡，湖海意〔何如〕(如何)。

崔　何

崔何，官御史。诗二首。

东峰亭各赋一物得岭上云

伫立增远意,中峰见孤云。溶溶傍危石,片片宜夕曛。渐向群木尽,残飞更氤氲。

喜陆侍御破石埭草寇东峰亭赋诗

绝景西溪寺,连延近郭山。高深清扃外,行止翠微间。江澈烟尘静,川源草树闲。中丞健步到,柱史捷书还。一战清戎越,三吴变险艰。功名麟阁上,得咏入秦关。

王　纬

王纬,官给事中。诗二首。

东峰亭各赋一物得幽径石

片石东溪上,阴崖剩阻修。雨馀青石霭,岁晚绿苔幽。从来不可转,今日为人留。

喜陆侍御破石埭草寇东峰亭赋诗

蜂虿聚吴州,推贤奉圣忧。忠诚资上策,仁勇佐前筹。草木成鹅鹳,戈铤复斗牛。戎车一战后,残垒五兵收。野静山戎险,江平水面流。更怜羁旅客,从此罢葵丘。

郭　澹

郭澹,天宝、大历间人。诗二首。

东峰亭各赋一物得临轩桂

青青芳桂树，幽阴在庭轩。向日阴还合，从风叶乍翻。共看霜雪后，终不变凉暄。

喜陆侍御破石埭草寇东峰亭赋诗

介胄鹰扬出，山林蚁聚空。忽闻飞简报，曾是坐筹功。迥夜昏氛灭，危亭眺望雄。茂勋推世上，馀兴寄杯中。喜色烟霞改，欢忻里巷同。幸兹尊俎末，饮至又从公。

高 傪

高傪，天宝、大历间人。诗一首。

东峰亭各赋一物得林中翠

杳霭无定状，霏微常满林。清风光不散，过雨色偏深。幽意赏难尽，终朝再招寻。

李 岑

李岑，天宝、大历间人。诗一首。

东峰亭各赋一物得栖烟鸟

从来养毛羽，昔日曾飞迁。变转对朝阳，差池栖夕烟。遇此枝叶覆，夙举冀冲天。

苏 寓

苏寓,天宝、大历间人。诗一首。

东峰亭各赋一物得寒溪草

幂䍐溪边草,游人不厌看。馀芳幽处老,深色望中寒。幸得陪情兴,青青赏未阑。

袁 邕

袁邕,天宝、大历间人。诗一首。

东峰亭各赋一物得阴崖竹

终岁寒苔色,寂寥幽思深。朝歌犹夕岚,日永流清阴。龙钟负烟雪,自有凌云心。

李 纾 一作舒

李纾,字仲舒。天宝末,拜秘书省校书郎。大历初,以吏部侍郎李卿荐,为左补阙,累迁司封员外郎,知制诰,改中书舍人,历礼部侍郎。尝奏,享武成王不当视文宣庙,又奉诏为兴元纪功述及郊庙乐章,诸所论著甚众。贞元中重阳应制诗与刘太真皆为上等。今其诗不传,存乐章十三首。

唐德明兴圣庙乐章

《唐书·礼仪志》曰:明皇天宝二年三月,追尊皋繇为德明皇帝,凉武昭王为兴圣皇帝。其庙乐第一迎神,第二登歌、奠币,第三迎俎,第四酌献,第五亚献、终献,第六送神。

迎　神

元尊九德,佐尧光宅。烈祖太宗,方周作伯。响怀霜露,乐变金石。白云清风,仿佛来格。

登 歌 奠 币

四时有典,百事来祭。尊祖奉宗,严禋大帝。礼先苍璧,奠备黝制。于万斯年,熙成帝系。

迎　俎

盛牲实俎,涓选休成。鼎煁阳燧,玉盥阴精。有飶嘉豆,既和大羹。侑以清乐,细齐人情。

德 明 酌 献

清庙奕奕,和乐雍雍。器尊牺象,礼属宗公。白水方〔祼〕(祼),黄流在中。谟明之德,万古清风。

兴 圣 酌 献

闷宫静谧,合乐周张。泰尊始献,百末重觞。震澹存诚,庶几迪尝。遥源之祚,天汉灵长。

亚 献 终 献

惟清惟肃,靡闻靡见。举备九成,俯终三献。庆彰曼寿,胙撤嘉荐。瘗玉埋牲,礼神斯遍。

送　神

元精回复,灵贶繁滋。风洒兰路,云摇桂旗。高丘缅邈,凉部透迟。瞻望靡及,缠绵永思。

让皇帝庙乐章

迎　神

皇矣天宗,德先王季。因心则友,克让以位。爰命有司,式尊前志。
神其降灵,昭飨祀事。

奠　币

惟帝时若,去而上仙。祀用商武,乐备宫悬。白璧加荐,玄纁告虔。
子孙拜后,承兹吉蠲。

迎　俎

祀盛体荐,礼协粢盛。方周假庙,用鲁纯牲。捧撤祇敬,击拊和鸣。
受釐归胙,既戒而平。

酌　献

八音具举,三寿既盟。洁兹宗彝,瑟彼圭瓒。兰肴重错,椒醑飘散。
降祚维城,永为藩翰。

亚献 终献

秩礼有序,和音既同。九仪不忒,三揖将终。孝感藩后,相维辟公。
四时之典,永永无穷。

送　神

奠献已事,昏昕载分。风摇雨散,灵卫纲缊。龙驾帝服,已一作上腾
五云。泮宫复闶,寂寞无闻。

于　邵

　　于邵,字相门,京兆万年人。天宝末,进士登科,书判超
绝,授崇文馆校书郎,历比部郎中,出为巴州刺史。时夷獠聚
众围州,邵遣使谕降,儒服出城,群盗罗拜解散。节度使李抱

玉以闻,迁梓州。后为礼部侍郎、史馆修撰,当时大诏令皆出其手。贞元中,重阳应制诗居次等,今不传。存乐章五首。

释奠武成王乐章

唐《释奠武成王》旧以文宣王乐章用之,贞元中,诏于邵补造。

迎　神

卜畎不从,兆发非熊。乃倾荒政,爰佐一戎。盛烈载垂,命祀维崇。日练上戊,宿严闷宫。迎奏嘉至,感而遂通。

奠币登歌

管磬升,坛芗集。上公进,嘉币执。信以通,俀如及。恢帝功,锡后邑。四维张,百度立。绵亿载,邈难挹。

迎俎酌献

五齐絜,九牢硕。梡橛循,罍斝涤。进具物,扬鸿勋。和奏发,高灵寂。虔告终,繁祉锡。昭秩祀,永无易。

亚献终献

贰觞以献,三变其终。顾此非馨,尚达斯衷。茅缩可致,神歆载融。始神翊周,拯溺除凶。时维降祐,永绝兴戎。

送　神

明祀方终,备乐斯阕。黝纁就瘗,豆笾告撤。肝膋尚馀,光景云灭。返归虚极,神心则悦。

全唐诗卷二五三

王之涣

　　王之涣,并州人,兄之咸、之贲皆有文名。天宝间,与王昌龄、崔国辅、郑昈联唱迭和,名动一时。诗六首。

登鹳雀楼 一作朱斌诗

白日依山尽,黄河入海流。欲穷千里目,更上一层楼。

送　别

杨柳东风一作门树,青青夹御河。近来攀折苦,应为别离多。

凉州词二首

　　《集异记》云:开元中,之涣与王昌龄、高適齐名,共诣旗亭,贳酒小饮,有梨园伶官十数人会宴。三人因避席隈映,拥炉以观焉。俄有妙妓四辈奏乐,皆当时名部。昌龄等私相约曰:"我辈各擅诗名,每不自定甲乙。今者可以密观诸伶所讴,若诗入歌词之多者为优。"初讴昌龄诗,次讴適诗,又次复讴昌龄诗。之涣自以得名已久,因指诸妓中最佳者曰:"待此子所唱,如非我诗,即终身不敢与子争衡。"次至双鬟发声,果讴黄河云云,因大谐笑。诸伶诣问,语其事,乃竞拜乞就筵席。三人从之,饮醉竟日。

黄河远一本次句为第一句，黄河远上作黄沙直上。上白云间，一片孤城万仞
山。羌笛何须怨杨柳，春光不度玉门关。

单于北望拂云堆，杀马登坛祭几回。汉家天子今神武，不肯和亲归
去来。

宴　词

长堤春水绿悠悠，畎入漳河一道流。莫听声声催去棹，桃溪浅处不
胜舟。

九 日 送 别

蓟庭萧瑟故人稀，何处登高且送归。今日暂同芳菊酒，明朝应作断
蓬飞。

阎　防

　　　阎防，开元、天宝间有文名。谪官长沙司户。孟浩然有
《湖中旅泊寄阎九司户诗》，又尝与薛据读书终南丰德寺。诗
五首。

晚秋石门礼拜 一作礼佛

轻策临绝壁，招提谒金仙。舟车无由一作游径，岩峤乃属天。踯躅
淹昃景，夷犹望新弦。石门变暝色，谷口生人烟。阳雁叫平楚，秋
风急寒川。驰晖苦代谢，浮脆惭贞坚。永欲卧丘壑，息心依梵筵。
誓将历劫愿，无以外物牵。

百丈谿新理茅茨读书

浪迹弃人世，还山自幽独。始傍巢由踪，吾其获心曲。荒庭何所
有，老树半空腹。秋蜩鸣北林，暮鸟穿我屋。栖迟乐遵渚，恬旷寡
所欲。开卦推盈虚，散帙攻节目。养闲度人事，达命知止足。不学
东周一作国儒，俟时劳伐辐。

宿岸道人精舍

早岁参道风，放情入寥廓。重因息一作经因息心侣，遂果岩下诺。敛
迹辞人间，杜门守寂寞。秋风翦兰蕙，霜气冷淙壑。山牖见然灯，
竹房一作曰闻捣药。愿言舍尘事，所趣非龙蠖。

夕次鹿门山作

庞公嘉遁所，浪迹难追攀。浮舟暝始至，抱杖聊自闲。双岩一作阙
开鹿门，百谷集珠湾。喷薄湍上水，舂容漂里山。焦原不足险一作
足险峻，梁壑未成艰。我行自春仲，夏鸟忽绵蛮。蕙草色已晚，客心
殊倦一作未还。远游非避地，访道爱童颜。安能徇机巧，争夺锥刀
间。

与永乐诸公夜泛黄河作

烟深载酒入，但觉暮川虚。映水见山火，鸣榔闻夜渔。爱兹山水
趣，忽与人世一作世人疏。无暇一作假然官烛，中流有望舒。

句

熊踞庭中树，龙蒸栋里云。

薛　据

薛据,河中宝鼎人。开元十九年登第,尚书水部郎中,赠给事中。据与王维、杜甫最善。子美赠诗云:"文章开突奥,才力老益神。"高适赠诗云:"隐轸经济具,纵横建安作。"刘长卿亦有赠诗,皆推重之。据为人骨鲠,有气魄。诗十二首。

怀　哉　行

明时无废人,广厦无弃材。良工不我顾,有用一作因宁自媒。怀策望君门,岁晏空迟回。秦城多车马,日夕飞尘埃。伐鼓千门启,鸣珂双阙来。我闻雷雨施,天泽一作下罔不该。何意斯人徒,弃之如死灰。主好臣必效,时禁权不一作必开。俗流实骄矜,得志轻草莱。文王赖多士,汉帝资群才。一言并拜相,片善咸居台。夫君一作丈夫何不遇,为泣黄金台。

古　兴

日中望双一作仙阙,轩盖扬飞尘。鸣珮初罢朝,自言皆近臣。光华满道路,意气安可亲。归来宴高堂,广筵罗八珍。仆妾尽绮纨,歌舞夜达晨。四时固相代,谁能久要津。已看覆前车,未见易后轮。丈夫须兼济,岂能一作得乐一身。君今皆得志,肯顾憔悴人。

冬夜寓居寄储太祝 一作綦毋潜诗

自为洛阳客,夫子吾知音。爱义能下士,时人无此心。奈何离居夜,巢鸟飞空林。愁坐至月上,复闻南邻砧。

登秦望山

南登秦望山,目极大海空。朝阳半荡漾,晃朗天水红。谿壑争喷薄,江湖递交通。而多渔商客,不悟岁月穷。振缗迎早潮,弭棹候长-作远风。予本萍泛者,乘流任西东。茫茫天际帆,栖泊何时同。将寻会稽迹,从此访任公。

西陵口观海

长江漫汤汤,近海势弥广。在昔胚浑-作胝凝,融为百川泱-作长。地形失端倪,天色溃-作潜溰漾。东南际万里,极目远无象。山影乍浮沉,潮波忽来往。孤帆或不见,棹歌犹想象。日暮长风起,客心空振荡。浦口霞未收,潭心月初上。林屿几遭回,亭皋时偃仰。岁晏访蓬瀛,真游非外奖。

题鹤林寺

道门隐形胜,向背临法桥。松覆山殿冷,花藏溪路遥。珊珊宝幡挂,焰焰明灯烧。迟日半空谷,春风连上潮。少凭水木兴,暂忝身心调。愿谢携手客,兹山禅侣饶。

初去郡斋书怀 一作初去郡书情

肃徒辞汝颍,怀古独凄然。尚想文王化,犹思巢父贤。时移多谗巧,大道竟谁传。况是-作见疾风起,悠悠旌旆悬。征鸟-作鸿无返翼,归流不停川。已经霜雪下,乃-作仍验松柏坚。回首望城邑,迢迢间云烟。志士不伤物,小人皆自妍。感时惟责己,在道非怨天。从此适乐土,东归知-作得几年。

出青门往南山下别业

旧居在南山,凤驾自城一作伊阙。榛莽相蔽亏,去尔渐超忽。散漫
馀雪晴,苍茫季冬月。寒风吹长林,白日原上没。怀抱旷莫伸,相
知阻胡越。弱年好栖隐,炼药在岩窟。及此离垢氛,兴来亦因物。
末路期赤松,斯言庶不伐。

泊震泽口

日落草木阴,舟徒泊江汜。苍茫万象开,合沓闻风水。洄沿值渔
翁,窈窕一作嗷啸逢樵子。云开天宇静,月明照万里。早雁湖上飞,
晨钟海边起。独坐嗟远游,登岸望孤洲。零落星欲尽,瞳胧气渐
收。行藏空自秉,智识仍未周。伍胥既仗剑,范蠡亦乘流。歌竟鼓
楫去,三江多客愁。

题丹阳陶司马厅壁

高鉴清洞彻,儒风入进难。诏书增宠命,才子益能官。门带山光
晚,城临江水寒。唯馀好文客,时得咏幽兰。

古　兴

投珠恐见疑,抱玉但垂泣。道在君不举,功成叹何及。

早发上东门 一作綦毋潜诗,题作落第后口号。

十五能文西入秦,三十无家作路人。时命不将明主合,布一作素衣
空惹一作染洛阳尘。

句

省署开文苑,沧浪学钓翁。《纪事》云:此二句据之诗也,子美怀据诗即用为句云:"独当省署开文苑,兼泛沧浪学钓翁。"

穷冬时短晷,日尽西南天。

姚　系

姚系,宰相崇之曾孙,为门下典仪。《韦应物集》有《送姚系还河中诗》。或云河中人。诗十首。

秋 夕 会 友

倦客易相失,欢游无良一作浪辰。忽然一夕间,稍慰阖家贫。白露下庭梧,孤琴始悲辛。回风入幽草,虫响满四邻。会遇更何时,持杯重殷勤。

荆 山 独 往

宿昔山水上,抱琴聊踯躅。山远去难穷,琴悲多断续。岩重丹阳树,泉咽闻阴谷。时下白云中,淹留秋水曲。秋水石栏深,潺湲如喷玉。杂芳被阴岸,坠露方消绿。恣此平生怀,独游还自足。

五老峰大明观赠隐者

云观此山北,与君携手稀。林端涉横水,洞口入斜晖。颇觉一作乍见鸾鹤迩,忽为烟雾飞。故人清和客,默会琴心微。丹术幸可授,青龙当未归。悠悠平生意,此日复相违。

送周愿判官归岭南

早蝉望秋鸣,夜琴怨离声。眇然多异感,值子江山行。由来重义
人,感激事纵横。往复念遐阻,淹留慕平生。晨奔九衢饯一作栈,暮
始万里程。山驿风月榭,海门烟霞一作雾城。易绡泉源近,拾翠沙
溆明。兰蕙一为赠,贫交空复情。

送陆浑主簿赵宗儒之任

山中眇然意,此意乃平生。常日望鸣皋一作驹,遥对洛阳城。故人
吏一作更为隐,怀此若一作为蓬瀛。夕气冒一作渭岩上,晨流泻岸明。
存亡区中事,影响羽人情。溪寂值猿下,云归闻鹤声。及兹春始
暮,花葛正明荣一作相萦。会有携手日,悠悠去无程。

杨参军庄送宇文邈

秋云冒原隰,野鸟满林声。爱此田舍事,稽君车马程。离堂惨不
喧,脉脉复盈盈。兰叶一经霜一作露,香销为赠轻。灯光耿方寂,虫
思隐馀一作逾清。相望忽无际,如含江海情。

京西遇旧识兼送往陇西

蝉鸣一何急,日暮秋风树。即此不胜愁,陇阴人更去。相逢与相
失,共是亡羊路。

古　别　离

凉风已袅袅,露重木兰枝。独上高楼望,行人远不知。轻寒入洞
户,明月满秋池。燕去鸿方一作来至,年年是别离。

野居池上看月

悠然云间月,复此照池塘。泫露苍茫湿,沉波澹滟光。应门当未曙,歌吹满昭阳。远近徒伤目,清辉霭自长。

庭　柳

袅袅柳杨枝,当轩杂珮垂。交阴总共密,分条各自宜。因依似永久一作夕,揽结更伤离。爱此阳春色,秋风莫遽吹。

令狐峘

　　令狐峘,德棻五世孙,登进士第。禄山之乱,隐居南山豹林谷。司徒杨绾未仕时,亦避地谷中,尝止峘舍,赏其博学。及绾为礼部侍郎,引入史馆。建中初,为礼部侍郎,典贡举。执政杨炎有所请托,峘得其私书奏之。德宗恶其讦,贬衡州别驾。诗二首。

硖州旅舍奉怀苏州韦郎中公频有尺书,颇积离乡之思。

儒服学从政,遂为尘事婴。衔命东复西,孰堪异乡情。怀禄且怀恩,策名敢逃名。羡彼农亩人,白首亲友并。江山入秋气,草木凋晚荣。方塘寒露凝,旅管凉飙生。懿交守东吴,梦想闻颂声。云水方浩浩,离忧何平时。

释奠日国学观礼闻雅颂

肃肃先师庙,依依胄子群。满庭陈旧礼,开户拜清芬。万舞当华烛,箫韶入翠云。颂歌清晓听,雅吹度风闻。澹泊调元气,中和美圣君。唯馀东鲁客,蹈舞向南熏。

滕　珦

　　滕珦,东阳人,历茂王傅。太和初,以右庶子致仕,四品给券还乡自珦始。诗一首。

释奠日国学观礼闻雅颂

太学时观礼,东方晓色分。威仪何棣棣,环珮又纷纷。古乐从空尽,清歌几处闻。六和成远吹,九奏动行云。圣上尊儒学,春秋奠茂勋。幸因陪齿列,聊以颂斯文。

全唐诗卷二五四

常衮

常衮，京兆人。天宝末，举进士，历太子正字。宝应二年，为翰林学士、考功员外、郎中、知制诰。文章俊拔，当时推重。永泰元年，迁中书舍人，累上章陈西北利害，代宗甚顾遇之，加集贤院学士。大历初，拜门下侍郎，同平章事，与杨绾并掌机务。后出为福建观察使。集十卷。今存诗九首。

奉和圣制麟德殿燕百僚应制

云辟御筵张，山呼圣寿长。玉阑丰瑞草，金陛立神羊。台鼎资庖膳，天星奉酒浆。蛮夷陪作位，犀象舞成行。网已祛三面，歌因守四方。千秋不可极，花发满宫香。

晚秋集贤院即事寄徐薛二侍郎

穆穆上清居，沈沈中秘书。金铺深内殿，石甃净寒渠。花树台斜倚，空烟阁半虚。缥囊披锦绣，翠轴卷琼琚。墨润冰文茧，香销蠹字鱼。翻黄桐叶老，吐白桂花初。旧德双游处，联芳十载馀。北朝荣庾薛，西汉盛严徐。侍讲亲花扆，征吟一作诗步绮疏。缀帘金翡翠，赐砚玉蟾蜍。序一作移秩东南远，离忧岁月除。承明期重入，江海意何如。

早秋望华清宫树因以成咏 一作卢纶诗

可怜云木丛,满禁碧濛濛。色润灵泉近,阴清辇路通。玉坛标八桂,金井识双桐。交映凝寒露,相和起夜风。数枝盘石上,几叶落云中。燕拂宜秋霁,蝉鸣觉昼空。翠屏更隐见,珠缀共玲珑。雷雨生成早,樵苏禁令雄。野藤高助绿,仙果迥呈红。惆怅缭坦暮,兹山闻暗虫。

和考功员外炒秋忆终南旧宅之作

一作和大理裴卿炒秋忆山下旧居。以下六首一作卢纶诗。

静忆溪边宅,知君许谢公。晓霜凝耒耜,初日照梧桐。涧鼠喧藤蔓,山禽窜石丛。白云当岭雨,黄叶绕阶风。野果垂桥上,高泉落水中。欢荣来自间,羸贱赏曾通。月满珠藏海,天晴鹤在笼。馀阴如可寄,愿得隐墙东。

题金吾郭将军石洑茅堂

云戟曙沈沈,轩墀清且深。家传成栋美,尧宠结茅心。玉佩多依石,油幢亦在林。炉香诸洞暖,殿影众山阴。草奏风生笔,筵开雪满琴。客从龙阙至,僧自虎溪寻。潇洒延清赏,周流会素襟。终朝惜尘步,一醉见华簪。

登栖霞寺 一作奉和李益游栖岩寺

林香雨气新,山寺绿无尘。遂结云外侣,共游天上春。鹤鸣金阁丽,僧语竹房邻。待月水流急,惜花风起频。何方非坏境,此地有归人。回首空门外,皤然一幻身。

逢南中使寄岭外故人

见说南来处，苍梧指桂林。过秋天更暖，边海日长阴。巴路缘云出，蛮乡入洞深。信回人自老，梦到月应沉。碧水通春色，青山寄远心。炎方难久客，为尔一沾襟。

代员将军罢战后归故里

结发事疆场，全生到海一作俱到乡。连云防铁岭，同日破渔阳。牧马胡天晚，移军碛路长。枕戈眠古戍，吹角立繁霜。归老勋仍在，酬恩虏未忘。独行过邑里，多病对农桑。雄剑依尘橐，兵符寄药囊。空馀麾下将，犹逐羽林郎。

咏冬瑰花 奉和中书李舍人昆季咏寄徐郎中之作

独鹤寄烟霜，双鸾思晚芳。旧阴依谢宅，新艳出萧墙。蝶散摇轻露，莺衔入夕阳。雨朝胜濯锦，风夜剧焚香。丽日千层艳，孤霞一片光。密来惊叶少，动处觉枝长。布影期高赏，留春为远方。尝闻赠琼玖，叨和愧升堂。

句

风候已应同岭北，云山仍喜似终南。　题漳浦驿　《方舆胜览》

褚朝阳

褚朝阳，登天宝进士第。诗三首。

登圣善寺阁 一题作登少室山

飞阁青霞里，先秋独早凉。天花映一作散窗近，月桂拂檐香。华岳三峰小，黄河一带长。空间一作闻指归路，烟际有垂杨。

五　丝

越人传楚俗，截竹竞紫丝。水底深休也，日中还贺之。章施文胜质，列匹美于姬。锦绣侔新段，羔羊寝旧诗。但夸端午节，谁荐屈原祠。把酒时伸奠，汨罗空远而。

奉上徐中书

中禁仙池越凤凰，池边词客紫薇郎。既能作颂雄风起，何不时吹兰蕙香。

全唐诗卷二五五

苏源明

苏源明，字弱夫，武功人。天宝中登第，累迁国子司业。禄山之乱，不受伪署。肃宗复两京，擢考功郎中。终秘书少监。与杜甫、郑虔善。诗二首。

小洞庭洄源亭宴四郡太守诗 并序 序内缺一字

天宝十二载七月辛丑，东平太守扶风苏源明觞濮阳太守清河崔公季重、鲁郡太守陇西李公兰、济南太守太原田公琦、济阳太守陇西李公俊于洄源亭，既尊封壤，乃密惠好。前此，济阳以河堤之虞、夫役之弊，请南略我宿及鲁之中都。宿人讼其不便，源明请废济阳，以平阴、长清属济南，卢、东阿归我，阳谷隶濮阳，役均三邦，利倍二邑。不可，则分我寿西入濮阳，东入济阳，鲁之中都北入于我。书贡闾阖，旨下陈留，陈留太守王公，盛德帝俞，才美人与，自总连率，实惟澄清。□命属官湖城主簿王子说会五太守于东平议，县乃不割，郡亦仍旧，已事修宴，姑以为别。若夫阶抱孤峤，轩飞庱潭，阻残暑于重林，递高秋于绝壑。其盘何有？臑鹿臇羊；其俎何有？燔兔脍鲂。李下雕笼，冰之以寒水；瓜割铦刃，巾之以疏纻。礼交乎上，当世高贤之相允；乐动乎下，前古中和之合作。抑抑焉，堂堂焉，奚一人之富有，而群后之缉熙也。司土庀舟以待，司功设祋以告，彻馔更服，陈羞洁尊，自洄源，起广泊，左拂蚕尾，右遵吾山，倒岻岫于波际，指梁岑于林缺。移摇敞豁，瞑眇虚旷，太瀖苗裔，可记任宿,伯禹山川,空流济汶,所遇多感,祗牢为欢。婥态目成以留客,婹容色授以劝酒。繁丝疏管,纷尔自会,雅舞清唱,倏然同引。既醉,源明以手版扣舷而歌。歌阕,鸟兽闻之,低昂而相鸣;鱼鳖闻之,沿泂而或跃。兹官吏安次而不易,彼人庶乐业而不迁。喜之哉!乐之哉!字涡泊曰小洞庭,盛集五太守高宴云尔。

小洞庭兮牵方舟,风袅袅兮离平流。牵方舟兮小洞庭,云微微兮连绝陉。层澜壮兮缅以没,重岩转兮超以忽。冯夷逝兮护轻桡,蛟龙行兮落增一作中潮。泊中湖一作潮兮澹而闲,并曲溆兮怅而还。适予手兮非予期,将解袂兮丛予思。尚君子兮寿厥身,承明主兮忧斯人。史称废济阳,诗序县郡仍旧,或其初议云。

秋夜小洞庭离宴诗 并序

　　源明从东平太守征国子司业,须昌外尉袁广载酒于泂源亭,明日遂行,乃夜留宴。会庄子若讷过归莒,相里子同祎过如魏,阳谷管城、青阳权衡二主簿在坐,皆故人也。彻馔新尊,移方舟中,有宿鼓,有汶簧,济上嫣然能歌者五六人共载,止泂源东柳门,入小洞庭。迟夷彷徨,眇缅旷样,流商杂徵,与长言者啾焉合引,潜鱼惊或跃,宿鸟飞复下,真嬉游之择耳。源明歌云云,曲阕,袁曰:"君公行当挥翰右垣,岂止典胄米廪邪?广不敢受赐,独不念四三贤。"源明醉,曰:"所不与君子及四三贤同恐惧安乐,有如秋水。"晨前而归。及醒,或说向之陈事,源明局局然笑曰:"狂夫之言,不足罪也。"乃志为序。

浮涨湖兮莽迢遥,川后礼兮扈予桡。横增沃一作没兮蓬仙延,川后福兮易一作翼予舷一作船。月澄凝兮明空波,星磊落兮耿秋河。夜既良兮酒且多,乐方作兮奈别何。右二诗,太和中,天平节度使令狐楚立石,有文,题云:自源明迄楚,时仅八十年,泂源亭涡泊已迷其处矣。文见楚集。

郑　虔

　　郑虔,荥阳人。天宝初,为协律郎,坐事谪官。明皇爱其才,特置广文馆,授为博士,迁著作郎。以陷安禄山,贬台州司户参军。最善杜甫,又与秘书监郑审篇翰齐价。虔工画山水,好书,常苦无纸,乃于慈恩寺贮柿叶数屋,日往取叶肄书,岁久殆尽。尝自写其诗并画以献,帝亲署其尾曰"郑虔三绝"。今存诗一首。

闺 情

银钥开香阁,金台照夜灯。长征君自惯,独卧妾何曾。

毕 耀 杜甫集作曜

毕耀,官监察御史,与杜甫善。诗三首。

古 意

璇闱绣户斜光入,千金女儿倚门立。横波美目虽往来,罗袂遥遥不相及。闻道今年初避人,珊珊挂镜长随身。愿得侍儿为道意,后堂罗帐一相亲。

情人玉清歌 一作张南容诗

洛阳有人名玉清一作洛阳城中有一人名玉清,可怜玉清如其名。善踏斜柯能独立,婵娟花艳无人及。珠为裙,玉为缨。临春风,吹玉笙。悠悠满天星。黄金阁上晚妆成,云和曲中为曼声。玉梯不得蹈,摇袂两盈盈。城头之日复何情。

赠独孤常州 见《纪事》

洪炉无久停,日月速若一作如飞。忽然冲人身,饮酒不须疑。

韦　济

　　韦济,思谦之孙,嗣立之子,早以辞翰闻。开元初,调补郿城令,对诏第一,擢醴泉令。为政简易,三迁库部员外郎,历户部侍郎。天宝七载,再为河南尹,迁尚书左丞。三代皆省辖,衣冠荣之。诗一首。

奉和圣制次琼岳应制

陆海披晴雪,千旗猎早阳。岳临秦路险,河绕汉垣长。行漏通鸳鹭,离宫接建章。都门信宿近,歌舞从周王。

田　澄 一作登

　　田澄,天宝时官献纳使、起居舍人。杜甫尝有诗赠之。诗一首。

成都为客作

蜀郡将之远,城南万里桥。衣缘乡泪湿,貌以客愁销。地富鱼为米,山芳桂是樵。旅游唯得酒,今日过明朝。

沈东美

　　沈东美,佺期子。初为府掾。天宝中,除膳部员外郎。诗一首。

奉和苑舍人宿直晓玩新池寄南省友

传闻闾阖里,寓直有神仙。史为三坟博,郎因五字迁。晨临翔凤沼,春注跃龙泉。去似登天上,来如看镜前。影摇宸翰发,波净列星悬。既济仍怀友,流谦欲进贤。弹冠声实贵,覆被渥恩偏。温室言虽阻,文场契独全。玉珂光赫奕,朱绂气蝉联。兴逸潘仁赋,名高谢朓篇。青云仰不逮,白雪和难牵。苒苒胡为此,甘心老岁年。

苏 涣

苏涣,尝访杜甫于江浦,甫请诵新作,有诗美之。涣善放白弩,巴中号为弩矺。后变节从学,乡赋擢第,累迁至侍御史,佐湖南崔中丞瓘幕府。崔遇害,遂逾岭,扇动哥舒晃跋扈交广,伏诛。诗四首。

变 律 本十九首,今存三首。

日月东西行,寒暑冬夏易。阴阳无停机,造化渺莫测。一本作"日月东西行,照在大荒北。其中有烛龙,灵怪人莫测"。开目为晨光一作晖,闭目为夜色。一开复一闭,明晦无休息。居然六合外一作内,旷哉天地德。天地且不言,世人浪一作强喧喧。

毒蜂成一窠,高挂恶木枝。行人百步外,目断魂亦飞。长安大道边一作傍,挟弹谁家儿。右手持金丸,引满无所疑。一中纷下来,势若风雨随。身如万箭攒,宛转迷所之。徒有疾恶心,奈何不知儿。

养蚕为素丝,叶尽蚕不老。倾筐对空林,此意向谁道。一女不得织,万夫受其寒。一夫不得意,四海行路难。祸亦不在大,福亦不在先。世路险孟门,吾徒当勉旃。

赠零陵僧

　　一本下有兼送谒徐广州六字，一作怀素上人草书歌，第十九句缺一字。

张颠没在二十年，谓言草圣无人传。零陵沙门继其后，新书大字大如斗。兴来走笔如旋风，醉后耳热心更凶。忽如裴旻舞双剑，七星错落缠蛟龙。又如吴生画〔鬼神〕（神鬼），魑魅魍魉惊本身。钩锁相连势不绝，倔强毒蛇争屈铁。西河舞剑气凌云，孤蓬自振唯有君。今日华堂看洒落，四座喧呼叹佳作。回首邀余赋一章，欲令羡价齐钟张。琅诵□句三百字，何似醉僧颠复狂。忽然告我游南溟，言祈亚相求大名。亚相书翰凌献之，见君绝意必深知。南中纸价当日贵，只恐贪泉成墨池。

全唐诗卷二五六

刘眘虚

刘眘虚,江东人。天宝时,官夏县令。诗一卷。

江 南 曲

美人何荡漾,湖上风日—作月长。玉手欲有赠,裴回双明珰。歌声随绿水,怨色起青—作朝,一作春。阳。日暮还家望,云波横洞房。

九 日 送 人

海上正摇落,客中还别离。同舟去未已,远送新相知。流水意何极,满尊徒尔为。从来菊花节,早已醉东篱。

暮秋扬子江寄孟浩然

木叶纷纷下,东南日烟—作雨霜。林山相晚—作晓暮,天海空—作深青苍。暝色况复久,秋声亦何长。孤舟兼微月,独夜仍越乡。寒笛对京口,故人在襄阳。咏思劳今夕,江汉遥相望。

浔阳陶氏别业

陶家习先隐,种柳长江边。朝夕浔阳郭,白衣来几年。霁云明孤岭,秋水澄寒天。物象自清旷,野情何绵联。萧萧丘中赏,明宰非徒然。愿守黍稷税,归耕东山田。

登庐山峰顶寺

孤峰临万象,秋气何高清。天际南郡出,林端西江明。山门二缁
叟,振锡闻幽声。心照有无界,业悬前后生。虽一作徒知真机静,尚
与爱网并。方首金门路,未遑参道情。

寻东溪还湖中作

出山更回首,日暮清溪深。东岭新别处,数猿叫空林。昔游有初
迹,此路还独寻。幽兴方在往,归怀复为今。云峰劳前意,湖水成
远心。望望已超越,坐鸣舟中琴。

送韩平兼寄郭微

上客夜相过,小童能酤酒。即为临水处,正值归雁后。前路望乡山
一作关,近家见门柳。到时春未暮,风景自应有。余忆东州一作周
人,经年别来久。殷勤为传语,日夕念携手。兼问前寄书,书中一作
中间复达否。

寄阎防 防时在终南丰德寺读书

青冥南山口一作色,君与缁锡邻。深路入古寺,乱花随暮春。纷纷
对寂寞,往往落衣巾。松色空照一作照空水,经声时有人。晚心复
南望,山远情独亲。应以修往业,亦惟立此身。深林度空夜,烟月
资清真。莫叹一作欲文明日,弥年徒隐沦。

海上诗送薛文学归海东

何处归且远,送君东悠悠。沧溟千万里,日夜一孤舟。旷望绝国

所,微茫天际愁。有时近仙境,不定若梦游。或见青色古一作石,孤
山百里一作丈秋。前心方杳眇,后路劳夷犹。离别惜吾道,风波敬
皇休。春浮花气远,思逐海水流。日暮骊歌后,永怀空沧洲。

越中问海客

风雨沧洲暮,一帆今始归。自云发南海,万里速如飞。初谓落何
处,永将无所依。冥茫渐西见,山色越中微。谁念去时远,人经此
路稀。泊舟悲且泣,使我亦沾衣。浮海焉用说,忆乡难久违。纵为
鲁连子,山路有柴扉。

阙　题

道由白云尽,春与青溪长。时有落花至,远随流水香。闲门向山
路,深柳读书堂。幽映每白日,清辉照衣裳。

寄江滔求孟六遗文

南望襄阳路,思君情转亲。偏知汉水广,应与孟家邻。在日贪为
善,昨来闻更贫。相如有遗草,一为问家人。

积雪为小山

飞雪伴春还,春庭晓自闲。虚心应任道,遇赏遂成山。峰小形全
秀,岩虚势莫攀。以幽能皎洁,谓近可循环。孤影临冰镜,寒光对
玉颜。不随迟日尽,留顾岁华间。

赠乔琳 一作张谓诗

去年上策不见收,今年寄食仍淹留。羡君有酒能共醉,羡君无钱能
不忧。如今五侯不待客,羡君不问五侯宅。如今七贵方自尊,羡君

不过七贵门。丈夫会应有知己,世上悠悠何足论。

茷葵花歌 一作岑参诗

昨日一花开,今日一花开。今日花正好,昨日花已老。人生不得长_{一作恒}少年,莫惜床头酤酒钱。请君有钱向酒家,君不见,茷葵花。

句

归梦如春水,悠悠绕故乡。

驻马渡江处,望乡待归舟。

全唐诗卷二五七

息夫牧

息夫牧,萧颖士门人。诗一首。

冬夜宴萧十丈因饯殷郭二子西上 并序

序云:冬十有二月,家君宰邑许下,夫子问津颍上,二贤将驰会府,皆适兹土。夜处狭室,列座有位,尊卑俨如。或捧觞上寿,或抠衣请益。始崇诗以阅礼,终讲信而修睦。然后文饱于德,义润其身。顷夫子升堂之后,若卢、贾、刘、尹之徒;半纪间,接武鸣跃,实夫子训之导之斯至也。今殷、郭二子,天资才干,而加之镞羽,观光王庭,俯拾地芥,其谁曰不然。飞霜霭林,寒气总至,月落匦户,夜将向晨,座隅谦谦,毕醉温克,则知孔门宴饯,异于他日,二三子终身识之。夫子以家君政事,百里无事,命门弟子赋诗鸣琴,亦以释仳离之怨焉。小子不敏,忝居门人之末,敢不敬书其事。诗曰:

有琴斯鸣,于宰之庭。君子茝止,其心孔平。政既告成,德以永贞。鸣琴有衎,于颍之畔。彼之才髦,其年未冠。闻诗闻礼,斐兮璨璨。鸣琴其怡,于颍之湄。二子翰飞,言戾京师。有郁者桂,爰 一作载攀其枝。琴既鸣矣,宵既清矣。烘燂有炜,酒醴惟旨。喟我瘏叹,吁其别矣。

宋　华

宋华,濮阳宰。诗一首。

蝉鸣一篇五章 并序

　　蝉鸣,感秋兴,送将归也。僻守外邑,而兰陵子相过,诘朝言归,赋诗见志,以申赠焉。

蝉其鸣矣,于彼疏桐。庇影容迹,何所不容。嘒嘒其长,永托于风。

未见君子,我心忡忡。既见君子,乐且有融。

彼蝉鸣矣,于林之表。含风饮露,以乐吾道。有怀载迁,伊谁云保。

未见君子,我心悄悄。既见君子,披豁予抱。

蝉鸣蝉鸣,幽畅乎而。肃肃尔庭,远近凉飔。言赴高柳,丛篁间之。

思而不见,如渴如饥。亦既觏止,我心则夷。

蝉鸣伊何,时运未与。匪叹秋徂,怨斯路阻。愿言莫从,郁悒谁语。

君子至止,慰我延伫。何斯违斯,倏尔遐举。

岁之秋深,蝉其夕吟。披衣轩除,萧萧风林。我友来斯,言告离衿。

何以叙怀,临水鸣琴。何以赠言,委顺浮沉。

邹象先

　　邹象先,开元二十三年进士,与萧颖士为同年生,仕临涣尉。诗一首。

寄萧颖士补正字 一本无补正字三字

六月度开一作关云,三峰玩山翠。尔时黄绶屈,别后青云致。按《纪事》，象先尉临涣。颖士自京邑无成东归，有赠象先诗。来年萧补正字，象先寄诗，重述前事，萧后亦有答诗。

韦　建

　　韦建，开元、天宝间人，为河南令，与萧颖士、刘长卿游。诗二首。

河　中　晚　霁

湖广舟自轻，江天欲澄霁。是时清楚望，气色犹霢暳。蹰蹰金霞白，波上日初丽。烟红落镜中，树木生天际。杳杳涯欲斑，濛濛云复闭。言垂星汉明，又睹寰瀛势。微兴从此惬，悠然不知岁。试歌沧浪清，遂觉乾坤细。肯念客衣薄，将期永投袂。迟回渔父间一作问，一雁声嘹唳。

泊　舟　盱　眙　一作常建诗，误。

泊舟淮水次，霜降夕流清。夜久潮侵岸，天寒月近城。平沙依雁宿，候馆听鸡鸣。乡国云霄外，谁堪羁旅情。

殷　寅

　　殷寅，陈郡人。早孤，事母以孝闻。应宏词举，为永宁尉，与萧颖士善。诗二首。

铨试后徵山别业寄源侍御

别业在徵山，登高望畿甸。严令天地肃，城阙如何见。蔼蔼王侯门,华轩日游衔。幸逢休明代,山虏尚交战。投策去园林,率名皆拜选。圣君性则哲,济济多英彦。裴楷能清通,山涛急推荐。谀才甘自屏,薄伎忝馀眷。虽承国士恩,尚乏中人援。畴昔相知者,今兹秉天宪。朱绂何赫赫,绣衣复葱蒨。

玄元皇帝应见贺圣祚无疆

应历生周日,修祠表汉年。复兹秦岭上,更似霍山前。昔赞神功启,今符圣祚延。已题金简字,仍访玉堂仙。睿祖光元始,曾孙体又玄。言因六梦接,庆叶九龄传。北阙心超矣,南山寿固然。无由同拜庆,窃抃贺陶甄。

柳中庸

　　柳中庸,名淡,以字行。河东人,宗元之族,御史并之弟也,与弟中行皆有文名。萧颖士以女妻之,仕为洪府户曹。诗十三首。

秋　怨

玉树起凉烟,凝情一叶前。别离伤晓镜,摇落思秋弦。汉垒关山月,胡笳塞北天。不知肠断梦,空绕几山川。

春思赠人

红粉当三五,青娥艳一双。绮罗回锦陌,弦管入花江。落雁惊金弹,抛杯泻玉缸。谁知褐衣客,憔悴在书窗。

幽院早春

草短花初拆，苔青柳半黄。隔帘春雨细，高枕晓莺长。无事含闲梦，多情识异香。欲寻苏小小，何处觅钱塘。

寒食戏赠

春暮越江边，春阴寒食天。杏花香麦粥，柳絮伴秋千。酒是芳菲节，人当桃李年。不知何处恨，已解入筝弦。

听筝

抽弦促柱听秦筝，无限秦人悲怨声。似逐春风知柳态，如随啼鸟识花情。谁家独夜愁一作悲灯影，何处空楼思月明。更入几重离别恨，江南岐路洛阳城。

河阳桥送别

黄河流出有浮桥，晋国归人此路遥。若傍阑干千里望，北风驱马雨萧萧。

征一本下有人字怨

岁岁金河复玉关，朝朝马策与刀环。三春白雪归青冢，万里黄河绕黑山。

凉州曲二首

关山万里远征人，一望关山泪满巾。青海戍头空有月，黄沙碛里本无春。

高槛连天望武威，穷阴拂地戍金微。九城弦管声遥发，一夜关山雪满飞。

江　行

繁阴乍隐洲,落叶初飞浦。萧萧一作潇湘楚客帆,暮入寒一作日暮秋江雨。

丁评事宅秋夜宴集

翠幕卷回廊,银灯开后堂。风惊拥砌叶,月冷满庭霜。绮席人将醉,繁弦夜未央。共怜今促席,谁道客愁长。

夜渡江 一作姚崇诗

夜渚带浮烟,苍茫晦远天。舟轻不觉动,缆急始知牵。听笛遥寻岸,闻香暗识莲。唯看去帆影,常恐一作似客心悬。

扬 子 途 中

楚塞望苍然,寒林古戍边。秋风人渡水,落日雁飞天。

全唐诗卷二五八

崔惠童

　　崔惠童,博州人,右骁卫将军、冀州刺史庭玉之子,尚明皇晋国公主。诗一首。

宴城东庄 一作崔惠诗,一作崔思诗。

一月主人一作人生笑几回,相逢相识一作值且衔杯。眼看春色如流水,今日残一作飞花昨日开。

崔敏童

　　崔敏童,驸马都尉惠童之昆弟也。诗一首。

宴 城 东 庄

一年始有一作又过一年春,百岁曾无百岁人。能向花前一作中几回醉,十千沽酒莫辞贫一作频。

苗晋卿

　　苗晋卿,字元辅,潞州壶关人。擢进士第,累迁吏部郎中,

知选事。久之，进侍郎。天宝二载，较书判，以御史中丞张倚
之子奭为第一，议者不平。帝御花萼楼覆实，奭持纸终日，笔
不下，人谓之曳白。坐贬安康太守，俄充河北采访使。肃宗召
赴行在，拜左相。广德中，以太保致仕。永泰初卒，谥懿献。
诗一首。

奉和圣制早登太行山中言志

金吾戒道清，羽骑动天声。砥路方南绝一作纪，重岩始北征。关楼
前望远，河邑下观平。喜气回舆合，祥风入一作转斾轻。祝尧三老
至，会禹百神迎。月令农先急，春蒐礼复一作后行。仍亲后土祭，更
理晋阳兵。不似劳车辙，空留八骏名。

贾　耽

　　贾耽，字敦诗，沧州南皮人。天宝中，举明经，授临清县
尉。上疏论时政，改正平尉，从事河东检校膳部员外郎。历邠
州刺史，政绩茂异，入为鸿胪卿。自大历至贞元，三为节镇，征
拜右仆射，同中书门下平章事。在相位十三年，世称其淳德。
耽好地理学，外国使至，必讯其山川土俗，因撰《海内华夷图》
及《古今郡国县道四夷述》四十卷，表献之。诗一首。

赋虞书歌

众书之中虞书巧，体法自然归大道。不同怀素只攻颠，岂类张芝惟
创草。形势素，筋骨老，父子君臣相揖抱。孤青似竹更飕飗，阔白
如波长浩渺。能方正，不攲倒，功夫未至难寻奥。须知孔子庙堂

碑,便是青箱中至宝。

赵居贞

赵居贞,鼓城人。历吴郡采访使。天宝中,官北海郡太守。诗一首。

云门山投龙诗 并序 序首行缺一字,诗第十八句缺二字。

有唐天宝玄〔黓〕(黓)岁□月己巳,中散大夫、使持节北海郡诸军事、北海郡太守、柱国天水赵居贞,登云门山,投金龙环璧,奉为开元天地大宝圣文神武皇帝祈福也。先是投礼,太守不行,以掾吏代之。余是年病目庬止,以为圣上祈祐,宜牧守躬亲,吏辄代,非礼也。余撰良日,爰及中元、下元,并躬行为圣上祈寿。祝拜焚香,投龙礼毕,有瑞云从洞门而出,五色纷郁回翔,空中声曰:"皇帝寿一万一千一百岁。"预礼者悉闻之。余乃手舞足蹈,赋诗以歌其事,遂于岩前刻石壁以纪之。

晓登云门山,直上一千尺。绝顶弥孤耸,盘途几倾窄。前对竖裂峰,下临削成壁。阳巘灵芝秀,阴崖半天赤。大壑静不波,渺溟无际极。是时雪初霁,冱寒水更积。披展送龙仪,宁安服狐白。沛恩惟圣主,祈福在方伯。三元章醮升,五域□□觌。帝幕翠微亘,机茵丹洞辟。祝起鸣天鼓,拜传端素册。霞间朱绂紫,岚际黄裳襞。玉策奉诚信,仙佩俟奔驿。香气入岫门,瑞云出岩石。至诚必招感,大福旋来格。空中忽神言,帝寿万千百。

萧　华

萧华,徐国公嵩之子。天宝末,历官兵部侍郎。上元初,以中书侍郎同平章事,忤李辅国。矫诏罢为礼部侍郎,寻贬峡州司马,卒。诗一首。

扈从回銮应制

粤在一作自秦京日,议乎封禅难。岂知陶唐主,道济苍生安。惟彼烈祖事,增修实荣观。声名朝万国,玉帛礼三坛。纂圣德重光,建元功载刊。仍开一作闻旧驰道,不记昔回銮。羽卫一作骑摇晴日,弓戈生早寒。犹思检玉处,却望白云端。

李　岑

李岑,天宝中宋州刺史。诗二首。

西河郡太原守张夫人挽歌

鹊印庆仍传,鱼轩宠莫先。从夫元凯贵,训子孟轲贤。龙是双归日,鸾非独舞年。哀荣今共尽,凄怆杜陵田。

玄元皇帝应见贺圣祚无疆

皇纲归有道,帝系祖玄元。运表南山祚,神通北极尊。大同齐日月,兴废应乾坤。圣后趋庭礼,宗臣稽首言。千官欣肆觐,万国贺深恩。锡宴云天接,飞声雷地喧。祥光浮紫阁,喜气绕皇轩。未预承天命,空勤望帝门。

元友让

元友让,元结子,见《永州志》。按元结集载,长子友直,次子友正,此盖其幼子也。诗一首。

复游浯溪

昔到才三岁,今来鬓已苍。剥苔看篆字,薙草觅书堂。引客登台上,呼童扫树旁。石渠疏拥水,门径劚丛篁。田地潜更主,林园尽废荒。悲凉问耆耋,疆界指垂杨。

蒋　洌

　　蒋洌,仪凤中宰相高智周之外孙。第进士,考功员外郎。终尚书左丞。诗七首。

南溪别业

结宇依青嶂,开轩对绿畴。树交花两色,溪合水同一作重流。竹径春一作风来扫,兰尊夜不收。逍遥自得意,鼓腹醉中游。

古　意

冉冉红罗帐,开君玉楼上。画作同心鸟,衔花两相向。春风正可怜,吹映绿窗前。妾意空相感,君心何处边。

台中书怀

持宪当休明,饬躬免颠沛。直绳备豪右,正色清冠盖。寄切才恨薄,职雄班匪大。坐居三独中,立在百僚外。简牍时休暇,依然秋兴多。披书唯骨鲠,循迹少闲和。庭树凌霜柏,池倾菱露荷。岁寒应可见,感此遂成歌。

经 埋 轮 地

汉家张御史,晋国绿珠楼。时代邈已远,共谢洛阳秋。洛阳大道
边,旧地尚依然。下马独太息,扰扰城市喧。时一作诗人欣一作叹绿
珠,诗满金谷园。千载埋轮地,无人兴一言。正直死犹忌,况乃未
死前。汨罗有翻浪,恐是嫌屈原。我闻太古水,上与天相一作汉连。
如何一落地,又作九曲泉。万古惟高步,可以旌我贤。一本无如何以
下四句。

山行见鹊巢

鹊巢性本高,更在西山木。朝下清泉戏,夜近明月宿。非直避网
罗,兼能免倾覆。岂忧五陵子,挟弹来相逐。

巫山之阳香溪之阴明妃神女旧迹存焉

神女归巫峡,明妃入汉宫。捣衣馀石在,荐枕旧台空。行雨有时
度,溪流何日穷。至今词赋里,凄怆写遗风。

夜 飞 鹊

北林夜方久,南月影频移。何晋飞三匝,犹言未得枝。

蒋　涣

　　蒋涣,冽之弟,擢进士。天宝末,为给事中。永泰初,历鸿
胪卿。日本使尝遗金帛,不受,惟取笺一番,为书以贻其副。
终礼部尚书。诗五首。

途次维扬望京口寄白下诸公

北望情何限,南行路转深。晚帆低荻叶,寒日下枫林。云白兰陵渚,烟青建业岑。江天秋向尽,无处不伤心。

登栖霞寺塔

三休寻磴道,九折步云霓。瀤涧临江北,郊原极海西。沙平瓜步出,树远绿杨低。南指晴天外,青峰是会稽。

和徐侍郎—有中字书丛筱韵 —无韵字

中禁夕沈沈,幽篁别作林。色连鸡树近,影落凤池深。为重凌霜节,能虚应—作爽物心。年年承雨露,长对紫庭阴。

故太常卿赠礼部尚书李公及夫人挽歌二首

白简尝持宪,黄图复尹京。能标百郡则,威肃一朝清。典秩崇三礼,临戎振五兵。更闻传世业,才子有高名。

封树遵同穴,生平此共归。镜埋鸾已去,泉掩凤何飞。薤挽疑笳曲,松风思翟衣。扬名将宠赠,泉路满光辉。

段怀然

段怀然,台州刺史,天宝中人。诗一首。

挽涌泉寺僧怀玉《高僧传》:玉修净土业,天宝元年感瑞往生。

我师一念登初地,佛国笙歌两度来。唯有门前古槐树,枝低只为挂银台。

张　俏

　　张俏,九龄族孙,见《宰相世系表》。《纪事》云"天宝、至德间人"。诗一首。

辞 房 相 公

秋风飒飒雨霏霏,愁杀栖遑一布衣。辞君且作随阳鸟一作雁,海内无家何处归。

陈　孙

　　陈孙,明皇时人。诗一首。

移耶溪旧居呈陈元初校书

鸡犬渔舟里,长谣任兴行。即令邀客醉,已被远山迎。书笈将非重,荷衣著甚轻。谢安无个事,忽起为苍生。

李　峰

　　李峰,开州刺史。诗一首。

西河郡太原守张夫人挽歌 一作李岑诗

鹊印庆仍传,鱼轩宠莫先。从夫元凯贵,训子孟轲贤。龙是双归日,鸾非独舞年。哀一作衰荣今共尽,凄怆杜陵田。

全唐诗卷二五九

沈千运

沈千运,吴兴人,家于汝北。为诗力矫时习,一出雅正,王季友、于逖、孟云卿、张彪、赵徵明、元季川,皆其同调也。乾元中,季川兄结尝编七人诗为《箧中集》,千运为之冠。诗五首。

感怀弟妹 一作汝坟示弟妹

今日春一作天气暖,东风杏花拆。筋力久一作又不如,却羡一作惭叹涧中石。神仙杳难准一作信,中寿稀一作才满百。近世多夭伤,喜见鬓一作髭发白。杖藜竹树间,宛宛旧行一作行旧迹。岂知林园一作园中主,却是林园一作园中客。兄弟可一作所存半,空为亡者惜。冥冥一作寞无再期,哀哀望松柏。骨肉能几人,年大自一作渐疏隔。性情谁免此,与我不相易一作而我何不易。唯念一作愿得尔辈,时一作相看慰朝夕。平生兹已矣,此外尽非适。

赠史修文

故人阻一作隔千里,会面非别一作前期。握手于此地,当欢反成悲。念离宛犹昨,俄已经数一作二十期。畴昔皆少年,别来鬓一作发如丝。不道旧姓名,相逢知是谁。曩游尽鸳鹭,与君仍布衣。岂曰无其才,命理应有时。别路渐欲少,不觉生涕洟。

濮中言怀

圣朝优贤良,草泽无遗匿。人生各有命一作志,在余胡不淑一作激。
一生但区区,五十无寸禄。衰退当弃捐,贫贱招毁一作时,一作祸。
蔺。栖栖去人世,屯踬日穷迫。不如守田园,岁晏望丰熟。壮年失
宜尽,老大无筋力。始觉一作怆前计非,将一作方贻后生福。童儿新
学稼一作穑,少一作小女未能织。顾此烦知己,终日求衣食。

山 中 作

栖隐非别一作别无事,所愿离风尘。不辞城邑游,礼乐拘束人。迩
来归山林,庶一作世事皆吾身。何者为形骸,谁是智与仁。一作辩智与
诸仁。寂寞了闲事,而一作然后知天真。咳唾矜一作惊崇华,迂俯相屈
伸。如何巢与由,天子不知一作得臣。

古 歌

北邙不种田,但种松与柏。松柏未生处,留待市朝客。

王季友

　　王季友,河南人。家贫卖履,博极群书。豫章太守李勉引
为宾客,甚敬之,杜甫诗所谓丰城客子王季友也。诗十一首。

别 李 季 友

栖鸟不恋枝,喈喈在同声。行子驰一作迟出户,依依主人情。昔时
霜台镜,丑妇羞尔形。闭匣二十年,皎洁常独一作犹明。今日照离
别,前途白发生。

寄韦子春 一作山中赠十四秘书兄

出山秋云曙一作秘芸署，山木一作色已再春。食我山中药，不忆山中
人。山中谁余密，白发日相一作惟见亲。雀鼠昼夜无，知我厨廪贫。
依依北舍松，不厌吾南邻。有情尽弃捐，土石为同身。夫子质千
寻，天泽枝叶新。余以一作也不材寿，非智免斧斤。夫子以下四句，《箧中
集》本无。

杂　诗

采山仍一作不采隐，在山一作木不在深。持斧事远游，固非一作悲匠者
心。翳翳青桐枝，樵爨日所侵。斧一作樵声出岩壑，四听无知音。
岂为鼎下薪，当复堂上琴。凤鸟久不栖，且与枳棘林。

滑中赠崔高士瑾

夫子保药命，外身得无咎。日月不能老，化肠为一作无筋否。十年
前见君，甲子过我寿。于一作云何今相逢，华发在我后。近而知其
远，少见今白首。遥信蓬莱宫，不死世世有。玄石采盈担，神方秘
其肘。问家惟指云，爱气常言酒。摄生固如此，履道当不朽。未能
太玄一作虚同，愿亦天地久。实腹以芝术，贱形一作体乃刍狗。自勉
将勉余，良药在苦口。

还山留别长安知己

出山不见家，还山见家在。山门是门前，此去长樵采。青溪谁招
隐，白发自相待。惟馀一作伴涧底松，依依色不改。

代贺若一作枝令誉赠沈千运

相逢问姓名亦存，别时无子今有孙。山上双松一作峰长不改，百家一作年唯有三家村。村南村一作东西车马道，一宿通舟水浩浩。涧一作河中磊磊十里石，河上淤泥种桑麦一作河中游游泥种稻。平坡冢墓皆我亲一作古冢背我拆，满田一作户主人是旧客。举声酸鼻问同年，十人六七一作七人归下泉。分手如何更此地，回头不语一作下去泪潸然。

酬李十六岐

炼丹文武火未成，卖药贩履一作屦俱逃名。出谷迷行洛阳道，乘流醉卧滑台城。城下故人久离怨，一欢适我一作怨两家愿。朝饮杖悬沽酒钱，暮餐囊有松花饭。于何一作二河车马日憧憧，李膺门馆争登龙。千宾揖对若流水，五经发难如叩钟。下笔新诗行满壁，立谈古人坐在席。问我草堂有卧云，知一作哂我山储一作厨中无儋石。自耕自刈食为天，如鹿如麋饮野泉。亦知世上公卿贵，且养丘中草木年。

宿东溪李十五山亭

上山下山入山一作溪谷，溪中落日留我宿。松石依依当主人，主人不在意一作情亦足。名花一作花石出地两重阶，绝顶平天一小斋。本意由来是山水，何用相逢语一作话，又作忆。旧怀。

观于舍人壁画山水

野人宿在人家少，朝见此山谓山晓。半壁仍栖岭上云，开帘欲放一作放出湖中鸟。独坐长松是阿谁，再三招手起来迟。于公大笑向予说，小弟丹青能尔为。

玉壶冰 《统签》云：作此诗者，另一王季友。

玉壶知素结，止水复中澄。坚白能虚受，清寒得自凝。分形同晓镜，照物掩宵灯。壁映圆光入一作出，人惊爽气凌。金罍何足贵，瑶席几回升。正值求珪瓒，提携共饮冰。

古塞一本有下字曲 《河岳英灵集》作陶翰诗，《纪事》作王季友诗。

进军飞狐北，穷寇势将变。日落沙尘昏，背河更一战。骢马黄金勒，雕弓白羽箭。射杀左贤王，归奏未央殿。欲言塞下事，天子不召见。东出咸阳门，哀哀泪如霰。

于 逖

于逖，开元时人，李白、独孤及皆有诗赠之，亦与元结友善。诗二首。

野 外 行

老病无乐事，岁秋悲更长。穷郊日萧索，生意已苍黄。小弟发亦白，两男俱不强。有才且未达，况我非贤良。幸以朽钝姿，野外老风霜。寒鸦噪晚景，乔木思故乡。魏人宅蓬池，结网伫鳣鲂。水清鱼不来，岁暮空彷徨。

忆 舍 弟

衰门少一作鲜兄弟，兄弟唯两人。饥寒各流浪，感念伤我神。夏期秋未来，安知无他因。不怨别天长，但愿见尔身。茫茫天地间，万类各有亲。安知汝与我，乖隔一作异同胡秦。何时对形影，愤懑当共陈。

张　彪

张彪,颍、洛间人。天宝末,将母避乱,杜甫诗所称张山人
者是也。诗四首。

杂　诗

富贵多胜事,贫贱无良图。上德兼济心,中才不如愚。商者多巧
智,农者争_{一作多}膏腴。儒生未遇时,衣食不自如。久与故交别,他
荣我穷居。到门懒入门,何况千里馀。君子有褊性。矧_{一作况}乃寻
常徒。行行任天地,无为强亲疏。

神　仙

神仙可学无,百岁名大约。天地何苍茫_{一作茫茫},人间半哀乐。浮
生亮多惑,善事翻为恶。争先等驰驱_{一作驱逐},中路苦瘦弱。长老
思养寿,后生笑寂寞。五谷非长年,四气乃灵药。列子何必待,吾
心满寥廓。

北游还酬孟云卿

忽忽忘_{一作望}前事,志愿能相乖。衣马久羸弊,谁信文与才。善道
居贫贱,洁服蒙尘埃。行行无定心,壈坎难归来。慈母忧疾_{一作疢}
疹,至家_{一作家室}念栖哀。_{一作栖栖,一作低催。}与君宿姻亲,深见中外
怀。俟余惜时节,怅望临高台。

古 别 离

别离无远近,事欢情亦悲。不闻车轮声,后会将何时。去日忘寄
书,来日乖前期。纵知明当返,一息千万思。

赵徵明

赵徵明,天水人。工书,窦臮《述书赋》称之。诗三首。

回 军 跛 者

既老又不全,始得离边城。一枝假枯木,步步向南行。去时日一
百,来时月一一作一月程。常恐道路旁,掩弃狐兔茔。所愿死乡里,
到日不愿生。闻此哀怨一作哭词,念念不忍听。惜无异一作化人术,
倏忽具尔形。

挽 歌 词

寒日嵩上明,凄凄郭东路。素车谁家子,丹旐引将去。原下荆棘
丛,丛边有新墓。人间痛一作长伤别,此是长别处。旷野多萧条,青
松一作风悲白杨树。

思　归　一作古离别

为别未几日,去日如三秋。犹疑望可见,日日上高楼。惟见分手
处,白蘋满芳洲。寸心宁死别,不忍生离忧。

元季川

元季川，大历、贞元间诗人也。一云名融，元结弟。诗四
首。

泉上雨后作

风雨一作动荡繁暑，雷一作雨息佳霁初。众峰带云雨一作闲，清气一作
风入我庐。飒飒凉一作鲜飙来，临窥一作窥临愜所图。绿萝长新蔓，
袅袅垂坐隅。流水复檐下，丹砂发清渠。养葛为我衣，种芋一作芳，
一作茅。为我蔬。谁是一作能畹与畦，弥漫连野芜。

登 云 中

灌田东山下，取乐一作药在尔休。清兴相引行，日日三四周。白鸥
与我心，不厌此中游。穷览颇有适，不极趣无幽。慷然歌采薇，曲
尽心悠悠。

山 中 晓 兴

河汉降玄霜，昨来节物殊一作疏。愧无神仙姿，岂一作亦有阴阳俱。
灵鸟望不见，慨然悲高梧。华叶随风扬，珍条杂榛芜。为君寒谷
吟，叹息知何如。

古 远 行

悠悠远行者，羁独当时思。道与日月长，人无茅舍期。出门万里
心，谁不伤别离。纵远当白发，岁月悲今时。何况异形容，安须与
尔悲。

全唐诗卷二六〇

秦 系

秦系，字公绪，会稽人。天宝末，避乱剡溪，北都留守薛兼训奏为右卫率府仓曹参军，不就，建中初，客泉州。南安有九日山，大松百馀章，俗传东晋时所植。系结庐其上，穴石为研，注《老子》，弥年不出。张建封闻系不可致，请就加校书郎。自号东海钓客，与刘长卿善，以诗相赠答。权德舆曰："长卿自以为五言长城，系用偏师攻之，虽老益壮。"其后东渡秣陵，年八十馀卒。南安人思之，号其山为高士峰。诗一卷。

晚秋拾遗朱放访山居

不逐时人后，终年独闭关。家中贫自乐，石上卧常闲。坠栗添新味，寒花带老颜。侍臣当献纳，那得到空山。

题女道士居 不饵艺术四十馀年 一作马戴诗

不饵住云溪，休丹罢药畦。杏花虚结子，石髓任成泥。扫地青牛卧，栽松白鹤栖。共知仙女丽，莫是阮郎妻。

山中枉张宙员外书期访衡门

常恨相知晚，朝来枉数行。卧云惊圣代，拂石候仙郎。时果连枝熟,春醪满瓮香。贫家仍有趣,山色满湖光。

山中赠张正则评事 系时授右卫佐,以疾不就。

终年常避喧,师事一作自注五千言。流水闲过院,春风与闭门。山茶邀上客,桂实落前轩。莫强一作何事教余起,微官一作言不足论。

题镜湖野老所居 一作马戴诗

湖里寻君去,樵风往返吹。树喧巢鸟出,路细苇田移,沤苎成鱼网,枯根是酒卮。老年唯自适,生事任群儿。

早秋宿崔业居处

从来席不暖,为尔便淹留。鸡黍今相会,云山昔共游。上帘宜晚景,卧簟觉新秋。身事何须问,余心正四愁。

赠乌程杨苹明府

策杖政成时,清溪弄钓丝。当年潘子貌,避病沈侯诗。漉酒迎宾急,看花署字迟。杨梅今熟未,与我两三枝。

徐侍郎素未相识时携酒命馔兼命诸诗客同访会稽山居

忽道仙翁至,幽人学拜迎。华簪窥瓮牖,珍味代藜羹。洗砚鱼仍戏,移樽鸟不惊。兰亭攀叙却,会此越中营。

春日闲居三首

一似桃源隐,将令过客迷。碍冠门柳长,惊梦院莺啼。浇药泉流细,围棋日影低。举家无外事,共爱草萋萋。

长谣朝复暝，幽独几人知。老鹤兼雏弄，丛篁带笋移。白云将袖拂，青镜出檐窥。邀取渔家叟，花间把酒卮。

寂寂池亭里，轩窗间绿苔。游鱼牵荇没，戏鸟踏花摧。小径僧寻去，高峰鹿下来。中年曾屡辟，多病复迟回。

题石室山王宁所居 罢官学道

白云知所好，柏叶幸加餐。石镜妻将照，仙书我借看。鸟来翻药碗，猿饮怕鱼竿。借问檐前树，何枝曾挂冠。

送王道士

真人俄整舄，双鹤屡飞翔。恐入壶中住，须传肘后方。霓裳云气润，石径术苗香。一去何时见，仙家日月长。

将移耶溪旧居留赠

严维秘书 一作留呈严长史陈秘书

鸡犬渔舟里，长谣任兴行。那邀落日 一作即今邀客醉，已被远山迎。书筪 一作展，又作笈。将非重，荷衣著甚轻。谢安无个事，忽起为苍生。

秋日过僧惟则故院

衰草经行处，微灯旧道场。门人失谭柄，野鸟上禅床。科斗书空古，栴檀钵自香。今朝数行泪，却洒约公房。

山中奉寄钱起员外兼简苗发员外

空山岁计是胡麻，穷 一作江海无梁泛一槎。稚子唯能觅梨栗，逸妻相共老烟霞。高 一作朗吟丽句惊巢鹤，闲闭春风看落花。借问省一作郡中何水部,今人几个属诗家。

献薛仆射 并序

系家于剡山,向盈一纪。大历五年,人或以其文闻于邺留守薛公。
无何,奏系右卫率府仓曹参军,意所不欲,以疾辞免,因将命者,辄献斯
诗。

由来那敢议轻肥,散发行歌自采薇。逋客未能忘野兴,辟书翻遣脱
荷衣。家中匹妇空相笑,池上群鸥尽欲飞。更乞大贤容小隐,益看
愚谷有光辉。

鲍防员外见寻因书情呈赠 曾与系同举场

少小为儒不自强,如今懒复见侯王。览镜已一作自知身渐老,买山
将作计偏长。荒凉鸟兽同三径,撩乱琴书共一床。犹有郎官来问
疾,时人莫道我佯狂。

寄浙东皇甫中丞

闲闲麋鹿或相随,一两年来鬓欲衰。琴砚共依春酒瓮,云霞覆著破
柴篱。注书不向时流说,种药空令道者知。久带纱巾仍藉草,山中
那得见朝仪。

题章野人山居 一作马戴诗

带郭茅亭诗兴饶,回看一曲倚危桥。门前山色能深浅,壁上湖光自
动摇。闲花散落填书帙,戏鸟低飞碍柳条。向此隐来经几载,如今
已是汉家朝。

山中枉皇甫温大夫见招书

十年木屐步苔痕,石上松间水自喧。三辟草堂仍被褐,数行书札忽

临门。卧多共息嵇康病,才劣虚同郭隗尊。亚相已能怜潦倒,山花笑处莫啼猿。

题茅山李尊师山居 一作严维诗

天师百岁少如童,不到山中竟不逢。洗药每临新瀑水,步虚时上最高峰。篱间五月留残雪,座右千年荫老松。此去人寰今远近,回看云壑一重重。

耶溪书怀寄刘长卿员外 时在睦州

时人多笑乐幽栖,晚起闲行独杖藜。云色卷舒前后岭,药苗新旧两三畦。偶逢野果将呼子,屡折荆钗亦为妻。拟共钓竿长往复,严陵滩上胜耶溪。

山中崔大夫有书相问 一作崔大夫有书问余山中

客在烟霞里,闲闲逐狎鸥。终年常裸足,连日半蓬头。带月乘渔艇,迎寒绽鹿裘。已于人事少,多被挂冠留。素业堆千卷,清风至一丘。苍黄倒藜杖,伛偻睹银钩。迹愧巢由隐,才非管乐俦。从来自多病,不是傲王侯。

张建封大夫奏系为校书郎因寄此作

久是烟霞客,潭深钓得鱼。不知芸阁上,遗校几多书。

会稽山居寄薛播侍郎袁高给事高参舍人

稷契今为相,明君复为尧。宁知买臣困,犹负会稽樵。

闲居览史

长策胸中不复论，荷衣蓝缕闭柴门。当时汉祖无三杰，争得咸阳与子孙。

山中赠耿拾遗沣兼两省故人

数片荷衣不蔽身，青山白鸟岂知贫。如今非是秦时世，更隐桃花亦笑人。

秋日送僧志幽归山寺 一作马戴诗

禅室绳床在翠微，松间荷笠一僧归。磬声寂历宜秋夜，手冷灯前自衲衣。

题僧明惠房

檐前朝暮雨添花，八十真僧饭一 一作熟麻。入定几时将出定，不知巢燕污袈裟。

答泉州薛播使君重阳日赠酒

欲强登高无力也，篱边黄菊为谁开。共知不是浔阳郡，那得王弘送酒来。

题洪道士山院

霞外主人门不扃，数株桃树药囊青。闲行池畔随孤鹤，若问多应道姓丁。

期王炼师不至

黄精蒸罢洗琼杯，林下从留石上苔。昨日围棋未终局，多乘白鹤下山来。

题赠张道士山居

盘石垂萝即是家，回头犹看五枝花。松间寂寂无烟火，应服朝来一片霞。

山中书怀寄张建封大夫

昨日年催一作新白发新，身如麋鹿不知贫。时时亦被群儿笑，赖有南山四老人。

山中赠诸暨丹丘明府

荷衣半破带莓苔，笑向陶潜酒瓮开。纵醉还须上山去，白云那肯下山来。

奉寄昼公

蒉笠双童傍酒船，湖山相引到房前。团一作巴蕉何事教人见，暂借空床守坐禅。

宿云门上方

禅室遥看峰顶头，白云东去水长流。松间倘许幽人住，不更将钱买沃州一作洲。

即事奉呈郎中韦使君 时系试秘书省校书郎

久卧云间已息机, 青袍忽著狎鸥飞。诗兴到来无一事, 郡中今有谢玄晖。

晓　鸡

黯黯严城罢鼓鼙, 数声相续出寒栖。不嫌惊破纱窗梦, 却恐为妖半夜啼。

全唐诗卷二六一

任　华

任华,李、杜同时人。初为桂州刺史参佐,尝与贾京尹、杜中丞、严大夫笺,多所致责。又与庾中丞书云:华本野人,常思渔钓,寻当杖策,归乎旧山,非有机心,致斯扣击。其亦狂狷之流软。诗三首。

寄　李　白

古来文章,有能奔逸气,耸高格,清人心神,惊人魂魄。我闻当今有李白,大猎一作鹏赋,鸿猷文;嗤长卿,笑子云。班张所作琐细不入耳,未知卿云得在嗤笑限。登庐山,观瀑布,海风吹不断,江月照还空一作明,余爱此两句;登天台,望渤海,云垂大鹏飞,山压巨鳌背,斯言亦好在一本无在字。至于他作多不拘常律,振摆超腾,既俊且逸。或醉中操一作扫纸,或兴来一作乘兴走笔。手下忽然一作有片云飞,眼前划见孤峰出。而我有时白日忽欲睡,睡觉欻然起攘臂。任生知有君,君也知有任生未? 中间闻道在长安,及余戾止,君已江东访元丹,邂逅不得见君面。每常一作有时把酒,向东望良久。见说往年在翰林,胸中矛戟何森森。新诗传在宫人口,佳句不离明主心。身骑天马多意气,目送飞鸿对豪贵。承恩召入凡几回,待诏归来仍半醉。权臣妒盛名,群犬多吠声。有敕放君却归隐沦处一本无

处字,高歌大笑出关去。且向东山为外臣,诸侯交迓驰朱轮。白璧
一双买交者,黄金百镒相知人。平生傲岸其志不可测,数一本无数字
十年为客,未尝一日低颜色。八咏楼中坦腹眠,五侯门下无心忆。
繁花越台上,细柳吴宫侧。绿水青山知有君,白云明月偏相识。养
高兼养闲,可望不可攀。庄周万物外,范蠡五湖间。人传一作又闻
访道沧海上,丁令王乔每往还。蓬莱径是曾到来,方丈岂唯方一
丈。伊余每欲乘兴往一作远相寻,江湖拥隔劳寸心。今朝忽遇东飞
翼,寄此一章表胸臆。倘能报我一一作以片言,但访任华有人识。

寄 杜 拾 遗

杜拾遗,名甫第二才甚奇。任生与君别,别来已多时,何尝一日不
相思。杜拾遗,知不知? 昨日有人诵得数篇黄绢词,吾怪异奇特借
问,果然一本无然字称是杜二之所为。势攫虎豹,气腾蛟螭,沧海无
风似鼓荡,华岳平地欲奔驰。曹刘俯仰惭大敌,沈谢逡巡称小儿。
昔在帝城中,盛名君一个。诸人见所作,无不心胆破。郎官丛里作
狂歌,丞相阁中常醉卧。前年皇帝归长安,承恩阔步青云端。积翠
扈游花匼匝,披香寓直月团栾。英才特达承天眷,公卿无一作谁不
相钦羡。只缘汲黯好直言,遂使安仁却为掾。如今避地锦城隅,幕
下英僚每日相随一作就提玉壶。半醉起舞捋髭须,乍低乍昂傍若
无。古人制礼但为防俗士,岂得为君设之乎。而我不飞不鸣亦何
以,只待朝廷有知己。已曾读却无限书,拙诗一句两句在人耳。如
今看之总无益,又不能崎岖傍一作倚朝市。且当事耕稼,岂得便徒
尔。南阳葛亮为友朋,东山谢安作邻里。闲常把琴弄,闷即携樽
起。莺啼二月三月时,花发千山万山里。此时幽旷无人知,火急将
书凭驿使,为报杜拾遗。

怀素上人草书歌

吾尝好奇，古来草圣无不知。岂不知右军与献之，虽有壮丽之骨，恨无狂逸之姿。中间张长史，独放荡而不羁，以颠为名倾荡于当时。张老颠，殊不颠于怀素。怀素颠，乃是颠。人谓尔从江南来，我谓尔从天上来。负颠狂之墨妙，有墨狂之逸才。狂僧前日动京华，朝骑王公大人马，暮宿王公大人家。谁不造素屏？谁不涂粉壁？粉壁摇晴光，素屏凝晓霜，待君挥洒兮不可弥忘。骏马迎来坐堂中，金盆盛酒竹叶香。十杯五杯不解意—作起，百杯已后始颠狂。一颠一狂多意气，大叫一声起攘臂。挥毫倏忽千万字，有时一字两字长丈二。翕若长鲸泼刺动海岛，欻若长蛇戎律透深草。回环缭绕相拘连，千变万化在眼前。飘风骤雨相击射，速禄飒拉动檐隙。掷华山巨石以为点，掣衡山阵云以为画。兴不尽，势转雄，恐天低而地窄，更有何处最可怜，袅袅枯藤万丈悬。万丈悬，拂秋水，映秋天；或如丝，或如发，风吹欲绝又不绝。锋芒利如欧冶剑，劲直浑是并州铁。时复枯燥何襵襹，忽觉阴山突兀横翠微。中有枯松错落一万丈，倒挂绝壁蹙枯枝。千魑魅兮万魍魉，欲出不可何闪尸。又如翰海日暮愁阴浓，忽然跃出千黑龙。夭矫偃蹇，入乎苍穹。飞沙走石满穷塞，万里飕飕西北风。狂僧有绝艺，非数仞高墙不足以逞其笔势。或逢花笺与绢素，凝神执笔守恒度。别来筋骨多情趣，霏霏微微点长露。三秋月照丹凤楼，二月花开上林树。终恐绊骐骥之足，不得展千里之步。狂僧狂僧，尔虽有绝艺，犹当假良媒。不因礼部张公将尔来，如何得声名一旦喧九垓。

魏 万

魏万,尝居王屋山,后名颢。上元初登第。初遇李白于广陵,白曰:"尔后必著大名于天下。"因尽出其文,命集之。其还王屋山也,白为之序,称其爱文好古。今存诗一首。

金陵酬李翰林谪仙子

君抱碧海珠,我怀蓝田玉。各称希代宝,万里遥相烛。长卿慕蔺久,子猷意已深。平生风云—作雅人,暗合江海心。去秋忽乘兴,命驾来东土。谪仙游梁园,爱子在邹鲁。二处一不见,拂衣向江东。五两挂海—作淮月,扁舟随长风。南游吴越遍,高揖二千石。雪—作云上天台山,春逢翰林伯。宣父敬项橐—作托,林宗重黄生。一长复一少,相看如弟兄。惕然意不尽,更逐西南去。同舟入秦淮,建业龙盘处。楚歌对—作醉吴酒,借问承恩初。宫买长门赋,天迎驷马车。才高世难容,道废可推命。安石重携妓,子房空谢病。金陵百万户,六代帝王都。虎石据西江,钟山临北湖。二—作湖山信为美,王屋人相待。应为歧路多,不知岁寒在。君游早晚还,勿久风尘间。此别未远别,秋期到仙山。

崔宗之

崔宗之,名成辅,以字行。日用之子,袭封齐国公。历左司郎中、侍御史,谪官金陵。与李白诗酒唱和,常月夜乘舟,自采石达金陵。诗一首。

赠李十二白

凉风八九月，白露满空庭。耿耿意不畅，悄悄一作稍稍风叶声。思见雄俊士，共话今古情。李侯忽来仪，把袂苦不早。清论既抵掌，玄谈又一作多绝倒。分明楚汉事，历历王霸道。担囊无俗物，访古千里馀。袖有匕首剑，怀中茂陵书。双眸光照人，词赋凌子虚。酌酒弦素琴，霜气正一作风气凝洁。平生心中事，今日为君说。我家有别业，寄在嵩之阳。明月出高岑，清溪澄素光。云散窗户静，风吹松桂香。子若同斯游，千载不相忘。

崔成甫

　　崔成甫，官校书郎，再尉关辅，贬湘阴。有《泽畔吟》，李白为之序。其为陕县尉时，韦坚为陕郡太守，兼水陆转运使，凿潭望春楼下。成甫因变得(丁纥反)体(都董反)歌为得宝歌，坚命舟人歌之，成甫又广为十阕，今不传。存诗一首。

赠李十二白

我是潇湘放逐臣，君辞明主汉江滨。天外常求太白老，金陵捉得酒仙人。

严　武

　　严武，字季鹰，华州人，工部侍郎挺之之子。以荫调太原府参军，累迁殿中侍御史。从明皇入蜀，擢谏议大夫。至德初，房琯以其名臣子，荐为给事中。历剑南节度使，入为太子宾客兼御史大夫。改吏部侍郎，寻转黄门侍郎，再为成都尹。以破吐蕃功，进检校吏部尚书，封郑国公。最善杜甫，其复镇剑南，甫往依之。诗六首。

寄题杜拾遗锦江野亭

漫向江头把钓竿，懒眠沙草爱风湍。莫倚善题鹦鹉赋，何须不著鹔鸬冠。腹中书籍幽时晒，肘后医方静处看。兴发会能驰骏马，应须直到使君滩。

酬　别　杜　二

独逢尧典日，再睹汉官时。未效风霜劲，空惭雨露私。夜钟清万户，曙漏拂千旗。并向殊庭谒，俱承别馆追。斗城怜旧路，涡水惜归期。自注：昔会秦关，今别巴岭。峰树还相伴，江云更对垂。试回沧海棹，莫妒敬亭诗。只是书应寄，无忘酒共持。但令心事在，未肯鬓毛衰。最怅巴山里，清猿醒一作恼梦思。

题巴州光福寺楠木

楚江长流对楚寺，楠木幽生赤崖背。临溪插石盘老根，苔色青苍山雨痕。高枝闹叶鸟不度，半掩白云朝与暮。香殿萧条转密阴，花龛滴沥垂清露。闻道偏多越水头，烟生雾敛使人愁。月明忽忆湘川夜，猿叫还思鄂渚秋。看君幽霭几千丈，寂寞穷山今遇赏。亦知钟梵报黄昏，犹卧禅床恋奇响。

班婕妤 一作严识玄诗

贱妾如桃李，君王若岁时。秋风一已劲，摇落不胜悲。寂寂苍苔满，沈沈绿草滋。繁华非此日，指辇竟何辞。

巴岭答杜二见忆

卧向巴山落月时，两乡千里梦相思。可但步兵偏爱酒，也知光禄最能诗。江头赤叶枫愁客，篱外黄花菊对谁。跂马望君非一度，冷猿秋雁不胜悲。

军 城 早 秋

昨夜秋风入汉关，朔云边月一作雪满西山。更催飞将追骄虏，莫遣沙场匹马还。

韦 迢

　　韦迢，京兆人，为都官郎，历岭南节度行军司马，卒赠同州刺史。与杜甫友善，其出牧韶州，甫有诗送之。存诗二首。

潭州留别杜员外院长

江畔长沙驿一作泽，相逢缆客船。大名诗独步，小郡海西偏。地湿愁飞鵩，天炎畏跕鸢。去留俱失意，把臂共潸然。

早发湘潭寄杜员外院长

北风昨夜雨，江上早来凉。楚岫千峰翠，湘潭一叶黄。故人湖外客，白首尚为郎。相忆无南雁，何时有报章。

郭 受

　　郭受，大历间人。杜甫有酬郭十五判官诗，盖受曾为衡阳判官。诗一首。

寄杜员外 员外垂示诗,因作此寄上。

新诗海内流传久,旧德朝中属望劳。郡邑地卑饶雾雨,江湖天阔足风涛。松花酒熟傍看醉,莲叶舟轻自学操。春兴不知凡几首,衡阳纸价顿能高。衡阳出五家纸,又云出五里纸。

全唐诗卷二六二

韩滉

> 韩滉,字太冲,少师休之子,以荫补骑曹参军。至德初,青齐节度邓景山辟为判官,授监察御史。累迁吏部员外郎。大历中,改郎中,擢尚书左丞。德宗朝,为江淮转运使,加同平章事。工书,兼善丹青。诗二首。

晦日呈诸判官

晦日新晴春色娇,万家攀折渡长桥。年年老向江城寺,不觉春风换柳条。

听乐怅然自述 一作病中遣妓,一作司空曙诗

万事伤心对管弦一作在月前,一身含泪向春烟一作憔悴对花眠。黄金用尽教歌舞,留与他人乐少年。

窦蒙

> 窦蒙,字子全,肃宗时,试国子司业,兼太原县令。诗一首。

题弟泉述书赋后

泉官检校户部员外郎,富词藻,精草隶,尝制《述书赋》,论书家,起史籀迄唐至德一百九十八人,并及署证、印记、征求、保玩等事,总七千六百四十言。泉亡,蒙题赋云:

受命别家乡,思归每断肠。季江留被在,子敬与琴亡。吾弟当平昔,才名荷宠光。作诗通小雅,献赋掩长杨。流转三千里,悲啼百万行。庭前紫荆树,何日再芬芳。

张　濯

张濯,登上元进士第。诗二首。

迎春东郊

颛顼时初谢,句芒令复陈。飞灰将应节,宾日已知春。考历明三统,迎祥受万人。衣冠宵执玉,坛埠晓清尘。肃穆来东道,回环拱北辰。杖前花待发,旆处柳疑新。云敛黄山际,冰开素浐滨。圣朝多庆赏,希为荐沉沦。

题舜庙

古都遗庙出河一作山渍一作汾,万代千秋仰圣君。蒲坂城边长逝水,苍梧野外不归云。寥寥象设魂应在一作老,寂寂虞篇德已闻。向晚风吹庭下柏,犹疑琴曲韵一作咏南薰。

王 绰

王绰,登上元进士第。诗一首。

迎 春 东 郊

玉管潜移律,东郊始报春。銮舆应宝运,天仗出佳辰。睿泽光时辈,恩辉及物新。虬螭动旌旆,烟景入城闉。御柳初含色一作摇日,龙池渐启津。谁怜在阴者,得与蛰虫伸。

郑 锡

郑锡,登宝应进士第。宝历间,为礼部员外。诗十首。

邯 郸 少 年 行

霞鞍金口骢,豹袖紫貂裘。家住丛台近一作下,门前漳水流。唤人呈楚舞,借客试吴钩。见说秦兵至,甘心赴国仇。

陇 头 别

秋尽初移幕,沾裳一送君。据鞍窥古堠,开灶燕寒云。登陇人回首,临关马顾群。从来断肠处,皆向此中分。

度 关 山

象弭插文犀,鱼肠莹鸊鹈。水声分陇咽,马色度关迷。晓幕胡沙惨,危烽汉月低。仍闻数骑将,更欲出辽西。

出　塞

关山落叶秋,掩泪望营州。辽海云沙暮,幽燕旌旆愁。战馀能送
阵,身老未封侯。去国三千里,归心红粉楼。

玉　阶　怨

长门寒水流,高殿晓风秋。昨夜鸳鸯梦,还陪豹尾游。前鱼不解
泣,共辇岂关羞。那及轻身燕,双飞上玉楼。

千　里　思

渭水通胡苑,轮台望汉关。帛书秋海断,锦字夜机闲。旅梦虫催
晓,边心雁带还。惟馀两乡思,一夕度关山。

襄　阳　乐

春生岘首东,先暖习池风。拂水初含绿,惊林未吐红。渚边游汉
女,桑下问庞公。磨灭怀中刺,曾将示孔融。

送客之江西

乘轺奉紫泥,泽国渺天涯。九派春潮满,孤帆暮雨低。草深莺断
续,花落水东西。更有高唐处,知君路不迷。

望　月

高堂新月明,虚殿夕风清。素影纱窗雾,浮凉羽扇轻。稍随微露
滴,渐逐晓参横。遥忆云中咏,萧条空复情。

出 塞 曲

校尉征兵出塞西，别营分骑过龙一作泷溪。沙平虏迹风吹尽，雾失烽烟道易迷。玉靶半开鸿已落，金河欲渡马连嘶。会当系取天骄入，不使军书夜刺一作到闱。

古之奇

　　古之奇，登宝应进士第，尝为马燧辟置幕府。李端有诗赠之。诗一首。

秦 人 谣

微生祖龙代，却思尧舜道。何人仕帝庭，拔杀指佞草。奸臣弄民柄，天子恣衷抱。上下一相蒙，马鹿遂颠倒。中国既板荡，骨肉安可保。人生贵年寿，吾恨死不早。

李阳冰

　　李阳冰，字仲温，赵郡人。李白之从叔。宝应元年，为当涂令，白往依之，曾为白序其诗集。官止将作少监，工篆书。诗一首。

阮 客 旧 居

阮客身何在，仙云洞口横。人间不到处，今日此中行。

全唐诗卷二六三

严　维

严维,字正文,越州山阴人。至德二载进士,擢辞藻宏丽科。调诸暨尉,辟河南幕府,终秘书省校书郎。与刘长卿善。诗一卷。

酬耿拾遗题赠

掩扉常自静,驿吏忽传呼。水巷惊驯鸟,藜床起病躯。顾身悲欲老,戒子力为儒。明日公西一作归去,烟霞复作徒。

酬王侍御西陵渡见寄

前年万里别,昨日一封书。郢曲西陵渡,秦官使者车。柳塘薰昼日,花水溢春渠。若不嫌鸡黍,先令扫弊庐。

酬刘员外见寄

苏耽佐郡时,近出白云司。药补清羸疾,窗吟绝妙词。柳塘春水慢一作漫,花坞夕阳迟。欲识怀君意,明一作朝朝访楫师。

同韩一作韦员外宿云门寺

小岭路难近,仙郎此夕过。潭空观月定,涧静见云多。竹翠烟深锁,松声雨点和。万缘俱不有,对境自垂萝。

酬诸公宿镜水宅

幸免低头向府中,贵将藜藿与君同。阳雁叫霜来枕上,寒山映月在湖中。诗书何德名夫子,草木推年长数公。闻道汉家偏尚少,此身那此一作比访芝翁。

送薛尚书入蜀 一作朝

卑情不敢一作可论,拜首入一作手立辕门。列郡诸侯长,登朝八座尊。凝笳临水发,行旆向风翻。几许遗黎一作民泣,同怀父母恩。

送李秘书往儋州

魑魅曾为伍,蓬莱近拜郎。臣心瞻北阙,家事在南荒。莎草山城小,毛洲海驿长。玄成知必大,宁是泛沧浪。

送人入金华 一作赠别东阳客

明月双溪水,清一作春风八咏楼。昔一作少年为客处,今日送君游。

送崔峒使往睦州兼寄薛司户

如今相府用一作重英髦,独往南州肯告劳。冰水近开渔浦出,雪云初卷定山高。木奴花映一作发桐庐县,青雀舟随白露涛。使者应须访廉吏,府中惟有范功曹。

送房元直赴北京

犹道楼兰十万师,书生匹马去何之。临歧未断归家目一作日,望月空吟出塞诗。常欲激昂论上策,不应憔悴老明时。遥知到日逢寒食,彩笔长裾会晋祠。

荆溪馆呈丘义兴

失路荆溪上,依人一作仁忽暝投。长桥今夜月,阳羡古时州。野烧
明山郭,寒更出县楼。先生能馆我,无事五湖游。

一公新泉 一作题灵一上人院新泉

山下新泉出,泠泠北去一作比法源。落池才有响,喷一作溃,又作溅。石
未成痕。独映孤松色,殊分众鸟喧。唯当清夜月一作月夜,观此启一
作定禅门。

奉试水精环 一本无奉试二字

王室符长庆,环中得水精。任圆循不极,见素质仍贞。信是天然
瑞,非因朴斫成。无瑕胜玉美,至洁过冰清。未肯齐珉价,宁同杂
佩声。能衔任黄雀,亦欲应时明一作鸣。

自云阳归晚泊陆澧宅

天阴行易晚,前路故人居。孤棹所思久,寒林相见初。闲灯忘夜
永,清漏任更疏一作馀。明发还须去,离家几岁一作岁欲除。

九日陪崔郎中北山宴

上客南台至,重阳此会文。菊芳寒露洗,杯翠一作桐叶夕阳曛。务
简人同醉,溪闲鸟自群。府中官最小,唯有孟参军。

留别邹绍刘长卿

中年从一尉,自笑此身非。道在甘微禄,时难一作轻耻息机。晨趋

本郡府,昼掩故山扉。待见干戈毕,何妨更采薇。

书情献相公 一本献下有刘字

年来白发欲星星,误却生涯是一经。魏阙望中一作来何日见,商歌奏罢复谁听。孤根独弃惭山木,弱质一作植无成状水萍。今日更须询哲匠,不应休去老岩扃。

赠 送 朱 放

昔年居汉水,日醉习家池。道胜迹常在,名高身不知。欲一作久依天目住,新自始宁移。生事曾无长,惟将白接䍦。

剡中赠张卿侍御

辟疆年正少,公子贵初还。早列月一作何卿位,新参柱史班。千夫驰驿道,驷马入家山。深巷乌衣盛,高门画戟闲。逶迤天乐下,照耀剡溪间。自贱游章句,空为衰草颜。

赠 万 经

万公长慢世,昨日一作夜又隳官。纵酒真彭泽,论诗得建安。家山伯禹穴,别墅小一作少长干。辄有时人至,窗前白眼看。

书情上李苏州 一本州下有大夫二字

东土苗人尚有残,皇皇亚相出朝端。手持国宪群僚畏,口喻天慈百姓安。礼数自怜今日绝,风流一作尘空计往年欢。误着青袍将十载,忍令一作来渔浦却垂竿。

馀姚祗役奉简鲍参军

童年献赋在皇州,方寸思量君与侯。万事无成新白首,两春虚掷对
沧流。歌诗盛赋文星动,箫管新亭晦日游。知己欲依何水部,乡人
今正贱东丘。

奉和独孤中丞游云门寺

绝壑开花界,耶溪极上源。光辉三独一作石坐,登陟五云门。深木
鸣驺驭,晴山曜武贲。乱泉观坐卧,疏磬发朝昏。苍翠新秋色,莓
苔积雨痕。上方看度鸟,后夜听吟猿。异迹焚香对,新诗酌茗论。
归来还抚俗,诸老莫攀辕。

奉和皇甫大夫夏日游
花严一作岩寺 时大夫昆季同行

初第一作地华严一作花岩会,王家少长行。到宫龙节驻,礼塔雁行成。
莲界千峰静,梅天一雨清。禅庭未可恋,圣主寄苍生。

宿法华寺

一夕雨沉沉,哀猿万木阴一作吟。天龙来护法,长老密看心。鱼梵
空山静,纱灯古殿深。无生久已学,白发浪相侵。

题茅山李尊师所居 一作秦系诗

天师百岁少如童,不到山中更不逢。洗药每临新瀑水,步虚时绕最
高峰。篱根五月留残雪,座右千年荫古松。此去人寰知近远,回看
路隔一重重。

送薛居士和州读书

孤云独鹤共悠悠,万卷经书一叶舟。楚地巢城民舍少,烟村社树鹭湖秋。蒿莱织妾晨炊黍,隅一作篱落耕童夕放牛。年少不应辞苦节,诸生若遇亦封侯。

送李端 一作卢纶诗

故关衰草遍,离别正堪悲。路出寒云外,人归暮雪时。少孤为客早,多难识君迟。掩泣空相向,风尘何所期。

宿 天 竺 寺

方外主人名道林,怕将水月净身心。居然对我说无我,寂历山深将夜深。

丹阳送韦参军

丹阳郭里送行舟,一别心知两地秋。日晚江南望江北,寒鸦飞尽水悠悠。

入 唐 溪

啸终万籁起,吹去当溪云。环屿或明昧,远峰尚氛氲。雨新翠叶发,夜早玄象分。金涧流不尽,入山深更闻。

送桃岩成上人归本寺

长老归缘起,桃花忆旧岩。清晨云抱石,深夜月笼杉。道具门人捧,斋粮谷鸟衔。馀生愿依止,文字欲三缄。

酬普选二上人期相会见寄

本意宿东林，因听子贱琴。遥知大小朗，《传灯录》：惠朗禅师号大朗，振朗禅师号小朗。已断去来心。夜静溪声近，庭寒月色深。宁知尘外意，定后便成吟。

相里使君宅听澄上人吹小管

秦僧吹竹闭秋城，早在梨园称主情。今夕襄阳山太守，座中流泪听商声。

赠别至弘上人

最称弘偃少，早岁草茅居。年老从僧律，生知解佛书。衲衣求坏帛，野饭拾春蔬。章句无求断，时一作诗中学有馀。

奉和刘祭酒伤白马　此马敕赐宁王，转赠祭酒。

沛艾如龙马，来从上苑中。棣华恩见赐，伯舅礼仍崇。镜点黄金眼，花开白雪骢。性柔君子德，足逸大王风。色照鸣珂静，声连喷玉雄。食场恩未尽，过隙命旋终。练影依云没，银鞍向月空。仍闻乐府唱，犹一作应念代劳功。

哭灵一上人

一公何不住，空有远公名。共说岑山路，今时不可行。旧房松更老，新塔草初生。经论传缁侣，文章遍墨卿。禅林枝干折，法宇栋梁倾。谁复修僧史，应知传已成。一本无后四句。

题鲍行军小阁

宇下无留事,经营意独新。文房已得地,相阁是推轮。席上招贤
急,山阴对雪频。虚明先旦暮,启闭异冬春。谈笑兵家法,逢迎幕
府宾。还将负暄处,时借在阴人。

陪皇甫大夫谒禹庙

竹使羞殷荐,松龛拜夏祠。为鱼歌德一作致美后,舞羽降神时。文一
作仗卫瞻如在,精灵信有期。夕阳陪醉止,塘上鸟咸迟。

同王征君湘中有怀 一作张谓诗

八月洞庭秋,潇湘水北流。还家万里梦,为客五更愁。不用看书
帙,偏宜上酒楼。故人京洛满,何日复同游。

奉和皇甫大夫祈雨应时雨降

致和知必感,岁旱未书灾。伯禹明灵降,元戎祷请来。九成陈夏
乐,三献奉殷醅。掣曳旗交电,铿锵鼓应雷。行云依盖转,飞雨逐
车回。欲识皇天意,为霖贶在哉。

赠别刘长卿时赴河南严中丞幕府

早见登郎署,同时迹一作即下僚。几年江路永,今去国门遥。文变
骚人体,官移汉帝朝。望山吟度日,接枕话通宵。万里趋公府,孤
帆恨一作限信潮。匡一作康时知已老,圣代耻逃尧。

晦　日　宴　游

晦日湔裙俗,春楼致酒时。出山还已醉,谢客旧能诗。溪柳薰晴

浅,岩花待闰迟。为邦久无事,比屋自熙熙。

夏日纳凉

山阴过野客,镜里接仙郎。盥漱临寒水,褰闱入夏堂。杉松交日影,枕簟上湖光。衮衮承嘉话,清风纳晚凉。

僧房避暑

支公好闲寂,庭宇爱林篁。幽旷无烦暑,恬和不可量。蕙风清水殿,荷气杂天香。明月谈空坐,怡然道术忘。

九日登高

诗家九日怜芳菊,迟客高斋瞰浙江。汉一作渔浦浪花摇素壁,西陵树色入秋一作云窗。木奴向熟悬金实,桑落新开泻玉缸。四子醉时争讲德,笑论黄霸屈为邦。

九月十日即事

家贫惟种竹,时幸故人看。菊度重阳少,林经闰月寒。宿醒犹落帽,华发强扶冠。美景良难得,今朝更尽欢。

送丘为下第归苏州

沧江一身客,献赋空十年。明主岂能好,今人谁举贤。国门税征驾,旅食谋归旋。曒日媚春水,绿蘋香客船。无媒既不达,余亦思归田。

送少微上人东南游

旧游多不见,师在翟公门。瘴海空山热,雷州白日昏。片心应为法,万里独无言。人尽酬恩去,平生未感恩。

赠送崔子向 一本无赠字

旅食来江上,求名赴洛阳。新诗踪谢守,内学似支郎。行怯秦为客,心依越是乡。何人作知己,送尔泪浪浪。

答刘长卿七里濑重送

新安非欲一作故枉帆过,海内如君有几何。醉里别时秋水色,老人南望一狂歌。

岁初喜皇甫侍御至

湖上新正逢故人,情深应不笑家贫。明朝别后门还掩,修竹千竿一老身一作人。

送 舍 弟

疏懒吾成性,才华尔自强。早称眉最白,何事绶仍黄。时暑嗟于迈,家贫念聚粮。只应宵梦里,诗兴属池塘。

示 外 生

牵役非吾好,宽情尔在傍。经过悲井邑,起坐倦舟航。相宅生应贵,逢时学可强。无轻吾未用,世事有行藏。

咏 孩 子

嘉客会初筵,宜时魄再圆。众皆含笑戏,谁不点颐怜。绣被花堪摘,罗绷色欲妍。将雏有旧曲,还入武城弦。

酬谢侍御喜王宇及第见贺不遇之作

寂寞柴门掩，经过柱史荣。老夫宁有力，半子自成名。柳映三桥发，花连上道明。缄书到别墅，郢曲果先成。

秋日与诸公文会天_{缺一字}寺

相访从吾道，因缘会尔时。龙盘馀帝宅，花界古人祠。明月虚空色，青林大小枝。还将经济学，来问道安师。

答刘长卿蛇浦桥月下重送

月色今宵最明，庭闲夜久天清。寂寞_{一作愁}尽多年老_{一作左宦}，殷勤远别深情。溪临修竹烟色，风落高梧雨声。耿耿相看不寐，遥闻晓柝山城。

发桐庐寄刘员外

处处云山无尽时，桐庐南望转参差。舟人莫道新安近，欲上潺湲行自迟。

秋夜船行

扁舟时属暝，月上有馀辉。海燕秋还去，渔人夜不归。中流何寂寂，孤棹也依依。一点前村火，谁家未掩扉。

游灞陵山

入山未尽意，胜迹聊独寻。方士去在昔，药堂留至今。四隅白云闲，一路清溪深。芳秀惬春目，高闲宜远心。潭分化丹水，路绕_{一作岭}出升仙林。此道人不悟，坐鸣松下琴。

重送新安刘员外

秋江渺渺水空波,越客孤舟欲榜歌。手折衰杨悲老大,故人零落已无多。

忆长安 共十二咏,丘丹等同赋,各见本集。

五　月

忆长安,五月时,君王避暑华池。进膳甘瓜朱李,续命芳兰彩丝。竞处高明台榭,槐阴柳色通逵。

状江南 共十二咏,丘丹等同赋,各见本集。

季　春

江南季春天,莼叶细如弦。池边草作径,湖上叶如船。

句

五色惊彩凤,千里象骢威。　张侍御孩子

三伏轩车动,尧心急谏官。名通内籍贵,立近御床寒。　送皇甫拾遗归朝

波从少海息,云自大风开。　代宗挽歌　并《诗式》

全唐诗卷二六四

顾　况

顾况,字逋翁,海盐人,肃宗至德进士。长于歌诗,性好诙谐,尝为韩滉节度判官,与柳浑、李泌善。浑辅政,以校书征;泌为相,稍迁著作郎。悁悁不乐,求归,坐诗语调谑,贬饶州司户参军。后隐茅山,以寿终。集二十卷,今编诗四卷。

琴　歌

琴调秋些,胡风绕雪,峡泉声咽,佳人愁些。

上古之什补亡训传十三章

上 古 一 章

上古,愍农也。

遐哉上古,生弃与柱。句龙是生一作氏主,乃有甫田。惟彼甫田,有万斯年。开利之源,无乃塞源。一廛亦官,百廛亦官,啬夫孔艰。浸兮暵兮,申有螽兮。惟馨祀是患,岂止馁与寒。啬夫咨咨,䅵盛苗衰。耕之耰之,袯襫锄犁,手胼足胝。水之蛭蟥,吮喋我肌。我姑自思,胡不奋飞。东人利百,西人利百。有匪我心,胡为不易。河水活活,万人逐末,俾尔之愉悦兮。

左 车 二 章

左车,凭险也。震为雷,兄长之。左,东方之师也。凭险不已,君子忧心,而作是诗。

左车有庆,万人犹病。曷可去之,于党孔盛。敏尔之生,胡为波进。

左车有赫,万人毒螫。曷可去之,于党孔硕。敏尔之生,胡为草戚。

筑 城 二 章

筑城,刺临戎也。寺人临戎,以墓砖为城壁。

筑城登登,于以作固。咨尔寺兮,发郊外冢墓。死而无知,犹或不可。若其有知,惟上帝是愬。

筑城奕奕,于以固敌。咨尔寺兮,发郊外冢甓。死而无知,犹或不可。若其有知,惟上帝是谪。

持 斧 一 章

持斧,启戎士也。戎士伐松柏为蒸薪。孝子徘徊而作是诗。

持斧持斧,无剪我松柏兮一本有"柏下之士,藏吾亲之体魄兮"二句。

十月之郊一章

十月之郊,造公(一作宫)室也。君子居公(一作宫)室,当思布德行化焉。

十月之郊,群木肇生。阳潜地中,舒达句萌。暗其蔚兮,不可以游息。乃炀蒺藜,乃夷荆棘。乃鏫彼曲直,匠氏度思。登斧以时,泽梁蓁蓁。无或夭枝,有巨根蒂。生混茫际,呼吸群籁。万人挥斤,坎坎有厉。陆迁水济,百一作万力殚弊。审方面势,姑博其制,作为公一作宫室。公一作宫室既成,御燥湿风日。栋之斯厚,榱之斯密。如翼于飞,如鳞栉比。缭以周墉,墄以崇阶。俯而望之,蠹与云齐。碏砆碱砆,藻井旋题。丹素之爆兮,椒桂之馥兮。高阁高阁,珠缀结络。金铺烂若,不集于鸟雀。绘事告毕,宾筵秩秩,乃命旨酒一本有乃鼓二字琴瑟。琴瑟在堂,莫不静谧。周环掩辟,仰不漏日。

冬日严凝,言纳其阳,和风载升。夏日郁蒸,言用于阴,凉风飒兴。有匪君子,自贤不已,乃梦乘舟,乃梦乘车。梦人占之,更爽其居。炎炎则移,皎皎则亏。木实之繁兮,明年息枝。爰处若思,胡宁不尔思。

燕于巢一章

燕于巢,审日辰也,燕不以甲乙衔泥。

燕燕于巢,缀葺维戊。甲兮乙兮,不宜有谬。飞龙在天,云掩于斗。曷日于雨,乃曰庚午。彼日之差,亦孔斯丑。昔在羲和,湎淫不修。我筮我龟,莫我告繇。胤乃征之,彝伦九畴。君子授律,是祃是襫。三五不备,冈克攸遂。惠此蒸人,毋废尔事。尔莫我从,维来者是冀。

苏 方 一 章

苏方,讽商胡舶舟运苏方,岁发扶南林邑,至齐国立尽。

苏方之赤,在胡之舶,其利乃博。我土旷兮,我居阒兮,我衣不白兮。朱紫烂兮,传瑞晔兮,相唐虞之维百兮。

陵霜之华一章

陵霜之华,伤不实也。

陵霜之华,我心忧嗟。阴之胜矣,而阳不加。块轧陶一作大钧,乃帝乃神,乃舒乃屯。烈烈严秋,熙熙阳春,职生有伦。今华发非其辰,辰属东方之仁,遐想三五。黄帝登云,尧年百馀。二仪分位,六气不渝。二景如璧,五星如珠。陵霜之华兮,何不安敷。

囝 一 章

囝,哀闽也。(囝音蹇。闽俗呼子为囝。父为郎罢。)

囝生闽方,闽吏得之,乃绝其阳。为臧为获,致金满屋。为髡为钳,如视草木。天道无知,我罹其毒。神道无知,彼受其福。郎罢别囝,吾悔生汝。及汝既生,人劝不举。不从人言,果获是苦。囝别郎罢,心摧血下。隔地绝天,乃至黄泉,不得在郎罢前。

我行自东一章

　　我行自东,不遑居也。

我行自东,山海其空,旅棘有丛。我行自西,垒与云齐,雨雪凄凄。
我行自南,烈火满林。日中无禽,雾雨淫淫。我行自北,烛龙寡色,
何柱不直。我忧京京,何道不行兮?

采 蜡 一 章

　　采蜡,怨奢也。荒岩之间,有以矿蒙其身。腰藤造险,及有群蜂肆
　　毒,哀呼不应,则上舍藤而下沉(一本有之字)壑。

采采者蜡,于泉谷兮。煌煌中堂,烈华烛兮。新歌善舞,弦柱促兮。
荒岩之人,自取其毒兮。

弃 妇 词

　　李白集中亦有之,元人萧士赟谓此篇顾况弃妇词也。后人添增数
　　句,窜入太白集中。

古人虽一作有弃妇,弃妇有归处。今日妾辞君,辞君欲何一作遣妾何处
去。本一作旧家零落尽,恸哭来时路。忆昔未嫁君,闻君甚周旋。
及与同结发,值君适幽燕。孤魂托飞鸟,两眼如流泉。以上四句一作:
绮罗锦绣段,有赠黄金千。十五许嫁君,二十移所天。结发日未久,离居缅山川。家家
尽欢乐,贱妾空自怜。幽闺多沉思,盛事无十年。相思若循环,枕席生流泉。流泉咽
不燥,万里一作独梦关山道。及至一作此见君归,君归妾已老。物情
弃一作华恶衰歇,新宠方妍好。拭一作掩泪出故房,伤心剧秋草。此下
一本有"自妾为君妻,君东妾在西。罗帷到晓恨,玉貌一生啼。妾有嫁时服,轻云淡翠
霞。琉璃作斗帐,四角金莲花。自从离别后,不觉尘埃厚。常嫌代瑁孤,独恨梧桐偶。
玉颜逐霜霰,贱妾何能守。寒沼落芙蓉,秋风散杨柳"十六句。妾以一作以此憔悴
捐一作颜,羞将一作空持旧物还。馀生欲有一作亦何寄,谁肯相留连一作
牵攀。空床对虚牖,不觉尘埃厚。寒水芙蓉花,秋风堕杨柳。以上四

句一作:君恩既断绝,相见何年月。悔倾连理杯,虚作同心结。女萝附青松,贵在相依投。浮萍共绿水,教作若为流。不恣君弃妾,自叹妾缘薄。记得一作忆昔初嫁君,小姑始一作才扶床。今日君弃妾一作妾辞君,小姑如妾长。回头语小姑,莫嫁如兄夫。

游 子 吟

故枥思疲马,故窠思迷禽。浮云蔽我乡,蹢躅游子吟。游子悲久滞,浮云郁东岑。客堂无丝桐,落叶如秋霖。艰哉远游子,所以悲滞淫。一为浮云词,愤塞谁能禁。驰归一作晖百年内,唯愿展所钦。胡为不归欤,坐使年病侵。未老霜绕鬓,非狂火烧心。太行何难哉,北斗不可斟。夜静星河出,耿耿辰与参。佳人复青天,尺素重于金。沈寥群动异,眇默诸境森。苔衣上闲阶,蟋蟀一作蜻蚓催寒砧。立身计几误,道险无容针。三年不还家,万里遗锦衾。梦魂无重阻,离忧冈一作因古今。胡为不归欤,辜一作孤负匣中琴。腰下是何物,牵缠旷登寻。朝与名山期,夕宿楚水阴。楚水殊演漾,名山窅岖嶔。客从洞庭来,婉娈潇湘深。橘柚在南国,鸿雁遗秋音。下有碧草洲,上有青橘林。引烛窥洞穴,凌波睥天琛。蒲荷影参差,凫鹤雏淋涔。浩歌惜芳杜,散发轻华簪。胡为不归欤,泪下沾衣襟。鸢飞戾霄汉,蝼蚁制鳢鳣。赫赫大圣朝,日月光照临。圣主虽启迪,奇一作吾人分湮沈。层城登一作发云韶,王一作玉府锵球琳。鹿鸣志丰草,况复虞人箴。

拟古三首 第一首一作长安古意

龙剑昔藏影,送雄留其雌。人生阻欢会,神物亦别离。碧树感秋落,佳人无还期。夜琴为君咽,浮云为君滋。爱而伤不见,星汉一作使星徒参差。

幽居盼天造,胡息运行机。春葩妍既荣,秋叶瘁以飞。滔滔川之逝,日没月光辉。所贵法乾健,于道悟入微。任彼声势徒,得志方夸毗。

浮生果何慕,老去羡介推。陶令何足录,彭泽归已迟。空负漉酒巾,乞食形诸诗。吾惟抱贞素,悠悠白云期。

伤　子

老夫哭一作丧爱子,日暮千行血。声逐断猿悲,迹一作路随飞鸟灭。老夫已七十,不作多时别。

春游曲二首 二首,一作一首。

游童苏合带,倡女蒲葵扇。初日映城时,相思忽相见。褰裳踏露草,理鬓回花面。薄暮不同归,留情此芳甸。

柘弹连钱马,银钩妥堕鬟。采桑春陌上,踏草夕阳间。意合词先露,心诚貌却闲。明朝若相忆,云雨出巫山。

从军行二首

弭节结徒侣,速征赴龙城。单于近突围,烽燧屡夜惊。长弓挽满月,剑华霜雪明。远道百草殒,峭觉寒风生。风寒欲砭肌,争奈裘袄轻。回首家不见,候雁空中鸣。笳奏遝以哀,肃肃趣严程。寄语塞外胡,拥骑休横行。

少年胆气粗,好勇万人敌。仗剑出门去,三边正艰厄。怒目时一呼,万骑皆辟易。杀人蓬麻轻,走马汗血滴。丑虏何足清,天山坐宁谧。不有封侯相,徒负幽并客。

塞上曲

黠虏初南下,尘飞塞北境。汉将怀不平,雠扰当远屏。金革卧不暖,起舞霜月冷。点军三十千一作年,部伍严以整。酣战祈成功,于焉罢边衅。

弋阳溪中望仙人城

何草乏灵姿,无山不孤绝。我行虽云蹇,偶胜聊换节。上界浮中流,光响洞明灭。晚一作晓禽曝霜羽,寒鱼依石发。自有无还心,隔波望松雪。

严公钓台作

灵芝产遐方,威凤家一作驾重霄。严生何耿洁,托志肩夷巢。汉后虽则贵,子陵不知高。糠秕当世道,长揖夔龙朝。扫门彼何人,升降不同朝。舍舟遂长往,山谷多清飙。

萧寺偃松

凄凄百卉病,亭亭双松迥。直上古寺深,横拂秋殿冷。轻响入龟目一作息,片阴栖鹤顶。山中多好树,可怜无比并。

独游青龙寺

春风入香刹,暇日独游衍。旷然莲花台,作礼月光面。乘兹第八识,出彼超二见。摆落区中缘,无边广弘愿。长廊朝雨毕,古木时禽啭。积翠暖遥原,杂一作离英纷似霰。凤城腾日窟,龙首横天堰。蚁步避危阶,蝇飞响深殿。大通智胜佛,几劫道场现。

初秋莲塘归

秋光净无迹，莲消锦云红。只有溪上山，还识扬舲翁。如何白蘋
花，幽渚笑凉风。

从江西至彭蠡入浙西
淮南界道中寄齐相公

大贤旧丞相，作镇江山一作上雄。自镇江山一作上来，何人得如公。
处士待徐孺，仙人期葛洪。一身控上游，八郡趋下风。比屋除畏
溺，林塘曳烟虹。生人罢虔刘，井税均且一作以充。大府肃无事，欢
然一作言接悲翁。心清百丈泉，目送孤飞鸿。数年鄱阳掾，抱责栖
微躬。首阳及汨罗，无乃褊其衷。杨朱并阮籍，未免哀途穷。四
贤虽得仁，此怨何匆匆。老氏齐宠辱，於陵一穷通。本师留度门，
平等冤亲同。能依二谛法，了达三轮空。真境靡方所，出离内外
中。无边尽未来，定惠一作慧双修功。蹇步惭寸进，饰装随转蓬。
朝行楚水阴，夕宿吴洲东。吴洲复一作覆白云，楚水飘丹枫。晚霞
烧回潮，千里光曈曈。冀开海上影，桂吐淮南丛。何当翼明庭，草
木生春一作昭融。

寄上兵部韩侍郎奉呈
李户部卢刑部杜三侍郎

道路五千里，门阑三十年。当时携手人，今日无半全。咏题官舍
内，赋韵僧房前。公登略彴桥，况榜龙一作晚舸船。远寺吐朱阁，
春潮浮绿烟。鹓鸿翔邓林，沙鸧飞吴田。诸子纷出祖，中宵久留
连。坐客三千人，皆称主人贤。国士分如此，家臣亦依然。身在一
作从薜萝中，头刺文案边。故吏已重叠，门生从联翩。得罪为何名，

无阶问皇天。出门多岐路,命驾无由缘。伏承诸侍郎,顾念犹迍遭。圣代逢三宥,营魂空九迁。

长安窦明府后亭

君为长安令,我美长安政。五日一朝天,南山对明镜。鸟飞青苔院,水木相辉映。客至南云一作蕙乡,丝桐展歌咏。吏人何萧萧一作肃肃,终岁无喧竞。欲识明府贤,邑中多百姓。

谢王郎中见赠琴鹤

此琴等焦尾,此鹤方胎生。赴节何徘徊,理感物自并。独立江海上,一弹天地清。朱弦动瑶华,白羽飘玉京。因想羡门辈,眇然四体轻。子乔翔邓林,王母游层城。忽如一作然启灵署,鸾凤相和一作呼鸣。何由玉女床一作女床山,去食琅玕英。

和翰林吴舍人兄弟西斋

君家诚易知,易知复难同。新裁尺一诏,早入明光宫。西斋何其高一作远,上与星汉通。永怀洞庭石,春色相玲珑。久怀巴峡泉,夜落君丝桐。信是怡神所,迢迢菱华嵩。鸟飞晴云灭,叠嶂盘虚空。君家诚易知,易知意难穷。

望初月简于吏部

沉寥中秋夜,坐见如钩月。始从西南升,又欲西南没。全移河上影,暂透林间缺。纵待三五时,终为千里别。

上湖至破山赠文周萧元植

一别二十年,依依过故辙。湖上非往态,梦想频虚结。二子伴我行,我行感徂节。后人应不识,前事寒泉咽。一别二十年,人堪几回别。

酬信州刘侍郎兄

刘兄本知命,屈伸不介怀。南州管灵山,可惜旷土栖一作士乖。樵隐同一径,竹树薄西斋。鸟陵嶂合杳,月配波一作陂徘徊。薄宦修礼数,长景谢谭谐。愿为南州民,输税事鉏犁。胡为走不止,风雨惊遭回。

奉酬刘侍郎

几回新秋影,壁当作璧满蟾又缺。镜破似一作自倾台,轮斜同覆辙。虽分上林桂,还照沧洲雪。暂伴憔悴人,归华耿不灭。

酬本部韦左司

一题作奉和同郎中韦使君郡斋雨中宴集。时况左迁饶州。

好鸟依佳树,飞雨洒高城。况与二三一作数君子,列坐分两楹。文雅一何盛一作丽,林塘含馀清。府君一作我公未归朝,游子不待晴。白云帝城远,沧江枫叶鸣。却略欲一言一作拜手欲无言,零泪和酒倾。寸心久一作已摧折,别离重一作方骨惊。安得凌风一作霜翰,肃肃宾天京。

酬房杭州

郡楼何其旷,亭亭广而深。故人牧馀杭,留我披胸衿。满箧阅新作,璧玉诞清音。流水入洞天,窅窱欲一作相凌临。辟险延北阜,薙道陟南岑。朝从山寺还,醒醉动笑一作愁吟。荷花十馀里,月色攒湖林。父老惜使君,却欲速华簪。

酬漳州张九使君

故人穷越徼,狂生起悲愁。山海万里别,草木十年秋。鞭马广陵桥,出祖张漳州。促膝堕簪珥,辟幌戛琳球。短题自兹简,华篇讵能酬。无阶承明庭,高步相追游。南方荣桂枝,凌冬舍温裘。猿吟郡斋中,龙静檀栾流。薛一作薛鹿莫徭洞,网鱼卢亭洲一作舟。心安处处安,处处思退陬。

在滁苦雨归桃花崦伤亲友略尽

废弃忝残生,后来亦先夭。诗人感风雨,长夜何时晓。去国宦情无,近乡归梦少。庇身绝中授,甘静忘外扰。丽景变重阴,洞山空木表。灵潮若可通,寄谢西飞鸟。

苦　雨　一本题下有思归桃花崦五字

朝与佳人期,碧树生红萼。暮与佳人期,飞雨洒清阁。佳人窅何许,中夜心寂寞。试忆花正开,复惊叶初落。行骑飞泉鹿,卧听双海鹤。嘉愿有所从,安得处其薄。

赠别崔十三长官

真玉烧不热,宝剑拗不折。欲别崔侠心,崔侠心如铁。复如金刚锁,无有功不彻。仍于直道中,行事不诋讦。崔侠两兄弟,垂范继芳烈。相识三十年,致书字不灭。我来宣城郡,饮水仰清洁。蔼蔼北阜松,峨峨南山雪。顾生归山去,知作几年别。

哭从兄苌

洞庭违鄂渚,袅袅秋风时。何人不客游,独与帝子期。黄鹄铩飞

翅,青云叹沉姿。身终一骑曹,高盖者为谁。从驾至梁汉,金根复
京师。皇恩溢九垠,不记屠沽儿。立身有高节,满卷多好诗。赫赫
承明庭,群公默无词。草木正摇落,哭兄鄘水湄。共居云阳里,辚
轳多别离。人生倏忽间,旅衬飘若遗。稚子新学拜,枯杨生一枝。
一本无此四句。人生倏忽间,精爽无不之。旧国数千里,家人由未知。
人生倏忽间,安用才士为。

华山西冈游赠隐玄叟

群峰郁初霁,泼黛若鬟沐。失风鼓㘎呀,摇撼千灌木。木叶微堕
黄,石泉净停绿。危磴萝薜牵,迥步入幽谷。我心寄青霞,世事惭
苍鹿。遂令巢许辈,于焉谢尘俗。想是悠悠云,可契去留躅。

归阳萧寺有丁行者能修无生忍
担水施僧况归命稽首作诗

化佛示持帚,仲尼称执鞭。列生御风归,饲豕如人焉。曹溪第六
祖,踏碓逾三年。伊人自何方,长绥趋遥泉。开士行何苦,双瓶脏
两肩。萧寺百馀僧,东厨正扬烟。露足沙石裂,外形巾褐穿。若其
有此身,岂得安稳眠。独出违顺境,不为寒暑还。大圣于其一作空
中,领我心之虔。万法常空灭,无生因忍全。一国一释迦,一灯分
百千。永愿遗世知一作智,现身弥勒前。潜容偏虚空,灵响不可传。
智慧舍利佛一作弗,神通自乾一作目犍连。阿若憍陈如,迦叶迦㫉一作
檀延。左右二菩萨,文殊并普贤。身披六铢衣,亿劫为大仙。宝塔
宝楼阁,重檐交梵天。譬如一明珠,共赞光白圆。天魔波〔旬〕(旬)
等,降伏金刚坚。野叉罗刹鬼,亦敕尘垢缠。乃致金翅鸟,吞龙护
洪渊。一十一众中,身意皆快然。八河注大海,中有楞伽船。佛法
付国王,平等无颇偏。天子事端拱,大臣行其权。玉堂无蝇飞,五

月冰凛筵。尽力答明主,犹自招罪愆。九族无白身。百花动一作洞婵娟。神圣恶如此,物华不能妍。禄山一微胡,驱马来自燕。宛彼宫阙丽,如何犬羊膻。苦哉千万人,流血成丹川。此辈一作贼之死后,镬汤所熬煎。业风吹其魂,猛火烧其烟。独有丁行者,无忧树枝边。市头盲老人,长者乞一钱。韬照多密用,为君吟此篇。

大茅岭东新居忆亡子从真

谷鸟犹呼儿,山人夕沾襟。怀哉隔生死,怅矣徒登临。东门忧不入,西河遇亦深。古来失中道,偶向经中寻。大象无停轮,倏忽成古今。其夭非不幸,炼形由太阴。凡欲攀云阶,譬如火铸金。虚室留旧札,洞房掩闲琴。泉源登方诸,上有空青林。仿佛通寤寐,萧寥邈微音。软草被汀洲,鲜云略浮沉。頳景宣叠丽,绀波响飘淋。石窟含云巢,迢迢耿南岑。悲恨自兹断,情尘讵能侵。真静一时变,坐起唯从心。

全唐诗卷二六五

顾　况

乌啼曲二首

玉房掣锁声翻叶,银箭添泉绕霜一作霜绕堞。毕逋拨剌月一作日衔城,八九雏飞其母惊。此是天上老鸦鸣,人间一作我闻老鸦无此声。摇风杂佩耿华烛,夜听羽人弹此曲。东方曈曈一作眬赤日旭。

月出江林西,江林寂寂城鸦啼。昔人何处为此曲,今人何处听不足。城寒月晓驰思深,江上青草为谁绿。

幽　居　弄

苔衣生,花一本叠花字露滴,月入西林荡东壁。扣商占角两三声,洞户谿一作深窗一冥寂。独去沧洲无四邻,身婴世网此何身。关情命曲寄惆怅,久别山南山里人。

公　子　行

轻薄儿,面一作白如玉,紫陌春风缠马足。双鞚悬金缕鹘飞,长衫刺雪生犀束。绿槐夹道阴初成,珊瑚几节敌流星。红肌拂拂酒光狞一作凝,当街背拉金吾行。朝游冬冬鼓声发,暮游冬冬鼓声绝。入门不肯自升堂,美人扶踏金阶月。

古 离 别

西江上,风动麻姑嫁时浪。西山为水水为尘,不是人间离别人。

长 安 道

长安道,人无衣,马无草,何不归来山中老。

龙宫操 并序

　　顾况曰:"壬子癸丑,二年大水,时在滁,遂作此操。"盖大历中也。

龙宫月明光参差,精卫衔石东飞时。鲛人织绡采藕丝,翻江倒海一
作汉倾吴蜀。汉女江妃杳相续,龙王宫中水不足。

梁广画花歌

王母欲过刘彻家,飞琼夜入云辂车。紫书分付与青鸟,却向人间求
好花。上元夫人最小女,头面端正能言语。手把梁生画花看,凝顿
掩笑心相许。心相许,为白阿娘从嫁与。

送别日晚歌 一本题上无送别二字

日昚昚一作溟溟兮下山,望佳人兮不还。花落兮屋上,草生兮阶间一
作前。日日兮春风,芳菲兮欲歇一作灭。老不可兮更少,君何为兮轻
别。

行路难三首 本集止有前二首。
《英华》第三首居前,合为一首。

君不见担雪塞井空一作徒用力,炊砂作饭岂堪食一作吃。一生肝胆
向人尽,相识不如不相识。冬青树上挂凌霄,岁晏花凋树不凋。凡

物各自有根本，种禾终不生豆苗。行路难，行路难_{一本有不知二字}，何
处是平道。中心无事当富贵，今日看_{一作觉}君颜色好。
君不见少年头上如云发，少壮如云老如雪。岂知灌顶有醍醐，能使
清凉头不热。吕梁之水挂飞流，鼋鼍蛟龙不敢游。少年恃险若平
地，独倚长剑凌清秋。行路难，行路难。昔_{一作有日字}少年，今已老
_{一本有炫日春光不长好一句}。前朝竹帛事皆空，日暮牛羊占_{一作古城}草。
君不见古人_{一作来}烧水银，变作北邙山上尘。藕丝挂在虚空中，_{一作}
_{挂山在虚空，一作挂身在虚空}。欲落不落愁杀人。睢水英雄多血刃，建章
宫阙成煨_{一作灰}烬。淮王身死桂树_{一作枝}折，徐福_{一作市}一去音书绝。
行路难，行路难，生死_{一本有有命二字}皆由天。秦皇汉武遭不脱，汝独
何人学神仙。

悲　歌 _{有序}

　　情思发动，圣贤所不免也。故师乙陈其宜，延陵审其音，理乱之所
　　经，王化之所兴，信无逃于声教，岂徒文彩之丽耶？遂作歌以悲之。
边城路，今人犁田昔人墓。岸上沙，昔日_{一作时}江水今人家。今人
昔人共长叹，四气相催节回换。明月皎皎入华池，白云离离渡霄_一
_{作青汉}。

　　二 _{一作悲歌，一作《短歌行》。此首《才调集》分二首，各四句。}

我欲升天天隔霄，我欲渡水水无桥。我欲上山山路险，我欲汲井井
泉遥。越人翠被今何夕，独立沙边江草碧。紫燕西飞欲寄书，白云
何处逢来_{一作蓬莱客}。_{以上二首，一本合作一首。}

　　三 _{以下三首，一本合为一首，题作远思曲。}

新系青丝百尺绳，心在君家辘轳上。我心皎洁君不知，辘轳一转一

惆怅。

四

何处春风吹晓幕,江南渌水通朱阁。美人二八面如花,泣向春一作
东风畏花落。

五

临春风,听春鸟;别时多,见时少。愁人夜永一作一夜不得眠,瑶井
玉绳相对晓。

六 一作攀龙引

轩辕黄帝初得仙,鼎湖一去三千年。周流三十六洞天,洞中日月星
辰联。骑龙驾景游八极,轩辕弓剑无人识。东海青童寄消息。本集
自临春风至轩辕以下为一首,列之第三篇。《文苑》所载多脱略,今从《文粹》及集本添
入。

春 草 谣

春草不解行,随人上东一作空城。正月二月色绵绵,千里万里伤人
情。

苔 藓 山 歌

野人夜梦江南山,江南山深松桂闲。野人觉后长叹息,帖藓黏苔作
山色。闭门无事任盈虚,终日欹眠观四如。一如白云飞出壁,二如
飞雨岩前滴,三如腾虎欲咆哮,四如懒龙遭霹雳。崄峭嵌空潭洞
寒,小儿两手扶栏干。

同裴观察东湖望山歌

浴鲜积翠栖灵异,石洞花宫横半空。胡震亨云:"每句上四言,下三言,各为韵。"夜光潭上明星启,风雨坛边树如洗。水淹徐孺宅恒乾,绳坠洪崖井无底。主人载酒东一作春湖阴,遥望西山三四岑。

八月五日歌

四月八日明星出,摩耶夫人降前一作千佛。八月五日佳气新,昭成太后生圣人。开元九年燕公说,奉诏听置千秋节。丹青庙里贮姚宋,花萼楼中宴岐薛。清乐灵香几处闻,鸾歌凤吹动祥云。已于武库见灵鸟,仍向晋山逢老君。率土普天无不乐,河清海晏穷寥廓。梨园弟子传法曲,张果先生进仙药。玉座凄凉游帝京,悲翁回首望一作感承明。云韶九奏杳然远,唯有五陵松柏声。

露青竹杖一作鞭歌

鲜于仲通正当年,章仇兼琼在蜀川。约束蜀儿采马鞭,蜀儿采鞭不敢眠。横截斜飞一作度飞鸟边,绳桥夜上层崖颠。头插白云跨飞泉,采得马鞭长且坚。浮沤丁子珠联联,灰煮蜡楷光烂然。章仇兼琼持上天,上天雨露何其偏。飞龙闲厩马数千,朝饮吴江夕秣燕。红尘扑辔汗湿鞯,师子麒麟聊比肩。江面一作曲江昆明洗刷牵,四蹄踏浪头枰天。蛟龙稽颡河伯虔,拓羯胡雏脚手鲜。陈闳韩干丹青妍,欲貌未貌眼欲穿。金鞍玉勒锦连乾,骑入桃花杨柳烟。十二楼中奏管弦,楼中美人夺神仙。争爱大家把此鞭,禄山入关关破年。忽见扬州北邸一作邸前,只有人还千一钱。亭亭笔直无皴节,磨捋一作将形相一条铁。市头格一作终是无人别,江海贱臣不拘绁。垂窗一作鞘挂影西窗缺,稚子觅衣挑仰穴。家童拾薪几拗折,玉润

犹沾玉垒雪。碧鲜似染苌弘血，蜀帝城一作祠边子规咽。相如桥上
文君绝，往年策马降至尊，七盘九折横剑门。穆王八骏超昆仑，安
用冉冉孤生根。圣人不贵难得货，金玉珊瑚谁买恩。

金珰玉珮歌

赠君金珰太霄之玉珮，金锁禹步之流珠，五岳真君之秘箓，九天丈
人之宝书。东井沐浴辰巳毕，先进洞房上奔日。借问君欲何处来，
黄姑织女机边出。

瑶草春 并序

　　　陇西李迅者，纳别宅监奴，出，迅不喜，欲访故人，为刺史强而配焉。
　　　既归而不合，监奴投井而死。因作瑶草春歌以悲之。

瑶草春，杳容与，江南艳歌京一作凉西舞。执心轻子都，信节冠秋
胡。议以腰支嫁，时论自有夫。蝉鬓蛾眉明井底，燕裙赵袂一作带，
又作越带。萦辘轳。李生闻之泪如缚，不忍回头看此井。月中桂树
落一枝，池上鸡鹍唳孤影。露桃秾李自成蹊，流水终天不向西。翠
帐绿窗寒寂寂，锦茵罗荐夜凄凄。瑶草春，丹井远，别后相思意深
浅。

萧郸草书歌

萧子草书人不及，洞庭叶落秋风急。上林花开春露湿，花枝濛濛向
水垂一作泣。见君数行之洒落，石上之松松下鹤。若把君书比仲
将，不知谁在一作上凌云阁。

范山人画山水歌

山峥嵘，水泓澄。漫漫汗汗一笔耕，一草一木栖一作凄神明。忽如

空中有物,物中有声。复如远道望乡客,梦绕山川身不行。

嵇山道芬上人画山水歌

镜中一作湖真僧白道芬,不服朱审李将军。渌一作漫汗一作墨汁平铺洞庭水,笔头点出苍梧云。且看八月十五夜,月下看山尽如画一作画分。

杜秀才画立走水牛歌

昆仑儿,骑白象,时时锁着师子项。奚奴跨马不搭鞍,立走水牛惊汉官。江村小儿好夸骋,脚踏牛头上牛领。浅草平田擦过时,大虫著一作看钝儿落井。杜生知我恋沧洲,画作一障张床头。八十老婆拍手笑,妒他织女嫁牵牛。

梁司马画马歌

画精神,画筋骨,一团旋风瞥灭没。仰秣如上贺兰山,低头欲饮长城窟。此马昂然独此一作出群,阿爷是龙飞入云。黄沙枯碛无寸草,一日行过千里道。展处把笔欲描时,司马一骢赛倾倒。

丘小府小鼓歌

地盘山鸡一作鸣犹可像,坎坎䃂䃂随手长。夜半高楼沉一作客醉时,万里踏桥乱山响。

宜城放琴客歌 并序　柳浑封宜城县伯

> 琴客,宜城爱妾也。宜城请老,爱妾出嫁,不禁人之欲而私耳目之娱,达者也。况承命作歌。

佳人玉立生此一作北方,家住邯郸不是倡。头髻鬖鬖手爪长,善抚琴瑟有文章。新妍一作妍笼裙云母光，朱弦绿水喧洞房。忽闻斗酒初决绝，日暮浮云古离别。巴猿啾啾峡泉咽，泪落罗衣颜色喝。不知谁家更张设，丝履墙偏钗股折。南山阑干千丈雪，七十非人不暖热。人情厌薄一作消歇古共然，相公心在持事坚。上善若水任方圆，忆昨好之今弃捐。服药不如独自眠，从他更嫁一少年。

李供奉弹箜篌歌

国府乐手弹箜篌，赤黄绦索金镈头。早晨有敕鸳鸯殿，夜静遂一作逐歌明月楼。起坐可怜能抱撮，大指调弦中指拨。腕头花落舞制一作衣裂，手下鸟惊飞拨剌。珊瑚席，一声一声鸣锡锡。罗绮屏，一弦一弦如撼铃。急弹好，迟亦好。宜远听，宜近听。左手低，右手举，易调移音天赐与。大弦似秋雁，联联度陇关。小弦似春燕，喃喃向人语。手头疾，腕头软，来来去去如风卷。声清泠泠鸣索索，垂珠碎玉空中落。美女争窥玳瑁帘，圣人卷上真珠箔。大弦长，小弦短，小弦紧快大弦缓。初调锵锵似鸳鸯水上弄新声，入深似太清仙鹤游秘馆。李供奉，仪容质，身才稍稍六尺一。在外不曾辄教人，内里声声不遣出。指剥葱，腕削玉，饶盐饶酱五味足。弄调人间不识名，弹尽天下崛奇曲。胡曲汉曲声皆好，弹着曲髓曲肝脑。往往从空入户来，瞥瞥随风落春草。草头只觉风吹入，风来草即随风立。草亦不知风到来，风亦不知声缓急。燕玉烛，点一作照银灯。光照手，实可憎。只照箜篌弦上手，不照箜篌声里能。驰凤阙，拜鸾殿，天子一日一回见。王侯将相一作五马迎，巧声一日一回变。实可重，不惜千金买一弄。银器胡瓶马上驮，瑞锦轻罗满车送。此州好手非一国，一国东西尽南北。除却天上化下来，若向人间实难得。

刘禅奴弹琵琶歌 感相国韩公梦

乐府只传横吹好,琵琶写出关山道。羁雁出塞绕黄云,边马仰天嘶白草。明妃愁一作怨中汉使回,蔡琰愁处胡笳哀。鬼神知妙欲收响,阴风切切四面来。李陵寄书别苏武,自有生人无此苦。当时若值霍骠姚,灭尽乌孙夺公主。

李湖州孺人弹筝歌

武帝升天留法曲,凄情掩抑弦柱促。上阳宫人一作女怨青苔,此夜想夫怜碧玉。思妇高楼刺壁窥一作看,愁猿叫月鹦呼儿。寸心十指有长短,妙入神处无人知。独把梁州凡几拍,风沙对面胡秦隔。听中忘却前溪碧,醉后犹疑边草白。

郑女弹筝歌

郑女八岁能弹筝,春风吹落天上声。一声雍门泪承睫,两声赤鲤露鬐鬣,三声白猿臂拓颊。郑女出参丈人时,落花惹断游空丝。高楼不掩许声出,羞杀百舌黄莺儿。

谅公洞庭孤橘歌

不种自生一株橘,谁教渠向阶前出,不羡江陵千木奴。下生白蚁子,上生青雀雏。飞花檐卜旃檀香,结实如缀摩尼珠。洞庭橘树笼烟碧,洞庭波月连沙白。待取天公放恩赦,侬家定作湖中客。

送 行 歌

送行人,歌一曲,何者为泥何者玉。年华已向秋草里一作衰,春梦犹传故山绿。

险 竿 歌

宛陵女儿擘飞手,长竿横空上下走。已能轻险若平地,岂肯身为一
家妇。宛陵将士天下雄,一下定却长稍弓。翻身挂影恣腾蹋,反绾
头髻盘旋风。盘旋风,撇飞鸟。惊猿绕,树枝衰。头上打鼓不闻
时,手蹉脚跌蜘蛛丝。忽雷掣断流星尾,瞳眹划破蚩尤旗。若不
随仙作仙女,即应嫁贼生贼儿。中丞方略通变化,外户不扃从女
嫁。

洛阳行送洛阳韦七明府 一有响字

始上龙门望洛川,洛阳桃李艳阳天。最好当年二三月,上阳宫树千
花发。疏家父子错挂冠,梁鸿夫妻虚适越。

黄鹄楼歌送独孤助

故人西去黄鹄楼,西江之水上天流,黄鹄杳杳江悠悠。黄鹄徘徊故
人别,离壶酒尽清丝绝。绿屿没馀烟,白沙连晓月。

庐山瀑布歌送李顾

飘白霓,挂丹梯。应从织女机边落,不遣浔阳湖 一作潮向西。火雷
劈山珠喷日,五老峰前九江溢。九江悠悠万古情,古人行尽今人
行。老人也欲上山去,上个深山无姓名。

朝 上 清 歌

洁眼朝上清,绿景开紫霞。皇皇紫微君,左右皆灵娥。曼声流睐,
和清歌些。至阳无谖,其乐多些。旌盖飒沓,箫鼓和些。金凤玉
麟,郁骈罗些;反风名香,香气遏些。琼田瑶草,寿无涯些。君著玉

衣,升玉车些。欲降琼宫,玉女家些。其桃千年,始著花些。萧寥
天清而灭云,目琼琼兮情感。珮随香兮夜闻,肃肃兮愔愔。启天和
兮洞灵心,和为丹兮云为马。君乘之觥于瑶池之上兮,三光罗列而
在下。

剡　纸　歌

云门路上山阴雪,中有玉人持玉节。宛委山里一作裹禹馀粮,石中
黄子黄金屑。剡溪剡纸生剡藤,喷水捣后为蕉叶。欲写金人金口
经,寄与山阴山里僧。手把山中紫罗笔,思量点画龙蛇出。政是垂
头蹋翼时,不免向君求此物。

全唐诗卷二六六

顾　况

洛阳早春

何地避春愁,终年忆旧游。一家千里外,百舌五更头。客路偏逢雨,乡山不入楼。故园桃李月,伊水向东流。

步虚词　太清宫作

迥步游三洞,清心礼七真。飞符超羽翼,焚一作禁火醮星辰。残药沾鸡犬,灵一作空香出凤麟。壶中无窄处,愿得一容身。

鄱阳大云寺一公房

尽日陪游处,斜阳一作晖竹院清。定中观有漏,言外一作下证无生。色界聊传法,空门不用情。欲知相去近,钟鼓两闻声。

送友失意南归

衣挥京洛尘,完璞伴归人。故国青山遍,沧江白发新。邻荒收酒幔,屋古布苔茵。不用通名姓,渔樵共主宾。

南 归

老病力难任,犹多镜雪侵。鲈鱼消宦况,鸥鸟识归心。急雨江帆重,残更驿树深。乡关殊可望,渐渐入吴音。

闲 居 自 述

荣辱不关身,谁为疏与亲。有山堪结屋,无地可容尘。白发偏添寿,黄花不笑贫。一樽朝暮醉,陶令果何人。

题歘—作摄山栖霞寺

明征君旧宅,陈后主题诗。迹在人亡处,山空月满时。宝瓶无破响,道树有低枝。已是伤离客,仍逢靳尚祠。

经废寺 前半首一本作五言绝句

不知何世界,有处似南—作前朝。石路无人扫,松门被火烧。断幡犹挂刹,故板尚支桥。数卷残经在,多年字欲销。

送李道士 一本题下有归桃花崦四字

人境年虚掷,仙源日未斜。羡君乘竹杖,辞我隐桃花。鸟去宁知路,云飞似忆家。莫愁客鬓—作发改,自有紫河车。

酬唐起居前后见寄二首

愁人空望国,惊鸟不归林。莫话弹冠事,谁知结袜心。霜凋树吹断,土蚀剑痕深。欲作怀沙赋,明时耻自沉。

何处吊灵均,江边一老人。汉仪君已接,楚奏我空频。直道其如命,平生不负神。自伤庚子日,〔鹏〕(鹏)鸟上承尘。

奉酬茅山赠赐并简綦毋

正字一本题上作奉酬韦夏卿送归茅山

玉帝居金阙，灵山几处朝。简书犹有畏，神理讵能超。鹤庙新家
近，龙门旧国遥。离怀结不断，玉洞一作洞府一吹箫。

白蘋洲送客

莫信梅花发，由来谩报春。不才充野客，扶病送朝臣。阙下摇青
珮，洲边采白蘋。临流不痛饮，鸥鸟也欺人。

春鸟词送元秀才入京

春来绣羽齐，暮向竹林栖。禁苑衔花出，河桥隔树啼。寻声知去
远，顾影念飞低。别有无巢燕，犹窥幕上泥。

别　江　南

江城吹晓角，愁杀远行人。汉将犹防虏，吴官欲向秦。布帆轻白
浪，锦带入红尘。将底求名宦，平生但任真。

空梁落燕泥

卷幕参差一作差池燕，常衔浊水泥。为黏珠履迹，未等画梁齐。旧
点痕犹浅，新巢缉尚低。不缘频上落，那得此飞栖。

上元夜忆长安

沧州老一年，老去忆秦川。处处逢珠翠，家家听管弦。云车龙阙
下，火树凤楼前。今夜沧州夜，沧州夜月圆。

酬扬州白塔寺永上人

塔上是何缘,香灯续细烟。松枝当麈尾,柳絮替蚕绵。浮草经行遍,空花义趣圆。我来虽为法,暂借一床眠。

送韦秀才赴举

鄱阳中酒地,楚老独醒年。芳桂君应折,沉灰我不然。洛桥浮逆水,关树接非一作飞烟。唯有残生梦,犹能到日边。

送 使 君

天中洛阳道,海上使君归。拂雾趋金殿,焚香入琐闱。山亭倾别酒,野服间朝衣。他日思朱鹭,知从小苑飞。

历阳苦雨 一作夜雨

襄一作哀城秋雨晦,楚客不归心。亥市风烟接,隋宫草路深。离忧翻独笑,用事感浮阴。夜夜空阶响,唯馀蚯蚓一作蜻蚓吟。

伤大理谢少卿

旧馆绝逢迎,新诗何处呈。空留封禅草,已作岱宗行。柳蠹风吹析一作折,阶崩雪绕平。无因重来此,剩哭两三声。

经徐侍郎墓作

不知山吏部,墓作一作在石桥东。宅兆乡关异,平生翰墨空。夜泉无晓日,枯树足悲风。更想幽冥事,唯应有梦同。

鄱公合祔挽歌

草露前朝事，荆茅圣主封。空传馀竹帛，永绝旧歌钟。清镜无双影，穷泉有几重。箛箫最悲处，风入九原松。

相国晋公挽歌二首

玉节朝天罢，洪炉造化新。中和方作圣，太素忽收神。盛德横千古，高标出四邻。欲知言不尽，处处有遗尘。

凝箛催晓奠，丹旐向青山。夕照新茔近，秋风故吏还。本朝一作期光汉代，从此扫胡关。今日天难问，浮云满世间。

晋公魏国夫人柳氏挽歌

鱼轩海上遥，鸾影月中销。双剑来时合，孤桐去日凋。夕阳迷陇隧，秋雨咽箛箫。画翣无留影，铭旌已度桥。

义川公主挽词

弄玉吹箫后，湘灵鼓瑟时。月边丹桂落，风底白杨悲。杂珮分泉户，馀香出缥帷。夜台飞镜匣，偏共掩蛾眉。

忆　山　中

春还不得还，家在最深山。蕙圃泉浇湿，松窗月映闲。薄田临谷口，小职向人间。去处但无事，重门深闭关。

送大理张卿 一题作送张卫尉

春色依依惜一作伤解携，月卿今夜泊隋堤。白沙洲上江蓠长，绿树村边谢豹啼。迁客比一作此，又作本。来无倚仗，故人相去隔云泥。

越禽唯有南枝分，目一作自送孤一作归鸿飞向西。

宿湖边山寺

群峰过雨涧淙淙，松下扉扃白鹤双。香透经窗笼桧柏，云生梵宇湿幡幢。蒲团僧定风过席，苇岸渔歌月堕江。谁悟此生同寂灭，老禅慧力得心降。

湖南客中春望

鸣雁嘹嘹北向频，渌波何处是通津。风尘海内怜双鬓，涕泪天涯惨一身。故里音书应望绝，异乡景物又更新。便抛印绶从归隐，吴渚香莼漫吐春。

闲居怀旧

日长鼓腹爱吾庐，洗竹浇花兴有馀。骚客空传成相赋，晋人已负绝交书。贫居谪所谁推毂，仕向侯门耻曳裾。今日思来总皆罔，汗青功业又何如。

寄江南鹤林寺石冰上人

山川重复出一作重复重，心地暗相逢。忽忆秋江月，如闻古寺钟。湖平南北岸，云抱两三峰。定力超香象，真言摄毒龙。风中何处鹤，石上几年松。为报烟霞道，人间共不容。

乐　府

暖谷春光至，宸游近甸荣。云随天仗转，风入御帘轻。翠盖浮佳气，朱楼倚太清。朝臣冠剑退，宫女管弦迎。细草承雕辇，繁花入幔城。文房开圣藻，武卫宿天营。玉醴随觞至，铜壶逐漏行。五星含土德,万姓彻中声。亲祀先崇典,躬推示劝耕。国风新正乐,农器近消兵。道德关河固,刑章日月明。野人同鸟兽,率舞感升平。

送从兄_{一有奉字}使新罗

六气铜浑转,三光玉律调。河宫清奉眺,海岳晏来朝。地绝提封入,天平赐一作锡贡饶。扬威轻破虏,柔服耻征辽。曙色黄金阙,寒声白鹭潮。楼船非习战,骢马是嘉招。帝女飞衔石,鲛人卖泪绡。管宁虽不偶,徐市一作稚倘相邀。独岛缘空翠,孤霞上汸寥。蟾蜍同汉月,蟏蛸异秦桥。水豹横吹浪,花鹰迥拂霄。晨装凌莽渺,夜泊记招摇。几路通员峤,何山是沃焦。飓风晴汩一作自起,阴火暝潜烧。鬓一作髻发成新髻,人参长旧苗。扶桑衔一作迎日近,析木带津遥。梦向愁中积,魂当别处销。临川思结网,见弹欲求鸮一作雕。共散羲和历,谁差甲子朝。沧波伏一作仗忠信,译语辨讴谣。叠鼓鲸鳞隐,阴帆鹢首飘。南溟垂大翼,西海饮文鳐。《文选·吴都赋》注:文鳐常行西海而游东海。指景寻灵草,排云听洞箫。封侯万里外,未肯后班超。

山 居 即 事

下泊降茅仙,萧闲隐洞天。杨君闲上法,司命驻流年。崦合桃花水,窗分柳谷烟。抱孙堪种树,倚杖问耘田。世事休相扰,浮名任一边。由来谢安石,不解饮灵泉。

题 卢 道 士 房

秋砧响落木,共坐茅君家。唯见两童子,门外汲井花。空坛静白日,神鼎飞丹砂。麈尾拂霜草,金铃摇霁霞。上章尘世隔,看弈桐阴斜。稽首问仙要,黄精堪饵花。

全唐诗卷二六七

顾　况

梦　后　吟

醉中还有梦，身外已无心。明镜唯知老，青山何处深。

题灵山寺 战鸟

觉地本随身，灵山重结因。如何战鸟佛，不化捕鱼人。

题元阳观旧读书房赠李范

此观十年游，此房千里宿。还来旧窗下，更取君书读。

永　嘉

东瓯传旧俗，风日江边好。何处乐神声，夷歌出烟岛。

青　弋　江

凄清回泊夜，沦波激石响。村边草市桥，月下罟师网。

听山鹧鸪

谁家无春酒，何处无春鸟。夜宿桃花村，踏歌接天晓。

山径柳 以下十四首一作临平坞杂题

宛转若游丝，浅深栽绿崦。年年立春后，即被啼莺占。

石 上 藤

空山无鸟迹，何物如人意。委曲结绳文，离披草书字。

薜 荔 庵

薜荔作禅庵，重叠庵边树。空山径欲绝，也有人知处。

芙 蓉 榭

风摆莲衣干，月背鸟巢寒。文鱼翻乱叶，翠羽上危栏。

欹 松 漪

湛湛碧涟漪，老松欹侧卧。悠扬绿萝影，下拂波纹破。

焙 茶 坞

新茶已上焙，旧架忧生醭。旋旋续新烟，呼儿劈寒木。

弹 琴 谷

谷中谁弹琴，琴响谷冥寂。因君扣商调，草虫惊暗壁。

白 鹭 汀

霏靡汀草碧，淋森鹭毛白。夜起沙月中，思量捕鱼策。

千 松 岭

终日吟天风,有时天籁止。问渠何旨意,恐落凡人耳。

黄 菊 湾

时菊凝晓露,露华滴秋湾。仙人酿酒熟,醉里飞空山。

临 平 湖

采藕平湖上,藕泥封藕节。船影入荷香,莫冲莲柄折。

山 春 洞

引烛踏仙泥,时时乱乳燕。不知何道士,手把灵书卷。

石 窦 泉

吹沙复喷石,曲折仍圆旋。野客漱流时,杯粘落花片。

古 仙 坛

远山谁放烧,疑是坛边醮。仙人错下山,拍手坛边笑。

题 山 顶 寺

遥闻林下语,知是经行所。日暮香风时,诸天散花雨。

天 宝 题 壁

五十馀年别,伶俜道不行。却来书处在,惆怅似前生。

哭李别驾

故人行迹灭,秋草向南悲。不欲频回步,孀妻正哭时。

春雨不闻百舌

百舌春来哑,愁人共待晴。不关秋水事,饮恨亦无声。

忆鄱阳旧游

悠悠南国思,夜向江南泊。楚客断肠时,月明枫子落。

春　怀

园莺啼已倦,树树隰香红。不是春相背,当由己自翁。

洛阳陌二首

莺声满御堤,堤柳拂丝齐。风送名花落,香红衬马蹄。

珂珮逐鸣驺,王孙结伴游。金丸落飞鸟,乘兴醉青楼。

寄淮上柳十三

苇萧中辟户,相映绿淮流。莫讶春潮阔,鸥边可泊舟。

送李泌　末句缺

昔别吴堤雨,春帆去较迟。江波千里绿,□□□□□。

山中夜宿

凉月挂层峰,萝林落叶重。掩关深畏虎,风起撼长松。

登　楼

高阁成长望,江流雁叫哀。凄凉故吴事,麋鹿走荒台。

江　上

江清白鸟斜,荡桨罥蘋花。听唱菱歌晚,回塘月照沙。

溪　上

采莲溪上女,舟小怯摇风。惊起鸳鸯宿,水云撩乱红。

田　家

带水摘禾穗,夜捣具晨炊。县帖取社长,嗔怪见官迟。

宿山中僧

不爇香炉烟,蒲团坐如铁。尝想同夜禅,风堕松顶雪。

梅　湾

白石盘盘磴,清香树树梅。山深不吟赏,〔宰〕(姑)负委苍苔。

思　归

不能经纶大经,甘作草莽闲臣。青〔琐〕(锁)应须长别,白云漫与相亲。

归山作

心事数茎白发,生涯一片青一作春山。空林有雪相待,古道一作路无人独还。

过 山 农 家

板桥人渡泉声,茅檐日午鸡鸣。莫嗔焙茶烟暗,却喜晒谷天晴。

代佳人赠别

万里行人欲渡溪,千行珠泪滴为泥。已成残梦随君去,犹有惊乌半夜啼。

忆 故 园

惆怅多山人复稀,杜鹃啼处泪沾衣。故园此去千馀里,春梦犹能夜夜归。

题叶道士山房

水边垂—作杨柳赤栏桥,洞里仙人碧—作次玉箫。近得麻姑音—作书信否,浔阳江—作向上不通潮。

送李秀才入京

五湖秋叶满行船,八月灵槎欲上天。君向—作入长安余适越,独登秦望—作岭望秦川。

越中席上 —作局席看弄老人

不到山阴十二春,镜—作会中相见白头新。此生不复为年少,今日从他弄老人。

听刘安唱歌

子—作午夜新声何处传,悲翁—作歌更忆太平年。即今法曲无人唱,已逐霓裳飞上天。

樱 桃 曲

百舌犹来上苑花, 游人独自忆京华。遥知寝庙尝新后, 敕赐樱桃向几家。

山　中 一作朱放诗, 题作山中听子规。

野人爱向一作自爱山中宿, 况在葛洪丹井西。庭前有个长松树, 夜半子规来上啼。

赠 一作贻朱放

野客归时无四邻, 黔娄别久案常贫。渔樵旧路不堪入, 何处空山犹有人。

江 村 乱 后

江村日暮寻遗老, 江水东流横浩浩。竹里闲窗不见人, 门前旧路生青草。

望 简 寂 观

青嶂青溪直复斜, 白鸡白犬到人家。仙人住在最高处, 向晚春泉流白花。

五两歌送张夏

竿头五两风褭褭, 水上云帆逐飞鸟。送君初出扬州时, 霭霭曈曈江溢晓。

临海所居三首

此是昔年征战处,曾经永日绝人行。千家寂寂对流水,唯有汀洲春
草生。

此去临溪不是遥,楼中望见赤城标。不知叠嶂重霞里,更有何人度
石桥。

家在双峰兰若边,一声秋磬发孤烟。山连极浦鸟飞尽,月上青林人
未眠此首题一作江上故居。

听角思归

故园黄叶满青苔,梦后城头晓角哀。此夜断肠人不见,起行残日影
徘徊。

酬柳相公《纪事》有时宰曾招致,将以好官命之,况以诗答之。

天下一作四海如今已太平,相公何事一作用唤狂生。个身恰一作此主还
似笼中鹤,东望沧溟一作瀛洲叫数一作一声。

题明霞台

野人本自不求名,欲向山中过一生。莫嫌憔悴无知己,别有烟霞似
弟兄。

哭绚法师

楚客停桡欲问谁,白沙江草麹尘丝。生公手种殿前树,唯有花开鹧
鸪悲。

送柳宜城葬

鸣笳已逐春风咽，匹马犹依旧路嘶。遥望柳家门外树，恐闻黄鸟向人啼。

宫 词 五 首

禁柳烟中闻晓乌，风吹玉漏尽铜壶。内官先向蓬莱殿，金合开香泻御炉。

玉楼天半起笙歌，风送宫嫔笑语和。月殿影开闻夜漏，水精帘卷近银—作秋河。

玉阶容卫宿千官，风猎青旂晓仗寒。侍女先来荐琼蕊，露浆新下九霄盘。

九重天乐降神仙，步舞分行踏锦筵。嘈囋一声钟鼓歇，万人楼下拾金钱。

金吾持戟护新檐，天乐声传万姓瞻。楼上美人相倚看，红妆透出水精帘。

寻桃花岭潘三姑台

桃花岭上觉天低，人上青山马隔溪。行到三姑学仙处，还如刘阮二郎迷。

夜中望仙观

日暮衔花飞鸟还，月明溪上见青山。遥知玉女窗前树，不是仙人不得攀。

送李侍御往吴兴 —题作送李侍郎从宣城取洞庭路往吴兴

世间只—作唯有情难说,今夜应无不醉人。若向洞庭山下过,暗知浇沥圣姑神。

奉和韩晋公晦日呈诸判官 —本无下四字

江南无处不闻歌,晦日中军乐更多。不是风光催柳色,却缘威令动阳和。

子　规

杜宇冤亡积有时,年年啼血动人悲。若教恨魄皆能化,何树何山著子规。

海　鸥　咏

万里飞来为客鸟,曾蒙丹凤借枝柯。一朝凤去梧桐死,满目鸥鸢奈尔何。

赠韦清 —作青将军

身执金吾主禁兵,腰间宝剑重横行。接舆亦是狂歌者,更就将军乞一声青善歌。

赠僧二首

家住义兴东舍溪,溪边莎草雨无泥。上人一向心入定,春鸟年年空自啼。

出头皆是新年少,何处能容老病翁。更把浮荣喻生灭,世间无事不虚空。

登 楼 望 水

鸟啼花发柳含烟,掷却风光忆少年。更上高楼望江水,故乡何处一归船。

湖　中 一作洞庭秋日

青草湖边日色低,黄茅嶂里鹧鸪啼。丈夫飘荡今如此,一曲长歌楚水西。

岁日作 一作岁日口号

不觉老将春共至,更悲携手几人全。还丹寂寞羞明镜,手把屠苏让少年。

山 中 赠 客

山中好处无人别,涧梅伪作山中雪。野客相逢夜不眠,山中童子烧松节。

王郎中妓席五咏

箜　篌

玉作搔头金步摇,高张苦调响连宵。欲知写尽相思梦,度水寻云不用桥。

舞

汗沾新装画不成,丝催急节舞衣轻。落花绕树疑无影,回雪从风暗有情。

歌 一作王郎中席歌妓

柳拂青楼花满衣,能歌宛转世应稀。空中几处闻清响,欲绕行云不遣飞。

筝

秦声楚调怨无穷,陇水胡笳咽复通。莫遣黄莺花里啭,参差撩乱妒
春风。

笙

欲写人间离别心,须听鸣凤似龙吟。江南曲尽归何处,洞水山云知
浅深。

送李山人还玉溪

好鸟共鸣临水树,幽人独欠买山钱。若为种得千竿竹,引取君家一
眼泉。

送少微上人还鹿门

少微不向吴中隐,为个生缘在鹿门。行入汉江秋月色,襄阳耆旧几
人存。

宿　昭　应

武帝祈灵太乙坛,新丰树色绕千官。那一作岂知今夜长生殿,独闭
山门一作空山月影寒。

题琅邪上方

东晋王家在一作住此溪,南朝树色隔窗低。碑沉字灭昔人远,谷鸟
犹向寒花啼。

安仁港口望仙人城

楼台采翠远分明,闻说仙家在此城。欲上仙城无路上,水边花里有

人声。

寄秘书包监

一别长安路几千,遥知旧日主人怜。贾生只是三年谪,独自无才已四年。

小　孤　山

古庙枫林江水边,寒鸦接饭雁横天。大孤山远小孤出,月照洞庭归客船。

送李秀才游嵩山

嵩山石壁挂飞流,无限神仙在上头。采得新诗题石壁,老人惆怅不同游。

从剡溪至赤城

灵溪宿处接灵山,窈映高楼向月闲。夜半鹤声残梦里,犹疑琴曲洞房间。

叶上题诗从苑中流出

花落深宫莺亦悲一作愁见莺啼柳絮飞,上阳宫女断肠时。君恩不闭东流水,叶上题诗寄与一作欲寄谁。

崦里桃花

崦里桃花逢女冠,林间杏叶落仙坛。老人方授上清箓,夜听步虚山月寒。

听子规 —本题上有摄山二字

栖霞山中子规鸟，口边血出啼不了。山僧后夜初出一作入定，闻似
不闻山月晓。

竹枝曲 —作词

帝子苍梧不复归，洞庭叶下荆一作楚云飞。巴人夜唱竹枝后，肠断
晓猿声渐稀。

寻 僧 二 首

方丈玲珑花竹闲，已将心印出人间。家家门外长安道，何处相逢是
宝山。

弥天释子本高情，往往山中独自行。莫怪狂人游楚国，莲花只在淤
泥生。

桃 花 曲

魏帝宫人舞凤楼，隋家天子泛龙舟。君王夜醉春眠晏，不觉桃花逐
水流。

赠 远

暂出河边思远道，却来窗下听新莺。故人一别几时见，春草还从旧
处生。

早春思归有唱竹枝歌者坐中下泪

渺渺春生楚水波，楚人齐唱竹枝歌。与君皆是思归客，拭泪看花奈
老何。

送 郭 秀 才

故人曾任丹徒令，买得青山拟独耕。不作草堂招远客，却将垂柳借
啼莺。

宫 词

长乐宫连上苑春，玉楼金殿艳歌新。君门一入无由出，唯有宫莺得
见人。

悼 稚

稚子比来骑竹马，犹疑只在屋东西。莫言道者无悲事，曾听巴猿向
月啼。

山 僧 兰 若

绝顶茅庵老此生，寒云孤木伴经行。世人那得知幽径，遥向青峰礼
磬声。

句

崦合桃花水，窗鸣柳谷泉。 题柳谷泉 见《应天府志》

颓垣化为陂，陆地堪乘舟。 以下并见张为《主客图》

汀洲渺渺江篱短，疑是疑非两断肠。

巫峡朝云暮不归，洞庭春水晴空满。

龙吟四泽欲兴雨，凤引九雏警宿乌。 七星管歌 《通典》

新妇矶边月明，女儿浦口潮平。 渔父词 《野客丛谈》

全唐诗卷二六八

耿 沣

耿沣,字洪源,河东人。登宝应元年进士第,官右拾遗。工诗,与钱起、卢纶、司空曙诸人齐名,号大历十才子。沣诗不深琢削,而风格自胜。集三卷,今编诗二卷。

发南康夜泊灨石中

倦客乘归舟,春溪杳将暮。群林结暝色,孤泊有佳趣。夜山转长江,赤月吐深树。飒飒松上吹,泛泛一作泥泥花间露。险石俯潭涡,跳湍碍沿溯。岂唯垂堂戒,兼以临深惧。稍出回雁峰,明登斩蛟柱。连云向重山,杳未见钟路。

过王山人旧居

故宅春山中,来逢一作迟夕阳入。汲少井味变,开稀户枢涩。树朽鸟不栖,阶闲云自湿。先生何处去,惆怅空独立。

晚次昭应

落日向林路,东风吹麦陇。藤草蔓古渠,牛羊下荒冢。骊宫户久闭,温谷泉长涌。为问全盛时,何人最荣宠。

听 早 蝉 歌

蝉鸣兮夕曛,声和兮夏云。白日兮将短,秋意兮已满。乍悲鸣一作
吟兮欲长。犹嘶涩兮多断。风萧萧兮转清,韵嘒嘒兮初成。依婆
娑之古树,思辽落之荒城。闲院支颐,深林倚策,犹一作独惆怅而无
语,鬓星星而已白。

芦 花 动

连素穗,翻秋气,细节疏茎任长吹。共作月中声,孤舟发乡思。

赋 得 寒 蛩

尔谁造,鸣何早,趯趯连声遍阶草。复与夜雨和,游人听堪老。

宣城逢张二南史

全家宛陵客,文雅世难逢。寄食年将老,干时计未从。秋来句曲
水,雨后敬亭峰。西北长安远,登临恨几重。

题 童 子 寺

半偈留何处,全身弃此中。雨馀沙塔坏,月满雪山空。耸刹临回
磴,朱楼间碧丛。朝朝日将暮,长对晋阳宫。

夏日寄东溪隐者

日华浮野水,草色合遥空。处处山依旧,年年事不同。闲田孤垒
外,暑雨片云中。惆怅多尘累,无由访钓翁。

之江淮留别京中亲故

长云迷一雁,渐远向南声。已带千霜鬓,初为万里行。繁虫满夜草,连雨暗秋城。前路诸侯贵,何人重客卿。

太原送许侍御出幕归东都

昔随刘越石,今日独归时。汾水风烟冷,并州花木迟。荒庭增别梦,野雨失行期。莫向山阳过,邻人夜笛悲。

华州客舍奉和崔端公春城晓望

不语看芳径,悲春懒独行。向人微月在,报雨早霞生。贫病催年齿,风尘掩姓名。赖逢骢马客,郢曲缓羁情。

题清萝翁双泉

侧弁向清漪,门中夕照移。异源生暗石,叠响落秋池。叶拥沙痕没,流回草蔓随。泠泠无限意,不独远公知。

酬李文 一作汶

落照长杨苑,秋天渭水滨。初飞万木叶,又长一年人。贫病仍为客,艰虞更问津。多惭惠然意,今日肯相亲。

赠 严 维

许询清论重,寂寞住山阴。野路接一作客投寒一作荒寺,闲门当一作傍古林。海田秋熟早,湖水夜渔深。世上穷通理,谁人一作能奈此心。

春日题苗发竹亭

春亭及策上,郎吏谢玄晖。闲咏疏篁近,高眠远岫微。偏宜留野客,暂得解朝衣。犹忆东溪里,雷一作当云掩故扉。

题孝子陵

荒坟秋陌上,霜露正霏霏。松柏自成拱,苦庐长不归。浮埃积蓬鬓,流血在一作存麻衣。何必曾参传,千年至行稀。

题庄上人房

不语焚香坐,心知道已成。流年衰此世,定力见他生。暮雪馀春冷,寒灯续昼明。寻常五侯至,敢望下阶迎。

宋　中

日暮黄云合,年深白骨稀。旧村乔木在,秋草远人归。废井莓苔厚,荒田路径微。唯馀近山色,相对似依依。

秋 夜 思 归

来时犹暑服,今已露漫漫。多雨逢初霁,深秋生夜寒。投人心似一作自切,为客事皆难。何处无留滞,谁能暂问看。

送 李 端

世上许刘桢,洋洋风雅声。客来空改岁,归去未成名。远近天初暮,关河雪半晴。空怀谏书在,回首恋承明。

送崔明府赴青城

清冬宾御出,蜀道翠微间。远雾开群壑,初阳照近关。霜潭浮紫菜,雪栈绕青山。当似遗民去,柴桑政自闲。

送王将军出塞

汉家边事重,窦宪出临戎。绝漠秋山在,阳关旧路通。列营依茂草,吹角向高风。更就燕然石,行看奏虏功一作看铭破虏功。

雨　中　留　别

东西无定客,风雨未休时。悯默此中别,飘零何处期。青山违旧隐,白发入新诗。岁岁迷津路,生涯渐可悲。

送　杨　将　军

一身良将后,万里讨乌孙。落日边陲静,秋风鼓角喧。远山当碛路,茂草向营门。生死酬恩宠,功名岂敢论。

送夏侯审游蜀

暮峰和玉垒,回望不通秦。更问蜀城路,但逢巴语人。石林莺啭晓,板屋月明春。若访严夫子,无嫌卜肆贫。

送张侍御赴郴州别驾

佐郡人难料,分襟日复斜。一帆随远水,百口过长沙。明月江边夜,平陵梦里家。王孙对芳草,愁思杳无涯。

送苗赟 一作斌 赴阳翟丞

夕阳秋草上,去马弟兄看。年少初辞阙,时危远效官。山行独夜雨,旅宿二陵寒。诗兴生何处,嵩阳羽客坛。

送绛州郭参军

远事诸侯出,青山古晋城。连行麹水阁,独入议中兵。夜雨新田湿,春风曙角鸣。人传府公政,记室有参卿。

常 州 留 别

万里南天外,求书禹穴间。往来成白首,旦暮见青山。夜浦凉云过,秋塘好月闲。殷勤阳羡桂,别此几时攀。

关 山 月

月明边徼静,戍客望乡时。塞古柳衰尽,关寒榆发迟。苍苍万里道,戚戚十年悲。今夜青楼上,还应照 一作有所思。

代宋州将淮上乞师

唇齿幸相依,危亡故远 一作郡 归。身轻 一作经 百战出 一作后,家在数重围。上将坚深垒,残兵斗落晖。常闻铁剑利,早晚借馀威。

秋晚卧疾寄司空拾遗曙卢少府纶

寒几坐空堂,疏髯似积霜。老医迷旧疾,朽药误新方。晚果红低树,秋苔绿遍墙。惭非蒋生径,不敢望求羊。

赠海明上人 一作赠朗公

来自西天竺一作竺国,持经奉紫微。年深梵语变,行苦俗流一作人归。
月上安禅久,苔生出院稀。梁间有驯鸽,不去复一作亦何依一作为无
机。

津 亭 有 怀

津亭一望乡,淮海晚茫茫。草没栖洲鹭,天连映浦樯。往来通楚
越,旦暮易渔商。惆怅缄书毕,何人向洛阳。

晚投江泽浦即事呈柳兵曹泥

落日过重霞,轻烟上远沙。移舟冲荇蔓,转浦入芦花。断岸迁来
客,连波漾去槎。故乡何处在,更道向天涯。

东 郊 别 业

东皋占薄田,耕种过馀年。护药栽山刺,浇蔬引竹泉。晚雷期稔
岁,重雾报晴天。若问幽人意,思齐沮溺贤。

早 朝

钟鼓馀声里,千官向紫微。冒寒人语少,乘月烛来稀。清漏闻驰
道,轻霞映琐闱。犹看嘶马处,未启掖垣扉。

屏 居 盩 厔

百年心不料,一卷日相知。乘兴偏难改,忧家是强为。县城寒寂
寞,峰树远参差。自笑无谋一作媒者,只应道在斯。

进 秋 隼

岂悟因罗者,迎霜献紫微。夕阳分素臆,秋色上花衣。举翅云天近,回眸燕雀稀。应随明主意,百中有光辉。

咏 宣 州 笔

寒竹惭虚受,纤毫任几重。影端缘守直,心劲懒藏锋。落纸惊风起,摇空见露浓。丹青与文事,舍此复何从。

春日洪州即事

钟陵春日好,春水满南塘。竹宇分朱阁,桐花间绿杨。蹉跎看鬓色,留滞惜年芳。欲问羁愁发,秦关道路长。

雪后宿王纯池州草堂

宿君湖上宅,琴韵静参差。夜雪入秋浦,孤城连贵池。流年看共老,衔酒发中悲。良会应难再,晨鸡自有期。

旅次汉故 一作好 畤

我行过汉畤,寥落见孤城。邑里经多难,儿童识五兵。广川桑遍绿,丛薄雉连鸣。惆怅萧关道,终军愿请缨。

过三郊驿却寄杨评事
时此子郭令公欲有表荐

冉冉青衫客,悠悠白发人。乱山孤驿暮,长路百花新。终岁行他县,全家望此身。更思君去就,早晚问平津。

陇　西　行

雪下阳关路,人稀陇戍头。封狐犹未剪,边将岂无羞。白草三冬
色,黄云万里愁。因思李都尉,毕竟不封侯。

巴陵逢洛阳邻舍一作书情逢故人

因君知北一作世事,流浪一作恨已忘机。客久一作久客多人识一作厌,年
高一作高年众病归。连云湖一作潮色远,度雪雁声稀。又说家林尽,
凄伤泪满衣。

哭　张　融

早岁能文客,中年与世违。有家孀妇少,无子吊人稀。缦帐尘空暗
一作积,铭旌雨不飞。依然旧乡路,寂寞几回归。

送友贬岭南

暮年从远谪,落日别交亲。湖上北飞雁,天涯南去人。梦成湘浦
夜,泪尽桂阳春。岁月茫茫意,何时雨露新。

春日即事二首

诗书成志业,懒慢致蹉跎。圣代丹霄远,明时白发多。浅谋堪自
笑,穷巷忆谁过。寂寞前山暮一作路,归人樵采歌。

数亩东皋宅,青春独屏居。家贫僮仆慢,官罢友朋疏。强饮沽来
酒,羞看读了书。闲花开一作更满地,惆怅复何如。

赠　田　家　翁

老人迎客处,篱落稻畦间。蚕屋朝寒闭,田家昼雨闲。门闲新薙

草,蹊径一作樵采旧谙山。自道谁相及一作友,邀予试往还。

赠 韦 山 人

失意成逋客,终一作经年独掩扉。无机狎鸥惯,多病见人稀。流水
知行药,孤云伴采薇。空斋莫闲笑一作暮还坐,心事与时违。

濬公院怀旧

远公传教毕,身没向他方。吊客来何见,门人闭影堂。纱灯临古
砌,尘札在空床。寂寞疏钟后,秋天有夕阳。

雨中宿义兴寺

遥夜宿东林,虫声阶草深。高风初落叶,多雨未归心。家国身犹
负,星霜鬓已侵。沧洲纵不去,何处有知音。

送王秘书归江东

回首望知音,逶迤桑柘林。人归海郡远,路入雨天深。万木经秋
叶,孤舟向暮心。唯馀江畔草,应见白头吟。

渭上送李藏器移家东都

求名虽一作须有据一作援,学稼一作道又无田一作缘。故国三千里,新
春五十年。移家还作客,避地莫知贤。洛浦今何处,风帆去渺然。

春寻柳先生

言是商山老,尘心莫问年。白髯垂策短,乌帽据梧偏。酒熟飞巴
雨,丹成见海田。疏云披远水,景动石床前。

题 藏 公 院

古院林公住, 疏篁近井桃。俗年人见少, 禅地自知高。药草一作物
诚多喻, 沧溟在一毫。仍悲次宗辈, 尘事日为劳。

夏夜西亭即事寄钱员外

高亭宾客散, 暑夜醉相和。细汗迎一作凝衣集, 微凉待扇过。风还
池色定, 月晚树阴多。遥想随行者, 珊珊动晓珂。

与清江上人及诸公宿李八昆季宅

汤公多外友, 洛社自相依。远客还登会, 秋怀欲忘归。惊风林果
少, 骤雨砌虫稀。更过三张价, 东游愧陆机。

春 日 即 事

邻里朝光遍, 披衣夜醉醒。庖厨非旧火, 林木发新青。接果移天
性, 疏泉逐地形。清明来几日, 戴胜已堪听。

秋夜会宿李永宅忆江南旧游

偶宿俱南客, 相看喜尽归。湖山话不极, 岁月念空违。子夜高梧
冷, 秋阴远漏微。那无此良会, 惜在谢家稀。

冬夜寻李永因书事赠之

栖遑偏降志, 疵贱倍修身。近觉多衰鬓, 深知独故人。天垂五夜
月, 霜覆九衢尘。不待逢沮溺, 而今恶问津。

立春日宴高陵任明府宅

春灰今变候,密雪又霏霏。坐客同心满,流年此会稀。风成空处乱,素积夜来飞。且共衔杯酒,陶潜不得归。

春日游慈恩寺寄畅当

浮世今何事,空门此谛真。死生俱是梦,哀乐讵关身。远草光连水,春篁色离尘。当从庚中庶,诗客更何人。

晚秋过苏少府

九江迷去住,群吏且因依。高木秋垂露,寒城暮掩扉。随云心自远,看草伴应稀。肯信同年友,相望青琐闱。

登鹳雀楼

久客心常醉,高楼日渐低。黄河经海内,华岳镇关西。去远千帆小,来迟独鸟迷。终年不得意,空觉负东溪。

赋得沙上雁

衡阳多道里,弱羽复哀音。还塞知何日,惊弦乱此心。夜阴前侣远,秋冷后湖深。独立汀洲意,宁知一作忧霜霰侵。

夜寻卢处士

月高鸡犬静,门掩向寒塘。夜竹深茅宇,秋庭冷石床。住山年已远,服药寿偏长。虚弃如吾者,逢君益自伤。

邠州留别

终岁山川路一作长路来还去,生涯总一作竟几一作若何。艰难为客惯,贫贱受恩多。暮角寒山色,秋风远水波。一作暮角飘长韵,寒流起细波。无人见惆怅,垂鞚入烟萝。一作悬愁茂陵宅,春色又相过。

赠张将军 一作开府

寥落军城暮,重门返照间。鼓鼙经雨暗,士马过秋闲。惯守临边郡,曾营近海一作碛山。关西旧业在,夜夜梦中还。一作谁云张校尉,万里凿空还。

赠隐公 一作赠隐上人

世间无近远,定里遍曾过。东海经长在,南朝寺最多。暮年聊一作休化俗,初地即一作却摧魔。今日忘尘虑,看心义若何。

赠别安邑韩少府

子真能自在一作说,江海意何如。门掩疏尘吏,心闲阅道书。古城寒欲雪,远客暮无车。杳杳思前路,谁堪千里馀。

送胡校书秩满归河中

古树汾阴一作阳道,悠悠东去长。位卑仍解印,身老又一作得还乡。河水平秋岸,关门向夕阳。音书须数附一作寄,莫学晋嵇康。

送河中张胄曹往太原计会回

北风长至远,四牡向幽并。衰木新田路,寒芜故绛城。遥听边上信,远计朔南程。料变当临事,遥知外国情。

送郭正字归郢上

济江篇已出一作上，书府俸犹贫。积雪商山道，全家楚塞人。大堤逢落日，广汉望通津。却别一作到渔潭下，惊鸥那可一作肯亲。

题李孝廉书房

野情专易外一作商瞿传易教，一室向青山。业就三编绝，心通万事一作象闲，莺稀一作啼春木上，草遍暮阶一作夕阳间。莫道归一作符缮在，来时弃故关。

酬　畅　当

同游漆沮后，已是十年馀。几度曾相梦，何时定得书。月高城影尽，霜重柳条疏。且对尊中酒，千般想未如。

留别解县韩明府 一作别解明府

闲人州县厌，贱士友朋讥。朔雪逢初下，秦关独暮归。寒茅一作芜下一作上原浅，残雪一作烧过风微。一路何相慰，唯君能政稀一作致归。

游钟山紫芝观

系舟仙宅下，清磬落春风。雨数芝田长，云开石路重。古房清磴接，深殿紫烟浓。鹤驾何时去，游人自不逢。

晚秋宿裴员外寺院 得逢字

仲言多丽藻，晚水独芙蓉。梁苑仍秋过，仁祠又夜逢。回林通暗竹，去雨带寒钟。原向空门里，修持比昼一作画龙。

秋夜喜卢司直严少府访宿

寂寂闭层城,悠悠此夜情。早凉过鬓发,秋思入柴荆。严子多高趣,卢公有盛名。还如杜陵下,暂拂蒋元卿。

下邽客舍喜叔孙主簿郑少府见过

良宵复杪秋,把酒说羁游。落木东西别,寒萍远近流。萧条旅馆月,寂历曙更筹。不是仇梅至,何人问百忧。

盩厔客舍

寥寂荒垒下,客舍雨微微。门见苔生满,心惭吏到稀。篱花看未发,海燕欲先归。无限堪惆怅,谁家复捣衣。

宿韦员外宅

传经韦相后,赐笔汉家郎。幽阁诸生会,寒宵几刻长。座中灯泛酒,檐外月如霜。人事多飘忽,邀欢讵可忘。

登沃州山

沃州初望海,携手尽时髦。小暑开鹏翼,新晴长鹭涛。月如芳草远,身比夕阳高。羊祜伤风景,谁云异我曹。

宿岐山姜明府厅

暝色休群动,秋斋远客情。细风和雨气,寒竹度帘声。日觉蹉跎近,天教懒慢成。谁能谒卿相,朝夕算浮荣。

上巳日

共来修禊事,内顾一悲翁。玉鬓风尘下,花林丝管中。故山离水石,旧侣失鹪鸿。不及游鱼乐,裴回莲叶东。

登乐游原

园庙何年废,登临有故丘。孤村连日静,多雨及霖休。常与秦山对,曾经汉主游。岂知千载后,万事水东流。

题惟幹上人房

绳床茅屋下,独坐味闲安。苦行无童子,忘机避宰官。是非齐已久,夏腊比应难。更悟真如性,尘心稍自宽。

会凤翔张少尹南亭

远过张正见,诗兴自依依。西府军城暮,南庭吏事稀。草檐宜日过,花圃任烟归。更料重关外,群僚候启扉。

早春宴高陵滑少府 得升字

且宽沈簿领,应赖酒如渑。春夜霜犹下,东城月未升。清言饶醉客,乱舞避寒灯。名字书仙籍,诸生病未能。

寒蜂采菊蕊

游飏下晴空,寻芳到菊丛。带声来蕊上,连影一作饮在香中。去住沾馀雾,高低顺过风。终惭异蝴蝶,不与梦魂通。

题杨著别业

柳巷向陂斜，回阳噪乱鸦。农桑子云业，书籍蔡邕家。暮叶初翻砌，寒池转露沙。如何守儒行，寂寞过年华。

送太仆寺李丞赴都到桃林塞

远过桃林塞，休年自昔闻。曲河随暮草，重阜接闲云。造父为周御，詹嘉守晋军。应多怀古思，落叶又纷纷。

宋　中

百战无军食，孤城陷虏尘。为伤多易子，翻吊浅为臣。漫漫东流水，悠悠南陌人。空思前事往，向晓泪沾巾。

陪宴湖州公堂

谢公为楚郡，坐客是瑶林。文府重门奥，儒源积浪深。壶觞邀薄醉，笙磬发高音。末至才仍短，难随白雪吟。

寻觉公因寄李二端司空十四曙

少年尝昧道，无事日悠悠。及至悟生死，寻僧已白头。云回庐瀑雨，树落给园秋。为我谢宗许，尘中难久留。

送郭秀才赴举

乡赋鹿鸣篇，君为贡士先。新经梦笔夜，才比弃繻年。海雨沾隋柳，江潮赴楚船。相看南去雁一作岸去，离恨倍潸然。

送王闰 一作润

相送临汉一作寒水,怆然望故关。江芜连梦泽,楚雪入商山。语我
他年旧,看君此日还。因将自悲泪,一洒别离间。

送蜀客还

万峰深积翠,路向此中难。欲暮多羁思,因高莫远看。卓家人寂
寞,扬子业荒残。唯见岷山水,悠悠带月寒。

送海州卢录事

之官逢计吏,风土问如何。海口朝阳近,青州春气多。郊原鹏影
到,楼阁蜃云和。损益关从事,期听劳者歌。

登钟山馆

匹马宜春路,萧条背馆心。洞花寒夕雨,潭水黑朝林。野市鱼盐
隘,江村竹苇深。子规何处发,青树满高岑。

秋 日 一作落照

照耀天山外,飞鸦几共过。微红拂秋汉,片白透长波。影促寒汀
薄,光残古木多。金霞与云气,散漫复相和。

赠苗员外

为郎日赋诗,小谢少年时。业继儒门后,心多道者期。晚一作晓回
长乐殿,新出夜一作永明祠。行乐西园暮,春风动柳丝。

诣顺公问道

此身知是妄,远远诣支公。何法住持后,能逃生死中。秋苔经古径,箨叶满疏丛。方便如开诱,南宗与北宗。

废庆宝寺 一作司空曙诗

黄叶前朝寺,无僧寒一作闲殿开。池晴龟出暴,松暝鹤飞回。古井一作砌碑横草,阴廊画杂苔。禅宫亦销一作衰歇,尘世转堪哀。

赴许州留别洛中亲故

淳风今变俗,末学误为文。幸免投湘浦,那辞近汝坟。山遮魏阙路,日隐洛阳云一作城。谁念联翩翼,烟中独失群。

送叶尊师归处州

风驭南行远,长山与夜江。群袄离分野,五岳拜旌幢。石髓调金鼎,云浆实玉缸。犹犹吠声晓,洞府有仙庞。

全唐诗卷二六九

耿　沣

酬张少尹秋日凤翔西郊见寄

鼎气孕河汾,英英济旧勋。刘生曾任侠,张率自能文。官佐征西府,名齐将上军。秋山遥出浦,野鹤暮离群。远恨边箛起,劳歌骑吏闻。废关人不到,荒戍日空曛。草木凉初变,阴晴景半分。叠蝉临积水,乱燕入过—作高云。丽藻终思我,衰髯亦为君。闲吟寡和曲,庭叶渐纷纷。

春日书情寄元校书伯和相国元子

数岁平津邸,诸生出门—作问时。羁孤力行早,疏贱托身迟。芳草看无厌,青山到未期。贫居悲老大,春日上茅茨。卫玠琼瑶色,玄成鼎蕭姿。友朋汉相府,兄弟谢家诗。律合声虽应,劳歌调自悲。流年不可住,惆怅镜中丝。

奉送崔侍御和蕃

万里华戎隔,风沙道路秋。新恩明主启,旧好使臣修。旌节随边草,关山见戍楼。俗殊人左衽,地远水西流。日暮冰先合,春深雪未休。无论善长对,博望自封侯。

春 日 即 事

芳菲那变易,年鬓自蹉跎。室与千峰对,门唯二仲过。宦情知己
少,生事托人多。草色微风长,莺声细雨和。几时犹滞拙,终日望
恩波。纵欲论相报,无如漂母何。

仙 山 行

深溪人不到,杖策独缘源。花落寻无径,鸡鸣觉近村。数翁皆藉
草,对弈复倾尊。看毕初为一作围局,归逢几世孙。云迷入洞处,水
引出山门。惆怅归城郭,樵柯迹尚存。

得替后书怀上第五相公

谁语栖惶客,偏承顾盼私。应逾骨肉分,敢忘死生期。山县唯荒
垒,云屯尽老师。庖人宁自代,食蘗谬相推。黄绶名空罢,青春鬓
又衰。还来扫门处,犹未报恩时。独立花飞满,无言月下迟。不知
丞相意,更欲遣何之。

入 塞 曲

将军带十围,重锦制戎衣。猿臂销弓力,虬须长剑威。首登平乐
宴,新破大宛归。楼上诛姬笑,门前问客稀。暮烽玄兔急,秋草紫
骝肥。未奉君王诏,高槐昼掩扉。

送姚校书因归河中

十年相见少,一岁又还乡。去住人惆怅,东西路渺茫。古陂无茂
草,高树有残阳。委弃秋来一作收徐稻,雕疏采后桑。月轮生舜庙,

河水出一作入关墙。明日过闾里,光辉芸阁郎一作香。

题清源寺 即王右丞故宅

儒墨兼宗道,云泉隐旧一作旧结庐。盂城今寂寞,辋水自纡馀。内学销多累,西林一作园易故居。深房春竹老,细雨夜钟疏。陈迹留金地,遗文在石渠。不知登座客,谁得一作学蔡邕书。

奉送蒋尚书兼御史大夫东都留守

副相威名重,春卿礼乐崇。锡珪仍拜下,分命遂居东。高旆翻秋日,清铙引细风。蝉稀金谷树,草遍德阳宫。教用儒门俭,兵依武库雄。谁云千载后,周召独为公。

喜侯十七校书见访

东城独屏居,有客到吾庐。发廪因春黍,开畦复剪蔬。许酤令乞酒,辞窭任无鱼。遍出新成句,更通未悟书。藤丝秋不长,竹粉雨仍馀。谁为一作谓须张烛,凉空有望舒。

晚春青门林亭燕集

都门连骑出,东野柳如丝。秦苑看山处,王孙逐草时。欢游难再得,衰老是前期。林静莺啼远,春深日过迟。落花今夕思,秉烛古人诗。对酒当为乐,双杯未可辞。

晚秋东游寄获氏第五明府解县韩明府

步出青门去,疏钟隔上林。四郊多难日,千里独归心。暮鸟声偏苦,秋云色易阴。乱坟松柏少,野径草茅深。灞涘袁安履,汾南宓贱琴。何由听白雪,只益泪沾襟。

奉和元承一作丞抄秋忆终南旧居

白玉郎仍少，羊车上路平。秋风摇远草，旧业起高情。乱树通秦苑，重原接杜城。溪云随暮淡，野水带寒清。广树一作榭留峰翠，闲门响叶声。近樵应已烧，多稼又新成。解佩从休沐，承家岂退耕。恭侯有遗躅，何事学泉明。

晚夏即事临南居

何须学从宦，其奈本无机。蕙草芳菲歇，青山早晚归。广庭馀落照，高枕对闲扉。树色迎秋老，蝉声过雨稀。艰难逢事异，去就与时违。遥忆衡门外，苍苍三径微。

省试骊珠诗

是日重泉下，言探径寸珠。龙鳞今不逆，鱼目也应殊。掌上星初满，盘中月正孤。酬恩光莫及，照乘色难逾。欲问投人否，先论按剑无。倪怜希代价，敢对此冰壶。

元 日 早 朝

九陌朝臣满，三朝候鼓赊。远珂时接韵，攒炬偶成花。紫贝为高阙，黄龙建大牙。参差万戟合，左右八貂斜。羽扇纷朱槛，金炉隔翠华。微风传曙漏，晓日上春霞。环珮声重叠，蛮夷服等差。乐和天易感，山固寿无涯。渥泽千年圣，车书四海家。盛明多在位，谁得守蓬麻。

送归中丞使新罗 一本题下有册立吊祭四字

远国通王化，儒林得使臣。六一作立君成典册，万里一作行吊奉丝纶。

云水连孤棹,恩私在一身。悠悠龙节去,渺渺蜃楼新。望里行还一
作山仍暮,波中岁又春。昏明看日御一作脚,又作色,灵怪问舟人。城
邑分华夏,衣裳拟缙绅。他时礼命毕,归路勿一作不迷津。

赠兴平郑明府

海内兵犹在,关西赋未均。仍劳持斧使,尚宰茂陵人。遥夜重城
掩,清宵片月新。绿琴听古调,白屋被深仁。迹与儒生合,心惟静
者亲。深情先结契,薄宦早趋尘。贫病休何日,艰难过此身。悠悠
行远道,冉冉过一作遇良辰。明主知封事,长沮笑问津。栖遑忽相
见,欲语泪沾巾。

和王怀州观西营秋射 得寒字

谢公亲校武,草碧露漫漫。落叶停高驾,空林满从官。迎筹皆叠
鼓,挥箭或移竿。名借三军勇,功推百中难。主皮山郡晚,饮算柳
营寒。明日开铃阁,新诗双玉盘。

晚登虔州即事寄李侍御

章溪与贡水,何事会波澜。万里归人少,孤舟行路难。春光浮曲
浪,暮色隔连滩。花发从南早,江流向北宽。故交参盛府,新角耸
危冠。楚剑期终割,隋珠惜未弹。酒醒愁转极,别远泪初干。愿保
乔松质,青青过大一作岁寒。

奉和第五相公登鄱阳郡城西楼

茂德为邦久,丰貂旧相尊。发生传雨露,均养助乾坤。晓肆登楼
目,春一本缺销恋阙魂。女墙分吏事,远一作闬,一本缺。道启津门。
溢浦潮声尽,钟陵暮色繁。夕阳移梦土,芳草接湘源。封内群甿

复,兵间百赋存。童牛耕废亩,壕木一作水绕新村。野步渔声一作歌溢,荒祠鼓舞喧。高斋成五字,远岫发孤猿。一顾承英达,多荣及子孙。家贫仍受赐,身老未酬恩。属和瑶华曲,堪将系组纶。

甘泉诗 并序

　　甘泉,美良牧也。覃怀旧水咸卤,人多袚(一作疫)患。天愍遗甿,是生王公。惠和既敷,妙用潜应。顷修垒虞寇,凿井便溉。忽遇醴泉,香美若饴。遂命水工浚渫馀泥,葺栏备绠,维人所欲。万瓶继絜,道路纷纷,既蠲诸邪,亦愈群瘵,岂止夫宜盥漱之用,增烹饪之味。客乃率然,遂赋兹什。

异井甘如醴,深仁远未涯。气寒堪破暑,源净自蠲邪。修绠悬冰甃,新桐一作梧荫玉沙。带星凝晓露,拂雾涌秋华。绿溢涵千仞,清泠饮万家。何能葛洪宅,终日闭烟霞。

发 绵 津 驿

孤舟北去暮心伤,细雨东风春草长。杳杳短亭分水陆,隆隆远鼓集渔商。千丛野竹连湘浦,一派寒江下吉阳。欲问长安今远近,初年一作逢塞雁有归行。

塞 上 曲

惯习干戈事鞍马,初从少小在边城。身微久属千夫长,家远多亲五郡兵。懒说疆场曾大获,且悲年鬓老长征。塞鸿过尽残阳里,楼上凄凄一作呜呜暮角声。

路 旁 老 人

老人独坐倚官树,欲语潸然泪便垂。陌上归心无产业,城边战骨有亲知。馀生尚在艰难日,长路多逢轻薄儿。绿水青山虽似旧,如今贫后复何为。

赠别刘员外长卿

清如寒玉直如丝,世故多虞事莫期。建德津亭人别夜,新安江水月明时。为文易老皆知苦,谪宦无名倍足悲。不学朱云能折槛,空羞献纳在丹墀。

宿万固一作回寺因寄严补阙

晓随樵客到青冥,因礼山僧宿化城。钟梵已休初入定,有无皆离本难名。云开半夜千林静,月上中峰万壑明。为报故人雷处士,尘心终日自劳生。

岐阳客舍呈张明府

逸妻稚子应沟壑,归路茫茫东去遥。凉叶下时心悄悄,空斋梦里雨萧萧。星霜渐见侵华发,生长虚闻在圣朝。知己只今何处在,故山无事别渔樵。

奉和李观察登河中白楼

城上高楼飞鸟齐,从公一遂蹑丹梯。黄河曲尽流天外,白日轮轻一作倾落海西。玉树九重长在梦,云衢一望杳如迷。何心更和阳春奏,况复秋风闻战鼙。

朝下寄韩舍人

侍臣鸣珮出西曹,鸾殿分阶翊彩旄。瑞气迥浮青玉案,日华遥上赤霜袍。花间焰焰云旗合,鸟外亭亭露掌高。肯念万年芳树里,随风一叶在蓬蒿。

贺李观察祷河神降雨

质明斋祭北风微,驺驭千群拥庙扉。玉帛才敷云淡淡,笙镛未撤雨
霏霏。路边五稼添膏长,河上双旌带湿归。若出敬亭山下作,何人
敢和谢玄晖。

上将行 一作上裴行军中丞

萧关扫定犬羊群一作胡尘已灭天山外,闭阁层城白日一作阴阴日复曛。枥
上骅骝嘶鼓角,门前老将识风云。旌旗四面寒山映一作高秋见,丝管
一作竹千家静夜闻。谁道古来多简册一作计策,功臣一作成唯有卫一作
是李将军。一作更想他时看竹帛,功成不独霍将军。

许下书情寄张韩二舍人

谪宦军城老更悲,近来频夜梦丹墀。银杯乍灭心中火,金镊唯多鬓
上丝。一作乍然乍灭心中火,渐镊渐多鬓上丝。绕院一作履,又作径。绿苔闻
雁处,满庭黄叶闭门时。故人高步云衢上,肯念前程杳未期。

九　日

重阳寒寺满秋梧,客在南楼顾老夫。步蹇强登游藻井,发稀那更插
茱萸。横空过雨千峰出,大野新霜万叶枯一作万壑铺。更望尊中菊
花酒,殷勤能得几回沽。

送大谷高少府

县属并州北近胡,悠悠此别宦仍孤。应知史笔思循吏,莫料辕门笑
鲁儒。古塞草青宜牧马,春城月暗好啼乌。雕残贵有亲仁术,梅福

何须去隐吴。

同李端春望

二毛羁旅尚迷津,万井莺花雨后春。宫阙参差当晚日,山河迤逦静纤尘。和风醉里承恩客,芳草归时失意人。南北东西各自去,年年依旧物华新。

岳祠送薛近贬官

枯松老柏仙山下,白帝祠堂枕古遠。迁客无辜祝史告,神明有喜女巫知。遥思桂浦人空去,远过衡阳雁不随。度岭梅花翻向北,回看不见树南枝。

送友人游江南

远别悠悠白发新,江潭何处是通津。潮声偏惧初来客,海味唯甘久住人。漠漠烟光前浦晚,青青草色定山春。汀洲更有南回雁,乱起联翩北向秦。

长 门 怨

闻道昭阳宴,啳蛾落叶中。清歌逐寒月,遥夜入深宫。

秋 日

反照入闾巷,忧来与谁一作愁来谁共语。古道无一作少人行,秋风动禾黍。

秋 夜

高秋夜分后,远客雁来时。寂寞重门掩,无人问所思。

慈恩寺残春

双林花已尽，叶色占残芳。若问同游客，高年最断肠。

早次眉一作郿县界

匹马晓路一作言归，悠悠渭川道。晴山向孤城，秋日满白草。

路 傍 墓

石马双双当古树，不知何代公侯墓。墓前靡靡一作菲菲春草深，唯有行人看碑路。

代园中老人

佣赁难一作谁堪一老身，皤皤力役在青春。林园手种唯吾事，桃李成阴归别人。

古 意

虽言千骑上头居，一世生离恨有馀。叶下绮窗银烛冷，含啼自草锦中书。

凉 州 词

国使翻翻随旆旌，陇西岐路足荒城。毡裘牧马胡雏小，日暮蕃歌三两声。

安邑王校书居

秋来池馆清，夜闻宫漏声。迢递玉山迥，泛滟银河倾。琴上松风至，窗里竹烟生。多君不家食，孰云事岩耕。

登总持寺阁

今日登高阁，三休忽自悲。因知筋力减，不及往年时。草树还如旧，山河亦在兹。龙钟兼老病，更有重来期。

寄钱起 一作司空曙诗

草长花落树，羸病强寻春。无复少年意，空馀华发新。青原高见水，白社静逢人。寄谢南宫客，轩车不见亲。

宿青龙寺故昙上人院

年深宫院在，闲客自相逢。闭户临寒竹，无人有夜钟。降龙今已去，巢鹤竟何从。坐见繁星晓，凄凉识旧峰。

新　蝉 一作司空曙诗

今朝蝉忽鸣，迁客若为情。便觉一年谢，能令万感生。微风方满树，落日稍沉城。为问同怀者，凄凉听几声。

秋中雨田园即事

漠漠重云暗，萧萧密雨垂。为霖淹古道，积日满荒陂。五稼何时获，孤村几户炊。乱流发通圃，腐叶著秋枝。暮爨新樵湿，晨渔旧浦移。空馀去年菊，花发在东篱。

拜新月 一作李端诗

开帘见新月，便即下阶拜。细语人不闻，北风吹裙带。

客 行 赠 人

旅行虽别路,日暮各思归。欲下今朝泪,知君亦湿衣。

赠 山 老 人

白首独一身,青山为四邻。虽行故乡陌,不见故乡人。

赠 胡 居 士

孔融过五十,海内故人稀。相府恩犹在,知君未拂衣。

荐福寺送元伟

送客攀花后,寻僧坐竹时。明朝莫回望,青草马行迟。

观邻老栽松

虽过老人宅,不解老人心。何事斜阳里,栽松欲待阴。

哭麹象 一作司空曙诗

忆昨秋风起,君曾叹逐臣。何言芳草日,自作九泉人。

哭 苗 垂

旧友无由见,孤坟草欲长。月斜邻笛尽,车马出山阳。

题云际寺故僧院

白发匆匆色,青山草草心。远公仍下世,从此别东林。

句

高树多凉吹,疏蝉足断声。 见《海录碎事》

全唐诗卷二七〇

戎昱

戎昱,荆南人,登进士第。卫伯玉镇荆南,辟为从事。建中中,为辰、虔二州刺史。集五卷,今编诗一卷。

塞下一作上曲

惨惨寒日没,北风卷蓬根。将军领疲兵,却入古塞门。回头指阴山,杀气成黄云。

上山望胡兵,胡马驰骤速。黄河冰已合,意又向南牧。嫖姚夜出军,霜雪割人肉。

塞北无草木,乌鸢巢僵尸。泱漭沙漠空,终日胡风吹。战卒多苦辛,苦辛无四时。

晚渡西海西,向东看日没。傍岸砂砾堆,半和战兵骨。单于竟未灭,阴气常勃勃。

城一作楼上画角哀,即一作则知兵心苦。试问左右人,无言泪如雨。何意休明时,终年事鼙鼓。

北风凋白草,胡马日骎骎。夜后戍楼月,秋来边将心。铁衣霜露一作雪重,战马岁年深。自有卢龙塞,烟尘飞至今。

苦哉行五首 宝应中过滑州洛阳后同王季友作

彼鼠侵我厨,纵狸授粱肉。鼠虽为君却,狸食自须足。冀雪大国
耻,翻是大国辱。膻腥逼绮罗,砖瓦杂珠玉。登楼非骋望,目笑是
心哭。何意天乐中,至今奏胡曲。

官军收洛阳,家住洛阳里。夫婿与兄弟,目前见伤死。吞声不许
哭,还遣衣罗绮。上马随匈奴,数秋黄尘里。生为名家女,死作塞
垣鬼。乡国无还期,天津哭流水。

登楼望天衢,目极泪盈睫。强笑无笑容,须妆旧花靥。昔年买奴
仆,奴仆来碎叶。岂意未死间,自为匈奴妾。一生忽至此,万事痛
苦业。得出塞垣飞,不如彼蜂蝶。

妾家清河边,七叶承貂蝉。身为最小女,偏得浑家怜。亲戚不相
识,幽闺十五年。有时最远出,只到中门前。前年狂胡来,惧死翻
生全。今秋官军至,岂意遭戈铤。匈奴为先锋,长鼻黄发拳。弯弓
猎生人,百步牛羊膻。脱身落虎口,不及归黄泉。苦哉难重陈,暗
哭苍苍天。

可汗奉亲诏,今月归燕山。忽如乱刀剑,搅妾心肠间。出户望北
荒,迢迢玉门关。生人为死别,有去无时还。汉月割妾心,胡风凋
妾颜。去去断绝魂,叫天天不闻。

苦 辛 行

且莫奏短歌,听余苦辛词。如今刀笔士,不及屠沽儿。少年无事学
诗赋,岂意文章复相误。东西南北少知音,终年竟岁悲行路。仰面
诉天天不闻,低头告地地不言。天地生我尚如此,陌上他人何足
论。谁谓西江深,涉之固无忧。谁谓南山高,可以登之游。险巇唯
有世间路,一晌令人堪白头。贵人立意不可测,等闲桃李成荆棘。

风尘之士深可亲,心如鸡犬能依人。悲来却忆汉天子,不弃相如家旧贫。劝君且饮酒,酒能散羁愁。谁家有酒判一醉,万事从他江水流。

长安秋夕 一作中秋感怀

八月更漏长,愁人起常早。闭门寂无事,满院一作地生秋草。昨宵西一作北窗梦,梦入荆南一作门道。远客归去来,在家贫亦好。

罗江客舍

山县秋云暗,茅亭暮雨寒。自伤庭叶下,谁问客衣单。有兴时添酒一作开卷,无聊懒整冠。近来乡国梦,夜夜到长安。

赠岑郎中

童年未解读书时,诵得郎中数首诗。四海烟尘犹隔阔,十年魂梦每相随一作思。虽披云一作欣披雾逢迎疾,已恨趋风拜德一作识迟。天下无人鉴诗句,不寻诗伯重一作更寻谁。

闻笛 一作李益诗

入夜思归切,笛声清一作寒更哀。愁人不愿听,自到枕前一作边来。风起塞云断,夜深关月开。平明独惆怅,飞尽一庭梅。

汉上题韦氏庄

结茅同楚客,卜筑汉江边。日落数归鸟,夜深闻扣舷。水痕侵岸柳,山翠借厨烟。调笑提筐妇,春来蚕几眠。

闺　情

侧听宫官说,知君宠尚存。未能开笑颊,先欲换愁魂。宝镜窥妆影,红衫裛泪痕。昭阳今再入,宁敢恨长门。

衡阳春日游僧院

曾共刘谘议,同时事道林。与君相掩泪,来客岂知心。阶雪凌春积,炉烟向暝深。依然旧童子,相送出花林。

玉台体题湖上亭

湖入县西边,湖头胜事偏。绿竿初长笋,红颗未开莲。蔽日高高树,迎人小小船。清风长入坐,夏月似秋天。

早　梅

一树寒梅白玉条,迥临村路傍溪桥。应缘一作不知近水花先发,疑是经春一作冬雪未销。

移家别湖上亭

好是一作去春风湖上亭,柳条藤蔓系离情。黄莺久住浑相识,欲别频啼四一作三五声。

客 堂 秋 夕

隔窗萤影灭复流,北风微雨虚堂秋。虫声竟夜引乡泪,蟋蟀何自知人一作知人自愁。四时不得一日乐,以此方悲客游恶一作牢落。寂寂江城无所闻,梧桐叶上偏萧索。

湖南雪中留别

草草还草草,湖东别离早。何处愁杀人,归鞍雪中道。出门迷辙
迹,云水白浩浩。明日武陵西,相思鬓堪老。

赠别张驸马

上元年中长安陌,见君朝下欲归宅。飞龙骑马三十匹一作四,玉勒
雕鞍照初日。数里衣香遥扑人,长衢雨歇无纤尘。从奴斜抱救赐
锦,双双蹙出金麒麟。天子爱婿皇后弟,独步明时负权势。一身扈
跸承殊泽,甲第朱门耸高戟。凤凰楼上伴吹箫,鹦鹉杯中醉留客。
泰去否来何足论,宫中晏驾人事翻。一朝负谴辞丹阙,五年待罪湘
江源。冠冕凄凉几迁改,眼看桑田变成海。华堂金屋别赐人,细眼
黄头总何在。渚宫相见寸心悲,懒欲今时问昔时。看君风骨殊未
歇,不用愁来双泪垂。

泾州观元戎出师

寒日征西将,萧萧万马丛。吹箫覆楼雪,祝纛满旗风。遮虏黄云
断,烧羌白草空。金铙肃天外,玉帐静霜中。朔野长城闭,河源旧
路通。卫青师自老,魏绛赏何功。枪垒依沙迥,辕门压塞雄。燕然
如可勒,万里愿从公。

从 军 行

昔从李都尉,双鞬照马蹄。擒生黑山北,杀敌黄云西。太白沉虏
地,边草复萋萋。归来邯郸市,百尺青楼梯。感激然诺重,平生胆
力齐。芳筵暮歌发,艳粉轻鬟低。半酣一作醉秋风起,铁骑门前嘶。
远戍报烽火,孤城严鼓鼙。挥鞭望尘去,少妇莫含啼。

古 意

女伴朝来说,知君欲弃捐。懒梳明镜下,羞到画堂前。有泪沾脂粉,无情理管弦。不知将巧笑,更遣向谁怜。

听杜山人弹胡笳 一本题下有歌字

绿琴胡笳谁妙弹,山人杜陵名庭兰。杜君少与山人友,山人没来今已久。当时海内求知音,嘱付胡笳入君手。杜陵攻琴四十年,琴声在音不在弦。座中为我奏此曲,满堂萧瑟如穷边。第一第二拍,泪尽蛾眉没蕃客。更闻出塞入塞声,穹庐毡帐难为情。胡天雨雪四时下,五月不曾芳草生。须臾促轸变宫微,一声悲兮一声喜。南看汉月双眼明,却顾胡儿寸心死。回鹘数年收洛阳,洛阳士女皆驱将。岂无父母与兄弟,闻此哀情皆断肠。杜陵先生证此道,沈家祝家皆绝倒。如今世上雅风衰,若个深知此声好。世上爱筝不爱琴,则明此调难知音。今朝促轸为君奏,不向俗流传此心。

咏 史 一作和蕃

汉家青史上,计拙是和亲。社稷依明主,安危托妇人。岂能将玉貌,便拟静胡 一作烟尘。地下千年骨,谁为辅佐臣。

桂 州 腊 夜

坐到三更尽,归仍万里赊。雪声偏傍竹,寒梦不离家。晓角分残漏,孤灯落碎花。二年随骠骑,辛苦向天涯。

再赴桂州先寄 一作上李大夫

玷玉甘长弃,朱门喜再游。过因谗后重,恩合死前酬。养骥须怜瘦，栽松莫厌秋。今朝两行泪，一半血和流。

题 招 提 寺

招提精舍好，石壁向江开。山影水中尽，鸟声天上来。一灯传岁月，深院—作殿长莓苔。日暮双林磬，泠泠—作玲玲送客回。

谪官辰州冬至日〔有〕怀

去年长至在长安，策杖曾簪獬豸冠。此岁长安逢至日，下阶遥想雪霜寒。梦随行伍朝天去，身寄穷荒报国难。北望南郊消息断，江头唯有泪阑干。

赠韦况征君

身欲逃名名自随，凤衔丹诏降茅茨。苦节难违天子命，贞心唯有老松知。回看药灶封题密，强入蒲轮引步迟。今日巢由旧冠带，圣朝风化胜尧时。

送吉州阎使君入道二首

闻道桃源去，尘心忽自悲。余当从宦日，君是弃官时。金汞封仙骨，灵津咽玉池。受传三箓备，起坐五云随。洞里花常发，人间鬓易衰。他年会相访，莫作烂柯棋。

庐陵太守近隳官，霞—作月帔初朝五—作玉帝坛。风过鬼神延—作迎受箓，夜深龙虎卫烧丹。冰容入镜纤埃静，玉液添—作倾瓶漱齿寒。莫遣桃花迷客路，千山万水访君难。

入 剑 门

剑门兵革后，万事尽堪悲。鸟鼠无巢穴，儿童话别离。山川同昔日,荆棘是今时。征战何年定,家家有画旗。

过 商 山

雨暗商山过客稀,路傍孤店闭柴扉。卸鞍良久茅檐下,待得巴_{一作}
主人樵采归。

闰春宴花溪严侍御庄

一团青_{一作春}翠色,云是子陵家。山带新晴雨,溪留闰月花。瓶开
巾漉酒,地坼笋抽芽。彩绣_{一作何幸}承颜面_{一作服},朝朝赋_{一作奏}白
华。

岁 暮 客 怀

异乡三十口,亲老复家贫。无事乾坤内,虚为翰墨人。岁华南去
后,愁梦北来频。惆怅江边柳,依依又欲春。

秋望兴庆宫

先皇歌舞地,今日未游巡。幽咽龙池水,凄凉御榻尘。随风秋树
叶,对月老宫人。万事如桑海,悲来欲恸_{一作动}神。

送郑炼师贬辰州

辰州万里外,想得逐臣心。谪去刑名枉,人间痛惜深。误将瑕指
玉,遂使谩_{一作谤}消金。计日西归在,休为泽畔吟。

云梦故城秋望

故国遗墟在,登临想旧游。一朝人事变,千载水空流。梦渚鸿声_一
_{作毛晚一作鸥飞晚},荆门树色秋。片云凝不散,遥挂望乡愁。

秋日感怀

洛阳岐路信悠悠,无事辞家两度秋。日下未驰千里足,天涯徒泛五湖舟。荷衣半浸缘乡泪,玉貌潜销是客愁。说向长安亲与故,谁怜岁晚尚淹留。

送王明府入道

何事陶彭泽,明时又挂冠。为耽泉石趣,不惮薜萝寒。轻雪笼纱帽,孤猿傍醮坛。悬悬一作思老松下,金灶夜烧丹。

秋 月 一作江城秋夜

江干入夜杵声秋,百尺疏桐挂斗牛。思苦自看一作缘明月苦,人愁不是月华愁。

赋得铁马鞭

成器虽因匠,怀刚本自天。为怜持寸节,长拟静三边。未入英髦用,空存铁石坚。希君剖腹取,还解抱龙泉。

闻颜尚书陷贼中

闻说一作传道征南没,那堪故吏闻。能持苏武节,不受马超勋。国破无家一作人信,天秋有雁群。同荣不同辱,今日负将军。

送苏参军

忆昨青襟醉里分,酒醒回首怆离群。舟移极浦城初掩,山束长江日早曛。客一作老来有恨空思德,别后谁人更议文。常叹苏生官太屈,应缘才似鲍参军。

成都元十八侍御

不见元生已数朝,浣花溪路去非遥。客舍早知浑寂寞,交情岂谓更萧条。空有寸心思会面,恨无单酌遣相邀。骅骝一作骝幸自能驰骤,何惜挥鞭过柞桥。

观卫尚书九日对中使射破的

盛宴倾黄菊,殊私降紫泥。月营开射圃,霜旆拂晴霓。出将三朝贵,弯弓五善齐。腕回金镞满,的破绿弦低。勇气干牛斗,欢声震鼓鼙。忠臣思报国,更欲取关西。

辰州闻大驾还宫

闻道銮舆归魏阙,望云西拜喜成悲。宁知陇水烟销日,再有园林秋荐时。渭水战添亡虏血,秦人生睹旧朝仪。自惭出守辰州畔,不得亲随日月旗。

辰州建中四年多怀

荒徼辰阳远,穷秋瘴雨深。主恩堪洒血,边宦更何心。海上红旗满,生前白发侵。竹寒宁改节,隼静早因禽。务退门多掩,愁来酒独斟。无涯忧国泪,无日不沾襟。

上桂州李大夫

今日辞门馆,情将众别殊。感深翻有泪,仁过曲怜愚。晚一作晓镜伤秋鬓,晴寒切病躯。烟霞一作波万里阔,宇宙一身孤一作迂。倚马才宁有,登龙意岂无。唯于方寸内,暗贮报恩珠。

江 城 秋 霁

霁后江城风景凉，岂堪登眺只堪伤。远天蝶蛛收残雨，映水鸬鹚近
夕阳。万事无成空过日，十年多难不还乡。不知何处销兹恨，转觉
愁随夜夜长。

上 李 常 侍

旌旗晓过大江西，七校前驱万队齐。千里政声人共喜，三军令肃马
前嘶。恩沾境内风初变，春入城阴柳渐低。桃李不须令更种，早知
门下旧成蹊。

上湖南崔中丞

山上青松陌上尘，云泥岂合得相亲。举世尽嫌良马瘦，唯君不弃一
作厌卧龙贫。千金未必能移性，一诺从来许杀身。莫道书生无感
激，寸心还是报恩人。

早 春 雪 中

阴云万里昼一作尽漫漫，愁坐关心事几般。为报春风休下雪，柳条
初放一作发不禁寒。

云 安 阻 雨

日长巴峡雨濛濛，又说归舟路未通。游人不及西江水，先得东流到
渚宫。

湖南春日二首

自怜春日客长沙，江上无人转忆家。光景却添乡思苦，檐前数片落

梅花。

三湘漂寓若流萍,万里湘一作江乡隔洞庭。羁客春来心欲碎,东风
莫遣柳条青。

送陆秀才归觐省

武陵何处在,南指楚云阴。花萼连枝一作芳近,桃源去路深。啼莺
徒寂寂,征马已骎骎。堤上千年柳,条条挂我心。

戏 题 秋 月

秋宵月色胜春宵,万里天涯静寂寥。近来数夜飞霜重,只畏娑婆树
叶凋。

宿 湘 江

九月湘江水漫流,沙边唯览月华秋。金风浦上吹黄叶,一夜纷纷满
客舟。

戏赠张使君

数载蹉跎罢搢绅,五湖乘兴转迷津。如今野客无家第,醉处寻常是
主人。

别公安贾明府

叶县门前江水深,浅于羁客报恩心。把君诗卷西归去,一度相思一
度吟。

霁 雪 一作韩舍人书窗残雪

风卷寒一作黄云一作长空暮雪晴,江烟洗尽柳条一作枝轻。檐前数片

无人扫，又得书窗一夜明。

汉阴吊崔员外坟

远别望有归，叶落一作落叶望春晖。所痛泉路人，一去无还期。荒坟遗汉阴，坟树啼子规。存没抱冤滞，孤魂意何依。岂无骨肉亲？岂无深相知？曝露不复问，高名亦何为。相携恸君罢，春日空迟迟。

题　槿　花

自用金钱买槿栽，二年方始得花开。鲜红未许佳人见，蝴蝶争知早到来。

题 宋 玉 亭

宋玉亭前悲暮秋，阳台路上雨初收。应缘此处人多别，松竹萧萧也带愁。

过 东 平 军

画角初鸣残照微，营营鞍马往来稀。相逢士卒皆垂泪，八座朝天何日归。

送辰一作新州郑使君

谁人不谴谪，君去独堪伤。长子家无弟一作第，慈亲老在堂。惊魂随驿吏，冒暑向炎方。未到猿啼处，参差已断肠。

江上柳送人 一本题上有赋得二字

江柳断肠色，黄丝垂未齐。人看儿重恨，鸟入一枝低。乡泪正堪落,与君又解携。相思万里道,春去夕阳西。

湘　南　曲

虞帝南游不复还,翠蛾幽怨水云间。昨夜月明湘浦宿,闺中珂珮度
空山。

桂州西山登高上陆大夫

登高上山上,高处更堪愁。野菊他乡酒,芦花满眼秋。风烟连楚
郡,兄弟客一作爰荆州。早晚朝天去,亲随定远侯。

寄　郑　炼　师

平生金石友,沦落向辰州。已是二年客,那堪终日愁。尺书浑不
寄,两鬓计应秋。今夜相思月,情人南海头。

八月十五日

忆昔千秋节,欢娱万国同。今来六亲远,此日一悲风。年少逢胡
乱,时平似梦中。梨园几人在,应是涕一作泣无穷。

征　人　归　乡

三月江城柳絮飞,五年游客送人归。故将别泪和乡泪,今日阑干湿
汝衣。

骆家亭子纳凉

江湖思渺然,不离国门前。折苇鱼沉藻,攀藤鸟出烟。生衣宜水
竹,小酒入诗篇。莫怪侵星坐,神清不欲眠。

逢陇西故人忆关中舍弟

莫话边庭事，心摧不欲闻。数年家陇地，舍弟殁胡军。每念支离苦，常嗟骨肉分。急难何日见，遥哭陇西云。

秋夜一本有宿字梁十三厅事

今来秋已暮，还恐未成归。梦里家仍远，愁中叶又飞。竹声风度意，灯影月来微。得见梁夫子，心源有所依。

成都暮雨秋 一作秋雨

九月龟城暮，愁人闭草堂。地卑多雨润，天暖少秋霜。纵欲倾新酒，其如忆故乡。不知更漏意，惟向客一作枕边长。

酬　梁　二　十

渚宫无限客，相见独相亲。长路皆同病，无言似一身。岁寒唯爱竹，憔悴不堪春。细与知音说，攻文恐误人。

花下宴送郑炼师

愁里惜春深，闻幽即共寻。贵看花柳色，图放别离心。客醉花能笑，诗成花一作酒伴吟。为君调绿绮，先奏凤归林。

秋馆雨后得弟兄书即事呈李明府

弟兄书忽到，一夜喜兼愁。空馆复闻雨，贫家怯到秋。坐中孤烛暗，窗外数萤流。试以他乡事，明朝问子游。

寄梁淑

长忆江头执别时,论文未有不相思。雁过经秋无尺素,人来终日见新诗。心思食糵何由展,家似流萍任所之。悔学秦人南避地,武陵原上又征师。

送张秀才之长沙

君向长沙去,长沙仆旧谙。虽之一作云桂岭北,终是阙一作洞庭南。山霭生朝雨,江烟作夕岚。松醪能醉客,慎勿滞湘潭。

塞下一作上曲

汉将归来虏塞空,旌旗初下玉关东。高蹄战马三千匹,落日平原秋草中。

送僧法和 一作送亮法师

达士心无滞,他乡总是家。问经翻贝叶,论法指莲花。欲契真空义,先开智慧芽。不知飞锡后,何外是〔恒〕(洹)沙。

送严十五郎之长安

送客身为客,思家怆别家。暂收双眼泪,遥想五陵花。路远征车迥,山回剑阁斜。长安君到日,春色未应一作曾赊。

冬夜宴梁十三厅

故人能爱客,秉烛会吾曹。家为朋徒罄,心缘翰墨劳。夜寒销腊酒,霜冷重绨袍。醉卧西窗下,时闻雁响高。

收襄阳城二首

悲风惨惨雨修修,岘北山低草木愁。暗发前军连夜战,平明旌旆入襄州。

五营飞将拥霜戈,百里僵尸满浕河。日暮归来看剑血,将军却恨杀人多。

出　军

龙绕旌竿兽满旗,翻营乍似雪中一作山移。中军一队三千骑,尽是并州游侠儿。

和李尹种葛

弱质人皆弃,唯君手自栽。葍含霜后竹,香惹腊前梅。拟托凌云势,须凭接引材。清一作绿阴如可惜,黄鸟定飞来。

送零陵妓 一作送妓赴于公召

宝钿香蛾翡翠裙,装成掩泣欲行云。殷勤好取襄王意,莫向阳台梦使君。

采莲曲二首

虽听采莲曲,讵识采莲心。漾楫爱花远,回船愁浪深。烟生极浦色,日落半江阴。同侣怜波静,看妆堕玉簪。

涔阳女儿花满头,毵毵同泛木兰舟。秋风日暮南湖里,争唱菱歌不肯休。

塞 上 曲

胡风略地烧连山，碎叶孤城未下关。山头烽子声一作齐声叫，知是
将军夜猎还。

寂上人禅房

俗尘浮垢闭禅关，百岁身心几日闲。安得此生同草木，无营长在四
时间。

桂 州 口 号

画角三声动客愁，晓霜如雪覆江楼。谁道桂林风景暖，到来重著皂
貂裘。

红 槿 花

花是深红叶麹尘，不将桃李共争春。今日惊秋自怜客，折来持赠少
年人。

哭黔中薛大夫

亚相何年镇百蛮，生涯万事瘴云间。夜郎城外谁人哭，昨日空馀旌
节还。

感 春

看花泪尽知春尽，魂断看花只恨春。名位未沾身欲老，诗书宁救眼
前贫。

途中寄李二 一作李益诗

杨柳烟含灞岸春,年年攀折为行人。好风若借低枝便,莫遣青丝扫路尘。

寄许炼师 一作李益诗

扫石焚香礼碧空,露华偏湿蕊珠宫。如何说得天坛上,万里无云月正中。

下第留辞顾侍郎

绮陌彤彤花照尘,王门侯邸尽朱轮。城南旧有山村路,欲向云霞觅主人。

题云公山房 一作权德舆诗,又作杨巨源诗。

云公兰若深山里,月明松殿微风起。试问空门清净心,莲花不著秋潭水。

别离作 一作戴叔伦诗

手把杏花枝,未曾经别离。黄昏掩门后,寂寞自心知。

九日贾明府见访

独掩衡门秋景闲,洛阳才子访柴关。莫嫌浊酒君须醉,虽是贫家菊也斑。同人愿得长携手,久客深思一破颜。却笑孟嘉吹帽落,登高何必上龙山。

开元观陪杜大夫中元日观乐 第八句缺一字

今朝欢称玉京天,况值关东俗理年。舞态疑回紫阳女,歌声似遏彩
云仙。盘空双鹤惊几剑,洒砌三花度管弦。落日香尘拥归骑,□风
油幕动高烟。

中秋夜登楼望月寄人

西楼见月似江城,脉脉悠悠倚槛情。万里此情同皎洁,一年今日最
分明。初惊桂子从天落,稍误芦花带雪平。知称玉人临水见,可怜
光彩有馀清。

赠宜阳张使君

暂作宜阳客,深知太守贤。政移千里俗,人戴两重天。旧郭多新
室,闲坡尽辟田。倘令黄霸在,今日耻同年。

移家别树

千一作手种庭前树,人移树不移。看花愁作别,不及未栽时。

成都送严十五之江东

江东万里外,别后几凄凄。峡路花应发,津亭柳正齐。酒倾迟日
暮,川阔远天低。心系征帆上,随君到剡溪。

送李参军

好住好住王司户,珍重珍重李参军。一东一西如别鹤,一南一北似
浮云。月照疏林千片影,风吹寒水万里纹。别易会难今古事,非是
余今独与君。

题严氏竹亭

子陵栖遁处,堪系野人心。溪水浸山影,岚烟向竹阴。忘机看白日,留客醉瑶琴。爱此多诗兴,归来步步吟。

送王端公之太原归觐相公

柱史今何适,西行咏陟冈。也知人惜别,终美雁成行。春雨桃花静,离尊竹叶香。到时丞相阁,应喜棣华芳。

旅次寄湖南张郎中

寒江近户漫流声,竹影临窗乱月明。归梦不知湖水阔,夜来还到洛阳城。

晚 次 荆 江

孤舟大江水,水涉无昏曙。雨暗迷津时,云生望乡处。渔翁闲自乐,樵客纷多虑。秋色湖上山,归心日边树。徒称竹箭美,未得枫林趣。向夕垂钓还,吾从落潮去。

同辛兖州巢父虚副端岳相思献酬之作 因纾归怀兼呈辛魏二院长杨长宁

暮角发高城,情人坐中起。临觞不及醉,分散秋风里。虽有明月期,离心若千里。前欢反惆怅,后会还如此。焉得夜淹留,一回终宴喜。羁游复牵役,馆至重湖水。早晚泛归舟,吾从数君子。

抚州处士湖泛舟送北回
两指此南昌县查溪兰若别

移樽铺山曲,祖帐查溪阴。铺山即远道,查溪非故林。凄然诵新诗,落泪沾素襟。郡政我何有,别情君独深。禅庭古树秋,宿雨清沈沈。挥袂故里远,悲伤去住心。

耒阳谿夜行 为伤杜甫作

乘夕棹归舟,缘源二转幽。月明看岭树,风静听溪流。岚气船间入,霜华衣上浮。猿声虽此夜,不是别家愁。

桂 城 早 秋

远客惊秋早,江天夜露新。满庭惟有月,空馆更何人。卜命知身贱,伤寒舞剑频。猿啼曾下泪,可是为忧贫。

桂 州 岁 暮

岁暮天涯客,寒窗欲晓时。君恩空自感,乡思梦先知。重谊人愁别,惊栖鹊恋枝。不堪楼上角,南向海风吹。

宿桂州江亭呈康端公

独向东亭坐,三更待月开。萤光入竹去,水影过江来。露滴千家静,年流一叶催。龙钟万里客,正合故人哀。

全唐诗卷二七一

窦叔向

窦叔向，字遗直，京兆人。代宗时，常衮为相，引为左拾遗、内供奉。衮贬，出为溧水令。五子群、常、牟、庠、巩，皆工词章，有《联珠集》行于时。叔向工五言，名冠时辈。集七卷，今存诗九首。

寒食日恩赐火

恩光及小臣，华烛忽惊春。电影随中使，星辉拂路人。幸因榆柳暖，一照草茅贫。

端午日恩赐百索

仙宫长命缕，端午降殊私。事盛蛟龙见，恩深犬马知。馀生倘可续，终冀答明时。

贞懿皇后挽歌三首 今存二首

二陵恭妇道，六寝盛皇情。礼逊生前贵，恩追殁后荣。幼王亲捧土，爱女复边茔。东望长如在，谁云向玉京。

后庭攀画柳，上陌咽清笳。命妇羞蘋叶，都人插柰花。寿宫星月异，仙路往来赊。纵有迎仙一作神术，终悲隔绛纱。

秋砧送邑一作包大夫

断续长门下,清泠逆旅秋。征夫应待信,寒女不胜愁。带月飞城上,因风散陌头。离居偏入听,况复送归舟。

过担石湖

晓发渔门戍,晴看担石湖。日衔高浪出,天入四空无。尺寸一作咫尺分洲岛,纤毫指一作辨舳舻。渺然从此去,谁念客帆孤。

春日早朝应制

紫殿俯千官,春松应合欢。御炉香焰暖,驰道玉声寒。乳燕翻珠缀,祥乌集露盘。宫花一万树,不敢举头看。

酬李袁州嘉祐

少年轻会复轻离,老大关心总是悲。强说前程聊自慰,未知携手定何时。公才屈指登黄阁,匪服胡颜上赤墀。想到长安诵佳句,满朝谁不念琼枝。

夏夜宿表兄话旧

夜合花开香满庭,夜深微雨醉初醒。远书珍重何曾达,旧事凄凉不可听。去日儿童皆长大,昔年亲友半凋零。明朝又是孤舟别,愁见河桥酒幔青。

句

禁兵环素帟,宫女哭寒云。《哀挽》第三首,止存二句。见《联珠集叙》

窦　常

窦常，字中行，大历中及进士第。隐居广陵之柳杨著书，二十年不出。后淮南节度杜佑辟为参谋。元和间，自湖南判官入为侍御史，转水部员外郎，出刺朗州、固陵、浔阳、临川四郡，入为国子祭酒，致仕。卒赠越州都督。有集十八卷，今存诗二十六首。

晚次方山精舍却寄张荐员外

楚腊还无雪，江春又足风。马羸三径外，人病四愁中。西塞波涛阔，南朝寺舍空。犹衔步兵酒，宿醉在除一作滁东。

和裴端公枢芜城秋夕简远近亲知

岁积登朝恋，秋加陋巷贫。宿醒因夜歇，佳句得愁新。尽日凭幽几，何时上软轮。汉廷风宪在，应念匪躬人。

项亭怀古

力取诚多难，天亡路亦穷。有心裁帐下，无面到江东。命厄留骓处，年销逐鹿中。汉家神器在，须废拔山功。

奉使西还早发小涧馆寄卢滁州迈

野棠花覆地，山馆夜来阴。马迹穿云去，鸡声出涧深。清风时偃草，久旱或为霖。试与惸嫠话，犹坚借寇心。

早发金钩店寄奚十唐大二茂才

出门山未曙,风叶暗萧萧。月影临荒栅,泉声近废桥。岁经秋后役,程在洛中遥。寄谢金门侣,弓旌误见招。

途中立春寄杨郇伯

浪迹终年客,惊心此地春。风前独去马,泽畔耦耕人。老大交情重,悲凉外物亲。子云今在宅,应见柳条新。

故秘监丹阳郡公延陵包公挽歌词

卓绝明时第,孤贞贵后贫。郤诜为胄子,季札是乡人。笔下调金石,花开领搢绅。那堪归葬日,哭渡柳杨津。

凉国惠康公主挽歌

玉立分尧绪,笄年下相门。早加于氏对,偏占馆陶恩。泪有潜成血,香无却返魂。共知何驸马,垂白抱天孙。

哭张仓曹南史

万事竟蹉跎,重泉恨若何。官临环卫小,身逐转蓬多。丽藻尝专席,闲情欲烂柯。春风宛陵路,丹旐在沧波。

北 固 晚 眺

水国芒种后,梅天风雨凉。露蚕开晚簇,蚕露于外,淮西皆然。江燕绕危樯。山趾北来固,潮头西去长。年年此登眺,人事几销亡。

谒三闾庙

君非三谏寝，礼许一身逃。自树终天戚，何裨事主劳。众鱼应饵骨，多士尽铺糟。有客椒浆奠，文衰不继骚。

茅山赠梁尊师

云屋何年客，青山白日长。种花春扫雪，看篆夜焚香。上象壶中阔，平生醉里忙。幸承仙籍后，乞取大还方。

谒诸葛武侯庙

永安宫外有祠堂，鱼水恩深祚不长。角立一方初退舍，拟称三汉更图王。人同过隙无留影，石在穷沙尚启行。归蜀降吴竟何事，为陵为谷共苍苍。

奉贺太保岐公承恩致政 一作仕

君为宫一作召公为保及清时，冠盖初闲拜武一作舞迟。五色诏中宣九德，百僚班外置三师。山泉遂性休称疾，子弟能官各受词。不学铸金思范蠡，乞言犹许上丹墀。

之任武陵寒食日途次
松滋渡先寄刘员外禹锡

杏花榆荚晓风前，云际离离上峡船。江转数程淹驿骑，楚曾三户少人烟。看春又过清明节，算老重经癸巳年宪宗元和八年。幸得一作在柱一作柾，一作佳。山当郡舍，在朝长咏卜居篇。湘州柱山，在郡东十七里，即今德山。

奉寄辰州房使君郎中

汉代文明今盛明,犹将贾傅暂专城。何妨密旨先符竹,莫是除书误姓名。蜗舍喜时春梦去,隼旌行处瘴江清。新年只可三十二,却笑潘郎白发生。

立春后言怀招汴州李匡衙推

闲斋夜击唾壶歌,试望夷门奈远何。每听寒笳离梦断,时窥清鉴旅愁多。初惊宵漏丁丁促,已觉春风习习和。海内故人君最老,花开鞭马更相过。

奉送职方崔员外摄中丞新罗册使

帝命海东使,人行天一涯。辨方知木德,开国有金家。册拜申恩重,留欢作限赊。顺风鲸浪热一作熟,初日锦帆斜。夜色潜然火,秋期独往槎。慰安皆喻旨,忠信自无瑕。发美童年髻,簪香一作香簪子月花。便随琛赆入,正朔在中华。

酬舍弟牟秋日洛阳官舍寄怀十韵

幼为逃难者,才省用兵初。去国三苗外,全生四纪一作绝馀。老头亲帝里,归处失吾庐。逝水犹呜咽,祥云自卷舒。正郎曾首拜,亚尹未平除。几变陶家柳,空传魏阙书。思凌天际鹤,言甚辙中鱼。玉立知求己,金声乍起予。在朝鱼水分,多病雪霜居。忽报阳春曲,纵横恨不如。

求 自 试

仙禁祥云合,高梧彩凤游。沉冥求自试,通鉴果蒙收。文墨悲无位,诗书误白头。陈王抗表日,毛遂请行秋。双剑曾埋狱,司空问斗牛。希垂拂拭惠,感激愿相投。

花 发 上 林

上苑晓沉沉,花枝乱缀阴。色浮双阙近,春入九门深。向暖风初扇,馀寒雪尚侵。艳回秦女目,愁处越人心。绕绕时萦蝶,关关乍引禽。宁知幽谷羽,一举欲依林。

过宋氏五女旧居 宋氏女姊五人,贞元中同入宫。

谢庭风韵婕好才,天纵斯文去不回。一宅柳花今似雪,乡人拟筑望仙台。

还京乐歌词

百战初休十万师,国人西望翠华时。家家尽唱升平曲,帝幸梨园亲制词。

商山 一作四皓 祠堂即事

夺嫡心萌事可忧,四贤西笑暂安刘。后王不敢论珪组,土偶人前枳树秋。

七 夕 一本有寄怀二字

露盘花水望三星,仿佛虚无为降 一作降匹 灵。斜汉没时人不寐,几条蛛网下风庭。

杏山馆听子规

楚塞馀春听渐稀,断猿今夕让沾衣。云埋老树空山里,仿佛千声一度飞。

窦 牟

窦牟，字贻周，举贞元进士第。历佐从事，后为留守判官，检校尚书都官郎中。出为泽州刺史，改国子司业卒。有集十卷，今存诗二十一首。

史馆候别蒋拾遗不遇

千门万户迷，伫立月华西。画戟晨光动，春松宿露低。主文亲玉宸，通籍入金闺。肯念从戎去，风沙事鼓鼙。

早赴临一作银台立马待漏口号寄弟群

上陌行初尽，严城立未开。人疑早朝去，客是远方来。伏奏徒将命，周行自引才。可怜霄汉曙，鸳鹭正徘徊。

缑氏拜陵回道中呈李舍人少尹

忽忝诸卿位，仍陪长者车。礼容皆若旧，名籍自凭虚。上路花偏早，空山云甚馀。却愁新咏发，酬和不相如。

陪韩院长韦河南同寻
刘师不遇 以同寻师三字分韵，牟得同字。

仙客诚难访，吾人岂易同。独游应驻景，相顾且吟风。药畹琼枝秀，斋轩粉壁空。不题三五字，何以达壶公。

送东光吕少府之官连帅奏授

远爱东光县,平临若木津。一城先见日,百里早惊春。德礼邀才
重,恩辉拜命新。几时裁尺素,沧海有枯鳞。

送刘公达判官赴天德军幕

特建青油幕,量一作重分紫禁师。自然知召子,不用问从谁。文武
轻车少,腥膻左衽衰。北风如有寄,画取受降时。军有东西受降城。

故秘监丹阳郡公延陵包公挽歌

台鼎尝虚位,夔龙莫致尧。德音冥秘府,风韵散清朝。天上文星
落,林端玉树凋。有吴君子墓,返葬故山遥。

望　终　南

日爱南山好,时逢夏景残。白云兼似雪,清昼乍生寒。九陌峰如
坠,千门翠可团。欲知形胜尽,都在紫宸看。

秋夕闲居对雨赠别卢七侍御坦

燕燕辞巢蝉蜕枝,穷居积雨坏藩篱。夜长檐霤寒无寝,日晏厨烟湿
未炊。悟主一言那可学,从军五首竟徒为。故人骢马朝天使,洛下
秋声恐要知。

晚过敷水驿却寄华州使院张郑二侍御

春雨如烟又若丝,晓来昏处晚晴时。仙人掌上芙蓉沼,柱史关西松
柏祠。几许岁华销道路,无穷王事系戎师。回瞻二妙非吾侣,日对
三峰自有期。

洛下闲居夜晴观雪寄四远诸兄弟

雪月相辉云四开，终风助冻不扬埃。万重琼树宫中接，一直银河天上来。荆楚岁时知染翰，湘吴醇酎忆衔杯。强题缣素无颜色，鸿雁南飞早晚回。

天津晓望因寄呈分司一二省郎

万乘西都去，千门正位虚。凿龙横碧落，提象出华胥。望幸宫嫔老，迎春海燕初。保厘才半仗，容卫尽空庐。要自词难拟，繇来画不如。散郎无所属，聊事穆清居。

早入朝书事

紫陌纷如画，彤庭郁未晨。列星沉骑火，残月暗车尘。隐轸排霄翰，差池跨海鳞。玉声繁似乐，香泽散成春。叹息驱羸马，分明识故人。一生三不遇，今作老郎身。

元日喜闻大礼寄上翰林四学士中书六舍人二十韵

有事郊坛毕，无私日月临。岁华春更早，天瑞雪犹深。玉辇回时令，金门降德音。翰飞鸳别侣，丛植桂为林。粉泽资鸿笔，薰和本素琴。礼成戎器下，恩彻鬼方沉。麟爵来称纪，官师退绝箴。道风黄阁静，祥景紫垣阴。寿酒朝时献，农书夜直寻。国香煴翠幄，庭燎艳红衾。汉魏文章盛，尧汤雨露霈一作湛。密辞投水石，精义出沙金。扆扆亲唯敬，钧衡近匪侵。疾驱千里骏，清唳九霄禽。庆赐迎新服，斋庄弃旧簪。忽思班女怨，遥听越人吟。末路甘贫病，流年苦滞淫。梦中青琐闼，归处碧山岑。窃抃闻韶濩，观光想袜任。

大哉环海晏,不算子牟心。

奉使至邢州赠李八使君

独占龙冈部,深持虎节居。尽心敷吏术,含笑掩兵书。礼饰华缨重,才牵雅制馀。茂阴延驿路,温液逗官渠。南亩行春罢,西楼待客初。瓮头开绿蚁,砧下落红鱼。牧伯风流足,辐轩若_{一作苦涩虚}。今宵铃阁内,醉舞复何如。

秋日洛阳官舍寄上水部家兄

洛阳归老日,此县忽为君。白发兄仍见,丹诚帝岂闻。九衢横逝水,二室散浮云。屈指豪家尽,伤心要地分。禁中周几鼎,源上汉诸坟。貔虎今无半,狐狸宿有群。威声惭北部,仁化乐南薰。野蘖饥来食,天香静处焚。壮年唯喜酒,幼学便诃文。及尔空衰暮,离忧讵可闻。

李舍人少尹惠家酝一小榼立书绝句

禁琐天浆嫩,虞行夜月寒。一瓢那可醉,应遣试尝看。

酬舍弟庠罢举从州辟书

之荆且愿依刘表,折桂终惭见郤诜。舍弟未应丝作鬓,园公不用印随身。

奉酬杨侍郎十兄见赠之作

翠羽雕虫日日新,翰林工部欲何神。自悲由瑟无弹处,今作关西门下人。

杏 园 渡

卫郊多垒少人家,南渡天寒日又斜。君子素风悲已矣,杏园无复一
枝花。

奉诚园闻笛 园,马侍中故宅。

曾绝朱缨吐锦茵,欲披荒草访遗尘。秋风忽洒西园泪,满目山阳笛
里人。

窦 群

　　窦群,字丹列。兄弟皆擢进士第,独群以处士客于毗陵。
韦夏卿荐之,为左拾遗,转膳部员外郎,兼侍御史,知杂事。出
为唐州刺史,武元衡、李吉甫共引之,召拜吏部郎中。元衡辅
政,复荐为中丞。后出为湖南观察使,改黔中,坐事,贬开州刺
史。稍迁容管经略使,召还卒。诗二十三首。

雪 中 遇 直

寒光凝雪彩,限直居粉闱。恍疑白云上,乍觉金印非。树色霭虚
空,琴声谐素徽。明晨阻通籍,独卧挂朝衣。

东 山 月 下 怀 友 人

东山多乔木,月午始苍苍。虽殊碧海状,爱此青苔光。高下灭华
烛,参差启洞房。佳人梦馀思,宝瑟愁应商。皎洁殊未已,沈吟限
一方。宦情哂鸡口,世路倦羊肠。彼美金石分,眷言兰桂芳。清晖
讵同夕,耿耿但相望。

时　兴

夙心旷何许,日暮依林薄。流水不待人,孤云时映鹤。濛濛千万花,曷为神仙药。不遇烂柯叟,报非旧城郭。

题　剑

丈夫得宝剑,束发曾书绅。嗟吁一朝遇,愿言千载邻。心许留家一作家树,辞直断佞臣。焉能为绕指,拂拭试时人。

黔 中 书 事

万事非京国,千山拥丽谯。佩刀看日晒,赐马傍江调。言语多重译,壶觞每独谣。沿流如著翅,不敢问归桡。

冬日晓思寄杨二十七炼师

雨霜地如雪,松桂青参差。鹤警晨光上,步出南轩时。所遇各有适,我怀亦自怡。愿言缄素封,昨夜梦琼枝。

贞元末东院尝接事今西川武相公于兹三周谬领中宪徘徊厅宇多获文篇夏日即事因寄四韵

重轩深似谷,列柏镇含烟。境绝苍蝇到,风生白雪前。弹冠惊迹近,专席感恩偏。霄汉朝来下,油幢路几千。

北　地 一作容州

何事到容州,临池照白头。兴随年已往,愁与水长流。黾勉思通客,辛勤悔饭牛。诗人亦何意,树草欲忘忧。

雨后月下寄怀羊二十七资州

夕霁凉飙至，脩然心赏谐。清光松上月，虚白郡中斋。置酒平生在，开衿愿见乖。殷勤寄双鲤，梦想入君怀。

奉酬西川武相公晨兴赠友见示之作

碧树分晓色，宿雨弄清光。犹闻子规啼，独念一声长。眷眷轸芳思，依依寄远方。情同如兰臭，惠比返魂香。新什惊变雅，古瑟代沉湘。殷勤见知己，掩抑绕中肠。隙驷不我待，路人易相忘。孤老空许国，幽报期苍苍。

晨游昌师院

深庭芳草浓，晓井山泉溢。林馥乱沉烟，石润侵经室。幽岩鸟飞静，晴岭云归密。壁薜凝苍华，竹阴满晴日。生期半宵梦，忧绪仍非一。若无高世心，安能此终毕。

同王晦伯朱遐景宿慧山寺

《毗陵志》云：贞元四年，群与晦伯、遐景同宿慧山寺，赋诗题壁。群再至，则王已殂谢。复留跋于后，李蘧为刻石勒其事。

共访青山寺，曾隐南朝人。问古松桂老，开襟言笑新。步移月亦出，水映石磷磷。予洗肠中酒，君濯缨上尘。皓彩入幽抱，清气逼苍旻。信此澹忘归，淹留冰玉邻。

草堂夜坐

匣中三尺剑，天上少微星。勿谓相去远，壮心曾不停。

经潼关赠宇文十

古有弓旌礼,今征草泽臣。方同白衣见,不是弃缥人。

观 画 鹤

华亭不相识,卫国复谁知。怅望冲天羽,甘心任画师。

晚自台中归永宁里南望山色怅然有怀呈上右司十一兄

白发侵侵生有涯,青襟曾爱紫河车。自怜悟主难归去,马上看山恐到家。

中牟县经鲁公庙 尝修名臣略,系司徒公。

青史编名在箧中,故林遗庙揖仁风。还将文字如颜色,暂下蒲车为鲁公。

初入谏司喜家室至

一旦悲欢见孟光,十年辛苦伴沧浪。不知笔砚缘封事,犹问佣书日几行。

春 雨

昨日偷闲看花了,今朝多雨奈人何。人间尽似一作是逢花雨,莫爱芳菲湿绮罗。

送内弟袁德师

南渡登舟即水仙,西垣有客思悠然。因君相问为官意,不卖毗陵负郭田。

赠刘大兄院长

万年枝下昔同趋,三事行中半已无。路自长沙忽相见,共惊双鬓别来殊。

假 日 寻 花

武陵缘源不可到,河阳带县讵堪夸。枝枝如雪南关外,一日休闲尽属花。

自京将赴黔南

风雨荆州二月天群从湖南改黔,问人初雇峡中船。西南一望云和水,犹道黔南有四千。

窦 庠

窦庠,字胄卿。释褐,授国子主簿。韩皋镇武昌,辟为推官。皋移镇京口,用为度支副使。改殿中侍御史,历登、泽、信、婺四州刺史。庠天授偶傥,气在物表,一言而合,期于岁寒。为五字诗,颇得其妙。诗二十一首。

留守府酬皇甫曙侍御弹琴之什

青琐昼无尘,碧梧阴似水。高张朱弦琴,静举白玉指。洞箫又奏繁,寒磬一声起。鹤警风露中,泉飞雪云里。泠泠分雅郑,析析谐宫徵。座客无俗心,巢禽亦倾耳。卫国知有人,齐竽偶相齿。有时趋绛纱,尽日随朱履。那令杂繁手,出假求焦尾。几载遗正音,今朝自君始。

金山行 <small>润州金山寺,寺在江心。</small>

西江中灡波四截,涌出一峰青堁<small>一作蝲堁</small>。外如削成中缺裂,阳气发生阴气结。是时炎天五六月,上有火云下冰雪。夜色晨光相荡沃,积翠流霞满坑谷。龙泓彻底沙布金,鸟道插云梯凳玉。架险凌虚随指顾,槤桷玲珑皆固护。斡流倒景不可窥,万仞千崖生跬步。日华重重<small>一作瞳瞳</small>上金榜,丹楹碧砌真珠网。此时天海风浪清,吴楚万家皆在掌。琼楼菌阁纷明媚,曲槛回轩深且邃。海鸟夜上珊瑚枝,江花晓落琉璃地。有时倒影沉江底,万状分明光似洗。不知水上有楼台,却就波中看闭启。舟人忘却江水深,水神误到人间世。欻然风生波出没,灌濩晶莹无定物。居人相顾非人间,如到日宫经月窟。信知灵境长有灵,住者不得无仙骨。三神山上蓬莱宫,徒有丹青人未逢。何如此处灵山宅,清凉不与嚣尘隔。曾到金山处处行,梦魂长羡金山客。

于阗钟歌送灵彻上人

归越 <small>钟在越灵嘉寺,从天竺飞来。</small>

海中有国倾神功,烹金化成九乳钟。精气激射声冲溶,护持海底诸鱼龙。声有感,神无方,连天云水无津梁。不知飞在灵嘉寺,一国之人皆若狂。东南之美天下传,环文万象无雕镂。有灵飞动不敢悬,锁在危楼五百年。有时清秋日正中,繁霜满地天无风。一声洞彻八音尽,万籁悄然星汉空。徒言凡质千钧重,一夫之力能振动。大鸣小鸣须在君,不击不考终不闻。高僧访古稽山曲,终日当之言不足。手提文锋百炼成,恐剿此钟无一声。

太原送穆质南游

今朝天景清，秋入晋阳城。露叶离披处，风蝉三数声。那言苦行役，值此远徂征。莫话心中事，相看气不平。

四皓驿听琴送王师简归湖南使幕

朱弦韵正调，清夜似闻韶。山馆月犹在，松枝雪未消。城笳三奏晓，别鹤一声遥。明日思君处，春泉翻寂寥。

夜行古战场

山断塞初平，人言古战庭。泉冰声更咽，阴火焰偏青。月落云沙黑，风回草木腥。不知秦与汉，徒欲吊英灵。

奉和王侍郎春日喜李侍郎崔给谏
张舍人韦谏议见访因命觞观乐之什

华馆迟嘉宾，逢迎淑景新。锦筵开绛帐，玉佩下朱轮。曲里三仙会，风前百啭春。欲知忘味处，共仰在齐人。

酬谢韦卿二十五兄俯赠辄敢书情

大贤持赠一明珰，蓬荜初惊满室光。埋没剑中生紫气，尘埃瑟上动清商。荆山璞在终应识，楚国人知不是狂。莫恨伏辕身未老，会将筋力是一作事王良。

奉酬侍御家兄东洛闲居夜晴观雪之什

洛阳宫观与天齐，雪净云消月未西。清浅乍分银汉近，辉光渐觉玉绳低。绿醅乍熟堪聊酌，黄竹篇成好命题。应念武关山断处，空愁

簿领候晨鸡。 ·

敕目至家兄蒙淮南仆射杜公
奏授秘校兼节度参谋同书寄上

朝市三千里，园庐二十春。步兵终日饮，原宪四时贫。桂树留人
久，蓬山入梦新。鹤书承处重，鹊语喜时频。草奏才偏委，嘉谋事
最亲。榻因徐孺解，醴为穆生陈。卫国今多士，荆州好寄身。烟霄
定从此，非假问陶钧。

酬韩愈侍郎登岳阳楼见赠 时予权知岳州事

巨浸连空阔，危楼在杳冥。稍分巴子国，欲近老人星。昏旦呈新
候，川原按旧经。地图封七泽，天限锁重扃。万象皆归掌，三光岂
遁形。月车才碾浪，日御已翻溟。落照金成柱，馀霞翠拥屏。夜光
疑汉曲，寒韵辨湘灵。山晚一作晓云常碧，湖春草遍青。轩黄曾举
乐，范蠡几扬舲。有客初留鹢，贪程尚数黾。自当徐孺榻，不是谢
公亭。雅论冰生水，雄材刃发硎。座中琼玉润，名下苾兰馨。假手
诚知拙，斋心匪暂宁。每惭公府粟，却忆故山苓。苦调当三叹，知
音愿一听。自悲由也瑟，敢坠孔悝铭。野杏初成雪，松醪正满瓶。
莫辞今日醉，长恨古人醒。

东都嘉量亭献留守韩仆射

卜筑三川上，仪刑万井中。度材垂后俭，选胜掩前功。云构中央
起，烟波四面通。乍疑游汗漫，稍似入崆峒。廛闬高低尽，山河表
里穷。峰峦从地碧，宫观倚天红。灵槛如朝蜃，飞桥状晚虹。曙霞
晴错落，夕霭湿葱茏。庾亮楼何厄一作岷，陈蕃榻更崇。有时闲讲
德，永日静观风。玉斝飞无算，金铙奏未终。重筵开玳瑁，上客集

鹓鸿。接武空惭蹇,修文敢并雄。岂须登岘首,然后奉羊公。

段都尉别业

曾识将军段匹磾,几场花下醉如泥。春来欲问林园主,桃李无言鸟自啼。

灵台镇赠丘岑中丞

晓日天山雪半晴,红旗遥识汉家营。近来胡骑休南牧,羊马城边春草生。

赠道芬上人 善画松石

云湿烟封不可窥,画时唯有鬼神知。几回逢著天台客,认得岩西最老枝。

金 山 寺

一点青螺白浪中,全依水府与天通。晴江万里云飞尽,鳌背参差日气红。

冬夜寓怀寄王翰林 一作翰林王补阙

满地霜芜叶下枝,几回吟断四愁诗。汉家若欲论封禅,须及相如未病时。

醉中赠符载

白社会中尝共醉,青云路上未相逢。时人莫小池中水,浅处无妨有卧龙。

龙 门 看 花

无叶无枝不见空,连天扑地径才通。山莺惊起酒醒处,火焰烧人雪
喷风。

陪留守韩仆射巡内至上阳宫感兴二首

翠辇西归七十春,玉堂珠缀俨埃尘。武皇弓剑埋何处,泣问上阳宫
里人。

愁云一作烟漠漠草离离,太乙句陈处处疑。薄暮毁垣春雨里,残花
犹发万年枝。

窦　巩

　　窦巩,字友封,登元和进士。累辟幕府,入拜侍御史,转司
勋员外、刑部郎中。元稹观察浙东,奏为副使。又从镇武昌,
归京师卒。巩雅裕,有名于时。平居与人言,若不出口,世称
嗫嚅翁。白居易编次往还诗尤长者,号《元白往还集》,巩亦与
焉。诗三十九首。

老 将 行 一作吟

烽烟犹未尽,年鬓暗相催。轻敌心空在,弯弓手不开。马依秋草
病,柳傍故营摧。唯有酬恩客,时听说剑来。

赠 萧 都 官

萧郎自小贤,爱客不言钱。有酒轻寒夜,无愁倚少年。闲寻织锦
字,醉上看花船。好是关身事,从人道性偏。

忝职武昌初至夏口书事献府主相公

白发放辖辔，梁王爱旧—作旧爱全。竹篱江畔宅，梅雨病中天。时奉登楼宴，闲修上水船。邑—作时人兴谤易，莫遣鹤支—本缺钱。

早 秋 江 行

回望溢城远，西风吹荻花。暮潮江势阔，秋雨雁行斜。多醉浑无梦，频愁欲到家。渐惊云树转，数点是晨鸦。

题任处士幽居

红叶江村夕，孤烟草舍贫。水清鱼识钓，林静犬随人。采掇山无主，扶持药有神。客来唯劝酒，蝴蝶是前身。

汉阴驿与宇文十相遇旋归西川因以赠别

吴蜀何年别，相逢汉水头。望乡心共醉，握手泪先流。宿雾千山晓，春霖一夜愁。离情方浩荡，莫说去刀州。

早春松江野望

江村风雪霁，晓望忽惊春。耕地人来早，营巢鹊语频。带花移树小，插槿作篱新。何事胜无事，穷通任此身。

少 妇 词

坐惜年光变，辽阳信未通。燕迷新画—作昼屋，春识旧花丛。梦绕天山外，愁翻锦字中。昨来谁是伴，鹦鹉在帘栊。

岁晚喜远兄弟至书情

几年沧海别，相见竟一作意多违。鬓发缘愁白，音书为懒稀。新诗徒有赠，故国未同归。人事那堪问，无言是与非。

登玉钩亭奉献淮南李相公

西南城上高高处，望月分明似玉钩。朱槛入云看鸟灭，绿杨如荠绕江流。定知有客嫌陈榻，从此无人上庾楼。今日卷帘天气好，不劳骑马看扬州。

南阳道中作

东风雨洗顺阳川，蜀锦花开绿草田。彩雉斗时频驻马，酒旗翻处亦留钱。新晴日照山头雪，薄暮人争渡口船。早晚到家春欲尽，今年寒食月初圆。

哭吕衡州八郎中

今朝血泪问苍苍，不分先悲旅馆丧。人送剑来归陇上，雁飞书去叫衡阳。还家路远儿童小，埋玉泉深昼夜长。望尽素车秋草外，欲将身赎返魂香。

江陵遇元九李六二侍御纪事书情呈十二韵

自见人相爱，如君爱我稀。好闲容问道，攻短每言非。梦想何曾间，追欢未省违。看花怜后到，避酒许先归。柳寺春堤远，津桥曙月微。渔翁随去处，禅客共因依。蓬阁初疑义，霜台晚畏威。学深通古字，心直触危机。肯滞荆州掾，犹香柏署衣。山连巫峡秀，田傍渚宫肥。美玉方齐价,迁莺尚怯飞。伫看霄汉上,连步侍彤闱。

游 仙 词

海上神山绿,溪边杏树红。不知何处去,月照玉楼空。

赠阿史那都尉

较猎燕山经几春,雕弓白羽不离身。年来马上浑无力,望见飞鸿指似人。

陕府宾堂览房杜二公仁寿年中题纪手迹

仁寿元和二百年,濛笼水墨淡如烟。当时憔悴题名日,汉祖龙潜未上天。

早春送宇文十归吴

春迟不省似今一作新年,二月无花雪满天。村店闭门何处宿,夜深遥唤渡一作隔江船。

经窦车骑故城

荒陂古堞欲千年,名振图书剑在泉。今日诸孙拜坟树,愧无文字续燕然。

赠王氏小儿

竹林会里偏怜小,淮水清时最觉贤。莫倚儿童轻岁月,丈人曾共尔同年。

唐州东途作

绿林兵起结愁云,白羽飞书未解纷。天子欲开三面网,莫将弓箭射官军。

新罗进白鹰

御马新骑禁苑秋,白鹰来自海东头。汉皇无事须游猎,雪乱争飞锦臂鞲。

秋　夕

护霜云映月朦胧,乌鹊争飞井上桐。夜半酒醒人不觉,满池荷叶动秋风。

襄阳寒食寄宇文籍

烟水初销见万家,东风吹柳万条斜。大堤欲上谁相伴,马踏春泥半是花。

奉使蓟门

自从身属富人侯,蝉噪槐花已四秋。今日一茎新白发,懒骑官马到幽州。

送刘禹锡

十年憔悴武陵溪,鹤病深林玉在泥。今日太行平似砥,九霄初倚入云梯。

送元稹西归

南州风土滞龙媒,黄纸初飞敕字来。二月曲江连旧宅,阿婆情熟牡丹开。

过骊山

翠辇红旌去不回,苍苍宫树锁青苔。有人说得当时事,曾见长生玉殿开。

洛中即事

高梧叶尽鸟巢空,洛水潺湲夕照中。寂寂天桥车马绝,寒鸦飞入上阳宫。

寻道者所隐不遇 一作于鹄诗,题作访隐者不遇。

篱外涓涓涧水流,槿花半点夕阳收。欲题名字知相访,又恐芭蕉不奈秋。

寄南游兄弟

书来未报一作南游兄弟几时还,知在三湘一作湖五岭间。独立衡门秋水阔,寒鸦飞去日衡山。

宫人斜

离宫路远北原斜,生死恩深不到家。云雨今归何处去,黄鹂飞上野棠花。

代 邻 叟

年来七十罢耕桑,就暖支羸强下床。满眼儿孙身外事,闲梳白发对
残一作向斜阳。

新营别墅寄家兄

懒性如今成野人,行藏由兴不由身。莫惊此度归来晚,买得西山一
作山居正值春。

南 游 感 兴

伤心欲问前朝事,惟见江流去不回。日暮东风春草绿,鹧鸪飞上越
王台。

题 剑 津

风前摧折千年剑,岩下澄空万古潭。双剑变成龙化去,两溪相并水
归南。

放　鱼 武昌作

金钱赎得免一作见刀痕,闻道禽鱼亦感恩。好去长江千万里,不须
辛苦上龙门。

永宁小园寄接近校书 一作羊士谔诗

故里心期奈别何,手栽一作移芳树忆庭柯。东皋黍熟君应醉,梨叶
初红白露多。

从 军 别 家

自笑儒生著战袍，书斋壁上挂弓刀。如今便是征人妇，好织回文寄窦滔。

悼 妓 东 东

芳菲美艳不禁风，未到春残已坠红。惟有侧轮车上铎，耳边长似叫东东。